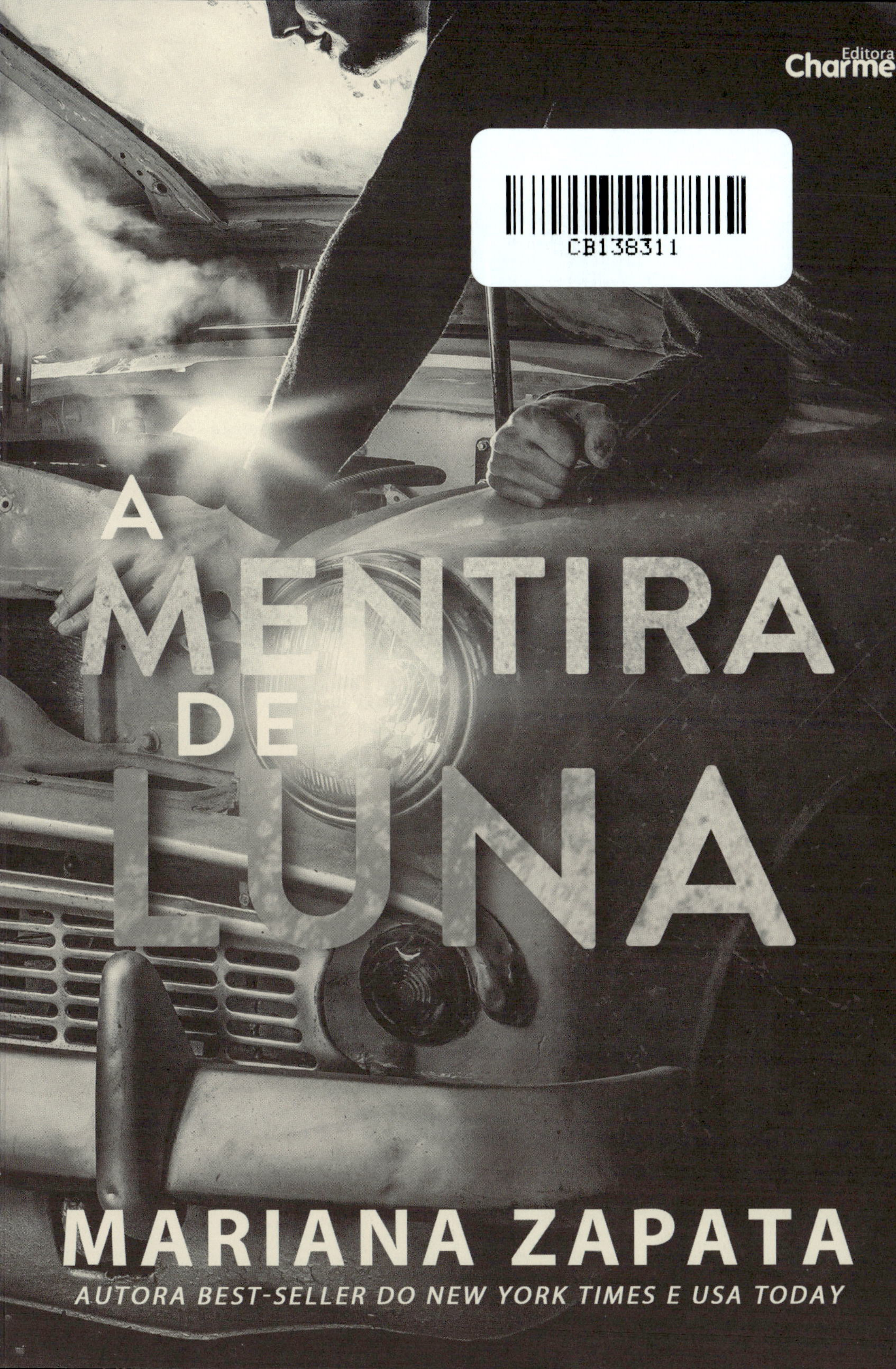
Editora Charme
A MENTIRA DE LUNA
MARIANA ZAPATA
AUTORA BEST-SELLER DO NEW YORK TIMES E USA TODAY

1ª Impressão 2024

Capa - Letitia Hasser with RBA Designs
Adaptação da capa e Produção Gráfica - Verônica Góes
Tradução - Mariana C. Dias
Revisão - Equipe Editora Charme
Imagens internas - AdobeStock

Esta obra foi negociada por Agência Literária Riff Ltda, em nome de DYSTEL, GODERICH & BOURRET LLC.

CIP-BRASIL. CATALOGAÇÃO NA PUBLICAÇÃO
SINDICATO NACIONAL DOS EDITORES DE LIVROS, RJ

Z37m

Zapata, Mariana
A mentira de Luna / Mariana Zapata ; tradução Mariana C. Dias. - 1. ed. - Campinas [SP] : Charme, 2024.
608 p. ; 22 cm.

Tradução de: Luna and the lie
ISBN 978-65-5933-185-7

1. Romance americano. I. Dias, Mariana C. II. Título.

24-93767 CDD: 813
CDU: 82-31(73)

Gabriela Faray Ferreira Lopes - Bibliotecária - CRB-7/6643

Editora Charme

www.editoracharme.com.br

Editora Charme

A MENTIRA DE LUNA

TRADUÇÃO - MARIANA C. DIAS

MARIANA ZAPATA

AUTORA BEST-SELLER DO NEW YORK TIMES E USA TODAY

Em memória da minha tia Evi.

Eu te amo para todo o sempre.

CAPÍTULO UM

Foi o *"Caramba, Luna!"* que me fez abrir um olho curioso.

Mas foi a voz grossa e estrondosa que me fez olhar diretamente para o homem que estava parado a uns três metros de distância.

O homem com as mãos nos quadris e a testa franzida.

Para mim.

Se eu tivesse que adivinhar o motivo de eu ser a ganhadora sortuda daquela carranca, deveria ser porque eu estivera com os olhos fechados durante — espiei o meu velho, mas leal, relógio G-Shock — os últimos vinte minutos.

Quem eu queria enganar? Eu apostaria todo o meu dinheiro que aquele era o motivo.

Quando eu o vira naquela manhã, inclinado sobre o capô aberto de uma caminhonete GMC do começo dos anos 1950, o lampejo de uma camisa branca de compressão espreitando sob um macacão, eu soube de cara que ele estava de mau humor. Não que fosse normal alguém estar de bom humor numa sexta-feira de manhã, mas… o homem que me encarava estava sempre de mau humor quando vestia branco. Era um fato comprovado.

Definitivamente, a pergunta que ele me fez quando levei a sua xícara de café naquela manhã não ajudou a melhorar seu humor.

— Você se decidiu?

E em como todas as vezes em que ele tinha me feito a mesma pergunta, eu lhe dei a mesma resposta, que continuaria se repetindo:

— Bem, *não*.

Era de se imaginar que ele finalmente teria começado a esperar aquela resposta depois de mais ou menos a septingentésima vez de me fazer essa pergunta e de receber essa resposta, mas ele continuava a se irritar, mesmo após todo aquele tempo.

E apesar de aquilo não ser inesperado, ele — meu chefe, um dos meus *dois* chefes, se quiser ser específica — dizer "*Caramba, Luna!*" também não era esperado. Eu não gostava de arranjar problema. Meus amigos tinham dito mais do que algumas vezes que eu era alérgica a pessoas que estavam bravas ou decepcionadas comigo. Era uma maldição da qual eu ainda não tinha conseguido me livrar, independentemente de quantas vezes ela tinha agido contra mim.

Não pude evitar dar um sorriso ao homem com as mãos nos quadris e uma carranca no rosto. Pensei em lhe dar uma piscadela, porque eu sabia o quanto piscadelas o irritavam, mas não fiz isso. Afinal de contas, era um dia de camisa branca, e eu tinha que preservar minha energia, se possível, porque ainda tinha pelo menos mais oito horas pela frente antes de ir para casa aproveitar o fim de semana.

— Pois não? — foi o que eu disse em resposta ao seu "*Caramba, Luna!*", em vez de "*O que foi que eu fiz?*". Eu não tinha feito nada de errado ao ficar com os olhos fechados por alguns minutos.

Pelo menos, não tecnicamente.

Ripley apertou os olhos, olhando fixamente para mim, ignorando os outros sete funcionários de tempo integral sentados ao redor da sala de descanso onde tínhamos nossas reuniões semanais toda sexta-feira. Às nove horas da manhã, duas horas depois do horário que eu geralmente chegava ao trabalho, todos os funcionários da Cooper Colisão e Customização se reuniram para ouvir os nossos chefes repassarem coisas como projetos futuros e atuais, atualizações de *status*, fluxo, queixas, discussões sobre quem estava exagerando com o aromatizador no banheiro...

Não era exatamente divertido, e não era nenhum segredo que aceitávamos sofrer naquela reunião porque éramos pagos para isso. Já era difícil o bastante ficar acordada em qualquer manhã durante a semana de trabalho, mas numa sexta-feira com o fim de semana a apenas algumas horas de distância, sem mencionar o calor de todos aqueles corpos sentados à mesa? Era quase impossível *não* fechar os olhos.

Também não ajudou em nada eu ter ficado acordada até depois

da meia-noite para ver um filme de terror com Lily, mas, quando ela me convidou, não tive coragem de recusar. Nosso tempo juntas estava acabando, e eu sabia que, um dia, eu me arrependeria de não ter aproveitado toda oportunidade possível de ficarmos juntas. Eu aprendera a lição com minhas duas outras irmãs.

Mas eu tinha certeza de que o homem que me encarava naquele instante não sabia nem se importava com nada daquilo, e suas palavras seguintes confirmaram isso:

— Não conversamos sobre você cochilar durante as reuniões? — Ripley arrastou a pergunta em um tom que não foi exatamente educado.

Não que ele geralmente fosse educado.

Mantive um olho nele e fiquei na mesma posição em que eu estivera quando ele me acordou — arqueada sobre a mesa com um cotovelo colado nela e o queixo apoiado na palma da mão. Mas, em vez de os meus dois olhos estarem fechados, eu só tinha um deles aberto. Continuei sorrindo enquanto eu lhe dava a resposta da qual nós dois estávamos bem cientes:

— Sim, nós conversamos. — E, caso ele tivesse se esquecido do que tinha me dito exatamente, eu o lembrei: — Você me disse para não dormir.

Porque ele tinha mesmo. *Luna, você tem que parar de dormir durante a porcaria das reuniões. Se quiser tirar um cochilo, espere a porra das oito horas até você chegar em casa, entendido?* Tínhamos conversado com a porta fechada e com a presença do sr. Cooper — o homem que tinha me contratado, meu primeiro chefe e o primeiro dono do negócio, e que há três anos era o coproprietário da Cooper Colisão e Customização.

Eu tinha entendido o recado, e respeitava aquilo.

Meu chefe, pelo menos o que olhava feio para mim, não reagiu fisicamente à minha resposta. Nem sequer piscou ao confirmar do que obviamente sabíamos.

— Sim. Foi exatamente isso o que eu disse.

Ao lado dele, mas abstendo-se verbalmente, o sr. Cooper tossiu e não disse nada. Não levei para o lado pessoal. Por acaso, eu já tinha ouvido brigas demais entre eles para saber que haviam levado muito tempo para chegarem onde estavam agora no relacionamento profissional — discordando entre si, mas não discutindo sobre isso na frente dos demais. Eu tinha certeza de que não era a única que não sentia saudade daquela fase de nossas vidas na CCC. Depois de um tempinho, todos tínhamos adquirido a habilidade de ficar sentados tão imóveis quanto possível, encarando a parede e fingindo que estávamos em outro lugar.

Eu tinha doutorado nisso há muito tempo.

— E ninguém é pago para cochilar durante as nossas reuniões — Rip terminou, como se aquilo não fosse de conhecimento geral, as mãos ainda nos quadris. Sua feição rude, ainda em uma carranca, de alguma forma adicionou um toque não verbal de *nem mesmo você* ao final da declaração, como se eu esperasse algum tipo de tratamento especial.

Mas não esperava nem nunca esperei, apesar de seja lá o que ele pensasse quando estava de mau humor. Aquele... *nem mesmo você*... era apenas... *eu*. A funcionária que chegava mais cedo do que todo mundo, que ficava até mais tarde do que todo mundo e que só tinha faltado ao trabalho algumas vezes nos últimos nove anos. A pessoa que nunca dizia "não" para horas extras.

Mas foi e sempre tinha sido escolha minha fazer todas aquelas coisas, e eu sabia. Por isso fiquei de boca fechada. Eu poderia ter dito "não" quando me pediram. Mas foi minha decisão ter ficado até tarde e ter vindo trabalhar nos fins de semana em todas as vezes que aconteceu.

Ninguém pula de uma ponte, quebra as pernas e, então, culpa o amigo que o desafiou por ter acabado em um hospital.

Assumir responsabilidade pelas minhas ações e não culpar outras pessoas pelas coisas que eu mesma fazia com que acontecessem comigo era uma das poucas lições positivas que aprendi com a minha família, mesmo sendo algo que não me ensinaram de propósito.

Interrompi aquela linha de pensamento bem rápido. Algumas coisas e pessoas eram tão tóxicas que o simples fato de pensar nelas era destrutivo. Eu escolheria ser feliz, e isso significava não pensar na mesma merda de novo e de novo. Hoje seria um dia bom, assim como amanhã, e o dia depois de amanhã, e o dia depois desse.

Foi com essa ideia em mente que mantive um sorriso no rosto para o homem que ainda estava me encarando. Era preciso muito mais do que Rip numa camisa branca para me deixar com uma carranca ou para ferir os meus sentimentos. Também era preciso muito mais do que pensar em certas pessoas por apenas um segundo.

O ponto era que eu estava cansada. Eu tinha fechado os olhos, e ele tinha chamado minha atenção por isso. Não havia nada com que ficar chateada.

— Luna — Rip disse meu nome naquela voz ridiculamente baixa que havia me pegado totalmente de surpresa na primeira vez que eu a ouvira. — Estamos de acordo? Nada de sonecas durante as reuniões. Não é tão difícil de entender, é?

Algumas cadeiras para trás, alguém riu, mas, pelo som, eu soube quem tinha sido, então não me importei em perder tempo olhando naquela direção, muito menos deixar que sua diversão por me ver levando bronca me incomodasse.

Ainda mantive os cantos da boca bem altos ao assentir só mais uma vez para o meu chefe. Eu o havia entendido com clareza. Também entendera o olhar que o sr. Cooper me lançou do seu lugar à esquerda de Ripley. Ele não deveria estar xingando a mim nem a ninguém da empresa. Aquilo era algo sobre o que os dois proprietários da oficina de funilaria mais bem-sucedida de Houston, no Texas, tinham passado um tempão conversando no escritório quando não sabiam que eu estava bisbilhotando...

O que acontecia o tempo todo.

Não que eles soubessem disso.

Pelo menos, eu esperava que não soubessem, mas também não eram sutis ou tentavam esconder algo.

Tudo começou três anos atrás.

A Cooper Colisão e Customização era um negócio de família fundado pelo pai do sr. Cooper nos anos 1940. A oficina já tinha sido bem-sucedida por toda uma vida quando arranjei meu emprego quase seis anos antes do dia em que tudo havia começado. Todos os funcionários da CCC eram bem-pagos a cada duas semanas, e o sr. Cooper tinha sido — e ainda era — praticamente o melhor chefe do mundo. Na minha opinião, ele era um dos melhores homens do planeta e fim de papo, e eu duvidava de que algum dos meus colegas de trabalho discordasse.

Um dia, tudo estava normal. Tínhamos um chefe. A equipe tinha dez funcionários. Tudo estava bem. No dia seguinte, cheguei ao trabalho, ignorei a caminhonete Ford clássica parada no pequeno estacionamento para clientes e, então, ouvi a voz familiar do sr. Cooper e uma outra muito mais grossa vindo do escritório às sete da manhã, conversando sobre como dividiriam os lucros e para onde o negócio deveria se mudar.

Aquilo me chocou. Mas, por outro lado, eu não sabia como poderia ter me chocado tanto. Dividir lucros? Mudar o negócio, sendo que estivera no mesmo lugar pelos últimos oitenta e poucos anos? A oficina sempre estava cheia. As coisas pareciam estar indo bem.

Sinceramente, ainda não entendi por que o sr. Cooper decidiu trazer outra pessoa para cuidar do negócio dele.

Eu ouvi a conversa o máximo que pude antes de sair andando e fingir que nada tinha acontecido, mesmo uma parte minha surtando muito com as implicações daquela conversa. Foi só alguns meses depois, meses nos quais fiquei de boca fechada, caso eu não tivesse escutado direito, que o sr. Cooper jogou a bomba em todo mundo durante uma reunião matinal de sexta-feira.

— Eu tenho uma notícia importante — o anjo que aquele homem era nos disse. Eu provavelmente fui a única pessoa a notar o quanto suas mãos tremiam na hora, porque ninguém mais trouxe aquilo à tona depois. — Vamos mudar a oficina de endereço.

Todos tinham começado a falar juntos, mas o sr. Cooper os ignorou e continuou:

— Faz anos que precisamos de mais espaço. Estamos apertados demais. Todos vocês sabem disso. Vamos nos mudar para um prédio de três mil e setecentos metros quadrados... — Ele disse algumas outras coisas das quais não me lembro enquanto ficou sentado lá, as mãos enfiadas nos bolsos do jeans gasto. Então, e só então, ele respirou fundo para soltar a bomba *verdadeira* em cima de todo mundo... todo mundo menos eu, pelo menos: — Essa também não será a única coisa que vai crescer. Com mais espaço, podemos aumentar nossas atividades.

Todo mundo havia parado de falar àquela altura, e eu simplesmente fiquei sentada com as mãos entre as coxas, pressionando um lábio contra o outro enquanto meu estômago revirava com o fato de que eu realmente não tinha imaginado aquela conversa alguns meses antes.

— Lucas Ripley vai se juntar ao time. — O sr. Cooper, um homem que todos amávamos, tinha ofegado, quase como se ele mesmo também não tivesse certeza da novidade. Ou talvez eu estivesse só imaginando tudo. — Ele será coproprietário da Cooper e será responsável pelo crescimento do negócio e pelas restaurações de carros daqui em diante. — Ele tinha engolido em seco, então, cruzado os braços sobre o peito e perguntado: — Alguma dúvida?

Para minha sorte, todo mundo estivera ocupado demais surtando com a menção da mudança de local, a expansão e o novo dono para perceberem que eu não tinha feito pergunta alguma.

Nenhum de nós havia se perguntado quem era Lucas Ripley ou por que ele estava se unindo ao negócio.

No dia seguinte, quando cheguei ao trabalho e encontrei uma caminhonete um tantinho familiar estacionada ao lado do Mustang lindamente restaurado do sr. Cooper, entendi bem rápido de quem era o carro. Porque, nos anos em que eu havia trabalhado para o sr. Cooper, ninguém, exceto eu e ele, chegávamos tão cedo.

Ninguém.

E, quando eu havia entrado e passado pelo escritório para seguir até o lugar onde eu ficava a maior parte do meu tempo pintando, ajeitando latarias ou adicionando detalhes, não fiquei totalmente surpresa ao encontrar o sr. Cooper atrás de sua mesa, conversando com um homem sentado do lado oposto.

O homem era enorme, e a camisa de manga comprida que ele vestia no meio do mês de julho era basicamente uma segunda pele. Ela cobria tudo, desde os pulsos até as clavículas, só exibindo alguns centímetros da pele tatuada do pescoço. Talvez, eu havia pensado, fosse uma daquelas camisas que mantinham a pessoa fresca.

Quando parei bem na porta, notei que, mesmo de perfil, o homem tinha o rosto mais ranzinza e malvado que eu já tinha visto na vida. Eu não sabia como explicar bem, mas ele tinha. E era visivelmente deslumbrante.

Quero dizer, simplesmente muito *másculo*. Tipo, pura testosterona e seja lá o que mais fosse puramente masculino.

Eu via homens bonitos na rua de vez em quando. Eu os via na internet com ainda mais frequência. Mas *aquele ali*, que eu soube instintivamente que seria o meu novo chefe, sentado na cadeira e ocupando-a por completo com ombros e torso que pertenciam a um lutador profissional, era ainda mais lindo do que a maioria dos homens que eu já tinha visto. Não era alguém que deixaria as minhas irmãs babando. Ele não parecia um modelo. O maxilar era largo, sua estrutura óssea, quadrada, e a boca não era exatamente cheia. Mas, junto, tudo isso formava um rosto inesquecível.

Um rosto maravilhoso.

E eu soube, na mesma hora, que aquele rosto, aqueles bíceps do tamanho de coxas e antebraços do tamanho de panturrilhas cobertos por uma camisa justa de manga comprida me assombrariam.

E *aquilo* tinha me surpreendido.

Então, me irritou por um segundo enquanto eu pensava no quanto eu *não* queria um chefe novo. Gostoso ou não. Eu amava o sr. Cooper, e sabia qual era o meu papel na vida dele. Ele fazia com que eu me sentisse segura. Aquele homem novo era um estranho com o qual eu não tinha certeza do que fazer. Ele não seria simplesmente alguém com quem eu poderia trabalhar casualmente.

Mas, olhando para trás, não havia como saber naquela época o quanto Lucas Ripley me assombraria no futuro. Quando entrei naquela sala e me apresentei, eu não fazia a menor ideia do quanto ele acabaria me devendo. E eu com certeza não sabia o quanto tal dívida o incomodaria dia sim, dia não.

O que eu soube e do que me lembro era que eu tinha ido até a porta do escritório original da Cooper Colisão e Customização, e acenei e sorri para os dois homens do lado de dentro.

— Luna — o sr. Cooper tinha me cumprimentado na mesma hora, dando um sorriso tão grande que, se eu não o conhecesse tão bem, teria deixado de notar como os seus ombros estavam tensos. — Bom dia.

— Bom dia, sr. Cooper — eu havia respondido antes de voltar minha atenção ao homem gigante sentado do outro lado da mesa.

O homem enorme havia me olhado e, então, voltado a encarar o sr. Cooper até que, por fim, finalmente olhou na minha direção outra vez. Aquele rosto, que parecia malvado por conta da tensão na mandíbula e do entalhe entre as sobrancelhas, não se moveu. Ele não sorriu em resposta nem tentou parecer amigável. Ele simplesmente... encarou.

Num piscar de olhos, seu olhar se tornou penetrante.

E o meu coração fez o que sempre fazia quando eu conhecia alguém que não queria gostar de mim — fez todo o restante de mim *querer* que aquela pessoa gostasse mim, como aquele meu talvez/possível novo chefe.

Essa era outra maldição da qual eu não tinha conseguido me livrar mesmo depois de todos aqueles anos; a necessidade de que gostassem de mim. Sendo realista, eu sabia que poderia sobreviver e que sobreviveria se alguém não fosse fã de Luna Allen, mas... eu sempre havia tentado. Eu poderia culpar Aquelas Pessoas Nas Quais Não Vou Pensar por tal necessidade, se eu me permitisse pensar nelas.

Mas não deixaria.

— Oi — eu tinha dito, dando um passo para dentro e imediatamente colocando a mão entre nós dois. — Sou a Luna.

E o sr. Cooper, sendo o sr. Cooper, dissera:

— Ripley, esta é Luna Allen. Ela cuida de toda a nossa pintura e ajuda muito na funilaria e nos detalhes, caso precisemos dela. Luna, este é Ripley, meu... parceiro de negócios.

Eu, sem dúvida, notei sua hesitação ao se referir ao novo homem como seu parceiro de negócios, mas não dei muita bola para isso na ocasião. Principalmente não quando o meu novo chefe se demorou erguendo a mão de onde ela estivera descansando em sua coxa e deslizando os dedos longos e a palma ampla contra a minha, dando-me um apertão por alguns segundos antes de soltá-la quase igualmente rápido. Seus olhos tinham se apertado apenas um tantinho, mas eu notara, e aquilo havia incitado ainda mais aquela minha necessidade.

— É um prazer te conhecer — eu tinha dito a ele, afastando a mão.

Meu mais novo chefe havia me observado com atenção; seus olhos — um tom entre um azul e um verde inacreditáveis — tinham escorregado de volta ao sr. Cooper mais uma vez antes de se voltarem a mim.

E eu não estava preparada para a pergunta que saiu da sua boca quase na mesma hora:

— Você é velha o bastante para trabalhar aqui? — ele havia perguntado no que eu tinha certeza de ter sido o mais próximo de uma voz estrondosa que alguma vez ouvi na vida.

Não pude evitar e olhei para o meu chefe de longa data, mas só porque ele tinha me perguntado praticamente a mesma coisa antes de me oferecer um emprego quando eu tinha 17 anos. Então, meu sorriso cresceu ainda mais quando concentrei minha atenção outra vez no homem de tatuagens escuras que subiam até seu maxilar.

— *Sim.*

Ela não perdeu um segundo, e aqueles olhos azul-esverdeados, que pareciam saltar sob cílios pretos e curtos, mas muitíssimo curvados, se apertaram outra vez.

— Há quanto tempo você trabalha aqui?

Eu também não perdi um segundo.

— Seis anos.

Aquilo me fez ganhar um piscar de olhos antes da voz grossa e rouca me perguntar:

— O que você sabe de pintura?

O que eu sabia de pintura?

Naquela hora, meu sorriso quase desapareceu, mas consegui mantê-lo no lugar. Não foi a primeira pessoa que me fez aquele tipo de pergunta. Eu era uma das poucas mulheres que conhecia que trabalhava com pintura automotiva. Quando criança, eu nunca teria imaginado que pintar carros e suas peças era o que eu acabaria fazendo como profissão — muito menos que eu aprenderia a amar o serviço e que seria boa naquilo, se minha opinião valer algo —, mas a vida era doida assim.

Então eu disse àquele cara, que estava cometendo o mesmo erro que quase todo mundo que eu conhecia também havia cometido: a verdade.

— Eu sei tudo sobre pintura. — E sorri para ele, porque eu não estava sendo arrogante. Eu estava simplesmente falando a verdade, e não deixei de notar como o sr. Cooper também sorriu comigo.

O homem novo piscou outra vez, e sua voz ficou ainda mais grave quando ergueu as sobrancelhas grossas e castanho-escuras para mim.

— O que você sabe de funilaria? — ele disparou em seguida, referindo-se ao ato de arrumar pequenas ou grandes imperfeições ou danos físicos causados a um veículo.

E eu ainda havia conseguido manter o sorriso no rosto.

— Quase tanto quanto de pintura. — Ele não sabia naquela época, mas o sr. Cooper tinha me colocado para trabalhar com funilaria antes de me transferir para a pintura alguns anos antes. Eu também tinha me saído bem naquilo.

Mas aquele homem que havia se tornado meu novo chefe lançou um olhar ao sr. Cooper, sentado do outro lado da mesa, mas só por um momento, antes de voltar para mim e perguntar com uma voz tensa da qual eu não soube o que pensar:

— O que você sabe de carros clássicos?

E... *Merda.*

Eu até encarei o sr. Cooper, mas ele estava ocupado demais olhando o outro homem para ver que eu queria seu apoio e atenção. Então, eu disse a primeira coisa em que pensei:

— Pouca coisa. Não tudo, mas não nada.

O homem que eu havia achado deslumbrante momentos antes pressionou aquela boca — não fina, mas não cheia —, antes de me perguntar:

— Você sabe soldar?

Se eu sabia soldar? Semicerrei os olhos na direção dele.

— Isso é um teste?

O homem que eu havia acabado de conhecer não hesitou ao repetir sua pergunta da exata maneira que a havia apresentado originalmente:

E eu *soube*. Eu soube que ele estava me testando. Então dei de ombros e contei a verdade:

— Sei o básico.

Aquela boca se torceu para o lado enquanto o corpo grande e volumoso se reclinou na cadeira em que estava sentado. Um queixo coberto por barba ainda por fazer, castanho-escura com nuances prateadas no meio, inclinou-se até uns dois centímetros mais alto do que havia estado há um momento, e isso confirmou que ele tentava me testar.

— Se estivesse cuidando da funilaria e encontrasse chumbo, o que você faria?

Pela visão periférica, vi o sr. Cooper suspirar e cobrir os olhos com a mão. Era a primeira de muitas, muitas vezes que eu o veria fazer a mesma coisa ao longo dos próximos três anos — mas isso é outra história.

Por sorte — e eu soube naquele instante o quão sortuda eu era por saber a resposta, pois tenho quase certeza de que ele teria me demitido se eu não soubesse —, eu disse a coisa certa:

— Não dá para soldar chumbo. Eu teria que queimá-lo e me livrar dele primeiro.

O homem tinha se reclinado no assento, então, cruzado os braços sobre o peito amplo e dito, totalmente sério, totalmente arrogante — igualzinho a como faria uma centena de vezes nos próximos anos:

— Você vai dar para o gasto.

Eu daria para o gasto.

E dei mesmo.

Aquilo tinha acontecido anos antes, e, desde então, eu havia descoberto como lidar com Lucas Ripley, Rip ou Ripley — como ele nos tinha dito para chamá-lo naquela época.

Por isso, quando ele me perguntou se eu tinha entendido ou não sua política com relação às sonecas, falei a única coisa possível:

— Sim. — E disse isso da forma mais alegre que pude, mesmo sabendo que minha resposta o deixaria ainda mais irritado do que antes.

Mas a vida se tratava das pequenas coisas, e provocar Rip sem exatamente deixá-lo irritado era um jogo do qual eu gostava mais do que deveria. De vez em quando, se a situação era favorável e ele estivesse usando a camisa de compressão azul-marinho, eu conseguia arrancar um sorriso dele. Em ocasiões raríssimas, eu talvez conseguisse um sorriso rápido e torto que desaparecia em um piscar de olhos.

E, se o meu coraçãozinho suspirava por causa daquele sorrisinho traiçoeiro, não era da conta de ninguém, exceto minha.

E das minhas irmãs.

E da minha melhor amiga.

De mais ninguém.

Não me deixei pensar muito em fazer uma expressão que não fosse carrancuda, irritada ou até um revirar de olhos. Com certeza eu não pensaria no rosto neutro que ele exibiu e que eu talvez tivesse amado e odiado ao mesmo tempo. Não.

Enfim.

Ele demorou apenas dois dias trabalhando na CCC para perguntar — com um olhar mal-humorado e de soslaio — se eu sorria o tempo todo. Mas tinha sido o sr. Cooper quem respondeu que sim. Porque eu sorria mesmo.

Mas, naquele instante, na sala de descanso, abri meu outro olho e dei um sorrisão para o cara que vestia uma camisa de manga comprida, quase de gola alta, que apertava todos os músculos enormes do seu peito largo.

— Mas eu não estava dormindo. Ouvi tudo o que você disse — terminei de explicar.

Não fiquei surpresa quando o homem que, sinceramente, tinha apenas ficado ainda mais atraente com o passar dos anos — mesmo com o vinco ainda mais marcado entre as sobrancelhas, e as linhas de expressão ao lado da boca, mais acentuadas —, moveu aquele corpo de quase 41 anos ainda mais na minha direção.

— É mesmo? E o que foi que eu disse? — ele tentou me desafiar.

Ele sabia como ser um grande pé no saco às vezes; realmente merecia que eu mexesse com ele. Alguém tinha que fazer isso.

Bem ao lado dele, o sr. Cooper olhou para o teto, e eu juro que ele começou a sussurrar o comecinho do Pai-Nosso. Dois dos caras sentados à mesa começaram a murmurar. Ouvi algo como "babaca da microgestão" sair da boca de um deles, e Rip também deve ter ouvido, porque seus olhos imediatamente varreram a sala como se procurando quem quer que tivesse dito aquilo.

Na última vez que ele fez isso, duas pessoas foram demitidas, e eu gostava delas.

— Primeiro, você falou sobre os intervalos para almoço serem longos demais — eu disse sem pensar. — Então, começou a falar sobre os aspiradores da oficina serem esvaziados depois de usados, porque fazer isso não é trabalho seu.

Ter dito aquilo deve ter funcionado para fazê-lo se esquecer do que estava fazendo, porque minhas poucas palavras voltaram a ser o foco da sua atenção — em grande parte indesejada. E isso porque ele ainda estava usando sua camisa branca, e eu geralmente tinha uma chance de 40% de sucesso de me livrar de conversas com ele sem ouvir seus resmungos nos dias brancos. Camisas cinza tinham uma taxa de 70% de sucesso. Azul-marinho, cerca de 85%. Nos dias azul-marinho, eu sabia que poderia dar um tapinha em suas costas sem nem ganhar um olhar feio. Esses dias eram os meus preferidos.

Aumentei meu sorriso e até ergui as sobrancelhas para ele, esperando pelo melhor.

— Isso está bom o bastante, ou você queria que eu tentasse repetir palavra por palavra do que você disse? Porque provavelmente consigo fazer isso, chefe. — Ele poderia engolir aqueles fatos.

Aquele rosto que eu esquadrinhava muito mais vezes do que eu tinha o direto não mudou nada. Nem sequer piscou. Mas, por outro lado, ele deveria saber que eu não havia mentido. Para ser sincera, eu achava que Rip não confiava em ninguém da oficina. Nem mesmo no sr. Cooper, se as discussões que eu tinha ouvido sem querer provassem algo — e realmente deveriam provar. Na última vez em que estive perto de pessoas que discutiam tanto assim, elas se odiavam de verdade.

Deixei os lábios se afastarem para que eu pudesse lhe mostrar os dentes enquanto forçava um grande sorriso falso. Ao meu lado, meu colega de trabalho riu.

Meu chefe — aquele chefe — ainda não tinha achado graça.

Mas ele não disse "*Caramba, Luna!*" de novo, então eu consideraria aquilo uma vitória.

— Como eu estava dizendo... — Rip, por fim, continuou depois de, talvez, dois segundos me encarando com seu rosto inexpressivo, voltando a atenção ao centro da sala e me banindo de sua linha de pensamento, algo com que ele tinha muita experiência. — Só porque temos uma equipe de limpeza por aqui, não significa que vocês têm o direito de deixar tudo bagunçado. Ninguém é faxineira nem babá.

Colocando a mão sobre a boca, escondi meu bocejo enquanto olhava para o colega sentado à minha direita, encarando fixamente a parede. O homem de 45 anos respirava fundo, mas em ritmo constante, a boca relaxada o suficiente para que eu soubesse que não havia adormecido com ela aberta. À minha esquerda, meu outro colega, um cara de 39 anos, que estava na oficina há quase tanto tempo quanto eu, sacudia o pé. Ao me pegar olhando, ele deu um sorrisinho na direção de Rip, balançando a cabeça como sempre fazia. *Jesus*, ele murmurou.

Era em momentos como esse que eu me lembrava de como era sortuda por ter aquele emprego, de como eu era sortuda por quase todos os caras com quem eu trabalhava serem educados e me tratarem bem.

Pelo menos, agora eram.

Foi necessário que muitos homens fossem demitidos ou que se demitissem até a CCC chegar ao quadro de funcionários atual, mas eu não poderia estar mais feliz. Esse trabalho, quando eu tinha 17 anos, havia sido um dos últimos para os quais me candidatei. E quase não me candidatei. O anúncio para trabalhar no que eu havia assumido ser uma oficina mecânica não tinha sido exatamente o que eu queria. Mas, naquela altura da vida, quando conheci o sr. Cooper, ele me deu duas opções: trabalhar para ele... ou não.

Eu aceitei o trabalho, porque, quando temos 17 anos, duzentos dólares na carteira e nenhuma ideia do que fazer da vida, sabendo apenas que não poderíamos voltar ao que tínhamos antes, e alguém nos dá uma chance… a primeira chance verdadeira que alguém um dia nos deu…

Não dá para dizer não.

Eu devia tudo ao sr. Cooper. Realmente devia. Ele tinha mudado minha vida mais do que qualquer um poderia ou faria questão de fazê-lo, e eu o agradecia todos os dias há anos. Tenho certeza de que ele não fazia ideia do que fazer comigo naquela época, mas havia me oferecido trabalho, tinha me dado um lar e uma chance de lutar, e tudo, desde então, era história.

Meu celular vibrou no bolso, deslizei a mão para dentro e o peguei assim que Ripley começou a dizer algo sobre gerir o tempo com eficiência. Mantive um olho nele parado ali, aqueles braços musculosos cruzados sobre o peito, e apoiei o aparelho na coxa. Eu não seria pega mexendo nele, não depois de já ter irritado Ripley tão cedo. Ainda tínhamos um dia inteiro pela frente.

Fiquei de olho no meu chefe ao desbloquear a tela com ajuda da memória muscular. Rip ainda falava, e sua atenção perdurava pela sala, certificando-se de que nenhum de nós cairia no sono com o discurso. Dei uma olhada para baixo e vi que tinha recebido uma nova mensagem de texto de um número que não estava salvo na minha lista de contatos. Tive quase certeza de que seria uma das minhas irmãs, mas não. Não me deixei ficar decepcionada com isso.

Com um dos olhos em Rip, abri a mensagem e a li o mais rápido que pude.

> 210-555-1230: AQUI É JULIUS THOMAS. PRECISO FALAR COM VOCÊ O MAIS RÁPIDO POSSÍVEL. POR FAVOR, ME LIGUE ASSIM QUE FOR CONVENIENTE.

Julius Thomas? Eu não conhecia ninguém com esse nome. O mesmo número tinha me ligado ontem, mas eu o ignorara, assim como a mensagem de voz que havia me deixado. Era um número de San Antonio… mas não deveria ter ninguém me ligando de lá.

Eu tinha pagado todas as minhas contas. Me esqueci de pagar a conta de luz a tempo, mas tinha sido um atraso de apenas dois dias. Eu apostava que provavelmente era um golpista. Filhos da mãe.

Deslizei o celular para dentro do bolso com a atenção focada no homem que ainda falava com a bunda apoiada no balcão. Levei os olhos até o sr. Cooper, que estava ali, ouvindo Rip com uma expressão engraçada que não reconheci. Mas, para variar, não era frustração.

Os dois não haviam estado nem mesmo no meio de uma discussão quando cheguei ao trabalho naquela manhã.

Assim que comecei a tentar descobrir o que a expressão do sr. Cooper significava, um ronco à minha esquerda me fez deslizar o pé até o lado e chutar Miguel, meu colega de trabalho. Ele inspirou, roncando alto, o corpo todo se tensionando enquanto praticamente acordava assustado.

— Filho da puta — ele sussurrou ao se sentar um pouquinho mais ereto. — Obrigado, Luna.

Nenhum deles se meteria em problemas se houvesse algo que eu pudesse fazer, e sabiam disso. Nem mesmo aquele cara do outro lado da sala que se divertiu com Rip me pegando de olhos fechados. Eu amava esse lugar. Lucas Ripley me enchendo o saco de vez em quando ou não, eu amava a oficina e as pessoas que trabalhavam ali. Eu era amada, eu tinha um lugar, eu tinha um trabalho e era *sexta-feira*. Eu não precisava de muito mais.

E mais do que qualquer outra coisa, hoje seria um ótimo dia. Quando se tinha tantas coisas boas e tantas pessoas boas na vida, como poderia não ser?

— Antes de encerrarmos a reunião desta manhã... — A voz repentina do sr. Cooper me fez perceber que eu tinha me distraído completamente nos últimos dois minutos. — Tem mais um anúncio que preciso fazer.

CAPÍTULO DOIS

Talvez eu tivesse falado um pouco cedo demais sobre ser um ótimo dia.

Meu dia não ficou ruim imediatamente depois do fim da reunião, mas... foi ladeira abaixo pouco tempo depois.

Só que as coisas sempre poderiam piorar. Sempre.

Quando eu havia chegado ao trabalho naquela manhã, comecei a trabalhar em um projeto menor que não me tomaria muito tempo para aplicar o primer. O primer era um tipo de demão prévia que se passava nas coisas antes de pintá-las. Ajudava a tinta a aderir melhor à superfície, a estender a durabilidade da tinta e a proteger o material que estava sendo pintado. Quando se lidava com um carro que provavelmente nunca mais seria pintado na vida, o primer era um dos passos mais importantes antes da mudança de cor.

Na hora que a reunião havia começado, eu já tinha terminado meu projeto e ido à sala de descanso, ciente dos outros trabalhos agendados. Geralmente, eu tinha uma boa ideia do que eu faria em datas específicas nas próximas uma ou duas semanas. Todo mundo na oficina tinha. Éramos uma máquina com engrenagens que funcionavam muito bem, porque cada um trabalhava em diferentes etapas do mesmo projeto. Planejamento adequado era algo que o sr. Cooper fazia com louvor para devolver os carros para seus donos o mais rápido possível.

Essa era parte da razão de a oficina não ter apenas sobrevivido, mas prosperado, apesar das recessões. Trabalhávamos duro, o mais rápido possível, sem comprometer a qualidade, e o sr. Cooper cobrava preços justos. A Cooper não era das mais baratas, mas também não era das mais caras. Eu tinha escutado amigos reclamando de pagarem valores excessivos ou de como algum mecânico havia levado tempo demais para fazer seu trabalho.

O sr. Cooper não gostava desses joguinhos. Todos deveríamos trabalhar juntos, e geralmente trabalhávamos.

Geralmente.

O problema era que o carro no qual eu deveria trabalhar em seguida tinha sido adicionado à minha agenda como uma emergência pedida pelo cliente, pela qual ele estava pagando um rim para que terminássemos tudo na semana seguinte. Mas, no instante em que fui procurar o carro, eu o encontrei na mesma condição que havia estado na última vez em que o vi.

Droga, não estava pronto. Não estava nem perto de estar pronto.

E foi por isso que, duas horas após o fim da nossa reunião, eu me peguei indo almoçar um pouquinho irritada.

Só um pouquinho. Porque eu não queria ficar brava de verdade. No grande esquema das coisas, aquilo não era importante. Se algo não matasse ou machucasse a mim ou a alguém que eu amava, não me deixava ficar incomodada por muito tempo. Os caras da funilaria — os funcionários cujo único trabalho era consertar as imperfeições antes de passar o carro para mim — não tinham terminado. Não havia motivo para ficar *completamente* irritada, mas tudo bem ficar um pouquinho nervosa.

Eu tinha formas melhores de gastar minha energia; naquele dia, era terminar a droga do trabalho da funilaria.

Minha frustração deveria estar aparente, porque eu tinha acabado de entrar na sala de descanso quando o sr. Cooper perguntou:

— O que aconteceu, luazinha?

Não pude evitar e sorri com o apelido carinhoso pelo qual o homem mais velho me chamava quando estávamos fora da oficina ou quando não havia ninguém por perto no trabalho. Nunca tínhamos conversado sobre isso, mas eu sabia que ele o fazia para que ninguém assumisse que tinha favoritos. De qualquer forma, eu estava quase certa de que todos sabiam que eu era sua favorita.

Não era qualquer um que ele recebia em sua casa, sua vida e família.

Não escondíamos que passávamos aniversários, Ações de Graças e Natais juntos, e os Anos-Novos há alguns anos. Agora ele alegava estar velho demais para ficar acordado até a meia-noite. Ele fazia parte da minha família, e tinha sido assim em quase uma década. Assim como a esposa dele. Assim como as minhas irmãs.

E porque ele era minha família, porque ele teve a chance de me conhecer muito bem, não pude esconder o fato de que *havia* algo me incomodando — principalmente, uma certa pessoa que trabalhava para ele.

A mesma pessoa com relação a quem eu nunca tinha sido completamente honesta com ele.

— Nada de mais — menti, tentando dar um sorriso genuíno, mas devo ter falhado, porque a expressão preocupada dele não mudou.

O homem de 71 anos, em sua camisa novinha de colarinho verde-oliva com COPPER COLISÃO E CUSTOMIZAÇÃO bordado no peito, com seus quase 1,90 m de altura, simplesmente se manteve carrancudo.

— Luna — ele disse, enquanto eu caminhava por trás dele, apoiando a mão em seu ombro por um segundo antes de seguir até a geladeira. — Mesmo se não for nada de mais, o que aconteceu? São as meninas?

— Não, as meninas estão bem — respondi, sabendo que estava se referindo às minhas irmãs mais novas.

— Tem algo errado em casa?

— Não, está tudo bem, sr. C. Juro — menti parcialmente, tirando a marmita de dentro da geladeira e, por fim, perguntando-me o que minha irmãzinha teria preparado. Eu havia trabalhado até tarde na noite anterior, e, quando cheguei em casa e tomei banho, ela já tinha ajeitado minha marmita e a guardado na geladeira para o dia seguinte.

Aquilo era certamente algo pelo qual eu poderia ser grata hoje. *Graças a Deus pela minha irmãzinha que prepara meu almoço todo dia.* Ela era a melhor cozinheira da família e nem um pouco mesquinha quanto a isso. Então eu não me permitiria ficar triste por ter menos de dois meses sobrando com minha *chef* particular em casa antes de ela me deixar.

— Me conte o motivo dessa sua cara. — A voz baixinha e atenta do sr. Cooper me impediu de cair na tristeza por algo que eu havia me prometido que não me deixaria chateada.

Minha irmã caçula tinha crescido e estava indo para a faculdade. Sempre soube que isso aconteceria. Era o que eu esperava. Já tinha passado por isso com minhas outras duas irmãs, e estava orgulhosa dela — delas — e feliz. Estava mesmo.

Mas eu nunca contaria a ninguém que já havia chorado duas vezes só de pensar na partida de Lily.

E, com certeza, eu não ficaria chateada com o que houve no trabalho. Não mesmo.

— Você está triste ou brava, Luna? Não sei dizer.

Colocando a marmita na mesa, ao lado do assento em que o sr. Cooper estava, comecei a tirar os recipientes dali, de olho nos potes de plástico. Havia três. Um estava cheio de verduras cortadas. O segundo tinha o que parecia ser arroz, vagem e carne moída, e o menor parecia estar cheio de *pico-de-gallo*. Delícia.

— Não estou triste. Juro. — Mentirosa. — É só que o carro em que eu começaria a trabalhar hoje não está pronto — eu disse, abrindo as tampas para bisbilhotar o interior e tentando ignorar o fato de estar me sentindo uma dedo-duro ao ter dito aquilo.

— Parece gostoso — o homem muito mais velho comentou quando me virei para colocar a mistura de grãos no micro-ondas. A voz dele soou quase como um sussurro ao perguntar: — Quem deveria ter trabalhado no carro primeiro?

Mordi o lábio ao pressionar os botões na tela. *Eu não ficaria brava. Eu não assumiria que o pior tinha acontecido.*

— Você sabe quem — falei na minha voz normal, porque não estava fazendo nada errado em contar a ele. Então não agiria como se tivesse algo a esconder.

E ele sabia. O sr. Cooper até poderia ser o chefe — *um* dos chefes —, mas eu raramente reclamava de qualquer coisa, em grande parte porque raramente havia qualquer coisa *do que* reclamar. Eu não deduraria ninguém nem o meteria em problema. Jamais abusaria do meu relacionamento com o sr. Cooper, e era por isso que eu não via problema algum em, na maior parte do tempo, sermos profissionais na oficina.

Mas...

Eu *tinha* contado a ele, algumas vezes, no passado, sobre um certo colega de trabalho que eu poderia jurar que se esforçava para não apenas ser um babaca, mas um pé no saco. Porém, só comigo. Porque eu era sortuda assim.

Não disse nada para meter o cara em problemas, mas para desabafar. O sr. Cooper era maduro e profissional o suficiente para entender minhas palavras pelo que realmente eram: sua quase-filha reclamando para o quase-pai sobre alguém que havia traído uma pessoa que ela amava. Mas eu nunca tinha contado essa parte a ele.

Pois a pessoa era minha irmã do meio. Então, é claro que aquilo seria um golpe contra o idiota que tinha feito minha irmã chorar. O fato de que ele não era gentil comigo, mesmo agora, também não ajudava nosso relacionamento.

Mas, naquele caso, o sr. Cooper, o dono do negócio, intrometeu-se no assunto, e vi a cabeça dele se voltando na minha direção, uma carranca em seu rosto muitíssimo amado por todos.

— De novo? Ele não fez algo parecido há algumas semanas?

Fez. Há duas semanas, para ser exata. E um mês antes, também tinha feito, mas em uma escala menor.

No entanto, fiz a mesma coisa que eu tinha feito em todas as outras vezes: engoli o choro e fiz o que precisava ser feito. Era meu trabalho, e eu não arranjaria problemas para mim mesma porque alguém não estava lidando com os próprios. A única razão pela qual o sr. Cooper tinha descoberto o que havia acontecido duas semanas atrás foi porque me pegou adicionando enchimento em um carro e não entendeu o motivo, sendo que eu tinha outras coisas na agenda.

Observei os segundos diminuírem na tela do micro-ondas.

— Estou trabalhando nisso há duas horas, sr. C. Ainda tenho outras duas antes de sequer poder começar a aplicar o primer. Eu também deveria trabalhar em outro projeto depois desse.

Adeus, planos para hoje à noite.

Eu estava ficando irritada de novo. Não porque teria que ficar acordada até tarde, mas porque teria que ficar acordada até tarde *porque* a minha intuição dizia que o meu colega de trabalho não havia terminado o trabalho de propósito. Ele negaria pelo resto da vida, mas eu sabia a verdade. Eu tinha ouvido seu riso pela manhã quando Rip implicou comigo.

— Ele explicou o motivo de não ter terminado? — o sr. C perguntou, soando genuinamente perplexo.

Eu não o culpava. Ao mesmo tempo, meu coração se alegrava por ele não esperar o pior das pessoas... mesmo eu tendo a sensação de que ele deveria esperar o pior do cara sobre quem estávamos conversando. Eu duvidava de que Jason estragava as coisas que o sr. Cooper lhe pedia para fazer.

Mordi o interior da bochecha outra vez e mantive a voz baixa ao dar uma olhada na direção da porta para me certificar de que certo alguém não estava parado ali, ouvindo.

— Ele disse que teve um problema em outro carro e por isso não conseguiu terminar.

Eu não sabia se ele tinha ciência de que, um dia, eu tive o mesmo trabalho que ele. Os carros que estavam agendados para pintura eram prioridade. Não havia razão pela qual Jason — o pé no meu saco de que estávamos falando — simplesmente não tivesse terminado, sabendo muito bem que eu precisava que ele o fizesse.

Aquele jovem inexperiente que o sr. Cooper havia contratado há seis meses — sem eu saber que tinha sido ele o escolhido até ser tarde demais — *tentava* fazer com que eu trabalhasse mais do que deveria. Jason não era tecnicamente um cara da funilaria. Ele sempre cobria quem estivesse de férias ou precisasse de um dia de folga; ele era basicamente eu naquela idade, fazendo o que qualquer um me pedisse para fazer.

— Não tem problema. — Minha voz enfraqueceu aos poucos, e me lembrei outra vez de tudo o que eu tinha: *eu era amada, eu tinha um trabalho bom, eu tinha um lar. Eu era feliz, e eu estava segura.* Mais importante do que isso, a mesma coisa valia para as minhas irmãs. Então aquilo não era grande coisa. — Ainda vou conseguir lidar com tudo.

Mas o sr. Cooper pareceu hesitar, provavelmente ainda tentando descobrir uma razão não maliciosa para algo como aquilo ter acontecido.

— Você quer que eu converse com ele? — meu chefe perguntou depois de um momento.

Soltei um suspiro ao largar um recipiente dentro do outro antes de pegar o pote com *pico-de-gallo* e adicioná-lo ao resto da comida.

Estava um pouco irritada, mas será que eu estava irritada o bastante para meter aquele fungo em forma de ser humano em problemas?

Eu odiava quão culpada me sentia só de pensar naquilo.

— Não — eu me peguei murmurando. — Vou dar a ele o benefício da dúvida.

E lá estava eu, mentindo de novo. Com certeza eu não lhe daria aquilo. Eu sabia que o cara estava mentindo. Simplesmente sabia.

Mas a ideia de ele se meter em problemas porque eu tinha reclamado para um dos meus chefes — para o chefe que faria praticamente qualquer coisa por mim se eu pedisse — me deixou mal. Ele era um mentiroso intragável, *mas* nunca se sabia pelo que as outras pessoas estavam passando para agirem como babacas. Mesmo a parte de agir como um babaca estar durando uns seis meses — mais os outros seis, quando namorou com a minha irmã antes de ele dormir com outra garota. Talvez ele precisasse de dinheiro. Talvez eu o fizesse se lembrar da mãe, e ele tivesse problemas maternos. Talvez estivesse estressado, e acabei sendo a pessoa mais fácil com a qual ser malvado.

Mas provavelmente não.

— Tem certeza?

Olhei para ele com o canto do olho. Então, assenti.

O sr. Cooper ergueu aquelas sobrancelhas muitíssimo grossas e cinza-esbranquiçadas, piscando os olhos azul-claros, seu rosto parecendo profundamente enrugado e sério.

— Tenho — confirmei quando comecei a cavar a comida com o garfo que minha irmãzinha tinha mandado para mim. Eu não confiava na limpeza dos caras da oficina, tirando as xícaras, e ela sabia disso.

Meu celular decidiu apitar no bolso da frente da calça jeans naquele instante.

— Me dê um segundo — pedi ao sr. Cooper, pegando o aparelho e olhando para a tela.

Thea: No final das contas, vou passar o fim de semana em Dallas, mas sem dúvida voltarei para a formatura da Lily. Preciso ganhar um pouco de $$$.

Digitei uma resposta para a minha irmã na mesma hora, ignorando a pontada de decepção que eu sabia realisticamente não ter razão alguma para sentir quando entendi por que ela não viria me visitar de novo. Afinal, eu não a via fazia quase três meses.

Eu: Tudo bem. Boa sorte.

Um segundo se passou antes de eu receber uma resposta.

Thea: Bjs

— Kyra? — ele perguntou, referindo-se à irmã do meio das três mais novas. A mesma com quem Jason, o babaca, tinha namorado.

— Não. Thea — eu o corrigi. Thea era a segunda mais velha depois de mim, com 21 anos. Pressionei o botão de início no celular para fechar o aplicativo e, então, coloquei o aparelho com a tela virada para baixo na mesa entre a nossa comida. — Ela não vai conseguir vir para cá no fim de semana — eu disse ao pegar o garfo.

Ele sabia tudo da última vez em que ela havia prometido vir, mas acabou furando. Assim como na visita falha, eu tinha me marcado como indisponível na agenda para que todo mundo soubesse que de jeito nenhum eu viria no fim de semana. Não era esperado eu não trabalhar aos sábados. Eu tinha contas, nenhuma árvore que dava dinheiro e nenhum homem rico para me bancar; minha vida era fazer hora extra. Mas eu poderia ser honesta e dizer que havia estado ansiosa para passar um tempinho de folga com as minhas irmãs. Bem...

— Acho que ofereceram a ela mais algumas horas na faculdade ou algo do tipo.

A forma como ele disse "*Ah!*" me avisou de que tinha entendido tudo. O sr. Cooper conhecia as minhas irmãs quase tão bem quanto eu. E, por causa disso, e porque eu conversava com ele com muita frequência, ele tinha uma boa ideia de como era comum Thea e Kyra cancelarem os planos comigo.

Apesar de ser sempre por uma boa razão.

Eu dei a ele outro sorriso pequeno antes de cutucar minha comida.

— Mas ela disse que com certeza virá para a formatura da Lily na semana que vem, o que é bom.

— É bom, sim — ele concordou... muito mais docemente do que precisava, porque, é sério, não era grande coisa ela não vir me visitar, no final das contas.

Não era.

— Não acredito que aquela garota está finalmente se formando na escola. Eu poderia jurar que ela ainda tem 11 anos.

Aquilo me fez sorrir.

— Eu também, sr. C, eu também. — Há algumas semanas, tínhamos ido olhar apartamentos para ela em Lubbock.

Ou o sr. Cooper percebeu que eu não queria mais pensar naquilo, ou entendeu que não havia mais nada a ser dito, porque deu outra mordida em seu sanduíche de atum antes de murmurar:

— Me esqueci de te avisar que alguém ligou hoje cedo querendo falar com você.

Franzi o cenho ao olhar para a comida no meu prato.

— Era um homem.

Pisquei.

— Perguntei o nome algumas vezes, mas ele não me disse — o sr. C continuou.

De jeito nenhum tinha sido um cliente, porque eu raramente conversava com algum. Eu até poderia atravessar a oficina quando um ou dois estavam do lado de dentro conversando com o sr. Cooper ou Rip sobre um carro no qual trabalhávamos ou sobre um carro que queriam comprar, mas era raro deixarem clientes passear pelo térreo durante o horário comercial. Mas conversar pessoalmente com algum deles? De jeito nenhum. As únicas pessoas a quem eu tinha que dar ouvidos eram o sr. Cooper e Ripley.

— Eu não sabia se você queria arranjar uma linha de crédito ou se estavam tentando verificar se você estava empregada. — Ele soltou um bufo adorável, como se não pudesse imaginar eu me candidatando para trabalhar em mais nenhum outro lugar. — Mas eu também não quis confirmar que você trabalha aqui. Sabe... *Por precaução.* — Nós dois sabíamos o que ele queria dizer com o *"por precaução"*. Por precaução, caso fosse alguém com quem eu não quisesse conversar. Por precaução, caso fosse alguém com quem eu não me importaria se acreditasse que eu estava morta. — Perguntei com quem eu estava falando, então ele pediu de novo para falar com você. Ficamos andando em círculos antes de ele me agradecer e, então, desligar, mas algo naquilo tudo me pareceu profissional.

Hum.

Não havia nenhuma razão lógica para alguém ter ligado me procurando.

Pelo menos, não alguém que eu quisesse me procurando.

— Eu te aviso se ligarem de novo — ele me disse. — Mas farei a mesma coisa: não direi que você não trabalha aqui, mas também não direi que trabalha.

— Obrigada, sr. C — murmurei, tentando pensar, mas também dando uma garfada na comida. Deixei meu olhar deslizar sobre ele, notando a tensão em seus ombros. Eu tinha uma ideia do motivo. — Você está bem? Fiquei bem surpresa quando anunciou que Rogelio estava de saída.

O homem mais velho resmungou enquanto mastigava. A última coisa que ele tinha dito durante a reunião foi que um dos funcionários antigos da oficina estava saindo para abrir a própria oficina mecânica.

— Estou feliz por ele — o sr. Cooper disse, por fim, e eu soube que estava falando a verdade. — Mas você sabe como é difícil encontrar funcionários bons, e agora preciso arranjar alguém antes de ele ir embora. Vamos acabar sofrendo se ficarmos com pouca gente.

Estávamos sempre quase sofrendo, e agora... com uma pessoa a menos...

Ele sacudiu o ombro mais próximo a mim.

— Vou encontrar alguém. Recebo currículos o tempo todo, de jovens que acabaram de sair da escola.

Sorri para ele.

— Se houver algo que eu possa fazer, me avise.

O sr. Cooper colocou o braço ao redor dos meus ombros e me abraçou de lado.

Era algo que ele quase nunca fazia, então me pegou tão de surpresa que mal tive tempo para sorrir.

Seu riso baixo me fez baixar o olhar até onde seus olhos estavam focados: no meu pulso. Na pulseira de pequenos donuts de plástico com cobertura colorida no pulso esquerdo, para ser mais específica.

— Eu estava me perguntando o que de divertido aconteceu no seu dia.

Balancei a mão.

— Lily comprou para mim — expliquei.

— É bem divertida, luazinha — o homem mais velho confirmou com um sorriso caloroso.

— Luna — soou uma voz masculina familiar que me fez olhar na direção da porta assim que o braço do sr. C começou a se afastar.

Como esperado, o corpo imponente de Rip preencheu a largura da moldura da porta ao ficar parado, um pedaço de papel sujo de graxa na mão, e seu olhar focado em mim, ignorando totalmente o sr. Cooper sentado ao meu lado, mas havia alguma coisa na sua expressão...

— Oi, Rip — eu disse, dando um sorriso a ele enquanto me endireitava.

Ele inclinou o queixo para cima, fazendo meus olhos irem até as linhas ao lado da boca por conta das tantas carrancas que assumia. A voz rouca *e* irritada.

— Você já começou a trabalhar naquele Thunderbird?

— Ainda não. — Eu deveria contar a ele o que tinha acontecido? Dei outra olhada em sua camisa e pensei no quão emburrado ele havia estado na reunião pela manhã. Por causa da idiotice de Jason, meu trabalho no carro mencionado tinha sido adiado.

— Faça-me um favor, então. — Seus olhos continuaram em mim com tamanha concentração que senti ter feito algo errado ao deixar o sr. Cooper me abraçar. Mas não fiz, e Rip sabia muito bem do relacionamento pai-filha que eu tinha com o homem mais velho. Eu havia convidado Ripley para duas Ações de Graças na minha casa, deixando bem claro que o sr. Cooper e a esposa também estariam lá, para que ele não achasse que fosse uma tentativa de flerte. O homem não apareceu em nenhuma das vezes. — Mudei de ideia com relação a isto aqui, e deixei uma nova ordem de serviço na sua mesa. Dê uma olhada. Sei que temos a cor nos fundos, então use-a, entendido?

Assenti. Nova ordem de serviço. Nova cor. Ele estava usando aquela voz que ladrava, que o fazia parecer ter algo preso na bunda. Tudo bem.

Os olhos azul-esverdeados de Ripley se apertaram enquanto me observava da porta, fazendo questão de não olhar para o homem ao meu lado.

— Não precisa anotar? — ele perguntou, mergulhando um pouco mais naquele tom arrogante.

Não deixei aquilo me afetar.

— Não, vou me lembrar.

Da porta, Rip me deu um aceno de cabeça antes de ir embora. Não precisei vê-lo se afastar para saber como a bunda ficava naquele macacão. Tinha a proporção perfeita quando comparado ao restante do corpo de 1,95 m que mais parecia um tanque de guerra. Grande e duro.

Ao meu lado, o sr. Cooper soltou um suspiro que eu tinha ouvido cem ou duzentas vezes antes. Não pude culpá-lo. Quanto menos os dois se comunicassem, melhor ficava o dia de todo mundo.

Principalmente o dele.

Mas, naquele momento, não pude focar na bunda de Rip nem apreciar o fato de que eu havia tido a chance de ver seu rosto não me encarar todo carrancudo, mesmo que por apenas um segundo. Às vezes, ele vinha almoçar no mesmo horário que eu. Às vezes, ele se sentava ao meu lado e comia. E seu cotovelo roçava o meu. Eventualmente o antebraço também tocava o meu. Se fosse um dia bom, ele ergueria uma sobrancelha para mim, o que eu interpretaria como um sorriso. Se fosse um dia *muito* bom, poderíamos conversar sobre o carro que ele estivesse restaurando, e talvez até falaríamos daquilo por alguns minutos.

Eu tinha desistido de fazer perguntas depois de dois meses de ele ter chegado a CCC.

Mas nos dias em que o sr. Cooper e eu acabávamos comendo no mesmo horário, nada daquilo jamais acontecia. Eu observara Rip se virar e sair andando, e, então, notava como o sr. Cooper ficava sentado tentando não deixar que aquilo o incomodasse.

Naquele dia, foi impossível não perceber que ser ignorado estava corroendo o homem mais gentil que eu já havia conhecido.

Então virei a cabeça na direção do meu chefe preferido e lhe dei um sorriso que ele deve ter entendido bem.

— Eu já te disse que essa cor de camisa fica ótima em você? Você não parece ter mais do que 65 anos quando a usa, sr. C.

Horas tinham se passado quando percebi como eu havia estragado tudo.

Não sei exatamente o que me fez ligar os pontos no último segundo logo que comecei a me agachar para continuar movendo a pistola pela superfície do painel traseiro que eu pintava. Mas alguma peça entrou no lugar assim que me peguei na frente da seção do carro entre a porta traseira e o porta-malas. Aquilo me disse *Luna, espere um minuto.*

Espere um minuto.

— Droga. — Abaixei o capuz do macacão, ergui os óculos de segurança até o topo da cabeça e puxei o respirador na direção do queixo, tentando pensar enquanto eu encarava o painel à minha frente.

Mas a cor do carro não mudou sem os óculos.

Ainda era um azul-prateado.

Ainda era *Silver Mink*.

Deixei uma nova ordem de serviço na sua mesa, Rip tinha dito durante o almoço.

Eu havia pegado a ordem de serviço. Eu sabia. *Silver Mink*, era o que dizia. Eu sabia. Eu não tinha lido errado.

Mas... *Silver Mink*... Algo naquela cor, naquele nome, não parecia certo.

Silver Mink, Silver Mink, Silver Mink...

Silver Mink não tinha sido a primeira cor que ele havia pedido?

Eu tinha lido errado a ordem de serviço?

Com o coração começando a martelar na mesma hora, engoli em seco e tentei pensar no que eu tinha feito. Eu havia pegado a ordem, lido tudo três vezes e, então, ido pegar a tinta. Disso, eu tinha certeza. Eu *sabia*.

Mas...

Voltei correndo à minha mesa e folheei as ordens. Cerca de um minuto depois de ter começado, eu a encontrei — eu *as* encontrei, na verdade. Eu *as* encontrei, droga.

Levei apenas um segundo para dar uma olhada na ordem que estava no meu computador e confirmar minhas suspeitas.

Eu tinha começado a pintar o carro com uma cor *totalmente diferente*.

Puta merda.

Não *Brittany Blue*.

Não Brittany Blue como pedido em uma das ordens. Na ordem *certa*.

Por que eu não tinha olhado duas vezes? Eu sempre olhava. *Sempre.*

— Merda. — Pisquei para a folha, a vontade de vomitar cada vez mais forte. — Merda, merda, *merda!*

Quis socar a parede. Na verdade, quis *me* socar. Mas o fato era que eu me lembrava de estar focada na ligação que o sr. Cooper tinha mencionado, na minha irmã ter furado comigo e na frustração com o meu colega de trabalho por ter me ferrado. Eu tinha voltado ao andar de baixo após o almoço, ainda pensando nas coisas que eu não poderia mudar mesmo se eu quisesse e, em seguida, ido à minha sala e passado mais quatro horas lixando o carro para, então, aplicar o primer. Deixei-o secar enquanto pegava a primeira pasta que encontrei para o Thunderbird, lia tudo e, por fim, escolhia a tinta no armário onde guardávamos todo o material extra não usado.

O resto era história. Eu havia pegado a tinta, preparado tudo, e Miguel me ajudou a mover os carros. Então, entrei na cabine e comecei a aplicar o spray, minha cabeça voltando à mensagem de texto e à ligação, apesar dos fones que eu usava berrarem a trilha sonora de *Wicked* nos meus ouvidos. Então — *então* —, eu percebi.

Puta merda, eu tinha lido a ordem de serviço errada.

Ah, não. Ah, não, ah, não, *ah, não.*

— Puta que pariu — murmurei comigo mesma, o pânico tomando conta da minha barriga, deixando-me com náusea na mesma hora. *Na mesma hora.*

Por um milissegundo, eu me perguntei como poderia consertar aquilo sem envolver ninguém. Mas, tão rapidamente quanto havia pensado nisso, me lembrei de que não tinha jeito. O que eu faria? Esconderia o carro e refaria todo o serviço? O primer precisava de um dia todo para secar.

Eu não sabia se acreditava em milagres, e não passaria a acreditar agora.

Minhas mãos foram automaticamente para o cabelo, alisando os fios cortados na altura do queixo, os quais eu tinha prendido com grampos atrás das orelhas para ficarem longe do rosto. Puxei as pontas com força. Mas a cor não mudou, as palavras na ordem de serviço não desapareceram magicamente e eu ainda estava em um poço de merda.

Havia apenas uma coisa que eu poderia fazer.

Engula o choro, docinho, era o que a minha irmã diria.

E se você for demitida?, meu cérebro tentou perguntar ao restante do corpo.

Eu tinha errado uma vez antes no trabalho, mas eu tinha estragado rodas, e apenas duas delas.

Eu raramente falava alto. Nunca me atrasava. Não conseguia nem me lembrar de ter reclamado algum dia. É claro, o sr. Cooper era a coisa mais próxima que eu tinha do que um pai de verdade deveria ser. Mas seriam centenas de dólares de trabalho que teriam de ser refeitos por minha causa. E esse total era o que eles me pagavam por hora de trabalho mais a tinta que eu tinha acabado de gastar. Tudo porque eu não havia tirado um tempinho para encontrar as duas ordens e verificar a porcaria das *datas*.

Eu estava prestes a vomitar.

E se eu fosse demitida? Isso poderia acontecer. Era um dia de camisa branca para Rip.

E ele já tinha demitido pessoas por muito menos em dias brancos.

Merda. *Merda, merda, merda.*

Só tem uma coisa a ser feita, Luna, a voz da razão na minha cabeça me disse.

Soltando meu cabelo, respirei fundo, mas não o bastante, então acabei soando como alguém com asma. Eu não seria ainda mais babaca ao fingir que nada tinha acontecido.

Havia cometido um erro.

E assumia a responsabilidade pelas minhas ações.

Eu não fugia dos meus problemas, apesar de que, às vezes, os ignorava.

Eu era melhor do que isso. *Eu era melhor do que isso.* Não seria esse tipo de pessoa.

Talvez eu tenha rezado baixinho algumas Ave-Marias, que eu havia aprendido com os Cooper, ao seguir em direção ao térreo. Pensei em ligar para o sr. Cooper e contar tudo, porque eu não achava que ele seria capaz de gritar comigo.

Mas não pude fazer isso.

Era um dia branco, e Rip já o tinha ignorado descaradamente. O homem mais velho estaria em casa agora, e ele não merecia ser repreendido por algo que eu tinha feito, porque seria isso o que inevitavelmente aconteceria se eu o usasse como um amortecedor entre mim e a pessoa que tinha realmente me dado as ordens para o projeto que eu havia estragado.

Tentei me convencer de que não havia nada com o que me preocupar.

O que Rip faria? Gritaria comigo? Não seria a primeira vez que alguém faria isso. Eu havia dominado a arte de levar broncas quando criança. Não era como se ele fosse me bater, me xingar de idiota ou dar a entender que toda a minha existência era um erro. Ele faria uma cara feia, usaria aquele tom condescendente que sempre usava com todo mundo, talvez ficasse mal-humorado por alguns dias, e então...

Ele tomaria a decisão de me demitir.

Não era grande coisa.

Eu poderia encontrar outro emprego. Ofertas de emprego surgiam para mim a cada poucos meses. É claro, nenhuma era em Houston, e eu não *queria* trocar de emprego e recomeçar tudo ao redor de pessoas que não me conheciam e não se importavam comigo, mas...

Não ouse ficar chateada, Luna, meu cérebro me avisou. *Nem sequer considere isso.*

Respirei fundo outra vez, mas o ar entrou cortante e tortuoso. Eu assumiria a culpa pelos meus erros, tinha prometido aquilo a mim mesma há muito tempo. Eu assumiria a responsabilidade pelas minhas ações.

Não se exceda, eu disse a mim mesma ao colocar um pé em frente ao outro, seguindo em direção ao piso térreo da oficina e olhando ao redor para os oito carros diferentes parados ali no momento. Havia quatro "faixas", cada faixa com dois carros. Três delas geralmente ficavam reservadas para carros que precisavam de assistência mecânica, em grande parte carros envolvidos em colisões. Enquanto a outra era sempre deixada para o que Ripley estivesse restaurando.

Como esperado, a maior parte dos mecânicos da CCC já tinha ido embora, mas ainda vi duas cabeças no andar que não eram do tom castanho e grisalho de Rip.

Na faixa mais distante de onde eu estava parada, pude vê-lo tirando os assentos de um GTO que eu não havia notado antes do almoço.

Por quê? Por que tive de me atrapalhar hoje? Droga, droga, *droga*.

Eu tinha me atrapalhado. Não havia como esconder isso. Eu não poderia voltar no tempo e mudar o meu erro, por mais que desejasse.

Assuma. Eu tinha que assumir aquilo. *Mentir era ruim — na maior parte do tempo. Mas me fazer de burra era pior ainda.*

Repeti todas aquelas coisas para mim mesma enquanto passava entre os carros, de propósito ignorando os vislumbres que eu tinha dos dois caras ainda trabalhando enquanto abria caminho até Rip. Não era incomum eu aparecer naquele andar, mas também não era comum.

Talvez eu conseguisse convencê-lo a conversar comigo em seu escritório ou na minha sala.

Como pude ter me atrapalhado tanto assim? Realisticamente, eu sabia que as pessoas cometiam erros. O próprio homem que havia me ensinado tudo o que sabia cometia erros o tempo todo.

Certo, isso nunca tinha acontecido desde que Rip entrou na CCC, e nunca um erro desse tamanho. Quando o velho pintor-chefe cometia um erro, era ter escolhido o tom errado da cor ou não notar que algo precisava de mais uma demão de verniz. Mas não um pedaço de um carro de cor errada.

Você não vai chorar, Luna. Você não vai chorar. Ele não vai te bater, e se ele gritar, você vai aguentar melhor do que qualquer outra pessoa aqui. Se for demitida, a culpa é toda sua. Você não pode culpar mais ninguém, exceto a si mesma. Você vai ficar bem. Thea, Kyra e Lily são quase financeiramente independentes. Um dia, você vai poder rir de quando cometeu um erro desses. Mas talvez leve uma década para isso. Você é uma pessoa decente, e tenta fazer o que é certo, mesmo sendo uma droga.

Foi com aquela ideia em mente que marchei em direção ao homem que havia se encolhido para dentro do carro outra vez. Não pude ver sua cabeça nem corpo enquanto me aproximava. Eu conseguiria lidar com isso, prometi a mim mesma.

Então, foi o que fiz.

Rip estava tirando os pinos do assento do lado do motorista como eu esperava, então fiz o contorno até aquele lado e fiquei parada ali, observando-o de joelhos, metade do torso dentro do carro e a outra metade meio ajoelhada em uma toalha suja no chão de concreto.

Ele não me viu nem ouviu.

Conhecendo-o, talvez ele estivesse apenas fingindo.

Então eu disse bem alto:

— *Ei,* Rip. — Ele saberia que algo estava errado, eu tinha certeza.

Ele não parou de trabalhar e, se revirou os olhos, eu não poderia ver, mas ouvi sua resposta:

— O que foi?

"O que foi?", não *"O que você quer?"* ou *"Do que você precisa?"*. Era um dia branco, então pelo que eu estava esperando?

— Posso falar com você?

— Fale — foi sua resposta simples.

Eu conseguiria.

— Podemos conversar no seu escritório ou na minha sala? — eu praticamente grasnei, encolhendo-me e esperando que ele não tivesse notado.

Foi só então que vi seu braço parar de se mover, mas ouvi sua voz com clareza quando disse, irritado:

— Estou ocupado, Luna. O que está acontecendo?

O que está acontecendo? Certo. Era um bom sinal.

Mas ainda assim não consegui falar nada, além de...

— Eu já te disse que seu cabelo está lindo hoje? — O modo como ele o havia repartido *realmente* tinha ficado muito bonito. Eu não estava mentindo.

Apenas enrolando.

— Fale logo, Luna — ele claramente resmungou, ciente do que eu estava fazendo. — Não tenho o dia todo, e preciso depenar esse carro. O que está acontecendo? — meu chefe perguntou sem me dar sequer um segundo para pensar no que eu poderia dizer para me safar, o mesmo chefe para quem eu vinha planejando fazer um bolo no fim de semana, o chefe que já tinha perdido a paciência comigo quando não o respondi às sete horas da manhã, quando me perguntou qual favor eu queria dele, mas... por outro lado, ele tinha me pegado com os olhos fechados durante a reunião.

Por quê? Por que eu não poderia ter ferrado com algo que o sr. Cooper tinha me mandado fazer? Ele ficaria decepcionado, mas pelo menos não teria me dado aquele olhar mortal. Não se livraria de mim.

Do outro lado do Eclipse estacionado perto de mim, vi meus dois colegas de trabalho me encarando, sendo enxeridos. Owen e Miguel não tentavam nem esconder que estavam se esforçando para ouvir. Eu não tinha nem certeza do que Miguel estava fazendo ali tão tarde, muito menos por que estaria ajudando Owen, mas...

Me obriguei a não xingar o nome de Jason. Era meio que culpa dele aquilo estar acontecendo. Se tivesse feito o trabalho dele, eu teria começado a pintar o carro na hora em que Rip foi me procurar na sala de descanso.

Mas, no final das contas, eu só poderia culpar a mim mesma por não ter checado duas vezes a ordem de serviço.

Acenei para os meus colegas de trabalho.

— Owen, diga para sua filha que eu lhe desejo um feliz aniversário! — gritei.

Os dois sorriram, mas foi Owen que levantou o polegar para mim. No entanto, nenhum deles desviou o olhar. Quem quer que tivesse espalhado o rumor de que mulheres eram mais fofoqueiras do que homens nunca havia trabalhado com um grupo de homens.

— Luna, que porra está acontecendo? — Rip perguntou, sua voz finalmente ganhando um tom de impaciência.

É agora ou nunca.

— Hum. — Minha voz voltou a desaparecer, e me forcei a desviar o olhar de Miguel e Owen e olhar para baixo, em direção ao indício de um cotovelo que tinha começado a se mover outra vez dentro do GTO.

— Vai falar alguma coisa ou não? Tenho que trabalhar — ele continuou, agora soando ainda mais irritado e impaciente.

Eu conseguiria. Eu tinha que fazer isso.

— Luna — Rip estendeu o meu nome, todo e qualquer sossego, por fim, não mais em sua voz.

— Rip — comecei a falar, fechando os olhos por um momento. — Eu fiz besteira.

Houve uma pausa, e, então, ele perguntou devagarinho, mas tão, tão devagarinho, que não fui tola o bastante para assumir que ele não tinha me ouvido:

— Como é?

Ele me faria repetir. É claro que faria.

— Eu fiz besteira — disse. Eu não merecia nem me encolher. A culpa realmente era minha. E do Jason. — Peguei a ordem de serviço errada para o Thunderbird. Em vez da cor Brittany Blue, usei a Silver Mink, que era o que estava na ordem original, e comecei a pintar antes de perceber. — Pronto. Eu tinha conseguido. Eu sabia que seria inútil e que não significaria nada, mas, ainda assim, adicionei: — Eu sinto muito, muito mesmo.

Em algum momento, o cotovelo dele parou de se mover. Droga. Eu tinha quase certeza de que ele havia até parado de respirar, porque os cinco centímetros do torso que não estavam escondidos dentro do carro também não se moviam. Ah, merda.

— A culpa é minha. Eu só... eu me distraí. Segunda-feira, posso aplicar o primer, e se eu ficar até tarde, posso chegar ao ponto onde estou agora de novo...

Ele tinha parado de ouvir. Notei. Então, parei de falar.

Seu corpo tinha começado a se mover enquanto eu tagarelava. Primeiro, notei mais do seu abdômen definido e, então, da parte superior do peito, seguindo pelo pescoço e, por fim, a cabeça saiu de dentro do carro. Aqueles olhos intensos focaram em mim, presos àquele rosto cuidadosamente inexpressivo que eu já tinha visto antes, mas geralmente a distância. Geralmente como observadora, não em sua mira.

E eu soube. Caramba, eu soube...

Ele me daria um esculacho.

Lucas Ripley não me decepcionou. Sua voz soou calma e quase gélida quando disse:

— Eu perguntei claramente se você precisava anotar. Lembra?

Ah, cara. Eu ia passar mal.

O que mais eu poderia fazer, senão assentir?

Seus olhos azuis quase verdes nem *vacilaram*.

— Eu *te perguntei* se você queria anotar, e você disse que não — ele continuou, encarando-me com aquele rosto furioso, mas tão rudemente bonito, que eu não queria encarar, não naquela hora. A voz ficou ainda mais fria, como se isso sequer fosse possível, e juro que pude sentir a pele nas minhas costas pinicar. — Vou ter de te pagar horas extras por um trabalho que já está feito? — Ele semicerrou os olhos intensos. — Vou ter de *te* pagar para consertar um erro que *você* cometeu?

Tudo o que pude fazer foi ficar ali parada.

Eu tinha feito besteira. Não havia como fugir disso.

— Rip, sinto muito. Eu nunca cometi um erro assim…

A mão gigante e salpicada de algum tipo de óleo ou graxa deslizou pelo centro do seu corpo.

— Que droga, Luna. Esse não é o ponto — ele explodiu, erguendo os olhos para mim. — É perda de tempo. É perda de dinheiro. É perda de tinta, merda. — Rip balançou a cabeça castanha cheia de cabelo com apenas algumas poucas linhas grisalhas atravessando-o, bem a tempo do seu aniversário na próxima segunda-feira.

Ele estava enfatizando tudo, e eu, absorvendo, me sentindo pior a cada segundo. Ele tinha razão. Ele teria se irritado com qualquer um por ter cometido o mesmo erro, mas isso só serviu para me deixar um tantinho de nada melhor.

— Desculpa. Vou ficar até tarde, e você não precisa me pagar; sei que a culpa é minha — respondi, esperando que Owen e Miguel não ouvissem o quanto minha voz tinha afinado. Eu tive que cerrar os punhos quando a vontade de estalar as juntas aumentou.

Meu chefe ergueu as sobrancelhas grossas e escuras de um jeito que confirmou que eu não me safaria de nada, e que com certeza não seria absolvida de absolutamente coisa alguma.

— Agora você vai tentar me deixar com a consciência pesada por ter lhe dito as merdas que qualquer chefe diria? — As sobrancelhas dele se abaixaram, e aquela boca que eu achava muitíssimo sensual em dias bons continuou em uma carranca. — Você não vai fazer com que eu me sinta mal, Luna. Você fez merda. Fim de papo.

Eu tinha feito merda. Não estava tentando fazer que parecesse outra coisa. Assenti para ele, me certificando de evitar olhar na direção em que eu tinha visto meus colegas de trabalho parados antes.

— Eu sei, Rip. E não estou tentando fazer isso. Desculpa — eu disse.

Ele balançou a cabeça, me dispensando. O homem tirou um trapo meio limpo de dentro do macacão e o passou pelo rosto ao murmurar:

— Pedir desculpa não adianta nada.

É claro que não. Eu tinha aprendido aquela lição muito antes de ele ter entrado na minha vida.

— Eu sei. Vou cuidar de tudo sozinha. Vou começar...

Com o rosto ainda coberto, ele soltou:

— Nem se dê o trabalho.

O que aquilo queria dizer?

— Mas eu consigo. Sei que a culpa é minha...

— Não. — Ele afastou o trapo do rosto e focou em mim na mesma hora. O maxilar estava tenso, e se eu ainda tinha qualquer dúvida de que ele estava irritado, a confirmação chegou naquela hora. Havia mais linhas de expressão em sua testa do que eu já tinha visto antes. — Continue a usar a mesma cor de tinta — ele murmurou, passando o pano sem cuidado algum pelas mãos enquanto os olhos praticamente abriam um buraco odioso bem no meio do meu rosto. — Só para que você fique sabendo, isso é uma droga.

— Desculpa — murmurei, ignorando o fato de que eu tinha quase certeza de que meus colegas de trabalho tinham começado a se aproximar para nos ouvir melhor.

Rip balançou a cabeça de novo.

— Pedir desculpa não vai consertar o seu erro. Vá pintar o carro da cor com que você já começou.

— Mas...

— Eu não quero mais falar nessa merda, Luna. — Ele olhou para o teto antes de dizer com a voz claríssima: — E isso vai entrar para sua ficha.

Para minha ficha? Como um aviso? A primeira de três ocorrências que me fariam ser demitida? Era assim que aquele tipo de coisa funcionava? Eu nem sabia que algo assim existia.

Eu o encarei, pressionei um lábio contra o outro e, então, inspirei fundo pelo nariz. Eu não ficaria chateada por ter arranjado problemas. *Não ficaria.*

Rip, por outro lado, me observou com aquele seu maldito rosto furioso que dizia, para começo de conversa, que nem sequer queria olhar para mim. Ele não queria olhar no meu rosto, o qual geralmente não exibia qualquer maquiagem, exceto pelo batom cor-de-rosa que eu passava todos os dias. Ele não queria olhar para o cabelo azul no tom de um algodão-doce que eu havia mantido ao longo do último ano. Ele não queria olhar para *mim.*

Ele não seria a primeira pessoa.

— Desculpa — pedi, tentando me agarrar ao fiapo de orgulho que havia me sobrado enquanto eu sentia não ter mais do que uns dois centímetros de altura.

Ele simplesmente me encarou, e eu soube que ele não diria mais nada.

Eu tinha me desculpado e tinha sido sincera. Isso era tudo o que eu poderia fazer. Me virei e, devagarinho, segui pela direção que eu tinha vindo, evitando de propósito fazer contato visual com os caras que nos observavam, pois não quis ver a expressão de pena em seus rostos. Eu provavelmente tinha atravessado apenas duas faixas quando ouvi Rip gritar:

— Vocês dois vão voltar ao trabalho ou o quê?

Pressionei os lábios e olhei para baixo em direção à minha pulseira de donuts, esfregando o polegar por um deles. Poderia ter sido pior.

Ele poderia ter me demitido, e, talvez, então, poderia ter se livrado de me pagar o favor que sentia me dever pelos últimos três anos. Aposto que isso o teria deixado feliz.

Estava tudo bem, mesmo se não parecesse.

As coisas sempre poderiam ser piores.

CAPÍTULO TRÊS

Todas as luzes estavam acesas dentro de casa quando entrei na garagem às dez naquela noite.

Literalmente todas.

Suspirei ao desligar o motor e disse a mim mesma que, em breve, não teria ninguém na casa para acender nenhuma das luzes. Ou para me fazer o almoço. Ou para me dar um abraço quando eu precisasse. Ou para me convencer a ficar acordada até tarde assistindo a um filme de terror.

Aquela lembrança me fez suspirar de novo, mas por uma razão totalmente diferente.

Então, me lembrei do quão alta minha conta de luz seria nesse verão se minha irmãzinha não sossegasse. Logo, abri a porta do carro e saí.

No escuro, era difícil enxergar a casa, exceto pelos quadrados e retângulos de luz por trás das cortinas que Thea, minha irmã só um pouco mais nova, tinha me dado de aniversário há um ano.

Subindo os dois degraus, girei as chaves ao redor do dedo indicador e, em seguida, deslizei a correta para dentro da fechadura e a girei. A televisão ecoou, mas, de alguma forma, minha irmãzinha Lily me ouviu abrir a porta, pois gritou:

— Luna? É você?

— Não, é o assassino da machadinha. — Larguei as chaves na tigela que minha outra irmã tinha me dado de aniversário naquele mesmo ano. — Você preparou algo para o jantar? — *Por favor, por favor, por favor...*

— Não, eu pedi pizza! — minha irmã mais nova respondeu de onde ela geralmente ficava em raras sextas-feiras quando não estava trabalhando: em frente à TV, porque aparentemente o último ano do ensino médio era *exaustivo*. Não que eu tivesse como saber.

Sempre fui capaz de enxergar a verdade por trás das mentiras dela. Ela ficava em casa nas sextas de folga para não gastar dinheiro. Estava sempre economizando para alguma coisa. Em todo o ano passado, ela poupou para os gastos com a faculdade. No ano anterior àquele, guardou dinheiro para um carro — um carro que acabei dividindo o valor com ela.

Ao pensar na pizza, meu estômago roncou, me fazendo lembrar que eu não havia terminado o almoço e que, desde então, só tinha colocado para dentro uma banana e um punhado de Skittles do meu estoque nem-tão-secreto-assim depois do meu incidente com Rip. Pensei ser algum tipo de milagre eu não ter acabado com uma dor de cabeça, mas a Coca-Cola que eu havia bebido com os Skittles provavelmente ajudou.

Eu estava *cansada*. Por dentro e por fora. Não importava o quanto eu tentasse não me afundar na culpa que eu sentia por ter feito besteira — nem o quanto eu tentasse não pensar no quão implacável Rip tinha sido em relação àquilo — porque eu tinha, *sim,* feito besteira. Sua expressão, seu tom e a culpa nas minhas entranhas simplesmente continuaram rodopiando pela minha cabeça. O aperto no peito não tinha ido a lugar nenhum nas últimas horas.

Aquilo ainda continuava nas redondezas do meu coração. Eu estava envergonhada e decepcionada comigo mesma.

Pedir desculpa não vai consertar o seu erro.

Suspirei mais uma vez ao desamarrar as botas e, então, tirá-las com ajuda dos dedos dos pés, deixando-as bem ao lado do Converse preto de Lily. Também dei uma olhada no Vans amarelo-axadrezado e o New Balance cor-de-rosa ali.

Esfregando a sobrancelha com as costas da mão, arrastei os pés na direção da sala de estar no final do corredor. Pelo caminho, notei que ainda havia muitas coisas que eu queria refazer na casa — derrubar algumas daquelas paredes era o próximo item na minha lista. Com sorte, eu conseguiria fazer Lily me ajudar antes de ela se mudar, e se minhas outras irmãs viessem visitar, eu também poderia convencê-las a ajudar. Não havia horas o bastante nem dias o suficiente no ano.

Na sala de estar, encontrei-a sentada entre uma menina e um menino da idade dela que eu já conhecia. Ergui a mão para eles, mas mandei um beijo para a de cabelo louro-escuro no meio.

— Oi — eu disse para os três, observando minha irmã erguer os braços até o teto com seu jeitinho de me fazer chegar mais perto.

Ela era a mais carinhosa da família — apenas mais uma razão pela qual eu sentiria saudade quando ela fosse para a faculdade. A ideia me apunhalou bem no estômago.

Ela se formaria no ensino médio na semana que vem. *Semana que vem.* Faria 18 anos dali a duas semanas. Legalmente, uma adulta, mas para sempre minha irmãzinha que havia crescido rápido demais, independentemente do quanto eu tivesse tentado prevenir aquilo de acontecer.

Curvando-se sobre o encosto do sofá, os braços de Lily passaram ao redor do meu pescoço enquanto ela pressionava minha bochecha na lateral do seu rosto.

— Dia difícil, docinho?

O meu *Não foi dos melhores, mas não foi dos piores, querida* acertou a bochecha dela enquanto eu lhe dava um beijo.

— Sinto muito, meu amor. — Ela me deu um beijinho em resposta. Seus olhos verdes, do mesmo tom dos meus e das nossas irmãs, estavam muitíssimo atentos. Ela tinha me dito vezes o bastante como eu trabalhava demais e como eu acabaria me esgotando em breve. — Acha melhor irmos para o meu quarto? — Seu olhar encontrou meu pulso, e ela sorriu. — Ah, olha só, você está usando a pulseira.

Eu dei outro beijo em sua bochecha antes de me endireitar.

— É claro que estou. E não, desde que você não se importe de eu me sentar aqui por um tempinho com o resto da pizza de vocês.

Ela fez uma careta.

— Você deve ter inalado muito vapor de tinta hoje.

Fiz outra careta em resposta antes de me virar e seguir até a cozinha no fim do outro pequeno corredor. Eu realmente precisava abrir mais a casa e aprimorar a planta. Tinha feito o planejamento logo depois de comprar o lugar, e apostava que encontraria um engenheiro ou arquiteto que me diria exatamente quais paredes eu poderia tirar. Eu trabalhava demais para acompanhar aqueles programas de reformas de casas, mas tinha uma noção geral de como queria que o lugar ficasse.

Analisei o que eu tinha atualmente: uma cozinha fechada que teria sido popular em um século diferente, armários de madeira maciça, um balcão que tinha sido substituído em algum momento nos últimos vinte anos, um fogão e uma geladeira que davam para o gasto... Havia potes de vidro e de cerâmica nos balcões, um liquidificador chique que Lily tinha me convencido a comprar, um *mixer* no qual eu havia esbanjado em uma promoção de *Black Friday* e um cesto aramado cheio até a metade com maçãs e laranjas.

Eu tinha muita coisa, e era muito sortuda. Mesmo no estado atual — que requeria uma melhoria séria —, até a cozinha era capaz de me deixar feliz. Porque era minha, e ninguém poderia tirá-la de mim... a não ser que eu parasse de pagar a hipoteca, mas eu ainda não tinha sido demitida, então isso seria uma preocupação para outro dia.

Ainda conseguia me lembrar com facilidade dos dias em que eu olhava para uma despensa e uma geladeira sem comida. Havia prometido a mim mesma que, algum dia, eu abriria um armário e sempre encontraria algo ali dentro para comer — e isso também seria verdade para as minhas irmãs. Eu tinha prometido a mim mesma que, se algum dia eu virasse mãe, daria às minhas crianças o que meus pais tinham sido egoístas, negligentes e descuidados demais para nos dar.

Foi então que me lembrei de que tinha conquistado aquilo. Talvez trabalhasse sessenta horas por semana e levasse broncas de um chefe que geralmente me ignorava na cara dura quando eu o tentava deixar de bom humor, mas eu tinha conseguido. *Eu* tinha conseguido.

Por mais cansada que estivesse me sentindo, por mais que meus ombros doessem por segurar a pistola de pintura, e por mais que meus braços, mãos, costas e pés doessem por causa das horas de funilaria que eu tinha feito naquele dia, tudo valia a pena.

Uma risada soou na sala de estar, e eu soube que tinha sido minha irmã mais nova, o que também cimentou o quanto valia a pena eu trabalhar duro.

Então, enquanto eu avançava em direção à caixa de pizza sobre o balcão ao lado da geladeira, me senti mais leve de novo.

Talvez eu tivesse arranjado problema. Talvez não tivesse sido o melhor dia de todos. Talvez tudo doesse. Mas eu estava em casa. Eu tinha ganhado alguns beijos de alguém que me amava. E eu tinha uma cama onde dormir.

No mais, tinha sido um dia bom, apesar de algumas coisas.

Então, abri a caixa da pizza e vi que havia apenas mais uma fatia sobrando e disse a mim mesma, outra vez, que o dia continuava sendo bom.

Eu tinha dinheiro o bastante para ligar e pedir outra pizza, se eu realmente quisesse, o que era muito bom, a meu ver.

CAPÍTULO QUATRO

Eu sabia que deveria ter me virado e esperado para pegar meu café no instante em que entrei na sala de descanso e ouvi meus chefes discutindo a respeito da semana seguinte.

De novo. Pela, talvez, milionésima vez ou quase isso.

Acontece que, se eu saísse andando toda vez que os ouvisse brigar sobre algo, eu raramente teria a chance de beber uma singela xícara de café. Ou de comer meu almoço. Ou de encher minha garrafinha de água. Ou de descobrir se eu tinha lido certo o garrancho deles nas notas adesivas.

Naquela manhã, mais do que o normal, eu precisava de cafeína. Tinha sonhado com o meu pai pela primeira vez em meses. Pareceu tão real que acordei com lágrimas escorrendo pelas bochechas. Fazia anos desde a última vez em que eu havia chorado tanto… e isso apenas me fez chorar ainda mais. Pareceu que eu estava morando com eles outra vez, que estava de volta àquelas noites quando meu pai se embebedava e ia de um incômodo a um pesadelo; de volta à época em que, se eu tivesse sorte, a mulher que minhas irmãs conheciam como mãe estaria no sofá, completamente chapada, não fazendo nada, exceto me dizendo o quanto me odiava. Acabei ficando acordada, deitada na cama, dizendo a mim mesma as coisas que eu havia me dito milhares de vezes.

Eu era amada. Eu tinha um teto sobre a minha cabeça. Comida para comer. Uma cama em que dormir. Dinheiro na minha conta bancária.

Me lembrei de que a vida era um presente — às vezes, um presente que você queria devolver, e outras, um que você queria guardar para sempre, mas ainda assim um presente. A grama do vizinho poderia parecer mais verde, mas pelo menos ainda se tinha grama. Havia lugares no mundo em que nem isso se tinha.

Eu estava bem.

Eu tinha mais do que jamais poderia ter me permitido imaginar.

Eu estava *bem*.

Sempre fiquei muito feliz de minha irmã mais nova conseguir dormir enquanto qualquer outra coisa acontecia. Caso contrário, contar a ela por que eu havia acordado chorando como nunca teria sido um tormento. Por mais que eu passasse longos períodos sem pensar neles e naquela época da minha vida, minha irmãzinha havia decidido nunca mais pensar neles, para começo de conversa — pelo menos, até onde eu sabia. Eu havia tentado conversar com ela sobre isso, só para me certificar de que estava bem, mas ela tinha se recusado.

Saber de tudo o que eu tinha e me lembrar disso não ajudou muito, mas bastou. Foi o que me fez respirar fundo, sair da cama, para a qual tive de poupar durante seis meses, e tomar um banho no meu banheiro em uma casa da qual eu pagava a hipoteca — uma hipoteca que eu bancava todos os meses e tinha até conseguido abater um pouquinho o valor total. Peguei minha marmita na geladeira, cheia de comida que Lily tinha comprado naquele fim de semana, e de alguma maneira consegui me lembrar de pegar o bolo que eu havia preparado na noite anterior enquanto minha irmã cozinhava nosso almoço. Eu havia tentado convencê-la por muito tempo de que simplesmente comprasse comida na escola, mas ela sempre insistiu que o gosto era terrível e que conseguia preparar algo dez vezes melhor sozinha. E, depois daquilo tudo, dirigi em um carro que havia comprado com o meu dinheiro até um trabalho que eu amava na maior parte do tempo.

Eu era amada. Eu tinha um teto sobre a minha cabeça. Comida para comer. Uma cama onde dormir. Eu tinha um saco enorme de Skittles na mesa do trabalho. Tinha um forno para assar bolos e dinheiro para comprar os ingredientes e prepará-lo. Tudo sozinha. Tudo porque alguém tinha me dado uma chance, um pouquinho de amor e me deixado trabalhar duro para conquistar tudo o que eu tinha.

E *isso* fazia eu me sentir melhor do que qualquer outra coisa — a certeza de que eu não era vulnerável e que não tinha que me apoiar em alguém para coisas básicas.

Então, mais do que em qualquer outro dia, ouvir meus dois chefes discutindo pesou como um saco de farinha de cinquenta quilos nos meus ombros. Eu precisava pegar um pouco de café para acordar e, então, me dirigir até a cabine onde eu trabalhava para que pudesse fingir que não havia acordado chateada. Não estava a fim de tentar ser sutil e interromper uma briga entre ninguém.

Mas eu sabia que faria isso. Eu odiava ver pessoas discutindo, principalmente quando amava uma delas e me importava demais com a outra.

— *Quando você ia me contar?* — soou a voz que era grave e áspera, mas com bordas que pareciam arredondadas e cobertas por chocolate. Era uma voz tão bonita, mesmo ele brandindo-a como uma maldita espada para cortar as pessoas e seus sentimentos no meio. Mas, pelo menos, ele fazia isso com todo mundo. Suas expectativas eram altíssimas e não deixavam ninguém na oficina se safar de nada. Inclusive eu, e meu erro.

Apesar de como ele havia me tratado na sexta-feira, ainda assim eu tinha preparado um bolo grande e gostoso de aniversário para ele ontem. Eu fazia um para todo mundo, mesmo para quem eu não suportava na CCC. Não tinha coragem de ser maldosa nem de isolar a pessoa ao não trazer algo. Mas as minhas preferidas recebiam seus bolos preferidos. Todo o resto ganhava o sabor de bolo de caixa que estivesse na promoção.

— *Ripley, me poupe. Eu achei que você não fosse se importar* — a outra voz, a que eu ouvia pelos quase dez últimos anos da minha vida, respondeu. Era mais macia, mais suave, mais *paciente.*

O exato oposto de Ripley em mais de um sentido.

— *Você acha que não me importo com quem você contrata para trabalhar comigo?*

— *É claro que você se importa com isso, mas tudo o que fiz foi um anúncio para a vaga. Achei que não precisava da sua aprovação para anunciar. Fala sério, filho* — disse o sr. Cooper.

— *Não ouse me chamar assim. Eu não sou seu filho.*

Se eu tivesse um dólar para cada manhã em que havia entrado na sala de descanso e escutado sem querer os dois discordando sobre algo em um dos dois escritórios, eu teria dinheiro suficiente para tirar aquelas férias na

Grécia que eu prometia a mim mesma desde sempre.

Na primeira vez em que os ouvi brigando, fiquei preocupada. Tinha sido uma discussão sobre folhas de pagamento e como a oficina tinha funcionários demais no dia seguinte a ele ter me testado com suas perguntas aleatórias. Eu tinha ficado preocupada por dias, pensando que muitos de nós seríamos demitidos. Eu era uma das mais jovens. Se alguém levaria um chute na bunda, pensei que seria eu. Sempre poderiam terceirizar o serviço de pintura. E eu tinha plena consciência disso.

Por sorte, ninguém foi demitido. Foi preciso dois meses de espera e de escuta de conversas quase todos os dias para descobrir que o sr. Cooper tinha batido o pé para que ninguém fosse cortado.

Pelo menos, a não ser que merecessem, ninguém seria demitido.

Havia pouco tempo, eu tinha aceitado que o homem com a voz que eu gostava de ouvir — e o rosto que eu gostava de observar — começava a discutir com o sr. Cooper por nenhuma razão aparente. O céu estava azul demais? A culpa era do sr. Cooper. Ele precisava de uma peça que ainda não tinha sido encomendada? A culpa era do sr. Cooper.

Eu não entendia, e duvidava de que entenderia algum dia; o sr. Cooper era ótimo. Melhor do que ótimo. Eu daria a ele qualquer órgão do meu corpo se fosse preciso.

Por mais que eu escutasse às escondidas, ainda não tinha conseguido descobrir o que havia acontecido para que os dois agissem daquele jeito. Se eu realmente parasse para pensar no assunto, havia muitas coisas com relação a eles que eu não tinha conseguido entender. Nenhum de nós tinha, na verdade — e olha que havíamos tentado. Eu havia passado um tempão ouvindo o sr. Cooper e Rip, porque alguma coisa nas discussões deles parecia... estranha.

Eu estava quase certa de que havia algum tipo de mágoa bem séria, pelo menos por parte de Ripley, mas não conseguia descobrir o porquê. Por que o sr. Cooper traria alguém para a empresa — a empresa *dele* — com quem ele mesmo não se dava bem?

Deveria haver uma razão pela qual o homem havia aparecido em um dia e se tornado nosso novo chefe, praticamente sem aviso. Nada além de um sorriso forçado do dono do negócio e um *"Eu gostaria que todos vocês conhecessem o Ripley"* na sala de descanso.

Ripley, aquele homem que sempre mantinha a pele coberta por camisas de manga comprida. Eu nunca — *nunca* — o tinha visto usando qualquer outra coisa. Nem quando trabalhávamos até a meia-noite. Nem quando trabalhávamos até às duas da manhã. Nem mesmo às sete da manhã. Ou em um sábado. Ele estava sempre escondendo suas tatuagens.

No começo, eu havia me perguntado se seriam feias ou velhas, mas ele não me pareceu o tipo que se importava com o que os outros achavam. E ele não as poderia ter simplesmente retocado se fosse o caso? O sr. Cooper não estava com problemas financeiros, e o negócio tinha apenas crescido desde que havia expandido para o negócio de restauração — principalmente com os carros que Rip comprava, restaurava e, depois, vendia. Eu não conseguia pensar em nenhum carro no qual ele havia trabalhado que não tinha sido transformado e vendido dentro de semanas por muito mais do que o valor investido. Ele poderia muito bem arcar com o retoque das tatuagens se não gostasse delas. A única explicação razoável em que eu conseguia pensar era que algumas tatuagens eram profundamente íntimas. Eu não andava por aí exibindo a minha.

Parte de mim tinha esperanças de que, um dia, ele cometeria um deslize e puxaria a camisa até o antebraço ou algo assim. Ele também poderia puxar a camisa toda para cima se quisesse, e eu não reclamaria. Conhecendo-o, esse dia nunca chegaria. Se ele ainda não as tinha mostrado, eu duvidava de que um dia mostraria.

Por outro lado, suas tatuagens não eram da minha conta. Se eu quisesse muito saber, acho que poderia ter usado o favor que ele me devia e fazê-lo contar para mim, mas não fiz isso. Nem faria.

Mas, focando naquele momento, decidi fazer a mesma coisa que eu sempre fazia quando os escutava escondida. No meio-tempo, eu poderia entregar o bolo que havia preparado para Rip. Até o ano anterior, eu nem sequer sabia em que dia era o aniversário dele; e só descobri porque Rip jogou sua carteira para mim um dia para que eu pudesse pegar seu cartão de crédito e comprar o almoço, e a carteira de motorista estava bem ali.

Ano passado, ele pareceu não saber se queria jogar o bolo fora ou comê-lo, mas ainda assim me agradeceu.

Eu estava esperando praticamente a mesma coisa este ano, o que já bastaria para mim.

Depois de encher o bule de café com água e posicionar um filtro novo, peguei o pote secreto de descafeinado, que eu deixava escondido em um dos armários, e adicionei uma colher ao cesto. Então, virando-me para me certificar de que não havia ninguém escondido em nenhum canto, observando o que eu fazia, enchi o restante com os grãos de sempre. Desde que eu havia assumido a responsabilidade pela primeira leva de café, ninguém tinha descoberto minha mistura. Se tivessem, haveria tido uma choradeira por beberem descafeinado.

O fato era que eu não queria ficar com as mãos tremendo por causa da cafeína quando eu teria de lidar com tinta, e a última coisa de que as pessoas que trabalhavam comigo precisavam era de mais uma coisa deixando-as ainda mais pilhadas do que o normal.

Observei o bule e esperei.

Também continuei escutando os dois homens na sala ao lado, porque não havia mais nada para fazer. Pelo menos, foi o que eu disse a mim mesma para justificar minha bisbilhotice. Não era como se eu estivesse parada do lado de fora da porta do escritório com a orelha pressionada nela. E a culpa não era minha de a construção não ter um bom isolamento acústico.

— Na última vez em que verifiquei, o negócio era nosso, e tomamos as decisões juntos — a voz mais grossa resmungou.

— Você está irritado por causa de um anúncio?

— Estou irritado por você não me incluir em decisões que me afetam — o homem mais jovem respondeu.

Tive que concordar com o sr. Cooper. Eu não sabia por que Rip estava começando uma discussão com ele por causa de um anúncio de vaga. Quero dizer, era sério?

— Ripley, eu não contratei ninguém. Tudo o que fiz foi publicar um anúncio.

— Não é o fato de você ter publicado um anúncio. É você não ter me contado. Estou enjoado e cansado de você fazer as coisas sem me avisar. Você não me escuta.

— Com relação ao que eu não te escutei? — o sr. Cooper perguntou, finalmente soando um pouco impaciente.

— Por onde você quer que eu comece? De que eu comece do começo ou do agora e volte?

Estremeci.

Não tinha como aquilo melhorar. Eu não precisava de uma bola de cristal para saber; pelo contrário, a situação descambaria bem rápido. Droga.

Então fiz o que eu vinha fazendo quando as discussões estavam à beira de sair do controle — como daquela vez quando ouvi algo quebrar dentro do escritório e, depois disso, não vi o sr. Cooper por dias na oficina. Ele finalmente me contou, semanas mais tarde, que não estava acostumado com alguém respondendo-o e que precisou se afastar por um tempo, porque a pressão arterial havia subido tanto que o peito tinha começado a doer.

Eu não queria que o sr. Cooper, que tomava remédio para pressão alta desde que eu o conheci, sentisse dor no peito. Então teria que ser eu a tomar alguma atitude, porque ninguém mais faria isso.

Uma lembrança do meu pai me chamando de enxerida apareceu de mansinho nos meus pensamentos por um segundo, mas afastei as memórias e peguei duas canecas no escorredor ao lado da pia antes de servir quantidades idênticas de açúcar em cada uma.

A luz na cafeteira acendeu bem quando terminei de virar o último creme em uma das xícaras. Ao mesmo tempo, ouvi o sr. Cooper erguer a voz do outro lado da parede, soando mais frustrado do que eu o ouvia há um bom tempo.

— Sinceramente, o que te fiz nos últimos dias para te fazer agir assim comigo?

Parte de mim desejou que aquela não fosse a décima vez em que eu havia ouvido aquelas mesmas palavras ditas em voz alta.

Isso serviu apenas para que eu me perguntasse ainda mais o que raios aquilo significava.

Sinceramente, o que te fiz nos últimos dias para te fazer agir assim comigo? Digo, essas eram palavras cruéis. Rancorosas. Mas não passavam disso.

Enchendo as canecas com o café quente, misturei tudo com uma colher e segurei as alças da sacola de compras com o bolo dentro pelo pulso. Então, peguei as xícaras pelas asas, ignorando quantas vezes eu já tinha feito a mesma coisa para outras pessoas na minha vida — só que, naquelas vezes, o café nunca serviu de nada, independentemente do quanto eu desejasse o contrário. Aquela atitude sempre tinha se voltado contra mim.

Mas enfim.

— Sr. Cooper? — eu o chamei ao sair da sala de descanso e virar à esquerda. Certificando-me de não derrubar café em mim mesma, encostei o cotovelo na porta fechada bem ao lado da qual eu tinha acabado de sair. A única coisa que explicava o que havia por trás da porta era uma pequena placa verde e desbotada escrito ESCRITÓRIO. Nós a tínhamos trazido durante a mudança original da CCC.

Houve uma pausa antes de a voz familiar do sr. Cooper falar alto, como em todas as outras vezes em que eu havia batido à sua porta:

— Bom dia, Luna. Entre.

Eu me obriguei a sorrir quando empurrei a porta para abri-la. Encontrei o sr. Cooper atrás da sua mesa, parecendo cansado demais, considerando o quão cedo era. Seu cabelo era uma mistura de cinza e branco quando o conheci, mas era difícil não notar quanto mais branco havia agora. As linhas de expressão nos olhos estavam mais fundas do que eu me lembrava, e os lábios finos eram pressionados com tanta frequência hoje em dia que era difícil me lembrar da sua aparência antiga.

O homem precisava de férias. Não de uma escapadela no fim de semana, mas de longas férias. Eu deveria comentar alguma coisa com Lydia. E, já que estávamos falando disso, ele também precisava começar a trabalhar menos, mas essa seria uma batalha diferente.

— Bom dia, sr. Cooper — respondi, dando um passo para dentro do pequeno cômodo que ele chamava de escritório. — Ouvi vocês dois aqui e quis trazer um pouco de café antes de ir para a cabine e começar o dia. — Caminhei até sua mesa e lhe entreguei a caneca branca e lascada em cima, que dizia COOPER COLISÃO E CUSTOMIZAÇÃO e que muito provavelmente era tão velha quanto eu.

O sr. Cooper sorriu para mim, mas pude ver a tensão em seus olhos.

— Não precisava — ele disse, como havia dito em todas as manhãs que eu fingia entrar ali e ser gentil, mesmo todos sabendo que essa não era exatamente a verdade. Talvez não soubessem o quanto eu escutava quando falavam em uma altura normal, mas todo mundo sabia que não havia como ignorá-los quando erguiam as vozes ou gritavam.

— Sem problema — falei enquanto suas mãos seguravam a parte debaixo da xícara e a tirava de mim. Eu o encarei e ergui as sobrancelhas. — Gostei do corte.

— Obrigado — ele respondeu, uma expressão ressabiada polvilhando as bochechas ao continuar sorrindo.

Dei a ele outro sorriso em resposta, mas nem um pouco forçado ou tenso, antes de me virar com a outra mão estendida, segurando a segunda caneca de café — uma antiga que Lenny tinha me dado e que dizia *CATS - O MUSICAL* na lateral. Encarei o outro homem na sala, e não deixei minha expressão mudar. Mantive o sorriso enorme no rosto.

— Também trouxe uma para você, Rip — eu informei calmamente, estendendo a xícara, meus olhos colados no vislumbre de tatuagem em seu pescoço, que ele quase sempre cobria por completo com a camada de roupa cinza de gola alta que vestia.

Escondi minha surpresa por ele estar discutindo com o sr. Cooper em um dia de roupa cinza e, em vez disso, deixei o sorriso crescer ainda mais, só para ser uma peste. Talvez sexta-feira não tivesse sido exatamente boa, mas, por experiência, aquele homem não ficava ressentido por muito tempo. Além disso, ele não me perguntaria se eu havia decidido qual favor eu queria, porque não estávamos sozinhos. Ele me encontraria mais tarde para fazer isso.

Observei enquanto a mão que parecia ter duas vezes o tamanho da minha se erguia de onde ele a havia deixado pendurada ao lado do corpo. Então, observei os dedos e as costas da sua mão — cobertas pela Morte em miniatura com uma foice, algumas outras linhas pretas aleatórias e uma letra que eu tinha quase certeza de que era um M no dedo anelar — tirarem a caneca de mim. Então, e só então, foi que me permiti olhar para cima e estudar o rosto no qual eu passava tempo demais pensando para meu próprio bem, mesmo quando Ripley não estava sendo muito gentil.

Porque, mesmo se eu apenas pensasse nele uma vez por dia, já era uma vez além do aceitável. Eu sabia qual era nosso papel na vida um do outro. Eu também tinha um radar interno para coisas sem sentido, e ele era uma delas.

Eu não estava apaixonada nem nada disso, mas gostava de muitas coisas nele. Do que eu provavelmente mais gostava era que ele não engolia as merdas de ninguém, mesmo se levasse as coisas um pouco longe demais. Eu admirava Lucas Ripley. Admirava muitas coisas nele. Talvez ele não fosse o homem mais gentil ou doce do mundo, mas não era maldoso nem desnecessariamente rude… na maior parte do tempo. Os outros caras da oficina o chamavam de durão, mas eu o achava um homem decente.

Eu gostava de Rip, assim como gostava de bolsas da Louis Vuitton que eu sinceramente sabia que nunca teria, porque sempre havia alguma outra coisa no que eu tinha que gastar dinheiro. Só porque nunca seriam minhas, não significa que eu não poderia apreciá-las. Então…

O que eu não gostava era de como ele estava sempre de mau humor com o sr. Cooper, mas o sr. Cooper tinha me dito, há três anos, para não me incomodar com aquilo depois que toquei no assunto. *Eu o conheço desde sempre, luazinha. Debaixo daquela casca, ele é um bom garoto. Não perca tempo pensando nisso. Eu aguento.*

— Obrigado, Luna — o homem grande respondeu.

— De nada — eu disse, como dizia em todas as manhãs em que tínhamos aquela mesma interação.

Porque era aquilo o que fazíamos toda manhã, mesmo se ele não estivesse brigando com o sr. Cooper quando eu chegava. Eu preparava café, enchia uma caneca do jeito que ele gostava — descobri do que ele gostava ao observá-lo algumas vezes quando estivemos na sala de descanso ao mesmo tempo — e a levava até qual fosse o carro em que ele estivesse trabalhando naquele andar gigantesco sem divisórias. Eu colocava a caneca na superfície plana mais próxima e dizia *Bom dia*. Então, dependendo da cor da camisa que ele vestia, ele me diria *Obrigado* com clareza ou em um resmungo. Eu falaria *De nada*, ele me perguntaria *Você se decidiu?* E eu responderia que não. Dependendo do humor dele, eu perguntaria se ele teve uma boa noite, um bom fim de semana ou qualquer coisa do tipo. Eu receberia uma resposta de uma palavra ou duas, se tivesse sorte, e fim. Isso era tudo.

Tirei as alças da sacola que levava no pulso e a abri.

— Feliz aniversário. — Puxei a bandeja de metal com tampa de plástico para cima e, então a segurei na direção dele, ainda sorrindo. — É de chocolate com cobertura de baunilha — expliquei, ainda oferecendo-a a ele.

Aqueles olhos azul-esverdeados se arregalaram.

Então seus olhos — aqueles olhos malditos que eram de um tom de cor que não parecia natural — pestanejaram para baixo em direção ao bolo e, depois, vieram em direção ao meu rosto.

E se arregalaram apenas mais um pouquinho.

Então ele fez uma coisa.

Pela primeira vez em meses, a boca se curvou talvez um milímetro para cima. No máximo um milímetro. Mas foi um sorriso. Um pequeno sorriso que poderia ter sido interpretado de uma dezena de maneiras diferentes por pessoas que não tinham passado muito tempo olhando para o rosto daquele homem... mas eu tinha, então sabia o que era aquilo: um pequeno sorriso.

Tudo por causa de um bolo de aniversário.

Como uma tola desiludida, meu coração acelerou.

— É sério? — ele perguntou, soando como se não estivesse discutindo há dois minutos. Como se ainda estivesse surpreso por eu ter feito um bolo, apesar de eu ter feito a mesma coisa no ano anterior. Sua boca ainda formava aquele sorriso microscópico, e pude ver seus olhos se desviarem até os brincos que eu usava naquele dia. Eram cupcakes. E eu os tinha escolhido para o aniversário dele.

Então assenti, ainda sorrindo.

— Não quis deixar na geladeira, caso você não quisesse compartilhar.

Isso e porque ele não teria gostado de que as pessoas dessem muita atenção para seus 41 anos.

Aquelas mãos enormes subiram e tiraram a embalagem de mim, movendo-a para cima e para baixo como se testando o peso. Era apenas um bolo sem recheio em uma bandeja normal com tampa. Não era nada de mais. Levei no máximo uns trinta minutos para misturar os ingredientes e, então, decorar. Não era nada de outro mundo. De verdade. Era só que eu me lembrava de como era querer um bolo de aniversário e não ter ninguém por perto para comprar ou preparar um para mim. As garotas eram jovens demais naquela época.

— Obrigado, Luna.

Tentei não sorrir ainda mais para ele, mas tenho quase certeza de que falhei.

— De nada. — Eu não o avisaria que no bolo havia um *Feliz Aniversário, Chefão*. Por sorte, isso o faria sorrir quando estivesse sozinho na sala de descanso. — Você não parece ter mais do que 40 anos.

Ele não reagiu à minha piada. Os olhos quase azul-petróleo ainda estavam na tampa vermelha quando ele basicamente murmurou:

— Você vai dar uma passada no Mickey's hoje à noite?

O Mickey's era um bar a algumas quadras dali onde todo mundo da oficina celebrava aniversários ou se encontrava aleatoriamente para bebidas de vez em quando depois do trabalho. Mas ele nunca tinha feito questão de passar um tempinho com nenhum de nós. Nem mesmo no seu último aniversário ou no de qualquer outra pessoa. Então...

— É claro — eu disse a ele, mal segurando o sorriso. Teria que avisar a minha irmã que eu sairia, mas, de qualquer maneira, de acordo com o cronograma de trabalho dela na geladeira, ela estaria servindo mesas até às dez da noite.

Rip assentiu, aquele sorrisinho derretendo até a expressão ficar apenas... mais sossegada do que o normal.

— Certo.

Aquele era o nível de animação pelo qual eu estava esperando, o que me fez sorrir.

Tudo bem. Eu estava pronta para dar o fora dali e ir trabalhar, me esquecer do pesadelo e daquela manhã, e apenas... ficar bem.

— Espero que você goste do bolo, mas tenho que ir para a cabine — eu disse, dando um passo para trás e mantendo o sorriso no rosto.

— Dia cheio? — o sr. Cooper perguntou, soando tão profissional como sempre comigo porque estávamos na frente de Rip.

Eu me virei para olhá-lo e assenti, dando-lhe um resumo do que eu tinha programado para o dia.

— O tempo está muito úmido ultimamente, e a tinta está um saco para secar, mas vou dar um jeito.

O sr. Cooper assentiu.

— Miguel ligou hoje.

Miguel era um dos funcionários da funilaria na oficina, e uma das minhas pessoas preferidas na CCC. Ele ligava mês sim, mês não, geralmente em uma sexta-feira, mas, quando ligava, era para avisar que buscaria os filhos mais cedo na escola para que pudessem se divertir juntos. Eu achava fofo. Mas ele tirar uma segunda-feira de folga, principalmente quando não era nenhum feriado escolar, era esquisito. Eu mandaria uma mensagem de texto perguntando se estava tudo bem.

No entanto, foi Rip quem continuou falando:

— Eu precisava da ajuda dele. — Já sabia onde aquela conversa iria parar. — Você acha que consegue arranjar um tempinho para me ajudar a terminar uma coisa na funilaria e, depois, dar pelo menos uma demão de primer antes de ir embora?

Bem, o único plano que eu tinha para aquela noite era o aniversário dele... e mesmo se esse não fosse meu único plano há dois minutos, eu já sabia que teria dito sim.

Apesar de eu ter preferido *não* adicionar mais nada na minha lista de coisas a fazer. Acho que eu poderia não tirar o intervalo para o almoço e comer na minha sala. Isso abriria um pouco de espaço na agenda.

Para começo de conversa, não era como se eu *tivesse* que ir à festa de aniversário dele.

Ou precisasse chegar em alguma hora específica.

— Você não tem que fazer isso — o sr. Cooper adicionou um instante depois.

Observei Ripley abrir a boca — para discutir? Para dizer ao sr. Cooper que eu tinha que trabalhar? Eu não fazia ideia. Mas a fechou quase no mesmo instante. Eles não deveriam discutir na frente dos funcionários.

Nem mesmo se o funcionário fosse eu.

Mas não deixei de notar o olhar irritado que ele lançou ao sr. Cooper por me dar uma chance de escapar.

— Não tem problema, sr. Cooper. — Eu estava de olho em uma bancada de granito que estava fora do meu orçamento, e mais horas extras me deixariam mais perto de conseguir pagar por ela. Assenti para Rip, ainda sorrindo. — Deixe-me dar uma olhada na lista do que tenho que fazer hoje e reorganizar algumas coisas, mas acho que consigo.

Foi o sr. Cooper quem perguntou:

— Você tem certeza?

Não muita, mas...

— Sim.

Rip assentiu, no entanto notei o olhar que meu chefe original lançou ao homem com quem compartilhava responsabilidades. Ele não estava satisfeito. Era bom, pelo menos, saber que ele não estava.

— Se precisar de ajuda, nos avise. Andei pensando, e acho que Jason deveria passar um tempinho na cabine — o sr. Cooper ofereceu após um momento, me observando com cuidado. A cabine era como chamávamos o cômodo grande, isolado e iluminado onde a pintura era feita. Era onde eu passava a maior parte do meu tempo, a não ser que eu estivesse ajudando na funilaria ou no detalhamento, caso as coisas estivessem indo devagar.

A ideia de passar tempo trabalhando com Jason parecia pior do que jogar água sanitária nos meus olhos, mas assenti e mantive a careta longe do rosto. Pelo menos, era o que eu esperava ter feito. O sr. C sabia melhor do que ninguém como eu me sentia em relação ao cara. Se estivesse tentando me fazer trabalhar com ele... talvez soubesse de algo que eu não sabia. Mas, por outro lado, talvez não soubesse e achava que o único jeito de consertar as coisas entre nós era nos colocar juntos. Eu não era fã desse plano.

— Obrigada.

A boca do sr. Cooper se moldou em um sorriso, que amenizou um pouco meu horror a Jason. Acho que ele ficou satisfeito por eu não dizer no mesmo instante para ele não mandar aquele pé no saco na minha direção.

— Conversamos mais tarde?

Sem pensar muito, respondi:

— É claro. Te vejo mais tarde. Vou começar a trabalhar. — Dei uma olhada na direção de Ripley, brevemente assimilando a camisa de manga comprida e o jeans que tinha tantas manchas que dificilmente ainda havia qualquer sinal do azul original, e lhe dei um último sorriso.

— Tenha um bom dia, Rip. Feliz aniversário de novo.

Da mesma forma que ele sempre tinha feito e que provavelmente sempre faria, ele grunhiu a resposta:

— Obrigado, Luna.

— Te vejo mais tarde — eu disse ao sr. Cooper.

— Nos avise se precisar de ajuda — o senhor mais velho falou alto para mim enquanto eu saía do escritório. — Posso pedir para o Jason aparecer por lá, se for preciso.

Ergui a mão e a acenei em reconhecimento.

Engolindo a batida acelerada no peito que o sorriso de Rip tinha causado, caminhei até a sala de descanso e tentei preparar meu café o mais rápido possível. Eu precisaria de todos os minutos que pudesse conseguir se quisesse tentar chegar ao bar para o aniversário dele.

Me perguntei por que ele tinha tomado aquela decisão, mas, então... decidi que não tinha a menor importância, certo?

Eu mal havia adicionado uma colher de chá do meu açúcar de palma na garrafa térmica quando ouvi os homens do outro lado da parede começarem a falar outra vez.

Mas, daquela vez, praticamente sussurravam. Acho que ou não perceberam como minha audição era boa, ou como as paredes eram finas, porque pude ouvir tudo.

Foi o sr. Cooper quem falou primeiro:

— Ela é uma garota tão educada.

Houve uma pausa que eu não soube interpretar, então, uma resposta:

— Sim.

Aquela provavelmente tinha sido a coisa mais gentil que ele já tinha dito, além dos elogios ocasionais que fazia aos meus trabalhos de pintura.

Então, o sr. Cooper continuou:

— Você deveria...

A resposta veio no formato de uma palavra.

— Não.

Não.

Não o quê?

O que raios o sr. Cooper havia tentado dizer antes de Rip tê-lo interrompido? Ele deveria o quê? Me agradecer? Me dar um cartão? Ser um pouco mais amigável? Não ser tão bruto com uma pessoa que era um tantinho mais carinhosa com ele do que ele provavelmente merecia? Eu nunca tinha dito nada ao sr. Cooper, nem para ninguém da oficina, sobre achar Rip atraente ou algo do tipo. Eu não achava que ele diria um *não* tão vigoroso ao sr. Cooper por ter sugerido que ele me agradecesse ou me desse um cartão de agradecimento, mas...

Não havia como ser qualquer outra coisa. Como se o sr. Cooper fosse dizer a ele para se interessar por mim. E como se Rip pudesse simplesmente enfiar uma ideia em sua cabeça de forma tão fácil assim. *É, até parece.*

Eu não conseguia nem...

O que eu estava fazendo? Eu realmente deixaria um sonho idiota com o meu pai me colocar para baixo? Estava tentando sentir pena de mim mesma? Ficaria mesmo desconsertada porque Rip não *gostava* de mim? Eu sabia muito bem que nunca havia existido nem sequer a possibilidade disso, para começo de conversa. Ele mal conseguia falar comigo sem bufar ou reclamar metade do tempo. Havia concordado que eu era uma garota educada, não que eu era bonita ou que deveria me chamar para um encontro nem nada do tipo.

Eu tinha que ir trabalhar e me esquecer de tudo aquilo. Eu transformaria tudo em uma bolinha e simplesmente... daria um fim nela. Já tinha feito isso vezes o bastante ao longo dos anos. Poderia fazer de novo.

E fiz. Amassei a mágoa pequenininha que senti com a possibilidade de que Rip nunca se interessasse por mim, além do meu sonho com duas pessoas que não reconheceriam a bondade nem se ela os chutasse na cara... e joguei na lata de lixo imaginária que estava cheia de outras coisas que eu não deixava mais me machucarem.

Eu estava bem. O coração era mais resiliente do que as pessoas acreditavam, e eu gostava de pensar que o meu era foda.

Tentei acelerar e acabei colocando leite demais na minha garrafa, mas adicionei o café, dei uma misturada em tudo e, então, me arrastei escada abaixo para que eu pudesse ir trabalhar.

Eu estava bem. Eu era amada. Eu tinha tudo de que realmente precisava. Minha irmã tinha feito torta de cereja, e eu estava certa de que ela havia colocado uma fatia na minha marmita. Isso era definitivamente algo ótimo sobre o dia de hoje.

Eu trabalhava na Cooper há tanto tempo que poderia andar por ali de olhos fechados — ainda bem. O térreo ficava bem em frente ao final da escada, e era ali que reparos e remodelações aconteciam. Mas escada abaixo, virando à esquerda e depois indo reto, dava no corredor que levava à parte do prédio onde eu trabalhava. Não era nada chique, mas havia duas grandes portas de enrolar. Uma que dava no corredor conectado ao andar principal, e outra no estacionamento ao redor do prédio. O resto do cômodo estava vazio, exceto pela mesa com um computador e impressora, três máquinas diferentes usadas para agitar a tinta, uma grande pia industrial com sabonetes e outros produtos ao lado, e duas cadeiras. A grande cabine branca no canto ocupava um terço da sala.

Eu já tinha deixado as minhas coisas ali quando apareci com os cafés. Deixei a garrafa na mesa e fui destrancar a gaveta para pegar as pastas dos projetos em que estava trabalhando. Abri a primeira e estava começando a ler o que precisava ser feito quando meu celular tocou.

Com os olhos ainda na pasta, abri a gaveta em que minha bolsa estava guardada e tirei o aparelho dali.

Hesitei por apenas um segundo. Era o mesmo número que havia me ligado e enviado uma mensagem de texto na semana passada, e que eu havia ignorado.

Dane-se.

Atendi.

— Alô?

Houve um ruído no outro lado da linha antes de uma voz que não reconheci responder:

— Alô? Eu poderia, por gentileza, falar com a srta. Luna Allen?

Srta. Luna Allen? Bem formal. Eu não conseguia me lembrar da última vez em que alguém tinha usado a palavra com S comigo.

— Oi, é ela.

— Ah — a voz masculina desconhecida disse. — Oi, srta. Allen. Como você está?

— Estou ótima — menti um pouquinho. — E você?

— Estou bem. Obrigado por perguntar — o homem falou. — Meu nome é Julius Randall, e estou ligando em nome da sra. Eugenia Miller.

Com a menção do nome da minha avó, meu peito se apertou. Eu não tinha notícias dela há... anos. Não desde que eu havia ido buscar Thea, Kyra e Lily em sua casa.

— *Não volte aqui, Luna* — ela tinha me dito na última vez em que a vi. — *Leve-as, e nenhuma de vocês volte aqui.*

E eu não tinha voltado. Nenhuma de nós tinha.

— Está tudo... bem? — perguntei, ignorando o quão baixa minha voz tinha ficado.

— Infelizmente a sra. Miller faleceu na noite de domingo.

Engoli em seco e pisquei ao compreender o que havia acontecido.

— Tentei entrar em contato com você quando ela foi internada... — A voz dele desapareceu aos poucos antes de pigarrear. — Ela me pediu para falar com você, especificamente.

Ela queria que eu soubesse que ela estava doente?

Eu não...

Algo pesado — culpa, era a droga da culpa — se acomodou no meu peito. Ele tinha me ligado antes porque ela havia pedido... talvez não por *mim* exatamente, mas pelas minhas irmãs? Para vê-las uma última vez? Para se certificar de que teríamos a chance de nos despedir, mesmo se ela não estivesse ciente disso?

— Desculpa — murmurei, tentando assimilar as palavras dele. — Eu não falo com a minha avó há anos.

Houve uma pausa no outro lado.

— Sinto muito por ser eu a lhe dar as más notícias, srta. Allen, mas ela deixou muito claro que, quando a hora chegasse, queria que você fosse informada.

Parecia que as palavras tinham sido sugadas para fora da minha boca. Não me perguntei *por que* ela quis aquilo. Eu sabia que ela havia se importado com as minhas irmãs, que tinha acolhido todas elas por três anos antes de decidir que ficariam melhor bem, bem longe do resto da família. Ela tinha nos falado para não voltar.

Nunca havíamos sido tão próximas assim, para começar, e... porque a vida acabou saindo do controle depois daquilo, eu não havia mantido contato. Eu não tinha percebido que minhas irmãs também não tinham. Raramente conversávamos sobre suas vidas antes de terem vindo para Houston.

— Você poderia me explicar o que aconteceu? — pedi, o peso ainda pressionando meu peito.

— Ela enfrentou complicações decorrentes de uma pneumonia — o homem na ligação explicou com uma voz gentil, mas profissional. — Ela tinha sido diagnosticada com demência há alguns anos. Os arranjos funerários foram resolvidos. Teve um anúncio no jornal. O funeral será na próxima quinta-feira.

— Nesta quinta-feira?

— Sinto muito se parece estar em cima da hora — o homem se desculpou, educado demais para dizer que havia tentado me avisar que minha avó não estava bem. — Posso providenciar as informações da cerimônia para você, se tiver interesse em comparecer.

Interesse em comparecer ao funeral dela?

De repente, entendi a realidade do que aquilo significava, mas...

Minha avó *desejou* que eu fosse. Ou pelo menos uma das minhas irmãs. Caso contrário, não teria pedido ao advogado para entrar em contato comigo. Ela quis que soubéssemos.

Eu não queria ir.

E me senti terrível por pensar assim, mas...

Eu não queria ir. Não queria que Kyra, Thea ou Lily fossem. Nem pensar.

Ela sabia que existia uma razão pela qual não nos víamos pessoalmente desde os meus 20 anos. Ainda assim, ela havia pedido, em algum momento quando esteve bem o suficiente para esse tipo de coisa. Depois de tudo o que vovó Genie tinha feito... abrigando três crianças enquanto eu morava em Houston a dezenas de quilômetros de distância, trabalhando e tentando colocar minha vida em ordem... Eu poderia fazer isso. Por ela.

Ai, Deus, mas eu não queria. Eu realmente não queria. Eu não queria, eu não queria, eu não queria.

A ideia de as minhas irmãzinhas irem era ainda mais insuportável.

Memórias da minha vida antes dos 17 anos, antes de eu ter dado o fora daquela casa, me rasgaram com tudo por dentro, e um dos meus joelhos adormeceu na mesma hora.

Eu não queria ir.

— Srta. Allen? — o homem chamou.

Engoli em seco e cerrei os músculos do quadríceps para despertar a perna outra vez. Lembrei-me de tudo de bom na minha vida.

E eu ainda não queria ir.

Eu não queria ver ninguém, não nesta vida nem na próxima, se pudesse ser bem franca.

— Srta. Allen, você está aí?

Eu não queria ver nenhum deles, era o que eu tinha me dito quando fui embora. E nunca mais os veria. Eu tinha prometido a mim mesma que não veria.

Mas vovó Genie pediu. Vovó Genie, que havia cuidado das garotas quando você não pôde. Que te ligou para ir buscá-las.

Cerrei a mão livre e senti uma sensação horrível de ansiedade ao redor do coração, arrancando todo o ar de mim.

Ela tinha pedido especificamente por mim.

Era o mínimo que eu poderia fazer.

Eu não queria ir.

Eu não queria ver os maiores babacas do planeta.

Mas a vovó Genie...

— Estou aqui — murmurei, flexionando o quadríceps de novo. Não consegui nem mesmo suportar o som da minha voz quando respondi; e não gostei nem um pouco do barulho dela quando eu disse: — Poderia me dar um segundo para arranjar um pedaço de papel para anotar a informação?

— É claro, srta. Allen. Enquanto faz isso, eu gostaria de informar da questão da herança que a srta. Miller deixou para você no testamento. Tem alguns formulários que você vai ter que preencher e me devolver...

Odiei o quanto minha mão tremeu enquanto eu anotava o nome e o endereço da casa funerária, memorizando o horário. Deixei a informação sobre a herança entrar por um ouvido e sair pelo outro. Nada daquilo importava para mim, principalmente não quando, para começo de conversa, eu estava focada demais no restante das notícias que vinham com o falecimento da vovó Genie. No que ir ao funeral dela poderia significar.

Eu pensava ser melhor do que isso. Eu pensava ter superado. Eu havia crescido. Ficado mais forte.

Eu não queria ir. Eu não queria ir. *Eu não queria ir, caramba. Não a San Antonio. Não a lugar nenhum perto de San Antonio.*

Parte de mim queria acreditar que eles não estariam lá. Ou que, talvez, se estivessem, não teriam coragem de dizer nada para mim. Intimidavam as pessoas que acreditavam ser mais fracas do que eles. E eu estava mais velha. Não mais durona, mas mais velha e mais forte.

Lily e as meninas talvez ficariam irritadas quando eu dissesse que não queria que fossem, mas elas superariam.

Tínhamos feito um pacto quando eu as busquei e as levei direto para a casa do sr. Cooper. Não voltaríamos para *lá*. Recomeçaríamos do zero, juntas. Nós nos sairíamos muito bem.

Encarei as anotações escritas na ordem de serviço em que eu precisava começar a trabalhar, mas não me lembrei de nada do que li, porque...

Eu não queria ir.

Tão rapidamente quanto aquela ideia entrou na minha cabeça, outra chegou.

Droga.

Eu tinha de pensar em algo.

CAPÍTULO CINCO

Eu havia tomado muitas decisões idiotas na vida.

Muitas.

Eu poderia ser honesta quanto a isso, principalmente porque tinha aprendido lições valiosas com cada besteira que fiz na vida.

Não perca seu tempo esperando que as pessoas mudem; e se acha que está prestes a menstruar, não se arrisque a sair de casa sem absorventes.

Sinceramente, a lista era longuíssima, mas essas eram as minhas lições preferidas.

Porém, sentada no bar, a uma mesa vazia, totalmente sozinha, aceitei o fato de que ter ido ali naquela noite poderia facilmente entrar para a história como uma daquelas decisões idiotas. Ainda mais idiota quanto quando eu havia comprado roupas de um tamanho menor do que eu usava para me "motivar a perder peso". Ainda estavam no meu armário com as etiquetas. O problema com essa decisão idiota era que eu duvidava de que teria alguma lição a ser aprendida ali.

Ninguém havia me forçado a ir ao bar. Ninguém havia sussurrado no meu ouvido: *Luna, estrague seu dia todo contemplando a ideia de pedir a Rip o favor que ele te deve. Faça tudo correndo no trabalho, vá para o bar, finja celebrar o aniversário dele e, então, aja como se tudo estivesse bem.*

Eu pediria um favor a Rip.

Um favor que tecnicamente ele me devia. Um favor do qual ele tinha o costume de me perguntar todos os dias em que trabalhávamos juntos, a não ser que fosse uma daquelas manhãs na qual eu interrompia uma discussão entre ele e o sr. Cooper e, depois, acabávamos não nos vendo pelo resto do dia.

Mas eu não queria pedir nada.

Eu não queria pedir nada a ele.

O problema era que eu não queria ir sozinha ao funeral da minha avó. A ideia de ir sozinha já bastava para me deixar ainda mais enjoada do que pedir algo a Rip. Mas a sensação de quase pânico que eu sentia com a ideia de as minhas irmãs irem comigo ganhava de tudo até agora, e pedir ao sr. Cooper ou a um dos meus amigos para ir comigo e possivelmente *ver* de perto quem os meus parentes eram...

Não. Apenas não.

Era só uma viagem a San Antonio. Nove horas no total. Ele só teria que ficar sentado lá e, provavelmente, dar às pessoas aquele seu olhar mortal que havia aperfeiçoado antes de começar a trabalhar na CCC.

Não era nada com o que se preocupar. Aliás, Rip deveria ficar feliz que aquilo fosse tudo o que eu pediria, não deveria? Talvez o humor dele melhorasse por não ter que me fazer a mesma pergunta só para receber a mesma resposta todas as vezes.

Ele queria se livrar daquela ponta solta entre nós desde o começo. Nunca havia escondido isso. Então eu lhe faria um favor e colocaria um fim nisso depois de tanto tempo.

Talvez ele até me agradecesse.

É, até parece. Eu tinha enlouquecido. Iria mesmo pedir um favor a *Rip*? Ripley, o mesmo homem que, com base nas cicatrizes em suas juntas que deformavam as letras que havia tatuado ali, tinha muito provavelmente se envolvido em mais brigas na vida do que um lutador profissional de MMA? Eu iria pedir a ele para ir comigo ao funeral da minha avó só para que ele, com sorte, pudesse impedir minha família de tentar falar comigo?

Eu era patética. Eu realmente era. Igualzinho a como meu pai tinha dito por tanto tempo durante a minha infância.

Deplorável, bunda mole.

Aquela memória ressurgiu do nada.

Empurrei-a de volta ao fundo de sua pequena caixa.

Eu estava tendo um dia bom. Minha irmã *havia* mandado uma fatia de torta de cereja para o meu almoço, e isso era algo ótimo no dia de hoje.

Eu havia terminado todo o meu trabalho e ainda adiantado algumas coisas.

Eu estava feliz. Eu era amada. Eu tinha tudo e mais um pouco do que poderia querer.

Eu conseguiria fazer isso. Já tinha feito coisas mais assustadoras do que pedir um favor. Já tinha superado essa baboseira.

Foi exatamente nisso que pensei ao ficar sentada ali, sozinha, observando enquanto Rip pegava uma bebida no bar e esperando que mais dos meus colegas de trabalho aparecessem, porque ninguém havia chegado ainda, mesmo eu tendo sido a penúltima a ir embora. Conhecendo a maioria dos meus colegas, eles não viriam ou estavam em casa bebendo algumas, ou seja, entornando cervejas para que não gastassem tanto com bebidas no bar. Não seria a primeira vez que faziam isso.

O bom de estar comigo era que, para começar, eu não bebia muito. Não gostava da ideia de estar em um carro com um estranho enquanto estava bêbada ou mesmo um pouquinho embriagada. Além disso, havia a preocupação que eu sempre carregava dentro de mim quanto a como eu agiria se estivesse sob a influência de qualquer coisa.

Eu realmente pediria a ele?

Meu celular vibrou dentro da bolsa. Eu o peguei e vi o nome da minha melhor amiga na tela, e tive uma ideia. Se Rip me desse um fora, eu poderia perguntar a ela se poderia pedir a uma de suas amigas para ir comigo. Uma delas diria sim. E eu não me preocuparia com o que alguém que eu não conhecia pensasse.

Sempre havia um plano B.

Lenny: O que você vai fazer hoje à noite?

Não hesitei ao respondê-la. Não era como se houvesse outra coisa para fazer além de olhar ao redor e me estressar.

Eu: É o aniversário do meu chefe. Estou no bar.

Lenny: Rip?

Eu: Aham.

Percebi, naquele instante, que havia estado tão ocupada que não tinha lhe mandado nenhuma mensagem o dia todo.

Eu: Minha avó morreu há alguns dias. O advogado dela me ligou para falar dos arranjos para o funeral. Ela pediu para ele me avisar...

Uma onda de tristeza e culpa me fez prender a respiração antes de continuar digitando.

Eu: O funeral é semana que vem, em San Antonio. Eu não quero ir, mas meio que devo a ela que pelo menos uma de nós vá. Melhor eu do que Lily, Kyra ou Thea.

Minha cabeça estava começando a doer ou seria minha imaginação?

Apertando o celular na mão, ergui os olhos e analisei o homem a dez passos dali. Estudei suas costas amplas, não mais cobertas por uma camisa cinza, mas, em vez disso, por uma Henley verde-escura que abraçava a expansão plana de seu abdômen, cada nozinho da espinha e a curva dos músculos laterais, além de ainda se agarrar à cintura. Ele era simples e inteiramente enorme. Todo ele. Eu o havia observado o bastante para saber. Poderia viver o resto da minha vida e não me esquecer da aparência de nenhuma parte sua.

Suspirei, mas ainda assim não desviei o olhar. Ele já estava parado no bar há pelo menos cinco minutos, ainda esperando a bebida ou fingindo que eu não era a única pessoa do trabalho ali.

Meu celular vibrou de novo.

Lenny: Isso é terrível. Sinto muito.

Lenny: Posso ir com você. Não tenho medo.

Mordi o interior da bochecha e digitei a resposta.

Eu: Eu sei que você iria, Len. Mas ainda está de repouso por causa da cirurgia e não vai conseguir esganar ninguém.

Eu sabia que deveria dizer a ela que estava pensando em pedir ao Rip, mas Lenny não sabia do favor. Ela tinha ouvido, melhor do que ninguém, exatamente o que eu achava dele. Não faria sentido para ela o porquê de um homem que mal conversava comigo ser meu acompanhante na volta para casa.

Eu tinha me enterrado em uma mentira ao não contar a verdade para minha amiga, e agora não havia como me safar sem ter de explicar a coisa toda. E por mais que eu amasse e me preocupasse com Lenny DeMaio, não tinha o direito de contar a ela o que havia acontecido.

Rip e eu éramos as duas únicas pessoas no mundo que precisavam saber a verdade.

Eu: Fica para o próximo funeral da minha família.

Próximo funeral da minha família. Como se houvesse mais alguém na minha família biológica, além das minhas irmãs, de quem eu sentiria falta ou visitaria quando tivessem falecido. O quanto isso era triste?

Durante a infância e a adolescência, eu teria feito qualquer coisa para um pai me colocar na cama. Para uma mãe me abraçar e colar curativo nos meus machucados. Para um irmão mais velho me proteger quando as pessoas fossem maldosas. Para o meu pai brincar comigo. Para a pessoa que chamei de mãe por anos me abraçar. Para o meu irmão mais velho simplesmente prestar atenção em mim.

Eu tinha uma vaga lembrança de escrever uma carta ao Papai Noel quando ainda tinha esperança de que ele, por fim, encontraria minha casa para que eu pudesse lhe pedir coisas. Mas o Papai Noel nunca recebia as minhas cartas. Nunca atendia a nenhum dos meus pedidos.

Quando criança, o Natal era a família do meu tio vir comer algum fast-food que quem estivesse sóbrio o bastante para perceber que tínhamos que nos alimentar havia comprado, além de tanta cerveja e álcool que todo mundo com mais de 15 anos ficava bêbado e começava a discutir. Havia sempre pelo menos uma ou duas brigas de socos e pelo menos uma droga. Nunca havia nenhum presente. Nenhum enfeite de árvore. Ou sequer amor. O Natal nunca tinha sido nada parecido com o que os filmes mostravam.

Por um longo, longo tempo, eu teria feito qualquer coisa se a família que tive naquela época tivesse sido apenas... uma fração das pessoas que eu queria que fossem.

Mas não foram.

Muitas pessoas também não tinham aquilo. Eu não estava sozinha, e saber disso me ajudava quanto mais velha eu ficava. Ainda doía, e parte de mim ainda não podia evitar, senão desejar que...

Suspirei.

Então, uma irmã tinha nascido, e outra, e depois Lily... e foram tudo pelo que eu poderia esperar. O fato de a mãe delas não ter nenhuma gota de carinho no corpo talvez tenha ajudado, mas elas eram as minhas pessoazinhas. Elas me deram seu amor, e eu o havia aceitado.

Eu tinha feito o meu melhor para me certificar de que pelo menos as minhas irmãs recebessem alguma coisinha no Natal com o dinheiro que eu roubava de quem tivesse sido burro o suficiente de deixar a bolsa ou a carteira dando sopa. Uma escova de cabelo da loja de um dólar, algumas presilhas. Talvez não fosse nada chamativo, mas era alguma coisa, e nenhuma delas jamais reclamou.

Por isso, eu iria a San Antonio. Para que elas não precisassem. Para que nem mesmo vovó Genie ficasse sozinha com as pessoas que ela — também — não havia conseguido suportar quando viva.

Minha melhor amiga me respondeu na mesma hora, me salvando de avançar pelo caminho dos desejos em vão que nunca se tornariam realidade.

Lenny: Eu tenho outro braço, doida. E duas pernas boas.

Lenny: Conheço pelo menos três caras na academia que fingiriam ser o seu guarda-costas se você simplesmente oferecesse comida a eles.

Aquilo solidificou o plano B, mesmo eu odiando pedir favores quase tanto quanto odiava depender das pessoas.

Meu único consolo com Rip era que, em primeiro lugar, ele me devia. Ou, pelo menos, pensava que devia. Também ajudava eu não conseguir pensar em nenhuma outra pessoa, brutamontes lutador de MMA ou não, que pudesse ser tão intimidador quanto Lucas Ripley. Essa era a verdade.

O fato de que eu não me importava de olhar para ele e de que eu gostava dele quando não estava reclamando comigo eram apenas pequenos detalhes. Muito, muito pequenos.

Só idiotas gostavam de homens com quem não tinham chance alguma.

Mas esta era a minha maldição: amar e me importar com pessoas que não me amavam nem se importavam comigo. Pelo menos, não do jeito que eu queria.

Com Rip, eu havia aceitado o que nosso relacionamento era desde o início.

De todos os homens no mundo por quem meu coração poderia fazer *turu, turu, turu* quando ele passasse, de todos os homens que poderiam ter me feito mestre na arte de olhar pelo canto dos olhos, tinha que ser um dos meus chefes a causar esse efeito em mim.

É claro que tinha.

Meu chefe nem-tão-legal-assim.

Porque era a minha maldição.

Eu era tão burra.

Mantendo o celular no colo, olhei para cima, apesar de uma parte gigantesca minha não querer fazer isso, mas tudo o que vi foi a mesma coisa que eu tinha visto momentos antes. Um homem, que eu sabia ter 1,95 m, empoleirado em um banquinho alto. Um homem de cabelo castanho-escuro com uma pitada de fios grisalhos. Um homem com um rosto que estava quase sempre com uma expressão agravada ou irritada... exceto quando havia boas notícias relacionadas ao trabalho. Bem mais do que 90 kg preenchiam uma silhueta que era *toda* sólida. Coxas enormes, traseiro grande, antebraços do tamanho dos meus bíceps, se não maior, um peito que poderia ser feito de cama para um cachorro de tamanho médio...

Coragem, Luna, simplesmente peça a ele, minha consciência me disse. *Ele te deve. Ele te deve um favor e tanto. Ou algo assim.*

Fechando bem os olhos, tentei dizer ao meu coração idiota para se acalmar. Tentei dizer aos meus olhos para focarem em outro lugar. Qualquer outro lugar. Qualquer outra pessoa.

Mas o coração sabe o que quer. E tem medo do que quer ter medo, não importa o quão racional tentemos ser.

Como um idiota destemido.

A vibração no meu colo me fez olhar para baixo em direção à tela para ver a última mensagem que havia chegado.

Lenny: Não vá ao funeral se não quiser. Sua avó entenderia.

A sensação repugnante e excessiva inundou meu estômago outra vez, cobrindo a frustração que eu sentia comigo mesma por, em primeiro lugar, me sentir atraída por Rip. Mas se havia algo que poderia fazer com que eu me esquecesse disso, era a culpa que eu sentia por ter saído da vida da minha vó há tantos anos e nunca mais tê-la visto.

Nós duas sabíamos que aquele era o único caminho pelo qual poderíamos seguir, mas ainda assim isso não me ajudou em nada a me sentir melhor.

Eu: Tenho que ir, apesar de eu preferir ficar presa atrás de alguém dirigindo abaixo do limite de velocidade por uns quinze quilômetros. Você sabe o que ela fez por nós. É o mínimo que posso fazer.

Daquilo, Lenny sabia. Ela e sua família me apoiaram quando abriguei minhas irmãs. Ela sabia praticamente tudo que eu deixava as pessoas saberem — os Cooper não contavam. Ou seja, ela não sabia de tudo. Ninguém sabia de todos os pequenos detalhes. Era bem complicado.

Dois segundos se passaram antes de eu receber uma resposta.

Lenny: A oferta continua de pé, sua chata.

Lenny: Você é a melhor pessoa que eu conheço, fique sabendo.

Sorri para o celular.

Eu: Também te amo.

Lenny: [emoji revirando os olhos]

Lenny: Eu te chamei aqui porque o vovô G está preparando margaritas, e ele estava perguntando onde você estava.

Eu: Fale para ele que eu o amo.

Lenny: Pode deixar. Encontrou o Rip?

Eu: Estou de olho nele.

Lenny: Esquisitona.

Eu: Ele está parado na minha frente, não posso evitar.

Lenny: Tenho quase certeza de que é isso o que todo esquisitão diz.

Dei outra olhada no homem e contive um suspiro.

Eu: Tem vezes que não entendo por que tem que ser ele.

Lenny: Porque ele parece que já foi preso... e isso está o mais longe possível de todos os babacas com quem você já namorou se pareciam, né?

Lenny: Vovô G disse que também te ama e que é para trazer a menina com você, se ela estiver por aqui. Não contei a ele que você está no bar, ou ele teria se convidado para ir aí.
Você sabe como esse homem se comporta em público.

Eu quase ri com o primeiro comentário e com certeza ri com o segundo. Rip realmente parecia ter passado um tempo na cadeia. Soava injusto, mas era verdade.

E, até onde eu sabia, havia chances de ele ter mesmo.

Por outro lado, eu provavelmente o estava julgando por causa de um rosto que não pôde escolher. Se duvidar, ele tinha um coração de manteiga derretida, que resgatava e reabilitava pequenos animais quando não estava no trabalho. Lá no fundo, ele deveria ter uma inclinação a ser carinhoso e amoroso, algo que apenas demonstrava perto de pouquíssimas pessoas — pessoas que haviam conquistado sua confiança.

Não dava para saber.

Aquela ideia colocou um sorrisinho no meu rosto, e o mantive ali enquanto digitava a resposta, ignorando o primeiro comentário.

Eu: Não sei por quanto mais tempo vou ficar aqui, mas, se eu for embora logo, dou uma passada aí. Diga ao vovô G que a menina está trabalhando hoje. Vocês todos irão à formatura, certo?

Lenny: Sim. Estou mais do que pronta para chorar no sábado.

Lenny: E estou pronta para ficar orgulhosa. Uhu! Vamos brindar.

Ela não era a única preparando-se para chorar no final de semana, o que me deixou feliz por alguma razão.

Eu ainda sorria por causa da mensagem de Lenny quando Rip veio de onde esteve no bar, segurando um copo com algum líquido escuro dentro, e seu olhar instantaneamente encontrou o meu.

Não hesitei em dar um sorriso ainda maior ao deixar o celular na mesa, mesmo enquanto o meu coração começava a martelar com o fato de que eu estava prestes a pedir algo.

Eu não queria. Eu nunca havia desejado isso. Na verdade, tinha planejado nunca pedir nada a ele.

Mas...

Bem...

Eu pediria.

Eu tinha que pedir. Pelas minhas irmãs. Por mim, porque eu estava realmente nervosa quanto a voltar sozinha ao lugar em que eu havia crescido.

Quase como se ele pudesse sentir o que acontecia dentro de mim, seus olhos se apertaram apenas um pouquinho, apenas o suficiente para que eu conseguisse notar o que ele tinha feito. E, por causa disso, fiz com que meu sorriso crescesse o máximo possível, até mesmo mostrando os dentes. Ele já tinha percebido que algo acontecia. Não havia como fingir o contrário, infelizmente. Eu era uma mentirosa decente até as pessoas terem a chance de me conhecer.

Rip ficou parado lá por um segundo, me observando com aquelas sobrancelhas castanho-escuras, grossas e baixas acima dos olhos azul-esverdeados. Assim que outro segundo tinha se passado, ele deu um passo para frente. Então, outro pé foi adiante. E ali estava mais um passo.

Ele vinha na minha direção com sua camisa verde apertada de manga longa, exibindo mais tatuagens no pescoço do que eu *jamais* tinha visto nos anos em que nos conhecíamos. Havia um crânio — um crânio de verdade — tatuado sobre o pomo de adão, além de linhas e formas espalhadas pelos lados. E eu estava tentando me convencer de que queria mudar de ideia quanto ao favor… mas eu não podia.

Nem faria isso.

Eu já tinha enfrentado coisas mais assustadoras do que aquela. E enfrentaria coisas muito mais assustadoras do que essa. Medo, pensei, era parecido com um alucinógeno. Estava tudo na mente, e não havia realmente nada do que ter medo desde que soubéssemos esperar pelo pior e pelo melhor.

— Oi, aniversariante — consegui colocar para fora, ainda sorrindo para ele com o coração idiota batendo na minha garganta, mesmo eu lhe dizendo para não fazer isso, enquanto eu tentava dar o meu melhor para não encarar demais a tinta pretíssima gravada em sua pele.

Rip me deu uma olhada de soslaio enquanto puxava a cadeira em frente à minha. Ele tomou o assento. Bem *ali.* Bem pertinho de mim.

Certo. Eu conseguiria manter a calma. Eu poderia ir devagar.

— Faz tempo que você está aqui? — ele perguntou com aquela voz resmungada e grossa que sempre soava irritada… até mesmo agora.

Balancei a cabeça.

— Só uns vinte minutos — respondi. — E você?

Ele fez um barulho que soou como um grunhido ao erguer o copo — de seja lá o que estivesse bebendo — até os lábios e tomar um gole.

Bem, não era como se realmente importasse há quanto tempo ele estava ali.

— Vem mais alguém? — perguntei quando ele não disse mais nada depois de apoiar o copo outra vez na mesa. Escutei sem querer uns dois caras conversando sobre o convite meia-boca de Rip quando eu havia ido ao banheiro, mas nada mais do que isso.

Seu olhar não tinha desviado do meu desde o momento em que me encontrou, nem foi a lugar algum quando deu de ombros e disse:

— Duvido.

Devo ter feito uma careta, porque ele adicionou, casualmente:

— Eu não sou exatamente a pessoa preferida de ninguém, Luna.

O sorriso desapareceu dos meus lábios, e não pude evitar olhar feio para ele. Para a dureza das suas palavras. Para… a natureza factual delas. Não era muito educado da parte dele assumir aquilo. E aquilo não era algo bom de se assumir, o que me incomodou… mesmo se não fosse verdade que o sr. Cooper era minha pessoa preferida na oficina. E eu, a dele. E a do Miguel…

Droga.

— Tenho certeza de que… — comecei antes de ser interrompida.

— Não sou — ele me cortou, tamborilando as unhas curtas contra o vidro. Rip inclinou um milímetro o queixo, me dando uma visão um tantinho melhor da sombra que cobria sua mandíbula. Ele engoliu em seco, e tudo em sua linguagem corporal indicou que ele me dizia aquelas palavras dessa forma porque não as considerava grande coisa. Não se importava. E por que deveria? Foi o que seu corpo disse.

As seguintes confirmaram.

— Não estou aqui para ser amigo de ninguém.

Tudo bem, então.

Eu quis perguntar algo que o faria parecer que não era como se alguém o odiasse ou desgostasse.

A maior parte dos caras era só… receosa.

Até eu estava receosa, e ele não me amedrontava nem intimidava... a não ser quando eu pisava na bola.

Mas eu não sabia o que dizer em resposta ao comentário. Eu odiava mentirosos assim como odiava pessoas bêbadas e agressivas e cenouras cozidas. Então fiz a única coisa na qual consegui pensar: sorri para ele e dei de ombros. Rip não pareceu nem um pouco chateado ou magoado pelo que disse. Quem era eu para fazer uma tempestade em um copo de água se ele afirmava não se importar?

— Você gostou do seu bolo?

Tudo o que ele fez foi inclinar o queixo para baixo ao me fixar com aquele olhar intenso e auspicioso, os dedos ainda envoltos no copo quase cheio.

E algo me disse *Fale agora, Luna.*

Seria agora ou nunca.

Eu lhe dei um grande sorriso.

— Ei, Rip?

Ele me observou, erguendo o copo e tomando outro gole.

Acho que aquela seria sua versão de *Sim*.

Dane-se. *Fale.*

Mantive o sorriso no rosto ao me apressar.

— Euquerocobrarmeufavor.

Ele não disse nada por tanto tempo, que tive certeza de que acabaria me mandando cair fora, que tinha sido uma brincadeira o tempo todo.

E foi bem naquela hora, com a palavra que começa com B no centro do meu cérebro, que percebi o quão idiota aquele pensamento era.

Rip brincando? Só nos meus sonhos.

Se fosse me dizer não, ele precisaria dizer em voz alta. Isso não me incomodaria. Nem me ofenderia. Eu seguiria com a vida e encontraria outra pessoa para ir comigo.

Mas o que ele disse, em vez disso, foi:

— Você quer cobrar o seu favor?

O *Sim* saiu de mim num resmungo pasmo, mas, se ele não tivesse entendido, meu aceno de cabeça teria que bastar.

Rip... Rip simplesmente ficou sentado, apoiando o copo na mesa. Então soltou um suspiro profundo que mal consegui ouvir. Um músculo em sua bochecha tremeu. Logo, ele disse apenas uma palavra, e não foi a que eu estava esperando. Era a que eu queria, mas não a que eu antecipava.

— Certo.

Certo?

Era isso?

Eu tinha aprendido quando criança a nunca dar a ninguém uma razão para repensarem a resposta se já tivéssemos recebido a que queríamos. Então, tudo bem. Talvez eu não confiasse no quão fácil a resposta tinha chegado, mas lidaria com ela.

— Preciso que você me acompanhe a um funeral.

O único sinal que tive de que ele havia me escutado foram as narinas se dilatando. Então, piscou. Lucas Ripley se endireitou no assento, a camisa justa curvando-se sobre o peito, me impressionando, e apertou um lábio contra o outro. Sua frase soou lenta:

— Você quer que eu finja que vamos nos casar ou algo assim?

Pois é. Meu queixo caiu. Mas logo o coloquei no lugar.

Foi minha vez de encará-lo. Minha vez de apertar um lábio contra o outro.

Então, e só então, foi que inclinei o rosto em direção ao teto e, caramba, eu *ri*.

Espalmei a mão nos olhos, me reclinei no banco igual a como ele tinha feito, e ri ainda mais.

Eu estava tão presente no momento que quase deixei de notar a forma como ele ladrou:

— O que foi?

Será que ele pensou que eu queria que fingíssemos estar noivos?

Ri ainda mais, deixando a palma cair, mas só para esfregar as costas da mão pelos olhos.

— Que porra é tão engraçado? — ele rosnou.

Não pude evitar e dei um grande sorriso — a ele, ao momento, a mim mesma e a tudo. E não tirei o sorriso do rosto ao dizer:

— Não, eu não quero que você finja que estamos noivos. — Caí no riso outra vez, olhando para o teto enquanto isso, antes de conseguir falar, de algum jeito: — Por que... por que eu pediria isso?

Eu poderia jurar pelo meu futuro filho que seu rosto ficou vermelho na mesma hora. Se alguém tivesse me perguntando se ele era fisicamente capaz de corar, eu teria achado a pessoa maluca. Mas ali estava: um tom vermelho nas bochechas. Até no nariz.

Em qualquer outra pessoa, isso teria sido um tanto adorável, porque, ao mesmo tempo, ele estava com a cara feia.

— Não, não é esse o favor. — Eu ri de novo, tentando parar, mas sendo incapaz, porque seu rosto continuava vermelho, e eu estava amando. — Eu não esperava que você fosse dizer isso. Parece que saiu de uma comédia romântica — praticamente cacarejei, imaginando-o assistindo a um daqueles filmes em casa, sorrindo consigo mesmo.

Meu chefe ficou de cara fechada.

— O que é uma comédia romântica?

Como se ele não soubesse o que era uma comédia romântica. *Até parece.* Eu deixaria essa passar. Por ora.

Dei uma olhada em seu rosto rosado e perdi o controle de novo. *Fingir que vamos nos casar.* Quem diria que Rip me faria rir quando passei o dia muito estressada por ter de lhe pedir um favor?

Ele não me deixou nem apreciar o momento, porque a expressão se transformou em uma de *Eu vou te matar* enquanto eu caía no riso às suas custas.

— Então tudo o que você quer é que eu te acompanhe em um funeral?

E ali estava o lembrete do que eu estava pedindo. O *porquê* de eu estar pedindo.

O sorriso e o riso instantaneamente deixaram meu rosto e coração quando assenti, a severidade daquilo tudo acabando com a alegria.

— Sim, por favor.

Seus olhos não se apertaram. E ele até perdeu a expressão de *serial killer.* Rip simplesmente me observou. Eu não sabia se ele não confiava em mim ou se não acreditava que aquele era o favor que eu estava pedindo, mas não me importava.

Só o encarei de volta, uma única memória ressurgindo do nada enquanto eu pensava no motivo de eu nunca ter planejado voltar para casa.

Porra, Luna, eu vou te matar! Se você voltar, vou literalmente te matar. Que droga, sua merdinha! Caralho, eu não consigo acreditar em você!

Foi o bastante para me fazer engolir em seco. Chega de me sentir culpada por todo um milésimo de segundo antes de esmagar aquilo com o salto das minhas botas de trabalho. Eu não tinha motivo para me sentir mal.

Rip esperou, pensando em sei lá o que antes de assentir bruscamente, como se fosse uma transação de negócios sobre a qual finalmente havíamos chegado a um acordo depois de muita discussão.

O que acho que foi o que aconteceu mesmo.

Eu tinha feito algo por ele, e agora ele estava fazendo algo para mim. Era o que ele tinha me oferecido. Tinha sido ideia dele.

Mas, então, ele *me* perguntou algo surpreendente:

— Você tem certeza? Quer mesmo que esse seja o seu favor?

Assenti com seriedade.

— Eu não queria te pedir nada, mas, sim, é isso o que eu quero. — Dei um sorriso que fez os meus dentes doerem com o quão forte se pressionavam uns contra os outros por causa da lembrança que eu havia acabado de empurrar para longe do cérebro. — Por favor.

Eu estava fazendo isso pela vovó Genie. Eu estava fazendo isso pela Thea, Kyra e Lily. Estava levando aquilo em frente porque fazer a coisa certa raramente era a coisa mais fácil de se fazer.

Aquele homem bonito, de expressão carrancuda, de quem eu mal sabia alguma coisa depois de três anos, continuou me observando com atenção. Ele bebericou o drinque por um e, então, dois segundos. Me deu outra olhada daquele seu jeito, com os olhos apertados, mas *não* por maldade, sequer por irritação.

— Tudo bem — foi a resposta de Rip.

Ah.

— Tudo bem. — Suspirei, o alívio que eu não conseguia traduzir em palavras deslizando por todo o meu corpo. Simples assim.

Tudo bem.

— Ótimo — eu disse a ele, entrando na onda antes que Rip mudasse de ideia. — Obrigada.

Aqueles olhos coloridos se desviaram até uma das minhas orelhas e se demoraram por um momento enquanto o homem se reclinava no assento.

— Quando?

— Quinta-feira — respondi, tentada a erguer o braço e tocar meu brinco, mas não o fiz. — Vou precisar tirar o dia de folga. *Nós* vamos precisar tirar o dia de folga.

Ele assentiu outra vez, tão tranquilo que parecia que eu não havia pedido nada.

— É em San Antonio.

Aquilo fez seu rosto se transformar em uma careta, e me perguntei o motivo. Mas quando não reclamou nem mudou de ideia, mantive a boca fechada. Se, agora, ele não quisesse fazer aquilo por qualquer que fosse a razão, eu não o incomodaria para que mudasse de ideia. Sempre havia um plano B e um plano C.

— Um dia? — ele perguntou, a voz soando distante depois da careta inicial.

— Sim. — De jeito nenhum eu ficaria em San Antonio por mais tempo do que fosse preciso. Até mesmo uma noite seria demais. Um dia já parecia muito.

Mas não admiti nada disso.

Ele simplesmente inclinou o queixo para baixo, moveu os olhos até o lugar vazio à mesa e, então, voltou a olhar para o meu rosto. Quase não notei como suas narinas se dilataram de novo.

— Quinta-feira, então.

Esta quinta-feira. Eu não havia percebido o quão próximo estava até aquele momento.

— Sim — concordei, esperando que ele não pudesse ouvir o quanto eu já temia o evento.

Antes que eu pudesse dizer mais uma palavra sequer, ou que ele fizesse isso, uma mão pousou no meu ombro e o apertou.

Não precisei olhar para trás para saber que era um dos meus colegas de trabalho.

Fiquei um pouco surpresa quando ouvi um *Feliz aniversário* na voz grossa do sr. Cooper.

Com a exceção de talvez duas ou três vezes, o sr. C nunca havia saído conosco antes. As únicas vezes foram a festa de despedida de solteiro de Owen, que não tinha nem chegado perto de ser uma festa porque ele não quis irritar a mulher, e a celebração quando outro colega de trabalho tinha se demitido depois de terminar a faculdade e arranjar um trabalho como engenheiro.

Além disso... nunca.

Então, outra voz disse:

— Feliz aniversário, Ripley — soou a voz feminina que eu sabia pertencer à esposa do sr. Cooper.

Se eu não tivesse voltado a olhar para Rip, não teria notado como, a cada palavra que saía da boca da esposa do sr. Cooper — seu nome era Lydia —, mais dura a expressão de Rip ficava. Tinha ido na mesma hora de gratificantemente impassível enquanto fazíamos planos a uma expressão cautelosa quando o sr. Cooper tinha falado... e, então, com as palavras da sra. Cooper, a mandíbula ficou mais definida e os tendões no pescoço, mais pronunciados. Logo, ele endireitou devagar a postura na cadeira onde havia acabado de começar a relaxar.

Ripley nunca tinha agido como uma pessoa confortável, tranquila.

Mas também nunca havia agido como naquela hora. Pelo menos, nunca na minha frente, e eu já o tinha visto irritado e nervoso com os outros caras da oficina. Nem mesmo quando o deixei furioso ao errar a cor naquele Thunderbird ele tinha exibido uma expressão tão fria.

Mas aquilo ali... Aquilo não era raiva. Não era fúria nem decepção. Pelo menos, não exatamente. Eu conhecia aquelas expressões.

Aquilo parecia um milhão de emoções diferentes empacotadas dentro de um corpo prestes a explodir.

Ele nunca tinha olhado para o sr. Cooper daquele jeito, nem quando não sabia que eu os estava observando.

Era impossível a sra. Cooper já ter feito algo para ele. Ela era uma das mulheres mais gentis que eu conhecia. Era amorosa, carinhosa e acalentadora. Tinha me dado incontáveis abraços e preparava bolos para *mim* no meu aniversário todos os anos, desde que nos conhecemos.

O sr. Cooper já a tinha chamado de santa, e eu acreditava. Eu havia morado com ela por anos. Havia passado quase todos os feriados com ela desde que comecei a trabalhar na CCC.

Se ele era incrível, ela era igualmente incrível, e eu amava os dois.

Então, quando ouvi o suspiro profundo que Rip soltou, não soube o que pensar. Ele soava... Ele soava como se tivesse visto uma tempestade e decidido fechar todas as cortinas ao seu redor. Escondendo-se de nós.

Observei enquanto seus olhos iam do sr. Cooper à sra. Cooper e, então, voltavam ao homem mais velho, o pomo de adão estufando-se mais do que nunca. Logo, ele disse *Obrigado*, como se alguém o estivesse torturando para colocar as palavras para fora.

Não precisei olhar na direção dos Cooper para sentir a tensão do lado deles.

E a tensão ficou ainda mais forte quando Ripley agarrou a bebida na mesa, levou-a à boca e a entornou, nem mesmo estremecendo ao fazer isso.

Com um movimento fluido, ele empurrou a cadeira para trás e murmurou:

— Obrigado pelo bolo de aniversário, Luna. Vejo vocês no trabalho — falando comigo e com o sr. Cooper, é óbvio.

Mas não olhou para nenhum de nós.

Também não olhou para a sra. Cooper.

Uma exalada mais tarde, ele tinha ido embora.

Bem.

Aquilo foi esquisito pra cacete.

CAPÍTULO SEIS

Não posso dizer que não fiquei aliviada quando fui trabalhar no dia seguinte e encontrei apenas a caminhonete de Rip no estacionamento. Sem o carro do sr. Cooper, eu sabia que não entraria e ouviria os dois discutindo a respeito do que aconteceu na noite anterior. *Esquisito.* Eu não sabia muito bem o que estava acontecendo entre ele e o sr. Cooper ultimamente, mas as coisas pareciam mais tensas do que o normal, não que algum dia tivessem sido boas, para começo de conversa.

A caminho da CCC, eu havia considerado tentar evitar Rip para não lhe dar a chance de me dizer que tinha mudado de ideia quanto a ir a San Antonio. Então, decidi que não seria tão covarde assim. Porque, se eu ficasse nervosa, ele começaria a questionar o motivo.

Entrei, larguei minhas coisas no lugar de sempre e subi a escada para começar a preparar o café. Eu não tinha visto meu chefe/futuro guarda-costas na subida, mas não dei muita bola para isso. Também não consegui ouvi-lo em seu escritório, mas havia uma meia dúzia de lugares onde ele poderia estar. Preparei nossos dois cafés, então, desci outra vez, encontrando-o curvado sobre o capô aberto de uma caminhonete GMC na qual andava trabalhando. Pelo que pude ver, ele não estava usando uma camisa branca sob o macacão azul-marinho. E eu tinha quase certeza de que a camisa era... cinza. Cinza não era uma cor boa para seu humor, mas pelo menos não era branco.

Então.

Aja normalmente.

Não dê a ele uma chance para reconsiderar.

— Bom dia, chefe — eu disse, esperando ter soado normal.

Ele não espiou enquanto estava sob o capô, mas ouvi seu *Bom dia* baixinho, quase um resmungo.

Pelo menos, ele tinha respondido. Por mim, ótimo.

— Vou deixar seu café no banco azul — avisei enquanto o colocava sobre uma das muitas caixas de ferramenta ao longo da parede.

Houve uma pausa e, então, um *Obrigado, Luna* que não soou *tanto* como um resmungo quanto o cumprimento anterior. Talvez porque era a primeira vez que ele não havia perguntado se eu decidira qual favor lhe pediria.

Talvez.

Dei um passo para trás e olhei a bunda parcialmente contornada sob o material frouxo do macacão. Só por um segundo. Seus ombros e braços eram tão amplos que ele teve que se acomodar em uma roupa extragrande, que acabou ficando larga no meio. Eu me deixei dar mais uma olhada antes de praticamente gritar:

— De nada! — Perguntar a ele como o resto da noite tinha sido pareceu uma ideia péssima, então não perguntei. Não se saía bufando do bar, no seu aniversário, e se tinha um bom fim de noite.

Consegui dar talvez três passos para trás, e ainda não tinha nem girado para voltar, quando o ouvi:

— Espere um segundo.

Parei no lugar.

— Você precisa de alguma coisa?

Com metade do corpo escondido dentro do carro, ele não ergueu a voz para dizer:

— Eu quero falar com você sobre aquele Mustang que está na sua agenda. Não comece ainda, quero pensar melhor no que fazer. Vou subir e te falar o que quero que você mude mais tarde, tudo bem?

Eu não tinha olhado a papelada ainda, mas tudo bem.

— Sim. Vou trabalhar nas outras coisas.

— Certo — ele ecoou sob o capô.

Caminhei em direção à minha sala, segurando o café e tentando me lembrar do que exatamente eu tinha que fazer. Estava dando o meu melhor para não pensar na minha avó. Ou no funeral. Ou em ir a San Antonio, e ponto final. Ou na formatura da minha irmã e em como isso significava o começo do fim. Em vez disso, pensei em como a noite tinha sido boa depois da partida de Rip. Eu tinha me divertido com os Cooper e dois funcionários da CCC que, no final das contas, acabaram aparecendo.

Então era o que eu estava tentando fazer, e se isso exigisse que eu me distraísse de tudo mais que estivesse acontecendo na minha vida, bem, eu poderia fazer isso.

Consegui chegar à minha sala e abri a gaveta para pegar as pastas, encontrando a que eu procurava. Era um Mustang no qual eu havia aplicado *primer* na semana anterior, mas eles tinham me feito adiar a finalização. Esse tipo de coisa acontecia com tanta frequência, que não estranhei.

Por sorte, sempre havia algo em que eu trabalhar. Analisei as opções no meu celular, escolhi a trilha sonora de *Grease* e comecei o meu dia.

Eu tinha acabado de terminar o que pude fazer naquele dia quando fui procurar Rip.

— Ele saiu — Miguel, um dos meus colegas de trabalho favoritos, me disse.

Pisquei para um dos dois únicos homens na CCC que estavam ali há quase tanto tempo quanto eu.

— Para onde ele foi?

Miguel semicerrou um olho.

— Acho que foi ao pátio procurar algumas peças que não estava conseguindo encontrar.

Era de se esperar.

Seus olhos castanho-claros deslizaram para o lado antes de se voltarem a mim, e ele não conseguiu esconder a hesitação no tom ao perguntar, tentando não fazer careta enquanto provavelmente me implorava em silêncio para não aceitar sua oferta:

— Quer que eu ligue para ele?

Balancei a cabeça. Mesmo a diferença não sendo gritante, ele era um pouco mais bondoso comigo do que com o resto dos caras na oficina. Pelo menos, Rip raramente dizia palavrões perto de mim. Mas, ainda assim, apreciei a oferta de Miguel para se arriscar por mim.

— Não precisa. Eu posso ligar para ele.

Ele não se importou nem em tentar esconder o suspiro aliviado.

— Me avise se precisar de ajuda.

— Pode deixar. Obrigada, Miguelito.

Ele sorriu com o apelido que eu havia roubado de sua esposa há muito tempo. Com outro sorriso dirigido só a ele, saí em direção à minha sala outra vez e liguei para o número de Rip, que eu sabia de cabeça.

Ele atendeu imediatamente.

— Rip.

— Oi, chefão, é a Luna...

— Sim?

— Ei, preciso começar a trabalhar naquele Mustang. Sobre o que você queria conversar comigo?

Havia uma voz masculina ao fundo do outro lado da linha, e parecia que estava perguntando algo a ele...

— O quê? — Rip perguntou, lançando a pergunta a mim, depois de um tempinho.

— O Mustang. Estou te ligando para falar do Mustang.

Com certeza havia um pouco de irritação em seu tom.

— O que tem o Mustang?

Tamborilei as unhas no balcão da única mesa na minha sala.

— Você me disse que queria conversar sobre o Mustang hoje cedo.

Houve mais barulho ao fundo, vozes falando acima de outras, e, por fim...

— Eu não sei do que você está falando.

Mordi a parte interna da bochecha.

— Então você *não* quer falar disso?

Mais vozes soaram ao fundo. Mas, depois de um momento, ele voltou para a linha.

— Estou ocupado, Luna. Você não tem coisas o bastante para fazer? — ele explodiu, me fazendo afastar o celular do rosto para encará-lo.

Nossa. Alguém estava mais rabugento do que o normal. Isso era exatamente o que eu havia imaginado dele depois da noite anterior.

— Acho que não, chefe — murmurei, ainda fazendo uma careta para o celular antes de trazê-lo de volta ao ouvido. — Eu só queria me certificar de que estávamos de acordo...

Ele soltou um daqueles grunhidos.

Então, desligou na minha cara.

Baixando o aparelho, balancei a cabeça e peguei a droga da pasta de novo. Ele fez parecer que não tive razão alguma para ligar.

Quanto antes eu começasse, mais cedo acabaria.

Talvez eu pudesse ir embora no horário e chegar em casa cedo o suficiente para ligar para as minhas irmãs e contar sobre a vovó Genie e o funeral. Mas parte de mim esperava que eu pudesse protelar um pouco mais a ligação.

Eu tinha acabado de fechar as portas da cabine depois de aplicar uma segunda demão de cor no Mustang quando a porta da minha sala foi aberta com tudo. Minha mão foi parar no topo do traje de proteção para que eu pudesse puxar o zíper para baixo quando o corpo enorme de Rip apareceu, coberto da clavícula até os pés em seu macacão e botas de trabalho, o que deveria ser normal e não um problema, mas...

Ele tinha uma expressão que eu talvez tivesse visto apenas algumas poucas vezes na vida.

A última tinha sido no dia do episódio do *Silver Mink*, ou seja, há pouquíssimo tempo.

— Oi — eu disse, ouvindo a cautela na minha voz. Até parei de arrastar o zíper para baixo bem na altura do umbigo.

Seu tom combinou com o olhar mortal que me lançava.

— *De que cor você pintou a droga do carro?*

Parei completamente de tentar tirar o traje e o observei enquanto ele parava a, talvez, uns cinco passos de distância, sua mandíbula tão tensa quanto sempre.

— Acho que foi *Mist*, ou alguma coisa assim, mas não lembro exatamente. Faz duas semanas que encomendei a tinta... — Quase apertei os olhos, tentando pensar no motivo de ele estar parado ali, me encarando como se eu tivesse acabado de perder a chave de porca da sorte dele.

Sua mandíbula se moveu para um lado e, então, para o outro, enquanto o pomo de adão saltava. Aquela linha profunda se formou entre as sobrancelhas, e algo que estava muito próximo de hesitação me fez parar de me mover por completo e, em vez disso, focar no homem parado a poucos metros de mim.

— Luna.

Tinha mesmo parecido que ele havia rosnado meu nome ou seria minha imaginação?

É claro que não era minha imaginação.

Quando o punho dele subiu até a testa, tive certeza de que estava enfurecido com algo. Eu só não sabia com o quê. Eu tinha feito exatamente o que ele me pediu, não tinha?

— De que cor você pintou a droga do carro? — ele repetiu devagar.

Pressionei um lábio contra o outro por alguns segundos antes de responder, com cuidado, observando-o o tempo todo:

— Da cor que estava na ordem de serviço.

Rip inclinou a cabeça para trás, me mostrando a linha longa do pescoço grosso e musculoso e o pomo de adão perfeitamente proporcional enquanto soltava um suspiro tão irritado que foi impossível não ouvir.

— Eu não... — ele começou a falar antes de se interromper com um grunhido áspero.

Ele não... o quê?

Sua voz ficou ainda mais baixa.

— Eu não te disse para não fazer nada até termos conversado?

— Sim. — Semicerrei os olhos, imaginando que tipo de bicho o havia mordido. Eu tinha relido aquela ordem *três vezes* para me certificar de que havia entendido direito. Até olhei as datas e verifiquei no sistema do computador para ter certeza de que não havia surgido nenhuma ordem nova desde então.

Não havia.

Então...

— E eu te liguei... — Minha voz foi sumindo, mais confusa a cada segundo quanto ao porquê de ele estar me encarando como se quisesse me matar de novo.

Os olhos de Rip não se moveram na minha direção, e o punho continuou no rosto.

— Luna.

Parte de mim sabia que não era hora para brincadeiras, mas... ainda assim, eu disse:

— Ripley.

É, aquilo fez com que, de alguma maneira, ele movesse os olhos para baixo, na minha direção, seu olhar descendo bem pelo seu nariz. E a mandíbula ficou ainda mais tensa. Cerrada. Irritada.

— Eu não estou de brincadeira agora, caralho — ele protestou.

Foi minha vez de engolir em seco. Até meu pobre coraçãozinho se apertou com a expressão muitíssimo injustificada que ele me dava.

Rip estava furioso. Comigo.

Então pisquei e me perguntei o que raios eu tinha feito para merecer aquilo.

Ele deve ter conseguido ler a minha mente, porque bradou:

— Eu te pedi para falar comigo a respeito do carro, não pedi? — vociferou, a voz quase baixa, mas ainda tão brava que me pegou totalmente desprevenida.

Prendi a respiração. Então, assenti, porque... bem, ele tinha pedido.

Mas a questão era que eu havia tentado falar com ele. Eu *tinha* ligado. Só não achei que fosse a hora certa de argumentar quanto a isso, levando em conta a maneira como ele ainda me encarava de cima. E não pensei que o tempo fosse ajudar a mudar alguma coisa.

— Por que você pintaria a porcaria do carro depois de eu ter dito que queria conversar com você? — ele me pressionou. Sinceramente, com muita raiva.

Ainda assim, fiquei parada ali.

Ele não me machucaria nem diria algo que eu já não tivesse escutado antes de uma boca que eu amava.

Então, não menti. Nem me dei o trabalho de tentar me explicar. Eu havia aprendido há muito tempo que certas pessoas eram loucas, que era impossível ter uma conversa sensata com elas. E Rip... ele estava sendo um babaca — um babaca e tanto, se eu pudesse ser honesta, porque *eu tinha ligado para ele* —, mas eu não estava com medo. Não estava preocupada. Não de verdade.

Fiquei parada lá, meu coração batendo um pouco mais rápido do que antes, e eu disse a verdade que não me faria ganhar mais nenhum ponto com ele:

— Pintei, porque te liguei para falar do carro, e você disse que não fazia ideia do que eu estava falando. — Mantive a voz firme. — Eu fiz o meu trabalho.

E tinha feito mesmo.

Seus dedos se afrouxaram, e ele engoliu a saliva outra vez.

— Mas fui bem claro com você que era para me esperar e conversarmos, caralho.

Prendi a respiração e não desviei os olhos do seu rosto, nem mesmo por um segundo enquanto ele me dizia a mesma coisa de antes.

— Eu sei, mas te liguei para conversar sobre isso.

Seus dentes brancos, branquíssimos, brilharam de repente, e ele sibilou em seu tom maldoso e desagradável:

— Eu não queria que você pintasse a droga do carro dessa cor, Luna!

Tudo bem.

Estava tudo certo. Estava tudo certo. Estava tudo certo.

Finalmente me deixei inspirar fundo pelo nariz, e tentei manter a voz calma ao dizer a ele, *de novo*, como uma idiota que sabia por experiência própria que não tinha como conversar com alguém que já estava com raiva:

— Mas eu te liguei...

— Eu estava ocupado, porra!

Eu só... Eu só fiquei parada lá. Sincera, séria e totalmente confusa. Que cacete estava acontecendo com ele? Era uma coisa ele estar de mau humor, irritado e agir de maneira condescendente, mas *isso*?

Ripley olhou para mim e balançou a cabeça, sua respiração irregular, entrando e saindo pelas narinas. Ele deixou a mão cair e, então, ergueu-a de novo até o topo da cabeça.

Eu não me movi.

Rip balançou a cabeça, sacudiu a mão na lateral do corpo e, com uma voz esquisitamente calma com a qual eu não soube lidar, disse:

— Refaça a pintura.

Refazer a pintura?

Era uma piada?

Eu não era uma pessoa dramática e não me ofendia facilmente, mas tudo o que pude fazer foi literalmente ficar parada ali.

O que ele estava me pedindo para fazer...

Fechei os olhos com força, cerrei as mãos com tudo e disse a mim mesma que não havia nada com que ficar chateada. Não era como se eu não fosse receber por hora trabalhada. Não era como se aquilo fosse me machucar.

Exceto internamente, porque eu tinha sido culpada por algo que não era tecnicamente culpa minha.

Pelo menos, era o que eu achava.

E não faz muito tempo desde que você fez besteira, meu cérebro me lembrou.

— Comece agora. Vou encontrar a amostra da tinta e ligar para fazer o pedido. Vou pedir para alguém buscar — ele disse naquela voz baixa e gélida pela qual eu sentia zero afeição.

Não falei nada quando abri os olhos e simplesmente o encarei, indignação e algo mais me roubando todo o ar e qualquer hostilidade.

Ele queria que eu recomeçasse. Ele queria que eu repintasse um projeto no qual eu já vinha trabalhando. E se aquilo não fosse ruim o bastante, ele estava colocando a culpa em *mim.*

Nós dois sabíamos que eu estava certa. Lá no fundo, ele deveria saber que eu não tinha errado. Porque sabíamos que eu havia ligado. Não era culpa minha ele não ter prestado atenção ou ter estado distraído demais para me dizer o que queria.

E, com certeza, não era culpa minha ele estar passando por uma fase de gatilhos e pavios curtos.

Mas não chamei sua atenção por isso nem disse nada daquilo na cara dele.

Ele era meu chefe.

E esse era um trabalho que eu não queria perder, principalmente não por algo que alguma parte subconsciente minha percebeu não valer a pena estar certa a respeito.

Mas aquela pequena parte minha... aquela pequena Luna que havia sido culpada por coisas que ela não tinha nada a ver... ela não era fã de ser culpada por algo que não estava nem perto de ser culpa dela. Eu estava cansada disso.

Mas ele era meu chefe.

Meu chefe que estava olhando para mim, enquanto eu o encarava de volta.

Tinha *mesmo* alguma coisa acontecendo com ele. Eu sabia. Ele não costumava ser assim. Ele não poderia ter escondido aquele tipo de maluquice por três anos — e eu era alguém que entendia desse tipo de coisa.

Mordi a parte interna da bochecha e fui em frente. O que ele faria? Gritaria mais um pouco comigo? Então eu perguntei, mesmo não tendo certeza se isso simplesmente se voltaria contra mim, piorando ainda mais a situação:

— Rip, o que aconteceu?

Aqueles olhos azul-petróleo continuaram focados nos meus. Seu corpo quase imóvel demais, mas ele disse:

— Você estragou o carro, Luna. O que acha que aconteceu?

— Não foi isso o que eu perguntei.

Sua resposta foi um olhar.

Então estávamos de volta àquilo. Certo.

Eu não diria nada sobre o carro idiota. Eu sabia que ele estava errado, e ele sabia que ele estava errado, e minha intuição dizia que, até certo ponto, aquilo não tinha nada a ver com a droga do carro que ele alegava estar tão irritado a respeito. Mas sempre tive dificuldade em deixar as pessoas em paz, mesmo que isso significasse que talvez pudessem acabar descontando sua raiva em mim. Ainda assim, não consegui ficar de boca fechada.

Defendi meu ponto de vista:

— Sei que você odeia o quanto tento brincar com você, mas se quiser conversar sobre alguma coisa, eu nunca contaria nada a ninguém. É sério. — Pisquei para ele, erguendo um ombro. — Sou muito boa com segredos. Sem brincadeira.

Ele me observou, mas, ainda assim, não respondeu. Aqueles ombros largos se mantiveram tensos. E com a expressão maldosa ainda em seu rosto, o homem lindo — lindo demais — não me deu nada. Nadinha.

Eu deveria estar acostumada com isso.

Depois de um momento, ele começou a balançar a cabeça.

— Recomece o trabalho — foi tudo o que Rip disse.

Então, virou-se e saiu andando.

A vida era uma escolha.

Podia-se escolher como encarar as coisas. Podia-se escolher como lidar com essas coisas. Podia-se escolher se uma rosa era bonita ou se os seus espinhos eram uma ameaça aos seus dedos.

O que eu escolhi foi não deixar Rip arruinar o meu dia. Eu escolheria não ficar irritada nem magoada.

Então, esmaguei minha raiva contra Rip e a joguei no lixo.

Ele era meu chefe.

Ele iria comigo a San Antonio — pelo menos, era o que eu assumia — e isso era tudo o que importava para mim. Algo estava errado com ele, e simplesmente tive o azar de estar no lugar errado na hora errada. Ou algo assim.

Seja lá o que tivesse acabado de acontecer, não tinha sido culpa minha.

Mas, ainda assim, ele havia sido um babaca. Um babaca injusto, para ser específica.

Só que eu tinha um trabalho a fazer. Eu precisava que dinheiro entrasse na minha conta. Era isso o que tinha que fazer. Ripley não era meu amigo nem nunca tentaria ser meu amigo. Ele era meu chefe.

Aceitei isso com um suspiro e voltei ao trabalho.

CAPÍTULO SETE

Quando cheguei à oficina no dia seguinte, trinta minutos antes do normal, falei para mim mesma que estava fazendo aquilo porque tinha muito trabalho pela frente.

Não porque estava ressentida com Rip.

E com certeza não porque eu havia tido outro sonho ruim com o meu pai que me fez acordar suando. Eu não conseguia me lembrar exatamente do que tinha acontecido nele, só de uma coisa ou outra, como do temor e a náusea — vivos e presentes mesmo depois de tanto tempo.

Eu havia me remexido e virado pelo resto da noite, tentando evitar o leve incômodo com a aflição que senti por causa daquilo. Do quão real foi. Talvez porque a parte de que eu me lembrava fosse parecida demais com como as coisas realmente haviam acontecido. Aquele idiota. Ser chamada pelo nome errado. A bebedeira... O medo.

Do que o sonho não me lembrou foi de como eu havia crescido. De como eu tinha dado o fora de lá e de como eu também havia resgatado as minhas irmãs, só eu sabia como.

Desde aquele momento, daquela decisão, tive que me agarrar a todo segundo de felicidade que foi possível.

Então, igual a como eu tinha feito nos últimos dez anos, quando me sentia mais desamparada do que nunca, fui ao único lugar em que sempre distraía minha mente das coisas nas quais eu não queria pensar: a oficina.

Eu disse a mim mesma que aquilo me faria bem, porque eu não havia exatamente tido a mais produtiva das tardes no dia anterior graças às horas que eu havia passado consertando "meu erro". Miguel tinha aparecido e me ajudado por cerca de uma hora, contando-me tudo sobre como Rip havia soltado os cachorros nele por ter atrapalhado seu caminho.

Mas, mesmo com a ajuda dele, eu ainda não tinha feito o suficiente. Não ajudava em nada eu ter deixado meu trabalho exatamente às cinco da tarde. Rip não havia olhado para mim quando passei por ele com todas as minhas coisas, mesmo eu estando preparada.

Preparada para fingir que eu não tinha ouvido uma palavra sequer do que ele poderia ter dito, porque ele fingiria que eu não havia ligado para perguntar a exata coisa com a qual ele tinha explodido comigo.

Aff.

Eu não poderia dizer que meu dia melhorou quando cheguei em casa.

Minha irmã estava em casa, e isso era ótimo, mas no instante em que contei da ligação que eu havia recebido há alguns dias — não que eu tivesse admitido aquela parte —, tudo foi por ladeira abaixo bem rápido. Principalmente a parte que envolvia eu ir a San Antonio, que pareceu como se eu tivesse derramado gasolina em um pequeno incêndio.

— Por que você está fazendo isso? — Lily havia choramingado. Ela se levantou no instante em que eu havia mencionado o nome da cidade que visitaria pela primeira vez em seis anos. — Você sabe como eles são!

É claro que eu sabia como eles eram. Como eu poderia esquecer?

Aquela conversa tinha se espalhado, inclusive indo parar em uma ligação de três pessoas no viva-voz com nossas outras duas irmãs, que ficaram tensas e quietas enquanto Lily reclamava por quinze minutos do quão idiota era a minha ida.

Tive a sensação de que elas todas me ignorariam por um tempo, mesmo durante o fim de semana, quando todo mundo viesse para a formatura de Lily, mas não me fariam mudar de ideia. Eu sabia que a melhor coisa para a minha sanidade era nem pensar que eu iria, assim não ficaria mais nervosa nem começaria a duvidar ainda mais de mim mesma. Eu tinha que ir. Era a coisa certa a se fazer.

Então, soube no começo daquela manhã que eu precisaria me desligar de todo o resto e passar o dia preparando o carro para a cor *Tropical Turquoise*, que cobriria o tom pálido de azul-acinzentado do dia anterior. Para isso, eu usaria a tinta em spray para aplicar mais cor antes de finalizar com duas demãos transparentes.

Viva.

Eu odiava cometer erros, mesmo se o que tivesse acontecido não fosse tecnicamente um erro. Ainda me lembrava de Mack, o homem que havia me ensinado tudo o que eu sabia, me dizendo, um dia, que eu era muito dura comigo mesma quando não fazia algo certo. *Todo mundo comete erros,* ele tinha dito, me dando um tapinha nas costas. *Não é o fim do mundo, Lunazinha.*

E parte de mim sabia muito bem disso. Mas a parte maior não conseguia abandonar aquela mentalidade, independentemente do quão velha eu ficasse. Provavelmente, porque pensava que a coisa toda era, em grande parte, culpa de Rip. Eu tinha ligado para ele. Ele não havia prestado atenção, e a culpa acabou sendo minha.

Como sempre.

Se passei no *drive-thru* e comprei café ao invés de prepará-lo, foi só porque eu estava a fim de um *mocha* de chocolate branco em vez da mesma coisa de sempre que eu bebia todas as manhãs. Se minhas mãos não ficariam tão estáveis quanto o esperado... Bem, sinto muito.

Eu estava no meio do trabalho naquele Mustang idiota estacionado na grande sala ao lado da minha quando acabei olhando para cima e vi um rosto familiar do outro lado da janela na porta.

Rip.

Não querendo atrapalhar meu ritmo para que eu pudesse começar a aplicar o primer assim que possível, voltei a atenção para o carro e continuei movendo o braço. Não parei de pintar, finalizando a última seção antes de parar.

Se ele precisasse de algo e não quisesse esperar, poderia ter deixado um recado.

Ele sabia muito bem que era melhor esperar do que me fazer parar no meio de seja lá o que eu estivesse fazendo. Eu não queria fazer besteira de novo, principalmente não na frente dele.

Quando, por fim, terminei, deixei a lixa no chão e puxei meu gorro para baixo, os dedos se prendendo por um segundo na faixa de cabelo enquanto eu caminhava em direção à porta para abri-la.

— Bom dia — eu disse, tentando fazer com que não parecesse um resmungo ao tirar os óculos de proteção e, então, puxar o respirador por sobre a cabeça. A maioria dos caras usava apenas máscaras, mas eu não brincava de inalar coisas que voltariam para me matar mais tarde.

Ele piscou, e foi então que notei que ele não estava de macacão. Vestia a camisa cinza de compressão, só que, dessa vez, sob uma camiseta preta e justa que dizia COOPER COLISÃO E CUSTOMIZAÇÃO em uma fonte amarelo-calêndula. Eu tinha me esquecido de que hoje era dia de leilão. E, apesar de eu não querer ou ter a intenção de fazê-lo, movi os olhos para baixo e vi que ele vestia um jeans desbotado sem nenhuma mancha, além de botas que não eram as mesmas que ele usava na oficina o tempo todo.

Um pequeno saco de papel branco pendia onde estava sendo pressionado ao seu lado entre o indicador e o polegar.

Mordi a parte interna da bochecha, lembrando-me do quão injusto ele tinha sido no dia anterior.

Então, me recordei de que ele era meu chefe e que, mesmo se estivesse errado — e estava —, teria de ser eu a engolir o sapo, a menos que eu quisesse trocar de emprego.

E eu não queria.

— Luna — ele disse com aquela voz grossa que geralmente parecia um dedo gelado subindo pela minha espinha, mas que hoje não fez nada.

Tudo bem, *quase* nada.

— Bom dia, chefe — eu o cumprimentei, meu rosto sério.

Rip empurrou o pequeno saco branco na minha direção.

— Não estou irritado com você — ele falou antes de qualquer coisa, a voz calma e aqueles olhos azul-petróleo fixos no meu rosto.

Ele não estava irritado comigo?

Como se eu tivesse feito algo, para começo de conversa, para deixá-lo com raiva...

Pressionei um lábio contra o outro, e encarei o saco que ele ainda segurava entre nós.

Seus olhos se moveram pelo meu rosto, e um detalhe atravessou o rosto de Ripley, quase... gentil? Educado? Culpado?

— Não é o fim da porcaria do mundo, Luna.

De todas as palavras que ele poderia ter dito...

— Não posso deixar você se safar de coisas das quais eu não deixaria o resto dos caras se safarem — ele continuou me observando atentamente com aquele rosto que não tive certeza de como interpretar por conta do quão sério estava. — Me preparar um bolo de aniversário não te dá um cartão de saída da prisão.

Tudo o que pude fazer foi encará-lo e absorver sua referência ao jogo Banco Imobiliário.

Ele deu uma sacudidela no saco branco, aproximando-o ainda mais de mim.

— Eu te trouxe aquela porcaria de donut de que você gosta. Pegue. É o trançado — ele continuou, como se eu não fizesse ideia de qual era meu donut preferido.

Mas a única pessoa que não tinha ideia alguma do que estava acontecendo era ele.

Ele havia me comprado um donut?

Seria essa sua maneira de se desculpar por ter me culpado por algo que não era culpa minha?

Sim. Era. Só poderia ser.

Era realmente a maneira dele de se desculpar.

Uma pequena parte minha quis guardar ressentimento...

Mas a maioria dos ressentimentos era perda de tempo. Era um vórtex onde se perdia tempo, energia e felicidade. Tempo, energia e felicidade que poderiam ser aplicados em algo que era bom, algo de que toda a sua vida pudesse se beneficiar. Algo que realmente pudesse fazê-lo feliz.

E eu queria ser feliz mais do que queria estar certa.

Por isso, eu me agarrava apenas a ressentimentos grandes, e raramente me deixava pensar neles na maior parte do tempo.

Olhei para Rip mais uma vez e, então, desci os olhos até o saquinho... Logo, suspirei.

Eu teria que escolher, talvez não necessariamente ser feliz, mas escolher não ficar irritada. Ripley não seria a primeira pessoa a me culpar por coisas que não tinham sido culpa minha. No mínimo, ele era um de muitos, mas um dos pouquíssimos que havia chegado a se desculpar... do seu jeito.

Isso valia de algo. Mais do que algo, na verdade. E se eu realmente parasse para pensar nisso, poderia apreciar o esforço despendido para o que ele tinha feito. Eu não havia acabado de evitar contar para as minhas irmãs que eu sabia de algo há dias porque não queria que elas ficassem ainda mais chateadas comigo?

Eu não queria ser hipócrita.

Mordi o interior da bochecha e disse um *Obrigada*, que deve ter soado mais como uma pergunta.

Ele inclinou o queixo para baixo e, só uma vez, seus olhos se apertaram como se pudesse ler a minha mente.

Ele não se desculpou por ter explodido comigo — *por nenhuma razão* —, mas havia me trazido um donut. Meu preferido. Eu não teria imaginado que ele prestava atenção o suficiente para saber de algo assim.

Estendi a mão devagar, como se ele fosse mudar de ideia e puxar o saquinho no último instante enquanto eu o aceitava, observando seu rosto enquanto ele fazia a mesma coisa em resposta a mim, em busca de ninguém sabe o quê. Para se certificar de que eu não me demitisse? De que eu não chorasse?

Eu mal tinha aceitado o presente quando ele perguntou:

— Quão ocupada você está hoje?

Foi difícil não achar que aquilo não era uma pegadinha; ele sabia que eu tinha que passar primer e tinta em um carro todo, além de tentar ficar em dia com as outras tarefas para que eu não me atrasasse, já que tiraria um dia de folga para ir a San Antonio.

— Bem ocupada.

Seus olhos percorreram a sala por um momento antes de ele baixar o queixo de uma forma que pareceu ter sido mais para ele mesmo do que para mim.

— Termine o que estiver fazendo e me encontre lá fora.

— Por quê?

Ainda assim, ele não me olhou.

— Tem um leilão rolando. Você vai comigo.

O quê?

— Mas...

— Ande logo. Começa daqui a uma hora — ele afirmou, dando um passo para trás e, por fim, fazendo contato visual direto outra vez. Seu rosto estava tranquilo. Sem sinal de frustração ou tensão, e eu não soube muito bem o que pensar disso.

— Eu tenho que trabalhar no carro que você...

Seus olhos brilhantes pousaram em mim, e as sobrancelhas subiram um centímetro.

— Isso pode esperar.

Agora aquilo poderia esperar?

— Mas... — *Primeiramente, por que ele queria que eu fosse com ele?* — o sr. Cooper vai com você.

Nas raras ocasiões em que eu havia ido, tinha sido com o sr. Cooper. E a última vez em que fui com ele tinha sido... há três? Quatro anos? Talvez mais. Quando comecei a aprender coisas sobre carros, ele me levava o tempo todo e apontava para certas coisas, explicando tudo no que pudesse pensar e tudo de que eu tinha curiosidade. Eu gostava muito. Nunca teria adivinhado o quanto me interessaria por esse tipo de coisa.

Mas, desde que eu havia assumido a posição de pintora-chefe, tinha outras coisas para fazer além daquilo.

— Ele não vem hoje. É a sua vez.

Ergui a mão para tocar, com a ponta do indicador, um dos brincos em formato de coração com rubi falso que eu havia colocado pela manhã.

— Mas...

Os olhos de Rip se desviaram até a lateral do meu rosto por um momento antes de voltarem a focar em mim.

— Nada disso é para agora. Vou te esperar na minha caminhonete.

Ele estava falando sério quanto a eu ir com ele.

— Mas... — murmurei, minha voz perdendo volume, porque eu não sabia qual outro argumento poderia dar a ele como motivo para eu ficar.

Além de ele ter descontado seus problemas em mim no dia anterior, não havia razão para eu *querer* ficar e trabalhar. Quem diria não para algumas horas de folga? Eu, aparentemente. E não tinha nem certeza do motivo de eu ser contra aquilo, além de estar um pouquinho ressentida pela forma como ele tinha agido. É claro, eu o perdoaria e superaria tudo, mas eu não era um robô. Não conseguia simplesmente desligar e ligar o que sentia. Precisava de pelo menos alguns minutos.

— Eu cuido disso se você se atrasar. Vamos — ele afirmou com aquela voz que estava em algum lugar entre paciente e não.

Ele deu outro passo para trás e, então, virou-se e foi em direção à porta, gritando sobre o ombro:

— Você pode comer isso no meu carro. Vamos.

Comer...

Ele estava mesmo falando sério. Ele queria que eu fosse com ele.

A porta se fechou enquanto fiquei parada ali, olhando para o saco na minha mão.

Suspirei de novo.

Não demorei quase nada para caminhar de volta até a minha sala, tirar o traje de proteção e pegar a bolsa. Eu duvidava de que fosse precisar dela, mas tinha assistido a um episódio de uma série em que alguém tinha se envolvido em um acidente de carro, morrido e não pôde ser identificado, então, agora, eu não gostava de não ter algum documento sempre comigo. Isso, e porque minha legging manchada de tinta não tinha bolsos para guardar o celular. Então, saí da sala e segui até o estacionamento, batendo a porta com um chute para fechar a oficina.

Rip já estava esperando dentro da caminhonete, o queixo erguido enquanto relaxava contra o apoio de cabeça. Seus lábios se moviam apenas o bastante para que eu notasse que estava falando consigo mesmo... ou acompanhando a letra do que quer que estivesse tocando no rádio.

Parte de mim soube que ele estava cantando.

Eu não acharia aquilo adorável. Não. Não quando ele vinha agindo de maneira tão estranha e impaciente nos últimos dias. Não quando ele tinha sido injusto quanto a algo que não tinha sido totalmente culpa minha. Eu não faria isso.

Mas estava fazendo.

Consegui manter o sorriso no rosto, uma das mãos segurando a bolsa e a outra, o donut. Então, observei enquanto a cabeça de Rip se virava para me olhar caminhando em direção à caminhonete. Antes de eu chegar, ele estendeu o braço e a destrancou para mim pelo lado de dentro, empurrando a porta para abri-la. Eu subi, tomando cuidado para não arranhar o couro nem fazer nada que pudesse estragar o interior totalmente reformado.

— Tentei me apressar o máximo que pude — eu disse ao colocar a bolsa no chão e pegar o cinto de segurança.

Ele colocou o câmbio na posição D.

— Faz só um minuto que estou aqui.

Lancei a ele um olhar pelo canto do olho ao fechar a porta e finalmente colocar o pequeno saco branco no colo, perguntando-me mais uma vez por que ele queria que eu fosse.

E onde estava o sr. Cooper?

Esperei até ele ter passado com o carro pelo portão conectado à cerca que percorria todo o entorno do prédio antes de perguntar:

— Você se importa se eu fizer uma ligação rápida?

A única resposta que obtive foi um sacudir de cabeça.

Eu me inclinei para frente e tirei o celular da bolsa, indo direto aos "favoritos" e procurando um dos únicos dois nomes masculinos que eu tinha salvado ali.

Chamou apenas duas vezes antes de uma voz familiar atendê-la.

— Luazinha — o sr. Cooper disse, soando completamente normal, totalmente bem.

— Oi, sr. C — respondi.

— Era para eu ter te ligado ontem à noite. Miguel me mandou uma mensagem sobre o que aconteceu com Rip. — Movi os olhos para o lado, certificando-me de que certo alguém não estava ouvindo. Se estivesse, seu rosto não registrou nenhum sinal de ter escutado o sr. Cooper falando dele. — Mas Lydia chegou em casa, e esqueci por completo.

— Não tem problema — falei antes que ele pudesse continuar. — Está tudo bem.

O suspiro que soltou me disse que não concordava comigo, e isso deixou meu coração quentinho.

— Eu te liguei para avisar que estou indo com Rip ao leilão.

Silêncio.

Deslizei o olhar de volta a Rip e encontrei a bochecha mais perto de mim dando uma tremida esquisita.

— Não sei quanto tempo vamos demorar, mas quis te avisar caso alguém te ligasse perguntando onde estou. Ele disse que você não viria à oficina hoje.

Houve outro momento de silêncio. Então...

— Certo, é claro. — Mais silêncio. — Que bom, Luna.

— Você está bem?

E mais um pouco de silêncio, então.

— Eu tenho uma consulta médica. Vou trabalhar amanhã.

Uma consulta médica?

— Problemas com a pressão de novo?

O murmúrio que ele soltou em resposta foi 1.000% falso. Era a forma de o sr. C não querer mentir, mas também não querer dizer a verdade.

— Foi o que pensei — eu disse baixinho. — Boa sorte com a consulta, então, e me dê notícias depois. — Fiz uma pausa. — Não se esqueça de contar ao médico que você tem traficado sanduíches de carne e pizzas congeladas no trabalho quando acha que não tem ninguém olhando.

Desliguei depois que o sr. Cooper começou a rir e, por fim, disse que me veria na sexta-feira.

Mas, de verdade, eu esperava que ele contasse ao médico a respeito dos lanchinhos que nós dois sabíamos que ele não tinha direito algum de comer. Eu fazia o que podia, jogando fora algumas das coisas quando as encontrava. Deslizando o celular de volta para dentro da bolsa, eu me endireitei e apoiei as mãos nas coxas, olhando para Rip de soslaio.

— Eu poderia ter te contado que ele tinha uma consulta médica — ele alegou, guiando a caminhonete até uma faixa à esquerda.

Não pude evitar, mordi a parte de dentro da bochecha e fiz uma careta. Ele poderia ter me dito?

— Eu não tinha certeza de que você sabia. — Sinceramente, eu não tinha certeza de que ele teria se importando o suficiente para saber ou perguntar. Mas, por outro lado, baseado nas coisas que eu tinha ouvido sem querer, Rip provavelmente teria pedido ao sr. Cooper para que trouxesse um atestado médico para provar que havia realmente feito o que disse que faria.

Mas isso não deveria ser da minha conta.

Nenhum de nós disse nada por um tempo. Olhei pela minha janela e, às vezes, para Rip, mas, na verdade, passei o tempo todo dizendo ao meu corpo para relaxar. Eu não nutriria aquele ressentimento contra ele quando Ripley tinha basicamente — bem, quase — se desculpado. Pelo menos, feito mais do que qualquer um na minha família costumava fazer. Eu já havia perdoado pessoas por coisas piores. Havia alguma coisa acontecendo com ele que eu não compreendia por completo, mas eu poderia ser paciente. Poderia ser compreensiva. Algumas pessoas simplesmente tinham que resolver certas coisas sozinhas.

Mais importante do que isso, eu tinha de me lembrar — e aceitar — que ele era meu chefe. Por mais que eu tentasse — por mais que eu pudesse, às vezes, desejar no fundo da minha mente, no cantinho mais profundo e secreto da minha alma —, aquilo era tudo o que sempre existiria. Não éramos amigos, e ele não tinha nenhum interesse em ser legal ou educado nem em ser gentil.

Ele estava bem não sendo o preferido de ninguém. Porque não era isso o que ele queria. Não era isso o que ele algum dia iria querer.

Meu coração doeu por um momento enquanto eu estava sentada lá, pensando *naquela* ideia. De como eu tinha passado os últimos três anos de olho nele e pensando um pouquinho demais em alguém que eu não tinha a menor chance. Aquilo tudo era simplesmente... admiração. Admiração solene.

Mas, talvez, em vez de sonhar acordada com a bolsa Louis Vuitton que eu realisticamente nunca pouparia para comprar, eu poderia ir ao *outlet* e encontrar uma bolsa linda por um décimo do preço. Ela faria tudo o que a outra fazia. A única diferença era que estaria ao meu alcance. Eu poderia arcar com ela.

Não precisaria ser um sonho. Não era como se eu acreditasse neles, para começo de conversa.

— Você vai comer esse donut ainda hoje? — Rip perguntou de repente.

Lancei um olhar a ele. Será que estava tentando fazer uma piada? Nada em seu rosto parecia particularmente entretido ou brincalhão, mas...

— Sim.

— Você não está de dieta, certo? — ele indagou ao adentrarmos a via expressa. Eu não fazia nem ideia de para onde estávamos indo.

Se ele fosse qualquer outra pessoa — e se os meus pensamentos anteriores não tivessem sido a respeito de Rip e sua falta de amizades —, eu teria rido. Em vez disso, mal consegui segurar um sorriso.

— *Não.*

Quero dizer, eu não era mais tão magra como quando adolescente. Também trabalhava demais — e era preguiçosa demais — para frequentar a academia cinco vezes por semana... mas dava o meu melhor e comia de maneira decente — alguns dias comia mais do que apenas de maneira decente, mas, na maior parte do tempo, eu nunca diria não a um donut. Ou a uma fatia de torta de cereja.

Principalmente, não ao meu donut preferido.

— Tem alguma razão para não o ter comido ainda, então?

Toquei a ponta dos meus dedos ao longo do topo do saco, que tinha sido enrolado para baixo.

— Imaginei que pudesse comer no leilão. Não quero fazer bagunça no seu carro.

Seus olhos se voltaram na minha direção.

— Não vai.

— Mas eu não quero arriscar. — Não precisei dar uma olhada ao redor para ver que o interior estava imaculadamente limpo. Ele sempre mantinha o lado de fora perfeito. Até mesmo seu escritório era praticamente impecável.

— É só uma caminhonete. Se sujar com migalhas, temos aspiradores — foi esse o argumento dele em sua voz fria e despreocupada.

Aquilo não chegava nem perto do que eu estava esperando que ele dissesse.

— Você tem certeza?

— Sim, eu tenho certeza, Luna. Coma a porcaria do seu donut. Eu não o comprei para você ficar olhando.

Se ele insistia...

Desenrolei a parte de cima do saco e enfiei a mão lá dentro para pegar o doce. O doce que o meu chefe tinha comprado para mim. Porque ele, talvez, tivesse se sentido um pouquinho mal. Talvez.

Como deveria.

Inclinando-me para frente, tirei o celular da bolsa e toquei no ícone da câmera. Dando uma olhada em Rip, notei que ele ainda estava focado adiante. Tirei uma foto do donut, anexei-a a uma mensagem de texto e, então, coloquei o celular debaixo da coxa.

— Eu não sabia que você era uma daquelas pessoas que tiram foto de comida — ele disse baixinho.

Uma daquelas pessoas. Pressionei um lábio contra o outro para me impedir de sorrir.

— Minha irmãzinha gosta muito desse donut — eu me peguei explicando, ainda tentando não sorrir. — Só estou esfregando na cara dela.

Ele demorou tanto para responder, que eu não estava esperando quando a pergunta que saiu da sua boca foi:

— Todas as três são mais novas do que você, não são?

Para começo de conversa, eu não fazia nem ideia de como ele sabia que eu tinha três irmãs.

— Sim, as três. Minha irmã mais nova, para quem mandei a foto, vai fazer 18 anos daqui a algumas semanas. Ela está no último ano do ensino médio — eu disse, levando o donut até minha boca e dando uma mordida, quase não segurando um gemido por conta do quão bom estava. — As outras duas têm 19 e 21, mas não moram mais comigo.

A única coisa que ele fez para reconhecer que tinha ouvido foi assentir, e eu não estava a fim de oferecer mais nenhuma informação com a qual ele provavelmente não se importava muito.

Rip continuou não dizendo nada enquanto eu comia o restante, ignorando como aquele tanto de açúcar fazia meu estômago doer — que pena, só que não.

Assim que eu estava prestes a dar a penúltima mordida, fiz uma pausa.

— Você quer um pedaço?

Houve um bufo que me fez virar o pescoço para olhar para ele. O único lado do seu rosto que eu conseguia ver estava inclinado para cima.

— Não.

Terminei o restante antes que ele pudesse mudar de ideia. Eu estava lambendo os dedos quando Rip voltou a falar:

— A que horas você quer sair amanhã?

Eu quase me sufoquei, mas fazer isso teria sido uma pista do quanto eu temia a viagem, e não quis lhe dar nenhuma razão para não ir comigo.

— A cerimônia é às onze. O que você acha de sete e meia?

Não houve qualquer hesitação, pelo menos verbalmente, mas, de onde eu estava sentada, pude ver a maneira como suas bochechas se flexionaram, e isso só confirmou que eu não o queria fazer reconsiderar ter concordado.

— Por mim, tudo bem. Eu vou te buscar — ele ofereceu.

— Tudo bem.

Perfeito. Simplesmente perfeito.

Eu não queria ir. Deus, eu não queria ir.

Mas eu iria, e isso não mudaria, então precisava viver com isso e aceitar a realidade. Não havia motivo para arruinar o dia por temer o inevitável. Por isso, mudei de assunto e mantive a voz animada.

— Então, tem algo específico que você está querendo comprar hoje?

Foi a pergunta certa a se fazer.

E se ouvi-lo falar não era difícil, era só porque ele tinha uma voz bonita.

Eu o tinha perdido.

Droga!

Rip e eu tínhamos nos separado havia uma hora. Chegamos ao leilão cedo o bastante para darmos uma boa olhada em todos os carros que estavam estacionados no pátio do ferro-velho. Eu nunca havia estado ali, mas tinha ouvido que Rip e o sr. Cooper, às vezes, conseguiam alguns negócios ótimos. Esse leilão só acontecia a cada dois meses; em algumas visitas, os dois não compraram nada. Era um dos menores daquele lado do estado. Algumas vezes por ano, um dos dois ia às grandes vendas que ocorriam em outras cidades ao longo da região sudoeste.

Por sorte, eu havia encontrado dois carros que batiam com quase todos os critérios que Rip havia me passado a caminho dali. Um deles tinha um pouquinho mais de ferrugem do que eu teria gostado, mas ainda estava em melhores condições do que alguns dos carros que ele havia comprado no passado. O outro estava ótimo, mas eu tinha visto uns dois caras de oficinas de restauração conhecidas também de olho nele. Todos fizemos questão de evitar contato visual um com o outro, então soube que aquilo era sério para eles. Não seria exatamente uma barganha, mas teria que valer a pena.

E agora o leilão estava prestes a começar em… alguns minutos, e eu não fazia ideia de onde ele estava. Eu havia tentado ligar para seu celular, mas ele não atendeu. Me lembrei de tê-lo visto deixar o aparelho na caminhonete. Ficando bem na pontinha dos pés, dei uma olhada pelo pátio e tentei ignorar todas as pessoas loiras e os homens de cabelo preto, procurando alguém que tinha o tom perfeito de um castanho-avermelhado.

Um homem até já tinha parado e me perguntado se poderia me ajudar com alguma coisa. Eu realmente duvidava de que ele tinha acreditado quando eu disse que estava procurando meu chefe. Virando-me para encarar a parte de trás do pátio pelo qual eu tinha caminhado por quase uma hora, ergui o queixo o mais alto que pude. Procurando, procurando, procurando...

Isso!

Mais alto do que todo mundo, maior do que todo mundo e vestindo aquela camisa justa que deveria ser quente demais para Houston, mas que eu apostava ter sido feita especialmente para dias quentes, vi Rip.

Ele estava com as mãos nos quadris enquanto conversava com outro homem que era uns cinco ou sete centímetros mais baixo do que ele.

Não sei por que fiquei surpresa com o fato de ele conhecer pessoas, muito menos com ele parecer estar tendo uma conversa com alguém, mas fiquei. Não era como se ele não falasse, mas geralmente discutia, não conversava. Mantendo os olhos nele para que eu não o perdesse de vista outra vez, comecei a me aproximar.

Analisei o outro homem. Ele parecia ter a idade de Rip — talvez um pouquinho mais velho e mais magro. Mas foi a tatuagem que ele tinha em um dos lados do pescoço que me fez prestar atenção nele.

Dei uma olhada em Rip e, então, voltei a encarar o amigo, não tirando os olhos dali. Tatuagens escorriam pelos braços dele em marcas pretas e grossas que eram muitíssimo difíceis de distinguir, mas alguma coisa nelas...

O homem balançou a cabeça para Rip, mas o corpo se manteve relaxado.

Só que Rip... Rip estava olhando ao redor. Me procurando?

— *Senhoras e senhores, o leilão vai começar em cinco minutos. Eu repito: ciiiiinco minutos* — uma voz estalou nos autofalantes que o leilão tinha instalado bem ao lado de um púlpito improvisado.

Merda.

Ergui a mão sobre a cabeça e acenei.

— Rip! — gritei.

A cabeça dele se virou rapidamente para a esquerda antes de, lentamente, se mover um pouco mais para o lado, como se estivesse me procurando.

Acenei mais um pouco, sentindo-me mal por interrompê-lo, mas sabendo que precisava mostrar a ele o que pensei que fosse querer antes de o tempo acabar. Era por isso que ele tinha me trazido, não era? Dane-se. Fui até ele, abrindo caminho entre a pequena multidão o mais rápido que pude. Não demorei muito para chegar até a alguns passos de distância de onde Rip e o outro homem ainda estavam parados. Acenei a mão o mais alto possível sobre a cabeça.

— Chefão!

Ele deve ter me visto, porque inclinou o queixo, seus olhos cobertos por óculos de sol, na minha direção. Mas a boca começou a se mover. Rapidamente.

Mas não rápido o suficiente antes de eu chegar ao seu lado, compartilhando um sorriso com seu amigo, que olhava para mim com uma expressão surpresa, mas curiosa, enquanto Rip finalizava o que dizia com um "*Te vejo mais tarde*" em uma dicção perfeita.

E, antes que eu pudesse colocar sequer uma palavra para fora, meu chefe bateu a palma na do outro homem e se virou na minha direção.

Certo.

Ele não queria que eu conhecesse seu amigo. Tudo bem. Sem problemas.

Ele era meu chefe. Não havia razão para eu conhecer o amigo dele.

O outro homem soltou um bufo antes de dar de ombros, dar meia-volta e seguir seu caminho.

O sorriso que dei a Rip foi genuíno. Ele era meu chefe e não me devia nada, exceto um pagamento pelas horas que eu trabalhava.

— Desculpa ter gritado e vindo até aqui, mas eu queria que você visse dois carros antes de o leilão começar — eu disse, não deixando a curiosidade me dominar.

Havia algo estranho na expressão dele.

— O que você encontrou? — ele perguntou, soando totalmente normal, ou tão normal quanto sempre. E não me deu nenhum sinal de quem o outro homem era. Mas por que daria?

Apontei com o polegar sobre o ombro na direção de onde estavam os achados.

— Tem ferrugem nos dois, mas nada pior do que você já comprou antes. Deixe-me te mostrar, chefão. Acho que, com um pouquinho de carinho e cuidado, ficariam bem bonitos.

Seus olhos pareceram varrer meu rosto e cabeça, e não deixei de notar como ele posicionou o corpo para me impedir de ver o homem com quem estava conversando antes. Ele disse:

— Me mostre.

E mostrei, e fiquei muitíssimo orgulhosa de mim mesma quando ele acabou arrematando os dois.

CAPÍTULO OITO

Quando meu despertador tocou, no dia seguinte, medo como eu não sentia há anos instantaneamente me fez querer vomitar.

Fazia muito, *muito* tempo desde que eu me sentia tão nervosa ou arrasada ao ponto de querer vomitar.

Mas, ainda assim, me arrastei para fora da cama. Eu tinha que me levantar. Não queria, mas era preciso.

Tomei banho, mesmo já tendo feito isso na noite anterior. Apliquei a maquiagem, me vesti e segui até a cozinha, ignorando a maneira como meus joelhos queriam tremer e meu estômago, se revoltar. Ouvi o tilintar de panelas vindo da cozinha. Eu geralmente estava a caminho do trabalho naquela hora e minha irmã Lily, no banho, então fiquei surpresa ao ouvi-la com a mão na massa.

Se o tilintar fosse indicação de algo, era de que ela estava brava comigo. Não a tinha visto nenhuma vez nos últimos dois dias. Ela já estava no quarto quando eu chegava em casa, e não havia se dado o trabalho de sair e me cumprimentar.

Como esperado, no segundo em que entrei na cozinha e a encontrei, violentamente servindo o que parecia mingau de aveia em duas tigelas no balcão, isso confirmou que ela estava de mau humor. Lily era como eu: uma pessoa matinal. Diferente de nossas outras duas irmãs, nunca tive de incomodá-la para acordar a tempo da escola. Eu geralmente estava de bom humor, mas Lily estava sempre com um humor ainda melhor do que o meu.

Hoje era exceção, pelo que eu via e ouvia.

— Bom dia — eu disse com muita delicadeza, odiando estarmos nessa situação, para começo de conversa.

Ela não olhou para mim, e isso me deu a chance de ver que Lily não tinha tomado banho nem feito nada. Ela ainda estava de pijama.

— Bom dia — ela praticamente grunhiu, quase me fazendo sorrir.

De olho nela, fui até os armários ao seu lado, observando enquanto minha irmã empurrava algumas frutinhas picadas de uma pequena tábua de cortar para dentro das tigelas e, então, também salpicava nozes. Enchendo meu copo com água, dei o meu melhor para ignorar o quanto meu estômago doía. *Eu não queria ir.*

— Você tem tempo para comer, não tem? — minha querida irmãzinha grunhiu, soando mais mal-humorada do que eu algum dia a tinha visto.

— Sim — respondi antes de engolir toda a água bem quando Lily deslizou uma das tigelas no balcão.

Ela resmungou antes de se virar em direção ao fogão e recolher a panela que havia usado.

— Coma. Não dá para saber quando você vai almoçar.

Não senti vontade de sorrir. Realmente não senti, mas minha afeição por aquela menina que já não era tão pequena assim fez o meu peito doer... com amor, é claro. Com tanto amor que isso me lembrou do porquê eu estava indo para aquele lugar. Para que ela não precisasse ir.

— Obrigada, Lily — eu disse enquanto abria uma das gavetas e pegava uma colher.

Lily grunhiu de novo ao abrir a torneira da pia e colocar a panela sob a água.

Eu não disse nada enquanto comia uma colherada após a outra de aveia grossa enquanto ela terminava de lavar tudo. Comi tão rápido que, na hora que Lily havia terminado, mais da metade já estava no meu estômago, e eu sinceramente não sei se senti o gosto de algo além da primeira colherada.

Eu não queria ir.

— A que horas você vai estar de volta?

Pisquei para as costas da minha irmã enquanto ela estava parada em frente à pia, debruçada ali.

— Não tenho certeza. Acho que lá pelas três. — Toquei a pontinha da colher no nariz, vendo a coluna dela se curvar ainda mais para dentro da pia. — Não vou ficar mais tempo do que o necessário por lá, docinho, eu te prometo.

Quis ir até ela e abraçá-la, mas meus pés não quiseram se mover. Quis dizer que ficaria tudo bem. Que, mais do que tudo, eu não queria ir, mas que eu devia isso a vovó Genie, por ter tomado conta das meninas por anos.

Mas...

Eu não tinha certeza se aguentaria, caso ela se afastasse de mim ou dissesse para não a tocar. Não seria a primeira vez que uma das minhas irmãs faria isso. Então, como uma covarde, fiquei parada lá, cerrando as mãos ao lado do corpo e simplesmente observando minha irmãzinha lutar contra o que quer que estivesse passando pela sua cabeça. Ela era a última pessoa no mundo que eu queria machucar ou fazer com que ficasse nervosa comigo.

— Lily, eu te amo. Eu não quero ir, mas uma de nós *tem* que ir, e se nosso pai ou sua mãe estiverem lá... eu não quero que eles te vejam. Não quero que vejam nenhuma de vocês. Nada de bom resultaria disso e, em algum lugar lá no fundo, você sabe disso — eu disse a ela baixinho. — Vai ficar tudo bem. Eu juro. Sua mãe provavelmente vai estar chapada demais, e o papai... Não se preocupe comigo, tudo bem? Eu te mostrei aquela foto do Ripley. Ninguém vai querer encher o saco dele, e eu sei me cuidar.

Ela fungou.

Ainda assim, só fiquei parada ali, realmente querendo ir até ela, mas simplesmente... não conseguindo. Meus olhos foram até o relógio do fogão. Eram sete e vinte e cinco, e suspirei.

— Eu não vou trabalhar depois. Se você não tiver planos, podemos fazer alguma coisa.

Minha irmãzinha suspirou em resposta.

— Tudo bem.

— Tudo bem? — perguntei para ter certeza.

Ela assentiu.

— Sim, tudo bem.

Pressionando um lábio contra o outro, coloquei o resto do mingau de aveia na boca com uma colher enquanto tirava um café gelado engarrafado da geladeira. Depois, enchi uma garrafinha de água no filtro, e tinha acabado de pegar a bolsa quando Lily murmurou:

— Você está com o seu spray de pimenta?

Congelei. Então, olhei dentro da bolsa para ter certeza de que estava ali.

— Estou — respondi, olhando para o presente que ela havia comprado para mim no meu aniversário no ano anterior.

Virei-me em direção a ela, com minhas coisas na mão, e encontrei-a ainda encarando a pia. Eu quis dar um abraço nela. Realmente quis dar um abraço nela ou receber um em troca, mas eu precisaria de toda a minha coragem mais tarde.

— Tenho que ir, mas tenha um bom dia na escola, certo? Obrigada pelo café da manhã.

— Boa sorte.

Sorri para ela, mesmo de costas, segurando as coisas contra o peito e, então, me virei. Eu mal tinha atravessado o corredor quando minha irmã gritou:

— Eu te amo, Luna! Não estou brava com você! Só quero que fique bem!

Mordi o lábio e balancei a cabeça, alívio me inundando.

— Eu sei. Também te amo! Não se preocupe comigo e tenha um bom dia na escola! — gritei de volta, certificando-me de não deixar a voz me trair.

Peguei as chaves e fui para fora, dando o meu melhor para ignorar meu coração, que batia de maneira constante, mas um pouquinho mais rápido do que o normal. Eu mal tinha trancado a porta da frente e me sentado no degrau mais alto quando uma caminhonete amarela e familiar estacionou em frente de casa. De acordo com o meu relógio de pulso, bem na hora.

Eu não me perguntei como Ripley sabia o meu endereço, mas imaginei que o teria pedido se precisasse. Alguns dos meus colegas de trabalho já tinham me visitado desde que comprei a casa, e os Cooper, é claro, sabiam onde eu morava. Com quase cento e quarenta metros quadrados — e com o preço baixo por ter sido uma execução de hipoteca —, a casa era perfeita para mim… e para a única irmã que eu ainda tinha morando comigo. Havia precisado de uma quantidade bem grande de reparos estéticos quando a comprei e, mesmo depois de tanto tempo, ainda precisava mais. O que tinha sido reformado, eu tinha feito em grande parte sozinha, e com pouquíssima ajuda das meninas, dos amigos e suas famílias. Estava chegando perto do que eu queria.

Na velocidade em que eu avançava, era mais provável que levaria mais uns dois anos antes que ela fosse a casa que eu havia idealizado, e só por um segundo me perguntei o que Ripley tinha achado da velha casinha.

Então, decidi que ele provavelmente não se importava e que sequer deveria ter dado uma olhada, afinal de contas, mesmo se fosse impossível ignorar a casa roxa-escura e cinza-média com nuances e detalhes brancos.

Eu tinha levado meses para trocar o branco e o azul desbotados originais, mas todas as vezes em que eu chegava na entrada da garagem e via tudo aquilo… simplesmente ficava feliz. E se algo nos deixava felizes, sempre valia a pena o preço e o esforço.

Enquanto eu descia os degraus da varanda e, então, seguia pelo caminho que o melhor amigo do meu avô tinha me ajudado a reconstruir antes de começar a pintura, não pude evitar olhar sobre o ombro para a minha casa.

E sorri.

Eu era tão sortuda.

Era tão sortuda que me esquecia do quão sortuda eu era.

Rip olhava para mim através da janela do passageiro enquanto eu caminhava até a porta de sua caminhonete e a abria.

— Bom dia — cumprimentei-o ao entrar.

Ele ainda me observava quando puxei o cinto de segurança de um lado ao outro do corpo e o afivelei, notando o casaco preto no assento entre nós. Foi só então que ele disse:

— Bom dia.

Acomodando a bolsa e as bebidas no chão, deslizei as mãos pelas coxas, para alisar a saia preta e, então, dei um sorriso a ele. Eu tinha que me controlar e agir de maneira comportada, não como se eu tivesse acordado naquela manhã prestes a orar por um desastre natural que não nos deixaria chegar a San Antonio.

— Você quer que eu guie o caminho ou você sabe como chegar lá? — perguntei quando, por fim, tive a chance de dar uma olhada no meu chefe.

E dar uma olhada nele foi exatamente o que eu fiz.

A primeira coisa que notei foi o fino cachecol preto e branco que ele usava.

No verão.

Então, a segunda coisa que notei foi todo o restante dele.

Eu o tinha avisado que estávamos indo a um funeral, mas não havia estado pronta para… isso. Ripley estava vestido de um jeito que eu nunca, jamais o tinha visto. Havia uma camisa de botões cinza-grafite sob o cachecol enrolado no pescoço, e seus olhos pareciam ainda mais brilhantes do que o normal. Olhei para os sapatos sociais pretos e polidos — sapatos que pareciam novinhos em folha. Para a calça social preta que parecia nunca ter sido usada. Dei uma olhada no casaco preto entre nós e pensei que também parecia ter acabado de sair da loja.

Obrigando meu olhar a focar no rosto dele outra vez, assimilei a barba feita; e a forma como o cabelo curto estava penteado me fez pensar que ele havia passado alguma coisa ali para fazê-lo parecer mais controlado do que o normal.

Lucas Ripley tinha se arrumado.

E se elas estivessem lá, eu o estava levando para encontrar as pessoas mais terríveis que eu já havia conhecido na vida.

Provavelmente.

Mais do que provavelmente.

Quem eu queria enganar? Eu era assim. Seria minha sorte elevada à décima potência se todos estivessem lá. Até o meu irmão mais velho. Por que não?

Eu não tinha mais o cabelo da mesma cor e tamanho, mas eles saberiam quem eu era.

Eu conseguiria fazer isso. Eu faria isso. Seriam apenas algumas poucas horas.

Tinha que recuperar o controle antes que ele percebesse o quanto eu não queria estar a caminho daquele lugar. Então disse as primeiras palavras que surgiram na minha mente enquanto estava sentada lá:

— Você está todo arrumado. — Isso era um eufemismo, mas eu não precisava adicionar uma cereja naquele bolo.

E como ele respondeu? Erguendo a mão para puxar o colarinho da camisa, mergulhando-a sob o cachecol que vestia, esticando-o e murmurando:

— Eu me sinto um idiota.

Fiquei surpresa quando ri.

— Você não parece um idiota. — Meu sorriso não foi forçado nem falso. — Você está ótimo.

E o que ele fez? Revirou os olhos. Mas não deixei de notar a maneira como as bochechas pareceram corar um pouco. Eu não sabia que certo alguém era tímido.

— E aí, general? Precisa que eu diga o caminho ou você sabe como nos levar até a cidade?

Ele revirou os olhos de novo ao colocar o câmbio na posição D.

— Eu sei chegar lá.

E se eu tivesse imaginado que ele havia murmurado "*Infelizmente*", então eu estaria certa.

Nenhum de nós falou muito nas três horas seguintes.

Rip tinha sintonizado o rádio em uma estação de músicas antigas, o que me fez sorrir enquanto eu olhava pela janela, porque aquela era a última coisa que eu teria imaginado que ele ouvia. Peguei-o murmurando junto com algumas músicas, e isso me fez sorrir ainda mais — algo que eu não estava exatamente tentando esconder. Joguei Paciência no celular até começar a passar mal e, então, voltei a jogar quando o pior tinha acabado.

Mas enquanto os minutos passavam e, então, uma hora e, depois, mais outra hora e outra hora...

Minha náusea piorou por razões que não tinham nada a ver com olhar para uma tela pequena em um carro em movimento; todos os exercícios de respiração do mundo não ajudaram. Como também não ajudou fechar os olhos e dizer a mim mesma que eu precisava me animar e que eu lidaria com tudo o que acontecesse. Todo o otimismo que eu tinha sentido naquela manhã havia lentamente evaporado enquanto a realidade de para onde eu estava indo ficava mais e mais presente.

A caminhonete não iria quebrar, me fazendo perder o funeral.

Eu estava a caminho, e isso estava acontecendo.

Mas eu sobreviveria, e essa era a parte mais importante.

Seguimos ainda mais para dentro da cidade e, devagarinho, notei um punhado de coisas que me eram familiares de quando eu havia morado em San Antonio. A cidade tinha mudado muito ao longo dos últimos quase dez anos, mas não o bastante para ser totalmente diferente do lugar em que eu havia crescido.

Eu nunca havia planejado voltar.

Abri o aplicativo de navegação no celular e digitei o endereço que o advogado me enviara. O aplicativo disse que tínhamos mais doze minutos de viagem. A cerimônia deveria começar dali a vinte minutos, então a hora que chegaríamos não poderia ser melhor.

Entrelacei os dedos e os enfiei entre as coxas. Meio que desejei ter prestado mais atenção ao sr. Cooper enquanto ele recitava o Pai-Nosso sempre que se irritava e tinha que se acalmar.

— Você vai ficar bem? — Rip finalmente perguntou depois de horas de quase silêncio.

Dei uma olhada no perfil dele pelo que deveria ser a vigésima vez — talvez a quinquagésima — desde que tínhamos entrado no carro. A tensão em seu maxilar tinha ficado mais pronunciada quilômetro após quilômetro. As linhas de expressão em seus olhos tinham se intensificado. E sua coloração estava diferente. Mais corada.

Eu não estava imaginando o fato de que ele sinceramente parecia estar temendo aquilo quase tanto quanto eu.

Mas seria porque ele estava comigo e não queria estar?

— Sim, é claro — eu disse a ele com sinceridade, mas o observei com ainda mais atenção. — E você?

Seus dedos se flexionaram no volante, e sua voz soou rouca quando respondeu sucintamente:

— Sim.

Ele estava cheio daquilo. Ele realmente estava receoso.

Simples assim, a culpa fez meu estômago ficar esquisito de novo, por uma razão que não tinha nada a ver comigo ou com o que eu queria.

Talvez ele não lidasse muito bem com funerais. Talvez isso o fizesse se sentir péssimo. Como é que eu saberia? Eu havia trabalhado rodeada de homens quase em toda a última década e, durante esse tempo, aprendi que, mesmo se eles não quisessem fazer algo — e, digo, se eles *realmente* não quisessem fazer algo —, ainda assim o fariam, se envolvesse ou comprometesse o orgulho deles.

Eu não forçaria ninguém a fazer algo que não queria por minha causa.

— Você pode só me deixar aqui e ir embora. Posso voltar sozinha para Houston — ofereci, observando as linhas ao longo da sua boca me dizerem exatamente o quão incomodado ele estava.

Porque eu o tinha colocado nessa situação.

O homem ao meu lado me lançou um olhar tão lento que um bicho-preguiça teria conseguido notá-lo. Suas sobrancelhas subiram mais ou menos na mesma velocidade, e ele focou aqueles olhos azul-esverdeados e fervorosos no meu rosto, então, disse naquela sua voz rouca:

— Não vou fazer isso.

Ser orgulhoso era um saco.

— Estou falando sério, Rip. — Eu dei a ele um sorriso tenso e com grandes chances de ser totalmente falso. — Posso ir sozinha. Não é nada de mais. Você já fez o bastante.

Eu juro que ele revirou os olhos.

— Fique quieta, Luna.

Ele era um mentiroso e tanto.

— Você parece que pegou uma gripe, chefe.

— Estou bem — ele tentou insistir.

Pressionei um lábio contra o outro e observei a coloração em seu rosto.

— É por isso que, na última hora, você esteve espremendo o volante com tanta força que as juntas dos seus dedos estão brancas? — perguntei, pressionando outra vez os lábios no instante seguinte, porque... bem, era verdade.

Aquela mandíbula dura foi de um lado ao outro, e Rip até balançou um pouquinho a cabeça.

— Luna, estou bem — ele tentou me dizer.

— Não quero que você faça algo que não quer fazer.

Ele não disse nada por um momento, mas vi enquanto os ombros perdiam um pouco da tensão e murchavam de maneira inesperada. A voz dele soou calma ao dizer:

— Não vejo problema algum em ir ao funeral ou à cerimônia. Pode parar com isso.

Mordi o lábio e o observei, tentando decidir se eu precisava continuar discutindo. Era óbvio que ele não queria estar ali. Eu não era tão cega nem burra assim. Também acreditei nele quando me disse que não era com o funeral que ele tinha um problema.

Mas, então, o que mais poderia incomodar Rip... que não fosse o sr. Cooper ou Lydia? Ou os deslizes no trabalho?

Assim que abri a boca para dizer que ele poderia esperar no carro, seus dedos se flexionaram outra vez no volante, e ele me falou:

— Vou fazer isso com você. Eu te devo. Não tem problema.

Ele me devia.

Essa era a única razão pela qual ele estava ali. Claro que eu sabia disso, e não deveria me magoar. Porque não magoou. O que aquilo fez foi deixar meu coração um tantinho apertado com o lembrete de que isso era apenas um favor... um favor que eu havia conquistado com uma mentira... pelo motivo de ele estar ali comigo, sentado nem mesmo a um metro de distância, vestindo camisa, calça social e cachecol, além do casaco entre nós. Parecendo mais bonito do que eu jamais teria imaginado, se eu me permitisse imaginar esse tipo de coisa.

Mantive a boca fechada e assenti, mesmo as chances sendo de que ele não me viu fazendo isso.

O aplicativo deu a instrução para virarmos a seiscentos metros, e ele entrou na faixa um segundo antes de perguntar:

— De quem é o funeral a que estamos indo?

Espremi os dedos uns contra os outros com ainda mais força. Eu devia essa explicação a ele, não devia?

— Da minha avó.

O *Ah* dele foi praticamente o que eu esperava. Mas o que eu não esperava era a forma como a pergunta soou. Talvez fosse o fato de que ele *tinha* feito a pergunta, para começo de conversa. Na última vez em que eu havia estado doente, ele não perguntou se eu estava me sentindo melhor, ele perguntou "*A doença é contagiosa?*". Por isso, seu "*Você está bem?*" naquele instante me pegou totalmente de surpresa, ainda mais quando soou tão gentil.

Mas, ainda assim, menti:

— Estou bem.

Não deixei de notar como seus olhos deslizaram na minha direção, sua expressão imitando o tom da voz — atenciosa, incomum.

— Você não parece bem.

Ele não precisava saber que eu não me sentia bem com a coisa toda. Então fiz uma careta. E sacudi o ombro mais próximo dele.

— Eu só...

Será que eu deveria contar?

Não. Eu era egoísta e mentirosa o bastante para manter a parte ruim apenas para mim, ainda mais porque já estávamos chegando. Além disso, ele tinha mentido quanto a não ter problema em vir comigo, quando estava claro que havia algo errado.

— Eu não venho para casa... para San Antonio — eu me corrigi, odiando ter chamado a cidade de casa — há muito tempo.

As mãos dele se flexionaram outra vez no volante, e não tive certeza se imaginei a voz dele ter ficado um pouco mais grossa, perdendo aquele diferencial quase doce.

— Você morava aqui?

— Sim — eu disse vagamente. — Eu cresci aqui.

Aqueles olhos azul-petróleo se voltaram até mim outra vez, e um músculo na bochecha dele se tensionou.

— Quando foi que você se mudou? — ele murmurou. Ele jamais tinha me feito tantas perguntas pessoais nos três anos em que nos conhecíamos.

Espremi todos os dedos juntos.

— Alguns meses antes de fazer dezoito anos. Então faz nove anos.

Ele fez uma expressão pensativa que obrigou as sobrancelhas a se unirem e aquele pequeno traço entre elas se afundar, provavelmente imaginando o motivo de eu ter me mudado naquela idade. Então, ele questionou:

— Você tem família aqui? — Imaginei mesmo que ele estivesse pensando nisso.

Por mais que eu talvez tivesse contado tudo a Rip há uma semana... não quis fazê-lo agora. Olhei para frente e me impedi de fazer uma carranca.

— Minha avó é a única pessoa que eu ainda chamaria de família aqui, e não a vejo há anos. Fiquei sabendo do funeral na segunda-feira, logo antes de te pedir para vir comigo.

As sobrancelhas dele fizeram aquele movimento contemplativo de novo, e um pouco mais de culpa preencheu o meu estômago.

Eu deveria contar a ele? Pelo menos avisá-lo? Se eu estivesse em seu lugar...

Eu deveria contar. Nunca tinha sido boa com joguinhos. Também nunca tinha gostado de outras pessoas fazendo joguinhos comigo. Seria a coisa certa a se fazer.

— Rip?

— Hum?

Eu conseguiria.

— Olha, quero que você saiba que eu tenho parentes que talvez estejam no funeral e que... as coisas são complicadas com eles... e te pedi para vir comigo, porque você é a maior pessoa que conheço, e acho que ninguém encheria o seu saco de propósito, mesmo se... você sabe... você não me devesse uma... — tagarelei, tentando pensar nas palavras, mas incerta quanto ao que raios dizer sem que parecesse que eu estava admitindo o quanto a minha família não prestava.

Apertei os dedos outra vez.

— Meu plano é ficar na minha, ir ao funeral e voltar para casa. Só quero que você saiba por que nos sentaremos sozinhos. Não quero conversar com ninguém, caso estejam lá — continuei, deixando de fora a parte em que eu o avisava que metade das pessoas na sala talvez parecesse querer me matar.

Pronto. Ele não poderia dizer que eu não tinha avisado. Pelo menos, era isso o que eu diria a mim mesma.

A última coisa que eu esperava foi o jeitinho com que o canto da sua boca foi para o lado em um sorriso quase forçado.

Então, esperei até ele soltar um suspiro que não foi exatamente triste, porque... porque ele ainda estava com aquele sorrisinho no rosto.

— O que foi? — perguntei devagar.

Ele ainda tinha aquela expressão quando disse:

— Não pensei que você tivesse me convidado a um lugar porque não queria ir sozinha.

Pressionei um lábio contra o outro em um quase sussurro:

— Mas você pensou que eu queria que você fingisse ser meu noivo.

Isso fez aquele seu pequeno sorriso desaparecer bem rápido, e eu com certeza não imaginei a aspereza em sua voz quando ele respondeu:

— Não, eu não pensei.

Eu caí no riso, me lembrando, *me lembrando com clareza* de ele me perguntando se iríamos fingir que estávamos prestes a nos casar.

Casados. Eu e Rip. Ora essa.

Rip, por outro lado, decidiu me ignorar no assento ao seu lado, gargalhando enquanto ele voltava ao tópico original. Mas nada pôde esconder a cor das suas bochechas ou como a coluna ficou mais reta depois de eu ter começado a rir.

— Imaginei que você fosse querer outra coisa, tudo bem? Se fosse algo importante, pensei que você teria dito algo.

E *isso* me fez fechar a boca. Então, me fez morder a bochecha.

O suspiro que saiu da sua boca foi parar direto no meu coração.

— Eu não pensei, e não dou a mínima para o que você quer, Luna. Se eu pudesse fazer, eu faria.

Por causa do favor.

— Eu sinto muito... — comecei, me sentindo culpada outra vez, porque não importava o quanto ele pudesse negar, eu ainda sentia que ele estava incomodado com algo naquela situação toda. Ele estava ali por causa do seu orgulho, e aquele elefante branco não o deixaria admitir nada.

— Não — ele me cortou. — Não é nenhum grande problema, cacete. Nem um pequeno.

De alguma forma, consegui segurar um suspiro. Eu esperava que ele ainda pensasse assim quando estivéssemos retornando a Houston. Mas, primeiro de tudo, eu esperava que ele ainda pensasse assim quando estivéssemos no velório.

— Certo. — Eu ainda me sentia um pouco mal, apesar do que ele tinha dito.

Talvez, para ele, isso não fosse um grande problema, mas para mim era, e independentemente do motivo de ele estar ali, eu estava muitíssimo grata por ser esse o caso.

Dali a pouco tempo, Rip chegou à funerária que parecia vagamente familiar. Pelo que eu me lembrava, minha avó não havia morado muito longe daquela parte da cidade. Duas vezes, fui de bicicleta — algo que comprei ao, lentamente, roubar notas de pequeno valor da carteira do meu pai ao longo de seis meses enquanto ele estava desmaiado em algum lugar da casa — até a casa dela quando não consegui ficar nem mais um minuto sequer na minha casa. Por mais que ela não morasse em uma região boa da cidade, ainda tinha sido muito melhor do que onde eu vivia.

Se bem que, em muitos momentos, o inferno teria sido um lugar melhor do que a minha casa.

Engoli a memória e fiz o sinal da cruz mentalmente. Metade do estacionamento estava ocupado, em grande parte com carros de último modelo. Não vi o Voyage arrebentado que meus pesadelos tinham memorizado, mas, por outro lado, eu não estava esperando vê-lo.

Rip entrou com o carro em uma vaga e o estacionou, seu corpo voltando-se na direção do meu, aqueles ombros largos e peito enorme contido dentro da linda camisa social, antes de me fazer a mesma pergunta de antes:

— Você está bem?

Não.

— Sim — menti, me escutando fraca e como se estivesse mentindo até para mim mesma. Mas tínhamos que fazer de conta até ser verdade, ou algo assim.

Ele piscou e, naquele momento, com certeza soube que eu tinha falado besteira. Mas ele me observou por mais um momento antes de desligar o motor.

— Pronta, então? — ele questionou, me desmascarando.

É agora ou nunca, Luna.

— Pronta — concordei, dando a ele um sorriso alegre que, por dentro, pareceu muito mais uma careta.

Abri a porta um segundo antes de ele abrir a dele, e nós dois as fechamos com tudo quase no mesmo momento.

Eu estava bem. Eu era amada. Eu tinha tudo e mais um pouco do que algum dia pude querer. Eu estava escolhendo ser feliz pelo resto da minha vida.

Nada daquilo voltaria para casa comigo. Eu não deixaria.

Engoli em seco ao obrigar meus pés a me levarem um passo e, então, mais outro, até perto da construção de tijolos.

Meu coração martelava no peito e, sinceramente, parte de mim sentia que, se eu realmente quisesse, poderia ter desmaiado. Desmaiar teria sido uma desculpa perfeitamente aceitável para não entrar no lugar.

Mas isso não rolaria.

Quando o corpo alto e forte de Rip me alcançou para caminhar ao meu lado, mais e mais perto da funerária, me forcei a soltar um longo suspiro que eu não havia percebido estar prendendo.

Eu conseguiria. Não havia nada do que ter medo. Eu havia sobrevivido enquanto morava em uma casa com aquelas pessoas por 17 anos.

Não aconteceria nada.

Eu não tinha nenhuma palavra para compartilhar com Rip enquanto nos aproximávamos das portas. Ele abriu uma delas e gesticulou para que eu fosse na frente, seu rosto sério, mas focado no meu, quando fizemos contato visual. Consegui dar um sorriso tenso ao entrar.

A sala principal era fresca e aberta, e imediatamente encontrei uma foto enorme da minha avó em uma moldura espalhafatosa e dourada com o nome dela em uma placa junto das datas de nascimento e morte. Eu já tinha visto aquela foto toda produzida antes. Ela havia feito uma daquelas sessões de foto glamourosas há uns vinte e poucos anos, no mínimo, suponho... Estava igual a como eu me lembrava dela em seu melhor: com o cabelo louro-acastanhado que eu compartilhava com ela ajeitado em ondas curtas, seu rosto cheio e iluminado pelo batom mais "rosa-cheguei" que já vi. Eu tinha herdado meu amor por batons dela. Ela nunca teve medo de usar um pouquinho de cor divertida e maluca, e ela nunca saía de casa sem batom.

Mas o que mais me pegou foi que ela não estava sorrindo. Ela nunca tinha sido alguém sorridente, mas os lábios estavam pressionados em algo que lembrava um sorriso. Ela parecia orgulhosa e até mesmo um pouco arrogante. Era esquisito pensar que essa dona de salão de beleza bem-sucedida, e mãe solo que havia criado dois filhos sozinha, também estava relacionada a dois filhos que cresceram e se tornaram homens maldosos e violentos. Uma vez, escondida, eu a ouvira dizer que tinha vergonha deles. Eu também tinha.

Como pude passar os últimos seis anos sem vê-la?

Ela tinha sido a única pessoa a ser bondosa comigo, mesmo se não tivesse sido um amor acalentador ou reconfortante, mas, ainda assim, tinha sido alguma coisa.

Se ela não tivesse se oferecido para cuidar das garotas quando eu, por fim, fiquei tão desesperada a ponto de partir, talvez eu tivesse ficado por ainda mais tempo em um lugar que parecia muito com o inferno. E sabe-se lá o que teria acontecido com as minhas irmãs se elas tivessem continuado presas àquela casa por mais tempo.

Minha avó tinha plantado a semente da partida na minha cabeça em um dia quando fomos até a casa dela para tomarmos banho, porque nossa água tinha sido cortada, e ela me disse: "*Vá, Luna. Eu cuido das crianças. Mas você precisa ir*".

E eu tinha ido quando não aguentei mais ficar... depois de fazer a única coisa que garantiria que Lily, Thea e Kyra não fossem mais ficar presas àquela casa.

Eu não tinha certeza do que teria acontecido se ela não tivesse me ligado quando descobriu que meu pai estava saindo da cadeia para que eu fosse buscar minhas irmãs.

Eu enviava um cartão de aniversário e outro de Natal todos os anos desde então, mas ela nunca tinha me mandado nada de volta nem ligado quando deixei meu número de celular anotado em um dos cartões. Mas isso não mudava nada.

Vovó Gen, desculpa. Eu te amei, e sempre serei grata por você ter me ajudado a sair daqui e por ter cuidado das garotas pelo máximo de tempo que pôde.

Rip roçou meu braço ao parar ao meu lado. Ele olhava ao redor, e se eu não estivesse imaginando coisas, tinha voltado a ficar tenso. Pude vê-lo se demorar no retrato da minha avó.

EUGENIA MILLER

1945 – 2018

Ver o sobrenome dela foi... estranho. Isso me atingiu com mais força do que quando o via no final dos nomes das minhas irmãs. Não fazia mais parte do meu desde que eu havia decidido não querer ter nenhuma lembrança dele.

Algumas pessoas pareciam estar fazendo hora ao lado de uma porta à esquerda do retrato, e eu as observei. Mas não me pareceram familiares.

Era agora ou nunca, certo?

Eu conseguiria. Eu faria isso. Então, quando o funeral tivesse acabado, eu voltaria para a *minha* casa, para ver minha irmã e, depois, eu tinha um trabalho para ir no dia seguinte.

Respirando fundo, eu disse a Rip:

— Podemos ir nos sentar.

Ele olhou para mim, do seu 1,95 m para o meu 1,74 m, e assentiu. Caminhamos para frente, ele ao meu lado o tempo todo enquanto seguíamos em direção à porta aberta. O homem e a mulher parados ali nos deram um aceno sério ao passarmos por eles. A sala estava cheia de fileira após fileira de bancos com uma seção elevada na frente, onde o caixão estava. Aberto. Como eu havia esperado desde o estacionamento, apenas as três primeiras fileiras de bancos estavam cheias, e não me impedi de olhar a parte de trás de uma cabeça à outra.

Parei. Com as costas da minha mão, toquei os dedos de Ripley, que pendiam frouxamente, e murmurei:

— Eu quero me despedir. Se você quiser esperar aqui, não vou demorar.

Sua resposta sussurrada não soou nem um pouco hesitante:

— Eu vou com você.

Ergui a mão e esfreguei a sobrancelha, não porque ele quis ir comigo — não tinha nada a ver com isso —, mas porque... aquele caixão e aquelas nucas fizeram com que eu me sentisse hesitante e mal ao mesmo tempo.

Ainda assim, assenti para Rip, incapaz de sequer reunir forças para qualquer tipo de expressão que lhe dissesse que eu estava bem. Porque eu não me sentia bem de verdade. Não estava péssima, mas não estava bem.

Ripley inclinou o queixo para baixo na minha direção, e foi isso, *isso* o que me fez continuar andando. Avançamos pelo corredor central, em que Rip caminhou até o lado enquanto eu subia na parte elevada.

Foi surreal olhar ali dentro, e foi mais surreal — e sinceramente triste — compreender tudo.

Por sorte, foi fácil o bastante ignorar os olhares na parte de trás da minha cabeça. Talvez eu estivesse imaginando coisas, mas eu duvidava, e, mesmo então, não consegui encontrar forças para me importar enquanto olhava para um rosto que, ao mesmo tempo, me parecia e não me parecia familiar. Muito tempo tinha se passado.

Uma dúzia de pensamentos atravessaram a minha cabeça, e eu disse à minha avó uma variedade de coisas.

Obrigada.

Espero que você esteja bem.

As coisas deram certo para mim.

As garotas estão bem.

Lily vai se formar sendo a primeira da classe.

Elas todas estarão na faculdade.

Ir embora foi a melhor coisa que pude fazer.

Desculpa por não ter entrado em contato com você.

Foi apenas o som das portas sendo fechadas atrás de mim que me fez perceber quanto tempo eu tinha ficado parada ali, olhando para baixo em direção à mulher com olhos fechados. Seu rosto familiar, mas não tanto. A primeira pessoa que tinha me ensinado que fazer a coisa certa não era fácil e que, muito provavelmente, nunca seria.

Foi só então que pisei para trás e dei ao rosto da minha avó um sorriso agridoce antes de, por fim, me virar e imediatamente encontrar Ripley a talvez uns quatro passos de distância, parado com as costas contra a parede...

Com seu olhar nos bancos.

Eu sabia o que eu estava fazendo ao olhar na direção do que seja lá estivesse em seu foco. Parte de mim sabia que as chances eram de que eu talvez não gostasse do que veria. Mas, ainda assim, olhei.

Foi por sorte o primeiro rosto que encontrei ser o último que eu desejaria ter visto sentado ali. Encarando o horizonte. Expressão neutra. Fingindo que eu não estava ali.

Meu pai parecia vinte anos mais velho do que na última vez em que eu o tinha visto. Como a minha avó, ele me parecia familiar, mas não muito. Ele estava acabado.

Muita coisa poderia acontecer em uma década, supus.

O mais importante foi que não senti nenhum tipo de terror me percorrer enquanto analisava seu rosto. Meus joelhos não tremeram. Bile não subiu pela minha garganta.

Se muito, uma friagem inundou minha pele e percorreu as veias enquanto eu o observava.

Quando os meus olhos se moveram até a mulher sentada ao lado dele, não tive certeza do que pensar quando também mal a reconheci. O rosto impassível e salpicado de hematomas. Ela estava mais magra do que antes. Muito mais magra. Mas se ele parecia vinte anos mais velho, ela parecia trinta. Os anos não tinham sido gentis com ela. Não que alguma vez tivessem sido.

Do outro lado dela, estava um homem com quem eu havia crescido, mas mal conhecia.

Meu primo.

É claro que estavam ali. Todos eles — menos o meu irmão mais velho e o meu tio, que ainda estavam presos —, mas isso não chocava ninguém. Aquelas eram as pessoas que estavam no topo da minha lista de seres humanos com os quais eu não queria ter nenhum contato.

Não me deixei pensar ao girar bem onde eu estava e ir até Rip enquanto um homem de terno avançava pelo corredor central. Eu olhava para Rip e sua atenção ia das pessoas nos bancos para quem eu não queria olhar por nem mais um segundo para mim e, então, de volta a elas. Por fim, voltou para mim quando parei a um passo de distância, sua mandíbula ficando tensa outra vez.

Certo.

Assenti. E ele piscou devagar o bastante para concordar comigo. Caminhamos juntos, corredor abaixo, ao longo da parede. Meu coração bateu, bateu e bateu mais rápido do que o normal ao passarmos por uma fileira depois da outra até eu parar a umas duas antes da saída. Deslizando até o fim, me sentei enquanto o homem de terno parava atrás de um púlpito montado à direita do caixão da minha avó. Ripley tomou o assento bem ao meu lado, o material do casaco que havia vestido enquanto caminhávamos até o prédio roçando meu cotovelo exposto. Eu tinha enrolado para cima as mangas da camisa preta de botões que havia colocado para dentro da saia.

O contato físico não me fez sentir nada.

Pude ver a parte de trás da cabeça deles na segunda fileira, mas me obriguei a focar no homem que começou a falar sobre minha vó com palavras muitíssimo vagas das quais eu não me lembraria e que eu tinha a sensação de que ele usava genericamente para outras pessoas o tempo todo. Meu rosto esquentou e permaneceu quente enquanto fiquei sentada ali, ouvindo, mas não escutando. Um zunido começou a soar ao redor das minhas orelhas, mas dei o meu melhor para ignorá-lo, assim como para ignorar a maneira como meu coração parecia querer bater até sair do peito.

O braço de Rip se moveu, roçando ainda mais o meu cotovelo.

Mas mantive os olhos em frente.

Em menos tempo do que eu teria imaginado, o homem parou de falar e explicou as instruções para a carreata que seguiria ao cemitério onde vovó Genie seria enterrada.

Mas meus ouvidos ainda zumbiam.

Não quis me levantar tão rápido, mas foi o que fiz, e, por sorte, Rip também. Fomos as primeiras pessoas a sair e os primeiros caminhando em direção ao estacionamento. A tensão no corpo de Rip era algo facilmente palpável. Eu a sentia por toda parte, mesmo não a compreendendo nem estando no estado mental necessário para compreendê-la.

Eu soube que algo estava errado no segundo em que entramos na caminhonete e ele fechou a porta com tudo, meu nome serpenteando para fora de sua boca e terminando em uma vogal dura.

— Luna?

Eu olhava pela janela, para o retrovisor. Meu primo tinha saído pela porta, sua cabeça indo de um lado a outro do estacionamento. Provavelmente me procurando.

— Sim?

A respiração dele tinha ficado alta, mas permanecia estável; eu não tive dificuldade para ouvi-la.

— Seu sobrenome é mesmo Allen?

Merda.

Uma sensação de palpitação atravessou minha cavidade ocular direita na mesma hora e me fez esfregar um lábio contra o outro. A ponta dos dedos até ficou dormente antes de eu me encolher — por dentro e por fora.

Aquela era praticamente a última coisa que eu, algum dia, esperaria ouvir Rip me perguntar.

De alguma maneira, *de alguma maneira,* consegui colocar a verdade para fora, porque de jeito nenhum eu poderia mentir. Aquilo não era o tipo de coisa que eu poderia tentar esconder quando havia um punhado de pessoas que sabia a verdade.

— Legalmente, sim. — A dor na minha cabeça ficou mais forte antes de eu admitir, devagarinho: — Mas nem sempre foi assim.

Será que ele reconheceu o sobrenome da minha avó? O sobrenome que eu havia tido nos primeiros dezoito anos de vida?

Foi exatamente por isso que o troquei. Era isso o que eu havia estado tentando evitar. Apenas algumas pessoas — incluindo o sr. Cooper — sabiam que eu nem sempre tinha sido uma Allen. Mais ninguém na oficina, nem mesmo os outros caras que trabalhavam naquele lugar há quase tanto tempo quanto eu, sabia. Eles não tinham razão para saber que minhas irmãs usavam outro sobrenome. Eu era a única, até então, que o odiei o suficiente para querer me livrar dele. Lily já tinha mencionado que também queria trocá-lo, mas ainda era muito nova.

Rip havia fechado os olhos em algum momento. A testa ganhou linhas enquanto ele franzia o cenho. Pude ver aquele seu grande e enorme peito inspirar e expirar, e sua voz soou incrivelmente calma quando ofegou:

— Certo.

Certo?

Será que ele... sabia?

Será que ele havia lido o jornal e reconhecido o nome, visto a aparência da minha família e ligado todos os pontos?

Não tinha sido uma grande operação policial. Meu pai só ficou na cadeia por três anos. Agora, o irmão dele era outra história... Mas, enquanto eu crescia, todo mundo sabia que o sobrenome Miller não era dos melhores. Talvez não soubessem especificamente a respeito da metanfetamina, mas sabiam que havia alguma coisa, e ninguém nunca fez nada.

Até eu fazer.

Não consegui nem encontrar forças para sentir vergonha se Rip soubesse parte da verdade da qual eu havia dado tão duro para me afastar.

— Antes, era Miller. — Tentei continuar evitando que parecesse com algo que eu havia desejado esconder. Mesmo tendo sido isso o que fiz. — De acordo com a minha certidão de nascimento, o sobrenome da minha mãe era Ramirez, mas quando troquei de nome, não quis escolher nada em que qualquer um deles pudesse pensar. Você sabe que o primeiro nome do sr. Cooper é Allen, e achei que Luna Allen parecia um bom nome.

As linhas em sua testa e ao longo da boca ficaram ainda mais profundas, e não pude deixar de notar como ele balançava a cabeça lentamente, pensando sabe-se lá em quê. A pele em suas bochechas mudou de cor e ficou... rosada. Por quê?

— Eu o troquei há quase nove anos — expliquei, espiando pela janela para olhar pelo retrovisor outra vez. Mais pessoas tinham saído do prédio, mas nenhuma delas me parecia familiar.

Me perguntei se meu pai já tinha chegado ao carro sem me notar.

— O sr. Cooper e a Lydia me levaram ao cartório dois dias depois do meu aniversário de 18 anos para que eu pudesse dar entrada no processo. Eles pagaram pelas taxas do protocolo. O juiz, por fim, aceitou o meu pedido, e... eu o troquei — expliquei, ainda olhando pelo retrovisor, a dor por trás do meu globo ocular mantendo-se aguda. — Ninguém, exceto as minhas irmãs, os Cooper... e agora você... sabe que eu o troquei.

O suspiro que Rip soltou foi baixo e longo, e o couro do assento rangeu enquanto ele se ajeitava.

Eu era uma covarde, então não quis olhar para ele.

— Você viu as notícias?

Ele não respondeu. O tecido simplesmente rangeu mais, e o próximo suspiro que ele soltou foi ainda mais alto do que o último. O mais profundo que eu, provavelmente, algum dia ouvi vindo dele.

Pelo retrovisor, observei um carro funerário fazer o contorno até a frente do prédio e um policial aparecer de repente em uma moto.

Estava na hora de ir.

Estava na hora de ir e ver o meu pai, cujo menor crime tinha sido vender drogas. O homem que eu teria perdoado por ter feito isso, se ele simplesmente tivesse sido uma pessoa decente. Se ele simplesmente tivesse sido... diferente.

— Se não quiser ir ao enterro, eu entendo — me peguei dizendo a Rip enquanto lutava contra a necessidade de esfregar o rosto com a palma da mão.

Houve outro suspiro — não tão profundo, mas ainda esquisito — e, então, ele disse:

— Nós podemos ir. — As palavras mal tinham saído da sua boca quando ele ligou a caminhonete e, então, colocou o câmbio no D.

Pude sentir as engrenagens na cabeça dele rodando. Pude sentir a tensão. E não gostei.

Será que ele achava que...

— Eu não... sou como eles — eu disse, só em caso de ele estar pensando que eu fosse. Eu era confiável. Realmente nunca tinha contado uma mentira a ele. Eu não roubava nada há anos, e, mesmo naquela época, os roubos que eu cometia eram subjetivos. Pelo menos, era o que eu pensava. — Nunca usei nenhuma droga. Raramente bebo. E eu nunca faria nada para machucar ninguém na oficina ou em qualquer outro lugar, mesmo se merecessem.

O bufo dele quase me fez pular de susto. Seus dedos se flexionaram no volante pela, talvez, centésima vez desde que havia me buscado.

— Eu não estava pensando nisso.

Prendi a respiração e continuei olhando para ele e seus traços, que não deixaram nada transparecer.

— Não?

Rip bufou de novo, balançando a cabeça enquanto sua atenção estava do outro lado do para-brisa.

— Você é uma boa garota. Todo mundo sabe disso. — Ele fez uma pausa, e um músculo em sua bochecha tremeu. — Porra, ninguém é perfeito, Luna, mas sei reconhecer uma boa garota, uma boa pessoa, quando vejo uma. — Sua respiração foi mais um suspiro. — E você é. Não vou começar a tomar nota das merdas que você fez no passado. Sei que você não é como... ele ali dentro.

Meu nariz formigou, e eu não... não queria falar das coisas que eu tinha feito.

— Não os vejo desde que fui embora, aos dezessete anos — falei rapidamente. — Eu te disse, eu não... É complicado. Nós não... gostamos uns dos outros.

Uma fila tinha se formado de alguma maneira enquanto conversávamos, seguindo o carro funerário que havia acabado de sair. Rip enfiou a caminhonete entre um Chevy Impala e uma pequena picape Toyota. Olhei para trás, para me certificar de que não era ninguém que eu conhecia na picape.

Eu não duvidava de que aqueles covardes que eu chamava de parentes pudessem fazer algo idiota como acidentalmente passar no sinal vermelho ou me desprezar. Era com *esse* tipo de gente e coisas que eu estava relacionada.

Merda. No que raios eu havia pensado? Não tinha direito algum de estar ali.

Sim, você tem, Luna. Você tem todos os direitos. Acha que eles eram próximos da vovó Genie? Acha que estariam ali se não houvesse uma segunda intenção? Eles nunca fazem nada, a não ser que possam ganhar algo com isso.

As pessoas não mudam. Bem, a maioria não.

— Desculpa não ter te contado — eu disse. — Acho que esperei que não fossem vir.

Ele não falou nada. Só continuou dirigindo, e, enquanto o silêncio perdurava, tudo o que pude fazer foi ficar onde eu estava e, depois de um momento, olhar pela janela. A dor por trás do meu olho piorou conforme avançamos.

Chegamos ao cemitério e estacionamos depois de um momento. Prendi a respiração ao descermos da caminhonete e caminharmos até o local em que duas coroas de flores em formato de coração estavam posicionadas. Rip andou ao meu lado o tempo todo, a tensão ainda jorrando diretamente dele. E indicou o quanto eu desconfiava dos meus parentes a forma como fiquei olhando sobre o ombro para me certificar de que nenhum deles estava nos seguindo.

Eu tinha certeza de que, se eu pesquisasse o histórico da família Miller, a palavra "trairagem" teria se originado de um ancestral em algum ramo da nossa árvore genealógica.

Por sorte, não vi nenhum deles, pelo menos não diretamente atrás de nós. Quando paramos ao lado da sepultura — um buraco que parecia pequeno demais para um caixão —, mantive a cabeça voltada para baixo, mas não fechei os olhos.

Os braços de Rip roçaram meu cotovelo enquanto ele se acomodava tão perto ao meu lado que pude sentir o calor do seu corpo. Não foi algo indesejado. Seu tamanho, a certeza de que ele muito provavelmente não deixaria ninguém me machucar fisicamente, mesmo se estivesse infeliz com toda a situação — inclusive por ter descoberto que eu era parente de um bandido — fez com que eu me sentisse melhor. Estava quente demais para minha camisa de manga longa, e pude apenas imaginar o calor que ele estaria sentindo em seu casaco e camisa social, mas Rip não reclamou nem agiu de nenhuma forma que indicasse incômodo.

Tive a sensação de que foi a presença dele que me impediu de fugir enquanto eu observava as três pessoas que eu não via há anos se aproximarem lentamente.

As irmãs da minha mãe não olharam para mim.

Mas o meu primo estava encarando. Ao lado dele, o homem que era responsável por metade da minha existência fingia que eu era invisível.

Fiquei parada ali e observei os dois.

Eu queria, mais tarde, poder olhar para trás, para aquele momento, e saber que fui a pessoa madura. Que consegui e que me desviei do olhar deles enquanto o capelão — ou seja lá o que ele fosse — dizia mais algumas palavras genéricas sobre uma mulher que ele mais do que provavelmente nunca tinha conhecido. Eu queria ter me deixado focar na vovó Genie e nas poucas memórias que eu tinha dela.

Mas não fiz nada disso.

Enquanto o homem continuava falando, fiquei parada ali e alternei entre encarar meu primo e o homem que minha certidão de nascimento dizia ser o meu pai.

Meu primo praticamente rosnou.

Meu pai fingiu que não me conhecia, com aqueles olhos verdes que eu via toda vez que me olhava no espelho.

O braço de Rip roçou o meu algumas vezes, mas eu estava focada demais no momento para me preocupar com o quão entediado ele devia se sentir. Ou com o quão decepcionado devia estar comigo por ser parente daquelas pessoas. Havia um milhão de outras coisas em que ele deveria estar pensando, e nenhuma delas era boa.

Foi só quando o capelão parou de falar e as outras trinta pessoas ao nosso redor se aproximaram do caixão com flores que voltei à realidade e dei um passo para frente para jogar no buraco minha pequena foto com minhas irmãs, que eu havia colocado na bolsa no dia anterior.

Eu estava pronta para ir embora, e isso não tinha nada a ver com as pessoas do outro lado do caixão.

Eu só queria voltar para casa, para o lugar que me fazia sentir segura, para as pessoas que me faziam sentir amada, para a vida que me fazia feliz — e que eu jurei que, dali em diante, só me fariam ainda mais feliz.

Virando-me para encarar Rip, que parecia estar com toda a sua atenção focada em mim, encontrei seus olhos e assenti.

Ele assentiu de volta, o olhar se desviando atrás de mim por um momento, e seguimos de volta em direção à sua caminhonete, andando entre lápides antigas e flores.

Por sorte, eu não tinha conseguido relaxar nem baixar a guarda, porque ouvi os passos apressados chegando e fiquei, em parte, esperando pela mão que se enrolava ao redor do meu pulso, o aperto forte, doloroso e maldoso um segundo antes de me puxar.

Ou de tentar.

Porque não deixei isso acontecer. Eu havia passado anos com Lenny na academia para que soubesse como me defender. Foi assim que nos conhecemos. Ela dava o curso de defesa pessoal que fiz. Então, continuou me ensinando depois do curso. Não me contive ao empurrar o cotovelo o mais forte que pude para trás, e em um golpe que a teria deixado orgulhosa, chutei com a perna direita, sentindo-a encontrar uma perna esquerda. No segundo que a pessoa atrás de mim tropeçou para frente, agarrei seu braço direito, esticando-o de um lado ao outro do meu corpo em uma chave de braço reta — um golpe de submissão que hiperestendia o cotovelo da pessoa. O cotovelo do homem, para ser mais específica, porque eu sabia quem era.

Era o mesmo golpe que Lenny e eu tínhamos treinado de novo e de novo, tantas vezes que eu tinha ficado de saco cheio de fazê-lo. Ela o tinha aplicado *de leve* contra mim uma vez, e senti dor por dias. Havia valido totalmente a pena, assumi, porque o instinto tinha simplesmente… entrado em ação, como ela tinha dito que aconteceria.

— Mas que droga! — a voz que eu não reconhecia mais sibilou.

— Não me toque — explodi com o meu primo ao assimilar seu rosto, tensionando a pegada ainda mais, sabendo que o estava machucando e não dando a mínima.

Eu vi Rip, pela visão periférica, parar de repente e se virar, mas eu tinha tudo sob controle.

Sempre tive tudo sob controle. Mesmo quando era mais nova. Talvez eu fosse uma Allen agora, mas tinha sido uma Miller — e ser garota, ser jovem, não significava nada. Eu tinha me metido em brigas com todas as crianças Miller de idade próximas da minha enquanto crescia, até mesmo com algumas que não eram da minha idade. Eram todas valentonas e babacas. Sem exceção.

Esse cara, em específico, tinha sido o primeiro a me tratar mal. Eu ainda tinha uma pequena cicatriz na testa de uma daquelas vezes. Ao olhar para a bochecha dele, pude ver a cicatriz que eu tinha dado a ele aos catorze anos quando o soquei bem no malar o mais forte que pude.

— Encoste em mim de novo, e quebrarei sua mão — eu disse a ele, totalmente séria.

Seu rosto, fino e oval, estava comprimido de dor enquanto tentava sacudir o braço para se esquivar, mas ele não conseguiria.

— Me solte, sua vadia idiota.

Eu não era ele, lembrei-me disso quando, por fim, o soltei, mas também empurrando-o para longe, para que o homem que era apenas alguns centímetros mais alto do que eu cambaleasse para trás.

Sua aparência estava horrível. Pude ver as manchas em seus dentes, a magreza nas bochechas, a descoloração nos olhos.

Era isso o que eu havia evitado. Era disso que minhas irmãs tinham se safado.

Graças a Deus. *Graças a Deus.*

Dei um passo para trás e só parei quando bati contra uma massa dura de um corpo que pertencia a Ripley. Suas mãos não me tocaram. Ele não fez nada, exceto ficar parado ali.

Por sorte, ele estaria ao menos lançando ao meu primo aquela sua expressão que eu sabia muito bem fazer os caras na oficina darem meia-volta e saírem andando.

— Eu só vim pela vovó Genie — falei para o meu primo com o máximo de calma possível, apesar de não me sentir nada calma. — Me deixe em paz.

— Te deixar em paz? — meu primo rosnou enquanto segurava seu braço. — Foi você que veio aqui. Você sabia muito bem o que estava fazendo. Nós te dissemos para não voltar.

Ele tinha razão.

De certa forma, tinha sido uma decisão mútua.

Mas isso não mudava o fato de que ele poderia ter me deixado ir embora.

— Eu vim pelo funeral. Não quero problema — tentei dizer, mas ele já balançava a cabeça antes mesmo de eu sequer ter terminado a primeira frase. — Não vou voltar depois disso. — Quase adicionei um *Acredite em mim* ao fim, mas sabia que teria sido inútil.

Sinceramente, eu tinha uma ideia do que ele diria antes de falar, e meu primo nunca tinha sido o aluno mais inteligente ou criativo da turma.

— Sua piranha nojenta...

Minha mão se transformou em um punho, pronta.

Mas foi então que senti. As mãos nos meus ombros.

Foi então que ouvi. O resmungar grave do homem atrás de mim.

Então, me agarrei a tudo o que saiu da boca de Rip, o barulho estrondoso de cada palavra gravando-se em mim pelo resto da minha vida.

— Você pode calar a porra da boca agora.

Então, prendi a respiração de novo ao assimilar a calma na voz de Ripley.

Mas o que testemunhei foi como meu primo abriu a boca para dizer algo e, então, fechou-a. Ele fez uma careta que dizia que não queria fazer isso, mas que tinha feito, e deu um passo para trás. E mais outro, a irritação em seu rosto crescendo ao se afastar mais e mais.

Mantendo a boca fechada o tempo todo.

Foi só quando ele estava a pelo menos vinte passos de distância que as mãos nos meus ombros se afastaram.

Foi só então que Rip deu um passo para trás.

Quando me virei para observar o guarda-costas para quem tive de cobrar meu único favor, suas mãos estavam no cachecol ao redor do pescoço.

Ele o estava ajeitando, por alguma razão.

As bochechas estavam mais coradas do que em todas as outras vezes que eu as tinha visto, enquanto os tendões nas mãos saltavam com o comedimento.

E o seu olhar... estava no chão, seus lábios finos.

Eu tinha sobrevivido. Eu estava bem. Eu era amada. Eu tinha um lar. Eu tinha tudo o que sempre quis, precisei e mais.

Ainda assim, saber disso tudo não impediu meu corpo de começar a tremer.

Talvez a adrenalina tivesse desaparecido e me deixado chocada com a visão do que havia acontecido com as pessoas que tinham genes em comum comigo. Talvez tivesse desaparecido com o lembrete do que me restava. Do quão desesperada eles me fizeram sentir ao ponto de sair de casa aos 17 anos, sem saber o que eu faria, sem saber onde eu moraria. De quanto medo senti *depois*. Ou de quanta ira.

Mas, em grande parte, talvez só tenha me sentido arrasada pelo grande vazio com o qual convivi por tanto tempo. Pelo quanto havia desejado que as coisas fossem diferentes. Pelo quanto eu havia sofrido de anseio pelas coisas que nunca havia recebido.

Poderia ter sido qualquer uma e todas essas coisas.

A sensação de solidão veio e durou tanto tempo, que a lembrança de que a minha irmãzinha, por fim, me deixaria em breve, me atingiu como uma faca bem no peito.

Eu queria amor, e mesmo depois de todos aqueles anos, eu o tinha encontrado, só que não.

Eu tinha quase 27 anos e ainda o procurava. Eu não havia deixado de desejá-lo depois de todo aquele tempo. Lá estava eu, incapaz de abraçar minha irmã porque fiquei preocupada de nunca me recuperar caso ela me rejeitasse. Porque eu tinha duas outras irmãs que haviam me afastado por raiva anos atrás, e eu nunca tinha conseguido superar isso. Essa era quem eu havia me tornado por causa deles.

Eu os odiava.

Fiquei parada ali, e tudo o que pude fazer foi inspirar e soar como se eu estivesse arquejando.

Eu nunca, em toda minha vida, tinha feito algo maligno só para ser babaca. Havia me sacrificado pelas minhas irmãs. Havia trabalhado duro por nós, dia após dia. Havia tentado ser uma pessoa boa e decente, porque essa era quem eu queria ser.

E ali estavam as pessoas que haviam me tratado como lixo durante toda a infância, tentando fazer a mesma coisa depois de tanto tempo.

Eu os odiava. Eu os odiava tanto que não consegui recuperar o fôlego. Não conseguia recuperar meu maldito fôlego por causa deles.

E se isso não fosse ruim o bastante, eu me odiava por ter deixado meu primo idiota me afetar agora.

Não notei os olhos de Rip me analisando, e não vi quando aquela sua expressão dura e acre se transformou em uma que se manteve dura, mas surpresa. Eu nunca veria como sua cabeça se afastou, o queixo se inclinou para baixo e as narinas se alargaram.

— Luna...

Cerrei os dentes enquanto lágrimas brotavam de repente nos meus olhos, mas me obriguei a erguer o olhar para ele. Eu não estava com vergonha. Eu não estava com vergonha nenhuma. E isso serviu apenas para me irritar.

Eu estava escolhendo ser feliz. Escolhendo ser feliz todos os dias pelo resto da minha vida, e nada nem ninguém me tiraria isso. De jeito nenhum.

Mas por que as coisas não poderiam ter sido diferentes?

— Você está bem? — ele perguntou, ainda se demorando com as palavras, a expressão parecendo uma mistura de horror e choque ao me observar.

— Sim. — Mordi a bochecha e, então, balancei a cabeça no instante seguinte. — Não.

Aqueles olhos se focaram em algum lugar atrás de mim por um milissegundo antes de se voltarem ao meu rosto. Sua expressão atípica desapareceu daquele rosto maldoso e brigão de Rip, que era o meu favorito. Seu peito se expandiu com um inspirar fundo, e ele ficou totalmente sério quando perguntou:

— Quer que eu vá dar um chute na bunda dele?

— Sim.

Um dos seus grandes pés se moveu.

— Mas não faça isso. — Ergui o braço para enxugar um dos olhos com as costas da mão, grata por ter aplicado rímel à prova d'água e passado um fixador no rosto naquela manhã, só por precaução. Eu sabia que não deveria deixar aquilo me afetar. *Eu sabia.* Eu era melhor do que isso.

— Luna...

Passei o indicar sob os olhos e senti um arrepio me percorrer, violento e desconfortável, começando nos ombros e descendo, e simplesmente... sendo uma merda. Uma merda, uma merda, *uma merda*. Era realmente muito pedir que as coisas fossem só um pouquinho diferentes? Que eu pudesse vir ao funeral e passar pelo evento sem um lembrete de como tinha sido minha infância e do que eu tinha dado o meu melhor para superar?

Soube que eu tinha perdido a droga da cabeça quando perguntei a ele, com uma voz que não estava totalmente equilibrada:

— Você poderia me dar um minuto?

Ele nem sequer pensou a respeito.

— É claro.

Umedeci os lábios.

Quando adolescente, eu me perguntava como as coisas teriam sido se a minha mãe não tivesse morrido ao me dar à luz. Se ela teria sido uma mãe melhor do que a única que conheci enquanto crescia. Eu me perguntava se talvez nosso pai tivesse sido diferente.

Mas, enquanto crescia, percebi que talvez as coisas teriam sido piores.

Tive que aceitar que eu nunca saberia o quão diferente as coisas poderiam ter sido.

Tudo o que pude fazer foi ficar parada ali, desacelerando a respiração, inspirando e expirando.

— Só mais trinta segundos — eu disse a ele, baixinho, tentando ignorar a dor no peito.

Mas ele não ouviu. Ele se moveu e, antes que eu percebesse, algo quente e pesado caiu sobre os meus ombros e braços.

O que só poderiam ser as mãos dele cobriram os meus ombros, sobre o que deveria ser seu casaco, e deslizaram pelos meus braços, as mãos se moldando frouxamente sobre os meus músculos e ossos. A pele das palmas e dedos, por fim, pousou no meu pulso. Ele estava quente. E as palmas continuaram a se mover para baixo até envolverem minhas mãos. Seus dedos se demoraram ali. Segurando-as.

Então, se afastaram.

Eu sempre soube que ele era um homem muitíssimo decente.

Foi nesse momento em que me forcei a dar um passo para trás. Para respirar. Ali, no cemitério, com o casaco de Ripley nos ombros, funguei e enxuguei a parte inferior dos olhos mais uma vez com o dedo, olhando para tudo e nada ao mesmo tempo.

Não foi tão difícil olhar para cima até Rip enquanto eu enxugava os olhos outra vez. Seu rosto estava de volta àquela expressão tranquila, imparcial. Não maldosa. Não surpresa. Apenas... serena.

— Obrigada — eu disse a ele com uma voz da qual realmente senti orgulho. — Podemos ir agora?

Foi apenas as suas narinas se alargando que me disseram que havia algo se passando naquele seu cérebro, porque os traços não contavam nenhuma outra história.

As únicas palavras que trocamos nas três horas seguintes foram quando ele estacionou em um posto de gasolina e me perguntou se eu queria fazer uma refeição rápida do fast-food que ficava na parte de dentro, mas apenas isso.

Quando ele chegou à minha casa depois daquilo tudo — meu celular me alertando de que eu tinha uma hora até Lily chegar em casa —, estendi o braço e apoiei a mão sobre a dele onde estava no volante. Não tínhamos feito nada além de acidentalmente roçar os dedos em anos, e ali, duas vezes no mesmo dia, fizemos mais do que aquilo. Era esquisito como as coisas funcionavam.

— Obrigada, Rip. — Encontrei aquele seus olhos azul-esverdeados e disse: — Minha irmã vai se formar no sábado. Se quiser vir aqui depois das seis, será mais do que bem-vindo. Vamos ter comidas, bebidas e essas coisas.

Eu lhe dei um apertão — apenas um — e, então, me afastei.

Abri a porta e deslizei para fora. Então, fechei-a, dei um passo na calçada e ergui a mão.

Ele não acenou de volta.

Mas esperou até eu ter aberto a porta da frente antes de sair dirigindo.

Fui até o meu quarto, troquei de roupa e, *então,* só então, eu chorei.

Pela vovó Genie.

Pelas minhas irmãs.

Pela mãe que eu nunca havia conhecido.

Pelo passado, presente e futuro.

Mas, na maior parte, por mim.

CAPÍTULO NOVE

Apesar de eu não *amar* as reuniões nas sextas-feiras pela manhã, eu não as odiava no mesmo nível que odiava cenouras cozidas.

Mas aquela sexta-feira talvez fosse uma exceção.

O dia anterior tinha sido... não o melhor dia da minha vida, mas também não o pior. Mesmo depois de ter chegado em casa, o dia não melhorou muito. Chorei pelo que, supus, deveria ter sido quase uma hora antes de enxugar o rosto e me lembrar de quantas coisas incríveis eu tinha.

Quando Lily entrou em casa gritando *LUNA!* a plenos pulmões, como se estivesse esperando que eu não voltasse para casa, meus olhos ainda estavam vermelhos e inchados.

Ela havia corrido até o meu quarto e aberto a porta com tudo. Minha irmãzinha tinha dado uma olhada em mim — sentada na beira da cama — e rastejado no colchão por trás de mim, enrolando os braços ao meu redor.

— Foi tão ruim assim? — ela perguntou.

— Foi uma nota cinco. Poderia ter sido melhor, mas poderia ter sido pior — admiti, subindo as mãos para acomodá-las nos antebraços que cobriam meu pescoço.

Lily simplesmente me abraçou com mais força.

— Você quer me contar o que aconteceu?

— Eles estavam lá — contei vagamente. — Sua mãe ainda está usando drogas. Papai estava um caco. Rudy agarrou meu pulso, mas eu o prendi em uma chave de braço, e Rip praticamente ameaçou chutar a bunda dele, e então ele me deixou em paz.

Minha amada irmãzinha beijou minha cabeça pelo menos cinco vezes antes de dizer:

— Você deveria ter quebrado o braço dele.

— Eu sei.

— Chutado as bolas dele.

— Pelo menos, duas vezes.

— Cuspido nos olhos dele.

— Vinagre teria ardido mais. — Tentei fazê-la rir, e consegui. Não foi uma risada alta nem longa, mas foi alguma coisa.

— Estou feliz de Rip ter ido com você — ela continuou, a voz mais leve do que havia estado há um minuto.

— Eu também — falei contra o antebraço dela, apoiando o queixo nele.

Ela me deu um abraço ainda mais apertado.

— Me fale do que seu chefe gosta, e vou preparar para ele. Ele merece, depois de ter ameaçado o idiota do Rudy.

Ela não sabia o que eu tinha feito, nem sabia que tínhamos basicamente fechado um negócio. Eu não ia corrigi-la. Ela tinha o suficiente com o que se preocupar, então só assenti.

A mão dela esfregou as minhas costas ao dizer:

— Levante-se. Vamos ao Red Lobster aproveitar meu desconto de funcionária antes que perca a validade. É por minha conta.

Foi assim que acabamos indo ao Red Lobster para um jantar mais cedo do que o normal e, depois, ao cinema. *Para me distrair das coisas,* Lily tinha alegado, e funcionou, pelo menos até eu tentar dormir. Então, tudo voltou. A maneira como meu pai havia me ignorado, como se eu estivesse morta para ele. O que meu primo tinha feito. As mil e uma memórias de anos atrás, nas quais não me deixei pensar por muito tempo.

Nada me ajudou a me acalmar, e nada me manteve adormecida quando eu conseguia apagar. Me revirei e remexi a noite toda, pensando em todas as coisas que deveria ter feito de diferente e em todas as coisas que eu não teria feito nenhum pouco diferente.

Eu era saudável. Eu tinha um lugar onde morar. Eu tinha pessoas que se importavam comigo.

E tinha encontrado um batom novinho na minha gaveta de roupas íntimas, do qual havia me esquecido completamente.

Lily e eu havíamos passado um tempo de qualidade juntas.

Consegui ir para o trabalho antes de a minha irmã sair do quarto. Eu tinha me esquecido completamente de que dia da semana era e o que isso significava.

Havia as nossas reuniões semanais e, então, havia as reuniões *mensais*. Nossas reuniões mensais eram a única vez, a cada quatro semanas, que os *funcionários* podiam reclamar, não apenas o sr. Cooper ou Ripley. Era a vez de todo o resto.

Eu as odiava.

Talvez tenha sido, em grande parte, por causa do dia anterior, ou talvez porque eu teria preferido estar na cabine trabalhando em vez de sentada em uma cadeira na sala de descanso, ouvindo os caras reclamando um do outro.

Porque era para isso que as reuniões eram usadas: reclamar. Muita e muita reclamação. Eu odiava.

Mas eram um mal necessário. Ao longo dos anos, eu tinha visto as coisas saírem tanto do controle entre os caras que brigas começavam. Eu havia trabalhado junto de todos aqueles homens por tanto tempo que entendi que eles simplesmente não superavam as coisas eventualmente. O problema era que, se alguém chegasse aos finalmentes, seria demitido.

Havia acontecido antes, e eu tinha certeza de que aconteceria de novo, com reuniões mensais ou não.

Então, por uma hora, talvez uma hora e meia, dependendo do quão estressados e irritados os caras estivessem, eu só ficava sentada lá, encarando o nada para não levar bronca por estar de olhos fechados. Havia passado a maior parte da infância me desligando perto de pessoas que estavam discutindo; aquilo ali não era nada.

Nada, senão entediante.

E chato.

E, sinceramente, um pouco doloroso.

Com exceção de Jason, eu realmente gostava de todo mundo com quem trabalhava. Eu não entendia o porquê de não conseguirem esquecer porcarias insignificantes.

— ... e é ridículo eu estar encarregado de todo o lixamento enquanto todo mundo finge estar ocupado fazendo outra coisa para que possam aparecer do nada e aplicar a massa. A *por*... a droga dos meus braços também cansam — Jason murmurou de seu canto do lado oposto da mesa, os cotovelos nos joelhos e o rosto parecendo tão irritado quanto a voz soava.

Até mesmo eu revirei os olhos.

Foi Miguel quem jogou as mãos para cima.

— Você está mentindo...

O sr. Cooper suspirou e se moveu no assento ao meu lado. Eu ainda não tinha contado como o dia anterior havia sido, mas ele tinha me dado um abraço quando me sentei ao seu lado, então imaginei que tivesse uma ideia, pela minha linguagem corporal, de que não tinha sido muito bom.

Houve um resmungo antes de Miguel continuar:

— Você nem sempre faz todo o lixamento. Pare de exagerar.

Eu me impedi de fazer uma careta e deixei os cílios abaixarem.

— Mas parece que faço. Todo mundo precisa se esforçar e trabalhar igual. Eu quero aplicar a massa plástica também. Trabalho com funilaria. Não sei apenas *lixar*. E eu não faço só... — meu colega de trabalho voltou a falar por um tempo enquanto eu desviava minha atenção dele para focar no homem que havia segurado as minhas mãos e colocado o casaco ao redor dos meus ombros há menos de vinte e quatro horas.

Meus olhos focaram nas tatuagens que espreitavam ao longo do pescoço de Rip. Eu havia trazido seu café como sempre, naquela manhã, e ele também havia me agradecido como sempre. Não notei nada que indicasse que as coisas estivessem diferentes.

Isso me fez sentir muito melhor em relação ao dia anterior do que eu havia esperado.

Os homens tagarelaram por mais um tempo, mas aproveitei para repassar minha lista mental do que eu precisava comprar no mercado para a formatura de Lily, antes de voltar para casa. Ela não queria balões, porque não queria que desperdiçássemos hélio com ela. Eu já tinha ligado para reservar uma mesa em um restaurante para um almoço tardio depois da cerimônia, mas sabia que haveria pelo menos algumas pessoas que voltariam para casa conosco. Então eu precisava comprar petiscos. Bebidas. Gelo. Batatinha frita...

— ... passar a semana na cabine.

Na cabine? As palavras me arrancaram dos meus pensamentos. Olhei para o sr. Cooper, que havia começado a falar em algum momento, e foquei no meu homem mais velho preferido.

— Tudo bem por você, Luna? — Seus olhos se focaram em mim como se não tivesse percebido que eu não estava prestando atenção.

Merda.

— O que foi?

Sua expressão disse que estava bem quanto a repetir o que havia dito.

— Jason vai te ajudar na cabine pelas próximas semanas, começando hoje.

Ah, não.

Não, não, não, *não*.

— Eu não estou tão atrasada assim com as coisas. — Sorri, pressionando a mão contra o estômago de maneira subconsciente. — Se eu precisar de ajuda, sei que posso pedir. — Fiz questão de manter os olhos no meu chefe e um sorriso no meu rosto.

— Nós conversamos de Jason aprender a como usar a cabine, lembra?

Todos na sala se viraram para encarar Jason, o cara que não terminava os projetos de propósito para que eu ficasse atolada de trabalho. Jason, que sempre se divertia demais quando eu arranjava problema. Jason, o babaca que havia traído minha irmãzinha.

Jason, o cara que sabia que *eu* sabia que ele não prestava e que não gostava de mim desde então.

Ótimo.

Tudo o que consegui fazer foi assentir e dar um sorriso tenso.

Eu não queria nem olhar para ele. Não gostava dele, e ele com certeza não gostava de mim. A única maneira de trabalharmos juntos seria dando um ao outro muito espaço e distância.

Ótimo.

— Eu sei que você dá conta, mas não precisa ficar até tarde se alguém puder te ajudar a terminar as coisas mais rápido — o sr. Cooper continuou, me dando um sorriso caloroso como se genuinamente pensasse que estava me fazendo um favor.

Não precisei dar uma olhada em Jason para saber por que eu preferiria ficar até meia-noite a ter sua ajuda.

Qual era o meu problema com todos esses idiotas na minha vida? Era como se Deus quisesse que eu me deparasse com o pior e o melhor ao extremo. Não havia meio-termo com ninguém que eu conhecia.

— Por você tudo bem, Jason? — o sr. Cooper perguntou.

Atrás de mim, o cara que eu sinceramente não suportava disse:

— Aham.

Aham.

É claro que isso aconteceria.

Eu havia sobrevivido ao funeral da minha avó ontem. Minha irmã se formaria no dia seguinte. Acho que eu suportaria Jason.

— Ótimo — eu me peguei murmurando.

Hoje seria um dia bom. De alguma forma.

Eu poderia contar em uma das mãos o número de pessoas na minha vida que eu odiava de verdade.

A maioria delas eu poderia, tecnicamente, chamar de família.

Para falar a verdade, eram basicamente eles.

Odiar alguém para mim significava que, se precisassem de um transplante e eu fosse a única pessoa no mundo capaz de doar, ainda assim eu não doaria.

Mas eu mais do que provavelmente doaria um rim para um completo estranho se ele fosse educado e me pedisse.

Para mim, havia uma diferença entre não gostar de uma pessoa e odiá-la. Havia muito mais pessoas de quem eu não gostava por alguma razão —

eram egoístas, maldosas, rudes, convencidas ou qualquer combinação de todas essas coisas. Mas se elas precisassem de algo que eu tinha, as chances eram grandes de que eu daria. Talvez eu não sorrisse ao fazê-lo, mas faria o que fosse preciso. Se fosse a coisa certa a se fazer.

Eu havia conhecido muitos babacas na vida — era parente da maioria deles —, mas Jason... Jason nem se comparava.

E isso dizia muita coisa.

Eu estava beliscando a ponte do nariz para que eu não ficasse tentada a, em vez disso, beliscar Jason naquela tarde.

— Por que você fez isso? — perguntei a ele devagarinho, dando meu melhor para soar como Ripley, todo educado e tranquilo, apesar de eu não sentir nenhuma dessas emoções... Por dentro, eu havia chutado as bolas dele pelo menos quatro vezes nos últimos cinco minutos.

Talvez até umas vinte vezes.

O rapaz, que era tão inútil quanto um corte de papel, com aquele seu sorrisinho e dar de ombros, fez parecer que não sabia o motivo de ter claramente ignorado as instruções do que eu havia pedido a ele para fazer enquanto eu almoçava. E elas não poderiam ter sido mais precisas.

Duas demãos de primer. Duas demãos de primer. *Duas*. Não uma. Duas.

Mas o que ele tinha feito?

Uma.

E no tempo que eu tinha levado para ir ao banheiro, conversar com o sr. Cooper a respeito do que havia acontecido no funeral, e para ele me dizer que tinha certeza de que havia encontrado um substituto para o mecânico que estava de saída, Jason tinha se apressado e começado a adicionar cor sem dar ao primer tempo o bastante para secar. Eu não tinha nem certeza de que lugar ele havia tirado aquela cor.

Não era nem mesmo um erro de iniciante. Era um erro de idiota.

Eu tinha dito pelo menos cinco vezes que era preciso deixar o primer secar por pelo menos vinte e quatro horas depois da demão final. Não dez minutos. Principalmente, não quando uma demão não tinha sequer sido o bastante, para começo de conversa.

Pude sentir minha pálpebra esquerda já começar a tremer. Respirei fundo outra vez pelo nariz e, então, soltei o ar pela boca. Ele tinha feito aquilo de propósito. Eu sabia que ele tinha feito aquilo errado de propósito. Eu poderia apostar minha vida nisso.

— Parece bom — ele tentou dizer, dando-me as costas para fazer só Deus sabe o quê.

Meus olhos encontraram as rodas, e a preocupação serpenteou bem ao redor do colarinho da minha camisa.

— Jason, era para ser duas.

— Mas não está ruim.

Enchi as bochechas de ar e as deixei ficarem cheias por um segundo enquanto eu tentava pensar no que eu poderia — e deveria — dizer.

— A questão não é essa — falei o mais pacientemente possível antes de me agachar para dar uma olhada nas rodas apoiadas em cima de um cobertor grosso. Não precisei de uma lanterna para ver que havia uma linha de cor desigual por toda a lateral. Pude facilmente ver manchas cinza sob o vermelho. Eu quis dizer que ele também havia estragado aquela parte, mas... Jason já tinha feito besteira o bastante só de pular a segunda demão de primer, para começo de conversa. Eu tinha a sensação de que ele não havia sequer agitado a garrafa de tinta antes de tudo.

— Eu não vou dizer nada, se você também não disser — meu novo e, com esperança, muitíssimo temporário assistente, tentou brincar.

Me levantei e suspirei. Estava feito. Não havia nada que eu pudesse fazer agora. Não havia motivo para ficar chateada. Eu não me lembraria disso daqui a dez anos, mas...

— Temos que tirar tudo, e faremos tudo de novo, desde o começo — eu disse a ele, acabando com os seus sonhos.

Não precisei olhar para ele para saber que estava me olhando com aquela expressão de *Você só pode estar de brincadeira.* Mas o que ele esperava?

Eu deveria ter dito algo ao sr. Cooper no instante em que ele mencionou o que havia acontecido.

Mas não disse, e isso era culpa minha.

— E precisa secar direito — expliquei, fazendo o contorno até o outro lado das rodas e me curvando para analisar outra linha de cor desigual de um lado ao outro da coisa toda. Ele estava se apressando. Era por isso que havia ficado tão ruim assim. O porquê de ele ter decidido se apressar, o porquê de ele ter sequer decidido fazer aquilo, eu não sabia.

Todos tínhamos de começar em algum lugar. Todos cometíamos erros. Eu conseguiria me controlar. Poderia dar a ele outra chance.

Só seria difícil quando, todas as vezes em que eu olhasse para ele, me lembrasse de todas as vezes em que tive certeza de que ele havia tentado me ferrar.

— Assim que secar, vou te ajudar a lixar, se eu tiver tempo, e você pode tentar aplicar o primer de novo — eu disse.

Ele ficou boquiaberto.

— Me ajudar a lixar?

— Sim. — Olhei para ele e o encontrei fazendo uma careta para mim... e não fiz nada a respeito disso, mesmo depois. — Eu vou te ajudar. Não posso me atrasar por causa disso. Se eu tiver a chance, vou te ajudar. E provavelmente vou conseguir.

Meu colega de trabalho piscou, e o homem que deveria ter uns vinte anos — velho demais para ser um bebê chorão — praticamente grasnou:

— Mas isso vai levar horas!

Dãã. Dei a ele o mesmo sacudir de ombros que ele havia me dado. Era culpa dele não ter lido as instruções ou decidido ignorá-las. Como era aquele ditado mesmo? Melhor prevenir do que remediar?

— O sr. Cooper disse que eu deveria te ajudar na cabine — Jason começou, sua voz já desmedida e surpresa.

Lá vamos nós.

Assenti.

— Isso faz parte.

— Mas e os caras da funilaria? Por que não podem cuidar disso? — ele tentou perguntar.

— Porque já têm o trabalho deles para fazer. — Algo de que ele *sabia*. — E já fizeram a parte deles. Você pode perguntar a eles se podem te ajudar, se quiser, mas geralmente estão mais ocupados do que eu, e não vou pedir nada por você. Se fosse eu quem tivesse feito besteira, eu não iria querer que ninguém soubesse. Faria tudo sozinha, mas a decisão está nas suas mãos.

Talvez mencionar que eu ficaria envergonhada se fosse ele não tivesse sido a coisa mais educada no mundo, mas...

Esse cara tinha engravidado outra garota enquanto namorava com a minha irmã de dezoito anos. No tempo em que ele havia trabalhado ali, nunca ouvi nada quanto a ele ter um filho ou uma filha. Mas isso não era da minha conta.

Eu não conseguia encontrar em mim simpatia o suficiente por ele. Pela outra garota, é claro. Mas por Jason? Nem um pouco.

— Mas... — ele começou a se engasgar.

Eu não estava nem perto de estar no clima para lidar com ele.

— Olha, Jason, vá conversar com o sr. Cooper ou Rip, se não quiser trabalhar. Tenho coisas demais para fazer, então não posso fazer seu trabalho. Já fiz besteira esse mês e tive que assumir a culpa. Eu deixei instruções, e elas não foram seguidas. Não vou fazer nada por você. Fim de papo. — Desculpa, só que não, colega.

Jason, que era uns seis centímetros mais alto do que eu, com seus quase um 1,80 m, e decentemente em forma, engoliu em seco. Vi a fúria em seus olhos, e não gostei. Eu nunca havia gostado disso. Era por isso que me mantinha o mais longe possível.

Mas... o sr. Cooper, que nunca pedia nada, queria que eu trabalhasse com ele. Eu poderia fazer isso pelo meu chefe. Eu faria.

— Não estou tentando ser chata. Não posso aceitar que você tenha pulado dois passos importantes. Eu ficaria furiosa se tivesse pagado milhares de dólares para um trabalho de pintura que não fosse feito corretamente. O sr. Cooper também não ficaria feliz. Temos uma reputação, e não vou deixar que isso se volte contra mim. Desculpa, mas você terá que fazer isso de novo.

Ele ainda me olhava com aquela expressão raivosa, olhos suspeitos e maldosos.

Sr. Cooper, sr. Cooper, sr. Cooper. Eu poderia fazer isso pelo sr. Cooper.

— Também já fiz besteira antes. Acontece — adicionei, tentando fazê-lo se sentir melhor. — Está tudo bem. Dá para consertar. Não é grande coisa. — Não teríamos que contar a Rip, então ele deveria se sentir grato por isso.

Mas não sentiu.

— É uma *porrada* de trabalho para uma coisa tão pequena...

Tudo bem, talvez o sr. C fosse acabar me devendo uma se eu sobrevivesse a isso.

— Não é uma coisa pequena. É uma coisa importante. E não quero mais discutir sobre isso — eu disse, tentando manter a voz calma e a expressão relaxada, não como se eu tivesse acabado de chutá-lo nas bolas vinte e uma vezes na minha cabeça. — Vamos tirar isso daqui e levar para a sala, para que você possa começar e eu, continuar. Preciso terminar aquele capô o quanto antes, e ainda tenho que marcar as linhas com fita.

Ele não se moveu nem respondeu. Tudo o que fez foi continuar me lançando aquele olhar feio que eu tinha visto vezes demais no rosto de pessoas que eram muito melhores do que ele nisso.

Ah, bem, que seja. Apontei em direção às rodas.

— Vamos fazer isso agora.

Ele cerrou a mandíbula, mas assentiu após um momento, e foi só por causa disso que dei as costas a ele para seguir em direção às grandes portas duplas que tomavam conta de quase uma parede toda da cabine. Elas tinham que ser grandes o bastante para que carros inteiros entrassem com facilidade.

Mas no segundo em que virei as costas, ouvi um *Vadia do caralho* murmurado.

Talvez, se ele fosse um adolescente, eu poderia ter relevado.

Se ele não tivesse sempre sido um babaca comigo, eu poderia ter relevado.

Se eu não soubesse que ele era um mentiroso e um traidor, eu poderia ter relevado.

Mas esse não era o caso.

Então me virei devagar, decidindo se contaria ou não ao sr. Cooper no fim das contas, quando a porta que conectava minha sala ao restante do espaço se abriu. E ali apareceu o rosto bonito que tinha sido incrível comigo há menos de vinte e quatro horas.

... e mais uma pessoa que conhecia um pouco do caos de onde eu tinha vindo. Mas ele nunca diria nada a ninguém. Ele não contaria aos rapazes da oficina quem meu pai era ou que ele havia estado preso.

Mas ninguém sabia que aquilo havia acontecido por minha causa.

Rip manteve a porta pesada aberta com o ombro, seu macacão abotoado até em cima. O rosto não deixava transparecer que agora pensava diferente a meu respeito.

— Luna, você se importa de ficar hoje à noite e me ajudar com aquele GTO que encontramos no leilão? — ele perguntou da mesma maneira que tinha me feito perguntas duzentas outras vezes.

Eu deveria ter dito não. Depois de lidar com Jason, eu só queria ir para casa. Queria me expurgar do quão frustrada ele já tinha me deixado. Além disso, eu realmente tinha que comprar algumas coisas para amanhã.

Mas... ainda assim, assenti.

Era para isso que serviam os mercados vinte e quatro horas.

— Só preciso de você por algumas horas. Eu quero virá-lo o quanto antes — ele continuou, seu olhar deslizando até Jason e mantendo-se ali por um momento.

Me perguntei se ele poderia sentir a energia preguiçosa e enjoada que Jason emitia, mas ele havia trabalhado no térreo por tanto tempo que aposto que sabia qual era o limite para não ser notado. Se não sabia... bem, eu achava que Rip o teria demitido.

— É claro — respondi.

— Certo — ele comentou. Seu olhar se manteve no rapaz, mas pude notar que aquela marca entre as sobrancelhas tinha aparecido. Talvez ele também tivesse notado. — Tudo certo?

Não, mas eu disse:

— Sim.

Rip moveu seu olhar de volta a mim.

Eu dei um sorriso que, se ele me conhecesse um pouquinho, teria percebido que era mentira.

— Avise se precisar de algo — Rip disse com uma voz que soou calma demais.

Avisar se eu precisasse de algo? Será que ele notou que eu estava a segundos de adicionar aquele cara na minha lista permanente de imprestáveis? Eu literalmente tinha pensado em dedurar Jason para o sr. Cooper, mas, até para mim, dedurá-lo a Rip pareceu um pouco cruel demais.

Meu humor não estava tão ruim assim.

Esperei Rip sair antes de voltar minha atenção ao imbecil com quem eu estaria presa no futuro próximo.

Eu amava meu trabalho. Eu amava as pessoas aqui. Eu era muito sortuda.

Mas ainda não conseguia suportar aquela hemorroida em forma de gente.

— Bem, vamos tirar as rodas daqui para que você possa começar.

— Rip? — chamei mais tarde naquele dia enquanto dava uma olhada em uma pequena parte do painel do GTO. Havia chumbo ali, mas eu não tinha certeza se ele pediria que eu o queimasse, o que eu não queria fazer, ou se ele cuidaria disso sozinho.

Não obtive resposta.

— Rip?

Nada.

Onde será que ele estava?

Eu poderia jurar que o tinha visto há menos de dez minutos; seu celular havia tocado, mas eu não o tinha visto sair. Não precisei dar uma olhada no relógio digital na parede para saber que eram quase oito horas. Eu queria ir para casa. Tudo doía hoje. Eu estava *cansada.* Exausta, na verdade.

Mas, primeiro, eu tinha que perguntar a Rip a respeito do carro, e o outro responsável pelo setor, que estava ali até uma hora atrás, tinha ido embora. Ele queria jantar com a família, e eu não o culpava. Tinha dito que ele poderia ir embora.

— Rip? — chamei de novo, dessa vez ainda mais alto.

Prestei atenção, mas não ouvi barulho algum. Nenhum tinido. Nenhuma voz. Nada.

Onde raios ele estava?

Levantando-me, com uma das mãos indo até a base da coluna, porque ela doía de ter ficado em pé o dia todo, eu o chamei ainda mais alto e de maneira ainda mais irritante:

— *Rippppp?*

Minha voz ecoou no grande espaço principal, fazendo-me sorrir.

— *Rip?* — chamei de novo, mas ainda nada.

Não levei mais do que poucos minutos para subir a escada e verificar o escritório dele e a sala de descanso. Então, levei só mais uns dois minutos para entrar na minha sala, mas ele também não estava lá. Abrir a porta e chamar por ele no banheiro também não me rendeu uma resposta.

Ele não teria me deixado ali sem dizer nada.

Pelo menos, nunca tinha feito isso antes. Ele não me dava um abraço nem um beijo de despedida ao final do dia quando estávamos trabalhando juntos, mas nunca era o primeiro a ir embora. Eu duvidava de que teria começado a fazer isso agora.

Tentando adivinhar onde mais ele poderia estar, imaginei que, talvez, estivesse do lado de fora. Minha lombar ficou tensa enquanto eu seguia até a porta dos fundos e lentamente a empurrava para abri-la, tentando escutá-lo. A cerca e o portão mantinham longe as pessoas que não deveriam ficar à toa por ali, mas, se alguém realmente quisesse passar por cima, poderia pular a cerca. A oficina tinha holofotes automáticos e câmeras de segurança por toda a área ao redor da construção — ativados por qualquer movimento depois das seis da tarde.

Eu mal tinha aberto uma fenda na porta quando ouvi a voz baixa, muito baixa dele.

— ... não é disso que estou falando.

Hesitei por um segundo, incerta quanto a se deveria esperar até ele desligar, mas... o que eu tinha a falar dizia respeito ao trabalho.

Fechando a porta atrás de mim, fazendo mais silêncio do que eu sinceramente precisava, segui até o lugar de onde sua voz estava vindo. O estacionamento estava praticamente vazio, exceto por alguns carros de clientes esperando para serem buscados, três calhambeques que estavam na lista para restauração, meu carro e a caminhonete dele.

— O Baixinho disse que te mencionaram. Tudo o que estou te dizendo é o que ele me falou, beleza? — uma voz não familiar se manifestou, fazendo-me parar.

Ele não estava sozinho.

Será que eu...?

— Por quê? Eu paguei pela minha saída. *Estou fora.* Faz tempo que estou fora. Não tem razão para nenhum deles me mencionar — Rip respondeu, confirmando que eu não havia imaginado a voz dele desde o começo.

— Cara, eu não sei de nada. Também não quero ter nada a ver com isso. Eu tenho uma vida agora. Uma vida de verdade. Tenho um filho a caminho; eu não sou mais assim — o homem desconhecido disse. — Eu sabia que aquela merda se voltaria contra eles. Eles estavam ficando desesperados, aposto. Não é como se tivessem muitos aliados.

— É claro que sabíamos que isso aconteceria. Eles também saberiam, se tivessem prestado atenção. Mas não importa, porque não tem como eles saberem onde caralhos eu estou. Nenhum deles sequer sabia o meu nome. Eles sabem o seu?

— Não. Por que saberiam? Não é como se declarássemos imposto de renda. O Baixinho é o único que sabe que eu meio que continuo por perto, e só porque ele é o único que faz negócios comigo. Eu não o via desde quando demos o fora. A única razão para ele ter me ligado hoje foi para me contar o que ouviu. Para nos avisar, caso alguém tente entrar em contato com a gente quanto a voltar, acho.

Houve um silêncio tenso que pareceu durar mais do que os dois segundos que realmente levou.

— Eu não vou voltar.

— Eu também não. Para mim, chega — o estranho falou com calma.

Rip suspirou alto o bastante para que eu pudesse ouvir. Então, disse:

— Estou velho demais para essa merda. Liam está velho demais para essa merda. Eu tenho algo bom rolando aqui, que não quero estragar me envolvendo de novo com aqueles idiotas.

— Parece mesmo — o estranho respondeu com um riso baixo. — Não é de se surpreender que você fosse tão bom consertando as coisas, cara.

O *Aham* me fez dar um passo para trás.

— Porra, eu não preciso de nenhum desses merdas aparecendo aqui.

— Não vão aparecer — o homem tentou assegurá-lo. — Não sei por que te mencionaram depois de tanto tempo, mas o Baixinho vai me avisar se rolar mais alguma coisa.

— Eu espero que sim, caramba. Olha — Rip continuou falando —, eu estive em San Antonio ontem, mas ninguém me viu. Mesmo se tivessem visto, não quer dizer nada.

Houve silêncio, então...

— Mas que droga você foi fazer lá?

Outra pausa.

— Nada. Fiquei lá por umas duas horas. Não se preocupe com isso.

— Tem certeza de que ninguém te viu?

— Tenho.

Mas pude ouvir o nó na voz de Ripley. Soou diferente do normal, só um pouquinho, mas o suficiente para que eu soubesse que havia algo muitíssimo errado no que ele tinha dito.

Será que ele estava mentindo? Quem poderia tê-lo visto em San Antonio que ele não queria ver? Ou ser visto?

Eu nunca queria ver minha família. Eu não era um bom exemplo, mas...

Dei dois passos para trás. Então, dei mais alguns que me levaram até a porta. Fiz silêncio ao abri-la, e fiz ainda mais silêncio ao fechá-la atrás de mim assim que voltei para dentro da oficina.

Rip tinha pagado para sair *do quê*? Do que raios você poderia pagar para sair? E por que os dois estavam preocupados em serem encontrados e arrastados de volta àquilo? Para o que dava para ser arrastado de volta? E por que as pessoas não sabiam o nome verdadeiro dele? Quem não tinha um nome de verdade, para começo de conversa? Em qual situação seria possível não ter um nome de verdade? E ele não queria ter sido visto em San Antonio?

Em que merda Rip havia estado metido antes de vir parar aqui?

Eu nem sequer me lembro de ter caminhado até a sala principal. Também não me lembro de me agachar para me sentar ao lado do carro em que havíamos estado trabalhando. Tudo o que sei é que, no instante em que voltei a prestar atenção, eu estava lá, tentando compreender o que exatamente Rip tentava impedir de reencontrá-lo.

Será que ele havia sido preso? Fugido da lei? Será que tinha feito algo… ruim?

Eu havia mentido por ele antes, mas minha intuição tinha dito naquela época, como nesse momento, que não havia nada com o que eu me preocupar. Nada que pudesse ser ruim.

Nada *tão* ruim assim, pelo menos.

Ele não era uma das pessoas mais pacientes do mundo, mas nunca havia chegado perto de ser violento. Suas expectativas eram tão altas que eu não conseguia imaginá-lo sendo um traidor. Ele era duro, mas geralmente justo.

— Luna? — a voz grossa que eu poderia ter reconhecido em qualquer lugar chamou ali perto.

— Estou aqui! — gritei de volta, levantando-me bem quando colei o que eu esperava ser um sorriso na boca.

Ele já estava parado a quatro passos de distância, uma expressão confusa ainda em seus traços quando ergui a cabeça. Então, aquela expressão desapareceu, e o mais próximo de uma expressão tranquila de que eu achava que ele era capaz de demonstrar tomou conta daquele rosto sério.

— Tudo certo? — ele perguntou, vindo na minha direção.

Eu ainda sorria para ele quando disse:

— Sim. Foi só uma cãibra nas costas.

Ele não parecia ter acreditado totalmente em mim.

Então, decidi que precisava mudar a droga do assunto.

— Tem um pouco de chumbo no qual precisamos dar um jeito, mas eu esperava que você pudesse cuidar disso... Posso tirá-lo, mas você provavelmente faria um trabalho melhor. — Forcei um sorriso. — Não estou dizendo isso para me livrar do serviço nem para puxar seu saco, mas... prefiro não fazer isso se não for preciso.

Por mais durão que ele fosse, não pareceu nem um pouquinho chateado comigo por estar basicamente tentando dar um jeito de me safar daquela situação.

— Me mostre.

Por sorte, eu já estava agachada bem ao lado da mancha, ou... Bem, não sei o que mais eu teria feito, mas eu teria que ter mentido melhor a respeito de uma coisa. Agachando-se bem ao meu lado, mostrei a ele do que eu estava falando.

— Sim — ele confirmou o que eu já sabia. — Vou cuidar disso. Não se preocupe.

Foi o que eu havia imaginado. Dei a ele um sorrisinho mesmo enquanto meu coração acelerava com as palavras às quais meu cérebro ainda se agarrava. *Pagado para sair. Nome de verdade. Velho demais para essa merda.*

O que tudo isso significava, eu não fazia ideia.

Mas os meus olhos se desviaram até o colarinho da camisa de compressão e ficaram ali por mais tempo do que deveriam.

— Você está bem? — ele perguntou de repente.

Dessa vez, meu sorriso foi genuíno quando assenti.

— Tem certeza? — Rip me surpreendeu ao perguntar.

— Sim. Estou cansada, só isso. Não dormi quase nada noite passada.

Aqueles olhos azul-esverdeados me observaram, e imaginei que ele tivesse uma boa ideia do porquê de aquilo ter acontecido. Igualmente rápido, seus olhos se moveram até o relógio gigante na parede.

— Vá para casa. Eu cuido disso, e depois também vou embora. Já fizemos o suficiente.

Olhei para ele, soltando as palavras que eu tinha ouvido há minutos saindo da boca dele:

— Tem certeza?

Foi a vez de Rip concordar.

— Certo. Eu estava... — Meu celular tocou no bolso de trás da calça, eu o peguei e apertei os olhos para a tela. Então, enfiei-o de volta no bolso.

Seu olhar havia acompanhado minha mão, e o rosto pareceu neutro quando inclinou o queixo para cima, as sobrancelhas seguindo na mesma direção.

— Você não vai atender?

— Não.

Os cantos da sua boca se moveram talvez um milímetro.

— Minhas irmãs estão me ligando há duas horas, apesar de saberem que estou aqui — expliquei. — Elas foram para Houston mais cedo e... — eu me interrompi, percebendo o que estava fazendo. Esse não era um colega de trabalho com quem eu tagarelava a respeito da vida. Acenei a mão na minha frente e balancei a cabeça. — Enfim, acho que vou embora, então, se você não precisar mais de mim.

A pequena carranca de Rip não tinha sumido, mas ele assentiu.

Dei um passo para trás, pronta para dar meia-volta.

— Se quiser aparecer na minha casa amanhã, não vou deixar ninguém te perturbar muito — ofereci, sabendo que ele não assumiria um compromisso. — Se não, te vejo segunda-feira. Tenha um bom fim de semana.

Pelo menos, eu o tinha convidado. Como eu sempre fazia.

— Luna — ele chamou antes de eu dar outro passo.

Parei, meio esperando que ele me dissesse que precisava de mais alguma coisa.

— Sim?

Meu chefe ficou parado ali, as mãos nos quadris, me observando com aquele olhar que nunca entendi por completo.

Sorri para ele.

— Você está bem, chefe?

Observei o corpo todo dele hesitar antes de a boca tremer e ele dizer com aquela voz baixa e resmungona:

— Decida o que você quer como favor.

— O quê?

A próxima expressão que ele me deu, eu entendi. Foi sua expressão de *Luna é uma idiota.* Então, ele repetiu.

E, mesmo depois de ter repetido, eu não fazia ideia do que raios ele estava falando. Então perguntei mais uma vez:

— Eu não entendo qual favor você quer que eu decida — falei devagar, como se fosse ele que não estivesse entendendo o que estava falando.

Porque era esse o caso.

Rip tinha me feito o favor ontem. Ele não era exatamente jovem, mas também não era *tão* esquecido assim.

Enxugando os olhos com a parte inferior das palmas, ele suspirou meu nome.

— Escolha outro favor.

— Que outro favor?

Rip esfregou o rosto de novo, balançando a cabeça ao fazê-lo.

— O primeiro não valeu. Escolha alguma coisa nova.

Hum... *o quê?*

Ele deve ter lido a pergunta no meu rosto, porque murmurou:

— Luna, o outro não valeu. Escolha outra coisa.

Uma memória de Rip vindo parar atrás de mim, dizendo ao meu primo para calar a boca, tomou conta do meu cérebro. O alívio que senti com aquilo ainda me deixava boquiaberta. Mas eu nunca poderia me aproveitar dele. Eu nunca sequer iria querer fazer isso.

— Rip, eu nunca quis nenhum favor. Você não me deve nada.

O homem lindo, deslumbrante deixou as mãos caírem.

— Não preciso de um novo favor. Você fez mais do que eu poderia ter pedido. Era aquilo o que eu queria.

Ele me lançou o olhar afiado que eu amava e odiava ao mesmo tempo.

— Eu não me importo — ele tentou me dizer naquela voz, como um *Nós não vamos falar mais disso.*

— Rip...

Ele me olhou com aquela expressão de *Luna é uma idiota* de novo.

— Não valeu.

— Mas eu não quero mais nada.

— E não quero te dever merda nenhuma, Luna — ele insistiu, me observando com atenção. — Outra coisa, está bem? Eu sei que você consegue pensar em algo.

Abri a boca, mas senti os olhos se apertarem sozinhos.

— Ripley, eu não quero que você me deva nada. Foi uma coisinha que eu disse por você. Mais nada.

Aquela mão subiu para puxar o colarinho da camisa de compressão, me mostrando o crânio ali. Sua respiração foi profunda.

— Eu vou te dizer como vai ser: escolha outra coisa, porque eu ter ido com você ao funeral não vai contar. — Ele me prendeu com um olhar que quase, talvez, me fez perder o fôlego. — Isso não foi nada. Entendido?

É claro que ele pensava que não era nada. Era ele quem não entendia.

— Mas foi algo para mim — eu disse, baixinho.

Meu chefe, o homem parado na minha frente, não disse nada. Ele não se moveu. Não estremeceu. Nem sequer pestanejou.

Ele não argumentou.

Ele simplesmente me olhou.

E tudo o que pude fazer foi dar um sorriso fraco em resposta para mostrar que tinha sido mais do que o suficiente. Eu não queria que ele sentisse que me devia algo. Porque não deveria.

— Não conta, Luna. Não vai contar hoje nem amanhã. Escolha outra coisa ou eu vou escolher. Entendido? — ele me perguntou com aquela voz calma, tranquila e firme, me rasgando com um olhar inflexível.

Foi minha vez de encará-lo. Minha vez de observá-lo. Porque eu conhecia aquele tom e aquela voz, e o que significavam.

Eu até poderia deixar as pessoas se safarem de um punhado de coisas às vezes, mas esse não era alguém com um problema de atitude me chamando de piranha.

Era meu chefe se sentindo endividado comigo sendo que não tinha nenhuma razão para isso. Sendo que eu não queria que ele se sentisse assim.

Mas tudo o que consegui colocar para fora foi seu nome antes de algo atravessar aquele rosto duro.

Com certeza eu não poderia deixar de notar como seu peito se expandiu enquanto ele acomodava os olhos em mim sem qualquer piedade.

— Eu pago as minhas dívidas, e o que nós fizemos não conta. — Ele inclinou o queixo para cima e começou a me dar as costas. Terminado. Ele já havia terminado comigo. — Vá para casa.

Fiquei parada lá por um momento, observando enquanto ele se movia em direção às caixas de ferramenta, tirando um trapo do bolso para limpar as mãos ao fazê-lo.

Suspirei.

— Boa noite, Luna — ele disse sobre o ombro, só um tantinho mais alto do que sua voz normal.

— Boa noite, Rip — respondi, balançando a cabeça.

O que estava *acontecendo* com ele?

CAPÍTULO DEZ

— Olhe só para ela. Parece que foi ontem que discutimos a respeito de ela começar com absorventes internos ou externos — minha melhor amiga disse com um suspiro no assento ao meu lado.

A *única* coisa que pude fazer foi bufar ao baixar o olhar e deslizá-lo pela mesa, encontrando Lily na outra ponta, rodeada por alguns amigos e nossas duas irmãs. Aparentemente, aos 26 anos, eu era velha demais para me sentar naquele canto do restaurante que eu havia reservado há meses. Do meu lado, havia eu, minha amiga Lenny, o avô dela, o melhor amigo do avô dela, sr. Cooper e Lydia — a família ampliada que tínhamos conquistado desde que eu havia deixado San Antonio.

Eu tinha me sentido bem melancólica o dia todo, e piorou quando minha irmã atravessou o palco na arena gigante onde a formatura do ensino médio dela aconteceu. Eu amava todas as minhas irmãs, mas Lily... Lily era a bebê. Ela era a melhor de todas nós.

Eu estava feliz por ela, mas isso não me deixava menos triste pela minha irmãzinha estar crescendo.

Por sorte, Lenny tinha conseguido entrar com uma trombeta na arena de alguma maneira, apesar da segurança — eu não sabia como, mas eu perguntaria mais tarde — e, no instante em que aquela coisa havia soado, fazendo o ouvido de todo mundo doer em um raio de trinta metros, não consegui me impedir de ficar feliz, simplesmente alegre e orgulhosa.

Minha irmã mais nova havia se formado no ensino médio e, como nossas outras irmãs, estava entre os melhores alunos da turma, com uma bolsa de setenta e cinco por cento em uma universidade em Lubbock.

Esse pensamento em especial deixou meu peito cheio de orgulho enquanto eu a observava se reclinar na cadeira e cair no riso de algo que alguém próximo a ela tinha dito.

— Nem me fale. Eu consegui não chorar, e quero continuar assim — eu disse à minha melhor amiga.

Elena DeMaio, ou Len — ou Lenny, como todo mundo a chamava —, deu uma risadinha e lançou um olhar na minha direção. Em um vestido de algodão com colarinho abotoado que eu tinha emprestado a ela, porque ainda não conseguia erguer um dos braços acima da cabeça depois da cirurgia que tinha feito há dois meses, ela parecia quase meiga com a tipoia. Quase.

Mas todos sabíamos que ela não era — e a amávamos mesmo assim.

Ela era uma das minhas pessoas preferidas no mundo, e eu não fazia ideia do porquê de essa tricampeã nacional e uma vez campeã mundial de judô ter me escolhido em sua aula de defesa pessoal que ela ensinava e decidido me transformar em sua amiga há oito anos. Lenny havia literalmente caminhado até mim enquanto eu enxugava suor com uma toalha e dito:

— Quer sair para comer alguma coisa? — Talvez ela tivesse visto a solidão nos meus olhos, porque, naquela época, eu era muito solitária, ou talvez ela só estivesse entediada, mas ter ido com ela acabou sendo uma das melhores decisões que tomei na vida.

Por causa dela, adicionei mais pessoas à minha família ampliada — seu avô e o melhor amigo dele. Ter a chance de dar uma olhada nos caras gostosos na academia dela também era um extra bacana.

— Você nunca me respondeu naquela outra noite — Lenny decidiu mudar de assunto, em vez de me lembrar de que eu tinha uma razão para estar um pouquinho triste. — Como foi? Você viu você-sabe-quem?

Olhei para minhas irmãs na outra ponta da mesa e então me certifiquei de que o sr. Cooper estava no meio de uma conversa e não me escutando. Não estava.

Puxando uma linha do meu vestido azul-royal, enruguei o nariz e sussurrei:

— Sim, e eu queria ter te ligado, mas passei o resto do dia com a Lily e, ontem, trabalhei o dia inteiro.

Ela se inclinou para frente:

— E?

Levei os olhos outra vez até minhas irmãs na ponta da mesa.

— Digamos que eu dei uma de judoca com meu primo e que o cotovelo dele vai doer por um tempo.

Ela me socou. Ela literalmente me socou bem no ombro, e não me importei em fingir que não havia doído, porque havia doído.

— Você não fez isso!

Esfregando o braço, assenti.

— Fiz. Rip ameaçou chutar a bunda dele... e não falou mais nisso. — Estremeci. — Caramba, Lenny, você tem que guardar essa sua força amazônica para si mesma. Doeu.

Lenny revirou os olhos e descartou a minha dor.

— Isso foi tudo o que aconteceu?

Dei de ombros e olhei na direção do sr. Cooper outra vez. Eu havia deixado aquela parte da história de fora quando contei para ele.

— Sim, praticamente. Meu pai está um trapo, e a mãe das garotas está ainda pior. Tenho quase certeza de que usa metanfetamina agora. Pelo menos, já passou. Nunca mais terei que vê-los. — Sorri e tentei dar a ela um "*uhu!*" entusiasmado.

Ela não disse outro "*uhu!*" em resposta nem nada do tipo, mas entendi tudo.

Ao meu lado, o sr. Cooper estava no meio de uma conversa com o melhor amigo do avô de Lenny. Do outro lado de Lenny, Lydia conversava com vovô Gus. Todos nós nos conhecíamos. A maioria até passava alguns jantares do feriado de Ação de Graças juntos quanto estavam na cidade.

Eles eram tudo o que eu sempre quis.

Ao meu lado, Lenny suspirou, e tive que encará-la.

— Por que você suspirou?

— Por nada — ela mentiu.

Olhei feio para ela.

Era impossível deixar de notar como havia sacudido o ombro bom.

— Você me fez lembrar de que, quando eu era pequena, costumava chorar pelo quanto queria que a minha mãe tivesse ficado, mas provavelmente

tive sorte de ela não ter ficado. — Ela não precisou explicar o real significado das suas palavras. Eu entendi.

Ela poderia ter tido uma família como a minha. Ela poderia ter acabado com o meu pai. Ou com a pessoa que chamei de mãe por tanto tempo. Ou com o meu irmão, que não havia necessariamente sido ruim, mas também nunca havia sido bom. Ou com qualquer um dos outros Miller.

Ela tinha escutado relatos o suficiente para saber que eu não os teria desejado na vida de ninguém.

Enquanto eu olhava para o outro lado da mesa de novo, para as três irmãs por quem eu havia dado duro todos os dias por anos, uma parte bem pequena minha chorou em silêncio por eu não ter tido as mesmas oportunidades que elas. Era egoísta, eu sabia disso, mas tinha certeza de que, se fosse preciso, eu jamais trocaria de posição com nenhuma delas. Nunca.

Não pude evitar as palavras que sussurrei para minha melhor amiga enquanto pensava em como eu nunca havia tido a chance de experimentar tantas das coisas que as pessoas davam como garantidas. Pelo menos, eu havia celebrado com um jantar o dia no qual meu diploma do supletivo tinha saído. O sr. Cooper e Lydia me trouxeram a esse mesmo restaurante para celebrar.

— Eu costumava dizer a mim mesma que eu havia sido trocada na maternidade, que os meus pais de verdade estavam criando outra pessoa igualzinha a mim — eu disse a Lenny baixinho, mantendo os olhos no fim da mesa, bem nas duas cabeças de cabelo loiro e na outra castanho-claro. — Eu imaginava como eles a levavam para a Disney, pagavam aulas de balé e jantavam à mesa todas as noites... e como ela provavelmente estava superfeliz.

"E, no começo, eu sempre queria chorar, pensando em como ela tinha tido sorte e em como eu havia ido parar com *eles*, mas então, em um dia, depois de o meu pai agarrar meu braço com tanta força que pensei que ele o havia quebrado, quando bêbado... pensei em como eu estava grata por ela ter ficado com os pais melhores, porque, assim, uma de nós poderia ser feliz. Talvez ela — aquela garota — não teria sido capaz de lidar com eles. Mas eu, sim. Quero dizer, eu podia lidar com eles. Então, no final das contas, deu tudo certo."

Pressionei um lábio contra o outro ao inclinar a cabeça para trás e encarar o teto. Não porque eu não queria que Lenny me visse chorar — ela já tinha me visto assim diversas vezes —, mas porque não queria sequer olhar para mim mesma naquela hora. Eu não queria me lembrar de que era a mesma pessoa que havia sonhado com aquelas coisas. Parte de mim provavelmente sempre odiaria o fato de eu ter me sentido obrigada a fazer aquilo, de como era sem sentido e idiota... porque eu *havia* superado.

Mas, ainda assim...

Quando se quer sobreviver, o corpo e o cérebro se convencerão de qualquer coisa.

Eu queria ter podido proteger a pequena Luna de tudo aquilo. Queria ter podido impedir o "*Porra, Luna*", o "*Por que você está sempre me irritando?*", o "*Você não tem outro lugar para estar?*", o "*Sua merdinha idiota*" e o "*Me deixe em paz*", quando tudo o que eu queria era atenção ou afeto do meu pai e da única mãe que eu havia conhecido. Eu poderia ter impedido todas as vezes em que o meu pai havia me xingado de inútil e me dito que se arrependia de ter sido eu a sobreviver em vez da minha mãe de verdade. Eu poderia ter ensurdecido as orelhas da pequena Luna para que ela não ouvisse todas as discussões e brigas que não tinham nada a ver com ela, mas que a consumiram do mesmo jeito.

Eu lamentava isso.

Eu lamentava tanto por aquela garota que não conseguia traduzir em palavras.

Suguei o lábio inferior para dentro da boca e pisquei.

Agarrei-me àquele entendimento bem fundo no meu coração, de que antes tarde do que nunca. Eu era amada, eu tinha um lar, eu tinha dinheiro e eu tinha um emprego agora. Estava segura. Estava feliz. Eu tinha muito mais do que talvez merecesse — muito mais do que as pessoas que deveriam ter me amado poderiam ter algum dia desejado que eu tivesse.

Guardei aqueles pensamentos, moldei-os no tamanho de uma bola de basquete e arremessei aquela bola em um lance de três pontos até uma rede imaginária bem, bem longe de mim.

Eu estava aqui. Eu estava bem. Era um dia lindo, e eu estava rodeada de pessoas que me deram mais amor e felicidade em um mês do que eu havia recebido em 17 anos.

Eu nunca mais teria que ver aqueles idiotas.

E, caramba, hoje seria um dia bom.

Então recuperei o controle e, por fim, olhei na direção da minha melhor amiga para perguntar:

— Eu te contei que uma vez roubei um frasco de colírio porque eu queria colocar algumas gotas no café do meu pai, mas toda vez eu amarelava?

Lenny deu uma risadinha.

— Não. Psicopata. Eu te contei daquela vez que pedi ao Papai Noel para trazer minha mãe de volta?

Fiz uma careta.

— Isso é triste, Lenny. — Pisquei. — Eu fazia quase a mesma coisa.

— Pois é.

Ergui as sobrancelhas para ela.

— Eu te contei que eu queria ter, tipo, dez filhos quando era mais nova?

O riso que saiu dela não foi tão forte quanto geralmente era, mas fiquei grata por ela o ter colocado para fora mesmo assim. Soou igualzinho à minha amiga, alto, direto e tão cheio de alegria que foi literalmente contagioso.

— Dez? Jesus. *Por quê?*

Franzi o nariz para ela.

— Parecia um bom número.

O bufo que saiu dela naquele instante foi um pouco mais alto.

— Você está doida, Luna. Um, dois, três, quatro, cinco, seis, sete, oito, nove e dez? Tipo, dez?

— É isso o que dez significa. — Sorri para ela. — Eu dizia isso quando era mais nova, não recentemente. Não posso arcar com dez crianças.

— *Mesmo assim.* Que tal... nenhuma?

Olhei para o fim da mesa outra vez quando ouvi o riso agudo de Thea.

— Tudo bem, Filha Única. — Eu ri. — Hoje em dia, acho que quatro é um bom número.

Minha amiga ao meu lado resmungou antes de esticar o braço e pegar uma batatinha, mergulhando-a numa pequena tigela de guacamole ao lado.

— Olha, vovô Gus foi praticamente meu irmão, meu pai, meu tio e meu avô, tudo misturado em um, e eu tinha um monte de crianças com quem brincar — ela alegou. — Faça o que te deixar feliz, mas acho que estou tranquila com zero filhos no meu futuro.

Estendi a mão e peguei uma das *fajitas* em seu prato e a joguei para dentro da boca.

— Vai vendo, você vai acabar tendo dois — eu disse, cobrindo a boca enquanto mastigava a carne. — Você já passa uma imagem de mãe melhor do que qualquer outra pessoa que conheço.

Isso a fez revirar os olhos, mas não argumentou que não passava, porque sabíamos que era verdade. Ela tinha 27 anos e lidava com homens infantis todos os dias. Ela sabia das coisas. Eu era amiga dos meus colegas de trabalho, mas Lenny era babá daqueles que a rodeavam regularmente.

— Olha só quem fala, babaca — ela retrucou em uma voz resmungona, indicando saber que não poderia negar.

Ela tinha razão.

Ela pegou um pedaço de *fajita* e o jogou na boca antes de murmurar:

— Fique sabendo que você provavelmente deveria começar a tentar ter o primeiro da lista. Você não está ficando mais jovem.

Revirei os olhos, ainda mastigando.

— Idiota.

— Imbecil.

Sorri para ela, e ela me deu um sorrisinho no mesmo instante.

— Já que estamos falando de filhos, e você não pode ter um sozinha...

O sorriso desapareceu do meu rosto. Essa não era a primeira vez que tínhamos uma conversa parecida.

— Eu não quero falar disso agora.

Ela me ignorou.

— Talvez esteja na hora de você voltar a namorar.

Olhei para o fim da mesa. Por sorte, ninguém havia decidido começar a prestar atenção.

— Eu não quero falar disso — insisti.

Ainda assim, Lenny me ignorou.

— Faz quanto tempo desde que namorou aquele cara de cabelo grisalho?

— Você tem mesmo que falar tão alto? — Olhei ao redor de novo antes de sussurrar: — Três anos, você sabe disso.

— Então deve fazer muito tempo desde aquele cara que queria que você o chamasse de papai...

E ela tinha mesmo tocado naquele assunto.

Caí no riso, o que eu sabia que era a última coisa que precisava fazer quando todas as outras pessoas na mesa eram enxeridas.

— *Cale a boca, Len!* — tentei sussurrar, mas, na verdade, saiu mais como um riso. Maldita fosse ela.

Eu tinha quase me esquecido do único relacionamento de rebote na minha vida. O cara de trinta e seis anos quando eu, na época, tinha vinte e três.

É claro, ela me ignorou enquanto pensava nas datas antes de comentar:

— Três anos também, certo?

— Podemos falar disso mais tarde? — eu praticamente supliquei, apesar de ainda morrer de rir com a memória daquele relacionamento curto e esquisito no qual eu havia entrado quase sem expectativa nenhuma.

O bufo de Lenny me disse que não conversaríamos sobre isso mais tarde, mas agora. Porque quando Lenny DeMaio queria algo, ela conseguia.

Tudo foi por água abaixo quando o sr. Cooper se virou e sorriu para nós.

— Do que vocês duas estão rindo?

Ah, droga. Comecei a balançar a cabeça.

— Ela está sendo uma...

Tarde demais.

— Estou tentando dizer a Luna que ela precisa começar a namorar de novo, caso queira ter quatro filhos algum dia, e estávamos analisando a lista de ex-namorados dela.

— Só teve um e meio, e esse meio é muitíssimo debatível — eu disse, mas soube que era inútil.

Ainda assim, ela me ignorou.

— E eu a lembrei do primeiro.

O rosto do sr. Cooper murchou na mesma hora.

— Eu não gostava dele.

Pelo menos ela não havia dito que...

— Foi esse o cara que queria que você o chamasse de papai? — vovô Gus, que havia estado no meio de uma conversa quando dei uma olhada nele dois minutos antes, perguntou do nada.

Foi minha vez de socar Lenny no ombro, e eu nunca fazia isso.

Infelizmente, ela não estremeceu nem agiu como se tivesse sentido algo quando acenou em concordância à pergunta do avô.

Eu não sei nem o porquê de ter me surpreendido com ela contando a ele a respeito do cara.

Pelo canto do olho, observei o sr. Cooper estremecer. O homem era, para todos os efeitos, meu pai adotivo. Havia uma razão pela qual eu não tinha contado a ele que rompemos depois de um mês porque *as coisas não estavam dando certo.* E não porque eu e o cara com quem eu havia namorado por um tempinho queria que eu o chamasse de *papai*, caramba.

— Eu também não gostava dele — o homem, que tinha quase a mesma idade do sr. Cooper, talvez um ou dois anos mais velho, concordou. — Agora, daquele de cabelo grisalho, eu gostava, Luna.

Eu também.

— Ele era aceitável — Lenny meio que concordou, então, balançou a cabeça. — Mas faz mais de três anos, e acho que está na hora de encontrarmos um novo namorado para *alguém*. — Como se o *alguém* não tivesse ficado óbvio o suficiente, ela teve a cara de pau de apontar para mim.

Simplesmente balancei a cabeça, minha intuição me dizendo que eu estava perdendo o controle daquilo rápido demais.

— Estou bem — tentei insistir, apesar de que... bem, eu queria, sim, alguém na minha vida.

Entrando na conversa, Lydia se inclinou para frente na cadeira a dois assentos do meu e esticou o braço para acariciar minha mão.

— Lenny tem razão, Luna. Você seria feliz sozinha, mas a vida é sempre melhor quando há outras pessoas com quem compartilhá-la, você não acha?

Pisquei.

— Conheço alguns homens gentis que posso te apresentar — a mulher continuou, seu rosto pensativo. — Deixe-me verificar se não estão comprometidos e te aviso.

Eu mataria a Lenny.

— Não tem problema, você não precisa...

— VOCÊ ESTÁ TENTANDO COMEÇAR A NAMORAR DE NOVO, LUNA? — Lily praticamente gritou por cima da mesa.

Não. Eu a torturaria. Por anos.

Balancei a cabeça para a minha irmã e, então, me obriguei a sorrir.

— Lily, por que você não mostra para todo mundo as fotos da casa em que vai morar enquanto estiver na faculdade? É bem bonita...

Minha irmãzinha traidora de uma figa fingiu não ter me escutado e continuou:

— MEU PROFESSOR DE EDUCAÇÃO FÍSICA TE ACHOU BEM BONITA, E ELE ACABOU DE TERMINAR COM A NAMORADA.

Ela precisava mesmo ter gritado aquilo? Mas como ela sabia que ele me achava bonita, ou por que ela sabia que ele havia terminado com a namorada... eu não fazia ideia.

— Não, está tudo bem... — comecei a dizer antes de a babaca da Lenny me interromper.

— Tem um cara ou outro na Maio House que não é um caso perdido. Eu poderia apresentá-los para você. — Ela estava se referindo ao lugar em que nos conhecemos, uma academia com aulas de diversas artes marciais. A mesma academia que era do avô dela e na qual ela trabalhava meio período.

Algum dia, quando vovô Gus finalmente decidisse se aposentar, ela acabaria assumindo a gerência e tocando o negócio.

Eu até conseguia imaginar onde eu pararia se ela me arranjasse um encontro com alguém de lá. A ideia provavelmente me causou mais pânico do que o sr. Cooper saber que um cara — o segundo homem com quem dormi na vida — havia desejado que eu o chamasse de papai enquanto estávamos bem... no meio da ação. Jesus. Ele provavelmente ficaria traumatizado pelo resto da vida. Eu realmente mataria Lenny. Mataria mesmo. Eu provavelmente sentiria saudades dela pelo resto da vida, mas era algo que tinha de ser feito. Realmente tinha.

— Ou você poderia só não fazer isso, que tal? — respondi a ela, focando naquilo por ora, em vez de nos futuros pesadelos do sr. Cooper.

Ela me olhou com uma cara feia que eu conhecia muito bem.

— Conheço outras pessoas que não são de lá e que eu poderia te apresentar. Meu pessoal conhece outras pessoas. Seria fácil. Não seria, vovô?

Meu pessoal conhece pessoas.

Era esse pessoal que eu amava.

Essa conversa toda era culpa minha. Eu nunca deveria ter tocado no assunto de querer filhos um dia. Se eu tivesse simplesmente ficado de boca fechada...

— Tenho uns dois homens em mente... — a voz do vovô Gus desapareceu, abrindo uma expressão distante e pensativa demais no rosto.

Tudo bem. Aquilo tinha ido longe demais.

— Obrigada a todos vocês, até mesmo você por ter gritado, aí do outro lado, para o restaurante todo ouvir, que poderia me arranjar um encontro, mas posso arranjá-los sozinha.

Nem eu mesma acreditei em mim, e pelo silêncio que me respondeu, nenhum deles também.

Eu interpretaria como um elogio nenhum deles ter rido.

— Eu também conheço pessoas — eu disse e, então, parei. — Parem de me olhar assim. Eu conheço, sim, pessoas. E elas dão em cima de mim às vezes. Obrigada pelo otimismo de vocês.

Ainda assim, ninguém disse nada, e me senti bem.

Só que não.

— Eu não sou tão feia assim. Posso encontrar alguém para sair se eu quiser — insisti, seca.

Foi Lily quem decidiu ignorar que eu tinha dito alguma coisa. Ela bateu a palma na mesa antes de gritar:

— ENTÃO, COMO VAMOS FAZER ISSO? POSSO ENVIAR UM LINK PARA UM FORMULÁRIO DO GOOGLE NO QUAL PODEMOS ORGANIZAR OS ENCONTROS DA LUNA EM CERTOS DIAS OU PODEMOS CRIAR UM GRUPO DE MENSAGENS.

Ah, droga.

Lydia se inclinou para frente e apoiou a mão em cima da minha, me dando um grande sorriso.

— Deixe-nos fazer isso por você, Luna, querida. Talvez acabe sendo divertido. Você pode confiar em nós. O que acha?

O que eu achava?

O que eu achava?

Prendi a respiração e dei uma olhada nos rostos entusiasmados demais ao redor da mesa. Todos eles. Rostos de pessoas que eu amava. Rostos de pessoas que me amavam — com a exceção dos amigos de Lily, é claro.

Mas os outros...

Lenny me socou no braço de novo, tão forte quanto há alguns instantes.

— Vamos, Luna — falou a mulher que nunca havia saído com ninguém durante todo o tempo em que éramos amigas. Nenhuma vez sequer.

Mas isso era outra história.

Eles queriam que eu confiasse neles?

Dei outra olhada em seus rostos, e disse duas palavras das quais temi talvez acabar me arrependendo:

— Pode ser.

CAPÍTULO ONZE

O resto do fim de semana passou voando.

Depois de ficarmos tanto tempo no restaurante que os garçons começaram a olhar feio para nós, todo mundo foi até minha casa, como eu havia esperado. Nosso grupo de quinze se transformou em trinta em algum momento da noite, e acabamos pedindo tudo do cardápio da pizzaria mais próxima. Os Cooper gastaram uma pequena fortuna comprando saquinhos de batata e bebidas no posto de gasolina, pelo que eu vi, depois de escapulirem por um momento e voltarem carregados de sacolas.

Meu humor estava tão bom que só me magoou um pouquinho quando minha irmã Lily tinha vindo até mim, jogado um braço ao redor dos meus ombros, e dito:

— Docinho, a tia da minha amiga precisa de ajuda no restaurante dela em Galveston no verão, e ela disse que nos contrataria. Os pais dela têm uma casa na praia, e ela disse que eu poderia ficar com eles. Ela também falou que as gorjetas no verão são *muito* boas, tipo, mais do que eu ganho agora. Muito mais.

Ela não estava me pedindo permissão, mas também não estava me *informando* de que faria aquilo.

Eu sabia o que significava. Galveston era uma cidade praiana a pouco mais de uma hora de onde morávamos. Ela ficaria lá. Ganhando dinheiro. E, por mais que Lily me desse ouvidos, eu não era sua mãe. Eu tinha sorte de sequer ter sua guarda. Nosso relacionamento sempre tinha sido essa dança esquisita entre eu ser a coisa mais próxima de uma figura maternal que ela tinha e eu não querendo passar dos limites, me equilibrando entre ser sua irmã e... cuidadora.

Eu nunca tinha me imaginado estar em uma posição para dizer a qualquer uma das minhas irmãs o que deveriam fazer ou como deveriam viver suas vidas. Eu mesma tinha cometido milhares de erros. Eu não era ninguém para tentar aconselhá-las, muito menos ser um exemplo de comportamento para elas. A não ser que algo fosse uma ideia muitíssimo ruim, eu geralmente ficava de boca fechada quanto ao que elas queriam fazer.

E não *queria* que ela fosse embora pelo que imaginei ser o resto do verão.

Mas…

Escondi minha tristeza e sorri para ela.

— Que ótimo, Lil. Quando você começa? Vai dar o aviso prévio de duas semanas ao restaurante ou vai ligar e avisar que não volta mais? — perguntei, me referindo ao emprego de garçonete que ela havia tido nos quase dois últimos anos.

Ela tinha dito que daria o aviso, mas alegou que o chefe acabaria demitindo-a quando fizesse isso. Era o que aquele chefe sempre fazia, aparentemente. Se isso acontecesse, ela partiria na sexta-feira, Lily tinha dito, dando-me um beijo na bochecha ao começar a falar do quão bronzeada ficaria e de como eu poderia visitá-la nos fins de semanas e dar um passeio na praia.

Lily não estava errada. Eu fiquei sentada em casa no dia depois da formatura dela quando ela saiu para trabalhar, e ainda estava sentada quando ela voltou quatro horas depois, me dizendo que o chefe havia dito que ela não precisava se dar o trabalho de terminar as duas semanas. Então, ela estava de partida.

Depois de ficar o resto do domingo em casa só com Lily, já que Thea e Kyra tinham ido embora pela manhã — uma para Austin e a outra de volta a Dallas —, os próximos dias passaram muito rápido. Eu a ajudei a encaixotar algumas roupas e a acompanhei na compra de uma nova roupa de banho. Saímos para jantar com Lenny e vovô Gus na quarta-feira. E, naquela mesma manhã, na sexta-feira, fui acordá-la antes de sair para o trabalho e dei uns quatro beijos em suas bochechas antes de nos despedirmos, ela ainda meio adormecida.

Ela tinha me prometido que voltaria a cada duas semanas, e eu também havia prometido que a visitaria, mas eu sabia como essas coisas funcionavam. Minhas outras duas irmãs tinham prometido a mesma coisa, e agora eu mal as via, exceto por três ou quatro vezes ao ano. Quando eu me oferecia para visitá-las, elas também não tinham tempo para isso.

Então a irmã de dezessete — quase dezoito anos — na casa de praia em uma cidade lotada de festas voltando para casa bem quando ela provavelmente ganharia a maior quantia de gorjetas?

Eu não esperaria nem sentada.

Lily ainda me mandaria mensagens de texto todos os dias. E estaria a apenas uma ligação de distância.

Então, naquela sexta-feira, em um dia que eu havia pedido para sair mais cedo meses atrás para uma consulta ginecológica, eu estava dando o meu melhor para me agarrar a cada pedacinho de felicidade que pudesse encontrar, o que provavelmente explicava o motivo de eu estar tentando ficar extremamente entusiasmada quanto a decorar o lugar para a festa de despedida do meu colega de trabalho. Eu tinha acabado de pregar o último pedaço da bandeirola preta quando uma figura enorme parou na porta da sala de descanso.

Com os braços erguidos até o máximo que iam sobre minha cabeça, e com pedaços de fita presos nos dedos, virei a cabeça para lançar a Ripley um sorriso de boca fechada. Eu não tinha ficado nem um pouco surpresa de ele não ter aparecido no sábado. Não era a primeira vez que eu o havia convidado para fazer algo e ele não aparecia. Não era nada de mais.

— Oi, chefe.

O homem grande ficou parado ali enquanto olhava ao redor da sala.

— O que é tudo isso?

— Hoje é o último dia do Rogelio — eu disse, apontando para as letras de papelão que soletravam TCHAU, PANACA de um lado ao outro dos armários mais baixos da sala.

Ele coçou a têmpora.

— Estou no meu intervalo de almoço — eu soltei antes que ele tentasse dizer algo a respeito de eu não ser paga para decorar o lugar para a festa de despedida de alguém. Até agora, a semana toda tinha sido das camisas cinza, e eu não queria estragar tudo.

Seus olhos escorregaram até a placa e, então, até os dois balões pretos bem ao lado dela, e tudo o que ele disse com sua voz baixa foi:

— Certo.

Voltando-me para a bandeirola, pressionei o dedo contra a fita uma última vez para me certificar de que estava presa e, então, pulei do topo da escadinha de dois degraus que eu havia arrastado da minha sala até ali.

— De onde veio tudo isso? — ele perguntou, pegando-me de surpresa.

Dobrei a escada e a encostei no armário.

— Eu trouxe de casa. Foi o que usei para a festa de despedida da minha irmã há dois anos. — Voltei a olhar para ele e dei um sorriso. — Eu tenho uma bandeirola azul em casa, se você quiser que eu a use no seu próximo aniversário — tentei brincar.

A risadinha dele enquanto continuava parado ali me fez dar um sorriso ainda maior.

— Tem bolo. Se quiser um pedaço, Rogelio disse que viria aqui daqui a... — dei uma olhada no meu relógio — uns dez minutos.

Meu chefe não se moveu, mas ele ainda não havia terminado de fazer perguntas.

— De qual sabor?

— Bolo dos anjos.

Uma daquelas mãos se ergueu enquanto ele coçava o pescoço, expondo talvez um milímetro a mais dele do que o normal.

— Você quem fez? — ele perguntou naquela voz calma que provavelmente era minha favorita de todas.

— Não. — Com a partida de Lily, eu não quis gastar trinta minutos que eu poderia passar com ela fazendo outra coisa. — Comprei no mercado. Vou pegar um pedaço para você e guardar na gaveta dos vegetais, caso não esteja por perto — ofereci antes de desviar os olhos para que eu pudesse terminar de recolher minha bagunça. Tudo havia sido tão caótico que eu mal havia tido a chance de pensar na última conversa meio longa que tivemos; aquela que incluía Rip me dizendo que ainda me devia uma.

Decidi bem naquele momento que ainda não era a hora certa para pensar nisso. Talvez hoje à noite, quando eu chegasse em casa, ou talvez mais tarde na minha sala enquanto eu tentasse me distrair de Jason.

Enquanto isso, guardei todas as sacolas que eu havia trazido de casa e tirei o bolo da geladeira para colocá-lo no balcão. Eu mal havia empilhado os pratinhos de papel — porque com certeza eu não os lavaria, nem nenhum dos caras, caso fossem pratos de verdade — quando Miguel entrou na sala e alegou:

— Você não decorou o lugar para o meu aniversário.

Lancei um olhar para ele.

— É uma festa de *despedida* para Rogelio. Você sabe que só decoro o lugar se o aniversário terminar em zero. E você tem o quê? Mais cinco anos até fazer cinquenta?

O homem mais velho *me* lançou um olhar.

— Nem me lembre disso.

Eu ri.

Ele finalmente também riu ao se aproximar.

— Que tipo de bolo você trouxe?

— Bolo dos anjos, mas aguente aí. O primeiro pedaço é do Ro.

— Ele está indo embora, e você sabe que ele vai querer metade do bolo, Luna. Você sabe como ele é — Miguel tentou argumentar, mesmo enquanto abria a geladeira e começava a bisbilhotar o interior.

Rip, que havia aquecido sua comida enquanto eu limpava e conversava com Miguel, puxou uma cadeira na ponta da mesa e se jogou nela, colocando um recipiente à sua frente.

Por fim, peguei o último almoço que eu talvez ganharia da minha irmãzinha e me sentei na outra ponta da mesa. Eu o estive beliscando enquanto decorava: bife de Salisbury, purê de batata e espinafre no vapor. Cara, eu ficaria com saudade dela.

Miguel tomou o assento ao meu lado, abrindo a marmita e tirando dali um sanduíche e um saquinho de batatas.

Eu o cutuquei.

— Não é o aniversário da sua esposa hoje?

Ele congelou e, então, ergueu os olhos tão devagar, na direção da parede em frente, que eu soube a resposta.

— Hoje é dia seis? — ele sussurrou.

Dei uma olhada em Rip, e até mesmo ele estava olhando para Miguel com curiosidade.

— Sim.

Miguel xingou baixinho em espanhol por um longo tempo antes de me lançar uma expressão horrorizada e desesperada.

— Eu tinha me perguntado por que ela estava me olhando feio hoje cedo — ele murmurou quase pensativo, com os olhos arregalados. — Ela vai me matar. Eu pensei que o aniversário dela fosse amanhã.

— Ela não vai te matar — tentei assegurá-lo, mas nem eu acreditava no que estava dizendo. Eu a havia conhecido. Éramos amigas. Ela realmente o mataria.

A careta que ele fez disse que também não acreditava.

— Tudo bem, talvez... Mas sei o que você pode fazer. Já comprou um presente para ela?

Ele não tinha comprado. Nem precisou dizer, porque pude notar.

— Eu ia levar as crianças para comprar alguma coisa amanhã.

— Certo, tudo bem. — Coloquei um pouco mais de comida na boca com o garfo. — Eu conheço um florista que pode entregar flores antes das três se você as encomendar logo.

Isso adicionou um pouquinho de cor ao rosto dele.

— As mesmas que você encomendou para o Owen no mês passado?

Assenti e ganhei um aceno em resposta. Essa não era a primeira vez que a mesma coisa havia acontecido com um dos caras na oficina. Eu tinha as informações do cartão de crédito de metade deles salvas no meu celular. Geralmente também os ajudava a comprar presentes de Natal para as esposas e namoradas, já que eram tão cabeças de vento.

— Quais são as favoritas dela? — perguntei.

Silêncio.

— Miguelito, de que flores ela gosta?

Ele tinha voltado a ficar inexpressivo.

Nós dois rimos.

— Do que você gosta? — ele me perguntou, como se isso pudesse ajudar.

Não ajudaria.

— Ah, eu não me importo com essas coisas. Não me pergunte.

Miguel piscou.

— Luna, o que os seus namorados te deram?

Namorados. Quero dizer, ele *realmente* disse aquilo no plural. Fiz uma careta engraçada antes de tirar o celular do bolso e pesquisar nos contatos o número do florista que alguns dos outros caras tinham usado antes.

— Eles não me deram nada. Obrigada por me lembrar disso — respondi, tentando falar de maneira tranquila e brincalhona, como se não fosse grande coisa.

Porque não era.

Se eu quisesse flores, eu mesma poderia comprá-las.

— Nenhum deles? — meu colega de trabalho perguntou, não deixando o assunto morrer.

Encontrei o contato e coloquei o celular na mesa entre nós.

— Não.

— Nem mesmo o velho?

Eu ri e balancei a cabeça.

— Pare. — Apontei para o celular. — Ligue e peça as flores.

Ele sorriu e pegou o próprio celular, digitando o número bem rápido e, então, posicionando a mão sobre o microfone, perguntando:

— Nem das suas irmãs?

Não sei exatamente por que olhei para Rip, mas olhei, e por sorte a atenção dele estava na comida. Então, balancei a cabeça.

— Na sua formatura do ensino médio? — ele tentou em seguida.

— Ah, fiz um supletivo. Eu não… terminei o ensino médio… do jeito normal.

Miguel piscou, e por sorte o florista atendeu, porque ele começou a tagarelar um pedido e, então, um endereço.

Eu tinha conseguido comer o resto do bife quando o sr. Cooper chegou à sala de descanso, uma das mãos esfregando a barriga como se estivesse morrendo de fome, seus olhos varrendo a sala. Ele me deu um grande sorriso.

— Ficou bonito.

Sorri de volta para ele enquanto Miguel desligava a ligação e soltava um longo suspiro.

— Ele disse que pode entregá-las no trabalho dela às três.

— Viu? Ela só vai te matar um pouquinho agora.

Miguel acertou as minhas costas duas vezes.

— Obrigado, Lunita. Você salvou a minha vida.

— Você teria dado um jeito sozinho.

Mas o maldito do Miguel não havia terminado.

— Luna?

Inclinei o queixo para cima na direção dele enquanto eu comia mais um pouco de purê de batata.

Ele deu uma mordida no próprio sanduíche.

— Acho que temos que encontrar um namorado para você.

Parei de mastigar na mesma hora em que o sr. Cooper começou a rir e a colocar o que parecia uma salada de frango no lugar bem em frente de onde eu estava sentada.

Balancei a cabeça.

— Ignore o sr. C, Miguel.

Infelizmente, a conversa interessou ao homem que me conhecia há cinco anos.

— O quê? Por que está rindo, sr. C? Você também acha que ela precisa arrumar um namorado?

Eu me meti antes de o sr. Cooper poder responder.

— Nós tivemos essa conversa no fim de semana. Tudo com o que eu concordei foi talvez ir em alguns encontros. Talvez. Só isso.

Miguel assentiu, pensativo, colocando uma batatinha na boca.

— Eu conheço cinco... não, três...

— Ah, não. Eu já participei dos encontros da sua família.

O outro homem começou a rir.

E eu usaria o momento para trocar de assunto.

— *Enfim*, o que acabou acontecendo com o cara que você entrevistou e de que gostou? Vai contratá-lo?

Eu me arrependi da pergunta no segundo em que saiu da minha boca.

Principalmente quando os olhos do sr. Cooper deslizaram na direção de Ripley. Ainda assim, o homem muito mais velho sorriu, as narinas se alargando apenas o bastante para me dizer que não era totalmente verdadeiro.

— Ele deu uma passada aqui hoje. Acho que deu tudo certo, mas vamos conversar sobre isso.

— Ele é legal?

O sorriso do sr. Cooper se transformou em um genuíno.

— Você acha que eu contrataria alguém que não fosse?

Sorri para ele, mas tudo em que consegui pensar foi que a única razão pela qual eu estava tendo um dia decente era porque Jason estava com dor de garganta e, por isso, não falou tanto quanto sempre.

Mas fiquei de boca fechada em relação àquele assunto.

Eu tinha acabado de passar as instruções para o resto da tarde a Jason, minha bolsa e chaves em mãos para que eu pudesse ir à consulta com o ginecologista, quando ouvi a gritaria no andar de cima.

Merda.

É sério?

Todos deveriam ter ganhado uma ou duas fatias do bolo. Deveria ter sido um dia bem decente. Nenhum dos caras da oficina também havia sequer vindo até a minha sala para reclamar de algo.

E Jason quase não tinha me irritado. Considerando que eu estava temendo voltar para uma casa vazia, ainda assim tinha sido um dia bom. Tínhamos sobrevivido ao almoço sem qualquer problema. O resto do dia também deveria ter ficado livre de problemas.

Segui pelo corredor em direção à parte principal e encontrei todos os meus colegas de trabalho ali, ocupados, mas dois tinham parado e olhavam para cima, como se pudessem enxergar, através do teto, a sala acima das nossas cabeças.

Parei ali com a bolsa sobre o ombro e olhei na mesma direção.

— Você vai fazer algo a respeito disso? — Miguel, um dos que olhava para cima, perguntou.

Dei uma olhada nele.

— Por que eu?

Ele bufou.

— Não sou eu o preferido deles.

Pisquei outra vez, ignorando a maneira como Owen, o outro cara que olhava para cima, riu.

— Eu não tenho seu toque especial — Miguel adicionou.

— Eu não tenho nenhum toque especial.

Ele olhou para Owen, e os dois assentiram e concordaram ao mesmo tempo.

— Sim, você tem.

— Eu tenho que ir. Minha consulta é daqui a... — olhei para o relógio — meia hora.

A gritaria ficou ainda mais alta por um breve momento, fazendo todos nós focarmos na escada aberta e no patamar que saía dela.

— Faça alguma coisa, Luna — Owen disse. — É o último dia do Rogelio. Não quero que hoje seja o *meu* último dia. Miguel também não quer que seja o dele. Mais ninguém, exceto Rogelio, também quer isso. Você sabe como os dois são.

Eu quis discutir, realmente quis, mas sabia quando escolher as minhas brigas, e, nesse caso, essa não era uma que eu teria qualquer chance de ganhar. Eu já sabia que ninguém subiria as escadas nem diria nada.

— Seus covardes — resmunguei e não pude evitar sorrir quando riram.

Tirei a bolsa do ombro e a larguei no chão aos meus pés.

— Vocês me devem uma — murmurei ao ignorar meus colegas de trabalho e seguir escada acima, balançando a cabeça.

— Eu te pago um Sprite hoje à noite! — Owen gritou para cima.

— O que vai acontecer hoje à noite? — Parei e gritei para baixo na direção dele.

— Vamos nos encontrar no Mickey's. Pedi para Jason te avisar faz horas — meu colega de trabalho alegou.

Aquele nojento. Cara, ele não prestava.

Deixei aquilo de lado, porque isso meio que resolvia meu apuro quanto a voltar para casa hoje à noite, então ergui o polegar.

— Te vejo lá, então — eu disse antes de continuar a subir a escada, escutando.

As vozes pararam por um instante, ainda conseguindo serem um zumbido alto e abafado de raiva, mas, bem quando cheguei ao topo da escada, começou de novo, menos um murmurar incompreensível e mais palavras individuais amarradas umas às outras.

— *... desrespeitoso pra caralho!*

— *Eu sou desrespeitoso pra caralho? Você está brincando comigo?*

— *Não, eu não estou brincando com você, Ripley! Você magoou a Lydia! Nós fomos, porque ela me disse que eu deveria ir.*

Ai. Eu me encolhi ao ouvir aquilo. Pensei que havia passado tempo o bastante para não tocarem no assunto da festa de aniversário de Rip. Eu estava errada. Dei um passo em frente e, então, outro. Ainda escutando.

— *Não dou a mínima para o motivo de você ter ido ou de a ter levado!*

— *Porque ela é minha esposa, e tem sido há quase vinte e três anos!* — meu chefe preferido gritou em resposta.

Dei mais outros três passos, passando pela sala de descanso e me aproximando da porta do escritório quando as palavras ficaram tensas.

— *Sim, a esposa com quem você se casou um ano depois de a última ter morrido. E você ainda quer falar sobre desrespeito.*

O sr. Cooper tinha sido casado antes?

Pisquei para a porta, me sentindo... não sei. Chocada? Pasma?

Eu havia trabalhado para o sr. Cooper por quase dez anos e nunca ouvi nada a respeito de outra esposa.

Havia diversas razões pelas quais as pessoas não compartilhavam esse tipo de informação, eu disse a mim mesma ao erguer a mão. Se a esposa dele tinha morrido, e ele não quisesse falar daquilo... não era responsabilidade minha entender o porquê, muito menos julgá-lo.

Havia coisas mais do que suficientes na minha vida das quais eu preferiria não conversar com ninguém.

Mas a informação de que ele havia tido outra esposa antes da que eu conhecia... considerando que nos conhecíamos há tanto tempo e que eu havia contado a ele coisas que não dizia para a maioria das outras pessoas, sendo que o sr. C nunca tinha me dito nada a respeito daquilo...

Isso não se trata de você, lembrei a mim mesma. Não se trata. Nem perto disso.

Então, eu bati à porta.

E as vozes se silenciaram.

— Luna? — disse o sr. Cooper baixinho e mais do que tenso.

É claro que ele sabia que era eu. Ninguém mais era burro o suficiente para incomodá-los enquanto gritavam. Ou eu poderia enxergar isso como se fosse a única corajosa o bastante para fazê-lo.

Aqueles medrosos estavam no andar de baixo, esperando por um milagre.

O que eles receberam fui eu.

— Estou indo embora. Tenho uma consulta médica, e deixei Jason na minha sala. Algum de vocês precisa de algo antes de eu ir? — gritei, revirando os olhos com as minhas palavras. Eu não estava nem tentando parecer sutil quanto a interromper a discussão deles. Se eles precisavam de algo? E quando era que eu os havia perguntado algo do tipo antes de ir embora? Nunca. Exatamente.

Houve uma pausa que tive certeza de que foi para que os dois se sentassem ou se levantassem em lados opostos da mesa do sr. Cooper, encarando a porta ou um ao outro.

Então, o sr. Cooper gritou:

— Não, está tudo certo. Obrigado por perguntar.

Fiz uma careta para a porta, porque nós dois sabíamos que aquilo era mentira.

Então, houve um resmungo que quase não entendi:

— Vá para o médico, Luna.

— Tudo bem — gritei de novo, estremecendo com o quanto minha felicidade soou fingida. — Boa noite!

Dei três passos para longe e parei. Então, escutei e esperei.

Mas não houve qualquer som dentro do escritório.

Até que a maçaneta se virou de repente e, quando percebi, a porta estava sendo aberta.

Droga.

Não havia sentido me esconder ou fugir. Só deixaria tudo ainda mais óbvio e pior. Então, caminhei normalmente em direção às escadas para descer, só dando uma olhada sobre o ombro quando realmente cheguei aos degraus. Foi então que vi que era Rip que havia me seguido.

Sua expressão era aquela de sempre, parecendo uma trovoada reprimida sob pele e osso.

Dane-se. Acenei para ele.

— Te vejo amanhã, chefe — gritei, sabendo que eu não receberia uma resposta. Ele era um filhotinho mal-humorado.

Meu celular vibrou no bolso e, quando o peguei, o nome da minha irmã piscou na tela.

Era uma foto do que ela tinha me dito ser a Jamaica Beach, em Galveston.

Então, outra mensagem chegou.

Lily: EU QUERIA QUE VOCÊ ESTIVESSE AQUI!

Meu pobre coraçãozinho, sinceramente, ficou apertado, mas, ainda assim, eu a respondi.

Eu: Eu também. Te amo e tome cuidado.

Digitei outra mensagem e, então, deixei os dedos se demorarem sobre a tela, decidindo se a mandaria ou não.

Mandei.

Eu: Não se esqueça de mim.

A resposta dela foi instantânea.

Lily: Eu nunca poderia me esquecer da minha IRMÃ PREFERIDA.

A irmã preferida dela.

Bem. Certo. Ela nunca tinha me chamado disso antes, mas eu gostei. Gostei muito.

Tão rapidamente quanto decidi aquilo, a ideia de ir para casa e encontrar o lugar vazio parecia terrível. Com o celular ainda na mão, mandei uma mensagem rápida para Lenny.

Eu: Tenho uma consulta com o ginecologista daqui a trinta minutos. Você está livre mais tarde? Meus colegas de trabalho vão se encontrar no bar. A menina se foi, e não quero voltar tão cedo assim para casa.

CAPÍTULO DOZE

— Olhe. *Olhe!*

Eu já estava olhando para Lenny, que estava atrás do volante do seu carro, gesticulando para mim com uma das mãos enquanto saíamos do restaurante grego onde tínhamos jantado.

— Não — eu a cortei. — Eu olhei, e ele é muita areia para o meu caminhãozinho.

Ela resmungou.

Baixei os olhos até a foto do cara seminu no meu celular e balancei a cabeça.

— Ele é, Len. Eu estou *vendo*. Provavelmente, tem garotas dando em cima dele o tempo todo. Olhe para ele.

Ela não se importou em discutir a questão de que o homem com quem ela aparentemente havia me arranjado um encontro — um lutador de MMA aposentado — tinha muitas garotas dando em cima dele. Ela seria uma mentirosa de uma figa se o fizesse, e Lenny era muitas coisas, mas não mentirosa. Essa era eu. A rota que ela escolheu seguir foi...

— Fala sério. *Você* é muita areia para o caminhãozinho *dele*.

Eu teria rido, mas ela continuou falando como se soubesse exatamente o que eu diria e não estava prestes a me deixar fazer isso.

— Você é incrível, Luna.

Sorri para ela e ergui um ombro.

— Eu tenho os meus momentos — tentei brincar.

— O que você tem a perder? Ele é gostoso, mas você tem todo um ar de Cinderela — ela tentou falar.

Revirei os olhos, porque eu odiava quando ela usava o exemplo da Cinderela comigo. Eu geralmente estava suja, limpando a bagunça dos outros, trabalhando demais e lidando com a merda de alguém. A Vida de Luna.

— Se derem em cima dele durante o encontro, e ele me trocar por outra garota, a culpa vai ser toda sua — eu disse a ela.

Ela riu.

— Se ele for terrível, culpe o vovô Gus. Foi ele quem o escolheu.

Ah, vovô Gus.

— Ele está muitíssimo orgulhoso de si mesmo, falando nisso. Eu juro que ele fez uma lista e ficou analisando os nomes nos últimos dias. Vi que ele havia deixado um comentário ao lado do nome de um cara que dizia: "peludo demais".

Foi a minha vez de rir.

— Eu amo esse homem.

Lenny balançou a cabeça.

— Eu também, mas juro que a única pessoa que o ama mais do que eu é ele mesmo.

Ela tinha muita razão. Enquanto o sr. Cooper era calmo, tranquilo e tinha todas as características de uma figura paterna e reconfortante, vovô Gus estava... em outro nível.

— Ei, nós vamos ao Mickey's, certo? — ela perguntou, referindo-se ao lugar que eu havia dito a ela em que os meus colegas de trabalho se reuniriam mais tarde para celebrar Rogelio nos abandonando.

— Aham.

Depois da minha consulta ginecológica, fui até a academia de Lynn. Vovô Gus tinha acenado para nós, pedindo para que eu a levasse embora. Tínhamos saído e ido fazer compras no centro comercial mais próximo e, então, ido jantar logo em seguida. Agora, eu a estava arrastando comigo até o Mickey's. Só que tínhamos largado meu carro em casa, porque ela era a pior passageira de todos os tempos, e eu não queria ser criticada por dirigir devagar demais. Se ela deveria estar dirigindo com um braço na tipoia? Provavelmente não, mas não seria eu a lhe dizer isso.

— Rip vai estar lá? — ela perguntou.

— Duvido.

— Droga — ela murmurou, me fazendo rir. Ela vinha tentando há três anos finalmente conhecê-lo pessoalmente. Eu não podia exatamente recebê-la no meio do turno de trabalho.

— Eu só quero vê-lo. Só uma vez — ela disse.

— Eu te mostrei fotos. — Fotos em que eu havia conseguido dar um jeito de ele aparecer no fundo.

Foi a vez de Lenny de soltar um barulho.

— Não é a mesma coisa.

— É a mesma coisa — tentei argumentar.

— Talvez seja meu dia de sorte e ele apareça.

— Espere sentada para não se cansar.

Nós duas caímos no riso assim que o celular dela começou a tocar no lugar em que o havia deixado — no porta-copos entre os nossos assentos. Conectado ao *Bluetooth* do carro, VOVÔ GUS apareceu na tela do painel. Ela não hesitou ao atendê-lo.

— Vovô.

— Você poderia voltar para a Maio House?

Preocupação atravessou o rosto da minha amiga.

— O que aconteceu?

Houve um farfalhar e, então, o som bem baixinho do vovô Gus sussurrando algo como "*Eu vou te dar um soco se você usar esse tom de voz comigo outra vez*" tomou conta do carro, mas ele não estava falando com a gente.

Tive que pressionar um lábio contra o outro para me impedir de rir, e ficou óbvio que Lenny também, porque ela me olhou com uma cara engraçada.

— Houve um acidente — ele voltou à linha depois de um momento, seu tom misterioso.

— Que tipo de acidente?

Ouvimos um suspiro e, então, um sussurro que soou como "*Eu não quero saber*", antes de ele voltar à linha e responder:

— *Alguém* precisa de alguns pontos e não quer ir ao hospital, e Peter disse que não vai ajudar.

Aquilo deve ter sido explicação o bastante para Lenny, porque ela resmungou, obviamente sabendo quem *alguém* era e por que o melhor amigo do avô não queria dar pontos em *alguém*. Eu tinha ouvido muitas histórias dela ao longo dos anos para saber que ele ajeitava narizes com frequência, colava pedaços no lugar e sabia consertar praticamente todo tipo de deslocamento sem uma visita ao hospital.

— Tudo bem. Chego aí em vinte minutos — ela concordou com uma careta.

— Certo. — Ele nem mesmo se despediu antes de desligar.

Lenny suspirou, mas fui mais rápida.

— Você sabe que eu iria a qualquer lugar com você, mas também sabe que eu desmaiaria se visse sangue. — Isso era verdade. Eu era muito enjoada. — Poderia me deixar no Mickey's, já que estamos perto? Se você tiver uma chance de voltar, volte. Se não, eu pego uma carona para casa com alguém. — Ou peço um Uber. Eu não tinha planos de beber.

Seus dedos já tinham subido ao nariz, apertando o alto dele. Por um breve momento, eu me perguntei quem era aquele *alguém*.

— Você tem certeza?

— É claro que eu tenho certeza, idiota. Fique com as minhas coisas. Eu as buscarei no fim de semana.

Ela ainda apertava o rosto.

— Tenho que trabalhar na academia amanhã, mas me mande uma mensagem depois do seu encontro. Podemos fazer alguma coisa no domingo — ela disse assim que chegamos a um quarteirão de distância do Mickey's.

Suspirei com o lembrete de que eu tinha um encontro no dia seguinte. E eu já não estava a fim de ir. Isso não era um bom sinal.

Lenny estacionou o carro perto da calçada, bem em frente ao bar, e me deu uma piscadela quase meia-boca que me mostrou quão irritada estava de ter que ir dar alguns pontos... ou de levar alguém ao hospital. Eu não quis nem perguntar.

— Me avise quando chegar em casa, tudo bem? — ela pediu. — Posso vir te buscar se você ainda estiver aqui quando eu terminar.

Sorri e assenti para ela.

— Dirija com cuidado.

Lenny me soprou um beijou.

— Se Rip aparecer, me ligue.

Balancei a cabeça ao sair do carro e bati a porta ao fechá-la atrás de mim, prendendo a bolsa contra o peito.

Ela buzinou no instante em que pisei na calçada, e trocamos acenos antes de ela fazer um retorno ilegal que me fez balançar a cabeça enquanto ela acelerava para longe.

Levei um segundo para encontrar minha carteira e mostrá-la ao segurança que nem sequer a verificou. Ele já tinha me visto vezes o bastante para saber que eu era maior de idade. Já eram oito horas quando entrei e encontrei seis pessoas que eu conhecia: três colegas de trabalho com as respectivas esposas ou namoradas.

Acenei para eles antes de me aproximar e abraçar todos, e foi bem quando me virei para estudar quem mais estava ali que encontrei a pequena mesa bem ao lado da que eu estava parada.

Sentado ali, sozinho, estava Rip.

Ele tinha vindo?

A surpresa deve ter ficado evidente no meu rosto, porque Owen deu de ombros para mim e disse um pouco alto demais:

— Eu não sabia que ele gostava tanto do Ro assim.

Sinceramente, nem eu.

Mas ele *estava* ali.

Fiquei triste por ele estar sentado sozinho, sendo que levei só mais um instante para encontrar mais quatro pessoas que eu conhecia. A questão era que nenhuma das cadeiras à mesa onde ele estava tinha sido puxada. Ele realmente estava sentado sozinho.

Ele tinha vindo, mas ninguém queria se sentar com ele.

Com certeza a discussão que tivera com o sr. Cooper mais cedo também não tinha ajudado, mas...

Eu sabia o que faria antes mesmo do meu pé se mover. Dei de ombros em resposta a Owen e inclinei a cabeça para o lado, indicando a ele onde eu estaria. Ele me deu a mesma olhada que eu dava a Lily quando ela comia cenouras cozidas na minha frente. Tipo, *é sério?*

Ah, sim, é sério.

Eu teria que mandar uma mensagem para Lenny avisando-a de que ela havia dado azar.

Tentando não parecer tão agressiva, segui em direção ao bar primeiro para pegar um Sprite. Então, me virei e voltei pelo caminho que eu tinha vindo. Rip ainda não tinha se movido. Ele continuava sentado lá, sem mexer no celular, sem fazer nada, a não ser estar *sentado lá*. Presente. Achei isso muito mais doce do que eu tinha o direito de achar.

— Que estranho te ver aqui — eu disse a Rip ao contornar a parte da frente da sua mesa e parar ali.

Meu chefe, que eu não tinha certeza de que havia me notado até aquele instante, piscou para mim.

— Luna.

Quanto entusiasmo.

Assim que eu estava prestes a perguntar se poderia me sentar com ele, decidi não me importar com isso. Puxei a cadeira e tomei o assento de qualquer maneira.

— Eu não sabia que você viria.

Sua bochecha coberta por barba meio que estremeceu.

— Eu também não sabia que você vinha.

Ergui um ombro ao tomar um gole do meu Sprite.

— Minha irmã foi embora, e não quero ficar em casa sozinha.

Ele ergueu o próprio copo até a boca, algum líquido cor de âmbar, e tomou um gole. Eu não esperava que ele dissesse:

— Pensei que a faculdade só começasse em agosto.

Eu não quis dar um sorriso triste, mas aconteceu, e tentei encobri-lo ao manter a voz leve.

— E começa. O plano tinha sido esse, que ela se mudaria para Lubbock no começo de agosto para que pudesse se acomodar e arranjar um emprego antes de todo mundo voltar às aulas, mas… a família da amiga tem um restaurante em Galveston, e eles a convidaram para trabalhar lá no verão.

— Galveston? — ele perguntou naquela voz incrível, ainda me surpreendendo ao dar continuidade à nossa conversa.

— Sim. Ela vai ficar em uma casa de praia e tudo mais. Trabalhando duro e sofrendo, sabe? — Dei um sorriso de verdade dessa vez.

Rip simplesmente ergueu as sobrancelhas.

— Eu prometi a ela que a visitaria, e ela prometeu que também voltaria… Que cara é essa? — Eu me surpreendi rindo. — Eu também não acredito. Vou ter sorte se ela vier uma vez sequer. Não sou tão iludida assim.

Não imaginei a maneira com que a bochecha dele tremeu de novo, só um pouquinho, só o bastante para manter um sorriso no meu rosto.

— Agora, vou ter que preparar meu almoço. Não tenho companhia mais dramática do que eu para ver filmes de terror, gritando nas partes assustadoras. E minha casa está vazia — continuei, tagarelando.

— Seu almoço? — Foi nisso que ele prestou atenção.

Eu não tinha certeza de quanto ele havia bebido para estar me fazendo tantas perguntas, mas eu não iria reclamar.

— Eu não conseguiria cozinhar nem se a minha vida dependesse disso, chefe. Achei que todo mundo soubesse. Cozinhar é a única coisa que não sei fazer.

— Você está falando sério? — ele indagou em um tom surpreso.

Assenti.

— É mesmo?

— Sim — confirmei. — Não consigo nem preparar arroz em uma panela de pressão elétrica. Fica sempre muito seco ou muito molhado.

Ah.

— Uma panela de pressão elétrica é…

— Eu sei — ele me cortou.

Foi minha vez de fazer uma careta, mas a minha foi de deslumbramento. Ele sabia o que era uma panela de pressão elétrica, mas não uma comédia romântica. Certo.

— Desculpa.

Ele não reagiu à minha tentativa de provocação. Em vez disso, perguntou:

— Você não consegue nem preparar arroz nessa panela?

— Não.

— Você sabe que pode achar instruções on-line.

Era ele que estava me zombando agora? Não pude evitar encará-lo um pouco. Quanto ele já tinha bebido?

— Sim, eu sei.

— E ainda assim você consegue errar?

Pisquei, estudando o homem tagarela bem ali como uma planta que não via o sol há tempo demais.

— Eu não diria que eu *erro*. É mais que... você ou tem que mastigar um pouco mais, ou um pouco menos.

Foi a vez dele de piscar.

— É uma surpresa. Eu gosto de manter as pessoas atentas.

Se eu não tivesse adivinhado que ele havia bebido algumas antes, o que ele fez em seguida teria confirmado.

Sua bochecha esquerda estremeceu. Então, a direita também, e, em um piscar de olhos, Lucas Ripley estava sorrindo para mim.

Dentes brancos e tudo. Aquela boca nem tão fina nem tão volumosa de um tom rosa-escuro estava erguida nas pontas. Ele tinha até uma covinha.

Rip tinha a droga de uma *covinha*.

E eu queria tocá-la para me certificar de que era real.

Não me impedi de pensar que era praticamente a coisa mais fofa que eu já tinha visto, mesmo eu não tendo direito algum de pensar nada parecido com isso. Mas era esperta o suficiente para saber que eu não poderia dizer nem mencionar nada; senão, talvez aquele sorriso nunca mais aparecesse.

O que confiei em mim mesma para fazer foi engolir metade do Sprite antes de dizer:

— Você sabe preparar arroz, suponho. — Se ele quisesse conversar, poderíamos conversar. Eu era boa em conversar.

— Sim — ele respondeu, soando quase arrogante a respeito daquilo.

Tudo o que consegui fazer em resposta foi sorrir para ele, e, por mais outros cinco segundos, sua covinha — e seu sorriso — me responderam.

— Muitos planos para o resto do fim de semana?

Ele fez aquela sua expressão convencida.

— Não. — Essa foi sua resposta curta, a qual poderia ter significado um milhão de coisas diferentes. — Você já pensou em um novo favor?

E estávamos de volta àquilo.

Bem, se ele quisesse jogar aquele joguinho, poderíamos fazer isso.

— Não sei do que você está falando.

A expressão convencida se transformou na minha preferida: a irônica.

— Luna.

Eu sorri.

— Ripley.

— Já pensou em outro favor ou não? — ele resmungou, mas não de um jeito maldoso.

Franzi o nariz para ele e me inclinei um tantinho para frente ao baixar a voz e dizer:

— Pela milionésima vez, chefe, você *realmente* não me deve nada.

— Eu devo, sim — ele retrucou com sagacidade na mesma hora, também baixando a voz.

— Não, você não deve. Estamos quites.

Aquela covinha apareceu e, então, desapareceu outra vez tão rápido que pensei ter sido apenas uma miragem eu tê-la visto de novo.

— Não estamos quites até eu fazer outro favor para você — ele tentou alegar.

— É o que estou tentando dizer: você não tem que fazer outro favor para mim. Não precisava nem ter feito nada, para começo de conversa.

Ele piscou.

— Pense em um favor, Luna.

Pisquei de volta.

— Pense você em um favor.

Ele me encarou, e eu com certeza não estava imaginando coisas quando sua voz baixou e se transformou em algo que era baixo demais para ser chamado de um sussurro.

— Você quer que eu pense em um favor?

Ignorei a maneira como *aquilo* foi direto ao meu peito, e ergui um ombro, mantendo a calma, mantendo o controle.

— É claro. Por que não?

Não obtive nenhuma resposta. Igual a como imaginei. *Não é tão fácil assim, é, Rip?*, pensei comigo mesma antes de lhe dar um tempo.

— Você entende de olaria?

— Olaria? — ele perguntou devagar.

Assenti.

— Sim. Que tal você me ajudar a colocar azulejo no meu banheiro?

— Colocar azulejo no seu banheiro? — ele ecoou, alimentando minha peste interior.

— Estou apenas te dando algumas ideias, já que você está todo desesperado e necessitado para resolver de uma vez por todas esse favor.

Se Rip pudesse ter cuspido de raiva, tenho certeza de que ele o teria feito naquele instante, porque sua expressão…

— Você está dizendo que estou desesperado e necessitado?

Certo, talvez eu só quisesse brincar com ele um pouco. Então mantive a boca fechada e tomei um golinho do meu Sprite antes de adicionar:

— Não tem problema se você não souber colocar azulejo. Não são muitas as pessoas que conseguem desmontar um carro e reconstruí-lo como você faz.

O silêncio abriu um abismo entre nós por um momento e, então, três segundos depois...

— Quanto você bebeu?

Eu caí no riso.

— É Sprite, chefe. Eu não bebo tanto assim, principalmente não na frente da maioria das pessoas.

Suas sobrancelhas se ergueram.

— Você não bebe?

Ele ainda estava me fazendo perguntas. Certo.

— Se eu bebo?

Rip baixou o queixo.

— Uma ou duas, tudo bem, só que até isso é raro. Mas ficar *bêbada*? Não. Fiz isso... duas vezes, e foram em ocasiões especiais — informei.

Seu dedo acompanhou o círculo da borda do copo ao perguntar:

— Que ocasiões foram essas?

Será que Rip estava tentando me conhecer melhor? Eu quis ficar animada com isso, mas... bem... eu não tinha certeza do porquê ele estava fazendo aquilo. Mas não tinha problema, eu não pensaria demais.

— No meu aniversário de vinte e um anos e no aniversário de setenta anos do avô da minha melhor amiga.

Rip me encarou.

— Hum.

Colando um sorriso no rosto, optei por trocar o assunto de novo.

— Mas, é sério, Rip... apesar de tudo, eu quero que você saiba que estou falando sério quanto a essa coisa do favor. Você não me deve nem tem que fazer nada. Ir comigo ao funeral foi mais do que o suficiente.

— Eu não ligo para o que você pensa. Ainda te devo uma.

Revirei os olhos e não me importei de reprimir um suspiro. Nem sei por que estava me importando em insistir. Como se ele fosse mudar de ideia. Só nos meus sonhos.

E, é sério, por que ele estava falando tanto? Eu gostei. Gostei muito, mas não fazia sentido.

Assim que eu estava prestes a abrir a boca para dizer "*Tudo bem*", alguém gritou bem atrás de mim:

— Luna!

Eu mal consegui olhar sobre o ombro quando um corpo masculino parou bem ao meu lado. Inclinando a cabeça para trás, encontrei um rosto familiar sorrindo para mim.

— Tudo bem? — o cara de quase trinta anos perguntou.

— Oi, estou bem. E você? — perguntei de volta.

— Bem, bem. Owen nos convidou para vir.

Sorri para ele.

— Eu estava para te dizer uma coisa: fiz aquele truque do arroz de que você me falou da outra vez que te vi, para salvar meu celular, e deu certo. Me avise se quiser uma bebida. Eu pago — ele ofereceu, dando uma olhada rápida em Rip antes de tirar a mão de mim. — É o mínimo que posso fazer.

— Aviso, mas que bom que funcionou.

— Te vejo por aí — ele falou com um sorriso antes de se virar e voltar em direção ao bar, desaparecendo em um grupo pequeno.

Voltando a olhar para Rip, ergui as sobrancelhas.

— Ele trabalha em uma das lojas de peças da qual encomendamos um monte de coisas — expliquei quando notei seu olhar na direção para onde o cara tinha ido.

Isso fez meu chefe voltar a me olhar com aquela expressão inflexível.

— Ele é legal — adicionei por alguma razão da qual não estava totalmente certa.

Seus dedos coçavam a barba por fazer que cobria seu queixo, olhos focados em mim de maneira quase pensativa.

— O que foi?

— Nada.

— O que foi? — insisti.

— Nada, Luna.

Tudo bem, então. Se não queria me contar, eu não via problema nisso.

— Luna! — outra voz familiar gritou no bar.

Olhando sobre o ombro, o grupo de colegas de trabalho que eu havia cumprimentado quando cheguei — que agora estava atrás de mim — acenou para que eu me aproximasse.

— Você pode ficar com o meu assento! — um deles ofereceu.

— Não precisa! — gritei de volta. — Estou bem aqui.

— Tem certeza?

Eu fiz um joinha.

Quando voltei a olhar para frente, Rip estava bebendo outro gole e me observando.

— O que foi? — perguntei.

— Você conhece todo mundo aqui?

Revirei os olhos, esperando que ele soubesse que eu estava apenas brincando com ele.

— Não todo mundo. Só, tipo, metade — zombei.

Sinceramente, pareceu que ele havia acreditado em mim, mas não gostei de como sua mandíbula meio que se moveu para o lado e de como sua voz foi de tensa a um pouquinho afiada ao dizer com clareza:

— Eu não preciso de uma babá.

Não pude evitar. Franzi a testa.

— Eu não estou agindo como uma babá.

— Você não precisa se sentar comigo — ele disse, do nada, com frieza.

O que raios tinha mordido a bunda dele?

— Quer saber de uma coisa? Eu vim aqui e me sentei com você. Se eu quisesse ter me sentado em algum outro lugar, teria feito isso — falei, tentando processar suas palavras e seu tom. — Mas se você não quiser que eu me sente aqui, posso me levantar e ir embora. Não vou ficar magoada se você não me quiser por perto. Não quero me tornar uma companhia indesejada.

Caramba, por que eu não disse que ele não me magoaria se optasse por se sentar sozinho em vez disso? Não quis que a questão se voltasse... para mim. Mas, mesmo assim, não empurrei a cadeira para trás nem me levantei. Eu não mostraria a ele que suas palavras e seu tom tinham me incomodado.

Porque não tinham.

Não muito.

Antes de eu ter a chance de dizer qualquer outra coisa, meu celular começou a tocar dentro da bolsa. Rip não disse nada para confirmar ou negar que queria ou não que eu me sentasse com ele. Também não disse nada para eu sair, mas isso não fez com que eu me sentisse muito melhor. Com o celular do lado de fora, vi o nome de Thea piscando na tela, e atendi, posicionando a mão ao redor da boca para que ela pudesse me ouvir.

— Alô? — eu praticamente gritei, de qualquer maneira.

— Luna — a voz lacrimosa soou pela linha. — Invadiram a minha casa.

Congelei.

— O quê?

— Minha casa. Invadiram a minha casa — ela explicou com um fungar tão alto que consegui ouvi-lo, apesar da barulheira ao fundo. — O que eu faço?

Merda.

— Ligue para a polícia, não para o número de emergência — disparei, tentando pensar. — Tem certeza de que não tem mais ninguém no apartamento?

— Positivo — ela confirmou, sua voz trêmula e, sinceramente, soando apavorada. Não que eu pudesse culpá-la. — Você... você pode vir aqui?

— Sim — concordei na hora. — Eu não estou em casa, mas vou embora daqui a pouquinho. Ligue para a polícia e comece a fazer uma lista do que foi levado. Mas, independentemente do que seja, não fique chateada, tudo bem? São apenas coisas. O que importa é que você está bem.

— Certo, vou ligar agora, mas se apresse, por favor.

Meu estômago revirou ao notar o medo em sua voz.

— Pode deixar. Talvez seja melhor não tocar em nada. Eu não sei. Pergunte para a pessoa que te atender, tudo bem? Vou chegar aí o mais rápido que conseguir. — Engoli em seco. — Mas estou feliz por você estar bem. Não se estresse. Podemos substituir tudo. Por favor, me mande o seu endereço, Thea. Vai me economizar tempo de ter que procurá-lo.

Despedindo-se tristonha, minha irmã desligou, e empurrei a cadeira para trás e fiquei em pé.

Pobre Thea. Eu não conseguia nem imaginar como ela se sentia, muito menos que tinha ligado para mim antes de para a droga da polícia. Sinceramente, fiquei surpresa por ela querer que eu fosse até lá, mas eu nunca diria não se ela precisasse de mim. A nenhuma das minhas irmãs. Ou a ninguém com quem eu me importasse. Mas isso não mudava o fato de que o meu relacionamento com a mais velha das três irmãs mais novas estava complicado desde antes de ela ter se mudado de casa. Desde a noite em que eu havia tentado lhe dar um abraço e ela me afastou, dizendo para deixá-la em paz. Eu odiava aquela sequência de palavras mais do que qualquer outra. Eu realmente odiava.

Por que eu estava pensando nisso? Havia prometido a mim mesma que não o faria mais.

Respirando fundo para me acalmar, desbloqueei a tela e rapidamente comecei a rolar pelos aplicativos.

— Tudo bem? — Rip perguntou, sinceramente me fazendo lembrar de que ele estava ali. Não sei como tinha me esquecido.

Abrindo o aplicativo de que eu precisava, ergui os olhos até ele e disse com pressa:

— Invadiram o apartamento da minha irmã.

O pequeno vinco entre as sobrancelhas dele saltou.

— Ela está bem?

— Não parece — eu disse, olhando para baixo em direção ao celular onde eu havia digitado o endereço até onde eu pegaria uma carona. — Ela me pediu para ir vê-la, então preciso voltar para casa e, depois, dirigir até lá.

— Dirigir até onde?

Não voltei a olhar para ele enquanto clicava no ícone para encontrar um carro no aplicativo.

— Dallas. Ela mora em Dallas. — Peguei a bolsa e observei a tela piscar enquanto a pesquisa era feita.

— O que você está fazendo? — Rip perguntou na mesma hora.

— Tentando arranjar um carro que possa me levar para casa — respondi, ainda olhando para a tela. — Minha amiga me trouxe até aqui.

Eu o ouvi empurrar a cadeira para trás, em vez de vê-lo.

— Eu te levo.

Isso me fez erguer os olhos até ele.

— Não precisa.

— Eu te levo, mas também não diga nada a respeito do favor. — Ele já estava se levantando e contornando a mesa. — Vamos.

Eu pisquei, mas... cliquei no ícone para sair do aplicativo.

Talvez eu devesse ter discutido com ele mais um pouquinho, só que... talvez ele consideraria aquilo como o favor quando realmente tivesse uma chance de pensar melhor. Não que eu tivesse muita esperança, já que me levar até San Antonio não havia contado, então eu duvidava de que me dar carona até um lugar que ficava a poucas horas de distância fosse contar, mas...

A escolha era dele.

Assenti e saí andando em direção à porta, acenando desatenta para os colegas de trabalho que me observavam partir com olhares curiosos, provavelmente porque Rip estava bem em meu encalce. Levou segundos para sairmos do bar. Rip apontou para o fim da rua, e meio quarteirão depois vi a caminhonete amarela dele. Sem perdermos tempo, chegamos e ele abriu a porta do passageiro para que eu pudesse entrar. No segundo em que o meu cinto foi afivelado, o carro estava ligado.

— Você está bem?

Respirei fundo, não percebendo que encarava o para-brisa.

— Sim, estou bem. Só um pouco preocupada com a minha irmã — expliquei, assumindo que ele não soubesse o nome dela. — Acho que estou surpresa de ela ter me ligado. Nem tão surpresa de terem invadido a casa dela. Aquele apartamento não está no melhor dos bairros que conheço.

— Ela mora sozinha?

— Não, ela tem uma colega de casa. — Inspirei fundo outra vez e expirei pelo nariz. — Desculpa, Rip, você precisa que eu te fale o caminho?

— Eu sei como chegar lá.

Outra inspiração, outra expiração.

— Muito obrigada por me dar uma carona — eu disse.

— Aham.

Dei uma olhada no relógio e engoli um bocejo. Passaria da meia-noite quando eu chegasse à casa dela. Eu havia me levantado às cinco e quarenta e cinco. Poderia tomar um pouco de café, e chegaria inteira. Bem, tão inteira quanto possível. No pior dos casos, eu abriria a janela e deixaria o vento me acordar.

Devo ter me perdido em pensamentos por mais tempo do que imaginei, porque quando percebi Rip estava estacionando a caminhonete em uma casa.

Na minha casa.

Eu tinha que recuperar o controle. Me acalmar. Focar e pegar a estrada o mais rápido possível.

— Muito obrigada pela carona — consegui dizer a ele.

O olhar de Rip estava bem focado em mim ao desligar o carro e se reclinar no assento, e observei enquanto seus olhos foram parar na minha casa sobre o meu ombro antes de se voltarem a mim. Ele umedeceu os lábios antes de dizer naquela voz mandona que me dizia para não discutir:

— Pegue as suas coisas. Vou esperar aqui fora.

Hum. Talvez ele tivesse bebido um pouquinho mais do que o normal.

— Não precisa esperar. Meu bairro é bem seguro.

Eu duvidava de que alguém, em algum momento, poderia me dar uma piscada mais lenta do que a que ele me deu naquele instante.

Observei enquanto ele fazia uma pausa e olhava para a pulseira que eu havia colocado naquela manhã. Minha coisinha divertida do dia era uma pulseira velha que Lily tinha me feito há anos e que dizia TEAMO em miçangas brancas com letras pretas. Ele suspirou e moveu os olhos de volta para o meu rosto.

— Luna, vou te levar para Dallas. Pegue as suas coisas.

CAPÍTULO TREZE

— Você realmente não precisa fazer isso.

Rip nem sequer bufou ou revirou os olhos enquanto eu lhe dizia as mesmas palavras que já tinha dito cinco vezes diferentes desde que ele havia chegado na minha casa e jogado a bomba no meu colo.

Luna, vou te levar para Dallas. Pegue as suas coisas.

É claro que eu havia reagido da mesma forma que qualquer pessoa sã reagiria. Fiquei sentada, encarando o nada por cerca de um minuto até ele erguer as sobrancelhas para mim e dizer: *"A noite não é uma criança, garotinha. Vamos".*

E aquilo, *aquilo* tinha me trazido de volta à realidade.

O que, então, tinha nos colocado em uma discussão de cinco minutos a respeito do porquê de ele não ter que me levar e do porquê de ele estar fazendo aquilo. Quero dizer, ele mal conseguia ter uma conversa comigo sem bufar ou balançar a cabeça. Eu nunca soube que ele tinha uma covinha até esta noite. E ainda assim ele queria me levar para Dallas?

Eu não era o tipo de pessoa que diria a alguém para não me ajudar, mas aquela situação simplesmente não fazia sentido.

Porém, apesar de tudo, me peguei na caminhonete dele vinte minutos depois com uma bolsa cheia de trocas de roupa, escova de dente e o kit das minhas lentes de contato.

Suspirei e apoiei o ombro na janela.

— Rip...

— Luna.

Pressionei um lábio contra o outro, observando o perfil dele na cabine escura.

— Dê meia-volta e me leve para casa. Eu não deveria nem ter entrado nesse carro, para começo de conversa. Você não precisa fazer isso. Tenho certeza de que tem coisas melhores para fazer.

— Não tenho.

Soltei um suspiro que o fez voltar os olhos para mim.

— Não tenho — ele repetiu, deixando aqueles dedos longos se flexionarem no volante.

Suspirei de novo.

— Foi só uma mentirinha, Ripley.

— Você mentiu para a droga da polícia por mim, Luna. Isso é um crime, caso não saiba. Não tem nada de insignificante nisso.

Acho que não havia como contra-argumentar. Coloquei a mão no rosto e respirei fundo, deslizando o olhar até ele, tentando não ser notada para que Rip não pudesse me ver fazendo aquilo. Quem *era* esse homem? Não que eu estivesse reclamando quanto a ele estar realmente conversando comigo e me perguntando coisas e tentando ser legal, mas...

— Por que você está sendo tão chata quanto a eu ir com você? — ele perguntou do nada, obrigando-me a afastar os pensamentos.

Parei de tentar que meus olhares não fossem notados e simplesmente o encarei.

— Não estou sendo chata. Você que está. — Flexionei os dedos, lembrando-me de que *aquele era o meu chefe.* — E falo isso com todo o respeito de você ser um dos donos da Cooper e de eu ser uma de suas funcionárias, aliás. Por favor, não me demita.

Ele balançou a cabeça, e não tive certeza se porque não me demitiria ou se porque eu estava simplesmente lhe dando nos nervos.

Conhecendo Rip, poderia ser qualquer um dos dois.

— Olha, realmente fico grata por você vir comigo. É sério, Rip. Eu gosto da sua companhia. Você sabe disso. — Não deixei de notar a maneira como ele se virou para me encarar, só por um segundo, talvez um milésimo de segundo, mas notei. A questão era que eu não sabia o que pensar da expressão ressabiada em seus traços naquele momento. — Mas, como eu te disse, você não me deve nada. Para falar a verdade, eu provavelmente teria ligado para minha melhor amiga vir comigo se você não tivesse... se oferecido. Estou muito grata por você vir comigo, mas não quero ser inconveniente.

Aqueles dedos longos se flexionaram de novo, mas, naquele instante, sua atenção se manteve em frente.

— Você não é.

— Você está estragando pelo menos parte do seu fim de semana ao me levar para Dallas.

— Não estou estragando nada, Luna. — Ele lançou os olhos na minha direção e balançou a cabeça de novo. — Quem disse que você é inconveniente?

Não quis que o meu corpo ficasse tenso, mas ficou.

— Ninguém — tentei dizer da forma mais alegre possível.

O olhar que ele me deu me avisou de que achava que eu estava mentindo.

Ele estava certo, porque eu tinha mentido. E, por mais que não quisesse admitir, não gostei de ele ter pensado nisso, principalmente tão rápido assim.

— Eu não gosto de incomodar as pessoas, só isso. Não gosto de pedir favor a ninguém, e quando eu posso...

Por Deus.

Percebi o que raios eu havia acabado de dizer.

Eu não gostava de pedir favor a ninguém. Era verdade. Eu preferiria viver sem ter que pedir nada a ninguém.

E por três anos eu havia me agarrado ao favor que Rip sentia me dever, bem na frente de seus olhos.

Não era de se surpreender que ele queria acabar logo com isso. Fazia muito sentido.

Droga.

— Desculpa pelo fato de você sentir que me deve uma, e entendo o porquê de você querer resolver de uma vez por todas esse favor — murmurei, sentindo meu rosto esquentar enquanto aceitava o que tinha feito e por que tinha sido idiota da minha parte continuar discutindo com ele em relação a um favor do qual ele nunca, jamais se esqueceria. Não importava quanto eu tentasse convencê-lo a esquecer, ele havia enfiado aquilo em sua cabeça-dura e nada o faria mudar.

— Você não pediu. Eu ofereci — ele sugeriu, como se eu realmente pudesse enxergar a situação daquela maneira.

Desviei os olhos para fora da janela e assenti.

— Você tem razão.

Houve um suspiro, então...

— Você não vai mais me encher o saco?

— Não.

O *Hum* dele me fez dar uma olhada de lado.

— Sou grata pelo seu comprometimento e pelo quão... paciente você tem sido comigo quanto a isso — eu disse com um pouco mais de má vontade do que o necessário.

Rip murmurou alguma coisa.

— Não sei quanto tempo isso vai demorar. Se quiser só me deixar lá e, depois...

— Qual é o seu problema com sempre tentar me fazer te deixar nos lugares? — ele explodiu de repente.

Meus olhos se arregalaram com aquela sua maldita *atitude*.

— Porque, como eu te disse, não quero te incomodar. Não gosto de incomodar ninguém. Não leve para o lado pessoal, tudo bem?

Eu não tinha 100% de certeza, mas estava bem certa de que ele tinha franzido a testa para mim.

Esfregando as mãos na calça, decidi brincar com ele mais um pouco ao falar baixinho:

— Na velocidade que você está indo, vou começar a pensar que não te irrito tanto quanto você me faz pensar, chefe.

O riso que rompeu dele literalmente me fez agarrar a porta na qual eu estava apoiada. Foi tão marcante, tão inesperado... como a droga de um fogo de artifício estourando bem dentro da cabine.

Eu pulei. Então, sorri.

E continuei falando, já que... por que não? Eu o tinha feito rir. Rip. *Rir.*

— Daqui a pouco, seremos amigos — continuei murmurando, mal sendo capaz de me impedir de rir.

A resposta dele foi o balançar daquela cabeça deslumbrante e um riso que perdurou.

— Mas, é sério, obrigada por vir comigo. E por me levar para casa. E por ter orgulho e honra o suficiente para insistir em me fazer um favor que eu realmente não acho que me deve — eu disse, sorrindo, mesmo ele não podendo ver.

A inspiração profunda que ele deu soou alto e claro. E, dessa vez, eu soube, sem qualquer dúvida, que ele olhou para mim.

— Eu não tenho tanta honra assim, Luna. Não me dê tanto crédito.

Eu o observei, vendo que estava falando sério.

— Bem, eu acho que você tem. A maioria das pessoas teria apenas desistido e fingido esquecer se alguém dissesse a elas um milhão de vezes que não precisa de nada.

O *Hum* dele não soou tão convencido, mas eu sabia que estava certa. Não havia motivo para eu forçá-lo a aceitar isso.

Pegando o celular, abri as mensagens com Lenny e mandei outra.

Eu: Ei, estou indo para Dallas. Invadiram a casa da Thea. Você pode perguntar para o Areia Demais Para O Meu Caminhãozinho se podemos remarcar? Não sei se vou chegar a tempo amanhã.

Eu não poderia nem dizer que estava de coração partido por perder o meu primeiro encontro em... seis meses? Talvez até há um pouco mais de tempo. Eu duvidava que também ficaria decepcionada se ele não pudesse trocar a data.

Lenny me respondeu nem mesmo dois minutos depois enquanto Rip mexia no rádio.

Lenny: Ela está bem? Vou mandar uma mensagem para ele. Pode ser no domingo?

Eu sabia que de jeito nenhum eu ficaria até domingo com ela. Sem dúvida, eu voltaria para casa em algum momento no dia seguinte. A não ser que ela insistisse, mas eu não me deixaria ter esperanças. Ela era ocupada. Pelo menos, era o que ela sempre dizia. Precisaríamos de todos os meus dedos e dos dedos de Ripley para contar o número de vezes que eu havia ligado para ela ao longo dos anos perguntando se ela queria que eu a visitasse e a resposta tinha sido sempre a mesma: que não era um bom momento para ela.

Lenny: Não responda. Pode ser no domingo.
Vou ver o que posso fazer.

Droga. Era isso o que acontecia quando alguém te conhecia bem demais.

Eu: Ela está bem. E, sim, é claro, pode ser no domingo.
Quanto antes, melhor.

Lenny: :)

Pelo menos, aquilo estava resolvido.

Música tocou baixinho ao fundo durante todo o caminho até a casa da minha irmã, agora que Rip e eu havíamos terminado de discutir, pelo menos. Cochilei umas duas vezes, mas ele não reclamou nem encheu o meu saco. Eu tinha deixado o celular entre nós com o GPS aberto. Quando verifiquei a hora de chegada e vi que estávamos a apenas cinco minutos de distância, endireitei a postura e comecei a prestar atenção.

Eu não havia percebido que minha irmã tinha se mudado.

Quando eu acompanhei até Dallas, três anos antes, simplesmente a segui.

O lugar onde eu havia estado era um apartamento decente que não parecia *tão* duvidoso. De jeito nenhum era chique, mas era aceitável. Havia sido basicamente o mesmo tipo de lugar em que tínhamos morado ao sair da casa do sr. Cooper.

Mas *esse* lugar... Esse lugar era *bonito*.

Bonito demais.

Refinado até, se os Mercedes, Audis e BMWs do outro lado do portão fossem indicação de algo.

Dei a Rip a senha do portão — Thea a tinha me enviado junto do endereço — e não pude evitar me sentir muitíssimo estranha com tudo o que eu via. Todos os carros eram de algum modelo recente e luxuoso, com um punhado de Hondas e Kias no meio. Parei para pensar e notei que Thea nunca tinha ido dirigindo até Houston. Ela geralmente se encontrava com Kyra em Austin e pegava carona.

Por que ela não me disse que havia se mudado?

— Pensei que você tivesse dito que sua irmã estava na faculdade — Rip disse ao dirigir devagarinho de um prédio em direção ao outro, seguindo as placas do condomínio.

Vi uma Range Rover bem quando eu disse a ele, minha voz soando distante e esquisita:

— E está.

— Esse é o condomínio mais chique em que já estive.

— Eu também — murmurei, me sentindo muito apreensiva e talvez até um pouco magoada por ela não ter me contado. Ela achou que eu ficaria com inveja ou algo assim?

Mas, é sério, como raios ela conseguia bancar isso? Ela trabalhava na universidade. Fazia cursos de férias e estágio. Tinha até feito um empréstimo estudantil.

Eu pagava pelas suas refeições na faculdade.

Deveria haver uma razão para ela não ter me contato o motivo de ter se mudado.

Talvez tivesse arranjando uma nova colega de casa que ganhava bem?

Isso faria sentido. Eu ainda morava na casa que estava reformando, e ela não queria que eu soubesse que ela provavelmente tinha uma banheira e balcões de granito enquanto eu poupava para os meus. Thea nunca havia sido o tipo de pessoa *tão* humilde assim, mas...

— Qual é o número mesmo?

Eu disse a ele o número do apartamento que ela havia me passado.

Logo, Rip entrou com a caminhonete em uma das vagas que dizia estar reservada para visitantes. Com base no número do apartamento, a unidade ficava no terceiro andar. Saímos, e ele me deixou liderar o caminho enquanto eu procurava uma escada ou um elevador. Encontrei a escada primeiro e segui em sua direção, com ele logo atrás. No terceiro andar, não demorou muito para achar o número que eu procurava.

Toquei a campainha e dei um passo para trás, acertando a lateral de Rip. Assim que ergui os olhos, eu o peguei olhando para baixo, na minha direção, e sorri para ele.

— Obrigada de novo por ter vindo.

Ele me observou com aqueles olhos azul-esverdeados. Sua voz soou baixa:

— Imagine.

— Deixe-me descobrir o que ela quer fazer, e vejo se consigo arranjar um quarto de hotel ou algo assim para você dormir. — Meus olhos deslizaram até a porta que ainda não tinha sido aberta, e algo muitíssimo parecido com ansiedade escorregou por mim. — Eu tinha planejado ficar aqui, mas não sei se isso vai rolar.

Por que ela não havia me contado?

Afundei o dedo na campainha de novo e, então, também bati à porta. Ainda não era nem uma da manhã. Eu sabia que ela não estava dormindo.

Ainda assim, a porta não abriu.

— Ligue para ela — Rip disse.

Apertei a campainha de novo.

Nada.

Pegando o celular, disquei o número dela de memória e o *ouvi* tocar do lado de dentro. Abruptamente, o som parou como se ela tivesse clicado para ignorar a chamada ou tivesse colocado o aparelho no modo silencioso.

Isso estava mesmo acontecendo?

Olhei para Rip e o peguei ainda de olho em mim, uma expressão esquisita no rosto.

Frustração e mágoa cresceram no meu peito *no mesmo instante*, e, quando percebi, eu havia erguido o punho e batido a parte externa contra a porta da minha irmã com tanta força quanto pude. Então, fiz a mesma coisa de novo, gritando *Thea* direto contra a porta.

Funcionou.

Porque, dois segundos depois, houve o som do que pareceu um trinco girando e, quando percebi, a porta estava se abrindo para mostrar minha irmã parada lá. De roupão, o cabelo loiro solto e os olhos grandes agora inchados e com o contorno vermelho. Ela realmente parecia um caco. Não que eu pudesse dizer algo, mas ela parecia mesmo um trapo, e ela *nunca* parecia um trapo.

— Luna — ela murmurou, soando verdadeiramente surpresa.

— Oi — eu disse, tentando não soar muito constrangida.

Minha irmã de vinte e um anos enxugou o rosto com as costas da mão, e eu a observei enquanto ela dava uma olhada em Rip atrás de mim, deixando os olhos se demorarem por um instante, uma expressão muito, *muito* estranha surgindo antes de voltar a olhar para mim.

— Eu não sabia se você viria — ela tentou alegar com uma voz igualmente esquisita.

Pisquei.

— Você me pediu para vir. Eu te mandei mensagem duas vezes a caminho daqui. — Tentei dar outro sorriso, mas não sei se fui bem-sucedida. *Ela havia estado mesmo prestes a ignorar minha ligação?*

— É, eu sei. Eu só... — Ela balançou a cabeça e deu um passo para trás, fungando ao fazê-lo. — Entrem.

Dei alguns passos para dentro, com Rip no meu encalço. Ela mal tinha fechado a porta quando a olhei por cima do ombro e acenei para Rip.

— Thea, esse é Ripley. Rip, essa é minha irmã, Thea.

Foi minha irmã quem estendeu a mão primeiro, e Rip a apertou com firmeza, mas com pressa, antes de dar um passo para trás ao meu lado. Seus olhos deslizaram até os meus, e não gostei do suspiro que ela soltou.

— A polícia veio e foi embora há mais ou menos uma hora.

Assenti.

— E o que eles disseram?

— Venham, venham até a sala de estar — ela disse, seu olhar se voltando para Rip por um segundo antes de nos guiar por um corredor curto que se abria em uma sala de estar e uma cozinha de conceito aberto. Três sofás de veludo azul-marinho decoravam a sala com uma linda mesinha de vidro ao centro. Havia luminárias e quinquilharias bonitas decorando os aparadores, além de uma TV enorme presa à parede com prateleiras flutuantes que serviam de apoio ao que parecia ser um aparelho de DVD e algum tipo de sistema de som.

Era bonito, muito bonito.

E nada parecia... fora do lugar. Nem parecia haver algo faltando. Estava tudo imaculadamente limpo, do jeito que eu sabia que Thea gostava das coisas.

— Querem algo para beber? — ela ofereceu, cerrando as mãos em sua frente. Quase torcendo-as.

Minha garganta de repente secou.

— Eu gostaria de um pouco de água.

— Não, obrigado — Rip respondeu, sua voz não soando como a dele, mas não dei muita bola.

Thea assentiu e seguiu até a cozinha, tirando uma garrafa de água da geladeira. Notei que também não era de uma marca qualquer. Quando deixei Thea em Dallas, três anos antes, tudo na despensa dela era de marcas genéricas, a não ser se Lily insistisse. Até mesmo quando eu comprava coisas orgânicas, se havia uma marca genérica, era essa que eu compraria.

Minha irmã me entregou a garrafa de água e simplesmente ficou parada ali.

Peguei-a, abrindo a tampa e tomando metade antes de fechá-la. Dando uma olhada no homem ao meu lado, ofereci a garrafa a ele, em caso de ele estar com muita sede. Ele estava. E a aceitou sem hesitar e entornou o resto.

Em qualquer outra circunstância, eu teria dito a ele que amigos compartilhavam garrafas de água, mas... bem, não era hora, e eu não estava no clima com minha irmã agindo de maneira tão estranha ali do lado.

— A polícia veio e perguntou o que foi levado, fez uma lista e, depois, foi embora — Thea disse, mordendo o lábio a cada poucas palavras. — Eles não tiraram digitais nem nada. Disseram que conversariam com o síndico para dar uma olhada nas câmeras, mas não sei se olharam.

Exaustão me atingiu bem nos ombros enquanto estava parada ali, e não pude evitar olhar ao redor para o restante do apartamento. Havia uma passagem bem em frente que parecia levar a algum tipo de corredor e, mais perto de onde estávamos, havia uma porta entreaberta que mostrava o que parecia ser um lavabo, além de algumas outras portas que talvez levassem a uma despensa, a algum outro quarto e eu não sei ao que mais.

Mas nada parecia fora do lugar.

O lugar estava *limpo*.

Limpo demais.

— O que eles levaram? — eu me peguei perguntando à minha irmãzinha.

A mão dela subiu ao rosto para enxugar os olhos outra vez.

— Meu notebook. Algumas roupas. Algumas joias.

Que joias a minha irmã tinha que valiam a pena serem roubadas?

— Eles remexeram no meu quarto e em todas as minhas gavetas. Abriram tudo na cozinha. Mas já coloquei tudo de volta no lugar — ela explicou, trêmula.

Ah.

— Thea, eu sinto muito. — Se ela fosse Lily, eu a teria abraçado, mas foi meu coração que não me deixou erguer os braços, e meu cérebro que não me deixou passar vergonha caso ela não aceitasse o meu apoio. De novo. — Precisa de ajuda com alguma coisa?

Minha irmã mordeu o lábio novamente, sacudindo as mãos e engolindo a saliva com tanta força que eu tive certeza de que a garganta deve ter doído.

— Desculpa, Luna. Não preciso de ajuda com nada. Eu nem… Eu nem deveria ter te ligado. — Ela engoliu em seco de novo, e não pude impedir meus olhos de se apertarem. — Eu não deveria ter te pedido para vir. Eu estava abalada, e você foi a primeira pessoa em quem pensei. Estou bem.

— Você não tem que se desculpar por ter me pedido para vir — eu disse para minha irmã. — Eu viria mesmo sem nenhuma razão, Thea. Você sabe disso. — Mas...

Suas mãos se flexionaram ao lado do corpo, e ela assentiu, lançando-me um olhar lacrimoso.

— Eu sei, Luna, mas não deveria ter te pedido. Eu perdi o controle.

Nada disso parecia certo. Nada.

— Não tem problema. Mas você está bem, certo?

Minha irmã mais nova assentiu.

— O apartamento tem seguro?

Ela ergueu um ombro.

Pressionei um lábio contra o outro e ignorei a dor que crescia no meu peito.

— E a sua colega? Eles roubaram alguma coisa dela?

O *Não* de Thea foi o mais brusco que ela alguma vez me deu.

Prendi a respiração.

— Onde ela está?

Ela fez aquela coisa; coçou a bochecha. Se eu não a conhecesse tão bem quanto antes, não saberia que esse era seu sinal quando mentia. Mas ela soou convincente quando disse:

— Ela saiu, mas vai voltar daqui a pouco. Teve que trabalhar hoje.

Trabalhar? À meia-noite? Com um apartamento desses, ela não deveria ser exatamente uma garçonete.

Thea ergueu as mãos e esfregou os olhos, deixando-me ainda mais nervosa.

— Desculpa ter te feito dirigir até aqui por nada.

Não foi tão fácil assim não me encolher.

— Estou bem. Eu sei... Eu sei que eles só levaram coisas materiais. Vou descobrir se temos algum tipo de seguro que cubra isso. A única coisa com que estou preocupada é meu notebook.

O notebook dela. Para a faculdade. Tentei deixar de lado minha decepção com a sua mentira — porque eu tinha visto aquela coçadinha — e o arrependimento por ter me feito vir dirigindo de longe... e disse a mim mesma que eu amava essa pessoa. Eu queria o melhor para ela, mesmo ela fazendo com que meu peito doesse, mesmo não sendo a primeira vez que ela fazia isso.

— Quanto custa um notebook? — consegui perguntar, me agarrando àquele fio de amor como se fosse me impedir de cair de um precipício.

— Você não precisa fazer isso, Luna. Está tudo bem. Eu posso dar um jeito — ela disse.

— Mas você precisa dele para a faculdade. Posso te transferir o dinheiro...

Thea balançou a cabeça com força.

— Não. Está tudo bem, Luna. Eu dou um jeito.

Ela daria um jeito? *Como?*

— Eu juro — ela insistiu, só me deixando ainda mais desconfiada. E magoada.

Certo. Forcei as mãos a relaxarem. E me forcei a ficar calma, a manter o foco no amor dentro de mim.

— O que eu posso fazer, então? Do que você precisa?

— Eu não preciso de nada — ela respondeu, mas pareceu mais um corte no meu tendão de Aquiles.

Ao meu lado, Rip se moveu e sua voz soou baixa quando algo tocou a parte de baixo das minhas costas brevemente, tão de leve que quase não senti:

— Vou esperar no carro.

Ignorei a sensação de areia que tomava conta da minha garganta, focando na mulher em frente. Porque ela era uma mulher. E, por alguma razão que eu não entendia, e muito provavelmente nunca entenderia, eu disse a ele:

— Não precisa. Você pode ficar, se quiser.

— Luna. — A voz de Thea ficou suave demais. — Eu juro que estou bem. Desculpa por te fazer perder tempo.

Ela poderia ser uma mentirosa, poderia estar escondendo algo de mim por alguma razão, mas eu a amava. *Amava mesmo.*

— Eu faria qualquer coisa por você. Você sabe disso.

— Eu sei, mas sinto muito mesmo. — Seus olhos escorregaram para o lado, da mesma forma que tinham feito vezes o bastante quando mais nova. — Minha colega vai chegar daqui a pouquinho, e preciso conversar com ela. — Ela esfregou os olhos de novo, ainda os desviando. — Eu tenho que estar no trabalho às oito, e vou ficar lá o dia todo.

— Tudo bem. — Eu sabia o que ela estava tentando dizer. *Eu sabia.*

— Nós concordamos em não deixar ninguém passar a noite... — ela continuou.

E ali estava.

— Estou muito grata por você ter vindo. Só você faria isso. É a melhor meia-irmã que eu poderia ter.

Foi o meia-irmã que finalmente, *finalmente*, me fez estremecer.

Ela só tinha me chamado assim de vez em quando, e só nos últimos cinco anos. Antes disso, eu sempre tinha sido sua *irmã*. Sua *irmã mais velha*. E, agora... agora eu era a meia-irmã.

— Eu queria não ter que trabalhar amanhã. Mas preciso do dinheiro.

Ela precisava do dinheiro.

— Não sei quando conseguirei voltar, mas vou tentar voltar em breve. — Minha irmã me deu um sorriso que pareceu desinteressado, o que me cortou outra vez, só que dessa vez de um lado ao outro do estômago. — Estou com saudades. Eu queria ter ficado mais tempo da última vez, mas simplesmente não deu.

Tudo o que pude fazer foi ficar parada.

Com o coração parecendo muitíssimo perto de se quebrar.

Com um nó na garganta que parecia crescer a cada segundo.

Eu amava minha irmã. Eu amava Thea com todo o meu coração. Ela tinha sido a primeira pessoa a aparecer na minha vida que havia me amado de volta.

E ela estava, basicamente, me pedindo para ir embora depois de eu ter passado quase quatro horas em um carro para vir vê-la.

Minha boca salivou, só que não por uma boa razão.

Mas eu não teria um chilique. Toquei o TEAMO na pulseira no meu pulso esquerdo. Eu não imploraria.

Eu só… assenti e dei um sorriso que não pareceu de todo compreensivo, mas eu esperava que também não a tivesse feito se sentir culpada. Ela tinha acabado de me magoar, mas isso não significava que eu tinha de magoá-la em resposta. Do que não consegui abrir mão naquele instante foi aquela maldita dor interna. Eu não a encheria o saco por estar me colocando para fora.

Mas…

Mas eu não poderia simplesmente sair dali, deixando-a pensar que havia me enganado. Por mais que eu quisesse acreditar que Thea não faria isso… Ela tinha feito. Ou, pelo menos, estava tentando, e eu não poderia deixar esse pequeno detalhe passar despercebido. Não dessa vez.

— Por que você não me contou que se mudou? — perguntei a ela, ignorando o quão inflexível minha voz soou.

Ela parou, e o rosto que eu conhecia tão bem estremeceu só um pouquinho — mas foi o suficiente.

— Eu só… — Será que ela estava tentando pensar em uma mentira? — Eu… Eu não quis te incomodar.

Ela não quis me incomodar.

Talvez eu tivesse literalmente dito aquelas mesmas palavras a Rip, mas isso tinha sido porque eu não quis lhe pedir ajuda.

Minha irmã se mudar de apartamento não era um *incômodo*. Por que isso seria um incômodo? Como poderia ser um incômodo?

Thea deve ter percebido o quão fraca essa desculpa era, porque me deu um sorriso tão falso quanto o último.

— Minha colega me convidou para vir morar com ela, mas ela não gosta de visitas, então não vi motivo para te contar, além de que…

Além de que ela teria que me dizer que eu não poderia passar a noite? Depois de eu ter pagado pelo nosso apartamento sozinha enquanto ela morava comigo por três anos? Eu teria entendido.

Ela sabia disso.

Eu não era sem noção. Eu poderia ter me hospedado em um hotel.

Mas ela sempre havia se fechado toda vez que Lily e eu tocávamos no assunto de uma visita. Todas as vezes. Instantaneamente. De novo, de novo e de novo ao longo dos anos.

Kyra não tinha vindo e ficado com Thea há alguns meses?, foi o que me perguntei por um momento antes de decidir se eu queria ou não saber. Caso ela estivesse mentindo para mim.

Esfreguei a língua contra o céu da boca ao ficar parada lá, e assenti como se eu compreendesse. Mas não compreendia. Nem um pouco.

Thea me observou com atenção, torcendo as mãos de novo.

Mordi o lábio inferior.

Eu era amada. Eu era feliz. Eu tinha o meu lugarzinho. Eu era uma pessoa decente.

E Rip tinha me trazido até Dallas para ver minha irmã, porque ela tinha pedido.

Eu não me sentiria envergonhada nem mal. Não deixaria que aquilo me afetasse. Mesmo se ela fosse uma das últimas pessoas no mundo que eu algum dia esperaria me magoar da forma que havia acabado de fazer.

Eu escolheria ser feliz depois disso.

— Tudo bem, Thea — falei com cautela, não conseguindo reunir forças para mais do que um sorriso fraco. — Me avise se precisar de algo, combinado? — me peguei oferecendo, ainda por cima.

Ela... Ela simplesmente assentiu.

Dei um passo para trás e pensei naquele abraço que eu queria ter pedido ou simplesmente dado nela, mas Thea também não deu um passo para frente nem fez qualquer movimento que parecesse indicar querer um abraço.

Então deixei as mãos caírem ao lado do corpo.

— Se cuide — eu disse, ouvindo o quão sem vida soei.

Ela nem sequer estremeceu.

— Dirija com cuidado — ela me respondeu como tinha feito centenas de outras vezes quando as coisas entre nós estavam bem e normais. A coceira em sua bochecha era o único indício de que talvez estivesse se sentindo um pouco mal. E só um pouquinho. Eu não esperaria muito mais do que isso.

Pensei que eu fosse uma pessoa forte. Eu era clemente. Mais paciente do que a maioria das pessoas que eu conhecia. Não era *tão* mesquinha assim. Não esperava muito de ninguém, nunca.

Mas ao passar pela minha irmã com os olhos colados em frente, me senti pior do que nunca nos últimos dez anos.

E, sendo sincera, realmente senti como se meu coração estivesse se quebrando. Ou talvez a fratura sempre tivesse existido e estivesse ficando maior e mais profunda, cortando-me ainda mais do que antes. Eu não havia pensado que isso fosse possível.

Avancei pelo corredor e abri a porta, cerrando as mãos ao lado do corpo e inspirando pelo nariz, expirando pela boca.

Ela não me chamou.

Ela não mudou de ideia quanto a eu ir embora.

Senti a presença de Rip, e ouvi a porta bater com um estrondo atrás de nós. Mordi a parte de dentro da bochecha e me apressei escada abaixo, não correndo, mas também não andando. E, quando cheguei ao térreo, com os passos de Rip bem perto de mim, parei, dando a ele espaço suficiente para passar.

Eu não me sentiria mal. Eu ficaria feliz. Eu estava bem.

Minhas mãos foram para os quadris, e respirei fundo pelo nariz, me sentindo balançar a cabeça, apesar de pouco ciente da decisão de fazê-lo.

Não havia como eu ignorar a dor sutil, mas afiada, atravessando meu peito enquanto eu estava parada ali.

— Eu só preciso de um minuto — eu disse a Rip baixinho, ainda à sua frente para que ele não pudesse ver meu rosto.

O "*Tudo bem*" dele soou tão baixo e suave quanto o meu pedido, mas, de qualquer forma, eu não estava em condições de analisá-lo.

Assenti, esperando que ele tivesse visto, e voltei a caminhar.

Eu estava escolhendo ser feliz. Eu estava escolhendo ser feliz. Eu estava...

Não.

Eu não estava feliz. Não consegui nem reunir um pouquinho de felicidade. Sequer uma gota.

Meus pés me levaram ao estacionamento, além da caminhonete de Rip. Então, me levaram até o meio do lugar sob o ar mormacento de Dallas. Caminhei até o fim do prédio e voltei, inspirando pelo nariz e soltando o ar pela boca, balançando a cabeça de vez em quando. O tempo todo, não me deixei pensar em como eu estava triste e em quanto eu estava magoada. Não me deixei pensar em quanto eu não estava feliz no momento.

Tentei com todas as minhas forças obrigar minha mente a se desligar enquanto eu dava a volta e caminhava outra vez na direção que tinha vindo.

Eu não choraria. Eu não ficaria chateada.

Essa não era a pior coisa que já havia acontecido comigo. Minha irmã me dizendo que eu não poderia ficar na casa dela. Minha irmã se referindo a mim como *meia-irmã*. Minha droga de irmã não me querendo por perto por seja lá qual razão.

Eu havia dirigido até ali porque ela tinha pedido. Não porque eu esperava alguma coisa.

Mas eu esperava mais do que ser mandada para casa depois de dez minutos de visita, sendo que era ela quem tinha me ligado, chateada.

Principalmente, não me deixei pensar em como ela havia me desprezado.

Em como ela havia me deixado de lado.

Mordi a parte interna da bochecha outra vez e estralei as juntas dos dedos ao continuar andando.

Rip não se importou. Ele nunca me humilharia nem zombaria de mim pelo que aconteceu, eu sabia disso lá no fundo da alma.

Não, essa queimação não tinha nada a ver com ele.

Nada.

Uma única lágrima escorreu do meu olho e pelo nariz, roçando a lateral da boca ao continuar escorrendo e passar pelo meu queixo.

Pisquei.

Ela não havia nem tentado me abraçar.

Depois de tudo...

Ela não tinha nem se dado o trabalho de parar por um segundo e conversar comigo. Para dentro e para fora. Pode ir embora. Tchau.

Cerrei as mãos com ainda mais força em punhos ao me aproximar da caminhonete de Rip e encontrá-lo encostado nela, braços cruzados ao me observar. Seu rosto estava praticamente neutro. Ele tinha até mesmo cruzado um pé sobre o outro.

Inclinei a cabeça para trás para observar o céu encoberto por nuvens cinzentas de um tom grafite e iluminado pelas luzes da cidade.

Respirei fundo.

E, então, respirei fundo outra vez.

Mas as respirações não adiantaram nada.

Não adiantaram nada mesmo, porque outra lágrima escapou dos meus olhos e seguiu pelo caminho que a primeira havia deixado.

Um coaxar cresceu na minha garganta, e meus instintos deram o seu melhor para impedi-lo de sair. Eu estava até com a boca fechada, mas um sonzinho escapou, soando como um choramingo. Soando patético e triste, igual à nota que algo emitia quando quebrado.

E outra lágrima caiu.

E mais outra.

E outro barulho escapou pela minha boca fechada.

— Mais um minuto — coloquei para fora, inspirando, trêmula, o que provavelmente mutilou as palavras e as fez soar como algo totalmente diferente.

Ouvi o "*Tudo bem*" dele assim que inspirei fundo de novo, bem quando outra lágrima escorreu do meu olho.

Eu não tinha razão alguma para chorar.

Minha irmã me amava. Eu sabia disso. Ela estava só... Eu não sabia o que ela estava fazendo nem por que estava agindo dessa maneira.

Às vezes, as pessoas deixavam outras para trás.

Talvez seja isso o que ela tinha feito. Superado a irmã que abandonou o ensino médio e que pintava carros para sobreviver. Sua meia-irmã, já que era assim que ela pensava em mim agora.

E aquele "*meia*" foi a desgraça de que precisei para mais lágrimas rolarem dos meus olhos. Uma depois da outra, depois da outra... até eu estar com a parte inferior das palmas enfiadas na cavidade ocular, desviando o fluxo de uma lágrima traiçoeira após a outra.

— Luna — soou um resmungo muito, muito grave.

— Quinze segundos — tentei dizer a ele enquanto dizia a mim mesma para *parar*. Pare.

Pare, Luna.

Você está bem.

Pare de ser dramática.

Você está levando isso tudo demais para o lado pessoal.

Pare com isso.

Eu juro que ouvi um "*Porra*" murmurado vindo de algum lugar muito perto, mas nunca teria certeza.

O que eu poderia ter certeza era que um corpo se aproximou do meu. E que o mesmo corpo não me deu a chance de parar de chorar ou de sequer deixar as mãos caírem, porque se enrolou ao redor do meu. Um braço curvado sobre meu ombro, outro bem abaixo dele, apoiando-se ao longo da escápula.

O corpo era quente, duro e se moldava ao meu, espremendo meus braços entre nós como se nem sequer estivessem lá.

Pernas e coxas me pressionavam, e algo quente raspou minha bochecha enquanto palavras gentis, quase delicadas, enchiam o meu ouvido.

— Está tudo bem, garotinha. — Foi assim que começou. — Você é uma boa garota. Uma garota ótima. A melhor de todas. A mais doce delas.

E mais lágrimas caíram dos meus olhos a cada coisa dita no meu ouvido, caindo nos meus dedos, punhos e braços enquanto eu ficava parada, deixando meu chefe — um homem que mal conversava comigo em um dia bom — me abraçar e me dizer que eu não era uma pobre pessoa patética que merecia se sentir tão pequena.

Você é uma baita de uma idiota, Luna, meu pai tinha me dito tantas vezes que parecia que ele as disse em um cano que as levou direto ao meu cérebro.

— Você está com a pulseira de TEAMO. Você está bem. — O braço mais perto do topo, diretamente sobre os meus ombros, me apertou, e palavras calorosas e reconfortantes tentaram afastar as antigas. — Eu estou com você. Eu estou aqui — o homem que me abraçava disse.

Ele estava comigo.

Talvez apenas por um minuto. Talvez por dez. E, apesar de eu saber que era idiota, que eu não tinha qualquer direito e que precisava me recompor, me apoiei nele. Soltei um pouco o peso contra seu corpo, até mesmo inclinando a cabeça para frente até acomodá-la bem entre seu pescoço e clavícula.

Pela primeira vez na eternidade, deixei Lucas Ripley me abraçar enquanto as lágrimas simplesmente caíam dos meus olhos, fazendo as que eu havia derramado no meu banheiro depois do funeral da minha avó parecerem nada.

Tudo o que eu sempre quis foi ser amada.

E uma das únicas pessoas que eu havia esperado me dar isso de maneira incondicional pelo resto da vida tinha me deixado sair andando de sua casa, sem nem mesmo... conversar comigo sobre a faculdade. Ou o trabalho. Ou sobre qualquer coisa.

Tínhamos dirigido até ali e...

Um dos braços ao meu redor se moveu, e o que deveria ser a mão dele pousou na parte de trás da minha cabeça, dedos mergulhando no meu cabelo e escorregando pelas pontas antes de voltarem a subir e repetirem tudo.

— Mais dez segundos — eu murmurei nas minhas mãos, na camisa dele, nele.

— Mais dez segundos — ele concordou contra minha bochecha, a mão novamente segurando a parte de trás da minha cabeça.

Inspirei fundo pelo nariz e pressionei o rosto ainda mais perto na parte mais alta de seu peito, sentindo os ossos e os músculos duros por baixo — um lembrete de que esse homem era impassível. Forte. Duro. Mesmo me apoiando contra ele com mais peso do que eu já havia deixado alguém suportar, ele o segurou sem nem hesitar.

Seus dedos abriram caminho pelo meu cabelo, para tocar a nuca.

Aqueles dedos ásperos e calejados envolveram a parte de trás do meu pescoço, mantendo minha cabeça no lugar, bem onde ela estava.

Thea me amava. Eu sabia disso. Mas não era o que parecia. *Não era o que parecia.*

— Eu só... Eu só... — tentei dizer, mas não consegui encontrar as palavras.

— Eu sei. — Seus dedos massagearam de leve os meus músculos, o aperto ao redor dos ombros ficando mais forte. — Eu sei. Você é uma boa pessoa. Você está bem.

Eu *era* boa. Eu *estava* bem.

Inspirei fundo pelo nariz e assenti contra ele.

Eu *era*.

Eu tinha comida. Eu estava bem. Eu tinha tudo que queria e de que precisava.

Eu não ficaria chateada por causa de Thea.

Não ficaria.

Não ficaria.

Eu era boa. Eu estava bem. Eu era amada.

Eu estava...

— Mais cinco segundos — eu disse, sabendo em algum lugar, bem no fundo da minha mente, que provavelmente tinham se passado cinco minutos desde o meu primeiro pedido.

Seus dedos se moveram mais um pouco pelas pontas do meu cabelo.

— Mais cinco — a voz gentil concordou.

Funguei, lutando contra a vontade assim que mais lágrimas surgiram nos meus olhos outra vez. *Eu estava bem, eu estava bem, eu estava bem.* Mas, ainda assim, não me movi. Quando seus dedos passaram pelo meu cabelo outra vez, eu sussurrei:

— Isso é muito bom, Rip — me ouvi soar, completamente arruinada e estraçalhada.

Eu estava bem.

Eu ficaria bem.

— Eu sempre me sentia melhor quando minha mãe fazia isso comigo — ele me disse, repetindo tudo de novo, tão gentil e natural. — Não importava se eu estivesse com medo, triste ou nervoso; tudo sempre ficava melhor depois que ela fazia isso.

Era difícil imaginar Rip quando criança, com a mãe reconfortando-o.

Mas era ainda mais difícil imaginá-lo me reconfortando bem naquele instante da única maneira que ele sabia como. Talvez fosse possível. Eu não sabia. Estava começando a pensar que eu não sabia de nada.

— Ela também me fazia dormir assim — ele continuou naquela voz grave que, por si só, parecia usada para contar um segredo. — Mais dois segundos?

Apenas muito, muito mais tarde, eu percebi que ele estava me provocando.

Mas, ainda assim, eu disse:

— Sim, por favor. — E continuei fungando, mas as lágrimas desaceleraram.

Eu estava bem. Eu estava muito bem. Eu não precisava chorar. Isso não me mataria hoje, amanhã, daqui a uma semana nem nunca.

E daí?

E daí que minha irmã tinha mudado de ideia depois de eu ter ido até ali?

E daí se ela havia mentido para mim? Eu havia mentido uma centena de vezes na vida.

Eu estava bem.

Mas, ainda assim, eu disse:

— Mais um.

E Rip, ainda assim, respondeu:

— Tudo bem.

Uma tristeza tão profunda que eu não acreditava ser capaz de sentir cobria tudo ao meu redor. A ponta dos meus dedos, a parte de cima das minhas mãos, o lugar bem entre as minhas escápulas, meu âmago.

Mas eu a esmaguei, a memória da minha irmã praticamente me mandando partir, e joguei isso na minha lixeira mental para que não pudesse mais me machucar.

Eu não fazia ideia do que estava acontecendo com ela, mas havia algo. Eu só poderia esperar que não tivesse nada a ver comigo.

Eu estava escolhendo ser feliz. Eu não deixaria isso me incomodar mais. Não deixaria mesmo.

— Obrigada, Rip — sussurrei, ainda notando algumas notas na minha voz que me faziam lembrar de que eu *havia estado* magoada e que, se eu me detivesse ali por mais algum tempo, eu me magoaria de novo.

Quando os braços ao meu redor se afrouxaram um pouco, abaixei os meus entre nós. Fingi que minhas mãos não estavam tremendo — só um pouco — antes de apoiá-las nos quadris dele. Engolindo a saliva com força, me lembrei de que estava bem. E estava mesmo.

— Obrigada — repeti, forçando-me a inclinar a cabeça para trás para que pudesse olhá-lo nos olhos.

Aquele rosto brutalmente lindo estava voltado para baixo, focado em direção ao meu. Seus olhos azul-esverdeados se moveram, olhando de um dos meus olhos ao outro e de volta ao primeiro. Os braços que ele havia colocado ao meu redor lentamente caíram outra vez ao lado, pressionando os meus onde estavam em seus quadris.

— Você é uma boa pessoa — ele me disse.

— Eu sou uma boa pessoa — confirmei.

Os olhos azul-petróleo ainda iam e vinham quando ele disse em uma voz que soou perfeitamente como a de um chefe:

— Eu sei.

Erguendo as mãos para longe dos seus quadris e tentando não fazer parecer que tinha sido grande coisa elas terem estado ali, usei as costas delas para enxugar o rosto e perguntei, bem timidamente:

— O que mais a sua mãe fazia quando você estava chateado?

Houve uma pausa e, então:

— Ela me dava sorvete.

Não pude me impedir de dar um sorrisinho em resposta ao deixar as mãos caírem, inspirando pelo nariz.

Eu estava bem. Eu estava bem, eu estava bem, eu estava bem.

— Deveria ser o melhor sorvete de todos, não é? — perguntei, engolindo em seco. — Mas estou morrendo de fome e, se você não se importar de dirigir mais um pouco, eu te pago comida e um quarto de hotel pela noite. Tenho certeza de que já passou muito da sua hora de dormir. Porque, da minha, eu sei que passou.

Olhos e uma boca tensos me observaram com atenção por um momento antes de ele assentir com seriedade.

— Eu dirijo.

Foi minha vez de assentir, e pressionei um lábio no outro antes de dizer com cuidado:

— Desculpa ter te trazido até aqui comigo por nenhum motivo. — Tentei dar um sorriso, mas não sei se consegui. — Pelo menos agora estamos quites, não é?

CAPÍTULO CATORZE

Eu soube que algo estava muito errado na segunda-feira quando cheguei ao trabalho e encontrei as luzes da minha sala já acesas.

Havia apenas um carro no estacionamento quando cheguei, e eu o conhecia muito bem. O dono dele nunca, em todos os anos em que havíamos trabalho juntos, havia entrado na minha sala tão cedo sem motivo. Se eu realmente parasse para pensar naquilo, ele provavelmente nunca havia entrado na minha sala sem eu estar lá e ponto. Não havia razão para ele começar a fazer isso agora.

Mesmo depois de tudo pelo que tínhamos passado juntos no fim de semana depois de Thea.

"Tudo" sendo irmos à lanchonete que funcionava 24 horas mais próxima e comer hambúrguer, batata frita e um sundae cada um; então, nos hospedarmos em um hotel ali perto. Em quartos separados. A volta para Houston no dia seguinte não tinha sido esquisita... mas tranquila e sossegada, em silêncio, exceto pelo nosso cantarolar baixinho junto ao rádio. Tinha dado tudo certo — mais do que certo, considerando que a sexta-feira havia me machucado mais do que qualquer outra coisa em um longo tempo.

Eu não havia chorado por causa de Thea desde então. Mesmo se ela não tivesse ligado nem se importado em me enviar uma mensagem para se certificar de que eu havia chegado a Houston em segurança. Mesmo se eu ainda estivesse um pouquinho magoada com aquilo, da mesma forma que com um corte de papel — que você sabia que não te mataria, mas que ardia muito.

Só que eu não me demoraria pensando nisso por mais tempo do que fosse preciso. Eu tinha maneiras melhores de gastar minha energia, e naquele exato momento seria tentar adivinhar por que as luzes da minha sala estavam acesas.

Aproximando-me da porta, vendo as luzes acesas pela janela quadrada no topo da porta, equilibrei a sacola, que continha um recipiente cheio de um refogado esquisito que eu havia preparado para durar a semana toda. Não pude evitar me perguntar por que Rip estaria ali. Para me ajudar? De jeito nenhum. Ele tinha coisas o suficiente para fazer. Verificar algo? Talvez.

Eu havia deixado Jason com um projeto pequeno antes de sair na sexta-feira para ir à consulta com o ginecologista, mas ele deveria tê-lo terminado antes de ter escapulido. As chances eram de que Rip estava verificando o trabalho do rapaz. Ele tinha feito isso comigo algumas vezes quando chegou à CCC, duvidando de que eu conseguia fazer algo de que eu tinha assegurado a ele ser capaz.

Então, apesar da minha intuição saber que algo estava errado, o resto de mim tentou deixar aquela sensação irritante de lado enquanto eu girava a maçaneta e abria a porta. Não fiquei nem um pouco surpresa quando encontrei Rip ali dentro, parado bem ao lado das portas abertas da cabine, olhando para dentro. Não me preocupei quando o encontrei com as mãos nos quadris, fazendo aquilo.

Mas quando eu disse "*Bom dia*" ao entrar, com a bolsa sobre um dos ombros e a sacola nas mãos, ele não olhou para mim... Foi então que alguma coisa me confirmou que havia algo errado.

Ele não olhou para mim.

Ele não disse nada.

Certo.

Não era como se eu tivesse chorado contra seu corpo depois de a minha irmã ter lançado uma maldita flecha contra o meu coração e me feito sentir como se eu tivesse uns sete centímetros de altura.

Eu não havia me *deixado* pensar no quão bom tinha sido me apoiar nele, quão bom tinha sido seu abraço.

E eu não começaria agora. Eu sabia que ele era meu chefe, e eu sabia que ele me devia um favor e que tinha sido por isso que me acompanhou. Talvez me reconfortar não fosse parte do acordo, mas eu sabia que ele não me odiava. Talvez, em algum lugar ali dentro, ele gostasse um pouquinho de mim.

Mas isso era tudo.

Ele era uma pessoa boa o suficiente a ponto de estar presente para mim quando não precisaria ter estado.

Mas nada disso se refletia no rosto voltado para mim. Qualquer ligação, qualquer conexão que pudéssemos ter criado um com o outro, não estava refletida ali. Nada.

Eu o observei enquanto deixava as coisas em cima da mesa, e não me importei em guardar a bolsa no compartimento onde eu geralmente a deixava. Ele ainda não tinha se movido, porque estava ocupado demais observando seja lá o que houvesse dentro da cabine.

A única possibilidade eram as partes que Jason havia terminado há alguns dias.

Ai, meu Deus. Ele tinha estragado alguma coisa, não tinha?

Mas como? E o quê? Eu sinceramente não o havia deixado com muita coisa que ele pudesse estragar.

— Rip? — chamei de novo, demorando para me aproximar dele.

De onde eu estava, pude vê-lo respirar fundo e como os músculos em seus antebraços se tensionaram. Mas sua atenção titubeou quando ele disse:

— Mas que merda é essa?

Maldito Jason. Maldito, *maldito Jason.* Eu sabia. Eu deveria ter imaginado.

Eu não havia aprendido a confiar na minha intuição? E a droga da minha intuição não tinha me dito que Jason encontraria uma forma de estragar tudo?

Inferno.

Droga, *que inferno.*

Caminhei rápido em direção ao meu chefe, diminuindo a distância entre nós até eu estar parada a alguns passos ao lado dele. Prendi a respiração ao assimilar a visão diante de mim.

Antes de eu ter ido embora, finalizei a última demão de primer em dois painéis laterais traseiros. Jason havia prometido tirá-los da cabine para que pudesse terminar os quatro conjuntos de rodas para um outro projeto.

Então, tive que ir para a consulta. Eu havia tentado dar uma chance àquele pé no saco; eu dei algo a Jason que ele poderia fazer para conquistar um pouquinho de lealdade. Para me mostrar que talvez eu pudesse confiar nele.

Mas ao olhar para dentro da cabine, os painéis sem dúvida ainda estavam ali.

Painéis que eu sabia serem de um Ford Mustang 2010. Mesmo modelo e ano do carro que eu havia deixado na sexta-feira. Só que não eram mais do tom cinza chapado que eu os havia deixado. Nem do tom tão verde que parecia preto que eu havia separado para usar hoje pela manhã.

Mas *era* verde. Um verde desigual que havia sido aplicado de uma forma tão malfeita, que pude notar da distância em que eu estava. Estava terrível.

Simples... e horrorosamente... terrível.

— Merda — sussurrei comigo mesma, perplexa. *Perplexa.*

— Foi você que fez isso? — ele perguntou devagarinho como se não pudesse nem acreditar que estava me perguntando aquilo.

Me afastei para olhar para ele.

— Não! — Eu havia cometido um erro recentemente, sem dúvida, mas nada parecido com isso. Nada relacionado às minhas habilidades.

Ele ainda estava focado no carro ali dentro quando soltou o ar, o que me fez pensar no abraço que ele havia me dado do lado de fora do apartamento da minha irmã.

— Então quem foi? — ele perguntou, não soando nada como se tivéssemos superado alguma barreira entre nós há menos de dois dias.

Na verdade, soou como antes. Tipo, pior do que antes. E não gostei de como me fez sentir algo esquisito no peito.

— Não tenho certeza — comecei a dizer —, mas só pode ter sido Jason. Eu finalizei o primer antes de ir embora na sexta-feira, e ele deveria ter ficado e cuidado dos aros, não trabalhado nisso. — Depois da nossa reunião matinal, o sr. Cooper tinha me dito para sair quando estivesse na hora e deixar Jason terminar o que fosse preciso.

— Onde está a ordem de serviço?

A ordem de serviço?

Olhei ao redor da sala para encontrar a pasta com todas as ordens de serviço. Não a vi na minha mesa. Eu com certeza a tinha deixado ali na sexta-feira, para que Jason pudesse dar uma olhada, caso precisasse.

— Vou procurar. Sei que a deixei na mesa antes de sair, mas ele só deveria ter trabalhado nos aros. Eu disse a ele três vezes.

Não consegui parar de olhar para o carro em que eu havia passado horas trabalhando. Eu tinha visto pessoas fazerem pinturas sozinhas que ficaram um milhão de vezes melhores do que essa. Remover a cor seria uma enorme dor de cabeça, principalmente depois de eu ter precisado fazer a mesma coisa há tão pouco tempo.

— Você o deixou sozinho aqui?

Continuei procurando na mesa, sabendo que eu era um pouquinho covarde por não o encarar nos olhos quando respondi:

— Sim. — O sr. Cooper sabia. Tinha sido ele que me disse para ir embora antes de ele e Rip entrarem naquela discussão horrorosa.

Rip soltou outro suspiro que me desconsertou.

E, ainda assim, não consegui olhar para ele.

— Não fui eu que fiz isso, Rip — eu disse, quase desistindo. — Comecei a verificar as ordens de serviço três vezes para me certificar de estar trabalhando com a cor certa depois daquela vez há algumas semanas. E eu com certeza nunca fiz *isso* com nenhum carro, nem mesmo quando eu ainda estava aprendendo.

Ele soltou mais um suspiro, e juro que pude ouvir sua mandíbula estalar.

Jesus Cristo. Isso era... o quê? Três erros pelo ponto de vista dele? Em questão de semanas? Três vezes que algo tinha dado errado?

E ele não tinha anotado aquelas outras vezes na minha ficha ou sei lá o nome daquilo?

Porra.

Acalme-se, Luna. Acalme-se e pense.

Eu queria fazer Jason ser demitido? Não. Mas eu queria ser demitida por ele ter feito especificamente algo que eu tinha dito para ele não fazer?

Não.

Parei de mexer na mesa e fechei os olhos antes de esfregar a testa com a palma da mão.

— Jason tem agido como um idiota ultimamente — comecei a dizer, não me deixando ficar mal por dedurá-lo. — Mas não pensei que ele fosse fazer algo assim. Eu disse a ele que tudo o que tinha que fazer era trabalhar nos aros, mais nada.

A mão de Rip subiu até a testa.

Ah, não.

— Acho que ele está tentando me fazer ser demitida. Você pode dar uma olhada nas câmeras e ver que ele ficou aqui depois que fui embora. Eu não voltei ao prédio. Fui embora para a minha consulta, e você sabe onde estive pelo resto da noite.

Ele fechou aqueles olhos azul-esverdeados, e pude ver a tensão em toda a parte de cima do seu corpo. Ah, cara. Mal notei, naquele instante, que era um dia de camisa de compressão branca.

— Rip, eu não fiz isso. Eu juro — insisti, abrindo os olhos e esperando não estar soando tão desesperada quanto me sentia, mas ficando nervosa de que isso talvez fosse uma boa ideia. Eu não queria a pena de ninguém, principalmente não a de Rip. Ainda mais não depois de tudo.

Mas, se eu tivesse feito as contas direito na minha cabeça, esse deveria ser o meu terceiro erro.

— Eu juro pela minha vida que não fiz isso — coloquei com pressa para fora, abaixando as mãos enquanto ainda mais nervosismo se espalhava a partir do meu peito.

— Pare de falar, Luna — ele demandou com uma voz muitíssimo baixa que nunca havia usado comigo. — Pare de falar, caralho.

Eu fiz o que ele disse, me sentindo enjoada o tempo todo.

Ele não poderia me culpar por isso… poderia?

Eu não deveria ter deixado Jason sozinho, tudo bem. Mas foi o que eu tinha feito. Da mesma forma que o homem que estivera na posição de chefe de pintura antes de mim tinha me deixado sozinha incontáveis vezes quando havia precisado sair do trabalho na metade do expediente. Nenhum time era formado por só uma pessoa. Eu tive que ir à minha consulta...

Eu estava simplesmente inventando desculpas.

Não queria levar a culpa, e mais do que isso, não queria ser demitida por causa do Jason. Eu tinha certeza disso, e aceitei. Será que um pouquinho de orgulho compensaria perder o meu trabalho? Um trabalho que eu realmente amava?

Não, não compensaria.

— Rip — voltei a falar antes que pudesse me impedir. — Desculpa. Eu posso consertar.

Ele ficou parado lá, imóvel como uma estátua. Inspirando, expirando. Sem se mover. Completa e totalmente estático. Até que ele respondeu com calma, o que só deixou tudo pior:

— O que eu acabei de dizer, Luna? Eu não quero te ouvir falar agora. — Ele estava furioso. Não precisou gritar comigo para que eu soubesse disso.

E o receio no meu estômago ficou ainda pior.

— Nós podemos dar um jeito. Só vamos precisar de...

Ele finalmente voltou aquele corpo gigantesco na minha direção e explodiu:

— Eu não dou a mínima se você pode consertá-lo ou se nós podemos consertá-lo! Eu só quero que você pare de falar por um maldito segundo! — sibilou, o que era praticamente a coisa mais próxima de um grito de que ele era capaz, eu apostava.

Foi o mais alto que eu já o tinha ouvido falar.

Deve ter sido por isso que inspirei, mas não expirei. Senti a necessidade de emitir algum tipo de som triste que se formava na minha garganta. Então, no meu coração. Depois de um momento, pisquei rapidamente sem nem mesmo ter a intenção.

Talvez a culpa tivesse sido minha por ter deixado Jason sozinho, mas não era culpa minha ele ter feito aquilo. Não era culpa minha Rip estar de mau humor e, agora, estar sendo maldoso.

O que era culpa minha era como me senti traída naquele instante. Eu não havia tido tempo para construir nenhuma expectativa entre nós, mas *isso*? Isso doía. Só um pouquinho, mas ainda assim...

— Por favor, não me demita. — Minha voz falhou, apesar do fato de eu estar basicamente sussurrando. — Vou consertar seja lá o que precise ser consertado. A culpa é minha. Você não tem que pagar, mas, por favor, não me demita. Eu amo trabalhar aqui — eu disse ao meu chefe, o homem que tinha me abraçado e me chamado de garotinha há quarenta e oito horas, com a voz trêmula, os olhos ainda focados no botão de seu macacão que estava bem em frente ao meu rosto, em algum lugar entre os peitorais.

Eu era amada. Eu estava bem. Eu queria esse trabalho, e não queria perdê-lo.

— Por favor, Rip — adicionei, ouvindo a rouquidão na minha voz e não a deixando me envergonhar.

O silêncio depois que essas palavras saíram da minha boca poderia ter arrancado a pele e os músculos dos meus ossos de tão opressor.

Eu não choraria, mas, se isso acontecesse, eu não sentiria vergonha. Eu havia lidado com esse tipo de coisa vezes o suficiente no passado — como quando os meus pais me diziam para parar de ser uma bebê chorona depois de falarem algo que me deixava chateada e, então, não queriam lidar com as consequências.

Uma pessoa tem o direito de escolher do que constitui o seu orgulho.

Eu costumava pensar que os meus pais estraçalhando meu ego quando criança tinha sido uma desgraça, mas agora... eu achava que tinha sido um presente. Eu sabia o que era capaz de aguentar sem quebrar. Ceder doía. Era desconfortável. Era terrível. Mas eu sabia que ceder não matava.

Se o fato de que era Rip me tratando assim a razão pela qual eu tinha dificuldade em manter o controle...

Eu não pensaria nisso.

Ele era meu chefe, e eu tinha me esquecido disso outra vez. A culpa era minha. E de mais ninguém.

Não. Eu não pensaria que Rip era a causa, porque não me sentiria assim por mais do que... cinco minutos. Eu ficaria assim por mais cinco minutos, e fim de papo.

Chega.

A dor na minha garganta... Cinco minutos.

Essa sensação ridícula de traição... Mais cinco minutos, droga, e então chega.

Tinham gritado o suficiente comigo ao longo da vida. Rip seria apenas outra pessoa bem-sucedida a fazer com que eu me sentisse assim.

Eu não queria recomeçar. Eu tinha cometido um erro. Tudo bem. Mas não tinha sido um erro *tão* ruim assim.

— Por favor, não me demita — insisti, me odiando por sequer estar nessa posição, para começo de conversa.

Um minuto se arrastou. Talvez até dois. Logo quando comecei a aceitar que ele não estava dizendo mais nada por alguma razão, dei um passo para trás, me sentindo... quase tão mal quanto na última sexta-feira. Então, por fim, Rip desembuchou:

— Eu não vou te demitir — ele afirmou com uma voz que estava muito próxima de um rosnado.

Não parecia que ele não iria me demitir.

— Não vou — ele repetiu.

A saliva na minha boca começou a ter um gosto doce enquanto eu ficava parada no mesmo lugar em todos os sentidos possíveis.

— Você tem certeza? — me obriguei a perguntar.

A voz de Rip soou baixa quando murmurou:

— Sim.

Tudo bem, então.

Ele não me demitiria por causa do erro de alguém.

Sentindo a frustração — e a mágoa — no fundo dos meus olhos, inspirei e assenti. Pude sentir as narinas se alargando quando dei um passo para trás. Então, outro.

Eu havia conseguido o que queria. Eu não tinha razão para ficar chateada. Não porque era injusto. Não porque ele tinha acabado de me magoar por me lembrar de que era meu chefe e de que isso era tudo o que existia entre nós.

Não porque ele tinha me abraçado enquanto eu chorava pela minha irmã ter me enxotado para fora de sua vida.

— Luna — meu nome soou naquela voz murmurada e áspera de que eu geralmente gostava, menos nesse momento.

Eu a ignorei.

— Você poderia me ajudar a tirar isso daqui? — perguntei a ele, em vez disso, com a voz também baixa.

Houve um momento de silêncio, e eu não fazia ideia se ele estava olhando para mim, fazendo o sinal da cruz ou revirando os olhos. Eu não tinha sido demitida, e isso era tudo o que importava.

Lenny havia remarcado meu encontro para aquela noite, e mesmo eu não estando muito animada com isso, era algo pelo que eu poderia esperar. E poderia acabar sendo a melhor parte do meu dia, mesmo se não rolasse nada. Porque, pelo menos, eu estava tentando melhorar a minha vida. Todos os dias, eu tentava melhorar a minha vida, e isso tinha que significar algo. E significaria.

— Luna?

Meu coração começou a bater mais rápido, mas também o ignorei e consegui questionar:

— Podemos, por favor, fazer isso para que eu possa recomeçar?

Houve uma pausa e, então, ele disse, com gentileza:

— É claro.

Engoli em seco e mantive os olhos naquele pequeno botão.

— Tudo bem. Vamos.

Houve um suspiro ainda mais fundo. E outro mais longo. E mais um *Luna...* que me fez lembrar de uma estrela cadente com uma longa cauda vindo atrás. Um meteoro moribundo. E, de certa forma, era isso mesmo. Eu o perdoaria. Eu seguiria em frente, mas aquele *Luna* não mudaria a realidade.

Um lembrete de que antes de tudo, ele era meu chefe.

Um sonho prestes a morrer, queimando a si mesmo.

— Não tem problema — eu disse, notando o quão enfadonho meu tom soou e ficando frustrada com isso. — Se você puder me ajudar a mover tudo, por favor.

Silêncio.

Houve outro suspiro.

— Tudo bem — ele falou gradualmente, e não como eu esperava. Foi suave. Tão suave que escorreu por mim direto ao chão, perdido para sempre.

E então movemos os painéis.

CAPÍTULO QUINZE

— Como foi?

Coloquei minha comida na mesa ao lado do sr. Cooper e lhe dei um tapinha no ombro.

— Como foi o quê, sr. C? — perguntei, muitíssimo certa de que ele não estava perguntando a respeito da advertência que eu tinha dado a Jason *de novo* naquela manhã, caso a primeira, no dia anterior, não tivesse sido o bastante.

Eu ainda estava brava com relação àquilo. Brigar com ele na manhã anterior e, então, me recusar a falar com ele pelo resto do dia não havia bastado para tirar a raiva do meu corpo. Eu tinha chegado ao trabalho naquela manhã ainda incapaz de perdoá-lo, e quando ele decidiu se arriscar e me fazer uma pergunta há cerca de uma hora, não fui muito gentil na resposta.

Me senti só um pouquinho mal por tê-lo apedrejado.

Mas, por outro lado, eu tinha sido apedrejada por causa dele, então sabia que não deveria me sentir assim.

O sr. Cooper sorriu para mim, não me dando pista alguma de ao que estava se referindo, enquanto eu puxava a cadeira ao seu lado.

— Como foi? — ele perguntou de novo.

Me joguei nela e lhe dei um sorriso em resposta na mesma hora.

— Sr. C, eu não sei do que você está falando.

Eu não havia reclamado do que tinha acontecido no dia anterior. Até onde eu sabia, Rip, Jason e eu éramos os únicos que sabíamos de seu erro, e eu duvidava de que ele havia descoberto a respeito de Rip ter ido comigo até Dallas no fim de semana. As únicas pessoas que sabiam disso eram Thea, Rip e eu. Por mais que eu estivesse disposta a compartilhar minha vida com o sr.

Cooper, os problemas da minha irmã eram uma daquelas coisas raras que eu preferiria guardar para mim. Além disso, eu também não tinha ouvido nenhuma discussão entre ele e Rip, então...

Ele inclinou a cabeça para o lado.

— Como foi o seu encontro, luazinha? Pensei que você tivesse me dito que iria a um encontro no sábado.

Ah. *Ah.* Isso.

Contei a ele:

— Ah, não rolou no sábado, mas acabei me encontrando com ele ontem.

— Deu tudo certo?

Ergui um ombro ao tirar a tampa do pote de comida. A massa era da leva que eu tinha preparado no domingo. Havia passado do ponto, os vegetais estavam empapados e a carne mal temperada, mas... eu havia feito tudo. E nada tinha me mandado parar no banheiro no dia anterior, então eu só poderia esperar que também não me mandaria hoje.

— Ele era... decente — admiti.

O sr. Cooper deu um risinho.

— Então não deu tudo certo?

Com um suspiro, coloquei a tampa entre nós.

— Fui com zero expectativas, sr. C, e estou feliz por ter feito isso.

Essa era a verdade. Eu não tinha ido ao bar esperando conhecer o amor da minha vida, mas tinha ido com as esperanças de que meu dia não tinha como ficar pior depois do que havia acontecido com Rip.

Não foi. Mas o encontro também não tinha deixado meu dia nada melhor.

O Areia-demais-para-o-meu-caminhãozinho tinha uns quarenta e poucos anos e era muito bonito, igualzinho a como Lenny tinha me mostrado. Ele foi amigável e conversador.

Não quis rir quando me lembrei de como a noite anterior tinha sido, mas aconteceu.

Ergui um ombro ao dar ao sr. Cooper um olhar expressivo. Então, bufei e balancei a cabeça.

— Não foi tão ruim assim. Talvez uma nota cinco.

A expressão dele pareceu tão superprotetora que meu coração se aqueceu uns quarenta graus.

— É sério?

Bem...

Eu não queria incomodá-lo com todos os detalhes. Eu havia ligado para Lenny a caminho do trabalho hoje cedo para avisá-la de que o homem com quem vovô Gus havia me arranjado um encontro tinha passado o tempo todo me contando de como havia acabado de se divorciar e que, por isso, estava muito animado para *seguir em frente com a vida* e *fazer todas as coisas que não teve a chance durante todos aqueles anos.*

Entendi aquilo como: estou solteiro e não tenho interesse em me casar em nenhum momento na próxima década.

Eu só havia tido um relacionamento de verdade na vida. Namorei com outro cara por um tempinho, mas isso não contava. Desde então, eu tinha ido em alguns primeiros encontros. Havia até tentado aquele aplicativo de namoro on-line que era mais um site para encontros casuais — foi onde encontrei o tal do Papai. Então, eu achava que era boa em reconhecer a expressão de um homem quando ele não estava pronto para um compromisso.

Pelo menos, não um compromisso comigo.

O homem que havia se sentado na minha frente não estava ansioso para se acomodar de maneira alguma em breve. Nem perto disso. E nenhuma de suas palavras tinha me passado a impressão de que ele sentia algo diferente. Ele havia dito todas as palavras certas e me falado como me achava "bonita", mas isso foi tudo.

— Nada de ruim aconteceu? — ele perguntou com cuidado. Com cuidado demais, na verdade.

Sinceramente, amei aquilo. Foi um lembrete agradável depois do dia anterior.

Balancei a cabeça, meus ouvidos notando o som de passos familiares e pesados vindo pelo corredor. Não havia acontecido nada, exceto ele ter continuado tentando me fazer concordar que eu estava basicamente atrás de sexo casual, mas eu não diria isso ao sr. Cooper — pelo menos, não com aquelas palavras. Baixei a voz só um pouquinho.

— Não, ele só não estava em busca de algo sério, e eu percebi. Não vou... experimentar roupas que não quero comprar, entende?

O sorriso do sr. Cooper foi gentil ao assentir.

— Eu não invejo essa sua aventura, luazinha.

— Eu queria não ter de fazer isso, sr. C, acredite em mim, mas... ei, talvez o próximo cara me conquiste e me trate como você trata a Lydia. — Dei uma garfada na minha comida e ignorei todas as coisas que estavam erradas com seu gosto. — Talvez minha sorte finalmente melhore — cobri a boca e disse a ele.

Encontros ruins aconteciam. Eu tinha escutado o bastante a respeito deles dos caras na oficina. Eu tinha escutado o bastante a respeito deles das minhas irmãs. Eu não desistiria depois do primeiro.

Só que levaria um tempinho para eu voltar a confiar no vovô Gus para me arranjar alguém.

Eu tinha dado apenas mais uma garfada quando uma voz que me era familiar demais disse:

— Luna, você tem tempo para ir comigo até a loja buscar algumas tintas?

Ir até a loja e buscar algumas tintas com Rip? Pela primeira vez na vida? Depois de termos passado parte do fim de semana juntos?

Depois de ele ter vindo com um monte de bobagens para mim ontem?

Mastiguei o resto do *lo mein* que eu tinha na boca e voltei minha atenção ao meu outro chefe, encontrando-o parado ali com as mãos nos quadris sobre o macacão, a camisa de um tom azul-marinho hoje. Seguindo até a cozinha, ele moveu aquele corpo enorme por trás da cadeira onde eu estava para pegar algo na geladeira, antes de continuar falando:

— Eu quero escolher algumas tintas para o GTO e o SS que você encontrou, mas não gostei de nada no catálogo nem nas amostras que você pegou.

Ele havia ganhado pontos por não ter agido de maneira esquisita comigo naquela manhã. Eu havia trazido café e murmurado um "*Oi, Rip*" — mais por educação do que por qualquer outra coisa. Ele estava trabalhando e, como se nada tivesse acontecido, gritou enquanto eu me afastava:

— Luna.

Então, eu disse, ainda murmurando:

— Vou deixar seu café no banco.

E ele respondeu:

— Obrigado.

E foi isso. Normal. Tranquilo... como se o dia anterior não tivesse acontecido.

Então foi quando eu disse, soando despreocupada:

— Posso te arranjar o endereço da minha loja preferida.

Pelo canto, vi o olhar do sr. Cooper ir e vir entre nós — provavelmente surpreso por eu não ter dito sim de imediato —, mas fingi não ter visto seu movimento.

O que nenhum de nós pôde ignorar foi quando Rip disse:

— Eu quero que você vá comigo.

Ele queria que eu fosse com ele.

O sr. Cooper nos olhou de novo, e não tenho certeza de quem ficou mais surpreso com aquelas palavras. O sr. C ou eu. Rip era sempre um defensor ferrenho de que as *pessoas fossem pagas para realmente trabalharem.* Duas pessoas indo buscar tinta? Isso era inédito. Ele me convidar duas vezes para ir a algum lugar com ele em menos de um mês? Praticamente um milagre.

Minha intuição disse que ele estava fazendo aquilo porque se sentia mal.

— Quer que eu vá com você? — ecoei, ainda tentando processar o convite e o motivo de ele tê-lo feito.

O "*Sim*" dele soou mais como um "*dãã*".

Peguei mais um pouco de macarrão com o garfo e o enfiei na boca. Porque eu estava com fome, não porque estava sem palavras.

Com certeza, não porque uma parte minha queria ser mesquinha e dizer que "*Não*" — eu não queria ir a lugar nenhum com ele porque havia agido de maneira muitíssimo maldosa no dia anterior.

Eu não. Eu era melhor do que isso. Era sim.

Ele continuou parado perto da geladeira quando falou:

— Você tem tempo, não tem?

Se eu dissesse que estava ocupada o suficiente, isso soaria como se eu não tivesse coisas o bastante para fazer. Se eu dissesse que tinha tempo, isso soaria como se eu não tivesse coisas o bastante para fazer. E se eu dissesse que estava atrasada com a droga do Mustang, isso soaria como se eu estivesse nutrindo algum tipo de ressentimento contra ele.

Então...

Como eu deveria respondê-lo?

Será que eu *queria* ir?

Não tive que pensar muito. A resposta era: não muito. Geralmente, eu não teria me importado de ir. Eu realmente não estava muito ocupada, e não queria ficar perto de Jason por mais tempo do que o necessário, já que estávamos pisando em ovos mais do que nunca. Além disso, eu não queria conversar com o sr. Cooper sobre o dia anterior e causar outra discussão entre ele e Rip, porque é isso o que aconteceria. Eu já havia planejado ir encher o saco dos caras no térreo para ver com o que eu poderia ajudá-los.

Mas, se eu insistisse que não queria ir, Rip saberia que eu estava magoada, e eu quase nunca ficava magoada. Se achasse isso, ele saberia que havia me afetado.

Rip tinha simplesmente agido como um chefe. Ele fez comigo o que teria feito com qualquer um dos caras. Eu não tinha nenhuma razão lógica para levar aquilo para o lado pessoal.

Mas era muito difícil saber *e* aceitar isso.

Era difícil dizer ao seu coração o que o cérebro era inteligente o bastante para compreender.

— Não tem nada pendente? — ele perguntou, porque eu ainda não havia respondido.

Tecnicamente, sempre havia algo pendente.

Ele não me esperou responder. Não me deu nem chance de responder.

— Termine o almoço e, então, vamos nessa.

Eu não queria ir com ele. Na verdade, eu não sabia nem por que ele queria que eu fosse com ele. Rip me ouvia às vezes, mas não com frequência.

No entanto...

Eu era melhor do que isso. Eu não o deixaria me afetar. Eu não o deixaria *saber* que tinha me afetado.

— Tudo bem — finalmente coloquei para fora, dando de ombros. Eu havia me obrigado a deixar Jason fazer o que estava na agenda do dia, já que eram apenas projetos pequenos, e o observei trabalhar para me certificar de que estava fazendo tudo direitinho. Não era o que eu queria, mas era por isso que o sr. Cooper tinha me colocado com ele. Para aprender. Eu dar uma saída seria bom, tanto para ele quanto para mim. Havia apenas mais umas duas coisas a serem feitas até o fim do dia.

Eu poderia ser uma pessoa madura e sensata e deixar aquele dia no passado.

Eu era amada. Eu tinha um bom trabalho. Eu tinha tudo de que precisava. Eu havia tido um encontro decente na noite anterior e havia outro a caminho.

Todo dia era um novo dia que nos dava a oportunidade de ter a vida toda pela frente.

E era isso o que eu continuaria dizendo a mim mesma.

— Como assim você está indo embora?

Tentei controlar meu temperamento — um temperamento que eu geralmente não tinha, a não ser que fosse provocado; um temperamento que aquele cara parecia atiçar como um encantador de cobras, como se fosse seu superpoder, enquanto meu superpoder era ser tranquila e não sentir raiva com tanta frequência.

Mas acho que até o Super-Homem tinha sua criptonita.

A minha era um colega de trabalho com um problema de atitude que havia traído minha irmã. Um problema de atitude que — eu, infelizmente, havia notado — ressurgia na minha companhia.

Esse parecia ser um tema recorrente na minha vida por alguma razão na qual eu não ia focar.

— Vou sair com Rip para escolher algumas tintas — eu disse de novo ao destrancar a gaveta da mesa que guardava minha bolsa. Eu só havia começado a fazer isso desde que colocaram Jason e eu juntos. Não confiava nele para não comer os lanchinhos que eu guardava ali nem para não esfregar a minha escova de dente na borda de uma privada, caso tivesse a chance. A cabine era minha. Não tenho certeza do que acabaria fazendo se tentassem me colocar com ele permanentemente — como eu tinha sido a assistente de Mack por anos —, mas me certificaria de que isso não fosse acontecer.

De alguma maneira.

— Por quê? — ele teve a ousadia de perguntar, como se a última vez que havíamos conversado, eu não tivesse desejado estrangulá-lo.

Eu precisava dar uma resposta? Não, mas dei mesmo assim.

— Porque ele me pediu — eu respondi ao trancar a gaveta de novo. Ele não precisava saber que eu havia tentado me safar disso.

— Mas agora estou preso aqui fazendo o seu trabalho — Jason reclamou, como se ele não fosse pago para fazer exatamente aquilo. Ele vinha agindo como um filhotinho maltratado desde o dia anterior. Todo manso e chorão, mas não de um jeito fofo ou simpático.

Fiz questão de as minhas costas estarem voltadas para ele quando fiz uma careta que não esconderia o quanto ele estava me irritando.

— Ir com ele faz parte do meu trabalho. Você também recebe por hora, então ou fica aqui na cabine, ou lá fora ajudando os outros caras. Se preferir sair, avise ao sr. Cooper. Ele não vai te forçar a fazer algo que você não quer — eu disse, sendo incapaz de esconder por completo minha irritação.

Mas, cara, eu esperava, *eu esperava, eu esperava, eu esperava muito* que ele fosse dizer ao sr. Cooper que queria dar o fora.

Se ele não tivesse desaparecido até o dia do meu aniversário, eu sabia exatamente o que pediria.

Houve um momento de silêncio e, então:

— Eu posso ir com ele.

Ah, caramba.

Eu estava escolhendo felicidade e paciência.

Eu estava escolhendo felicidade e paciência.

Eu estava escolhendo felicidade e paciência.

Então, mordi a bochecha.

— Pergunte ao Rip. Eu fico se ele preferir ir com você. — Quero dizer, eu seria paga de qualquer maneira. Não me importaria se fosse eu quem acabasse ficando em vez dele.

Por outro lado, eu também tinha 99% de certeza de que Rip não diria sim nem se Jason tivesse coragem de se convidar. Eu tinha visto como ele o olhava, e apostaria que Rip já o tinha ouvido reclamar o suficiente no térreo para saber como o rapaz era. Depois de ontem, Rip havia experimentado em primeira mão o caos que era esse esterco humano.

Eu esperava que, se ele já não tivesse feito isso, Rip acabasse soltando os cachorros para cima dele. Ou mesmo o demitindo. Eu havia ficado um pouquinho mais do que apenas decepcionada por ele não ter feito isso ontem.

A falta de resposta dele esclareceu que ou ele entendia o meu ponto, ou entendia que talvez não devesse tentar fazer o chefe mudar de ideia.

— Você não pode perguntar por mim?

— Não, ela não pode. E você não virá junto — soou uma voz que nós dois conhecíamos.

Uma voz que nos assustou, porque, de alguma maneira, não havíamos notado a porta se abrindo. Não havíamos notado que alguém nos ouvia. Mas só um de nós ficou envergonhado em relação a isso, e essa pessoa não fui eu.

— Luna vai comigo — Rip confirmou, soando entediado.

Por sorte, diferente de suas conversas comigo, Jason conseguiu realmente fechar a boca e não discutir ou implorar nem ser um idiota passivo-agressivo. A cabeça dele havia se voltado na direção de Rip no segundo em que o tínhamos ouvido falar, mas com a decisão do nosso chefe, ele largou mão.

Babaca.

Mas será que Rip teria lhe dado uma bronca no dia anterior, depois de ter feito o mesmo comigo? Foi o que me perguntei.

— Você está pronta? — me questionou.

Assenti, agarrando com força a alça da minha bolsa.

Ele ficou parado lá, mantendo a porta aberta.

Eu não disse nada a Jason ao passar por ele, mas dei um sorrisinho.

Como sempre, nenhum de nós disse nada ao sair da CCC. Rip não perguntou se minha irmã havia ligado para verificar como eu estava — não havia — nem comentou de mais nada quanto ao último final de semana — o que, por mim, tudo bem. As únicas palavras que saíram da minha boca a caminho de lá foram instruções sobre como chegar à loja, que não ficava longe, mas não deixava de ser uma viagem de vinte minutos no tráfego de Houston. Foi só quando estávamos a uns dois minutos de distância que perguntei a Rip o que ele tinha em mente.

Porque eu não lhe daria a ideia de que havia me magoado. Ficar quieta já faria exatamente isso. E felizmente funcionou.

O problema era que ele não tinha nada em mente. Ele queria dar uma olhada e ver o que poderiam preparar para ele na hora. Por mim, tudo bem. Nunca tínhamos ido juntos à loja, mas havia sempre uma primeira vez para tudo — era o que parecia. Eu gostava de ir buscar tinta. Era uma das coisas pelas quais não me importava em sair da cabine, apesar de que, na maior parte do tempo, as tintas chegavam com nossas entregas semanais.

Rip parou a caminhonete no estacionamento quase vazio, e nós dois saímos. Eu estava tão ocupada pensando em quais cores ele poderia estar interessado — tentando não pensar no dia anterior também, sinceramente — que mal consegui dizer *"Obrigada"* quando ele segurou a porta aberta para mim.

Assim que entramos, finalmente perguntei:

— Você está pensando em uma cor mais clara ou mais escura?

Seus olhos pareceram escanear a loja, e tive que me perguntar se alguma vez ele havia estado ali. Eu achava que não. Ele geralmente escolhia as cores pelas amostras. Era o sr. Cooper quem vinha comigo, caso precisasse de algo customizado, mas, ainda assim, isso era raro. Tintas customizadas eram muito mais caras do que as milhares de opções que poderíamos escolher direto do catálogo, mas, de vez em quando, com alguns tipos de carros que eles compravam, valia a pena fazer algo diferenciado. Os dois carros que ele havia comprado no leilão valiam muitíssimo a pena, então não o culpei por querer fazer algo original.

— Eu vou saber quando a vir — ele respondeu ao entrar em um corredor que exibia pincéis.

Quase olhei torto para ele. Então, me perguntei por que raios ele estava no setor de pincéis. Depois, lembrei a mim mesma de que eu não precisaria ficar curiosa quanto àquilo.

— E aí, Luna? — uma voz me chamou detrás do balcão aos fundos da loja.

Não pude evitar e sorri na mesma hora, esticando o pescoço em direção ao balcão que acompanhava a parede dos fundos da loja de tinta.

— Oi, Hector.

— Eu tive a sensação de que hoje seria meu dia de sorte — o homem muitíssimo atraente, que trabalhava naquela loja desde que eu me lembrava, respondeu de onde estava parado. No rosto, ele já tinha aquele sorriso enorme e branco que deveria ser um dos mais bonitos que já vi.

Bufei.

— Você diz isso para todo mundo.

— Só para você. — Ele sorriu. — Do que precisa?

Parei bem em frente ao balcão e dei uma olhada sobre o ombro quando disse:

— Meu chefe quer fazer algo customizado para dois carros nos quais ele vai começar a trabalhar, então tive que trazê-lo na melhor loja. — Ficando na pontinha dos pés, chamei: — Rip?

O que deveria ter sido um resmungo me respondeu da direção de onde eu o tinha visto pela última vez. A entrada da loja era bem pequena. Eu não sabia no que ele estava de olho, nem por que eu não conseguia vê-lo, mas tudo bem.

Me virei outra vez para meu amigo e me balancei nos calcanhares.

— Ele vai aparecer daqui a um segundo.

Hector se inclinou para frente, apoiando os cotovelos no balcão entre nós, e me perguntou a mesma coisa que sempre perguntava quando eu vinha vê-lo:

— O que você vai fazer no almoço?

Então, eu disse a mesma coisa que sempre dizia:

— Já almocei. O que você vai fazer no almoço?

Ele riu, como se isso fosse novidade, e foi quase tão agradável quanto seu sorriso. Tão agradável quanto tudo nele.

— Nada, agora que você não vai comigo.

— Você inventa cada uma. — Bufei de novo e olhei sobre o ombro outra vez. Rip ainda não tinha aparecido. Eu me virei para o outro homem antes de perguntar, com as sobrancelhas erguidas: — Você tem um?

Ele ergueu as sobrancelhas em resposta na mesma hora.

— Eu sempre tenho um para você — ele disse, fazendo aquilo soar muito mais como um flerte do que deveria.

Ele sempre os tinha e ponto final, mas esse era o nosso joguinho.

Vasculhei a bolsa atrás de um dólar, então pensei melhor naquilo e peguei mais um antes de colocar os dois dólares entre nós.

— Poderia me ver dois, por favor?

— Dois? — ele perguntou ao pegar a nota e, então, abriu a gaveta do outro lado do balcão e tirou dali o que eu queria enquanto fazia a troca pelo dinheiro. — Ela está poupando para uma bicicleta agora.

— Uma bicicleta? O que aconteceu com o celular que ela queria?

Hector riu ao fechar a gaveta.

— Faz muito tempo desde a última vez em que você veio aqui. Ela já vendeu o bastante dessas coisas para comprar o celular.

— Fala sério!

— Você provavelmente pagou por um quarto do aparelho — ele disse.

O som de um pigarro atrás de mim me disse que Rip havia aparecido, e quando me virei fiquei mais do que um pouco surpresa por encontrá-lo olhando além de mim. Ele encarava uma pessoa.

Hector.

E porque eu conhecia os seus traços bem o bastante, soube que aquele rosto que talvez parecesse totalmente inexpressivo para todo mundo era uma mentira.

Ele estava irritado.

Mas, por qual motivo, eu não fazia ideia.

E não era da minha conta.

— E aí? — Hector perguntou, sendo tão amigável como sempre. — Com o que posso te ajudar?

Quando um momento se passou e meu chefe não disse nada, olhei para o outro homem e disse:

— Hector, esse é o meu chefe. — Como se isso pudesse explicar tudo. — Rip, esse é o Hector.

Mas Rip não respondeu, e seus olhos ainda não puseram fim ao olhar fatal que lançava ao homem do outro lado do balcão.

Certo.

Eu precisava fazer aquela conversa engrenar.

Gesticulei na direção do meu chefe.

— Ah, Rip? Você não quer vir aqui para que possamos pensar em algumas ideias?

Ele não se moveu nem tirou os olhos do outro homem. *Tudo bem.*

— Aqui está, Luna — Hector disse do balcão, batendo de leve no meu antebraço com o que eu sabia serem pirulitos de sabor manga cobertos por chili.

Eu comprava um dele — de sua *sobrinha*, para ser mais exata — toda vez que vinha.

Pegando-os, sorri e falei:

— Obrigada. — Então, tirei o plástico da parte de cima de um deles e enfiei a coisa toda na boca antes de estender o outro pirulito na direção de Rip.

O corpo dele ainda não havia se movido, mas os olhos azul-esverdeados, sim. Em direção ao pirulito. Então, de volta a Hector.

— Eu comprei para você — eu disse a ele, com a boca ao redor do pirulito enquanto amassava a embalagem na outra mão e a entregava ao único homem no recinto que nunca havia me magoado.

— Luna disse que você quer cores customizadas para dois carros — Hector comentou ao jogá-la no lixo.

Rip aceitou meu pirulito e o enfiou no bolso vazio.

Seus olhos deslizaram até mim, e, de alguma forma, consegui erguer as sobrancelhas para ele, porque eu não entendia o que o havia irritado.

— Você está bem?

Ele inclinou o queixo, e notei como soltou um longo suspiro. Notei como os ombros estavam puxados para trás ao se aproximar do balcão. Então, eu com certeza não deixei de notar como ele parou ao meu lado, a parte superior do braço tocando meu ombro. Sua bota contra a lateral da minha.

Talvez ele realmente se sentisse mal por causa do dia anterior.

Não que ele já tivesse se encolhido para longe de mim antes, mas nunca havia vindo se posicionar bem ao meu lado, a não ser que houvesse uma razão. E essa razão sendo eu estar chateada, se as duas últimas vezes contassem. Isso era algo no que se pensar.

— Você tem alguma ideia do que está procurando? — Hector perguntou, seus olhos indo e vindo entre mim e Rip de uma maneira que eu não soube muito bem como interpretar.

Assim que abri a boca, Rip foi mais rápido do que eu.

— Vermelho. Vermelho-sangue.

Tenho certeza de que olhei para cima — em direção a ele — com a boca aberta, surpresa. De onde raios aquilo tinha vindo? Eu havia acabado de perguntar a ele no carro se tinha alguma ideia.

— Quase preto, só que não — Rip continuou.

Hector pareceu pensar naquilo por um segundo antes de assentir.

— Posso trabalhar com isso. E a outra?

Aquele rosto atraente se inclinou para baixo e me olhou, aqueles olhos intensos demorando-se no meu cabelo por um instante antes de terminarem a trilha até meus olhos. E ele perguntou:

— Qual é a sua cor preferida?

Minha cor preferida?

Hector respondeu por mim:

— É branco, não é?

Assenti, mas eu culparia o pirulito na minha boca por eu ter feito isso. Havíamos tido diversas conversas sobre cor ao longo dos anos. É claro que ele sabia.

O olhar de Rip se voltou até mim, sua testa franzida.

— Branco?

Assenti de novo.

— Por quê? — ele perguntou, como se não pudesse acreditar.

Dei de ombros e tirei o pirulito da boca por tempo o bastante para dizer:

— É clássico. Tudo fica bonito em branco.

Ele piscou.

— Se você misturar as três cores primárias, dá branco. Eu acho isso legal. — Sorri para ele, de verdade dessa vez. — E só pintei um carro branco em anos. Ainda não me cansei dessa cor.

— Que tipo de branco você pode fazer, então? — meu chefe perguntou ao outro homem, mas seu olhar permaneceu em mim.

— Não faça isso por minha causa. Você pode escolher a cor que quiser — opinei, não gostando da pressão de Rip colocar a minha cor preferida em um carro que ele venderia.

Seu rosto pareceu muitíssimo sério.

— Eu sei.

Tudo bem, então.

— Me mostre um branco-vivo e puro, mas com um subtom azul — Rip disse ao outro homem, voltando o rosto a ele outra vez.

Hector fez que sim com a cabeça antes de digitar no teclado do computador.

Bem.

Ele realmente deveria estar se sentindo mal.

Que bom.

Foi preciso umas dez tentativas para chegar ao tom de vermelho que Rip havia imaginado, o que levou horas, porque misturar cores era literalmente uma ciência na qual Hector tinha doutorado, e levou metade daquele tempo para achar um tom de branco de que ele gostasse.

Quando Rip disse que eu poderia passar uma camada fina de *metal flake* no carro que conseguiria o tom branco — branco com algumas pitadas de azul-claro —, soltei diversos *ohs* e *ahs*, porque eu *amava* pintura *flake* e não tinha a chance de fazer isso com tanta frequência; limpar a cabine e a pistola depois consumia tempo e era uma dor de cabeça enorme, mas valia muitíssimo a pena.

Eu mal tinha fechado a porta da caminhonete enquanto Rip guardava as tintas na parte de trás do carro — ele me lançou um olhar feio que dizia que eu estava louca quando fui buscar o primeiro recipiente —, então me afastei, coloquei as mãos para cima e o deixei lidar com aquilo. Não era como se eu não tivesse carregado minha tinta na caminhonete da CCC um milhão de vezes antes, apesar de Hector sempre oferecer ajuda. Mas se Rip queria fazer aquilo agora, que seja.

A porta tinha acabado de ser fechada quando meu celular começou a tocar dentro da bolsa. Eu o tirei dali e franzi a testa para a tela. Era o número da oficina.

— Alô? — atendi.

Em vez da voz do sr. Cooper, ou mesmo a de Miguel ou de qualquer outra pessoa, a que eu temia disse:

— Quando você vai voltar?

Virei o rosto na direção da janela à direita e mordi a parte de dentro da bochecha.

— Logo. Por quê?

— Algo não parece certo.

Pensei no trabalho que eu havia deixado para ele e não entendi como era possível ferrar qualquer parte daquilo. Ele já deveria ter acabado. Deveria estar ajudando os outros no térreo.

— Como assim? — Ouvi a desconfiança na minha voz. Eu realmente estava de saco cheio daquele cara. Eu estava tão de saco cheio, que estava quase a ponto de parar de me importar se ele seria demitido ou não por cometer tantos erros.

— Olha... Você tem que voltar logo para consertar isso — o homem imaturo alegou.

Exatamente o que eu queria ouvir.

Continuei fazendo uma careta.

— Explique o que você acha que fez errado, e te direi como consertar antes de eu chegar aí.

A porta do motorista se abriu, e não deixei de notar os olhos azul-petróleo que se voltaram na minha direção bem quando Rip entrou.

— É mais fácil te mostrar. Quanto tempo mais você vai demorar? — ele insistiu.

— Não sei. Provavelmente, não muito tempo, mas preciso que me diga o que aconteceu, porque muitas coisas que você pensa ter estragado podem ser consertadas — eu disse, tentando soar calma, mas só de pensar no quanto o erro dele poderia consumir do meu tempo quando eu voltasse me deixou com a garganta apertada. Eram quase cinco horas, e eu não estava muito a fim de ficar até tarde. Não hoje, pelo menos. Eu deveria ir à academia com Lenny.

Jason decidiu fingir não ter me ouvido.

— Quanto tempo? Vinte minutos?

Se esforce para ser gentil, se esforce para ser gentil, se esforce para ser gentil. Essas palavras bastaram para parecer que havia um fardo enorme bem no âmago de toda a minha maldita existência. Eu vinha tendo que dizer a mim mesma essas palavras vezes demais ultimamente, e não pareciam mais tão efetivas como sempre.

— Jason, me fale o que você fez.

Ele me ignorou como sempre fazia.

— Não importa. Você vai ter que consertar.

A caminhonete sendo ligada interrompeu minha linha de pensamento, mas mantive os olhos em frente, na direção do prédio ao lado do qual estávamos estacionados.

— Eu não vou consertar nada. Você vai ter que aprender como consertar isso. Então, mesmo se eu chegar aí, é você quem vai fazer o serviço, tudo bem?

Houve silêncio do outro lado da linha e, então:

— Esse não é o meu trabalho.

Ah, *não.*

Uma mão grande surgiu na minha frente, a palma para cima, e olhei para o lado para verificar que obviamente era a mão de Rip.

Ele abriu e fechou aqueles dedos longos e sempre manchados, apesar do limpador de mãos laranja e gigantesco que havia em todos os banheiros.

Será que ele...?

Dane-se. Tudo bem. Eu já tinha me colocado entre aqueles dois, e não estava prestes a me voluntariar a fazer isso de novo.

Larguei o celular na mão dele, e ele não perdeu sequer um segundo levando-o até o ouvido e resmungando:

— O que você fez?

Eu não tinha certeza se responderia àquela pergunta se eu fosse Jason. Sendo honesta, eu provavelmente desligaria.

— Você está ligando para Luna mesmo sabendo que ela está ocupada comigo, então quero saber o que você fez para que essa ligação... Você não fez nada? Então por que está ligando?... Então você fez merda?... Foi o que pensei... De novo? O que eu te disse ontem?... Vá lá em cima, diga ao Cooper o que você fez... Sim, ao sr. Cooper. Isso mesmo, quem te contratou. Ele. Vá contar agora mesmo. Não espere até ela chegar. Ela não vai fazer merda nenhuma. — Houve uma pausa e, então: — Que droga você acabou de dizer? — Rip explodiu, e eu tive que pressionar um lábio contra o outro, apenas para impedir minha boca de se abrir... em quase alegria.

Ele piscou.

Eu pisquei.

Então, ele afastou o celular do rosto e encarou a tela.

— Ele desligou na sua cara?

Ele ainda encarava o celular quando murmurou, soando *furioso*:

— Esse filho da pu...

Jason tinha desligado na cara dele.

E... isso me fez rir.

Talvez tenha sido a expressão de Rip, talvez tenha sido a ideia de que ele estava genuinamente insultado, mas eu ri. E não parei de rir. A frustração que senti por aquele *filho da puta*, nas palavras de Rip, desapareceu instantaneamente. Talvez porque era bom ver que eu não era a única que ele tratava como lixo. Sinceramente, eu não podia acreditar que ele tinha desligado na cara de Rip. Isso me fez gargalhar e me esquecer de que eu deveria agir de maneira profissional.

— Vai vendo, ele vai fingir que a ligação caiu e que ele continuou na linha — eu o avisei.

Rip manteve os olhos voltados para baixo em direção à tela preta antes de me devolver o celular. Seu tom soou mal-humorado quando perguntou:

— Ele é sempre um merdinha assim? Ele já sabe que levou uma advertência depois de ontem. Agora vai ter duas depois dessa conversa fiada. Não vai poder se fingir de burro por muito mais tempo.

Então quer dizer que ele tinha se metido em problemas. Isso fez com que eu me sentisse só um pouquinho melhor quanto ao dia anterior. Mas eu teria gostado mais se ele tivesse sido demitido. Quero dizer, Rip já tinha se livrado de pessoas por menos — mas isso não era da minha conta.

Por sorte, ele não esperou minha resposta, provavelmente sabendo que era um *sim*.

— Ele sempre age assim com você?

Fechei os olhos, ainda voltada para frente.

— O que você quer dizer com isso exatamente?

Eu tinha quase certeza de que Rip estalou a língua. Por intervenção divina, ele refraseou:

— Ele sempre age como um babaca desse jeito?

— Bem... — Minha voz desapareceu aos poucos, mas por dentro pensei *Aham*, e era por isso que ele tinha me passado um sermão ontem: porque Jason era um babaca.

Houve um "*Hum*" áspero. A bochecha de Rip deu aquela tremida, e quase ri de novo, lembrando-me do quão bravo ele havia ficado.

— Se ele te tratar mal assim de novo, você me conta. Entendido?

Fiz uma careta, dizendo a mim mesma para me esquecer do dia anterior — e só obtendo sucesso parcialmente —, mas ainda consegui dizer:

— Pode deixar. — Se soou sarcástico, não havia sido essa a minha intenção.

Aqueles olhos azul-esverdeados se voltaram para mim, expondo algo neles que não consegui identificar com precisão.

— Luna, só me conte, cacete. Combinado?

Como se eu quisesse lidar com a atitude de Jason mais do que eu já lidava. Rip poderia ficar com o rapaz se quisesse. Eu sentia um pouquinho como se estivesse traindo o sr. Cooper indo direto a Rip para me livrar de Jason, mas eu havia contado ao sr. C sobre como o cara tinha agido comigo, e ainda assim meu chefe o jogou no meu colo.

— Pode deixar — concordei de novo, sabendo não ter soado confiante.

Eu estava escolhendo a felicidade. Eu seguiria em frente e perdoaria Rip pelo dia anterior. Ele teria feito aquilo com qualquer um.

Eu não deveria levar para o lado pessoal.

Pude ver as mãos dele se flexionarem no volante, mas levou cerca de um minuto para a próxima rodada de palavras sair de sua boca:

— Olha, pense em alguma outra coisa que você quer.

Meu corpo congelou, na mesma hora optando por focar naquilo em vez de... no passado. Porque... Estávamos de volta àquilo? *De novo?*

— Rip. — Eu quase gemi. — Não. Chega. Estamos quites. Está tudo bem, ou seja lá como você queira descrever. — Eu quase comecei a falar que estávamos de boa, mas isso pareceu um pouco exagerado. Daqui a alguns dias, estaríamos de boa. Agora, estávamos quites.

Mas ele não olhou para mim.

— Não estamos.

— Só que estamos, sim.

— Não, Luna, não estamos. Escolha outra coisa — ele insistiu, ainda focado em frente.

Ele estava falando sério? Ele havia passado quinze horas na minha companhia, incluindo o tempo que dormiu em um quarto no mesmo corredor que eu. Se isso não contava como um favor gigantesco, um favor que deveria nos deixar total e completamente quites, eu não sabia o que mais contaria.

A não ser...

Ele realmente se sentia *tão* mal assim por ter ficado bravo comigo?

— Rip, o favor contou. Só porque... — *Minha irmã me enxotou para fora,* eu pensei, mas não disse. — Só porque acabamos não tendo de ficar por lá nem fazer nada, não significa que não contou. Você foi comigo. Isso é mais do que o bastante. — Eu só queria... seguir em frente.

Mas ele tinha uma ideia diferente.

— Que peninha. — Seus olhos azul-esverdeados deslizaram de volta até mim por um milésimo de segundo, e pude ver a tensão em sua mandíbula. — Pense em alguma coisa e me avise o que vai querer.

— Nada. Eu juro. Não tem mais nada que você precise fazer. — Porque não havia. Realmente não havia.

Seus longos dedos tamborilaram por todo o volante, e a mandíbula se tensionou daquele jeito outra vez.

— Sim, tem. O outro também não contou. Tudo o que eu fiz foi te dar uma carona e jantarmos tarde. Pense em alguma coisa, Luna. Eu não quero ter sessenta anos quando você se decidir.

Pressionei um lábio contra o outro.

Não faça isso, Luna. Está tudo bem e maravilhoso. Não faça isso. Não...

Deixe para lá. Deixe...

Não deixei.

— Então eu tenho... uns dois anos... até lá? — sussurrei, sorrindo da piada que eu não deveria ter feito para que pudéssemos focar no assunto sério da nossa conversa. Para que eu pudesse manter a distância que eu deveria respeitar entre nós porque ele era o meu chefe.

O que recebi foi silêncio.

Um maldito silêncio.

O suspiro que saiu dele me lembrou do barulho que eu imaginava que um balão de ar quente faria ao se esvaziar.

— Eu deveria ter te demitido naquele dia.

Inspirei fundo, e toda a parte superior do meu corpo se voltou para ele.

Ele estava sorrindo.

Ele achava que eu era engraçada.

Ele estava... brincando.

Olhos zombeteiros e risonhos que eu nunca tinha visto escorregaram até mim e, no segundo em que notaram a minha expressão, eles se transformaram. Meu nome foi dito em um resmungo.

— Eu estava brincando.

É claro que ele estava.

Sua boca ficou tão tensa que as bordas esbranquiçaram.

— Eu estava te zoando — ele insistiu, todo sério.

Ele estava me zoando.

Aqueles dedos longos se flexionaram outra vez.

— Você está brava comigo? — ele perguntou.

— Eu não estou brava com você.

— Chateada?

Não olhei para ele quando disse:

— Não. — Eu não estava. *Eu não estava.* — Eu só... — O que eu poderia dizer? — Você nunca brinca comigo. Estou surpresa, só isso. — Comecei a estalar as juntas dos dedos, mas parei. — Tudo bem, talvez eu esteja um pouco chateada com você, mas praticamente já superei.

Pelo canto dos olhos, eu o observei me olhar outra vez, e mal pude ouvir sua voz quando ele voltou a dizer:

— Eu brinco fora do trabalho — ele falou, baixinho.

Eu não pensaria demais nisso.

Aquilo tinha mesmo soado defensivo, ou havia sido a minha imaginação?

— Que bom. — Eu era uma trouxa. Eu realmente era. Ele estava tentando, e eu não tinha forças para afastá-lo. — Você pode brincar comigo quando quiser — respondi tão baixinho quanto ele. — Eu não contaria para ninguém. Sei que não significa nada, e sou muito boa em guardar segredos. Pode ser mais um dos nossos.

Duvidei de que algum dia eu me esqueceria de como ele girou a cabeça para me observar devagarinho, mas tão devagarinho que aqueles olhos quentes como carvão me encontraram. Me viram. Suas sobrancelhas estavam juntas, como se estivesse perdido em pensamentos, e ele simplesmente...

— RIP! — gritei no segundo em que vi o carro entrando na nossa frente.

O freio em que ele pisou funcionou *instantaneamente.* Tão instantaneamente, de maneira tão inesperada e com tanta força, que mal tive a chance de inspirar fundo e jogar os braços sobre a cabeça. Fechei os olhos bem quando o cinto de segurança pressionou meu peito, e senti algo me atingir entre os seios enquanto os freios de alguém *gritavam* ao fundo. Mas eu sabia que eu não havia dado um pio sequer.

Eu não poderia.

Meu cérebro simplesmente… desligou.

Meu torso foi para frente…

E a caminhonete entrou em contato.

Eu não seria capaz de descrever o som de metal encontrando metal. Da caminhonete entortando o carro que havia saído de um lugar que eu descobriria mais tarde ser um posto de gasolina. Mesmo se alguém houvesse me mostrado gravações de batidas, eu não teria conseguido escolher o que eu tinha ouvido. Havia sido apenas barulho.

Mas senti meu corpo ser arremessado. Senti o cinto de segurança se enterrar no meu ombro. Senti o que eu não soube até segundos mais tarde ser uma palma enorme bem entre as minhas clavículas.

Mais tarde, eu sentiria a dor terrível irradiando do meu pescoço aos ombros.

E simples *assim*, tinha acabado.

A caminhonete havia parado de se mover e os freios, parado de guinchar. Nada, exceto arquejos tomou conta dos meus ouvidos.

Meus arquejos.

Os arquejos eram meus.

— Rip? — Inspirei fundo ao abrir os olhos e encontrar um para-brisa totalmente intacto na minha frente.

O peso ao longo das minhas clavículas se moveu, me fazendo olhar para baixo e ver que tinha uma mão — a mão dele — ali. Me segurando. Ali. Bem ali.

Arrastando os olhos até o pulso de Rip, até seu cotovelo, ombro e, então, seu rosto, notei que as bochechas estavam coradas. Aquela boca nem tão fina nem tão volumosa estava entreaberta. Mas foi o corte superficial acima da sobrancelha que capturou o meu olhar.

— Você está bem? — Arfei, incerta se eu seria capaz de ouvi-lo acima do rugido de sangue, adrenalina e do que mais só Deus sabia que inundava os meus canais auditivos enquanto meu cérebro compreendia que o perigo tinha passado e que estávamos bem.

Rip piscou. Aqueles cílios curvos e pretos simplesmente caíram, uma e, então, duas vezes para cobrir os olhos brevemente. As narinas se alargaram.

— Você está bem? — perguntei de novo, e a minha mão mais próxima dele, a que eu havia aninhado em meu corpo por reflexo, se estendeu. Apoiei as palmas e os dedos em seu antebraço, sentindo apenas por um segundo os arrepios sob a mão. — Você está bem?

Ele soltou um suspiro abrupto e, então, assentiu.

Apertei o braço dele outra vez, mal notando que tremia.

— Ele surgiu do nada. — Inspirei fundo, tentando fazer com que meu coração desacelerasse. — Eu não o vi até ser quase tarde demais — admiti, ouvindo o tremor na minha voz enquanto meu cérebro se recusava a ir mais devagar e, em vez disso, dizia *Você acabou de se envolver em um acidente de carro, caso não tenha percebido.*

Acabamos de nos envolver em um acidente de carro.

Droga.

Respirei pela boca e deixei a cabeça se reclinar contra o apoio, movendo os olhos para frente outra vez e vendo que a parte frontal da caminhonete estava amassada contra as portas do motorista e a do passageiro de um modelo recente de BMW. Eu havia adicionado detalhes o bastante naquele tipo de carro ao longo dos anos para reconhecer a estrutura.

— Puta merda — sibilei, tudo em mim começando a tremer. Tínhamos nos envolvido em um maldito acidente de carro. Meu coração sairia pela boca, era o que parecia. — Puta merda.

Engoli a saliva. Tentei respirar fundo. Então, engoli em seco.

Eu estava bem.

Rip estava bem.

Isso era tudo o que importava.

Olhando para baixo, em direção ao cinto de segurança ao longo do meu peito e cintura... A ficha caiu apenas naquele momento que Rip tinha feito uma restauração com peças novas, ou seja, que ele havia modificado a caminhonete. Isso significava que ele tinha instalado cintos mais seguros porque a caminhonete havia sido feita antes da existência dos airbags. E com base nos guinchos, ele também havia modernizado o sistema de freio. Se não tivesse...

Essa não era uma coisa boa na qual pensar.

Movimentos dentro do sedan me disseram que o motorista do outro carro também estava bem. A porta parecia estar emperrada pela forma com que a pessoa do lado de dentro se mexia, mas quando consegui pensar com clareza suficiente para decidir sair do carro, o motorista havia aberto a porta e colocado uma perna para fora.

O som de um cinto de segurança estalando me fez olhar para o lado e ver a mão de Rip pairando sobre aquela parte do meu quadril. Ele parecia um pouco pálido, e a mão não parecia estar o que eu chamaria de estável. Eu não sabia no que raios estava pensando quando deslizei a minha por cima e a acomodei sobre a dele, tudo até a altura do meu ombro não muito mais estável do que Rip.

Ele me observava, e tudo o que consegui fazer foi dar um sorriso que provavelmente pareceu desequilibrado e esquisito como todo o resto de mim.

— Filho da puta! — uma voz longe da caminhonete gritou, e não tive que olhar para fora para saber que só poderia ser o motorista do BMW, que eu tinha visto pela minha visão periférica contornando o próprio carro.

Meu coração martelou dentro de mim. Eu tremia um pouco. Meu ombro estava começando a doer, mas eu estava bem, assim como o homem ao meu lado. Isso era tudo o que importava.

— Filho da puta! — o motorista do lado de fora gritou de novo. Não notei que Rip não havia me respondido.

Mas, de alguma forma, consegui me focar o suficiente para dizer:

— Eu vou... Eu vou ligar para a polícia, mas vamos sair da caminhonete primeiro.

Ainda assim, ele não disse nada.

Tirando o cinto e deixando-o cair de lado entre o assento e a porta, dei o meu melhor para recuperar controle suficiente dos meus braços para que parassem de tremer. Também senti arrepios por toda parte, mas os ignorei.

Tínhamos chegado perto. Perto demais.

— Luna, saia da caminhonete — Rip finalmente conseguiu dizer, sua voz baixa e... esquisita.

Assenti.

Eu estava bem. Minha adrenalina começava a baixar. Eu havia ficado agitada, mas agora estava me acalmando. Estávamos seguros. Estava tudo bem.

Não olhando para o homem à minha esquerda, recuperei controle o suficiente para empurrar a porta da caminhonete, abri-la e descer, quase me esquecendo da bolsa que eu havia deixado bem ao lado dos meus pés. Por sorte, eu tinha fechado o zíper, então nada caiu nem foi esparramado pelo chão. Levei apenas um instante para pegar meu celular e discar o número de emergência.

Precisei de todas as minhas forças para prestar atenção e responder às perguntas do atendente, observando enquanto Rip parava em frente à sua caminhonete destroçada, falando baixinho com o dono do BMW — um homem de terno cinza-urze que parecia ter mais ou menos a idade de Rip. O cara de terno parecia *furioso*, e Rip... Ele simplesmente ficou lá, alguns centímetros mais alto e muito mais amplo, com os braços cruzados sobre a cabeça, as palmas envolvendo a parte de trás do crânio. Alguns outros carros tinham estacionado, seus motoristas descendo para se certificarem de que todo mundo estava bem, mas um casal ficou por ali, dizendo algo em resposta ao homem de terno.

Ao fundo, ouvi o berro das sirenes da polícia, mas continuei falando com o atendente, que queria que eu esperasse até a polícia chegar antes de desligar. Meu ombro não doía mais do que há alguns minutos, mas estava duro.

Respire fundo. Acalme-se. Está tudo bem.

O motorista do BMW começou a falar mais alto, e eu o ouvi dizer algo como "*Idiota!*".

Rip nem se importou em responder. Ele deu um passo para o lado e se afastou. Mesmo com o sol estourando por toda a estrada, vi seus olhos se moverem pelo estrago da batida, não se demorando, mas continuando a deslizar de uma direção até a outra antes de me encontrarem ali do lado, uma das mãos segurando o celular contra o rosto, mas os dois braços aninhados contra as laterais e o peito.

Aquelas longas pernas avançaram pelo concreto, vindo na minha direção, enquanto o outro motorista continuava erguendo a voz para discutir com as três pessoas que mais do que provavelmente tinham visto o que aconteceu e lhe diziam que ele havia errado.

Porque havia errado mesmo.

Não senti vontade de opinar nem de dizer a ele que eu tinha visto a coisa toda acontecer e que a culpa era dele.

Tudo o que fiz foi ficar parada ali, observando enquanto meu chefe caminhava na minha direção com luzes azuis, vermelhas e brancas piscando em algum lugar a distância, além da rua movimentada em que estávamos. Quando ele chegou a talvez uns dez passos de distância, finalmente dei um sorriso fraco ao segurar o celular contra o rosto. Quando ele estava a cinco passos de distância, notei a carranca que havia tomado conta de seus traços.

Foi naquele instante que percebi os músculos de seu braço saltando, o estremecer nos pulsos, as veias rebentando nas têmporas e na garganta.

Rip tremia.

Não como eu tremia — nem como eu havia estado —, mas se tremendo todo. Ele estava pálido. Até os lábios haviam perdido a cor.

Eu disse algo para a pessoa ao telefone que esperei pelo menos ter incluído um *Obrigada*, mas eu nunca teria certeza, porque, quando notei, eu tinha desligado a chamada e enfiava o celular na bolsa acomodada contra o meu quadril.

Aquele corpo todo de 1,95 m com mais de cem quilos estava literalmente tremendo.

Parecia que ele não tinha acabado de ver um, mas cem fantasmas.

Eu não havia intencionalmente esticado o braço para agarrar sua mão e puxá-lo contra mim, mas foi o que fiz. Uma vez, eu havia estado tremendo da mesma forma que ele, e tudo o que eu quis depois foi alguém me abraçando.

E, para mim, não houve ninguém para fazer isso.

Mas, agora, eu poderia ser esse alguém para outra pessoa.

Eu o levei até a calçada onde eu estivera parada e o observei ceder ali, agachado, mãos soltas ao lado do corpo e narinas se alargando com respirações muito, muito fundas que poderiam ter se passado por ofegos, caso ele fosse qualquer outra pessoa. Rip me assustou. Naquela hora, observando o rosto geralmente bronzeado ficar muitíssimo branco, observando o maior e mais prático homem que eu conhecia... tremer, me assustou pra caramba.

— Você está bem — eu disse a ele, ignorando todo o resto ao nosso redor.

Seus olhos se voltaram para frente, para mim, mas não *em* mim. Eu mal o notei.

Apertei sua mão e não recebi nada em resposta, exceto outro tremor de chacoalhar os ossos.

— Rip, você está bem. Aquele cara é um idiota — continuei com gentileza.

Ele continuou a só olhar adiante, bem para a cintura da minha calça legging, pois era o que estava bem à sua frente.

Eu me agachei e minha preocupação triplicou. Segurei sua outra mão, dando um aperto nas duas das palmas e nos dedos muito maiores do que os meus. Ainda assim, ele não reagiu.

Soltei uma de suas mãos e ergui a minha até o seu rosto, deixando apenas os meus dedos roçarem o queixo barbado.

— Ei, você está bem. Não aconteceu nada.

Nada.

Mesmo sabendo que eu não tinha direito algum e que não deveria tocá-lo, e que ele provavelmente não gostaria, espalmei a sua bochecha, os pelos aparados arranhando minha pele. Ele estava suado e gelado demais.

— Rip?

Nada.

Soltei sua outra mão e segurei seu rosto entre as minhas, tentando encontrar seus olhos — que ainda estavam voltados para frente, desfocados e distraídos.

O que eu deveria fazer?

Ouvi as sirenes se aproximando a distância, mas soube que, tirando o corte no rosto, era provável que ele estivesse fisicamente bem. A pior parte era que talvez ficássemos com alguns hematomas e que seu ombro doeria igual ao meu.

Tentei de novo.

— Rip?

Nada.

— Ei, você está bem — eu disse, ainda segurando suas bochechas. — Eu estou bem. Respire fundo.

Ele não respirou. Ele não fez nada.

Tentei pensar no que eu iria querer se estivesse em seu lugar, e hesitei. Mas precisei dar apenas uma olhada naquele rosto perdido para saber o que eu faria, mesmo se ele me empurrasse e me xingasse depois.

Pelo menos, eu estaria pronta.

Então, antes que eu pudesse me convencer a não o fazer, escorreguei as mãos de suas bochechas até a parte de trás de sua cabeça e, então, movi uma das mãos para envolver seu cabelo. Quando ele não se encolheu, fiquei de joelhos, ignorando a pontada que o concreto fez irradiar por eles, e enrolei os braços ao redor de seu pescoço. Logo, eu o abracei.

Pressionei a lateral da bochecha contra a dele, e lhe dei um abraço ainda mais apertado, não o soltando.

Mas, mesmo assim, não foi o bastante. Ele ainda tremia, e arrepios se espalhavam a partir do centro de seu corpo, escorrendo até a ponta dos dedos.

— Você está bem. Está tudo bem — eu repeti, ainda abraçando-o. Movi as mãos de sua nuca, descendo pelos ombros e braços, aplicando um pouquinho de pressão. Então, fiz aquilo de novo e de novo, antes de levá-las até o peito, começando ali antes de subir e continuar o caminho até a nuca, atravessando e descendo pelos seus braços.

O tremor só melhorou um pouquinho.

Dane-se.

Meus joelhos rangeram quando voltei a ficar de pé e, então, fiz algo que eu nunca tinha feito antes. Não era nada que eu algum dia tivesse sonhado em fazer com Rip, nunca. Mas situações desesperadoras pediam medidas drásticas.

Dei um passo para até mais perto dele e me acomodei, meu traseiro, meu corpo todo, sobre a sua coxa direita, puxando sua perna oposta para dentro, fazendo com que ele forçosamente me espremesse contra seu corpo, e enrolei os braços, as mãos e a maior parte possível de mim ao redor do dele. Minha palma foi direto até o topo do seu pescoço, e escorreguei a mão pela coluna, fazendo círculos na base enquanto a outra mão segurava a parte de trás da sua cabeça.

— Rip — murmurei bem ao lado da sua orelha, já que eu havia posicionado minha bochecha a milímetros da dele. — Está tudo bem.

Minhas mãos circularam as costas dele outra vez, e eu o abracei com ainda mais força contra mim, seus tremores me movendo.

— Sou eu, Luna — eu disse a ele. — Você está bem. Está tudo bem.

Toquei de leve com a pontinha dos dedos o cabelo curto e macio na parte de trás de sua cabeça, como ele tinha feito comigo do lado de fora do apartamento da minha irmã.

— Converse comigo, Rip — pedi. — Você está seguro. Você está bem. Não aconteceu nada. Eu preciso que você respire fundo.

Nada. Ainda assim, ele não me entregou nada.

Escorreguei os dedos outra vez pelo seu cabelo, ouvindo o quase desespero na minha voz.

— Você está me assustando. Fale comigo, por favor. Eu não gosto de te ver tremendo assim.

Esfreguei suas costas. Jurei que ele estava bem. Disse que tomaria conta dele.

De novo e de novo até o homem enorme nos meus braços se acalmar... mais um pouquinho, o que era melhor do que nada. Pelo menos, estávamos fazendo algum avanço.

— Podemos ir tomar sorvete mais tarde, se você quiser — continuei falando, incerta se estava ajudando. — Aquele sundae do fim de semana estava bem gostoso, mas conheço um lugar muito bom perto da oficina que serve o melhor sorvete de todos. Eles preparam em pequena quantidade todos os dias. Se não pudermos ir hoje, te compro um pouco em algum intervalo de almoço.

Deslizei a mão para cima outra vez e esfreguei sua nuca gelada, mas molhada. A coxa abaixo de mim se flexionou e tensionou, e apliquei um pouco mais de força ao esfregar os músculos endurecidos na nuca.

— Sabe de uma coisa? Sempre imaginei que, se a minha mãe estivesse por perto, ela teria me abraçado e esfregado as minhas costas quando precisei dela. Tentei procurar informações a respeito dela algumas vezes... da minha mãe, quero dizer, mas há tantas pessoas com o nome Teresa Ramirez que foi como procurar uma agulha no palheiro. É por isso que estou em cima de você agora, caso esteja se perguntando. Aposto que ela também teria me feito um flan.

"Uma vez, comprei aqueles pacotinhos de flan quando eu morava com o meu pai, e ele os encontrou e sumiu com eles. Imaginei que, provavelmente, era algo de que a minha mãe gostava e que, por isso, acabou deixando-o irritado, mas não sei. Tudo costumava deixá-lo nervoso. Talvez ele simplesmente odiasse flan, mas acho que havia algo além disso. Não sei — continuei tagarelando, nem mesmo certa quanto ao que estava dizendo, para começo de conversa, mas sentindo que estava tendo algum efeito. — Se você nunca comeu flan, posso te comprar um da padaria que frequento de vez em quando. Eu até poderia prepará-lo para você, mas você realmente *não* vai querer que eu me dê o trabalho de tentar. Provavelmente, eu acabaria queimando a panela e a cozinha toda. — Arrastei a mão coluna acima e esfreguei o seu pescoço, alternando entre um e outro. — Ah! Espere um segundo."

Coloquei a mão para dentro da minha camisa e abri o fecho do colar que eu usava. Eu o tinha colocado naquela manhã e sentido algo em relação a ele. Quem diria... Mesmo com os dedos ainda um pouco trêmulos, levei apenas alguns segundos para deslizar a corrente ao redor do pescoço do Rip e dar um jeito no fecho para prendê-lo ali. Me afastei apenas o bastante para ver o pingente de sorvete cair bem em cima da gola de sua blusa. Parecia ridículo ali, mas, ainda assim, eu dei um tapinha nele para mantê-lo no lugar.

— Olha. Está vendo? Tem uma casquinha de sorvete nele. Para fazer você se sentir melhor.

O corpo todo dele ficou tenso por um momento antes de um estouro alto explodir de seu peito. E, no tempo que levei para processar o som, tudo ficou em silêncio e os músculos relaxaram ainda mais. Juro que a respiração dele também desacelerou.

— Isso mesmo — eu disse a ele, aplicando pressão em suas costas e seu pescoço de novo. — Você está bem. Você está mais do que bem.

Por alguma razão, isso apenas serviu para me fazer abraçá-lo ainda mais forte. Ele era tão grande, que foi difícil tentar envolvê-lo; meus braços quase não bastaram. Espalmei a parte de trás de sua cabeça e, com cuidado, esfreguei o couro cabeludo da forma que Lily costumava fazer quando pequena. Ela tinha feito aquilo comigo de vez em quando enquanto adormecia, e eu ainda amava a sensação.

Pela maneira como o corpo dele relaxou, músculo a músculo, imaginei que ele também.

Então, continuei a esfregá-lo.

Devagarinho, mas de maneira gradual, o corpo grande relaxou contra o meu — não por completo, mas melhor do que nada.

— Você está bem? — perguntei quando o único movimento que senti vindo dele foram respirações muito, muito profundas.

Parte de mim esperava que ele explodisse comigo, que me empurrasse para fora de seu colo, que me mandasse desaparecer.

Mas nada disso aconteceu.

Um dos braços que havia estado ao lado de seu corpo subiu, e a mão se apoiou no meu quadril, dando-me um leve apertão. Sua testa caiu naquele lugar onde meu ombro encontrava o pescoço, e pude sentir as leves lufadas de ar de sua respiração em minhas clavículas e meu peito. Sua mão apertou o meu quadril outra vez. E o meu coração… ele não soube o que fazer.

— Me fale do que você precisa — pedi a ele.

Ele balançou a cabeça contra mim.

Foi o som dos passos se aproximando que me fez olhar sobre o ombro e notar um policial contornando os carros, vindo bem na nossa direção.

Rip também deve ter notado, porque ficou tenso. Por toda parte. Da coxa sob mim até o corpo contra o meu peito, Rip se transformou em granito. Dei uma fungada que me disse que ele tinha cheiro de um pouquinho do frescor de um sabão perfumado e do viço de um desodorante esportivo.

— Você não está com dor? — sussurrei a pergunta.

Rip balançou a cabeça outra vez.

— Sinto muito pela sua caminhonete.

— É só uma caminhonete — ele respondeu baixinho, me surpreendendo. O peso no meu quadril subiu até os dedos se esparramarem ao redor da parte inferior da minha costela, seus dedos se moldando ao redor dos meus ossos.

— O policial está vindo — eu o avisei, deixando a mão escorregar novamente pela sua coluna. Eu lhe dei mais um último abraço antes de afrouxar o meu aperto, sendo mais rápida do que ele. Eu me afastei, sua mão ainda nas minhas costelas, e encontrei os seus olhos azul-esverdeados agora brilhantes. Sorri, um aperto crescendo no meu peito enquanto eu pensava no quão pálido ele havia ficado. — Você salvou as nossas vidas instalando aqueles cintos, chefe.

O corpo sob o meu endureceu, mas não igual a momentos antes. A mão na minha costela não se moveu, e o braço conectado à mão também não se afrouxou. Rip ficou sentado ali, me deixando permanecer em sua coxa como se tivéssemos feito isso milhares de vezes antes — eu no colo dele.

— Ainda bem que está tudo certo e que você não está chateado pela caminhonete. Eu te ajudo a consertá-la, se for possível.

A mão nas minhas costas decidiu me dar meu próprio apertão.

Ele colocou as próximas palavras para fora da boca antes de o policial interrompê-lo. Falou baixinho, com gentileza, e com mais sinceridade do que eu poderia ter imaginado:

— Ainda bem que está tudo certo com você também, garotinha.

CAPÍTULO DEZESSEIS

Lily tinha me avisado de que eu sentiria dor. Ela havia sofrido um acidente de carro dois anos antes. A amiga dela, a motorista, tinha ignorado uma placa de *Pare* e sido acertada em cheio. Minha irmãzinha bateu o rosto com tudo contra o airbag, ganhando dois olhos roxos e um nariz inchado, mas de todas as maneiras que importavam, tinha ficado bem.

Então, quando lhe mandei uma mensagem no dia anterior para avisá-la de que eu havia sofrido um acidente — porque ela acabaria descobrindo de alguma maneira, e eu preferiria que ela soubesse por mim —, ela me avisou. Antes disso, ela tinha soltado os cachorros para cima de mim por ter enviado uma *mensagem* a respeito de algo tão sério assim. *O que aconteceu?* Ela basicamente tinha guinchado.

Para lhes dar algum crédito, Kyra havia me enviado uma mensagem logo em seguida também, e Thea me mandou outra cerca de uma hora depois. Ela não tocou no assunto do fim de semana, e eu não tive coragem de fazê-lo.

Mas, voltando a Lily, ela tinha dito, "*Vai doer, docinho*".

Ainda assim, fiquei surpresa quando acordei naquela manhã e me senti como eu imaginava que uma pessoa que havia sido atropelada por um caminhão se sentiria. Meu pescoço doía tanto que eu não conseguia girar a cabeça em nenhuma direção. Meus ombros doíam. Sinceramente, tudo doía, até mesmo o ponto bem no meio do meu peito em que a mão de Rip havia estado.

Levei o dobro de tempo para tomar um banho e me vestir, o dobro de tempo para sequer descer as escadas, porque juro que até os meus joelhos sofriam. Me senti igual a um robô enquanto preparava o café da manhã e agradecia a tudo no mundo por eu ter preparado almoço suficiente para durar mais alguns dias, mesmo não sendo a coisa mais saborosa que eu já havia experimentado.

Dois analgésicos mais tarde, segui em direção à porta, pegando o resto das minhas coisas e as chaves.

Por um segundo, pensei em ligar para dizer que eu não iria trabalhar. O sr. Cooper sabia que tínhamos sofrido um acidente. Eu havia ligado para ele enquanto o policial conversava com Rip e anotava seu depoimento. Foi ele quem dirigiu até onde estávamos e nos buscou. Foi ele quem me deu o abraço mais apertado de todos os tempos, me permitindo sentir o leve tremor que atravessou o corpo dele.

Eu notei o olhar muito, muito demorado que ele havia lançado na direção de Rip, enquanto o homem fazia questão de não olhar nenhuma vez para o sr. Cooper comigo por perto. Seus olhos estavam fixos no guincho que levaria a caminhonete até a oficina.

Mais tarde, o homem mais velho me deixou em casa e prometeu que pediria a alguém para trazer meu carro mais tarde, me dando outro abraço e dizendo que estava feliz por eu estar bem mesmo depois de ter me acompanhado até a porta.

Mas, assim que pensei em ligar, eu disse *não* a mim mesma.

Eu não estava morrendo. Não havia nada que eu pudesse fazer em casa que valeria a pena ficar por ali. Se eu tivesse que ir mais devagar, ninguém reclamaria.

Exceto Jason, mas eu não perderia meu tempo ou paciência com ele. Hoje não era um dia em que ele poderia encher meu saco. Não com duas advertências. Abri a porta da frente e dei um passo para fora, só para congelar bem no meio do caminho. Porque, estacionado na entrada da minha casa, atrás do meu carro, estava uma caminhonete novíssima e preta de cabine dupla.

Claramente sentado no assento do motorista, estava Rip.

Pisquei. Então, pisquei mais um pouco, me certificando de que os meus olhos não estivessem pregando uma peça em mim.

Quero dizer, eu sabia que não estava imaginando coisas. Não era nenhum tipo de *déjà vu*, nenhum momento *Estou em um oásis vendo uma miragem.* Era real.

Rip estava na entrada da minha casa.

Por sorte, consegui manter controle suficiente para trancar a porta da frente e descer os degraus, de olho no carro parado ali ao lado depois de um dos meus colegas de trabalho tê-lo deixado em casa uma hora depois de o sr. Cooper ter me acompanhado até a porta da frente. Rip já me observava quando segui em direção a ele, e não pude evitar de ficar ainda mais surpresa quando as portas estavam destrancadas, e, em vez de a janela ser rolada para baixo, ele se inclinou sobre os assentos e empurrou a porta para abri-la.

Não sei exatamente por que sorri, mas foi o que fiz. Eu disse:

— Bom dia. — E quase me deixei perguntar *O que você está fazendo aqui?*

Rip, que tinha um óculos de sol muitíssimo bonito no rosto, inclinou a cabeça para o lado mais longe de mim.

— Entre, Luna.

Entre. Nada de *Bom dia.* Nada de *Vim te buscar* ou algo do tipo.

Só... *Entre.*

Consegui encará-lo por um segundo antes de sair do transe e de analisar a altura da caminhonete. Ela tinha a suspensão elevada, e, presos às laterais, havia estribos para dar uma ajudinha aos passageiros. Couro preto cobria o assento do passageiro.

Era literalmente novinha em folha.

E eu simplesmente fiquei parada ali.

Porque Rip estava na entrada da minha casa.

De novo.

Porque ele quis se certificar de que eu chegaria ao trabalho.

— Não que eu não esteja feliz por vê-lo, mas o que você está fazendo aqui? — coloquei a pergunta para fora antes que eu pudesse evitá-la, certificando-me de dar a ele um sorriso espertalhão.

— Eu vim te buscar — ele respondeu, como se fosse óbvio.

Não precisei apontar que o meu carro estava bem na frente da caminhonete, mas ainda assim deslizei os olhos para o lado. Porque, *sim*, meu carro com certeza estava ali. Ele não tinha ganhado nenhum tipo de tecnologia de camuflagem adaptativa da noite para o dia.

Por trás dos óculos dele, as sobrancelhas do meu chefe se ergueram devagarinho, e sua pergunta chegou na mesma velocidade, marcada com um pouquinho mais de sarcasmo do que eu sabia fazer.

— Precisa de ajuda ou não?

Ele era meu chefe, e de modo algum eu estava prestes a me jogar para dentro do seu carro como se eu estivesse desesperada.

— Eu posso dirigir sozinha.

Aquelas sobrancelhas grossas e escuras se mantiveram altas, e *com certeza* havia sarcasmo no seu tom.

— Aposto que você não consegue nem olhar sobre o ombro — ele tentou me desafiar, me surpreendendo ainda mais.

Como a idiota que eu era, me agarrei àquela brincadeira inesperada ao perguntar em resposta:

— E você consegue?

— Sim. Não tive tempo de ficar tenso. — As sobrancelhas dele desceram, e ele gesticulou para que eu entrasse na caminhonete. — Entre, vou te dar uma carona para o trabalho. Já estamos atrasados.

Acho que eu não havia pensado no assunto por aquela perspectiva, mas ele tinha razão. Eu não conseguia virar a cabeça, não bem o bastante para dirigir com segurança pelo menos. E eu *realmente* seria teimosa quanto a não querer uma carona ao trabalho do homem que até poderia ter sido um babaca comigo há uns dois dias, mas que eu sabia, no fundo do meu coração, que teria agido da mesma forma com qualquer um dos meus outros colegas de trabalho? O mesmo homem que havia me deixado abraçá-lo e reconfortá-lo depois de ter tido algum tipo de colapso estranho após o acidente? Um colapso que eu não entendia, mas no qual eu havia pensado ontem à noite, deitada na cama, e só consegui chegar a uma conclusão.

Aquele não era o primeiro acidente de Ripley.

Eu não perguntaria qual havia sido o primeiro. Eu queria saber, mas sabia que ninguém reagia daquele jeito sem razão.

Suspirei, mas não consegui impedir o sorriso no meu rosto ao contar a verdade a ele:

— Não consigo erguer o braço acima da cabeça, chefe. Não consigo entrar. — Comecei a levantar o braço para que eu pudesse mostrar a ele, só avançando alguns poucos centímetros antes de ter que parar com um resmungo. — É, não vai rolar. — Como eu trabalharia, eu não fazia ideia, mas daria um jeito.

A expressão que ele me deu, uma carranca breve e um leve balançar de cabeça, me disse *Foi o que pensei.* Mas, por sorte, ele não esfregou aquilo na minha cara ao tocar um botão em algum lugar do volante que fez os estribos se posicionarem mais para baixo. Então, a porta se abriu, e ele saiu, contornando a caminhonete pela frente antes de eu ter a chance de perceber o que estava realmente acontecendo.

Quando percebi, Rip estava atrás de mim. Então, suas mãos surgiram no alto das minhas coxas, logo abaixo do traseiro, e ele estava me *erguendo*. Sem se esforçar. Sem resmungar, nada. Uma simples erguida até os meus pés estarem sobre o estribo e, então — e só então —, ele me soltou.

Não precisei de ajuda para entrar no carro, mal suprimindo um gemido com o movimento que disparou a dor ao redor do meu pescoço. Se Rip notou, não comentou nada ao me soltar e dar um passo para trás, batendo a porta. No tempo que ele levou para voltar para dentro da caminhonete, eu havia repassado todas as razões do porquê de aquilo estar acontecendo.

Então, aceitei que havia apenas uma razão que deveria importar e que precisávamos resolvê-la o quanto antes.

Esperei até ele ter saído da frente de casa e começado a seguir em direção à oficina antes de mover o corpo até o canto do assento, e dar uma olhada nele de um jeito que não requeresse que eu virasse o pescoço. Ele parecia bem para mim. E era um dia de camisa azul-escura.

— O quão ruim está o seu pescoço? — Rip perguntou.

Por sorte, ele não viu meu rosto se contorcer em uma careta toda vez que o carro passava sequer por um buraquinho, porque ele saberia que eu estava mentindo:

— Ruim o bastante — eu disse, lutando contra a vontade de erguer o braço e tentar massagear o pescoço.

O aceno dele foi um inclinar leve da cabeça para frente.

Foi então que eu soube que precisava atacar.

— Deixe-me te falar uma coisa, Rip.

— O quê?

O quê? Não sei por que isso me deixou tão entretida.

— Eu estou bem. Meu pescoço dói, assim como meu ombro, mas vai passar. Você não tem que vir me buscar em casa só porque se sente culpado.

Ele me cortou:

— Eu não me sinto culpado.

— Ah! — Foi a coisa superinteligente que saiu da minha boca. Bem. Certo. — Tudo bem, então.

Então pensei comigo mesma *Mentirosa*. Por que raios ele apareceria ali para me buscar? Só porque ele queria? Porque éramos amigos e ele se importava comigo? Não. Eu mudava de ideia quase diariamente quanto aos sinais que ele dava de que poderia sentir alguma afeição por mim. Então, ele faria algo como o que aconteceu na segunda-feira e que me obrigaria a repensar tudo.

— A culpa foi do outro babaca — Rip afirmou depois de um segundo. — Eu sei que você vai ficar bem, assim como soube que trabalharia hoje, mesmo estando com dor e mesmo sendo provável que não vá conseguir trabalhar muito antes que a dor fique insuportável.

Fiz uma careta para mim mesma.

— Posso trabalhar o dia todo. — Eu já havia trabalhado gripada. Poderia sobreviver a um dia com um pouco de esforço.

Um pouco de esforço que me fez esconder um gemido quando ele passou por uma lombada um pouco rápido demais.

Uma olhada em seu rosto me fez pensar se Rip havia feito aquilo de propósito para provar um ponto.

Seus olhos azul-petróleo escorregaram na minha direção, e eu poderia jurar que um canto de sua boca subiu uma fração de milímetro.

— Eu sei.

Ele *tinha* feito de propósito. Não tenho certeza de como eu soube, mas soube. Tudo bem. Ele não queria que eu aguentasse firme? Pois eu não aguentaria. Mas continuaria sendo uma pessoa decente.

— Estou feliz por você não se sentir culpado, porque não há razão alguma para isso. Mas juro que não precisava ter vindo me buscar. Eu posso dirigir.

Rip demorou uma eternidade e, então, disse:

— Luna? — E eu meio que o esperei mudar de assunto.

Não foi o que aconteceu.

— Sim?

— Se eu quiser vir te buscar, eu vou vir te buscar. Aceite isso — ele afirmou, ou melhor, me *comunicou*. — Quer parar naquela loja de donut de que você gosta ou não?

Me encolhi um pouco no lugar, dizendo a mim mesma para não levar o primeiro comentário dele tão a sério.

— Podemos passar na loja, se você quiser — respondi.

— Tudo bem.

Voltei a olhar para frente.

— Certo.

— Tem certeza de que não está mais brava?

— Tenho.

Ele me olhou de lado.

— Você sequer sabe como fechar a cara?

Dei a ele um sorrisinho.

— Na verdade, não.

Ouvi Rip respirar fundo antes de sua voz tomar conta da cabine.

— Luna?

— Hum?

— Minha mãe morreu em um acidente de carro quando eu tinha dezoito anos. Eu estava com ela quando aconteceu — Rip contou, me fazendo congelar no lugar enquanto compreendia o que ele tinha dito. — É por isso que eu... que aquilo aconteceu ontem. Eu só queria te agradecer pelo que você fez.

A mãe dele tinha morrido em um acidente de carro? A mãe que tinha esfregado sua cabeça e comprado sorvete para fazê-lo se sentir melhor?

Então, ele continuou falando, e eu não soube o que dizer:

— Adicione isso aos nossos segredos, tudo bem? Achei que você merecia saber.

Por mais que tentasse dizer a mim mesma que eu havia tomado a decisão certa ao vir trabalhar, a verdade era que acabou sendo uma decisão péssima.

Eu estava com dor. Dor física, para ser específica, o que não tinha nada a ver com a dor que a confissão de Rip tinha me causado mais cedo. A confissão na qual eu — de propósito — não pensaria até chegar em casa e poder refletir em particular. Eu não sabia como lidar com a ideia de Rip basicamente perdendo o controle depois do acidente por causa de uma experiência traumática em sua vida.

Então, mais tarde. Mais tarde eu pensaria naquilo. Por ora, focaria no quão ruim minha dor física estava.

Descobri bem rápido que não tinha como olhar sobre o ombro nem para baixo. Eu tinha de virar o corpo todo em alguma direção para fazer qualquer uma daquelas coisas e, mesmo assim, ainda sentia dor. Eu havia murmurado "*Puta que pariu*" para mim mesma quando me curvei para amarrar as botas mais cedo. A dor deveria ter estado tão aparente no meu rosto que nem mesmo Jason me encheu sequer um pouquinho o saco. Isso, ou ele sabia que eu ainda queria matá-lo depois do meu incidente de segunda-feira com Rip.

Os remédios sem prescrição que eu havia tomado não serviram de nada. E, quando a hora do almoço chegou, eu havia aceitado a ideia de dar uma passada no médico para me certificar de que não estava ignorando algum problema maior.

Deixei Jason na sala ao seguir pelo corredor com a intenção de subir as escadas e comer meu *lo mein* cozido além do ponto e nojento.

Quase dei de cara com Miguel perto dos banheiros quando ele irrompeu pela porta do banheiro masculino.

— Você é a porra de uma ninja, Lu… — ele começou a dizer antes de se interromper com um piscar de olhos seguido por uma expressão de espanto. — Você está um caco.

Bem.

— Obrigada, Miguelito.

Ele nem sequer abriu um sorriso com a minha resposta. Em vez disso, me olhou de cima a baixo, como alguém faria com uma lata de lixo virada.

— Você está bem? O sr. Coop disse que você estava bem ontem, mas parece prestes a bater as botas.

Ah, Miguel.

— Tudo dói — eu disse. — E isso está me deixando um pouco enjoada.

A careta se transformou em um sorriso enquanto ele finalizava a inspeção franzindo o nariz.

— É o que parece.

Não pude evitar e ri, mesmo isso enviando uma pontada de dor pelo meu pescoço e me fazendo me interromper com um resmungo.

— Ai, meu Deus, não me faça rir.

O desgosto dele com o meu enjoo, na mesma hora, transformou-se em preocupação.

— Beba alguma coisa. É sério. Você está horrível. — Ele ficou pensativo por um segundo antes de baixar a voz. — Eu sei onde tem um pouco de vodca, se você quiser aliviar a tensão.

Foi por pouco que consegui segurar a gargalhada e, em vez disso, dei um sorriso.

— Está tudo bem. Talvez eu veja se me deixam sair mais cedo para dar uma passada no pronto-socorro.

Meu colega de trabalho deu um tapinha no meu ombro.

— Você sabe que vão deixar. Mas saiba que sei onde a vodca fica. Se precisar de uma carona, me avise — ele ofereceu. — Não vi seu carro no estacionamento. O sr. Cooper me deixaria te levar.

Mantive o rosto neutro.

— Rip me buscou em casa.

— Parece mesmo que não aconteceu nada com ele — Miguel confirmou, novamente me observando com atenção demais, como se estivesse esperando que eu jorrasse vômito por todo o seu corpo de repente. — Nem o diabo o quer de volta.

Balancei a cabeça.

— Não fale assim. Mas eu te aviso a respeito da carona, se eu for ao médico.

Ele me deu mais um último tapinha.

— Se sentir que está prestes a vomitar, mire no Jason.

Eu ri ao entrar no banheiro e rapidamente cuidei das minhas necessidades, ignorando a dor que subiu pelos quadríceps quando me agachei para fazer xixi. Assim que terminei, continuei avançando pelo corredor.

— Luna! — a voz familiar do sr. Cooper soou logo em frente, onde ele estava parado do outro lado da sala principal. Havia um homem que eu não conhecia ao lado dele, vestindo jeans e uma camiseta.

Ergui a mão apenas até a altura da cintura e acenei ao me aproximar.

— Oi, sr. C. Oi, outra pessoa.

O sorriso instantâneo do outro homem combinou com o do sr. Cooper.

— Estávamos prestes a começar a visita — meu chefe de longa data me disse.

Havia uns cinco passos de distância entre nós quando finalmente consegui dar uma boa olhada no outro cara. Não muito mais alto do que eu, com cabelo loiro-escuro, corpo em forma e um rosto que era tão atraentemente comum, que meio que me surpreendeu. Tive de olhar novamente para o sr. Cooper e verificar se ele me daria um sinal de quem era aquele cara. Mas ele não fez isso rápido o bastante.

— Vou sair para almoçar agora, mas Jason está na cabine, se você quiser dar uma passada lá — expliquei, parando a poucos metros deles.

— Eu ia levar Ashton até lá para apresentar a oficina a ele, mas, na verdade, eu queria te perguntar se não quer almoçar com a gente depois — o sr. Cooper explicou. — Luna, este é Ashton, nosso novo Rogelio. Ashton, esta é Luna, nossa pintora-chefe que faz um pouco de tudo por aqui.

Estendi a mão na direção dele, sorrindo para ele e para o sr. Cooper quando o rapaz a segurou e me deu um aperto firme, sua boca puxada para cima em um sorriso torto que era bem fofo.

— É um prazer conhecê-la — o novo homem falou assim que a soltou.

— O prazer é meu — eu disse antes de tentar apontar por sobre o ombro. Mas falhei miseravelmente quando até isso doeu. Resmunguei e não fiz um bom trabalho tentando esconder isso. — Eu trabalho nos fundos, se você precisar de algo.

— Está doendo tanto assim? — o sr. Cooper perguntou, preocupação envolvendo seu rosto e palavras.

Dei um sorriso que mais pareceu uma careta.

— Um pouquinho — menti. — Eu ia comer alguma coisa, tomar mais uns analgésicos e ver se alguma dessas coisas ajudava. — Quase toquei no assunto de pedir para sair mais cedo, mas não queria ser um mau exemplo na frente do cara novo, fazendo-o pensar que poderia simplesmente pedir para ir embora por causa de um dodói. Eu o faria em segredo mais tarde.

— Venha almoçar com a gente — meu chefe sugeriu, ainda franzindo a testa para mim, seus olhos me observando de cima a baixo, como Miguel tinha feito. — Vamos ver como você se sente depois disso. O que acha?

Se eu *queria* comer a minha comida? Na verdade, não. Se eu comeria? É claro que sim. Mas, ainda assim, eu aceitaria a oferta do sr. C. Eu nunca diria não para passar mais tempo com ele.

Se o funcionário novo também fosse estar lá, bem, eu não reclamaria. Eu gostava de me dar bem com todo mundo com quem trabalhava — Jason era uma exceção.

— É claro — concordei, me permitindo observar o cara chamado

Ashton por mais um milésimo de segundo. — Me dê um minuto para pegar a bolsa.

— Não precisa — meu chefe alegou.

Sob circunstâncias normais, eu a teria ido buscar de qualquer maneira, mas realmente não queria ter de voltar andando por todo o corredor e pegá-la na minha mesa. E não senti culpa alguma por deixar o sr. Cooper pagar pela minha comida.

— Bem, nesse caso, estou pronta.

O sr. Cooper apoiou uma das mãos no meu ombro e acenou na direção da saída da oficina. Fui na frente, meio sorrindo e meio fazendo uma careta para os colegas de trabalho pelos quais passávamos. Estávamos no meio do andar quando senti o sr. Cooper parar e, sem dúvida, eu o ouvi dizer:

— Vamos almoçar com o Ashton. Quer vir com a gente?

Eu sabia que ele estava falando com Rip, o homem que havia me comprado não apenas um donut trançado naquela manhã, mas também um *kolache*. E eu nem havia estado com fome, mas comi as duas coisas a caminho do trabalho, já que ele tinha dirigido só com uma mão, segurando o próprio *kolache* na outra.

O mesmo homem que tinha me ajudado a levar as minhas coisas para dentro da oficina e, então, dado meia-volta e saído andando da minha sala, simplesmente dizendo sobre o ombro:

— Pegue leve hoje. — Se eu estivesse nutrindo qualquer tipo de ressentimento contra ele por causa de dois dias atrás, esses sentimentos teriam desaparecido logo em seguida.

Mas, com a pergunta do sr. Cooper, me preparei para Rip lhe dar uma resposta grossa. Pelo menos ontem, eles não tinham trocado palavra alguma. A tensão no carro do sr. Cooper depois de ele ter nos buscado tinha sido desconfortável, e isso era algo a ser levado em consideração, ainda mais com todas as discussões entre os dois que eu já havia interrompido.

Em vez disso, o que Rip disse foi:

— Deixe-me lavar as mãos primeiro.

Ele iria? Com a gente? Se eu pudesse ter movido o pescoço, eu o teria feito, só para ver se o inferno havia congelado.

Ele sabia que o sr. Cooper também iria ou...?

A maneira como o sr. Cooper disse "*Tudo bem*" significava que eu não era a única chocada por ele ter concordado. Quero dizer, até onde eu me lembrava, o homem mais velho levava todos os novos funcionários para almoçar quando os contratava. No meu caso, ele tinha feito isso e me impedido de morar em um quarto horroroso de hotel barato e, então, me aguentado morando por anos debaixo do seu teto.

Eu me lembro de que, quando ele contratou Jason, eu não fui — porque havia estado ocupada — nem Rip, por seja lá qual razão ele teve.

Então...

O *Hum* murmurado do sr. Cooper me fez sorrir.

— Vamos esperar pelo Rip, então — ele afirmou, soando diferente, mas não de um jeito ruim. Mais para... totalmente surpreso. De um jeito bom.

Não me importando em me virar para encará-los, fiquei parada ali até o tal de Ashton se manifestar e perguntar:

— Há quanto tempo você trabalha aqui, Luna?

Então, tive que dar a volta completa para encarar o meu chefe e o meu mais novo colega de trabalho.

— Nove anos. — Será que soei orgulhosa de mim mesma?

— Luna é a que está com a gente há mais tempo, não é? — o sr. Cooper perguntou.

Eu me lembrei de não mover a cabeça e, em vez disso, falei:

— Aham.

— Se precisar de alguma coisa, ela é a sua garota. Ela sabe de tudo e, se não souber, ela descobre — o homem mais velho continuou, soando como um pai orgulhoso. Cara, como eu o amava.

— Prontos? — soou a voz grave de Rip por trás dos dois outros homens.

O sr. Cooper se assustou, mas assentiu.

— Eu ia dirigir, mas se você quiser...

Pude ver o rosto de Rip quando ele respondeu:

— Você pode dirigir.

O que estava acontecendo com ele para estar agindo com tão boa vontade e gentileza? Notei o quão calmo estava o rosto de Rip, mas fiz questão de não deixar o meu refletir surpresa. Eu teria imaginado que acabariam discutindo até mesmo em relação àquilo, mas...

Eles nem sequer discutiram quanto a sairmos para comer hambúrgueres.

Fui na frente, em direção à saída, e só mantive a porta aberta por tempo o bastante para que Rip a alcançasse e a segurasse.

— Você está bem? — Ouvi a pergunta atrás de mim, especificamente vinda da boca de Ashton.

Não me importei em virar para dizer:

— Só dei um mau jeito no pescoço.

— Nós batemos o carro ontem — Rip explicou naquela sua voz muito, muito baixa.

— Os dois estão bem — o sr. Cooper disse ao novato assim que parei bem em frente ao carro dele. — Exceto pelo pobre pescoço da Luna.

Exceto pelo pobre do meu corpo todo, mas eu não precisava ser específica.

Ele destrancou a porta e moveu o banco para frente, então entrei e me acomodei logo atrás do banco do passageiro. O que eu não estava esperando era que, em vez de o cara novo entrar também, foi Rip quem deu um jeito de se espremer ao meu lado. No processo, ele praticamente ocupou três quartos do assento, me obrigando a me espremer no canto enquanto todo o lado esquerdo do meu corpo acabou pressionado contra o dele.

Até mesmo a ponta do seu cotovelo se apoiou no topo da minha coxa.

Aqueles olhos azul-esverdeados encontraram os meus enquanto o sr. Cooper e o outro cara também entravam. Rip me observou.

— Você está bem?

Eu não o havia perguntado aquela mesma coisa ao menos três vezes no dia anterior durante sua crise depois da batida?

— Estou bem — garanti a ele. — E você?

Ele me lançou um olhar que dizia "até parece".

Eu dei uma olhada no corte acima da sua sobrancelha.

Não pude me segurar. Cutuquei um lugarzinho logo acima dela, ignorando o acesso de dor no meu ombro. O corte já estava totalmente coberto por uma casquinha.

— Estou muito feliz por isso ser tudo o que aconteceu — sussurrei ao abaixar a mão com um gemido mal contido. — Você ligou para o seguro?

Seus olhos se moveram pelo meu rosto por um momento.

— Eles têm que vir dar uma olhada na caminhonete, mas deu perda total. Não sei se estou com vontade de consertá-la.

Isso me deixou triste, a caminhonete dele era linda. Tinha sido linda.

— Tem certeza?

Sua bochecha deu aquela tremida.

— Tenho.

Franzi o nariz.

— Desculpa.

As narinas dilataram.

— É só uma caminhonete. Nada de mais.

Foi apenas o som das portas se batendo ao fechar que me avisou de que estávamos saindo.

A cabeça no assento do motorista se virou para olhar pelo lado do assento, e o sr. Cooper perguntou:

— Você vai ao médico?

— Não sei — respondi, baixando os olhos até o comprimento da coxa alinhada com a minha. Era fácil me lembrar do quão dura e musculosa eu a havia sentido abaixo de mim. *E* eu tinha que me esquecer de que isso havia acontecido. Assim como precisava colocar de lado o que Rip tinha me dito a respeito da sua mãe. — Talvez eu acabe indo, mas não tem nada de muito errado. Tenho certeza de que foi só um movimento brusco.

Não foi mesmo a minha imaginação quando Rip se inclinou na minha direção ou quando seus dedos roçaram o topo da minha mão ao perguntar:

— Você quer ir ao médico?

Havia algo na voz dele que me fez querer fechar um olho.

— Estou pensando em ir. Tenho certeza de que o seguro daquele babaca me reembolsaria por isso.

— Sim — o sr. Cooper afirmou de seu assento na frente.

As pontas dos dedos voltaram ao topo da minha mão. Ele nem sequer tentou baixar a voz.

— Eu te levo quando voltarmos.

Não tensionei o antebraço quando seus dedos se demoraram nas minhas juntas, e diferente de Rip, eu disse baixinho:

— Estou bem. — Ainda mais com ele tocando a minha mão.

Ele não soou baixo quando falou:

— Eu te levo quando voltarmos.

Pisquei e tentei de novo, ainda baixinho:

— Não precisa me levar.

Foi a vez dele de piscar.

— Luna.

E pisquei em resposta na mesma hora.

— Ripley.

— Vou te levar ao médico — ele me avisou, tão alto quanto havia dito todas as outras palavras antes.

Ele realmente deveria estar se sentindo péssimo.

Eu não tinha direito algum de me sentir tão tocada pela sua preocupação. Ele era meu chefe. Se eu não estivesse bem, havia chances de fazer o meu trabalho de um jeito horrível.

— Você está sendo muito gentil — consegui dizer sem abrir um sorriso, só para ser um pé no saco. — Mas...

Ele não me deixou terminar a frase, e juro que se inclinou ainda mais na minha direção.

— Eu não estou sendo gentil.

A mãe dele tinha morrido em um acidente de carro, pensei, antes de colocar aquilo de lado outra vez para pensar mais tarde, como eu havia me prometido.

Eu poderia agir como uma pessoa normal. Então, fechei um olho e coloquei meu indicador e o polegar bem perto um do outro.

— Está sendo um pouquinho.

A mandíbula dele tremeu outra vez.

— Não estou, mas se você for ao médico, eu vou te levar — ele tentou argumentar. Tentou me informar.

Mas eu simplesmente o encarei de volta.

— Você não precisa.

O cotovelo dele pousou em cima da minha coxa, e não tive certeza se ele estava fazendo aquilo para me intimidar — algo de que eu duvidava — ou se finalmente estava sentindo o quão apertado o espaço estava.

— Eu vou te levar à droga do médico.

Abri a boca para continuar discutindo com ele, mas foi então que meu celular tocou. Tirando-o do bolso, olhei para a tela e não pude evitar franzir a testa quando o nome de Thea surgiu. Ergui os olhos para o espelho retrovisor, e encontrei os olhos azuis do sr. Cooper focados nos meus pelo reflexo. Seu rosto estava com uma expressão esquisita. Sorri para ele antes de clicar na tela.

— Alô? — atendi, tentando sussurrar, já que Rip tinha exposto os meus problemas na frente de alguém que eu nem conhecia direito e de outro homem que poderia não entender o motivo nem como Rip e eu estávamos conversando um com o outro de maneira tão... quase amigável.

— Luna — minha irmã disse meu nome de uma maneira muito estranha.

— Oi, Thee. — Mordi a parte de dentro da bochecha quando ela não disse mais nada em seguida. — Você está bem?

— Estou — ela colocou para fora, apressada. — E você?

— Sim. Eu te falei na mensagem, lembra? Estou bem — prometi, não gostando de como ela soava. Eu até poderia apreciar sua preocupação comigo, mas...

Ela te enxotou do apartamento dela.

Tinha isso.

— É mesmo? Não aconteceu mais nada? — ela perguntou, soando muito... diferente.

Estudei a parte de trás do assento à minha frente, tentando ignorar a inquietação que o tom dela me fazia sentir.

— Não, foi só o acidente. Alguns movimentos bruscos — respondi, dizendo a mim mesma para não pensar muito naquilo. — Você está bem?

— Sim, Luna. Sim — minha irmã falou um pouco rápido demais.

Ela não soava bem. Baixei a cabeça.

— Você conseguiu resolver a questão do seguro? — me obriguei a perguntar.

Thea fez um barulho esquisito que eu nunca tinha ouvido, o que me deixou ainda mais ansiosa.

— Hum, sim. Eles vão cobrir as minhas coisas.

— Ótimo.

— Que bom que você está bem — ela murmurou, soando, então, distraída. — Bem, foi só por isso que te liguei. Eu só... queria me certificar de que você estava bem.

Em três anos desde que ela tinha ido morar sozinha, ela nunca — nenhuma vez sequer — me ligou para *se certificar de que eu estava bem.* Eu não era muito melhor do que ela com ligações, mas enviava uma mensagem de texto pelo menos uma vez por semana.

— Estou bem. — Ergui a cabeça e encarei a parte de trás do assento; algo naquilo tudo parecia errado e estranho. — Thee, está tudo bem com você?

— Sim, não se preocupe comigo. Mas tenho que ir. Nos falamos mais tarde — ela respondeu com pressa.

— Tudo bem. — Fiz uma pausa. Então adicionei, surpreendendo a mim mesma: — Te amo, Thea.

— É, eu também.

Então, ela desligou e me deixou segurando o celular contra o rosto, franzindo a testa com a nossa conversa.

Que porra tinha sido aquilo? Thea e eu sempre tivemos um relacionamento complicado. Nunca fomos tão próximas quanto eu era de Lily, ou, no caso dela, tão próximas quanto ela era de Kyra. Mas... eu ainda a amava. Sempre amaria, independentemente das coisas que ela havia dito ou feito.

Bem naquela hora, o carro passou por uma lombada, que lançou o cotovelo de Rip contra minha coxa.

— Sua irmã? — ele perguntou baixinho, me obrigando a voltar os olhos para ele.

— Sim — eu disse, deixando de fora a parte em que eu pensava que algo estava estranho, porque... bem, por que não deixaria? Não precisava pedir a opinião dele para saber que provavelmente não achava a minha irmã a melhor das pessoas. Sinceramente, se nossos papéis estivessem invertidos, eu também não pensaria bem de algum parente dele se tivesse feito a ele o que ela tinha feito comigo.

Mas eu não me preocuparia com isso.

Em vez disso, virei a cabeça para frente e o olhei de lado.

— E, de volta à nossa conversa, não vou te deixar me levar ao médico, chefe, mas obrigada de novo pela oferta.

CAPÍTULO DEZESSETE

Todos os meus sonhos e esperanças me decepcionaram na manhã seguinte.

Eu tinha dito a mim mesma que estaria melhor. *Muito* melhor quando acordasse. Talvez eu ainda sentisse um pouco de dor, mas nada que não pudesse aguentar.

Pelo menos era naquilo em que eu havia acreditado.

A realidade era que tudo doía ainda mais. Tudo do que precisei foram de cinco segundos depois que o despertador tocou para perceber o quanto mais.

— Droga — murmurei comigo mesma, deitada ali, querendo erguer a mão para me massagear, mas, então, parando, porque esticar o braço mais do que provavelmente apenas me faria engasgar.

E eu realmente não queria descobrir se seria verdade.

Eu nunca contaria a ninguém quão alto gemi ao rolar de lado e, então, me forçar a me sentar. Em seguida, dei uma olhada pela janela para me certificar de que não havia uma caminhonete preta estacionada na frente de casa. Não havia.

Depois de ele ter me deixado em casa ontem à noite, eu disse a Rip que não havia necessidade de vir me buscar. Ele optou por me olhar feio e, então, ergueu um ombro e falou:

— Tudo bem. — Não acreditei totalmente que ele não apareceria, mas pelo menos a caminhonete não estava ali.

Levei um bom tempo para tomar um banho e vestir as roupas com dificuldade; ainda não havia caminhonete alguma quando bisbilhotei o lado de fora, e, por isso, levei ainda mais tempo para preparar um café da manhã e encher um potinho com outra porção do *lo mein* que, de alguma maneira, havia conseguido parecer ainda mais empapado. Eu achava que isso não era possível.

Trinta minutos mais tarde do que quando eu geralmente saía, abri a porta da frente, equilibrando minhas coisas, e encontrei um Ford F-250 preto parado ali.

Como esperado, pelo para-brisas, no assento do motorista, vi uma cabeça conhecida cheia de cabelo castanho-escuro presa a um corpo enorme.

No minuto em que levei para trancar a porta e descer os degraus, meu chefe tinha saído da caminhonete e já segurava a porta do passageiro aberta, tudo isso enquanto me lançava um olhar que dizia "cale a boca, Luna".

— Bom dia, chefão — gritei ao caminhar na direção dele, me sentindo muitíssimo resignada.

Ele estava outra vez de óculos de sol, e a voz soou tão baixa e rouca como sempre:

— Bom dia, Luna.

Parei bem na frente dele, notando que não vestia uma camisa de compressão. Em vez disso, no meio de junho, ele estava com uma camiseta branca de manga comprida que terminava bem no entalhe da garganta, deixando à mostra grande parte do pescoço grosso.

Encontrei o seu olhar e ergui as sobrancelhas.

— O que você está fazendo aqui?

— Vim te buscar — ele respondeu, enquanto pegava a minha bolsa.

Se eu poderia ter me agarrado a ela? É claro. Mas não o fiz.

Ainda assim...

— Você não precisa de nada disso — Rip me disse.

Agora, sim. Aquilo me fez hesitar e apertar os olhos.

— Por quê?

Ele acenou para que eu entrasse na caminhonete.

— Você não vai trabalhar. Nós vamos ao médico.

Encarei aquele rosto lindo, notando o fato de que ele não tentava desviar os olhos ou se fazer de sabido, nem nada do tipo. Ele estava falando sério.

— Mas não preciso ir ao médico — eu disse com cautela.

— Você não vai trabalhar. O inútil pode dar um jeito no que tiver de ser feito. — Ele gesticulou para dentro da caminhonete outra vez. — Vamos.

Inútil? Era como ele chamaria Jason? Porque se fosse, eu estaria dentro. Mas, em vez de focar no apelido, eu não me movi, e ele notou.

E, quando notou, franziu a testa.

— Por que está sendo teimosa? Você está com dor. Esteve em um acidente...

— Você também.

Aquela carranca não foi a lugar algum.

— Eu não estou com dor — ele alegou antes de acenar para dentro da caminhonete mais uma vez. — Passe na droga do médico para ser examinada. Você pode ter algum outro tipo de problema no futuro, e o seguro do carro não vai cobrir se você não tiver algum documento dizendo que não estava se sentindo bem desde o acidente — explicou.

E ele tinha razão.

Mas eu sabia que não havia nada realmente errado comigo.

Uma mão subiu até sua cabeça, e ele a escorregou pela curva do crânio antes de soltar um suspiro profundo e dizer, com calma:

— Entre. Cooper marcou uma consulta para você para as oito da manhã.

O sr. Cooper tinha feito isso?

Ou seja, eu nem precisaria perder tempo pensando. Se o sr. Cooper queria que eu fosse, então... a situação toda havia mudado. Ele só estava tentando me fazer ir, porque se importava comigo.

Eu teria dado qualquer coisa para ter um pai que se importava comigo quando era mais nova. Eu aproveitaria a chance agora.

— Tudo bem — concordei, tentando não parecer chateada com isso, porque eu não estava, principalmente agora que sabia a história toda. Além disso, a única razão pela qual eu não tinha ido ontem era porque Jason quase havia estragado tudo, e eu não confiava nele o bastante para deixá-lo sozinho. Ele realmente era igual a um bebê que eu tinha de vigiar o tempo todo, só que não era fofo, curioso ou podia usar a desculpa de ser uma criança.

Se estava se sentindo convencido do que eu disse, Rip não comentou. O que ele fez foi apontar para dentro da caminhonete.

Também apontei, só para encher o seu saco.

— Me dá uma ajudinha?

Não deixei de notar que a bochecha dele se moveu. Também não deixei de notar sua resposta, porque não houve uma. Tudo o que ele fez foi abaixar a bolsa até o chão, se posicionar atrás de mim e simplesmente me levantar como tinha feito no dia anterior até eu poder alcançar o estribo. Entrei e o observei colocar minhas coisas no chão aos meus pés antes de dar a volta até o outro lado e entrar.

Mal tínhamos saído da frente da minha casa quando Rip perguntou:

— Você não está irritada?

Olhei para ele, analisando a tatuagem escura que eu podia ver ao longo da lateral do pescoço que quase parecia... chamas? Hum.

— Com o que eu ficaria irritada?

— Com a consulta.

Eu tinha quase certeza de que aquilo era um crânio em chamas. Chamas meio excêntricas, mas, ainda assim, chamas.

— Não. Eu nunca ficaria irritada com alguém se preocupando comigo. — As palavras mal tinham saído da minha boca quando percebi como soaram patéticas.

Bem, fazer o quê?

— Você tem certeza de que não precisa de uma consulta só por precaução? — perguntei a Rip, só para brincar com ele.

Sua risadinha não foi surpresa alguma.

— Não.

— Tem certeza?

— Tenho — ele insistiu, o mais sutil dos sinais de diversão em seu tom.

Sorri só porque eu sabia que ele não veria.

— Eu posso ligar e marcar uma consulta para você, se quiser — continuei.

— Alguém alguma vez já te disse que você é um pé no saco? — ele perguntou, mantendo sua atenção adiante na estrada.

Sorri bem quando meu celular vibrou no colo. Era uma mensagem de Lily.

Lily: Bom dia. Tenho um turno pela manhã hoje.
Estou com muita saudade.

Eu amava aquela garota.

Eu: Também estou com muita saudade, docinho.
Tenha um ótimo dia no trabalho. Ganhe muitas gorjetas.

Hesitei e, então, digitei outra mensagem antes que pudesse me convencer a não o fazer.

Eu: Eu te amo.

Trinta segundos devem ter se passado antes de eu receber uma resposta.

Lily: EU TE AMO MUITO <3 <3 <3 <3 <3 <3

— Boas notícias?

Olhei na direção dele.

— Você está com um sorrisão no rosto — ele disse, como se explicando.

Ah.

— Era só uma mensagem de bom-dia da minha irmãzinha. — Pensei nisso e, então, no comentário dele a respeito da mãe no dia anterior. Logo, antes que eu pudesse desistir do que estava prestes a perguntar, fui em frente: — Você tem irmãos ou irmãs?

O *"Não"* dele foi imediato. Então, inclinou a cabeça para o lado e continuou falando:

— Minha mãe queria ter tido mais filhos, mas nunca chegou a acontecer. Não sei o motivo, mas sou só eu.

Só ele. Não sei por que isso me deixou triste, mas deixou. A mãe dele tinha morrido. Ele não tinha nenhum irmão, e eu não fazia ideia do que tinha acontecido com o pai dele.

Se ele sequer o havia conhecido.

Não que eu tivesse conhecido a minha mãe. Ou quisesse conhecer melhor meu pai em algum momento.

Mas não tocaria no assunto. Não mesmo. Então, continuei no que parecia seguro:

— Você queria ter algum irmão?

Ele pensou por um momento antes de balançar a cabeça.

— Não. — Antes que eu pudesse fazer outra pergunta, ele se adiantou: — Você conversou com a sua irmã de novo?

— Com qual delas? — questionei, apesar de fazer ideia de a quem ele estava se referindo.

— Com a que mora em Dallas.

Eu estava certa.

— Ontem mesmo. — Mordi a bochecha e não entendi por que continuei falando. — Mas essa foi a primeira vez desde quando nós fomos... visitá-la. Mas com ela, isso é normal. Ela nunca me liga... — *a não ser quando precisa de algo,* mas, em vez disso, eu disse: — ... durante o trabalho, a não ser que seja uma emergência.

O "*Hum*" dele soou carregado o bastante para chamar minha atenção.

— O quê? — não pude evitar perguntar.

Rip não se prolongou.

— Você sentiu que era coisa boa?

Isso me fez ficar na defensiva na mesma hora.

— O que quer dizer com isso?

Ele deve ter percebido alguma coisa, porque me olhou de lado.

— Não vou falar mal da sua irmã, Luna — ele afirmou, com calma. —

Só estou dizendo que tem alguma coisa suspeita acontecendo com ela, e você sabe disso.

Então eu não tinha sido a única a imaginar aquilo.

— O que quer dizer com alguma coisa suspeita?

Ele fez uma careta.

— Você não vai ficar irritadinha, vai?

— Não — respondi, soando como se estivesse mentindo, mas não estava. Porque eu não ficaria brava. Não havia *nada* com que ficar brava. Ele disse que não falaria mal da minha irmã, então...

— Olha, não queria dizer nada, mas tem alguma coisa acontecendo com ela que não faz sentido. — Ele me lançou um olhar como se em desafio para que eu o contradissesse.

Eu não o faria, porque seu comentário fez algo dentro de mim se aguçar.

— O que não faz sentido?

Ele soltou um suspiro que deveria ter sido um aviso de que eu talvez não gostasse do que diria a seguir. Mas, como esperado de Rip, ele não se conteve.

— Você não notou, quando fomos ao apartamento dela, que não havia nada de errado com a porta da frente?

O quê?

— A porta da frente — ele repetiu, como se eu tivesse literalmente feito a pergunta em voz alta. — Ela disse que o lugar tinha sido invadido, mas não havia nada de errado na porta. Já vi lugares que foram invadidos, Luna. Não parecia que alguém havia mexido nas coisas dela. A moldura da porta estava intacta. E, porra, ela tem até um sistema de alarme.

Levei um segundo para processar as palavras dele. Para *pensar*.

E pensando bem... ele tinha razão.

Não tinha nada de errado com a porta da frente. Eu havia tocado a campainha e batido à porta. Com força. E ela morava no terceiro andar. Como poderiam ter entrado, a não ser que tivessem dado uma de Homem-Aranha e escalado as varandas... Mas por quê? Para entrarem pela porta de correr? E todo esse esforço para roubar um notebook de mil dólares, que nem mesmo eu achava tão caro assim, para começo de conversa? Eles não teriam que ter invadido outros apartamentos para valer a pena?

Rip resmungou enquanto fiquei sentada ali.

— Só estou dizendo. Não faz sentido.

Hum.

Hum.

Ele estava certo.

E isso fez meus ouvidos zunirem. Porque algo não havia parecido certo naquela coisa toda, mas não consegui identificar o que era nem o porquê. Só pensei que fosse Thea agindo de maneira estranha, mas não era.

Ou talvez eu só quisesse assumir que fosse.

Eu não esperava que ela fosse minha melhor amiga, mas também não esperava que mentisse para mim, não depois de tudo pelo que tínhamos passado juntas. Mas foi o que ela fez. Por alguma razão, ela havia começado a mentir para mim a partir do momento em que tinha saído do seu primeiro apartamento e não me contado.

... talvez até antes.

Essa traição pareceu pior do que qualquer outra. Por que ela inventaria algo assim? Teria alguém invadido a casa dela, afinal de contas?

Eu me perguntei se Kyra sabia se havia algo errado com Thea. Eu duvidava de que Lily soubesse.

Pela primeira vez, não soube o que dizer. Tudo o que pude fazer foi... pensar no assunto.

E me sentir decepcionada.

Foi essa decepção que me roubou as palavras da garganta por um bom tempo depois.

— Obrigada — murmurei para a recepcionista depois de acertar minha conta pela consulta médica, uma hora e meia mais tarde.

A mulher me lembrou outra vez:

— A farmácia vai preparar sua receita em até trinta minutos.

Repeti meu "obrigada" antes de escapar pela porta que me levou à sala de espera, onde encontrei Rip. Ele estava sentado, esparramado em uma das cadeiras, os braços cruzados sobre o peito, praticamente rebentando para fora do pobre assento. Por um segundo, me perguntei como seriam os sofás da casa dele; então, disse a mim mesma para parar. Ele se levantou sobre os grandes pés e me olhou de cima a baixo, como se eu vestisse uma placa que entregasse meu diagnóstico.

— Pronta?

— Sim — falei, dando um sorriso que foi só parcialmente forçado. Eu não estava chateada com ele por ter tocado... no assunto de Thea, mas esse fardo pesava em mim. Pesava tanto que eu realmente não soube o que dizer a ele. Ou no que pensar, mais do que tudo.

Eu raramente deixava as pessoas me magoarem, mas Thea não havia sido honesta comigo... E isso magoava mais do que deveria. Quero dizer, eu já não havia mentido para pessoas o suficiente ao longo da vida ao ponto de ser uma hipócrita enorme ao reclamar de alguém fazendo a mesma coisa comigo? Eu sabia a resposta. Minhas mentiras não eram sempre inocentes.

Mas eu precisava parar de pensar nisso.

Então esmaguei aquilo em uma bolinha e a deixei de lado. Por enquanto.

Eu estava bem. Eu era amada. Eu tinha tudo.

Exceto a honestidade da minha irmã. E provavelmente sua lealdade.

E lá ia eu de novo.

— Estou bem — obriguei-me a dizer a Rip ao sairmos do consultório e seguirmos pelo corredor em direção até onde ele havia estacionado a caminhonete mais cedo. — Eles tiraram um raio-X. O médico disse que está tudo bem, que só estou um pouco dolorida. — Guardei o *Eu te falei* para mim mesma. — Ele me deu uma receita que a farmácia pode preparar em meia hora, mas não vejo motivo para ir buscar o remédio. Não vou tomá-lo.

— Por quê?

Será que eu tinha mais alguma gota de orgulho? Ele já sabia de detalhes ruins o bastante a meu respeito. Que diferença faria mais um?

— Não confio em mim mesma perto de nada que possa se tornar um vício. Não quero arriscar, e os comprimidos são opiáceos. Fiz uma pesquisa enquanto esperava.

Não tive que olhar para ele para saber que havia ficado sério. Pude sentir. Pude senti-lo me lançar um olhar.

Dei de ombros para que ele soubesse que não era grande coisa.

— Enfim, se você quiser...

— Você não vai voltar ao trabalho — ele disparou em resposta antes que eu sequer pudesse terminar.

Foi difícil não sorrir.

— Eu sei. O sr. Cooper me mandou uma mensagem enquanto eu esperava pelo raio-X dizendo para não me dar o trabalho de aparecer pelo resto da semana. Eu ia te perguntar se poderia me dar uma carona até minha casa, chefe.

O resmungar dele me fez sorrir outra vez.

— Eu te levo. Não fiquei aqui esperando à toa.

Revirei os olhos.

Então me perguntei o que eu faria agora. Nunca havia tirado um dia de folga só porque podia. Sempre havia sido para fazer algo com as minhas irmãs ou nas raras ocasiões em que estive doente.

Mas agora? Meu primeiro e único pensamento foi Lily. Lily, e apenas Lily.

Então, Rip, em mais uma das vezes que eu poderia jurar que ele leu a minha mente, perguntou:

— Você vai pegar leve?

— *Sim.* Eu estava pensando em talvez visitar minha irmãzinha em Galveston.

— Galveston?

— Sim. — E antes que ele pudesse dizer algo, coloquei para fora: — Se eu for, vou pegar um Uber ou algo assim. Não vou arriscar minha vida nem a de ninguém ao tentar dirigir, tudo bem?

Ele manteve a porta da saída aberta para mim, e esbarrei nele ao passar, sentindo os músculos duros ao longo do peito, além do abdômen que roçou meu braço. Nossa, o homem era musculoso. Firme. Duro.

E *meu chefe.*

Meu chefe.

Meu chefe, com quem eu tinha de continuar brincando para que ele não achasse que eu estava pensando no seu corpo.

— A não ser que você queira vir junto. — soltei, só porque podia, ao descer os degraus do prédio.

Ele não respondeu ao voltarmos para a caminhonete, e não levei para o lado pessoal. Ele nunca aceitava os meus convites mesmo. E eu o tinha convidado, o quê? Umas cem vezes nos últimos anos?

Tirando o celular do bolso enquanto andava, encontrei o número de Lily nas minhas mensagens e sorri lendo a última que ela havia me enviado.

Mandei uma nova para ela.

Eu: Vou tirar folga hoje e amanhã, e estava pensando em ir te visitar se você tiver tempo. Me avise. Sem pressão.

Se ela estivesse ocupada, eu entenderia. Não seria um problema.

— Você vai dormir lá ou passar o dia? — Rip perguntou ao destrancar a caminhonete.

Ah.

— Estou esperando a resposta de Lily, mas se eu for… acho que posso passar a noite. Acho que nunca dormi em Galveston, agora que estou parando para pensar nisso.

Ele abriu a porta do passageiro antes de se posicionar bem atrás de mim, as mãos indo até aquele lugar familiar bem baixo dos meus quadris outra vez.

— Acho que não vou a Galveston faz uns vinte anos. Pés para cima.

— Você não gosta de praia?

— Eu gosto de praia. Não gosto da areia na minha bunda.

Não faça isso. Não faça isso. Não...

Não pude me segurar.

— Tem alguma coisa de que você gosta, hum, lá? — perguntei.

Rip se engasgou.

Eu ri ao dobrar as pernas para cima enquanto ele me erguia. Então, as desci quando me pareceu adequado. Ele bateu a porta assim que me acomodei no assento, e não pude evitar sorrir com o quão desnecessariamente gentil ele estava sendo. No segundo em que ele se posicionou atrás do volante, eu disse:

— Rip, você sabe que não precisa ser gentil comigo por causa do acidente. A culpa não foi sua.

Ele nem sequer se importou em me dar um olhar chateado.

— Nós já conversamos a respeito dessa porcaria.

Essa porcaria.

E ele não se culpava.

Até parece.

— Ótimo, que bom que você não se culpa, mas, é sério, não precisa ser meu motorista, não sou uma dondoca com seu motorista. Estamos quites. Estamos bem. Eu até iria trabalhar se você e o sr. C deixassem, caso seja com isso que você está preocupado.

Mas no que foi que ele prestou atenção?

— Não estamos quites — ele teve a ousadia de tentar alegar, usando aquele tom seco comigo.

Não quis nem pretendi encará-lo, mas... que droga.

— Por quê?

Ele deu de ombros.

— Porque não estamos.

Bem naquele instante, meu celular vibrou. Olhei para baixo e encontrei uma mensagem da minha irmã. Então, mais outra chegou.

Lily: Eu tenho que trabalhar até às cinco, mas VENHA ME VER. ESTOU COM MUITA SAUDADE.

Lily: Você pode ficar no restaurante comigo.

Depois, mais uma chegou antes de eu ter terminado de ler as duas primeiras.

Lily: Meu quarto é bem pequeno, mas DURMA COMIGO. Podemos dividir a cama, como nos velhos tempos.

Então, outra, e não pude segurar o sorriso com as mensagens.

Lily: Você já está vindo?

Eu a amava. Eu a amava muito.

Eu: Ainda não, mas eu vou.

— Por que você está sorrindo? — perguntou o homem ao meu lado.

Colocando o celular outra vez na bolsa, ainda não consegui tirar o sorriso do rosto.

— Minha irmãzinha tem que trabalhar, mas me disse para ir visitá-la, então acho que vou chamar um carro de aplicativo para me levar. — Só de pensar nela já fazia com que eu me sentisse melhor. — Estou com muita saudade — eu disse com um suspiro. — E, apesar de eu sentir muito pela sua caminhonete, e de eu me sentir horrível por ter que tirar uma folga, estou animada para ir vê-la. Eu não acharia ruim se ganhasse uma dúzia de abraços dela.

Ele murmurou "*Hum*" para mim.

Fazendo uma lista mental do que eu deveria pôr na mala, fiquei bem surpresa quando meu celular começou a vibrar, mas a vibração foi diferente da de quando chegava uma mensagem. Era uma ligação. Meio esperando que fosse Lily, fiz uma pausa com o aparelho na mão e vi o código de área de San Antonio na tela. Seria aquele advogado de novo?

Hesitei por apenas um segundo antes de atender.

— Alô?

Houve um barulho alto ao fundo antes da voz de um homem soar na linha:

— É a Luna?

Tudo bem. Ele não soava nem um pouco como o homem com quem eu havia conversado algumas semanas antes a respeito da vovó Genie.

— Sim? — respondi, sabendo ter soado desconfiada, mas realmente não me importando.

— Cacete, finalmente — o homem na linha murmurou, e tive que afastar o celular do rosto para encará-lo, porque... quem raios era essa pessoa?

— Como é que é? — perguntei ao trazer o aparelho de volta ao rosto.

Ele não me fez esperar.

— Temos que conversar — o homem continuou, disparando as palavras. — Quanto antes melhor.

Espere aí. *Espere aí.*

Eu estava bem. Eu era amada. Eu tinha tudo de que precisava.

Exceto por essa conversa com um homem que, de repente, eu tive certeza, de alguma maneira e de alguma forma, era o meu pai.

Como raios ele havia arranjado meu número?

Meu pai estava me ligando. Depois de nove anos. Depois de me dizer que me mataria. Depois de segurar uma...

Acalme-se, Luna.

Eu estava calma. Eu estava calma. Eu estava bem. Eu podia pensar.

— Nunca mais ligue para mim — eu disse devagarinho no aparelho, interrompendo o homem do outro lado.

Mas o que ele fez? Ele xingou. Ele xingou como tinha feito todas as outras vezes em que pedi qualquer coisa enquanto crescia. Como se eu fosse um inconveniente, e suas palavras seguintes confirmaram que nada havia mudado.

— Só estou te ligando por causa da sua irmã, porra, não ache que é por outro motivo.

Por causa da minha irmã? Qual delas?

— Fale para ela largar aquele maldito emprego. Ela não está mais atendendo às minhas ligações.

Não atendendo mais às ligações dele? E ela as havia atendido alguma vez? Desde quando? Por quê?

Por que ela faria algo assim?

Eu não descartaria a possibilidade de ele estar mentindo, mas... por quê? Por que ele faria isso?

— Só fale com ela. Ela não tem direito nenhum de fazer essa merda — ele continuou tagarelando e falando rápido demais.

Acabando comigo mais um pouquinho a cada palavra. Ou talvez fosse minha irmã que estava fazendo isso com cada palavra que saía da boca *dele*.

Minhas mãos começaram a tremer. *As minhas.* E, bem quando eu estava prestes a enterrar a mão livre sob as coxas, parei. Então, tomei uma decisão.

— Eu não sei do que você está falando — eu disse, honestamente, porque não sabia e não esconderia o fato. — Mas não quero nunca mais ouvir sua voz. Também não ligue para Lily ou Kyra. Se você ligar, vou entrar em contato com o seu agente de condicional. Não pense que eu não faria isso.

E desliguei na cara dele.

Então, e apenas então, enfiei a droga das minhas mãos trêmulas sob as coxas ao soltar um suspiro profundo.

No que, pelo amor de Deus, Thea estava envolvida? Que merda ela estava fazendo? Por que estava falando com ele, dentre todas as pessoas, cacete?

Bem quando eu achava que as coisas não poderiam piorar...

Eu descubro *isso*? *Isso?*

— Você está bem? — Rip não esperou para perguntar.

Eu quis dizer que estava bem. Realmente quis. Mas não foi assim que respondi.

— Sim. Não. Eu acho... Eu acho que você tem razão quanto à minha irmã estar envolvida em algo suspeito. Foi meu pai quem acabou de me ligar.

Meu pai. Que piada.

— Eu não falo com ele há anos, e ele simplesmente disse...

Por que raios eu estava contando tudo isso para Rip?

Tirando uma das mãos de sob a coxa, levei-a até a cabeça e esfreguei a palma de um lado a outro da testa com muita, muita força — como se isso pudesse apagar a conversa que havia acabado de acontecer.

A voz de Rip soou baixa e grave, e muitíssimo séria ao perguntar:

— O que ele disse?

Mantendo os olhos em frente, mal consegui contar a ele:

— Ele disse que a minha irmã não tem direito de fazer alguma coisa, mas não disse o quê, e... — Rancor, juro por Deus que foi rancor, cresceu na minha garganta pela primeira vez desde que eu podia me lembrar. Eu não estava amargurada. *Não estava*. Mas foi o que senti naquela hora. Então, entendi. Entendi por que as pessoas se agarravam a algum ressentimento pelo resto da vida. — Ele disse que ela tem ignorado as ligações dele, como se isso fosse novidade.

Como ela pôde? Depois de tudo que ele tinha dito e feito para mim? Ela era a mais velha delas. A que havia testemunhado mais do que o resto das outras irmãs exatamente como nosso relacionamento tinha sido.

E ela estava falando com ele?

— Desculpa. — Peguei o celular outra vez e, na mesma hora, cliquei no botão de discagem rápida, meu coração na droga da garganta. — Preciso ligar para ela.

Ele não respondeu quando cliquei para iniciar a chamada. Mas fiquei sentada lá, ouvindo chamar, ouvindo-o tocar mais um pouco e, depois, ainda mais um pouco. Até o correio de voz atender.

Então, liguei de novo. E, de novo, ela não atendeu. Dane-se. Eu deixaria uma mensagem.

— Thea, é a Luna. Acabei de receber uma ligação de... casa. Você está bem? — Ela vinha conversando com o nosso pai pelas minhas costas. Deus, eu estava *furiosa*. Mas mais... mais do que qualquer outra coisa... parecia uma facada. Doía tanto que eu mal conseguia falar, e mal conseguia manter o controle. Eu mal conseguia *pensar*. — Olha, não sei o que está acontecendo, mas vou te ajudar de toda forma possível. Só converse comigo, está bem? Me ligue de volta, por favor. Não vou trabalhar hoje. Me ligue na hora que puder. — Inspirei e expirei pelo nariz. — Se cuide, ok?

Só então desliguei, me sentindo esquisita... Meio entorpecida.

O que ela estava fazendo?

Cerrei as mãos no colo e as encarei, tentando colocar meus pensamentos em ordem outra vez. Minha irmã não estava morrendo. Nada terrível havia realmente acontecido com ela. Não havia motivo para eu surtar e voltar a Dallas para vê-la — não que ela fosse sequer abrir a porta do seu apartamento para mim.

Respirei fundo outra vez e, sinceramente, soei como um amortecedor de som descalibrado ao colocar o ar para fora.

Acalme-se. Eu precisava me acalmar.

Foi apenas o balançar da caminhonete que me fez notar que havíamos parado. Bem em frente à minha casa.

— Luna — Rip se demorou no meu nome, sem pressa e com cuidado. — Você está bem?

Mordi o lábio inferior e ouvi a mentira que queria sair da minha boca. Eu a substituí pela verdade.

— Vou ficar.

Dedos longos, tatuados e familiares avançaram lentamente por cima das minhas mãos e ficaram ali, acariciando a pulseira de TEAMO que eu havia colocado naquela manhã. A voz de Lucas Ripley escorreu por mim quando disse:

— Eu não sei o que está acontecendo com a sua irmã, mas se eu puder fazer alguma coisa, me avise. Você não está sozinha, certo?

Pressionei um lábio contra o outro, e assenti.

Mas ele não havia terminado.

— Você não está sozinha, Luna. E preciso te dizer: você não deveria deixar ninguém passar por cima de você nem se safar dessas merdas...

— Eu não posso fazer isso — cortei-o.

Foi só por causa da expressão acolhedora que ele me deu, com todos aqueles seus traços geralmente duros agora sem qualquer tensão pela primeira vez, que não deixei as palavras dele, ou o que quer que ele estivesse tentando me dizer, me incomodarem.

— Tudo o que estou dizendo é que você não precisa aceitar essas merdas. E precisa parar de acreditar que as merece. Pense nisso, está bem? Divirta-se com a sua irmã, mas pense no que eu disse.

CAPÍTULO DEZOITO

— Estou feliz em te ver de novo, luazinha — o sr. Cooper disse ao entrar na sala de descanso com a caneca de café em mãos.

Eu me reclinei na cadeira e sorri.

— Eu também, sr. C. Parece que fiquei fora uma semana. — Mas, na verdade, haviam sido apenas dois dias inteiros. Eu poderia ter ficado em casa mais um dia e ninguém teria dito nada, mas não quis tirar proveito da bondade de ninguém.

Isso, e porque eu havia ficado apenas algumas horas sozinha em casa na noite anterior e já não soube o que fazer comigo mesma. Descobri bem rápido enquanto visitava Lily que, se eu tivesse cinco segundos livres, acabaria pensando em Thea e no meu pai. E, se eu não estivesse pensando neles, pensava em Rip, seus amigos secretos e sua mãe. Uma vez, e só uma vez, me deixei pensar nas últimas palavras que ele tinha dito a mim antes de me deixar em casa, quanto a eu não aturar as merdas das pessoas.

Não quis pensar em nada disso, especialmente não depois que minha irmã não teve coragem de me ligar de volta, mas não viu problema em mandar uma mensagem para Lily. Foi só porque ela estava respondendo a Lily, e porque eu havia ligado para Kyra e verificado se ela havia recebido notícias de Thea, que eu soube que, pelo menos, ela estava viva e bem. Se as coisas estivessem ruins, ela não estaria trabalhando nem indo a faculdade, de acordo com o que Kyra havia me dito. Tive de mentir e dizer que havíamos discutido e que ela estava brava comigo.

Porque isso já tinha acontecido antes.

O homem mais velho apoiou a mão no topo da minha cabeça ao passar atrás de mim, puxando-me de volta aos pensamentos bons e seguros que não focavam na minha irmã ter me traído emocionalmente nem no meu pai ser um babaca.

— Você voltou ao normal?

— Em grande parte — respondi, finalmente capaz de virar o pescoço... pelo menos, mais do que antes. A massagem que eu tinha feito na quarta-feira enquanto esperava Lily sair do trabalho havia ajudado. — Como você está? E a sua esposa?

Ele repousou um sanduíche ao meu lado.

— Está tudo bem. Ela está ótima. Está com saudade de você e me disse para te avisar que tem de ligar para ela. Além disso, nenhuma reclamação da minha parte.

— E a sua pressão?

Aquilo o fez me olhar de soslaio.

Sorri e sussurrei:

— E o cara novo?

— Tudo bem — o sr. C confirmou. — Ele trabalha duro, é muito respeitoso e profissional. Estou feliz.

— Que bom.

— O que você fez nos dias de folga?

Eu havia decidido não contar a ninguém sobre a questão de Thea, incluindo ao sr. Cooper.

— Fui visitar Lily e passei a noite lá. Ontem à noite, fiquei vendo TV e lavando roupa.

— Não teve mais nenhum daqueles encontros?

Droga. Se não fosse pela minha irmã mais nova ter me enviado uma mensagem naquela manhã, eu teria me esquecido completamente disso — mesmo depois de ela ter tocado dezenas de vezes no assunto enquanto estávamos juntas.

— Vou ter um hoje à noite, na verdade. Vou sair com o ex-professor da Lily.

— Um professor?

Ele parecia estar com dúvidas ou eu estaria imaginando coisas?

De qualquer forma, assenti.

— Consigo te imaginar com um professor — ele disse, pensativo. Então não estava com dúvidas. Certo.

— Eu não. Ela disse que ele é legal. Vamos nos encontrar no Mickey's, então espero que dê tudo certo — respondi, olhando para o lado e vendo Rip no meio da sala de descanso. Eu não o tinha nem ouvido chegar. Ele era tão furtivo.

Ele me lançou um olhar impassível, sobre o qual não tive certeza do que pensar.

Quando cheguei naquela manhã, ele já estava trabalhando. E, quando desci com o café para ele, não muito tempo depois, tivemos a mesma troca de sempre, só que ele me perguntou se eu estava melhor. Eu disse que sim, e tinha sido isso.

Ele não voltou a me perguntar da minha irmã depois de oferecer ajuda com a situação dela, caso eu precisasse.

Não que eu fosse pedir.

Bem, a não ser que fosse absolutamente necessário.

— Está se sentindo melhor, Luna? — outra voz perguntou, chamando minha atenção de volta à porta enquanto Rip caminhava bem atrás de mim.

Era o cara novo, Ashton, parado na porta e segurando o que parecia uma sacola de um food truck de hambúrgueres estacionado a um quarteirão da oficina.

— Sim — eu disse, dando a ele um sorriso. — Eu finalmente consigo virar a cabeça um pouquinho. Está vendo?

O homem loiro sorriu ao colocar a sacola na cadeira em frente à minha.

— Muito bom.

— Obrigada — eu disse.

Fora do meu campo de visão, Rip colocou alguma coisa no micro-ondas.

— Todo mundo estava reclamando sobre você não estar aqui — Ashton continuou falando ao puxar a cadeira.

— Awn, é só que eles não têm mais ninguém para encher o saco — brinquei.

Duas garfadas na comida mais tarde, o arrastar de uma cadeira do meu outro lado sendo puxada me preparou para que Rip se sentasse nela, e ele o fez. Em sua marmita de vidro tinha o que parecia... frango, arroz integral e vegetais. Então, olhei para baixo em direção a minha vasilha e encontrei o mesmo macarrão grudento e meio queimado, além de vegetais murchos e marrons que não estavam com gosto nem um pouco melhor do que no primeiro dia.

Ele deve ter bisbilhotado minha comida também, porque nossos olhos se encontraram, e eu tive que dar um sorrisinho.

A bochecha que eu podia ver subiu — também era a mesma que tinha uma covinha — e não pude evitar de me vangloriar com a nossa piada interna.

Empurrei meu pote um centímetro para mais perto dele e perguntei, toda séria:

— Quer um pouco, chefe?

Aquela bochecha subiu ainda mais quando respondeu com muita clareza, usando toda a gravidade de sua voz:

— Não precisa.

— Tem certeza?

Seus olhos se voltaram até a minha comida, e, por um momento, ele pareceu pensar na possibilidade antes de tirar o garfo da minha mão, enterrá-lo na marmita e, então, como se o tivesse feito dezenas de vezes antes, levou a comida até sua boca no tempo que levei para processar o que ele tinha feito. Sua mandíbula se moveu... Aqueles olhos azul-petróleo se arregalaram...

E ele se engasgou.

Caramba, Ripley *se engasgou* antes de a garganta saltar com força e ele engolir.

Meu queixo caiu ao observá-lo balançar a cabeça em seguida, como se estivesse tentando apagar aquela memória do cérebro.

— Rip — consegui soltar, ainda de queixo caído.

— Mas que *bosta* é essa? — ele perguntou, pegando a garrafa de água e bebendo metade antes de me lançar o que tive certeza de que para ele pretendia ser um olhar horrorizado, mas que, em vez disso, só pareceu adorável.

— *Lo mein* — eu disse, começando a rir.

Ele olhou para mim. Então, pegou meu pote, empurrou a cadeira para trás e jogou tudo no lixo.

— Rip! — eu protestei, rindo. — O que você está fazendo? A comida estava perfeita!

Já puxando a cadeira novamente até perto da mesa, ele me olhou ao repousar a marmita, agora vazia, e pegar a dele.

— Não tem nada de perfeito naquilo, Luna — ele resmungou, balançando a cabeça ao colocar metade da sua refeição no meu pote. Ele o empurrou de volta até mim, erguendo o queixo. — Coma isso.

Pisquei, ignorando a sensação de formigamento que surgiu nos meus braços ao compreender o que ele tinha feito.

— Eu não quero comer a sua comida.

— Luna.

— E se você ficar com fome mais tarde porque só comeu metade?

Aquele rosto deslumbrante mudou, só um pouco, mas, então, ele revirou os olhos e disse com a voz mandona:

— Coma.

Eu não tinha percebido até aquele momento que nem o sr. C nem Ashton tinham dito algo desde que Rip havia se sentado ao meu lado e começado a falar. Eu me perguntei o que o sr. Cooper estaria pensando.

Mas Rip voltou a falar, então foquei nele.

— Você vai realmente discutir comigo sobre comida? — ele teve a audácia de perguntar.

Pressionei um lábio contra o outro e murmurei:

— Não. — Então, parei de fazer isso, curvei os dedos no topo do pote e o trouxe para perto. — Obrigada por compartilhar. Não precisava.

Sua resposta afetuosa foi um resmungo.

Se não fosse pelo meu celular apitando de onde estava na mesa, eu teria continuado, mas olhei para baixo e vi que tinha recebido uma mensagem de Lily.

Depois da ligação do meu pai, sempre que o celular apitava, eu ficava paranoica.

Desbloqueei a tela e cliquei para abrir a mensagem.

Lily: Está pronta para hoje à noite?

Bem, pelo menos não era nenhum outro problema. Apenas um encontro. Hoje à noite.

Será que meu pescoço tinha começado, de novo, a doer de repente ou seria a minha imaginação?

Enviei uma mensagem em resposta a ela.

Eu: Sim...

Eu: Mas meu pescoço está doendo.

Foi um exagero além do necessário, mas...

Lily: Então simplesmente não vire a cabeça, bobinha.

Espiando Rip, pude ver que ele havia tirado uma revista de algum lugar — do bolso? — e a desenrolado ao lado. Mas parecia que escorregava a língua sobre os dentes, fazendo uma careta enquanto isso. Minha comida causava esse efeito nas pessoas.

Pensei no que escrever em resposta, antes de finalmente olhar para baixo até a comida nova na minha marmita. Não era exatamente o que eu havia pensado: arroz salteado com vegetais e coxa de frango. Peguei um bocado de arroz com o garfo e o enfiei na boca, piscando ao mastigar e engolir os grãos.

Deslizei os olhos até Rip e comi outra garfada.

Estava muito gostoso. Eu me perguntei se tinha sido ele quem a preparou... A não ser que ele tivesse um chef que frequentasse a casa dele —

ou uma mulher que preparasse a comida.

Talvez tenha sido uma mulher quem a preparou. Eu não fazia ideia se ele tinha namorada. Ou talvez nem mesmo uma namorada, mas apenas uma... amiga. Talvez uma amizade colorida. Ninguém nunca havia mencionado que ele tinha alguma mulher em sua vida, e não era como se ele trouxesse qualquer pessoa à oficina, além do cara que ele havia encontrado no estacionamento.

— Foi você quem fez isso? — perguntei a ele.

Ele nem sequer olhou de relance para mim.

— Aham.

Tudo bem, então. Digitei uma resposta para Lily enquanto colocava mais comida na boca.

Eu: Eu realmente não quero ir, Lily.

Lily: Ah, não. Vá, sim. Quem sabe, talvez vocês combinem. Eu te prometo que ele é muito bonito.

Eu sabia que ele era bonito. Ela tinha me mostrado uma foto dele pelo menos três vezes. Só que essa não era a questão.

Lily: Mas posso ver se ele pode outro dia, se você quiser.

Para falar a verdade, eu não queria, mas... eu deveria estar tentando. Então...

Ergui os olhos para Rip outra vez, observando enquanto ele folheava a revista ao enterrar o garfo na comida sem nem olhar para o pote. Ele havia dividido sua comida comigo. Comida que ele tinha feito.

O coração queria o que o coração queria, mas o cérebro sabia o que poderia ter.

E foi com isso em mente que a respondi.

Eu: Sim, se você puder.

Lily: Tudo bem, pode deixar.

Só me senti um pouquinho idiota em seguida, mas pelo menos não estava cancelando definitivamente. Eu ainda tentaria. Só... não hoje.

Por alguma razão, olhei para o outro lado para ver o que o sr. Cooper estava fazendo, já que ele tinha ficado em silêncio, e tive que fazer uma pausa quando olhei para ele e vi o sorriso que tinha no rosto enquanto comia seu sanduíche.

— Está tão bom assim? — não pude evitar e perguntei.

Seus olhos azuis encontraram os meus, o sorriso ainda no seu rosto, e o sr. Cooper riu baixinho.

— Sim, está bom demais, Luna. — Seu sorriso cresceu ainda mais logo antes de ele mover uma mão para acariciar o topo da minha cabeça. — Melhor sanduíche que já comi.

Horas depois, às cinco da tarde, quando eu havia praticamente feito todo o meu trabalho do dia e mal conversado com Jason, que tinha agido de maneira esquisitamente decente, verifiquei meu celular outra vez e descobri mais mensagens de Lily que foram mandadas durante a tarde.

Lily: Enviei um e-mail para ele, mas não recebi resposta.

Lily: Nada ainda.

Lily: Sem resposta, mamãe Luna. Tenho que ir trabalhar, mas vou ficar de olho, caso ele me responda. Desculpa. <3

Ele não tinha respondido?

E se ele tivesse ido ao bar onde havíamos combinado de nos encontrar para me esperar?

Enviei uma mensagem para minha irmã dizendo que tudo bem e, então, peguei minhas coisas para ir embora. Rip estava ocupado conversando com dois caras da oficina, então não pude nem acenar e me despedir. Mas gritei para dizer tchau a Miguel, que ainda estava de olho em mim como se eu estivesse prestes a cobri-lo com vômito do outro lado da sala.

Quando cheguei em casa e Lily ainda não havia me respondido para confirmar se meu encontro tinha sido cancelado, me senti mal. Eu realmente não queria ir, mas também não ia deixar o homem na mão. Me obriguei a me vestir e fui ao bar.

No pior dos casos, eu mandaria uma mensagem para Lenny pedindo para ela me ligar em uma hora, caso as coisas não dessem certo.

No melhor dos casos, ele me daria um bolo.

Eu estava no bar há poucos minutos quando aceitei o fato de que o professor tinha recebido a mensagem da minha irmã e sido um grande babaca por não responder... ou havia morrido. Tinha de ser um ou outro. Pelo menos, era o que eu dizia a mim mesma.

Mas na pequena chance de que ele não tivesse visto a mensagem dela e estivesse simplesmente atrasado...

Eu estava esperando, pois era a coisa educada a se fazer.

Depois de uns cinco minutos sentada ali, verificando o celular a cada minuto para ver se Lily havia me mandado uma mensagem, eu estava dando broncas em mim mesma por não ter simplesmente ficado em casa e arriscado ser o professor a estar tomando um chá de cadeira agora. Mas eu havia pedido um copo de Sprite e observava todas as pessoas que entravam no bar, esperando que alguma delas se parecesse com a foto que minha irmã tinha me mostrado do cara.

Após quinze minutos, eu aceitaria qualquer um que estivesse tentando dar uma olhada no lugar — pelo menos tive alguma esperança de que alguém estava me procurando. Mas a única olhada vinha de pessoas chegando em grupos em busca de uma mesa. Eu havia ocupado uma de dois lugares no meio do estabelecimento.

Mas não havia ninguém. Apenas eu, sentada sozinha, observando outras pessoas. O resumo da minha vida.

Verifiquei o celular mais uma vez e não me importei em suspirar quando nada havia mudado na tela. Uma das garçonetes passou por mim com uma bandeja de batatas cobertas por queijo derretido e pelo que eu tive quase certeza de serem cubinhos de bacon. Meu estômago roncou. Eu deveria ter pelo menos comido um lanche antes de vir.

Mais dez minutos. Mais dez minutos e eu iria embora sem me sentir culpada por ter vindo. Era isso. Eu não ficaria nem mais um minuto; estava morrendo de fome. Se eu quisesse batatas, ficaria feliz em parar em alguma lanchonete a caminho de casa.

Na minha frente, havia um grupo de homens jogando dardo, já a meio caminho de se embebedarem se a mira horrível deles significasse algo. Um deles jogou um dardo que atingiu um ponto cerca de um metro à direita, quicando no reboco que cobria a parede e que já tinha um punhado de buracos abertos por outros caras bêbados no passado tentando jogar o mesmo jogo. Os homens começaram a rir, mas o mesmo cara tentou de novo e se saiu igualmente ruim.

Dei uma olhada no celular.

Três minutos tinham se passado, faltavam mais sete.

— Você está sozinha?

Eu deveria estar muito distraída, pois levei um segundo para processar quem estava parado na minha frente, segurando algo escuro e âmbar em um copo. Foi a mão grande com dedos cobertos por tatuagem que notei primeiro. Então, analisei a manga longa que terminava bem no pulso do homem.

Havia apenas uma pessoa que eu conhecia e que vestiria uma camisa de manga comprida no verão. E, quando aquele pulso se conectou a um braço grande e musculoso e, depois, a um peito amplo, um pescoço grosso e, por fim, a um rosto que eu tinha visto inúmeras vezes...

Tive certeza de que os meus olhos saltaram para fora do rosto.

— Rip? — Talvez eu tenha arfado como se não soubesse o nome dele.

Aqueles olhos azul-esverdeados não brilharam, e sua boca não assumiu o formato de um sorriso. Ele continuou me encarando, parado ali, tão alto como sempre, tão largo como sempre, e simplesmente bonito demais enquanto eu continuava sentada ali, levando um bolo.

— Você está sozinha? — meu chefe repetiu.

Se eu... se eu estava ali sozinha?

Eu tinha enlouquecido. Droga. Eu deveria estar tão surpresa que não consegui pensar direito.

— Oi. Sim. — Sorri, confusa com o motivo de ele estar ali. — Eu deveria ter um encontro, mas acho que ele não vai aparecer — tagarelei.

Ele coçou a lateral do nariz com o polegar da mão livre. Então, puxou a única outra cadeira à mesa e espremeu aquele corpo enorme nela. Seus antebraços descansaram no tampo, e os olhos se voltaram para mim.

Ele estava com uma expressão esquisita ou seria a minha imaginação?

— O que você está fazendo aqui? — perguntei, olhando ao redor, mas não tenho certeza em direção ao quê. Talvez a linda mulher com peitos gigantes que vinha na nossa direção ou algo assim.

Mas ninguém estava sequer prestando a mínima atenção na nossa mesa.

Rip focava no grupo de homens que jogava dardo quando respondeu, casualmente:

— Bebendo um pouco antes de ir para casa.

Bem, fazia sentido.

Agarrando a ponta do canudo na minha bebida, brinquei com ele ao manter os olhos no homem do outro lado da mesa.

— Você mora aqui perto?

Ele ainda observava o grupo de homens.

— Não.

Então...

— Você está aqui sozinho?

— Sim.

Rip posicionou aquele rosto perfeito de perfil ao dar um golinho na bebida. Sem pressa, as sobrancelhas escuras subiram um tantinho.

— Aqui é um lugar terrível para se conhecer um estranho, garotinha.

Viu? Ali estava aquele pequeno sinal de afeição.

— É um lugar público.

— É escuro — ele contra-argumentou.

Pisquei.

— Tem um monte de gente aqui.

— Um monte de gente bêbada ou prestes a ficar.

— O segurança é quase tão grande quanto você — eu disse a ele.

Uma das sobrancelhas subiu mais um pouquinho enquanto ele dizia devagar:

— O estacionamento é escuro pra cacete.

Juro pela minha vida que ele sorriu, e ignorei o leve prazer que senti com isso. Por ter sido eu a pessoa para quem ele disse algo do tipo. *Mas não significava nada.* Eu não poderia me esquecer disso. Ele era meu chefe, e... ele *sentia* afeição por mim. Ele se preocupava. Eu sabia disso. Ele havia dividido seu almoço comigo. Se isso não era afeição, eu não sabia o que era. Eu sabia compartilhar, e todo mundo sabia disso. Mas Rip? Rip havia escondido o bolo de aniversário para que ninguém pudesse comer um pedaço.

— Por que você escolheu ter um encontro nesse boteco?

Finalmente, entendi que ele estava ali me observando enquanto eu esperava pelo meu acompanhante. Me observando levar um bolo. Fantástico.

Fantástico.

Por que ele estava sempre por perto quando minha Sorte estava em seu pior momento? Literalmente, quando meu primo tentou me machucar? Ele estava lá. Minha irmã me enxotando de seu apartamento depois de uma viagem de quatro horas? Ele estava lá. Eu fazendo besteira no trabalho? Ele estava lá. A mesma irmã mentindo na minha cara? Ele estava lá.

Não sei se eu acreditava em sinais, mas, se sim, aqueles teriam sido uns dos grandes. Pelo menos, era o que eu tinha pensado.

Suspirei, colocando as preocupações de lado, e dei um golinho pelo canudo só para passar o tempo antes de contar a verdade.

— Porque não é tão longe nem tão perto da minha casa.

Não imaginei que sua expressão chegaria muitíssimo perto de parecer entretida.

— Muito inteligente.

Dei uma cutucada na minha têmpora.

Querendo mudar de assunto, e aproveitando que *ele* tinha vindo se sentar comigo, me inclinei para frente e apoiei o queixo na palma aberta.

— Você vai me contar onde mora ou isso é algo pessoal demais? Eu posso guardar na nossa caixinha de segredos, se você quiser.

Ele moveu a cabeça de um lado ao outro antes de responder com duas ruas conhecidas que eu sabia ficarem bem mais ao norte.

— Casa, sobrado, apartamento ou condomínio?

— Espelunca.

Eu não deveria ter rido... mas ri, e quando o peguei meio sorrindo, meio rindo, soube que ele havia dito aquilo de propósito. Ele estava brincando de novo. Por que agora? Depois de todos esses anos? Foi o que me perguntei, mas será que eu me importava tanto assim? Não.

— É uma porcaria. É só um lugar para dormir e comer — explicou, tranquilo.

Tomei um gole rápido de Sprite.

— De quanto tempo é o seu contrato?

— Não tenho um.

Ele morava em uma espelunca, mas não era alugada. Eu não queria dizer que isso não fazia sentido, mas... não fazia.

— Não é esse tipo de lugar. — A boca dele estremeceu, e ele disse do nada: — Eu tenho uma casa móvel em um terreno.

— É sua?

Rip assentiu.

— Então não é uma espelunca.

— Se você diz — ele comentou, mantendo os olhos em mim. — É uma porcaria, acredite em mim, mas é um lugar onde posso dormir, tomar banho e preparar comida.

— Isso é tudo o que a minha casa também tem — eu disse. — Minha casa não é incrível nem nada do tipo, mas é minha, então eu a acho maravilhosa.

O pequeno sorriso que ele me deu em resposta às minhas palavras me motivou a continuar falando.

— Você deveria ter visto minha casa quando a comprei. Parecia que poderia ter sido o cenário de um filme a respeito de uma família que se mudou e as crianças foram possuídas por *poltergeists* que estiveram na casa pelos últimos duzentos anos. Minha irmãzinha, Lily, costumava usar uma cadeira para segurar a porta do armário, porque ela morria de medo. Eu dormi com o abajur aceso durante quase todo o primeiro ano, mas não conte para ninguém que eu te disse isso. Sempre falo para elas que estavam exagerando, mas realmente era bem assustador lá. Na metade do tempo, eu esperava algo agarrar meu pé na beira da cama e me puxar para baixo.

Os olhos de Rip se iluminaram, e meu peito se encheu de prazer.

— Era tão ruim assim?

Ele não fazia ideia, e isso me fez rir.

— Sim. Eu não conseguia tomar banho em paz sem abrir um olho a cada dois segundos só para me certificar de que não havia nada se escondendo no banheiro comigo.

Rip emitiu um barulho rouco que *quase* soou como um riso, mas eu não me deixaria reagir. Não mesmo.

— Você pode me visitar qualquer dia desses se quiser ser possuído ou só dar uma olhada, apesar de estar bem diferente hoje em dia. Mas ainda tem muita coisa que eu quero fazer. — Ele estava sorrindo? — Mas é minha, e desde que eu pague a hipoteca e as taxas do terreno, ninguém pode tirá-la de mim, exceto os fantasmas e as criancinhas que moram nas paredes.

Ele riu. De verdade. E aquela covinha estava meio que totalmente exposta quando perguntou:

— Há quanto tempo você a tem?

— Um ano e meio. Desde quando você tem o seu lugar?

— Três anos — ele respondeu sem nem pensar muito.

Desde que ele tinha vindo trabalhar na CCC.

Então, ele decidiu transferir o foco da conversa para mim.

— Você era bem novinha quando comprou uma casa própria.

Tomei um gole de Sprite.

— Não quis morar em um apartamento por mais tempo do que o necessário. Nós nos mudávamos muito quando eu era criança, e eu odiava. Então, assim que consegui um emprego, guardei o máximo de dinheiro que pude, mesmo sendo apenas vinte dólares por semana. Meu objetivo era comprar alguma coisa quando eu tivesse vinte e dois anos, mas, depois que as minhas irmãs vieram morar comigo, sempre havia alguma coisa com o que gastar dinheiro. O sr. Cooper se ofereceu para financiar a casa para mim se fosse preciso, mas consegui o lugar por um preço muito bom, e eu tinha melhorado meu crédito ao longo dos anos, então não precisei da ajuda dele. Eles já tinham feito o bastante, assinando o financiamento do meu carro quando eu tinha dezoito anos. — Sorri para ele e hesitei com o que eu queria dizer em seguida. Mas dane-se. — Eu sei que vocês dois não são exatamente melhores amigos, mas o sr. C é o homem mais generoso que já conheci. Ele tem sido mais bondoso comigo do que meu próprio pai jamais foi, mas tenho certeza de que você já percebeu isso.

Estranhos já tinham sido mais bondosos comigo do que o meu próprio pai, mas ninguém precisava tocar nesse assunto.

Por sorte, Rip não ficou todo raivoso e incomodado com o meu comentário. Ele simplesmente pensou por um segundo antes de começar a dar de ombros e focar aquele seu olhar intenso em mim outra vez. Até que seu corpo pareceu se inclinar para frente ao perguntar:

— Por que você está aqui, Luna?

— Porque minha irmã tem um radar horrível para homens, e ela me arranjou um encontro com alguém que não teve coragem de remarcar nosso compromisso nem de ao menos dizer a ela que não estava mais interessado.

Seu olhar não se desviou de mim. Nada nele se desviou, e isso me fez questionar se aquela realmente tinha sido sua pergunta.

— Ou você está perguntando por que estou tendo encontros?

O olhar que ele me deu confirmou que essa tinha sido a pergunta original.

Bem.

— Porque sim. — Essa foi minha resposta brilhante.

Isso me fez ganhar uma sobrancelha erguida.

— Porque sim?

Por que me senti tão desconfortável de repente? Ergui um ombro.

— Porque sim. Por que você está tendo encontros?

Ele piscou.

— Eu não tenho encontros.

Foi minha vez de piscar.

— Como assim você não tem encontros?

— Eu não tenho — ele confirmou.

Eu o encarei.

— Por quê?

Aqueles olhos azul-petróleo estavam totalmente focados em mim.

— Não sei. Nunca quis. Não quis me comprometer, nunca gostei de ninguém o bastante... Você pode escolher o motivo — ele respondeu com facilidade, como se fosse um fato. E talvez para ele fosse mesmo.

Não pude me segurar, principalmente não com ele se abrindo tanto. Imaginei que ele viraria o jogo contra mim mais cedo ou mais tarde, eu sabia o quão persistente ele sabia ser, e tiraria proveito disso enquanto ele estivesse disposto.

— Você nunca teve namorada?

Isso me fez ganhar uma narina se alargando.

— Não.

— *Nunca?*

Ele me deu um daqueles olhares que diziam *Dãã*.

— Não.

Fiz uma careta para ele, o que o fez dar aquela risadinha quase inexistente de tão baixa.

— Se já saí com a mesma mulher algumas vezes? Sim...

Não foi ciúmes nem nada que fez meu estômago tensionar.

— Mas a mesma mulher sempre? Uma namorada? Como se fossemos amigos e conversássemos sobre tudo e nada? Como se passássemos tempo um com o outro? Não. — Ele balançou a cabeça. — Não.

Sexo. Ele estava tentando me dizer que o único interesse que teve em mulheres era relacionado a sexo. Eu não poderia dizer que aquilo não me deixou com uma sensação esquisita no peito, mas... explicava algumas coisas. Eu não me preocuparia com o amargor no meu estômago por causa da ideia dele transando com pessoas.

Não era como se eu fosse virgem.

Mas seu comentário e olhar me ajudaram a compreender por que eu precisava recalibrar minhas expectativas com a realidade.

Ele estava ali, conversando comigo, e poderia ser gentil, legal e carinhoso quando queria, mas nada mais. Não que isso devesse ser uma surpresa nem nada. Se eu enxergasse aquilo por uma determinada perspectiva, talvez pudesse realmente acabar me sentindo bem por ele me ver sob um novo ponto de vista... de certo modo.

Foi o que pensei.

— Por que você está aqui, Luna? — ele perguntou de novo, voltando o assunto para mim muito antes do que eu havia esperado.

Coloquei as palavras anteriores dele de lado e me foquei.

— Porque eu gostaria de conhecer alguém para ser meu amigo e passar um tempo comigo — devolvi suas palavras.

Ele esfregou os dedos contra o copo.

— Por que você já não tem alguém?

Por quê?

— Pensei que você estivesse namorando alguém quando nos conhecemos — ele continuou.

Ah...

— Nós já tínhamos terminado naquela época, mas... Você sabe como essas coisas funcionam, simplesmente acabou. Ele queria algo que eu não queria, então terminamos — eu disse, sabendo que estava soando misteriosa, mas esperando que ele não mordesse a isca.

Ele era enxerido o bastante para mordê-la, e não pude evitar de sentir sua surpresa.

— O que ele queria?

Eu mesma havia cavado aquele buraco, não é? Movi o canudo de novo.

— Você não vai contar para ninguém? — perguntei.

Ele assentiu.

— Um *ménage*.

Nada em sua expressão registrou surpresa.

— Com a ex-mulher dele — afirmei, dando um sorriso e erguendo um pouquinho os ombros. Eu tinha superado. Agora, isso só me fazia rir.

Rip piscou, deu um gole e, então, se demorou com a próxima pergunta, com uma expressão quase perplexa.

— Como é que é?

Eu finalmente ri.

— Ele queria que fizéssemos um *ménage* com sua ex-mulher. Aparentemente, isso era algo que ele fazia às vezes com outras pessoas, mesmo depois de terem se divorciado, mas eu não fazia ideia até ele perguntar.

Seu corpo grande se reclinou na cadeira, mas a expressão divertida não foi a lugar algum.

— Ele terminou com você por causa disso?

Mexi no canudo de novo, olhando para baixo em direção ao Sprite antes de voltar a erguer os olhos até ele.

— Eu terminei com ele por causa disso. Ele disse que sentia muito e que não deveria ter perguntado, mas era tarde demais. Fiquei magoada, e não consegui superar. Quero dizer, acho que fui dramática demais, mas é um pouquinho estranho um homem ainda transar com a ex-mulher. Eles tinham duas filhas, sabe?

“Ele jurou que não seria um problema se não fizéssemos nada, que os dois tinham terminado por uma razão e que não significaria nada além de sexo, foi o que ele disse. Mas, naquela época, ele tinha sido o único com quem eu... — Droga. Ele não precisava saber a direção em que aquela história estava indo. Precisava? Não. — Ele era muito legal e me tratava muito bem, e sei que ele se importava comigo, mas naquela questão... ele perdeu minha confiança, e eu soube que nunca conseguiria superar. Será que ele tocaria no assunto do *ménage* com ela de novo no futuro? Ou ficaria entediado comigo e, então, procuraria outra pessoa para sugerir? Melhor não. Então terminei com ele, e foi assim que acabou."

A história machucou muito menos dessa vez do que havia doído em todas as outras vezes no passado quando a recontei.

Ele não havia quebrado meu coração, mas perdido minha confiança.

Eu acabei ficando triste por uns dois dias, e então superei. Não deixava as pessoas tomarem muito do meu tempo, e era isso que se lamentar e choramingar fazia. Desperdiçava tempo e energia.

Talvez algumas pessoas fossem capazes de fazer um *ménage*... talvez eu também fosse, se não estivéssemos em um relacionamento e ele não tivesse sido o mesmo cara com quem eu havia perdido a virgindade... mas eu tinha muita certeza de que havia algo em mim que nunca me deixaria estar naquele tipo de relacionamento.

Tive de compartilhar tantas coisas na minha vida. E pensei que, se eu quisesse ser egoísta de vez em quando, não haveria nada de errado nisso.

Dei de ombros outra vez.

— Logo depois dele, saí com um cara por algumas semanas... para superar a rejeição, eu acho... e foi só isso, além de alguns encontros aqui e ali a cada poucos meses. Mas nenhum nunca foi para frente. — Colei um sorriso no rosto. — E agora que Lily foi embora, todo mundo me convenceu a tentar de novo. Então estou aqui, levando um bolo. Ebaaa.

As narinas de Rip se alargaram outra vez, e um daqueles dedos grossos foi parar na borda do copo, circulando-o enquanto seus olhos vagueavam até os meus.

— Mas por que você está aqui, garotinha?

Por que eu estava ali?

Era uma pergunta complicada.

Dei uma olhada no grupo de homens que ainda jogavam dardos.

— Eu estou feliz, mas conheço pessoas que estão ainda mais felizes por causa das pessoas em suas vidas, entende? Sempre gostei de ver casais de idosos caminhando por aí, de mãos dadas e tudo mais. Eu quero a mesma coisa... ou, pelo menos, quero tentar ter isso. Quero um parceiro. Quero alguém com quem eu possa contar. Alguém em quem me aconchegar seria legal. Eu gosto de me aconchegar. E se eu tiver que conhecer um monte de caras e ficar sentada em um bar levando bolo algumas vezes até encontrar o que me faz sentir... mais feliz do que me sinto sozinha, então vai valer a pena algum dia. — Dei um sorriso para fazer a conversa não parecer tão pesada como eu a sentia estar.

Mas era tudo verdade. Eu só... queria alguém. Não qualquer um, mas alguém especial. Um melhor amigo e amante. Um parceiro. Um parceiro *de vida.* Eu estava bem sozinha, mas não queria me sentir solitária — e existia uma diferença clara.

Rip me observou, e quero dizer que ele realmente me observou naquele instante. Se estava tentando descobrir se eu havia perdido a cabeça ou se eu era alguma causa digna de se sentir pena, eu não fazia ideia.

Talvez eu devesse ter mantido a boca fechada.

— Enfim, acho que é melhor eu ir embora.

Aquele homem grande e lindo se inclinou para frente em sua cadeira, seus olhos varrendo meu rosto e cabelo que havia ficado muitíssimo ondulado por causa da umidade. Eu quase me esqueci de que havia colocado um grampo com glitter prateado pela manhã para mantê-lo longe do rosto.

— Vai me deixar aqui sozinho?

— Você realmente quer que eu te faça companhia?

Sua resposta foi um olhar bem, bem demorado.

Por alguma razão, isso fez com que eu me sentisse esquisitamente vulnerável. Ele me achava patética. Eu sabia. Mas patética ou não, bem, ele estava meio que insinuando que queria que eu fizesse companhia a ele.

— Posso ficar, se você quiser.

Ele não disse que queria, mas... continuou olhando bem para mim.

Então interpretei como um sim.

— Tudo bem, eu fico.

Essa foi a resposta certa.

Ele bebeu um gole do drinque.

— Muito bem.

Bom, parecia que eu ficaria mais um pouquinho. Com nossa conversa ainda incomodando os fundos da minha mente, voltei a perguntar:

— Então, você realmente *nunca* teve uma namorada? Em quarenta e um anos?

— Não.

— Nem mesmo no ensino médio?

Ele balançou a cabeça.

— *Nenhuma* vez?

— Não. — Ele me lançou um olhar que quase pareceu uma provocação. Um desafio. — Eu tenho dois números no meu celular que não pertencem a pessoas com um pau. Um é da senhora que limpa a minha casa uma vez por semana...

— E o outro? — perguntei, tentando ignorar a pontada de ciúmes à espreita para atacar logo depois de sua resposta.

Aquilo me fez ganhar outra risadinha.

— É o seu. De quem mais seria?

— O meu? — Então, me inclinei para frente. — Desde quando? Você nunca ligou para o meu celular.

— Desde sempre. Só porque não te ligo, não significa que não tenho seu número.

Não pude evitar erguer as mãos até o coração e acomodá-las ali, um sorriso enorme tomando conta do meu rosto.

— Isso quer dizer que... Chefe, nós somos amigos? Fora do trabalho, é claro.

O rosto dele ficou totalmente sério por um momento antes de jogar a cabeça para trás e *rir*.

— Dê o fora daqui, Luna. Caramba.

Nós éramos. Com certeza éramos amigos. Ele também era meu chefe, mas isso não significava que não poderíamos ser amigos quando não estivéssemos na oficina. Ou durante o almoço. Ou quando minha vida tentava se despedaçar um tantinho.

Rip e eu.

Amigos.

Eu aceitaria isso. Eu aceitaria isso todos os dias, para sempre.

CAPÍTULO DEZENOVE

— Você está morto. — Eu ri com Miguel ao caminharmos em direção à cabine.

— Por que você acha que eu trouxe o carro comigo? — ele perguntou.

— Ela vai te matar de qualquer maneira. Ainda estou surpresa de ela não ter feito isso no aniversário dela — confirmei, referindo-me primeiro ao carro da esposa dele. Tínhamos acabado de passar os últimos dez minutos analisando-o e criando um plano para consertá-lo. Aparentemente, Miguel havia dado ré com o carro dele no dela naquela manhã, e não teve coragem de contar nada a ela, então inventou uma desculpa e veio com o carro dela para o trabalho para que, assim, pudéssemos consertá-lo sem a mulher descobrir.

A questão era que nós dois sabíamos que ela descobriria de qualquer maneira. Hoje ou em algum outro dia.

— Eu sei, mas se eu comprar flores e algumas *conchas* na padaria perto de casa, acho que consigo convencê-la a pegar leve comigo — ele afirmou com uma risada.

Balancei a cabeça assim que paramos em frente à porta da cabine, e ele estendeu o braço para abri-la para mim.

— Vou ligar para o rapaz agora mesmo. Tenho o código da cor, e as chances são grandes de ele a ter. É uma cor comum. Talvez eu consiga buscá-la para você no meu intervalo do almoço.

Eu havia esperado encontrar Jason na sala quando entrei, mas não esperava encontrar o cara novo junto a ele. Entre os dois, carregavam um painel para dentro da cabine. Jason, não surpreendendo ninguém, fingiu não ter nos visto entrar.

Babaquinha.

Ele vinha, de maneira surpreendente, se comportando bem nos últimos tempos — pelo menos com relação ao que dizia, ao revirar de olhos e ao autocontrole —, mas ele não conseguia esconder o fato de que eu podia sentir que ele ainda queria fazer aquelas coisas. Eu sabia que deveria agradecer a Rip por isso.

— Você é um anjo, Luna — Miguel disse, me dando um tapinha na cabeça, já que essa era a maneira com a qual todos os caras me demonstravam afeição. Como se eu fosse um filhotinho. Mas um filhotinho muitíssimo amado. Por mim, tudo bem.

Sorri para ele.

— Eu sei.

— Me avise se conseguir a caneta reparadora de pintura. Posso pular o almoço e dar um jeito nos arranhões. — O homem mais velho fez algo que me fez pensar que estava pestanejando os cílios. — Você pode cuidar da pintura?

Sorri para ele.

— Você sabe que sim.

Ele deu outro tapinha na minha cabeça.

— Um anjo.

— Sou apenas sua amiga, e não quero que você morra.

Miguel riu.

— Obrigado, Luna. Eu te devo uma.

Ignorei aquilo.

— De nada. Mas me deixe ligar e encontrar a caneta antes. Venho te incomodar assim que eu obtiver uma resposta. Se ele não a tiver, a concessionária vai ter. Vou encontrá-la em algum lugar.

Miguel começou a sair da sala com um sorriso no rosto, como se pensasse que estava se safando do acidente.

— Eu te amo mais do que amo minha irmã — ele gritou.

Eu ri.

— Vou contar que você disse isso quando eu a vir de novo.

— Vou dizer a ela que você está bêbada — ele gritou antes de abrir a porta e sair da minha sala.

Bufei ao me virar e segui em direção à cabine para ver exatamente o que acontecia. Do lado de dentro, Jason e Ashton acomodavam o painel que tinham levado até alguns tubos velhos que usávamos para apoiar as coisas.

— Precisam de ajuda? — ofereci.

O cara novo sorriu para mim.

— Não.

Enquanto o outro pé no saco murmurou:

— Não mais.

E foi isso que ganhei por ter me precipitado e achado que ele vinha se comportando melhor.

Eu simplesmente o ignorei.

— Como está o seu dia? — Ashton indagou ao descerem o painel.

Eram apenas nove da manhã, mas achei legal da parte dele perguntar.

— Até agora, tudo bem. E o seu?

— Bem também — ele respondeu, esfregando as mãos na calça.

— Meu dia está ótimo — Jason murmurou.

Eu nem me dei o trabalho de olhar para ele.

— Está gostando da oficina?

— Sim — ele falou enquanto lançava um olhar confuso para a verruga humana pelo seu pequeno comentário. — Tudo ótimo.

Sorri.

— Obrigada por ajudar Jason — eu disse, como se ele fosse minha criança que precisasse de ajuda.

O que eu acho que, de algum jeito, ele era. Ele era minha criança chata e mimada que eu ainda estava tentando transformar em uma pessoa decente.

Só que sem ter de falar com ele mais do que o necessário.

E ele tinha vinte anos em vez de impressionáveis três.

— Imagine — o cara novo disse.

Juro pela minha vida que Jason riu ao se virar e sair da cabine. Eu realmente queria apenas ter a chance de socá-lo de vez em quando.

— Você conhece algum lugar bom para comer aqui perto?

— Sim. Tem um food truck a um quarteirão daqui com hambúrgueres muito bons, mas acho que já te vi com uma sacola de lá. Também tem um restaurante mexicano a uns quatro quarteirões de que muitos de nós gostamos. É uma espelunca, mas é muito bom. Se você for entre as onze e a uma da tarde, eles têm pratos especiais de almoço. E a dois quarteirões, tem um lugar que serve churrasco e que é muito gostoso.

Ele alternou o peso de um pé ao outro.

— O restaurante mexicano é o seu preferido?

— Sim. Não vou muito lá, mas é o melhor aqui por perto.

— Você tem algum plano para o almoço?

— Ela vai estar ocupada — uma voz grave e masculina respondeu de algum lugar atrás de mim.

Uma voz grave e masculina que só poderia pertencer a uma única pessoa.

Ao olhar sobre o ombro, como esperado, Rip estava ali, parado na entrada da cabine com aqueles bíceps gigantes cruzados sobre o peito e uma expressão muito, muito indiferente no rosto.

Eu estaria ocupada? Desde quando? Eu tinha acabado de falar com ele naquela manhã quando desci com seu café, e não tínhamos conversado sobre nenhum projeto no qual ele precisaria de mim.

Mas ele me deu aquele sorrisinho de que eu gostava antes de perguntar:

— Você estragou seu almoço?

E eu sorri para ele, me lembrando das duas horas que tínhamos passado no bar na sexta-feira. Então, brinquei ao dizer:

— Para sua informação, eu só queimei um pouquinho.

E ele havia deixado aquele sorrisinho permanecer no rosto ao balançar a cabeça e voltar ao trabalho.

E apenas isso.

Mas era mais do que qualquer outra interação até então. E talvez eu não entendesse por que ele estava sendo, de vez em quando, tão mais amigável — mas não reclamaria.

Então, quando Rip disse que eu estaria ocupada, só consegui ficar parada lá e me perguntar por que eu estaria ocupada.

Ashton era uma pessoa tranquila, porque sorriu para mim e disse:

— Não tem problema. Talvez amanhã.

Sobre meu ombro, Rip se manifestou de novo:

— Luna vai estar ocupada amanhã também.

Hum.

Vi Ashton fazer uma expressão engraçada antes de dar de ombros, e então falar despreocupado:

— Tudo bem. Vou voltar ao trabalho, mas passo aqui mais tarde para ver se você precisa de ajuda.

Não tive coragem de dizer a ele que, se eu precisasse, ele seria a última pessoa que eu chamaria. Eu sempre incomodaria os caras que estavam ali há mais tempo primeiro. Mas foi gentil da parte dele oferecer.

E foi gentil da parte dele me convidar para almoçar, se era isso o que ele havia tentado fazer.

Mesmo eu tendo a sensação de que talvez não tenha sido algo tão amigável quanto achei. Principalmente porque ele havia corado.

Eu o achava bonito, mas isso era tudo. Hector, da loja de tintas, era um dos caras mais gostosos que eu já tinha visto na vida, e isso não significava que eu queria namorar com ele. Meus olhos gostavam dele. Meu cérebro gostava dele. Mas meu coração não estava nessa.

— Te vejo mais tarde, Luna — Ashton disse. Ao passar pelo nosso chefe, ele inclinou o queixo em sua direção. — Rip.

Pisquei e segui Ashton com os olhos até a saída. No segundo em que não o vi mais, voltei a olhar para Rip, que já havia trazido seu olhar de volta para mim àquela altura.

— Por que vou estar ocupada no almoço? — perguntei. — Você quer ir buscar mais tinta? Porque pensei que ainda estava trabalhando no GTO e no SS.

— Não — ele respondeu, não se movendo sequer um centímetro, apenas me observando. — Eu te trouxe almoço, caramba.

Ele tinha me trazido... *Ele tinha acabado de dizer almoço?*

— Tem um pote na geladeira com o seu nome — Rip continuou, me observando de maneira inflexível. — Se você tiver tempo mais tarde, poderia me ajudar.

Tudo o que ouvi foi algo sobre ele precisar da minha ajuda se eu tivesse tempo, mas no que realmente estava focada era no pote na geladeira com o meu nome.

— Me procure se tiver tempo — ele disse, dando um passo para trás como se não tivesse acabado de me surpreender.

Mas, ainda assim, consegui colocar algumas ideias em ordem, pelo menos para gritar:

— E o que eu vou fazer amanhã?

Ele ainda caminhava de costas para mim quando falou:

— Vou te trazer almoço amanhã também.

O que estava acontecendo?

O que estava acontecendo?

— Você não tem que me subornar para ser sua amiga! Eu espero por isso há anos, Rip — berrei atrás dele, ignorando que meu estômago fazia parecer como se tivéssemos acabado de começar a descida por uma montanha-russa bem íngreme.

Eu poderia jurar tê-lo ouvido rir quando respondeu:

— Vá trabalhar, cacete, e venha me procurar se tiver tempo para ajudar.

Nós éramos amigos.

Nós éramos.

Favor ou não, não se trazia comida para alguém de quem você não gostava.

Eu realmente não quis sorrir, mas, caramba, não pude evitar fazer isso enquanto ele caminhava para fora da sala. E eu ainda sorria quando Jason foi se posicionar bem onde Rip havia estado e perguntou:

— Se você já terminou de flertar, posso começar a trabalhar naqueles painéis?

Isso arrancou o sorriso do meu rosto.

— Diga algo desse tipo para mim de novo, Jason, e eu vou te dedurar, ouviu?

O cara mais jovem bufou, aparentemente de volta ao seu normal insuportável.

— O que eu faço ou deixo de fazer na minha vida não é da sua conta.

Então era por aquele caminho que seguiríamos hoje.

— Do que você está falando? O que eu disse não tem nada a ver com o que você faz da sua vida, Jason. Você falou algo rude, é disso que estou falando.

— E eu estou falando de você não gostar de mim e de que *ele* agora também não gosta de mim — o rapaz tentou discutir.

Foi minha vez de bufar para ele.

— Se ele não gosta de você, não é por causa de nada que falei. Talvez seja porque você desligou o telefone na cara dele quando me ligou, camarada, ou porque você anda fazendo coisas que não deveria. Já parou para pensar nisso?

A boca dele se contraiu, e ele se apressou ao dizer:

— Eu não desliguei na cara dele.

Eu sabia que ele mentiria a respeito daquilo. Eu odiava chamar as pessoas de idiotas, mas ele era muito idiota. E eu não estava a fim de discutir. Então o que fiz, em vez disso, foi dar de ombros.

— Você sabe por que não gosto de você, e sinto muito por dizer isso, já que nunca disse nada para ninguém antes, mas você jamais foi educado comigo. Só que também não me esforcei para te tratar mal por causa disso. Não tenho que gostar de você para trabalharmos juntos, mas eu não comentaria a respeito das coisas que você fez há dois anos para que Rip não gostasse de você.

— Olha, você nem sabe o que aconteceu entre mim e Kyra.

Ergui as duas mãos entre nós e disse:

— Eu não me importo. Você não tem que me dar explicações. — Mesmo se fizesse total sentido, eu ainda não gostaria dele. — Eu nunca vou gostar de ninguém que fez minha irmãzinha chorar, não importa a razão.

— Eu não sou um babaca — ele tentou alegar.

Fiquei em silêncio.

— *Eu não sou...*

Meu telefone tocando na mesa me fez balançar a cabeça ao passar por Jason.

— Comece a trabalhar no painel, Jason.

Ele xingou, não alto o bastante para que eu o ouvisse com clareza, mas o ignorei e peguei as chaves para destrancar a mesa e tirar da gaveta meu celular que ainda tocava, clicando para atendê-lo.

E foi quando fiz besteira.

Eu estava tão irritada com Jason que não olhei para a tela antes de atender.

— Alô?

Ouvi o "*Não desligue*" bem enquanto me virava para me certificar de que o ridículo do Jason não estava me mostrando o dedo do meio pelas costas.

— Luna, não ouse desligar — uma voz masculina um tanto familiar bradou do outro lado da linha.

E talvez meu cérebro não a tenha reconhecido na mesma hora, mas os meus instintos, sim.

Era o meu pai.

— Eu já te disse para não me ligar — sussurrei quando me certifiquei de que Jason não estava por perto.

— Você teve notícias da Thea?

Se eu tive notícias da Thea?

Afastei o celular do rosto e desliguei a chamada.

Cerrando a mão livre, não hesitei em discar o número da minha irmã e tentar ligar para ela. De novo. Como se eu já não tivesse ligado para ela todos os dias desde a primeira vez que esse homem havia entrado em contato comigo.

Eu não deveria ter ficado surpresa quando ela não atendeu, mas fiquei.

Foda-se.

Disquei o número de Kyra e, por sorte, ela pelo menos atendeu.

— Cara de Lua, o que foi? — minha irmã do meio disse.

— O que aconteceu com a sua irmã? Você tem falado com a Thea? — perguntei de primeira, ouvindo o tremor na minha voz. Por que... *de novo isso*? Meu pai ligando de novo? Eu não precisava disso. Eu não queria isso.

— Falei com ela ontem, na verdade — ela respondeu, um pouco apreensiva. Talvez tenha notado a instabilidade no meu tom. — Por quê?

Eu queria contar a ela a respeito do nosso pai? Droga. Eu não tinha escolha, tinha?

— Nosso pai acabou de me ligar.

Houve uma pausa, então...

— Por quê?

— Ele estava me perguntando sobre Thea, Kyra. Ele me pediu para falar para ela largar o emprego.

Houve outra pausa.

— Ah...

Algo duro me atingiu no peito.

— Eu sabia que ela tinha falado com ele...

Prendi a respiração.

— Luna? — ela chamou com um pouco de doçura demais, sua voz um pouco alta demais.

— Sim? — murmurei, tentando dizer a mim mesma para me acalmar. Para não ficar nervosa. Para não me irritar.

Eu seria paciente, eu ficaria calma. Seja lá o que fosse, não era o fim do mundo.

— Não fique brava — foi com o que ela decidiu começar, e é claro que o meu corpo decidiu reagir de maneira exatamente oposta ao que ela estava pedindo. Minha pressão já estava começando a subir. — Nós duas pensamos que seria uma péssima ideia te contar sobre as ligações.

As duas tinham escondido algo de mim.

As duas.

Era isso o que ela estava tentando dizer.

Minhas duas irmãs tinham escondido aquilo de mim.

Devo ter inspirado fundo ou feito *alguma coisa*, porque Kyra soltou um barulho que soou estranhamente como uma engolida em seco.

— Ah, Luna. Prometi a Thea que não diria nada sobre o emprego dela. Mas nosso pai... Não fique brava. Não é nada de mais. Ele liga para ela de vez em quando, e eles conversam. Eu mesma já falei com ele uma ou duas vezes...

O quê?

Parei de ouvir. Parei de ouvir, porque meus ouvidos zumbiam, e uma fúria e mágoa genuínas como eu não pensava ser capaz de sentir tomaram conta do meu peito.

Kyra disse algo a respeito de aquilo estar acontecendo só *há um ou dois anos.*

Ela disse mais alguma coisa sobre como as duas me amavam e como aquilo não tinha nada a ver comigo.

Ela me falou para não me preocupar com seja lá o que Thea estava trabalhando, que até o nosso pai desaprovava.

Aquilo não tinha nada a ver comigo.

Eu não diria que foi fúria que roubou as palavras da minha alma. Também não diria que foi raiva que fez meu coração se despedaçar ainda mais. Mas perdi algo naquele momento. Algo que eu não tinha certeza de que poderia ou iria algum dia ser capaz de traduzir em palavras.

Mas, de alguma forma, consegui fazer a única outra pergunta que vinha me corroendo por dentro ultimamente.

— Kyra, o que mais ela está escondendo de mim?

O silêncio seria uma resposta melhor do que quaisquer das palavras que ela usou.

Apesar de parte de mim não querer ter perguntado e estar sinceramente com medo de me intrometer... não pude me conter. Eu estava cansada dos segredos. Cansada de tanta coisa ao ponto de não estar pronta para pensar em tudo.

— Ela te contou que invadiram a casa dela? Porque eu não sabia nem que ela tinha se mudado, e se ela precisar de ajuda, todas vocês deveriam saber que vou sempre ajudar. Só quero saber o que está acontecendo, tudo bem?

O que recebi foi outra dose de pausa.

Mais uma resposta dizendo que a confiança que eu pensava existir entre nós estava apenas na minha imaginação, e suas palavras seguintes mudaram tudo entre nós pelo resto das nossas vidas.

— Vou dizer para ela que você me ligou e que ela precisa te ligar de volta — Kyra disse, ignorando minha pergunta. Mas a única coisa que lembro de ter feito foi desligar em algum momento. Fiquei parada lá, entorpecida e praticamente destruída pelo conhecimento de que tinham agido pelas minhas costas para conversar com alguém que havia me tratado pior do que lixo. Alguém que as teria deixado morrer de fome se não fosse por mim. Alguém que nunca havia lavado sequer uma roupa suja delas na vida. Alguém que nunca, jamais comprou para elas um mísero presente de aniversário ou Natal. Alguém que nunca as havia apoiado na escola e muito menos as encorajado a frequentar a faculdade.

E se eu fosse o tipo de pessoa que jogaria o celular no chão, era o que eu teria feito.

Mas o que fiz, em vez disso, foi respirar fundo — juntando aquela minha parte que eu havia perdido — e, então, me virei e chutei o balde de vinte litros de tinta vazio pela sala.

Tomei uma decisão naquela hora, ao tirar a pulseira de unicórnios do meu pulso. Eu não deixaria meu pai arruinar o meu dia. Não quando ele já havia arruinado meu relacionamento com as minhas irmãs nas duas ligações de celular mais curtas da minha vida.

Eu disse a mim mesma que não estava de mau humor mesmo quando bati a porta do carro com tudo.

Eu não estava brava.

Não estava.

Nem um pouquinho.

Não, eu não.

Mas devo ter sido a única pessoa a acreditar nisso, porque até mesmo Hector me perguntou o que havia de errado.

Não havia nada de errado, eu tinha dito a ele.

Era só que duas das minhas irmãs estavam conversando com o único homem que eu odiava no mundo. Que as duas garotas que ajudei o máximo possível com suas despesas da faculdade tinham agido pelas minhas costas para fazer algo que sabiam que me magoaria. E que elas guardaram isso em segredo *para que eu não ficasse brava.*

Não. Eu não estava nem um pouco brava com isso. Mas nem mesmo o pirulito da sobrinha de Hector ajudou a amenizar minha raiva.

Então, era por causa disso que eu não estava prestando nenhuma atenção ao caminhar em direção ao prédio, segurando a caneta reparadora que seria usada no carro da esposa de Miguel em uma das mãos e apertando com força a bolsa na outra.

E foi porque eu não estava prestando atenção que quando alguém berrou "*Ei!*" eu congelei.

Virando na direção de onde a voz vinha, vi um homem parado na parte de fora da cerca, bem ao lado de uma caminhonete vermelha rebaixada. Ele tinha uns quarenta e poucos anos e um punhado de tatuagens espalhadas por um dos braços. Eu pisquei e disse:

— Oi.

O homem sorriu.

— Você poderia me fazer um favor?

Dei um passo para frente. Não tinha razão para ficar brava nem para descontar minha raiva nele.

— Depende.

O sorriso dele cresceu.

— Você poderia chamar, hum, o Ripley?

Abandonei minha expressão amigável.

— Quem?

— Ripley — o homem repetiu, sem tirar aquele sorriso do rosto.

Nunca, nenhuma vez, Rip recebeu visitas. Bem, exceto por aquele cara com quem eu o havia visto conversando, mas... eu não tinha dado uma boa olhada no cara. Seria essa pessoa parada na minha frente a mesma de antes?

Eu não sabia, mas se não fosse...

— Eu não conheço nenhum Ripley — disse a ele rapidamente.

Seu sorriso tinha uma abertura entre os dentes e ficou magicamente ainda maior.

— Certo. Bem, meu nome é Gio e vou ficar sentado aqui fora por mais... — O homem deu uma olhada no relógio. — Vinte minutos. — Ele deu uma piscadela.

Ergui as duas sobrancelhas.

— É um prazer te conhecer, Gio.

Ele sorriu e falou:

— É um prazer te conhecer também, Luna.

Eu estava abrindo a porta da oficina quando percebi o que exatamente ele havia dito.

Ele tinha me chamado pelo meu nome. Eu não estava usando um macacão com meu nome nele e, mesmo se estivesse, eu não teria saído da oficina com ele. Eu era paranoica demais para isso.

Então como ele sabia o meu nome?

Do lado de dentro, olhei ao redor do andar principal em busca do maior homem na oficina, mas não vi ninguém com a altura nem a cor de cabelo certa. Não precisei dar uma olhada no meu relógio para saber que eu tinha vinte minutos para comer — comer seja lá o que Rip havia me trazido — antes de precisar voltar ao trabalho. Ou, pelo menos, ter de voltar ao trabalho. Eu fazia tantas horas extras que não importava se eu tirasse mais quinze minutos. Mas, porque a minha casa estava solitária e silenciosa, eu preferiria estar ali.

Escada acima, ouvi duas vozes na sala de descanso. Como esperado, Ashton estava lá conversando com um dos outros caras, e bem na ponta da mesa, sentado lá sozinho e em silêncio, folheando uma revista, estava Rip.

Sorri para os dois outros caras e observei enquanto Rip erguia a cabeça, me encarando em resposta.

Mantive o sorriso ao abrir a geladeira e imediatamente encontrei um pote de vidro na prateleira de cima com meu nome rabiscado em uma nota adesiva. Pela lateral, pude ver o que parecia ser macarrão, bife e vegetais — exatamente como o meu *lo mein* deveria ter parecido quando eu o havia preparado.

Pegando um dos garfos de plástico na gaveta, puxei a cadeira bem ao lado de Rip e me sentei. Tirando a tampa do pote, baixei a voz o máximo que pude, afastei o joelho para o lado até atingir o de Rip e sussurrei:

— Tem um tal de Gio lá fora querendo falar com você. Eu disse que você não trabalhava aqui, mas ele falou que esperaria por mais uns vinte minutos, e isso foi há cinco minutos.

Pude sentir Rip congelar.

Então, eu o vi pela minha visão periférica erguer a cabeça e me lançar uma expressão engraçada que fez sua bochecha subir um milímetro.

— Você disse a ele que não trabalho aqui?

Peguei meu garfo e espetei um pedaço de bife antes de sussurrar:

— Isso.

Não podíamos confiar em ninguém atualmente, fala sério. Nem mesmo em nossa própria fa… *Pare.*

Rip balançou a cabeça antes de empurrar a cadeira para trás e se levantar. Dei um sorriso de boca fechada, que tive certeza de que ele reconheceu como não sendo totalmente verdadeiro.

Mas ele ergueu a mão, e antes que eu pudesse sequer piscar, seus dedos afastaram uma mecha de cabelo da minha bochecha e a prenderam atrás da orelha, roçando a pele sensível bem ali atrás.

E rápido assim, a mão dele caiu.

— Fique de olho na minha comida, tá bom? — ele perguntou.

Ele tinha mesmo acabado de prender meu cabelo atrás da minha orelha ou seria minha raiva me fazendo delirar?

Consegui acenar antes de ele desaparecer pela porta. Fiquei sentada ali por talvez só uns cinco segundos, observando-o antes de voltar minha atenção outra vez para a comida e enfiar um pedaço de bife na boca.

Estava tão delicioso quanto o frango da semana anterior.

CAPÍTULO VINTE

Eu soube que tinha cometido um erro quando o cara me chamou de "docinho" duas vezes seguidas.

Porque tive certeza de que o homem com quem eu estava me encontrando não conseguia se lembrar do meu nome.

Se eu fosse honesta comigo mesma, a piscina de pena, mágoa e raiva na qual eu vinha nadando nos últimos dias também não tinha ajudado. Por mais que eu quisesse me obrigar a engolir o choro e lidar com o que eu havia descoberto a respeito das minhas irmãs — por mais que dissesse a mim mesma para perdoá-las —, eu não o tinha feito. Ainda não. Eu não tinha conseguido nem contar a Lenny a respeito de nada daquilo, muito menos a Lily. Eu estava... tão... nervosa. Não tinha dito palavra alguma a ninguém sobre aquilo.

Então a situação toda não ajudava nada.

Também não mudava nada, e era por isso que eu não havia cancelado o encontro que foi arranjado para mim.

Como um monte de coisas na minha vida, aquilo estava se tornando um erro enorme. Um erro enorme pra cacete.

Essa informação apenas se enraizou ainda mais na minha cabeça quando meu acompanhante continuou olhando ao redor da mesa a que estávamos sentados, e perguntou:

— Você tem certeza de que não é casada?

Eu quase não consegui evitar de franzir a testa.

— Tenho. — Fiz uma pausa. — Por quê?

Ele era mais alto do que eu, com cabelo escuro e um sorrisinho que achei ser aceitável quando o vi no meu celular — Lydia tinha me enviado uma foto dele de baixa qualidade. Aparentemente, era fisioterapeuta na mesma clínica em que ela trabalhava. Era de se esperar que, porque seu ganha-pão envolvia lidar com pessoas, ele fosse ser mais caloroso, mas era apenas um pouco... agressivo e nem um pouco charmoso.

Ele havia tentado beijar minha bochecha no instante em que chegou, mas eu não era assim. Gostava de fazer as pessoas se sentirem confortáveis e bem-vindas, mas não queria um estranho depositando sua saliva em mim. Se fôssemos amigos, a história seria diferente.

Mas aquele cara e eu não éramos.

— Tem um homem nos encarando faz uns trinta minutos, parece que ele quer matar alguém — meu encontro respondeu, ainda desviando os olhos e dando uma olhada pelo Mickey's.

— Eu não sou casada — confirmei, não me importando em dizer que também fazia anos desde que eu havia tido um namorado, então as chances de eu ter um ex ciumento me perseguindo eram praticamente inexistentes.

Os olhos do homem pousaram em algo acima do meu ombro.

— Você tem certeza? — ele perguntou outra vez para confirmar, ajeitando-se no assento. Estremecendo. Ele havia estremecido.

— Sim. — Eu quase me virei por completo para ver de quem ele estava falando, mas decidi não o fazer.

Estávamos há apenas trinta minutos naquele encontro, e eu estava quase pronta para voltar para casa.

Se fosse sincera comigo mesma, eu havia estado pronta para voltar para casa antes mesmo de ter chegado.

— Hum — o cara murmurou antes de desviar o olhar novamente na minha direção. — Do que estávamos falando mesmo?

Isso confirmou tudo. Ele não fazia ideia de qual era o meu nome. Agora eu tinha certeza.

— Você estava me contando a respeito do seu trabalho — respondi, ouvindo o entusiasmo na minha voz. Só que não.

Ele deu de ombros.

— Ah, não tenho muito para contar. Era só aquilo. Lydia disse que você... pinta?

— Sim.

— Tipo arte?

Eu tinha certeza de que eu havia falado direitinho qual tipo de pintura eu fazia quinze minutos antes quando ele me perguntou a respeito disso pela primeira vez. Decidi soletrar para ele.

— Não. Carros. Caminhões. Automóveis.

Ele piscou.

— É sério?

— Sim — confirmei, observando a expressão dele se tornar bem pensativa. Ele era atraente, mas havia alguma coisa nele que era...

— Tipo, você troca as cores dos carros? — ele perguntou.

Era mais do que isso, mas...

— Sim.

Seus olhos ainda estavam semicerrados.

— Isso não é...

Reconheci exatamente aonde essa porcaria estava indo.

— ... sabe, trabalho de homem?

— Não — eu disse com paciência. — Eu trabalho com isso, e não sou homem.

Eu deveria ter ficado em casa. Ficar sozinha era melhor do que estar ali com um homem que não sabia meu nome.

— Por quê? — ele perguntou do nada.

Finalmente, não consegui mais evitar minha carranca.

— Por que o quê?

— Não tem mais nada que você possa fazer?

Semicerrei os olhos.

— Eu gosto do que faço. Sou boa. Por que eu faria qualquer outra coisa?

Aquele babaca teve a ousadia de *rir*.

Mordi a parte de dentro da bochecha e agarrei o Sprite entre nós, tomando um gole longo e me perguntando como raios eu havia me colocado nessa posição. Por quê? Por que meus encontros eram sempre fracassos tão horríveis? Será que tudo na minha vida estava destinado a...

Pare.

Eu estava bem. Eu era amada. Eu tinha um trabalho bom. Eu tinha tudo e mais um pouco. Paciência. Paciência. Eu escolheria paciência.

— Você é a única garota onde você trabalha? — ele questionou, novamente olhando ao redor, e acho que não largando mão daquele assunto.

Ergui a sobrancelha para ele e disse:

— Sim.

Sua expressão pareceu um "está vendo?". Como se o cara achasse que estava provando algo.

Mas ele não sabia que a única coisa que estava provando era ser um grande imbecil que talvez fosse um pouco sexista.

— Eu acho que não poderia deixar minha garota trabalhar com um punhado de caras de pau duro — ele comentou, ainda me observando com aquela expressão arrogante.

Eu ri.

— Por que eles estariam de pau duro?

— Porque sim.

Que idiota.

— Pois é, eu não trabalho com nenhum cara que está sempre com tesão. Não sei com que tipo de cara você trabalha, mas os meus... Nunca. E se estiverem, eles não andam se exibindo para que eu possa vê-los.

O olhar feio que ele me deu me fez esperar o pior, e seu comentário seguinte não me surpreendeu.

— Lydia disse que você era bem legal... Tem alguma coisa errada?

Balancei a cabeça e não pude evitar — ergui as mãos até o rosto e ri.

— É, acho que talvez o encontro tenha acabado. Podemos concordar com isso?

Eu deveria ter ficado grata quando ele respondeu quase imediatamente:

— Acho que você tem razão.

Mas, em vez disso, fiquei aliviada e um pouco perplexa.

Eu não havia tido exatamente esperanças para a noite, mas tinha esperado… algo melhor. Eu preferiria ter levado um bolo a isso. Só precisava voltar para casa, ligar para Lily e deixá-la me animar.

Nenhum de nós disse muita coisa enquanto eu chamava a garçonete e ela nos trazia a conta, dividindo-a ao meio quando ele não se ofereceu para pagar pelo meu único drinque, porque era esse tipo de encontro que tinha sido.

A cereja no bolo foi o homem dizer enquanto se levantava e saía:

— É, vejo você por aí.

E, quando me levantei e me virei, me esqueci de dar uma olhada ao redor para a pessoa de quem ele havia comentado estar nos encarando.

Não me importei.

Nunca haveria um cara grande, pequeno ou de qualquer estilo ali para mim, e isso fez meu coração doer apenas um pouquinho. Eu estava simplesmente sentindo pena de mim mesma, e isso não ajudava em nada. Não que eu estivesse prestes a desistir dos encontros, apesar de não estarem indo necessariamente bem, mas o que eu esperava? Encontrar minha alma gêmea em dois encontros? Em semanas? Meses?

Lily gostava de assistir a um programa de TV sobre pessoas que aceitavam casamentos arranjados, e nunca achei que fosse tão estranho assim, indo contra as crenças dela de que ela nunca se casaria com um estranho. Mas agora… eu enxergava isso de outra forma. O que havia de errado com alguém que queria estar em um relacionamento? Alguém que se importava com você e desejava o melhor para você, que queria ter uma família com você? O que seria de um relacionamento se não houvesse respeito envolvido?

Eu queria alguém que quisesse estar comigo, não um caso de uma noite só.

Enquanto isso, eu tinha uma cama boa e confortável em casa na qual poderia me deitar mais cedo.

Meus sentidos de aranha dispararam no segundo em que estacionei o carro na frente de casa.

Em primeiro lugar, sabia que tinha deixado as luzes da varanda acesas. Eu era paranoica quanto a alguém se esconder no escuro e me atacar saindo dos arbustos. Eu não brincaria com a minha segurança.

Em segundo lugar, minha porta da frente estava escancarada como uma boca aberta no escuro, confirmando que algo não estava normal. Sob circunstância alguma eu teria deixado a porta aberta. Eu tinha o costume de sair de novo do carro e verificar a porta da frente se não conseguisse me lembrar claramente de ter puxado a maçaneta depois de trancá-la.

E em terceiro lugar... como se as luzes que eu sabia não terem sido deixadas apagadas e a porta escancarada não bastassem, os pedaços e lascas da moldura de madeira da porta espalhados por toda a varanda teriam confirmado que alguém havia invadido minha casa. Pela porta da frente.

Alguém havia invadido minha casa.

Alguém havia invadido minha casa.

DROGA.

Tentando acalmar aquela monstruosidade no meu corpo, tirei o celular da bolsa, procurei o número da delegacia de polícia e cliquei no botão para ligar.

Então, ignorei o quanto minha mão tremia, o quanto eu queria vomitar e quão preocupada eu estava com o fato de que alguém tinha invadido minha casa. Não era um bairro ruim. Era tranquilo. Se a casa já estivesse totalmente reformada quando me mudei, teria facilmente custado em torno de quatro vezes mais do que o preço que paguei. Até mesmo o corretor tinha me dito que eu a tinha arrematado pelo valor de uma execução hipotecária.

Era velha, mas firme.

E apesar de que eu teria ficado muitíssimo feliz com qualquer estilo de casa, no instante em que Lenny havia passado comigo de carro pela casinha gasta que precisava desesperadamente de uma mão de tinta e de uma reforma para transformá-la em algo desse século, eu havia me apaixonado.

E agora alguém tinha invadido o único lugar que algum dia havia sido meu. Eles poderiam ter roubado coisas pelas quais trabalhei duro. Eles poderiam ter revirado minhas gavetas e meus itens pessoais.

Não chore. Seu seguro provavelmente vai cobrir tudo. São apenas coisas.

Você está feliz. Saudável. Você está segura. Você está viva. Você ainda tem um emprego.

São apenas coisas. São apenas coisas. *Não importa.*

Mas uma olhada na porta arrombada fez todos os pelinhos do meu pescoço se eriçarem.

A porta pode ser consertada. Um alarme pode ser instalado. E uma fechadura, adicionada.

— *Obrigado por ligar para o departamento de...*

Demorei cerca de vinte minutos para falar com o departamento de polícia de Houston e avisá-los do que havia acontecido.

Fique aí, eles tinham dito.

Mas tudo o que pude fazer foi olhar para aquela porta...

Estremeci. Então, estremeci mais um pouco ao ficar parada, encarando a casa escura...

Outro arrepio enervante descendo pelas minhas costas me fez pegar o celular e discar um número no aparelho. Houve um toque antes de cair na caixa de mensagens.

— *Você ligou para Allen Cooper, da Cooper...*

Eu tinha me esquecido de que ele desligava o celular enquanto dormia.

Certo. Tudo bem.

Foco, Luna.

Respirei fundo e liguei para outro número. Tocou. Continuou tocando, tocando e tocando, até que...

— *A caixa de mensagens desse número está cheia...*

Lenny também estava dormindo. Certo. Estava tudo bem. Eu poderia me virar. Eu poderia...

Alguém tinha invadido minha casa. Alguém poderia ter roubado minhas coisas. Revirado minhas roupas. Entrado no quarto em que eu dormia. Alguém havia arrombado minha porta. Alguém poderia fazer isso de novo... foi o que a voz cruel e do mal na minha cabeça sussurrou, me fazendo engolir em seco enquanto encarava a porta da frente.

Sem qualquer dúvida, eu a havia trancado. Era a mesma fechadura que eu trancava todas as noites. A fechadura que deveria manter as pessoas do lado de fora, que deveria me manter segura.

Lágrimas brotaram nos meus olhos, de repente — lágrimas mordazes, desconfortáveis e ridículas que me deixaram grata por estar completamente sozinha. Eu era uma idiota. Uma idiota com uma sorte horrível. Eu deveria estar acostumada. Era de se esperar que eu estivesse.

Mas eu ficaria bem. Eu ficaria, sim. Eu ficaria mais do que bem. As coisas poderiam ter sido piores.

Inspirando fundo pelo nariz, olhei para trás na direção da porta escancarada que levava ao lugar em que eu havia me sentido segura por tanto tempo. Não me permiti chorar.

Mas, se uma ou duas lágrimas escorreram dos meus olhos, funguei e fingi que aquilo não havia acontecido.

Fiquei parada, simplesmente encarando a porta e dizendo a mim mesma para entrar. Quais eram as chances de haver alguém ali dentro?

Alguém ali dentro. Como poderia ter havido alguém ali dentro? E se, na hora, eu tivesse estado ali dentro também?

Agachando-me, fiquei parada, encarando o buraco negro. A polícia chegaria quando pudesse. Eu não entraria. Não sozinha.

Minhas mãos subiram até as bochechas sem pensar, enxugando meu rosto devagar. Apoiei uma das mãos no peito e, por alguma razão, pensei no colar que eu havia dado a Rip. Ele ainda não o tinha devolvido. E, tão rapidamente quanto o pensamento tinha surgido na minha mente, ele desapareceu enquanto eu voltava a focar na porta da frente da minha casa.

Tudo ficaria bem.

Ficaria, sim.

CAPÍTULO VINTE E UM

Não fiquei surpresa quando não dormi nada naquela noite.

Imaginei que não era algo incomum quando a única coisa mantendo sua porta de entrada fechada era um aparador que você mesma tinha arrastado até ali. Se eu tivesse alguma coisa ainda mais pesada que poderia ter arrastado sozinha, eu a teria colocado. Mas havia um limite do que eu conseguia fazer sozinha, além de não ter tantos móveis assim.

Então, eu não tinha dormido. Havia ficado paranoica demais, deitada na cama e escutando tudo para ter certeza de que não havia ninguém empurrando a porta. Quando eu não estava preocupada com isso, fiquei deitada lá pensando nas minhas irmãs conversando com o meu pai.

Não tinha sido exatamente a melhor noite da minha vida.

Então, quando o despertador tocou, bem quando eu havia acabado de começar a cochilar, quase chorei. *Quase.*

Por que coisas assim sempre tinham de acontecer comigo? Por quê? Por que eu não podia ter um descanso de vez em quando?

Eu sabia que estava sendo dramática. Eu sabia que havia coisas piores no mundo do que ter a casa invadida e as coisas roubadas e quebradas. Pelo menos, eu tinha um lugar para chamar de casa. Pelo menos, eu tinha um seguro. Mas... tudo ainda parecia uma facada nas costas.

Você dava um passo para frente e, então, tinha de dar cinco para trás. A vida era assim às vezes, não era? Para todo mundo, não só para mim.

Eu estava simplesmente emburrada, e não sabia o que fazer comigo mesma ou como agir nesse estado.

Não chorei quando me arrastei para fora do meu colchão estragado — porque eles tinham mexido até nisso. Não tive nem coragem de arrumar o lençol para que servisse de barreira entre mim e a cama que havia sido a primeira que comprei na vida, então eu quis esbanjar. E agora estava terrivelmente danificada. Alguém a tinha acertado com uma faca, arrastando a lâmina de um canto a outro.

Porque algum idiota havia invadido minha casa e acabado com o colchão por nenhuma razão.

Eu parecia ser rica? Ou parecia ser alguma espiã com segredos costurados dentro do colchão? Tudo simplesmente parecia tão... sem sentido. Até os policiais concordaram. Eles tinham até ousado perguntar se alguém poderia estar com raiva de mim.

Eu disse que não, mas sabia que sim. Mas não alguém que eu imaginasse estar tão chateado a ponto de fazer algo assim. Me fazer tropeçar? Furar um pneu? Me chutar quando eu estivesse caída? Sim.

Mas invadir minha casa? Eu não era uma pessoa tão ruim assim — pelo menos eu achava que não.

Escolher uma roupa e me preparar para o dia demorou mais do que deveria. E quando fui verificar a porta e não consegui porque ela tinha sido arrombada, quase chorei de novo. Fiz o que pude para prendê-la do lado de dentro e, então, fui até a porta dos fundos e saí pelo quintal. Segui para o trabalho, me esforçando para focar no volante e não no que estava me esperando em casa e... falhando.

Meu coração, e todo o meu corpo, ficou pesado quando entrei na CCC. Deixei as minhas coisas na mesa, então subi as escadas para preparar o café que não sentia vontade de beber. Se eu pudesse ser honesta, não estava a fim de fazer nada. Sem dúvida alguma, eu não queria trabalhar. Mas sabia que precisaria de dinheiro, e a única maneira de consegui-lo seria indo ao trabalho. Mesmo que só por algumas horas. Um salário baixo era melhor do que não ter nenhum.

Preparei o café e fiquei aliviada quando notei que não havia nenhuma discussão na sala ao lado. Assim que ouvi barulhos vindos do andar inferior, suspirei e preparei a outra caneca de café, porque não importava o quão terrível eu me sentia, não preparar a caneca para Rip seria como... não passar desodorante — apesar de eu ter quase certeza de que talvez tenha esquecido de passar desodorante naquela manhã, pensando bem.

Eu não choraria.

Perder as minhas coisas não era nada de mais, porque pelo menos eu estava bem.

Desci as escadas, fazendo caretas para não perder o controle. Eu conseguiria sobreviver ao dia. Eu sobreviveria. Durante o intervalo do almoço, faria ligações para alguns profissionais de serviços gerais e veria se algum deles poderia passar na minha casa quando eu saísse do trabalho para arrumar a porta. Eu tinha quase certeza de que havia um número considerável de projetos na agenda, mas o sr. Cooper me deixaria ir embora quando eu lhe contasse o que havia acontecido. Eu sei que deixaria.

Engoli em seco, e teria aplicado pressão na ponta do nariz se tivesse uma mão livre.

No térreo, olhei ao redor e encontrei Rip parado ao lado de uma das caixas de ferramentas, abrindo e fechando gavetas enquanto procurava algo. Ainda bem. Talvez eu pudesse me livrar daquilo e voltar para minha sala sem ele nem olhar para mim. Era o que geralmente acontecia, não era?

Eu precisava sair dali rápido. Mas o que eu dizia a mim mesma sobre o que estava fora do meu controle? Não havia motivo para me agarrar a essas coisas.

Porém, minha sorte decidiu me lembrar de que nunca era tão fácil assim.

Porque eu mal havia repousado a caneca quando Rip murmurou:

— Obrigado, Luna. — Então, ele acabou voltando o olhar na minha direção.

Pude notar que a intenção dele foi ser rápido. Apenas uma olhada. Mas tão logo seus olhos se voltaram na direção em que estavam focados antes, retornaram para mim. Rip ajeitou a postura enquanto uma carranca tomava conta de sua boca e as sobrancelhas se uniam.

— O que aconteceu? — ele exigiu, aqueles olhos incríveis indo e vindo pelo meu rosto rapidamente.

Tentei dar um sorriso, mas só consegui chegar ao meio do caminho antes de o meu rosto desistir.

— Nada.

Seus olhos pararam de se mover, e juro que a voz dele ficou mais grave quando voltou a perguntar:

— O que aconteceu, Luna?

Minha boca se tensionou naquela posição vulnerável quando repeti:

— Nada.

Ele fechou a gaveta que tinha aberto, sem olhar para baixo, e voltou o corpo enorme na minha direção.

— Me fale o que está errado.

— Não tem nada errado.

— Estou vendo na sua cara — ele alegou com a voz rouca, dando um passo para frente.

Pressionei um lábio no outro e pisquei duas vezes, com pressa. Quando minha voz saiu quase como um sussurro e mais áspera do que o normal, tentei não deixar a frustração transparecer no meu rosto.

— Não é nada com o que você precise se preocupar — tentei dizer a ele.

E simples *assim*, aquele rosto ficou nebuloso e ele deu outro passo na minha direção.

— Eu quero me preocupar com isso. Me diga o que está errado.

Ele...

Senti as narinas se alargarem. Me senti pressionando os lábios com ainda mais força um contra o outro, e pisquei mais vezes. Mantenha o controle. *Mantenha o controle.*

— Rip, não tem nada a ver com o trabalho. Eu não fiz besteira.

Seus olhos se moveram pelo meu rosto ainda mais, e ele deu outro passo na minha direção, aquela carranca não indo a lugar *algum*.

— O que aconteceu?

Com a mão livre, estendi o braço e pressionei o nariz, me permitindo fechar os olhos brevemente antes de eles decidirem me trair como tudo e todos na minha vida, aparentemente.

Pare.

Eu estava bem. Nada daquilo era algo pelo que valia a pena chorar. Eu estava bem.

— É só que não consegui dormir. — Isso foi tudo o que consegui colocar para fora. E, até para mim, havia soado como se eu estivesse mentindo.

Rip respirou, e não precisei olhar para baixo para saber que ele estava ainda mais perto de mim do que há um minuto.

— Por quê?

Aquele homem não se esqueceria do assunto. Certo. Tudo bem.

Eu não choraria. Eu poderia simplesmente contar a ele. Tão rápido quanto um curativo sendo arrancado.

— Minha casa...

E, eu estava prestes a chorar. Sim. Não havia como negar.

— O que aconteceu com a sua casa? — ele perguntou devagarinho.

Minha voz oscilou como uma bandeira em um dia de ventania.

— Ela foi invadida. — Pronto. Eu tinha dito. E havia sobrevivido. — Eles roubaram algumas coisas, destruíram outras... — Tive de parar outra vez. Minhas narinas se alargaram, e pressionei o nariz, abrindo os olhos. — Estou um pouco chateada com tudo isso.

Tentei sorrir, mas desabei na mesma hora.

Uma mão de Rip esfregou o antebraço através do material do macacão que ele vestia, mas seus olhos continuaram em mim. O pomo de adão saltou, e até mesmo sua voz soou esquisita ao perguntar:

— Estragaram as suas coisas?

Assenti, mantendo os lábios unidos.

Um nervo em sua bochecha começou a tremer.

— Muitas?

Tudo o que pude fazer foi dar de ombros e prender a respiração.

— O quão ruim foi?

Mordi a parte de dentro da bochecha e não me importei em conter um coaxar.

— Muito ruim.

O pomo de adão saltou de novo, e sua cabeça se inclinou um pouco para o lado. Ele ergueu o braço e coçou a bochecha com as costas da mão. A voz de Rip soou calculada:

— Como eles entraram?

Tensão tomou conta de toda a minha alma enquanto eu pensava em todas as coisas que aqueles babacas haviam tirado de mim, não apenas fisicamente, mas...

— Eles arrombaram a porta.

— Você chamou a polícia?

Assenti.

Um dos olhos azul-petróleo se apertou, e não pude deixar de notar a raiva baixa em sua voz quando questionou:

— Quem entrou primeiro na casa?

— Os policiais. — Quanto mais eu falava, pior ficava. Como eu havia pensado que sobreviveria àquele dia?

Talvez eu devesse pedir a ele o dia de folga. Ou pelo menos a manhã. Ou o resto da semana.

— Você já limpou tudo?

Um sapo pareceu se acomodar na minha garganta, porque o que saiu em seguida, em vez da minha voz, foi um coaxar. *Não ouse chorar, Luna. Não ouse fazer isso.*

— Não. Eu cheguei tarde em casa, e os policiais demoraram muito para aparecer... — Eu estava prestes a chorar. Eu iria chorar e não havia como impedir isso. Só precisava me segurar mais um pouquinho. Só mais um pouquinho até eu estar sozinha em casa, ou pelo menos sozinha no meu quarto. *Eu estava bem, eu estava bem, eu estava bem.* — Eu deveria ter tentado limpar tudo, já que não consegui dormir mesmo, mas vou começar a ajeitar hoje à noite. Eu ia ligar para algum faz-tudo para vir consertar a porta...

Vi o rosto dele se anuviar antes de ouvir a mudança em sua voz.

— Você dormiu lá?

— Estava tarde — continuei coaxando. — Tentei ligar para a minha melhor amiga e para o sr. C, mas nenhum deles atendeu.

E, ai, meu Deus, isso era só mais um lembrete de que eu estava sozinha. Eu poderia ter tentado ligar para o celular de Lydia ou para a casa do sr. Cooper, ou ainda para o telefone do vovô Gus. Caramba, poderia até mesmo ter ligado para Miguel. Mas não quis incomodar ninguém. A casa era minha. As coisas eram minhas.

Rip me perfurou com aquele olhar intenso, não me dando chance nenhuma de me preparar para a pergunta seguinte.

— Por que você não ligou para mim?

Ligar... para ele?

Dessa vez, consegui moldar um sorriso, mas só porque não foi um sorriso feliz.

— Eu não te ligaria só porque invadiram a minha casa. Isso não diz respeito algum à oficina...

— *Luna* — ele rosnou entre os dentes, dando outro passo para frente, aquele corpo enorme parecendo se expandir diante dos meus olhos. — Diz respeito a mim. Você diz respeito a mim.

O quê?

— Você dormiu naquele maldito lugar sem a porta estar devidamente trancada? — ele perguntou, mas não esperou pela minha resposta. — Cristo, no que você estava pensando?

No que eu havia pensado?

— Não quis incomodar ninguém — consegui colocar para fora, sacudindo apenas um ombro e me sentindo envergonhada, mas, na maior parte do tempo... sobrecarregada. — Eu estava mal, Rip. Todas as minhas coisas... — Minha voz ficou mais e mais aguda até que me obriguei a parar, porque...

Eram todas as minhas coisas. Minhas. Pela primeira vez, tudo era meu. E alguém tinha...

Não percebi ter emitido um barulho estridente, e com certeza não percebi que bem na pontinha dos meus olhos as lágrimas estavam prestes a rebentar.

Não eram apenas coisas. Eram as minhas coisas. *Minhas.*

Bem ali. Parada bem ali com uma caneca térmica cheia de café e com Rip na minha frente, tempestuoso, comecei a chorar. *Chorar muito.* Meus ombros se curvaram para frente e comecei a tremer. Minhas mãos subiram até o rosto, e, apesar de eu dizer a mim mesma para *parar* e que não era o fim do mundo, de me lembrar de que havia um bilhão de outras pessoas no mundo com problemas que faziam os meus parecerem totalmente insignificantes... ainda assim, chorei. Lágrimas pingaram nos meus dedos e escorreram pelas palmas das mãos.

E chorei.

Porque eu havia dado tão duro pelo que eu tinha só para que alguém viesse e estragasse tudo.

Porque eu estava cansada. Cansada de ser sacaneada de novo e de novo.

Eu tinha um lugarzinho meu, um lugar no qual eu me sentia feliz, orgulhosa e segura, e alguém que eu não conhecia havia decidido me roubar aquilo.

Roubar, roubar, roubar. Era isso o que as pessoas faziam comigo. Porque eu deixava. Porque eram gananciosas.

E isso era muito injusto.

Era *ridículo.*

— Ah, porra. — Eu me ouvi murmurar parada ali, sentindo pena de mim mesma, tão magoada, tão frustrada...

O que só poderiam ter sido duas mãos cobriram as minhas por um momento antes de subirem e envolverem minhas orelhas, emoldurando o meu rosto. Não precisei erguer os olhos para saber que era Rip. Quem mais poderia ser? Mas continuei chorando, porque nem mesmo ter Rip ali, sendo gentil comigo, bastaria para aliviar quão péssima eu me sentia.

Por quê?

— Por que alguém faria isso comigo? — perguntei a ele, certa de que as lágrimas provavelmente escorriam pelos seus pulsos enquanto ele segurava meu rosto, os polegares acariciando os ossinhos na parte de trás da minha mão. — Eu não tenho nada que vale a pena ser roubado. Não fiz nada para ninguém recentemente. Não sei por que isso aconteceria. — Minha voz falhou. Falhou, falhou, falhou.

Por que alguém faria aquilo?

— São apenas coisas, mas são as minhas coisas, e alguém simplesmente invadiu minha casa como se não importasse. E parece que… algumas pessoas têm dias ruins, mas é como se eu tivesse tido vinte e seis anos de dias ruins, e odeio me sentir desamparada. Desculpa por estar despejando isso em você. E, droga, eu odeio chorar. Desculpa.

Tremendo, me encolhi ainda mais, tentando me afastar. Tentando proteger aquela minha parte que não parecia ter sido acertada por um taco, porque ela era tudo o que me restava que ainda continha um pouco de esperança. Boba. Eu era tão boba.

Dois braços grandes se enrolaram ao meu redor, interrompendo meus pensamentos. Quando percebi, meu rosto estava em um pescoço bem quente, e meu peito contra um ainda mais amplo… e fiz a única coisa que sabia como fazer. Minhas mãos foram até os quadris que não eram os meus, e meus dedos se enrolaram no macacão que ele vestia.

E continuei chorando.

Se foi por causa das minhas coisas, se por causa da ideia de alguém entrando na minha casa, ou sei lá mais o quê, eu não fazia ideia. Talvez eu sentisse que a vida era injusta e que isso era ridículo, mas não tinha certeza.

Tudo o que eu sabia era que me sentia horrível e que estava cansada de as coisas não darem certo, e estava ainda mais cansada das pessoas descontando suas merdas em mim. A vida era injusta e uma palhaçada completa às vezes, e, mesmo eu sabendo desse fato há muito, muito tempo, as coisas não ficavam mais simples por isso. Se algo, ficavam ainda mais difíceis.

— Não sei o que fiz numa outra vida para merecer isso. — Tossi e me engasguei contra o peito dele, pressionando o nariz tão perto quanto possível daquela coluna quente e de cheiro familiar que era sua garganta.

Calor tocou de leve o topo da minha cabeça, e o que eu soube que só poderia ser uma palma se espalhou pelo espaço entre as minhas escápulas, me puxando para ainda mais perto daquele corpo coberto pelo macacão. A voz de Rip soou baixa quando disse:

— Está tudo bem, Luna. Não chore.

A mão na minha coluna subiu e desceu, subiu e desceu.

— Desculpa.

— Você não tem nada pelo que se desculpar — ele disse contra o meu cabelo, seus braços fortes. — Nada mesmo, cacete.

Permaneci em silêncio e simplesmente fiquei ali, inspirando e expirando seu cheiro... sem querer, mas também de propósito. Como um remédio, só que para todos os outros pequenos machucados. Para os grandes também. E os médios...

Dali a alguns dias, talvez eu me lembrasse de como a pele dele cheirava a Irish Spring. Como, de alguma forma, ele também cheirava à oficina, mas melhor. Eu me lembraria de como o cheiro dele era tão bom de uma maneira que não tinha nada a ver com colônias ou pós-barba.

Mas, por agora, naquele momento, eu o aceitaria pelo que ele era. Apenas um homem em quem eu confiava, que se importava comigo pelo menos um pouquinho e que fazia com que eu me sentisse melhor. Pelo menos, ele fazia com que eu me sentisse menos sozinha.

— Quer tirar o dia de folga e lidar com isso? — ele ofereceu contra o meu cabelo.

Balancei a cabeça e mal coloquei para fora:

— Agora não. — Pensei em tudo o que eu precisava fazer... — Posso terminar alguns projetos agora pela manhã e talvez à tarde...

Tudo estava arruinado. Eu precisaria ligar para o seguro. Precisaria ligar para um faz-tudo. Comprar sacos de lixo...

Não chore.

Era tarde demais, não era?

Eu me senti apoiar o rosto outra vez no pescoço de Rip e me ouvi soltar um barulho desesperado contra a sua pele.

Droga. *Droga.*

— Vá embora quando quiser, Luna — ele sussurrou, a mão subindo pela minha coluna e parando entre as escápulas mesmo enquanto eu soltava um suspiro trêmulo. — Está tudo certo, garotinha.

Assenti.

— Você vai ficar bem.

Eu ficaria bem. Ele tinha razão. Então, assenti outra vez.

Sua mão subiu ainda mais para segurar o meu pescoço, e sua voz soou suave quando disse:

— Você deveria ter me ligado.

Não, não havia razão para ter feito isso. Ele sabia e só estava sendo educado. Assim como naquele instante em que me abraçava.

Mas eu aceitaria, por que quem saberia dizer quando seria a próxima vez em que eu seria abraçada?

Infelizmente, eu sabia que não seria por Rip.

Eu estava parada no meu jardim, encarando a porta da frente nos últimos dez minutos, tentando me convencer a entrar.

Havia ficado em pânico na noite anterior, mas tinha conseguido entrar, em grande parte porque não havia nenhuma outra opção e os policiais estavam comigo. Mas agora não havia ninguém para me fazer companhia.

Você consegue, Luna. Você consegue fazer qualquer coisa.

E eu poderia. Eu só não queria.

A questão era que eu não queria ligar para a Lenny, para o vovô Gus, para o sr. Cooper nem para mais ninguém que pudesse me acompanhar para entrar. Não era responsabilidade deles. Eu poderia fazer isso. Sim, eu poderia.

Estava no meio do processo de me convencer a subir os degraus do alpendre quando notei a caminhonete Ford preta chegando na frente da minha casa, estacionando atrás do meu carro. Não precisei dar uma olhada pelo para-brisas para ver quem estava atrás do volante. Eu soube assim como sabia a droga do meu nome.

Era Rip.

Ele deveria ter saído do trabalho cinco minutos depois de mim.

Eu conhecia aquele corpo enorme. Eu conhecia o homem fechando a porta da caminhonete com tudo antes de contornar o carro, batendo os pés, seus olhos varrendo a parte da frente da casa. Indo e vindo, para trás e para frente. Observando.

Seu olhar pousou em mim. Eu estava simplesmente parada ali, segurando as mãos contra o peito. Pude ver seus olhos se apertarem, o grande suspiro que ele soltou pela boca. Pude ver que os ombros caíram, as mãos os acompanhando.

— Você não me disse que estava de saída — ele disse.

E algo lá no fundo da minha porcaria de alma gaguejou. Minha garganta pareceu se engasgar em todas as letras do alfabeto, e tudo o que pude fazer foi pressionar um lábio contra o outro e, depois de um segundo — depois daquela coisa dentro de mim gaguejar e, então, gaguejar mais um pouco —, assenti.

Mas consegui colocar algumas palavras para fora.

— Eu não quis te incomodar.

E Rip... Rip piscou. Suas narinas se alargaram. O peito subiu e desceu, e ele disse, com uma calma que eu nunca tinha testemunhado nele antes:

— Quantas vezes vou ter que te dizer que você não é um incômodo?

Prendi a respiração.

Ele fez questão de me encarar.

— Se precisar de mim, ligue. Independentemente da hora. Independentemente do dia. Simples assim.

Por que aquilo me deixou desconfortável?

— Você não precisa fazer tudo sozinha.

— Eu nunca quis, Rip.

E algo naquele rosto impressionante e bonito pareceu se estilhaçar. O queixo de Ripley se inclinou para baixo uma vez e, então, uma das coxas longas e enormes se moveu para frente. Um pé de tamanho 42 ou 44 pisou no meu gramado e, logo, Rip caminhava até mim. As mãos ao lado do corpo, suas narinas alargadas e aquele olhar focado em mim.

E, antes que eu percebesse, antes que eu processasse até onde ele estava indo, ele estava ali.

Parado bem na minha frente, tão alto que tive de inclinar a cabeça para trás e erguer os olhos em direção àquele rosto facilmente a uns vinte centímetros acima do meu.

Não percebi que estava chorando até sentir as lágrimas se acumularem no canto do olho direito e, então, senti algo enxugá-las igualmente rápido.

Mas não foi minha mão que fez isso. Não foram os meus dedos que escorregaram por baixo de um olho e, então, enxugaram a parte inferior do outro.

Foram os dedos de Ripley que o fizeram.

Antes que eu pudesse colocar outra palavra para fora, e antes que eu pudesse sequer piscar, aquela mão gigante deslizou na minha como se não fosse nada e me puxou em direção à lateral da casa.

Abri a boca para dizer que eu era grata por ele ter vindo, mas que ele não precisava ficar. No entanto, mesmo abrindo a boca, nada saiu. Eu não era idiota nem teimosa o suficiente para mandá-lo soltar a minha mão. Eu precisava daquilo. Eu queria. Então, mesmo se por causa daquela circunstância péssima, eu aceitaria o que estava sendo-me oferecido.

Mais do que provavelmente, eu poderia me lembrar de tudo o que aconteceu em seguida se eu me esforçasse o bastante para fazê-lo. Mas, quando algo parece mais um sonho horrível do que realidade, na maior parte do tempo, algumas coisas entram na nossa memória para sempre, enquanto outras... simplesmente decidimos esquecer.

Às vezes, há coisas ruins o bastante na vida das quais somos obrigados a nos lembrar sem precisar adicionar mais nada. Eu as estava escolhendo a dedo àquela altura. Era tudo o que eu podia fazer.

Passar por toda a minha casa, quarto a quarto, com sacos de lixo em mãos, foi uma das coisas mais dolorosas que eu já tinha feito. Pior do que empacotar minhas coisas aos dezessete anos, enfiando o que eu tinha em uma mochila e em duas sacolas plásticas para sair da casa do meu pai sem nenhuma ideia do que eu faria ou de para onde eu iria.

Mas o que eu poderia e o que me lembraria era de como Rip se manteve ao meu lado, sua mão segurando a minha o tempo todo enquanto jogávamos as coisas fora.

Tudo era uma memória estranha que eu não acessaria nem me faria lembrar dali a pouco tempo — ou nunca, se eu não precisasse.

Meu corpo todo ficou tenso enquanto eu observava a televisão para a qual poupei três meses para comprar e que, agora, tinha uma rachadura enorme bem no meio. Isso era apenas o começo. Louças quebradas, quatro cadeiras da sala de jantar de cabeça para baixo, meu colchão e gavetas que tinham sido arrancadas e reviradas.

Não me deixei chorar ao perceber que quase nada tinha sido roubado com exceção de uns cem dólares em dinheiro que eu havia escondido na gaveta e outros duzentos de sob a pia do banheiro. Meu notebook tinha sumido, assim como o meu tablet. Simplesmente havia tanta... destruição. *Por quê?*

Meu peito doeu, e pareceu que eu não conseguia respirar por um bom tempo.

Tempo que bastou para eu me lembrar da noite anterior, quando eu havia jogado as roupas no chão, dando o meu melhor para não imaginar um estranho revirando-as, colocando as mãos em todas as coisas que eu havia comprado com muito amor.

E grande parte daquilo tinha sido destruído.

Meu porto seguro havia sido arruinado, e eu não sabia o que fazer.

Horas e horas mais tarde, depois de encher dez sacos de lixo de duzentos litros, depois de limpar e esfregar tudo enquanto Rip ia até a loja de materiais de construção para comprar as coisas de que precisaria para consertar a porta, depois de pedir comida vietnamita enquanto ele dava um jeito na entrada, porque eu tive de alimentá-lo por estar fazendo todas aquelas coisas por mim... quando eu estava exausta e quis ir me deitar, Rip agarrou meu pulso.

— Vamos — ele disse naquela voz que eu queria que me ninasse.

— Se você ainda estiver com fome, posso pedir pizza.

— Não estou com fome. — Ele me puxou outra vez. — Você não pode ficar aqui hoje à noite.

Eu não queria ficar ali naquela noite. Nem na próxima. Mas também não queria sair.

— Você vem comigo.

Eu?

Eu... o quê?

— Vamos. Não tenho mais vinte e poucos anos. Geralmente, já estou deitado a essa hora.

O quê? Dei uma olhada no relógio e vi as horas. Era quase meia-noite. Puta merda. Como aquilo havia levado tanto tempo?

Como *eu* ainda estava acordada?

Rip puxou meu pulso de novo.

— Você não vai ficar aqui. Não faça essa careta.

Eu fazendo careta? Ele estava falando sério?

Eu não queria ficar, mas também não queria sair. Ele já tinha feito o bastante. Já tinha feito muito mais do que um chefe deveria fazer por sua funcionária, o que serviu apenas para me lembrar de que eu ainda não havia contado a ninguém a respeito do que havia acontecido. Nem mesmo ao sr. C. E, cara, como isso fazia com que eu me sentisse culpada... O que Rip havia dito a ele para explicar o motivo de eu ter ido embora?

Seu polegar escorregou pelas costas da minha mão, e sua voz soou genuinamente cansada.

— Vamos. Eu te arranjo um quarto de hotel se você não quiser ficar comigo.

Tudo o que pude fazer foi ficar parada e piscar.

Ele piscou de volta.

— Agora, Luna. Estou cansado demais para discutir com você.

Eu quis dizer a ele que eu estava bem. Que não precisava ir para casa com ninguém nem ficar em um hotel, mas minha boca não se moveu.

Deus, eu era uma fracote. Era patética. Eu poderia dormir ali. Havia uma tranca na porta novamente.

Ficaria tudo bem.

Eu me certificaria de que ficaria tudo bem.

Eu não...

— Luna, estou cansado, querida. — Rip suspirou, me dando um aperto de leve.

Ergui os olhos até ele, exaustão pesando nas minhas pálpebras. Observei enquanto sua mão veio em direção ao meu rosto e os dedos escorregaram pela parte inferior dos meus olhos. Não havia lágrimas ali. Não poderia haver. Eu já tinha chorado o bastante pela próxima década. Mas seus dedos não foram a nenhum lugar; ficaram ali, sob o meu olho.

— Vamos. — Ele ainda falava baixinho, seu rosto exausto. — Você não vai ficar aqui. Você vai ficar bem. Não quer dormir em um hotel? Então fique na minha casa. Não quer ficar na minha casa? Podemos te arranjar um quarto.

Eu o encarei.

— Não é nada de mais, mas tenho uma cama que você pode usar, uma tranca na porta e um pouco de comida na geladeira.

A mão ao redor do meu pulso se afrouxou, e ele deslizou os dedos pelos meus outra vez.

— Vamos — ele tentou insistir.

Mas não fui. Só fiquei parada ali, tentando imaginar como seria a casa dele, como seria a sua cama... e, ainda assim, não fui a lugar algum. Eu não queria ficar em um hotel e, por alguma razão que eu não compreendia, também não queria ficar na casa dele. Antes de mais nada, Rip era meu chefe. *Meu chefe.*

Mas ou ele estava ainda mais cansado do que eu, ou queria ir para a cama mais cedo, porque suspirou:

— Tudo bem, garotinha. Vamos ficar aqui.

Olhando ao redor do meu quarto, soltei um suspiro que pareceu pesar uma tonelada caso tivesse massa, e peguei os cobertores que eu havia conseguido recolher pela casa. Jesus, finalmente senti todas as horas que passei acordada em cada milímetro dos meus ossos.

Indo até a sala de estar, abracei tudo com o máximo de força possível. Os cobertores, dois travesseiros... Eu dormiria no chão, era o que eu havia decidido. Por sorte, o sofá era um sofá-cama, e os babacas que haviam invadido minha casa não se importaram em fazer nada com ele, além de apunhalarem algumas almofadas.

Mas a mesma pergunta na qual eu vinha pensando desde a noite anterior permanecia: quem raios faria aquilo comigo? Por quê?

Essa ideia me fez querer vomitar. Era tão *maldosa*...

São apenas coisas.

Eram apenas coisas.

E eu tinha seguro. Isso ajudava. Eu havia ligado para a assistência enquanto Rip dava uma passada na loja, e levei quase uma hora para resolver tudo e dar entrada no protocolo.

Alguma coisa era melhor do que nada.

Encontrei Rip sentado no meu sofá com os braços cruzados sobre o peito, encarando a televisão no pequeno rack bem em frente.

Se ele parecia exausto, eu não queria nem saber como eu parecia.

— Desculpa, Rip — pedi, realmente me sentindo como uma babaca negligente naquele instante. Quantas vezes ele havia mencionado como estava cansado? — Se quiser ir para casa... — *Eu vou sobreviver sozinha.*

Ele simplesmente balançou a cabeça, e juro pela minha vida que seus olhos se desanimaram por um momento.

— Eu vou ficar aqui — ele repetiu, pelo que deveria ser pelo menos a quinta vez desde que havia mencionado aquela opção.

— Sim, mas... — me obriguei a dizer. — Você pode ir embora se preferir ir para casa.

— Eu vou ficar.

Eu realmente queria implorar? Não.

— Tudo bem. — Engoli em seco. — Obrigada, então. — Foco. — Deixe-me te ajudar a arrumar o sofá...

— Não preciso do sofá-cama. Posso dormir no sofá comum.

Dei uma olhada nas almofadas arruinadas e no comprimento e, então, avaliei as chances de ele conseguir dormir ali.

— Hum, Rip, você é gigante para o meu sofá.

Ele me lançou um olhar que, sob qualquer outra circunstância, teria me feito rir. Sem dizer mais nada, aquele corpo longo se desdobrou da mobília, apoiando-se nos pés que eu sabia serem longos, e se virou para mim, aquele rosto atraente voltado só para mim.

— O sofá está ótimo, Luna. Deixe comigo.

Eu deixaria.

Com um aceno de cabeça que não retratava a verdade, caminhei até o sofá, até o lado de Rip, e larguei a pilha de lençóis e cobertores, além do travesseiro extra, na ponta. Observei-o ficar de pé enquanto eu estendia o lençol e, então, prendia-o nos cantos do assento.

Mas ele não disse nada ao me observar fazer aquilo por um longo momento. Então, por fim, perguntou:

— Você quer dormir aqui também?

Ele tinha...

Atordoada, pelo menos foi assim que me senti, pensei na pergunta dele por um total de quinze segundos — se isso — e, antes que pudesse me impedir, respondi:

— Pode ser.

Pode ser. Eu também dormiria no sofá.

Quem fazia esse tipo de coisa?

Eu. Eu fazia. Alguém que se sentiria muitíssimo idiota e carente mais tarde.

Mas eu me preocuparia com isso depois. Bem depois. Meu orgulho não era tão grande a ponto de eu tentar ser mais forte do que realmente era.

Porque a verdade era essa: eu não queria ficar sozinha. E era idiota por achar que sim. Mas, bem, fazer o quê?

— Certo — Ripley disse baixinho, mas tão baixinho que não pude evitar encará-lo, me perguntando de onde todo aquele afeto vinha.

É que ele está se sentindo mal, meu cérebro murmurou.

— Venha — Rip continuou falando, e ergui os olhos para vê-lo se jogar no sofá e se reclinar com um suspiro profundo. Os braços estavam apoiados no encosto enquanto ele soltava outro longo suspiro exausto. — Estique-se aqui, eu posso dormir no canto.

Pisquei, a exaustão me atingindo com força. Ele queria que eu me deitasse enquanto ele dormia sentado?

— Eu posso dormir em qualquer lugar. Deite-se. Preciso descansar um pouco.

Eu não disse nada.

— Vai ficar tudo bem — ele disse.

Pressionando um lábio contra o outro, assenti. Ele estava aqui. Eu me deitaria perto dele. Tudo bem.

Deus, como eu queria que isso fosse verdade.

Não era, mas, nesta noite, seria.

Rip deu um tapinha no lugar ao lado dele.

— Venha.

Eu fui.

Dei dois passos e me joguei no sofá, um assento ao lado do dele.

Ele bocejou, observando-me o tempo todo.

— Você está bem?

— Sim — eu disse, desanimada, tirando as botas com a ajuda dos pés. Eu tinha me esquecido de ter calçado as meias de Pac-Man pela manhã. Era o máximo que eu estava disposta a me divertir. Isso, e porque todas as minhas joias tinham sido espalhadas por toda parte.

Antes que eu pudesse perceber o que ele estava fazendo, Rip esticou o braço ao longo do sofá e segurou a minha mão, puxando-a — e a mim — em sua direção. Parei o que eu estava fazendo e pisquei quando vi aquela sua mão grande, seus dedos longos com unhas perfeitamente curtas, envolvendo as minhas. Então, ele puxou de novo, me fazendo me estender no sofá.

Rip se levantou, tirando o travesseiro e os cobertores da poltrona. Ele sacudiu o cobertor logo antes de jogá-lo sobre mim. Simplesmente o observei parado acima do sofá, chutando os sapatos para longe, as mãos indo até o primeiro botão do jeans e o abrindo. Foi minha vez de bocejar quando ele caminhou até a ponta do sofá, bem ao lado de onde eu estava deitada, e se jogou ali. Pude sentir o calor de sua coxa e o peso fazendo meu sofá afundar.

Mas eu não estava pronta para a mão que entrou sob minha cabeça e a ergueu — Rip estava erguendo minha cabeça —, antes de, sem qualquer trabalho, deslizar o travesseiro por ali e as pontinhas de seus dedos tocarem a minha testa.

— Durma. Eu estou aqui — ele disse para mim.

Ergui os olhos, ou tentei olhar para trás, e o vi esticado de baixo para cima.

Rip estava ocupado demais bocejando para notar que eu não conseguia tirar os olhos dele.

— Durma, Luna. Eu não vou a lugar nenhum.

Eu não disse nada. Não sabia o que dizer. Mas, mais do que isso, eu estava exausta.

Esticando-me no sofá, pensei em dizer a Rip que ele deveria se deitar e que deveria ser eu quem dormiria sentada. Eu poderia até dormir no chão.

Rolei de lado, colocando as mãos sob travesseiro embaixo da cabeça. Não pensei em nada. Eu só... fiquei deitada, ouvindo Rip respirar fundo. Mas, ainda assim, não consegui relaxar.

Quando o relógio havia andado e me dito que dez minutos se passaram, um resmungo baixo veio do homem ao meu lado e, um segundo depois, dedos se acomodaram bem em frente do meu rosto, mãos para cima.

— Nada vai te machucar — ele ressoou baixinho, a voz rouca e gentil.

Encarei aqueles dedos enormes, estudando todos os calos neles e nas palmas. Eram mãos fortes. Mãos sólidas. Mãos que faziam as minhas coçarem.

— Você acha que eu deixaria isso acontecer?

Virei de barriga para baixo e apoiei as mãos sob o queixo, para que eu pudesse olhar para cima, na direção dele. Quero dizer, se ele também não fosse dormir ainda...

— Não.

Sua cabeça estava outra vez apoiada no sofá, olhos pesados e baixos.

— Ótimo, porque eu não deixaria. — Aqueles dedos impressionantes apertaram os meus. — Você conversou com a sua irmã?

Eu sabia exatamente de qual irmã ele estava falando e não poderia me fingir de desentendida.

— Não. Ela ainda está ignorando minhas ligações.

— Mais alguém teve notícias dela?

Deus, ele estava enfiando a faca ainda mais fundo, sendo que eu sentia que já havia alcançado meu limite.

— Sim, sou a única que ela está ignorando. — Respirei fundo pelo nariz, e eu mesma deslizei aquela faca ainda mais fundo dentro de mim.

Ele soltou um resmungo.

— Pensei que vocês todas tivessem saído de casa porque o seu pai não prestava.

Aquilo deixou a situação ainda pior.

— Saímos, mas era comigo que ele era pior. Ele simplesmente não dava a mínima para as minhas irmãs. Essa era a diferença.

Uma pausa perdurou no ar entre nós. Então...

— O que isso quer dizer?

— Eu te falei que as coisas são complicadas. Meu pai costumava dizer que ele deveria ter se protegido. Ele e a esposa dele... se bem que, hoje, quando penso nisso, nem sei se eles eram legalmente casados... Eles foram as piores pessoas que conheci na vida. Eram maldosos, infelizes e egoístas. Eu não... eu não sei por que ficaram juntos, para começo de conversa. Eram o sujo e o mal lavado, ou seja lá qual seja o ditado. — Respirei fundo, pensando neles. — E meu irmão nunca fez nada. Primeiro, ele nunca estava por perto. Ele nunca defendeu nenhuma de nós. E sei que ele os odiava tanto quanto eu, mas foi embora no instante em que se formou no ensino médio e nunca mais olhou para trás.

Não contei o resto a Rip. Sobre todas as vezes que meu pai me disse que eu era idiota e inútil. Sobre aquela mulher dizendo exatamente as mesmas coisas. Sobre todo o resto das coisas de que eu não queria me lembrar. Nunca.

Seus olhos focaram nos meus, e o aperto ganhou força.

— Eu pensei que você só tivesse irmãs.

— Não, eu também tenho um irmão mais velho, mesmo pai e mãe. É só que nunca falo dele. Não o vejo faz uns onze ou doze anos. Não consegui nem esperar fazer dezoito anos, sabia? Fui embora alguns meses depois de começar o último ano do ensino médio. — Mas não abandonei minhas irmãs. Essa parte, não contei a ele.

— Eles te colocaram para fora? — ele perguntou naquela voz baixa.

Suspirei.

— Não exatamente.

— O que isso quer dizer?

Comprimi os dedos dos pés sob a coberta.

— Quer dizer que eles contavam os dias para eu fazer dezoito anos desde os meus três anos. E, um dia, não me deram alternativa, senão ir embora. Então eu fui.

— O que aconteceu?

Apertei a mão de Rip e pensei naquela época da minha vida.

— Eu fiz uma coisa — eu disse bem baixinho.

Houve uma pausa.

— O que você fez?

Comprimi os dedos de novo.

— Não sei se você quer saber.

— Por quê? — ele perguntou implacável, mas se controlando.

— Porque não me sinto mal a respeito disso. Não me sinto nem um pouquinho mal — admiti.

Sua respiração soou suave quando disse:

— Também já fiz algumas merdas, Luna. Eu seria a última pessoa a te julgar por qualquer coisa que você fez.

Prendi a respiração.

Então, ele adicionou:

— Me conte outra hora, quando você quiser, pode ser? Coloque isso na nossa… do que você chamou mesmo? Caixinha de segredos?

Não pensei duas vezes naquilo nem no fato de que ele estava reconhecendo nossa caixinha de segredos. Simplesmente concordei.

— Certo, tudo bem.

— Para onde você foi depois?

Eu quase suspirei aliviada. Isso, pelo menos, eu poderia contar a Rip.

— Combinei com a minha avó que ela ficaria com as minhas irmãs quando percebêssemos que a mãe delas não conseguiria nem desejaria mais cuidar delas. — *Ah, vovó Genie.* — Ela me deu um pouco de dinheiro, e eu também tinha uma quantia, então embarquei no ônibus até Houston logo depois de sair daquela casa. Acho que te contei isso. Me hospedei no provavelmente pior hotel de Houston. Era o lugar mais sujo e horroroso da cidade, mas não pediram nenhum documento, cartão de crédito nem nada parecido. Eu estava com tanto medo, que empurrei a cômoda para bloquear a porta o tempo todo em que fiquei lá.

Juro que meu coração começou a bater só um pouquinho mais rápido ao pensar naqueles dias em que eu morria de preocupação de ser pega e enviada de volta a San Antonio. De não saber por quanto tempo poderia fazer o dinheiro que minha vó tinha dado durar.

— Me candidatei praticamente para toda vaga de trabalho que achei nos anúncios. Cerca de duas semanas depois que cheguei a Houston, eu me candidatei, na verdade, para um trabalho como recepcionista. O sr. Cooper tinha decidido fechar a vaga no dia em que apareci, mas não me disse isso até eu chegar lá.

"Ele me falou que mudou de ideia quanto a precisar de uma

recepcionista, e que seria melhor, em vez disso, contratar outro mecânico. Comecei a chorar na sala dele, sabia? Ele me perguntou se havia algo que podia fazer, e eu disse que precisava muito encontrar um trabalho e perguntei se ele sabia de alguém que estava contratando. Eu não disse a ele que ninguém queria me contratar para um trabalho integral porque eu ainda não tinha dezoito anos. Eu nem sequer disse que tinha dezessete. Mas sempre pareci bem jovem, então..."

Houve uma pausa e, logo:

— Ele arranjou um emprego para você?

Lembrar-me do sr. C acolhendo uma pessoa desconhecida em um trabalho que realmente não lhe era necessário foi uma decisão arriscada de negócios. Ele não precisava de mim, mas me acolheu mesmo assim. Então assenti para meu chefe mais novo.

— Ele me avisou de que eu talvez não fosse gostar de grande parte das coisas que teria que fazer na oficina, e disse que não me trataria nem um pouco diferente porque eu era uma garota, mas que, se eu não visse problema, me acolheria como um tipo de assistente da oficina, em vez de, afinal de contas, como mecânica. Mas eu disse a ele que aprendia rápido e que faria praticamente qualquer coisa que ele ou outra pessoa me pedisse, e que ele não se arrependeria.

"Eu literalmente teria recolhido cocô com as mãos àquela altura. Não importava o que ele me pediria, desde que não envolvesse algo estranho. Ele perguntou quando eu queria começar, e falei que poderia começar naquele instante. Ele me arranjou o menor macacão que pôde, e comecei a limpar a oficina. — Cocei o lábio superior, me lembrando daquele dia quando absorvi os olhares confusos dos meus novos colegas de trabalho, que se perguntavam o que eu estava fazendo.

"Naquele dia, às seis da tarde, todo mundo estava indo para casa, e o sr. C me disse que era uma tradição os funcionários novos irem jantar na casa dele... Ele me jurou que era casado, que realmente seria um jantar e que a esposa dele estaria em casa. Eu andava comendo miojo das lojas de um dólar todos os dias. Então fui, e Lydia me alimentou. Eles disseram que me dariam uma carona de volta ao hotel, e, apesar de eu dizer que não precisava, eles me deram mesmo assim. Bateram os olhos no hotel e, então, os dois entraram no quarto comigo, pegaram as minhas coisas e me disseram que eu ficaria com eles até eu decidir me mudar."

Engoli em seco, pensando em como tinham mentido sobre a tradição de novos funcionários jantarem na casa dele. Ele deveria saber que eu precisava de uma refeição. Deveria saber que algo estava errado. E o sr. Cooper havia tomado uma atitude.

— Morei com eles por quatro anos. Eu poderia ter ficado mais tempo, me disseram, mas minhas irmãs também estavam morando com eles há um tempinho naquela época, e não quis me aproveitar disso... Então me mudei em pouco tempo. O sr. Cooper implorou para que eu não fosse, mas fui mesmo assim. Moramos em um apartamento de dois quartos nos anos seguintes, e então comprei a minha casa. E agora estou aqui.

O peito de Rip subia e descia enquanto eu falava, e permaneceu baixo quando ele disse:

— Não consigo te imaginar se aproveitando de alguém.

Eu sorri.

— Que bom, porque eu não me aproveitaria. Pessoas demais já tentaram se aproveitar de mim para que eu tenha coragem de fazer isso com alguém.

Rip soltou um suspiro tão profundo e lento que seu peito me lembrou de um balão que havia sido perfurado com uma agulha, lentamente perdendo todo o ar.

Eu não esperava a próxima pergunta que saiu de sua boca.

— Por que você ainda trabalha na Cooper? E não me venha com uma resposta boba sobre dever algo a Cooper ou gostar dos colegas de trabalho.

Levei apenas um segundo para pensar na verdade.

— Eu gosto de consertar as coisas e fazê-las ficarem bonitas de novo. — Mordi o interior da bochecha, incerta quanto a como eu havia soado, mas, àquela altura, não estava mais preocupada com a impressão que Rip tinha de mim nem com as coisas que saíam da minha boca. Ele já deveria estar acostumado agora. — Quero dizer... não é nada de mais eles não serem mais perfeitos... sabe, quando sofrem um acidente? Porque ainda vão funcionar... Os carros, quero dizer. Vão parecer e funcionar melhor do que antes e ainda terão uma vida longa e boa pela frente. É como se estivéssemos dando uma segunda chance a eles. — Bem, caramba. — Eu consigo entendê-los, acho.

Ele me observou por um bom, bom tempo.

Então fiquei surpresa quando perguntou devagarinho:

— E por que você veste coisas divertidas todos os dias?

Ah.

— Li um livro há muito tempo sobre ser feliz. — Não me importei com como aquilo havia soado ou qual impressão eu havia passado. — Havia um capítulo todo dedicado ao amor-próprio — expliquei com um sorrisinho. — Vestir algo que acho divertido todos os dias me faz lembrar de que está tudo bem. Que mereço ser feliz. Que posso escolher como lido com as coisas. Fez sentido para mim, e me viro com o que tenho disponível. Não vou morrer triste e miserável se eu tenho o poder de mudar isso.

Rip não disse nada, mas me observou com tanta atenção que eu não soube o que dizer.

E no tempo que ele levou para moldar a boca em um formato que o permitiria colocar palavras para fora, eu me sentei. Seu braço queimava contra o meu. Eu não sabia se Rip se importava de eu estar sentada ao seu lado, praticamente colada nele, mas também não me disse para me afastar.

— Eu conheço essa cara. Não se sinta mal por mim — disse a ele, com cautela.

Ele me olhava bem nos olhos quando falou:

— Não me sinto... nem um pouco, garotinha.

Bem. Eu sorri.

— Certo, então. Obrigada por me ajudar hoje. — Então, decidi me arriscar, Por que não, certo? — Sabe, eu te acho incrível quando não está irritado comigo.

Ele não sorriu de volta. Sua voz soou calorosa ao dizer, lentamente:

— De nada. Vá dormir, Luna.

Olhei para ele por um segundo, e ele me observou de volta com aquele rosto e voz com que eu não fazia ideia do que fazer, e falei:

— Vá dormir, Ripley.

CAPÍTULO VINTE E DOIS

Acordei principalmente porque o despertador do celular estava berrando bem no meu ouvido, mas a cãibra no pescoço, que se espalhou pelos ombros e coluna, também ajudou.

— Ai — gemendo enquanto eu procurava o celular com a mão, me obriguei a abrir um olho quando não encontrei o aparelho de imediato.

E foi um segundo todo mais tarde, depois de eu ter aberto um olho, que percebi onde estava.

No sofá. Onde tinha adormecido na noite anterior. Ou, na verdade, quatro horas antes.

Minha mão encontrou o celular enfiado debaixo do meu peito, e o puxei para fora, tocando a tela com o dedo, por conta da memória muscular, para fazê-lo ficar quieto, e foi quando algo se moveu na minha visão periférica. Algo...

Eram dedos. Dedos longos e grossos. E havia apenas uma pessoa que eu conhecia que tinha o que pareciam um M e um C no dedo anelar e no mindinho.

Eram os dedos de Ripley.

E os dedos de Rip passaram pelo meu rosto enquanto eu continuava deitada ali, no sofá, de lado.

Ele tinha passado a noite comigo. Tinha dormido no sofá bem ao meu lado. Eu mal havia acabado de pensar naquilo quando o travesseiro sob a minha cabeça se moveu.

O travesseiro sob a minha cabeça se moveu?

— Cansado pra caramba — a voz de Rip, um som ainda mais grave e rouco do que o normal, disse ao mesmo tempo em que o "travesseiro" sob mim se moveu mais um pouco, quase como se estivesse... se alongando?

Eu estava com a cabeça no colo dele, não estava?

— Você está bem? — aquela voz incrível resmungou.

Assenti, ainda tentando colocar os pensamentos em ordem. Como ele estava ali? Como a minha cabeça estava no colo dele? Mas, mais importante do que isso, *como ele tinha ido parar ali?*

Ele emitiu um som rouco que deveria ser ilegal.

— Horas?

Dei uma olhada no celular com um olho aberto, o qual, muito provavelmente, agora estava arregalado com o que eu havia compreendido.

— Seis.

O homem que eu estava usando de travesseiro resmungou.

Movi a cabeça para pressionar toda a minha orelha na perna sob mim. Eu precisava me levantar. Eu precisava agradecê-lo por tudo que ele tinha feito. E precisava me levantar simplesmente porque sim.

Mas não fiz nenhuma dessas coisas.

O que fiz foi deslizar a ponta dos dedos da minha mão esquerda sob a coxa dele, como se me acomodando para voltar a dormir. Como se ele realmente fosse meu travesseiro. Ou como se eu tivesse o direito de tocá-lo.

— Também não quero me levantar. — Rip bocejou, os dedos no meu rosto se erguendo... e pousando no meu ombro, envolvendo-o.

Ele não disse nada, nem eu. Eu não conseguia nem ouvir sua respiração. Mas fiquei deitada ali, só por um minuto, e pensei em todas as coisas que precisava fazer, começando por *me levantar* e *sair de cima dele.* Mas, em vez de tudo isso, minha mente disse *mais tarde.*

A mão no meu ombro o apertou de leve, o que fez meus olhos se arregalarem ainda mais.

— Tire o dia de folga, garotinha. Tenho que dar uma passada na oficina por algumas horas, mas voltarei para te ajudar depois.

Aquilo me fez abrir os dois olhos e encarar diretamente a televisão trincada. Minha linda, linda televisão. Tudo bem, era hora de focar no que eu precisava fazer. Mas, ainda assim, não me movi imediatamente.

— Eu também deveria ir trabalhar. Não posso arcar com um dia todo de folga, mas obrigada.

Ele bocejou outra vez.

— Pensei que você tivesse dito que a casa tinha seguro.

— E tem, mas sinto que não vai cobrir tudo, e não sei quanto tempo vai demorar para me reembolsarem — expliquei. — Não quero acabar endividada pelos próximos dez anos comprando tudo no crédito... — E lá se ia o dinheiro que eu vinha poupando para os balcões de granito, percebi. Ah, bem, que seja. Eles não iriam a lugar algum, e os meus ainda davam para o gasto e continuariam dando.

Rip soltou outro bocejo.

— Além disso, estou atrasada por conta do que não fiz ontem, e Jason não me ligou, então não tenho ideia do que ele fez ou deixou de fazer. Posso lidar com o resto dessas coisas... — Nunca. — ... depois do trabalho e no fim de semana. Vou dar um jeito.

Houve silêncio, e o músculo abaixo de mim enrijeceu. A mão no meu ombro o apertou de novo, tão gentilmente quanto antes. E Lucas Ripley moveu a mão do meu ombro para tocar de leve minha bochecha... e prendi a respiração enquanto aqueles dedos ásperos se mantiveram ali.

— Tudo bem, então, vamos trabalhar.

De alguma maneira, consegui dar um sorriso cansado contra a coxa dele — foi maravilhoso encontrá-la, e infelizmente nunca nos encontraríamos de novo, a não ser que algo parecido com aquilo acontecesse no futuro, mas eu esperava que esse não fosse o caso — e, então, me apoiei contra o estofado sob mim e me sentei. Rip estava esparramado tanto quanto possível em uma posição relaxada, mas ainda sentado, no meu sofá, praticamente derretido ali. Eu havia comprado aquele sofá porque era confortável, não porque era bonito, mas com Rip ali... aquele deveria ser o sofá mais lindo que vi na vida, se eu pudesse opinar.

Um braço estava esticado no apoio do sofá, a camisa, colada em todo o tronco, amassada e enrugada nas costelas amplas, e o enchimento do sofá, agora arruinado, colado em diferentes partes ao longo das laterais. O jeans estava apertado nas coxas... e a calça se abria em um V na virilha, expondo apenas um diminuto triângulo de tecido preto por baixo. Aquele rosto áspero e lindo tinha a palavra "sono" estampada por toda parte.

Acho que ele nunca esteve mais atraente. A sensação de desejo simplesmente...

Como ele podia ser tão bonito o tempo todo? Eu não precisava de um espelho para saber que eu estava um caos. Tinha me visto nos últimos vinte e seis anos. Sabia que meus olhos estavam inchados, assim como meu rosto e minha boca. Não havia prendido o cabelo sob a cabeça antes de adormecer, então só poderia estar apontando em direções aleatórias.

Bem, fazer o quê?

Sorri para ele antes de colocar a mão sobre a boca para bocejar.

— Não tenho nada do seu tamanho para você vestir — eu disse o mais animadamente possível quando terminei.

Seu piscar de olhos pareceu ainda mais preguiçoso do que antes.

— Eu tenho uma camisa na caminhonete. É tudo de que preciso.

Ergui as mãos sobre a cabeça para me alongar e bocejei de novo.

— Meu xampu não tem um cheiro muito enjoativo, nem o sabonete... caso queira tomar um banho.

Aqueles olhos azul-petróleo se desviaram para baixo por um instante antes de se voltarem ao meu rosto, me fazendo lembrar de que eu havia dormido com as roupas do dia anterior e que não tinha nem me preocupado em vestir um pijama.

— O banheiro fica no fim do corredor à direita, no meu quarto, caso tenha se esquecido. Tem toalhas no armário pequeno lá dentro — eu disse ao abaixar os braços com outro bocejo. — Posso buscar a camisa na caminhonete, se você quiser.

Hoje seria um dia difícil. Eu precisava de mais umas dez horas de sono, sem dúvida. Talvez pudesse tirar uma soneca no intervalo do almoço.

Rip me observou com atenção por um minuto antes de se levantar naqueles pés com meias pretas e assentir.

— Grite se precisar de algo — falei, ainda sorrindo. Por que não, certo? Talvez algumas coisas estivessem uma porcaria, mas ele estava ali, fazendo o que não precisava fazer.

Um bom tempo tinha se passado desde que ele havia tocado no assunto do favor, mas eu contava com ele ter se esquecido de como se sentia a respeito daquilo. Talvez ainda achasse que me devia algo, mas eu esperava que ele soubesse que não era verdade. Pelo menos dessa vez, não quis lembrá-lo disso.

Ele me deu um olhar demorado, até mesmo descendo os olhos em direção às minhas meias antes de se virar e seguir na direção do quarto. Sentada ali, respirei fundo, bati um pouco nas bochechas com os dedos e me levantei. Não demorei para encontrar as chaves dele e, então, para pegar a camisa no banco de trás. Depois, segui na mesma direção pela qual Rip tinha ido, até o meu quarto, para escolher algumas roupas na pilha que eu tinha feito na cama. Havíamos jogado tanta coisa fora ontem à noite, que eu sinceramente não sabia o que havia sobrado. Não quis analisar com atenção nem pensar muito naquilo.

Mas as coisas sempre poderiam piorar.

Dei uma olhada na porta que dava no meu banheiro e imaginei, só por um segundo, o homem nu do outro lado. Então, suspirei.

No meu intervalo de almoço, horas mais tarde, subi as escadas até o primeiro andar da CCC e encontrei dois dos rapazes saindo da sala de descanso com expressões esquisitas.

— Constrangedor — o mais alto dos dois murmurou.

— Eu não entraria aí — o mais baixo disse em um sussurro.

Franzi a testa.

— Eles estão brigando — o mais alto explicou, ainda murmurando.

Bem, era apenas uma questão de tempo.

O outro ergueu as sobrancelhas quando passou por mim, desaparecendo escada abaixo, enquanto eu continuava indo em frente. Eu tinha planejado pegar uma das refeições congeladas que eu havia comprado e deixado no congelador para emergências, já que ainda não tinha conseguido preparar meu almoço e Rip não tinha ido para casa, então eu não poderia esperar que algo aparecesse magicamente.

Não precisei nem dar um passo para dentro da sala antes de ouvir a discussão.

— *Isso é ridículo pra caralho.*

— *Não é.*

— *É, sim. Você não tinha direito algum de tomar essa decisão sem mim.*

— *Eu tinha todo o direito de tomar essa decisão sem você. Você não precisava ter se afobado... Eles precisavam de uma resposta, e eu dei uma. Tentei te ligar várias vezes, mas você não atendeu.*

— *Eu estava ocupado.*

Houve uma pausa.

— *Foi o que entendi quando você tirou o dia de folga sem avisar.*

Ah, não. Aquilo era culpa minha?

— *Eu chego aqui antes de todo mundo, e fico até mais tarde do que todo mundo. Se preciso tirar um dia de folga, não deveria ser um problema.* — Houve uma pausa e, então: — *Eu não sou criança, e você não é a droga do meu chefe. Não tem o direito de me dizer quando posso tirar folga ou não.*

O sr. Cooper não respondeu na mesma hora, e fiquei parada ali, bem ao lado da sala de descanso, ouvindo e me perguntando se eu deveria ou não interromper. Os dois discutindo me deixava maluca. Realmente deixava.

— *Eu não estou tentando...*

— *Sim, você estava, sim.*

— *Me dê um desconto. Estamos juntos nessa. Não quero que você se meta em problemas.*

— *Acha que estou fazendo algo para me meter em problemas?*

— *Não sei, Ripley. Eu não sei! Você não me conta nada!*

— *Eu preciso contar?*

— *Por que você está tentando...*

Certo. Tudo bem. Com um suspiro, continuei andando, mas, em vez de me esgueirar para dentro da sala de descanso, fui até a porta do escritório e bati antes que eu pudesse me impedir. Não sabia o que raios exatamente eu faria, mas queria que eles parassem, e isso dependeria de mim, já que o resto daqueles covardes nunca fazia nada.

Como esperado, um milissegundo depois de eu bater, as duas vozes pararam.

— Sr. Cooper, é a Luna. Você viu o Rip? — gritei, revirando os olhos para mim mesma por ser uma mentirosa tão ruim.

— É claro, Luna, entre — o sr. Cooper disse alto um segundo depois.

Imaginei quais caretas deveriam estar fazendo um para o outro. Ou para mim, por estar sendo inconveniente. Mas eu estava fazendo um favor aos dois. Eles só não sabiam disso.

Não esperei até que mudassem de ideia, girei a maçaneta e coloquei a cabeça para dentro, certificando-me de fazer uma expressão surpresa quando encontrei Rip no mesmo instante. Ele estava parado bem perto da porta, aqueles braços enormes cruzados sobre o peito. Dei a ele um sorriso que não pareceu totalmente animado — eu estava cansada demais para isso —, mas bastou.

Eu ainda não havia contado a ninguém no trabalho sobre o que tinha acontecido, e se o sr. Cooper achou estranho eu não ter vindo trabalhar no dia anterior, não se importou em ligar para perguntar. Eu tinha imaginado que Rip havia contado algo a ele em privado, mas, por alguma razão, não havia especificado onde ele mesmo esteve. Eu contaria ao sr. C, é claro, mas o dia estava difícil o bastante. Eu não queria chorar por causa daquilo tão cedo outra vez.

— Eu estava te procurando para ver se você queria ir almoçar — falei com pressa, focando meu olhar em Rip. — Te devo por ontem.

Não deixei de notar o olhar confuso que o sr. Cooper lançou a Ripley e, então, a mim.

Também não deixei de notar como o corpo de Rip tensionou com a minha pergunta.

Ele diria que não, eu sabia, e eu ficaria bem com isso. A única razão pela qual eu sequer disse alguma coisa foi para interromper a discussão.

— E aí? — perguntei, dando outro sorriso tão grande quanto consegui, tentando dizer a Rip com os meus olhos que tudo bem se ele dissesse não.

Mas ele não fez isso.

— Tudo bem. — Ele descruzou os braços e os deixou cair nas laterais. — Mas você não vai pagar.

Pressionei um lábio contra o outro e pisquei. Certo, então. Tudo bem.

— Então eu não estaria te agradecendo por ter me ajudado, não é, chefe? — retruquei, toda doce.

A cabeça do sr. Cooper foi de mim para Rip e até mim outra vez, e me senti mal por deixá-lo desinformado.

Eu contaria tudo a ele assim que eu tivesse a chance.

— Não precisa me agradecer por droga nenhuma. — Ele deu um passo para frente. — Deixe comigo, vamos.

Mantive aquele sorriso irritantemente doce no rosto, observando-o se aproximar de mim.

— Mas, é sério, você deveria me deixar pagar.

— É sério, eu não deveria — ele respondeu de maneira sarcástica, roçando o ombro contra o meu ao passar por mim.

E agora ele estava brincando? Certo. Tudo bem.

Inspirando pelo nariz, voltei os olhos até o sr. Cooper, com dúvida quanto a estar fazendo a coisa certa ou... não. Mas eu sabia que, se alguém merecia a minha lealdade, era o sr. Cooper. Já era ruim o bastante eu não ter contado a ele sobre as outras coisas.

— Quer ir almoçar com a gente? — perguntei a ele, dando as costas de propósito ao seu sócio para que eu não visse sua expressão, caso estivesse fazendo alguma.

Mas é claro que estava.

O convite deve ter surpreendido o sr. Cooper, porque ele ficou parado ali por um momento. Não deixei de notar a maneira que ele tinha deslizado os olhos até Rip, por talvez um momento, antes de voltá-los a mim. Ele colou um sorriso no rosto que não pareceu totalmente falso quando disse:

— Obrigado, Luna, mas eu já almocei.

Mas será que ele teria gostado de ir?

Quando tínhamos ido almoçar com Ashton naquele primeiro dia, os dois se deram bem. Parte de mim achou que tinham se comportado muito bem na frente do funcionário novo. Não tinham falado diretamente um com o outro, ou sequer feito contato visual, mas tinha dado certo. Eu os havia observado como uma águia o tempo todo, esperando que algo acontecesse, mas nada aconteceu.

Nada acontecia há um tempo.

— Fica para a próxima, então? — indaguei, dando um sorriso que pareceu mais honesto do que todos os anteriores. Eu realmente precisava contar a verdade a ele.

O sr. Cooper assentiu, sua expressão muito curiosa, mas... bem. Animada, mas bem.

Por fim, olhei outra vez para Rip, mantendo aquela expressão para que, por sorte, ele não achasse que eu o estava enganando, apesar de eu estar.

— Pronto?

Seus olhos passaram pelos meus, e havia algo neles com que eu não estava familiarizada, mas, por fim, ele assentiu.

Acenando para o sr. Cooper, saí pela porta e desci as escadas, Rip vindo atrás de mim. Chegamos ao fim antes de eu perceber que não estava pronta para ir, então olhei sobre o ombro e o encontrei literalmente a um passo de distância.

— Me dê um segundo para buscar a bolsa, pode ser?

Aqueles olhos azul-esverdeados deslizaram na minha direção.

— Você não precisa de dinheiro.

Abri a boca, mas ele me interrompeu:

— Você não precisa de dinheiro. Vamos — ele insistiu.

Abri a boca de novo, mas ele fez a mesma coisa, me dando aquela expressão exasperada.

— Você pode me pagar de outro jeito, tudo bem?

— Não te convidei para você pagar.

Ele me encarou.

— Você já fez o bastante. Não quero me aproveitar de você — eu disse pelo que parecia ser a centésima vez ultimamente, sabendo que ele compreenderia.

Seus olhos focaram em mim, e os observei irem parar nas minhas orelhas. Tinha colocado o primeiro par que havia encontrado na ruína do meu quarto: ursinhos de ouro falso.

— Te aviso se eu sentir que está se aproveitando de mim. Mas vamos, estou com fome. Aqueles *kolaches* de hoje cedo já foram para o espaço.

Ah, cara. Ele não cederia.

— Tudo bem. Mas vou te pagar pela minha comida, pelo menos. — Semicerrei o olho. — De alguma maneira.

Ele não concordou, mas me deu outra olhada de soslaio antes de balançar a cabeça.

— Vamos.

Eu estava indo almoçar com Ripley.

Eu diria a mim mesma que não era animação nem ansiedade exagerada tomando conta de mim. Apenas dois colegas de trabalho saindo para comer em público. Nada de mais. Não era nem a primeira vez que faríamos isso.

Fui a primeira a sair pelas portas, notando que ninguém sequer olhou para Rip ou para mim na saída. Mal tínhamos passado pela porta quando aquelas longas pernas me alcançaram, então caminhamos lado a lado em direção à caminhonete dele. Rip havia insistido em nos levar ao trabalho naquela manhã, e até chegou a mostrar minhas chaves em seu bolso para que eu não tivesse nenhuma ideia. Juro que eu não sabia mais quem era aquele homem. Nenhum de nós disse nada enquanto ele destrancava as portas, abria a do lado do passageiro e, então, dava a volta para fazer a mesma coisa do lado do motorista. Ele entrou enquanto eu afivelava o cinto. Sem perder tempo, estávamos na estrada.

Para irmos almoçar juntos.

— O que você quer comer, chefe?

— Não me chame disso quando não estivermos no trabalho — ele disse, sua voz tranquila, sem nenhuma maldade nem nada do tipo. Apenas... ele me dizendo para não o chamar assim.

Por alguma razão.

Fiz uma careta.

— Tudo bem... do que posso te chamar, então, quando não estivermos no trabalho?

Seu resmungo foi a resposta àquilo, mas ele não me olhou quando perguntou:

— O que você acha de churrasco?

— Acho que eu poderia comer uns duzentos gramas de filé — falei enquanto, sinceramente, pensava em como eu poderia chamá-lo, mas que também seria irritante, só não muito.

A bochecha dele tremeu, e assumi que tinha sido um sorriso.

— Você teve notícias da seguradora?

Ah.

— Sim, conversei com eles mais cedo. Vão mandar um perito, e tenho que enviar uma papelada, então aposto que terei uns cinquenta anos quando receber algum dinheiro.

Seus dedos se alongaram outra vez no volante, e a cabeça se inclinou para o lado.

— Não tem problema. Vou dar um jeito. Você arrumou minha porta para eu ficar bem, e não é como se as pessoas que invadiram fossem voltar. Já levaram todas as coisas boas — tentei brincar, mas, na verdade, soou como qualquer coisa, menos uma piada.

Tudo estava bem. Coisas eram apenas... coisas. Não eram tudo. Eu poderia viver sem elas. Eu havia sobrevivido com menos antes. Mas...

— Luna...

— Estou bem. Sei que é idiota me preocupar que vão voltar ou que vai acontecer de novo.

— Não é idiota.

Era, e nós dois sabíamos disso.

— Você não se sente segura. Não tem nada de idiota nisso — Rip tentou me dizer com aquela voz contra a qual eu não tinha como me defender. — Você já pensou em instalar um alarme?

— Eu *pensei*, sim. Mas a empresa que veio fazer o orçamento me deu um valor maior do que eu poderia arcar. Eles queriam trezentos dólares só pelo equipamento. Esse é o preço do frontão chique que quero colocar na cozinha.

Seus dedos se flexionaram no volante, e ele os tamborilou.

— Eu conheço um cara. Vou ligar para ele e ver o que pode ser feito.

Não pude evitar olhar para ele.

— Você não precisa fazer isso, Rip. — Porque não precisava mesmo.

— Eu te aviso depois que tiver falado com ele.

É claro que ele me ignoraria.

Bem, eu não poderia fazer nada a respeito se ele fosse insistir. Ele teria que entender que eu não conseguiria arcar com aquilo. Os policiais tinham dito que algumas outras casas tinham sido invadidas na região. Então, o que aconteceu deveria ser... normal. Ter sua casa invadida não era algo inédito. Mesmo eu não tendo ouvido nada de nenhum dos meus vizinhos a respeito de terem escutado algo sobre invasões.

— Obrigada por oferecer — eu disse a ele. — Você...

Aquele rosto bonito se voltou na minha direção, e ele revirou os olhos, balançando a cabeça.

— Pare de me agradecer por tudo.

Fiz questão de que ele me visse revirar os olhos em resposta.

— Tudo bem, mas obrigada mesmo assim.

Ele balançou a cabeça de novo, voltando a encarar o lado de fora do para-brisa.

— Você não precisa me agradecer.

— Você não precisa fazer todas as coisas que fez por mim também, mas...

— Pare com isso — ele resmungou.

Eu teria revirado os olhos se ele estivesse me olhando.

— Sou grata por tudo, está bem? Você está sendo muito gentil, e não precisa. Só quero que saiba que sou grata, então vá te catar.

Acabamos chegando a uma placa de pare quando ele me observou com aqueles olhos azul-esverdeados e disse, não com gentileza, mas também não com aspereza, apenas... de um jeito diferente:

— Mas eu quero, tudo bem?

Assim que abri a boca, eu a fechei.

Ele queria?

Lucas Ripley queria ser gentil comigo?

Meu primeiro pensamento foi: por quê?

Meu segundo pensamento foi: quem era eu para lhe dizer não? *Não, senhor, por favor, seja um babaca e não se importe comigo.* Eu não era tão idiota assim.

Eu tinha acabado de dobrar as roupas que havia tirado da secadora quando ouvi uma batida na porta da frente.

Dei uma olhada no celular e notei que não tinha nenhuma chamada perdida nem mensagem não lida. Ninguém que eu conhecia estava a caminho; ou teriam me enviado uma mensagem. Peguei a minha maior faca da cozinha, porque, por sorte, elas tinham sobrevivido aos idiotas, e segui até a porta da frente.

Mas quando cheguei ao olho mágico, dei um passo para trás.

Então, dei um passo para frente para observar de novo. A pessoa ainda era a mesma, e o rosto do outro lado não havia magicamente se transformado.

Não consegui nem pensar ao destrancar a fechadura e abrir a porta, encontrando uma bolsa de viagem na entrada e um homem alto com ombros e peito amplos parado ali.

Ele nem sequer me deu uma chance de dizer algo.

— Vai me deixar entrar?

Bem.

— Não — eu disse a ele com um sorriso, mesmo indo para o lado e deixando-o entrar.

Ele também não tentou se desviar; toda a lateral do corpo raspando em mim ao entrar.

— Você já jantou? — ele perguntou enquanto eu fechava e trancava a porta.

— Sim, e você?

Quero dizer, ele tinha me deixado em casa duas horas antes. Nós dois havíamos trabalhado até tarde, e ele tinha se oferecido para me levar para casa quando eu estivesse pronta. Tinha sido ele a passar pela minha sala um pouco antes das sete e perguntar se eu já havia terminado, e eu tinha. Ou, pelo menos, eu havia estado bem perto disso.

— Não — o homem respondeu, largando a bolsa no começo da escada.

Meus olhos focaram na bolsa, entendendo o que ele estava fazendo na minha casa às nove da noite com *aquilo*.

Ele passaria a noite.

— Você quer que eu peça algo? Pedi *pho*, mas comi tudo, desculpa — eu disse, ainda olhando para aquela bolsa azul-marinho que já tinha visto dias melhores.

— Não — ele falou, curvando-se para frente, abrindo o zíper e tirando dali o mesmo tipo de pote no qual ele havia me trazido almoço. Mas, então, pegou mais três como aquele, empilhando-os com cuidado na mão ao endireitar a postura. — Eu trouxe comida. Vou colocar o resto na geladeira, pode ser?

— Tudo bem — eu praticamente coaxei.

Seus olhos encontraram os meus por um segundo antes de ele desaparecer pelo corredor que levava até a cozinha.

Assim como Lenny tinha feito quando veio me visitar. Ou quando o sr. Cooper ou Lydia também vieram. Ou quando as minhas irmãs estiveram aqui.

Como se fosse normal.

E ele havia me trazido comida. De novo.

Cara, eu poderia me apaixonar por esse cara se eu me permitisse. Eu realmente, realmente poderia. Mas apenas idiotas se apaixonavam pelos seus chefes — chefes que não tinham *namoradas* nem *relacionamentos*.

Era inútil sonhar com coisas que eu não poderia ter. Era inútil pensar que eu poderia me apaixonar por ele, apesar de uma pequena parte minha sussurrar bem baixinho que… eu já estava apaixonada. Sem dúvida. Foi com essa ideia em mente que gritei pelo corredor:

— Rip! Vou tomar um banho, mas sinta-se em casa!

— Certo — ele gritou em resposta, fazendo seja lá o que estivesse fazendo na cozinha. Comendo?

Parei onde estava.

— Quer companhia enquanto come? — berrei.

— Estou bem — ele respondeu.

Tudo bem.

Fui até o meu quarto, pegando as roupas que eu havia organizado enquanto esperava pelo jantar, e optei por um conjunto de pijama com short azul-marinho e regata com corações cor-de-rosa que Lily havia me dado.

Não demorei para tomar banho e me vestir enquanto eu dava o meu melhor para ignorar o quanto estava cansada. Eu provavelmente tinha dormido umas cinco horas nos últimos três dias, e estava sentindo os efeitos. Sinceramente, tudo o que eu queria fazer era cair de cara na cama. Estava com sono demais para sequer me importar com a menor das possibilidades de alguém decidir voltar.

E… Rip estava aqui.

Até escovei os dentes e, então, hidratei o rosto, suspirando ao olhar para as minhas olheiras. Eu realmente precisava dormir um pouco. E usar uma daquelas máscaras de gel nos olhos também não faria mal. Pelo menos, o estresse não tinha me dado espinhas.

Suspirando de novo, abri a porta do banheiro e parei.

Parei bem ali no lugar e observei o homem na beira da minha cama.

O homem sentado na minha cama, tirando as meias, me dando uma visão incrível das suas solas rosadas.

O homem que ergueu os olhos no instante em que abri a porta e me deu um sorriso que parecia quase tão cansado quanto o meu.

— Se você ficar com fome no meio da noite, deixei comida na geladeira — ele me avisou baixinho, dobrando as meias e colocando-as em cima das botas de trabalho. — Mas você precisa dar uma passada no mercado. Não tem quase nada para comer.

— Eu sei, mas obrigada — disse a ele, parado ali. — Vou dar um jeito de ir no fim de semana. — Fiz uma pausa. — Você cozinhou tudo sozinho?

Seus olhos não deixaram os meus quando respondeu:

— Sim.

Me perguntei se a mãe dele o tinha ensinado a cozinhar, ou se teve que aprender depois que ela se foi.

— Você queria ter tomado um banho? — perguntei, escolhendo focar nisso.

Ele balançou a cabeça.

— Tomei antes de vir.

Bem.

— Não posso passar outra noite no seu sofá — ele me avisou, ainda falando naquela voz calma e silenciosa com a qual eu não sabia o que fazer.

Ah.

Pensei a respeito daquilo.

— A cama da Lily é pequena demais, porque é um sofá-cama, e minhas outras irmãs levaram as delas.

Ah.

Ah.

Não precisei olhar para minha cama antes de entender que, apesar de não ser um colchão *king size*, era *queen*. E o maior na casa.

— Você pode dormir na minha cama. Tem alguns rasgos no colchão, mas eu os cobri com o lençol. Ainda vai ser melhor do que ontem à noite — ofereci, dando a ele um sorriso. — Vou dormir no sofá.

... sozinha.

Mais perto das portas da frente e do fundo.

Isso não rolaria.

— Ou no quarto da Lily — coloquei para fora.

Rip se levantou, alto — alto pra cacete — e tive que inclinar o queixo um pouco para trás para manter o contato visual. Ele esticou aqueles braços musculosos sobre a cabeça e bocejou.

— Você também parece que precisa de um bom descanso, garotinha.

Eu precisava. Mesmo.

Eu também precisava ignorar o uso daquela palavra com G de novo.

E parar de ser covarde e dormir onde quer que fosse.

— Não vai acontecer nada, você sabe disso, não é? — ele perguntou com a voz cautelosa, fazendo-me focar nele.

Assenti.

A respiração dele soou funda, mas verdadeira. E ele olhava diretamente para mim quando indagou:

— Por que você também não dorme aqui?

Também? Na mesma cama?

Quero dizer...

Eu disse "tudo bem" antes de me impedir, ou de sequer perceber no que raios eu havia acabado de me meter.

Mas que droga eu estava fazendo?

Antes que eu me segurasse, Rip disse:

— Vamos nos deitar, então.

Simples assim.

Bem. Caramba.

Eu estava tão nervosa que prendi a respiração ao ir até a parede e desligar as luzes, voltando cegamente em direção ao abajur que havia sobrevivido à invasão da minha casa por aqueles idiotas. O abajur iluminou o quarto apenas o bastante, me mostrando que Rip estava do outro lado do colchão — do lado em que eu não dormia —, já puxando a colcha branca como se fosse a coisa mais natural no mundo.

Quem me dera.

Bem, se eu quisesse uma dor de cabeça.

— Isso é uma boa ideia? — acabei perguntando. Dormir na mesma cama com o meu chefe simplesmente parecia... que não deveria acontecer. Pelo menos, não para mim. Pelo menos, não quando o chefe era Rip.

— Por que não seria? — ele retrucou logo em seguida, antes de deslizar sob a colcha que eu havia esticado mais cedo.

Hum.

Se ele achava que não havia nada que fizesse aquilo ser uma ideia ruim...

Eu poderia ignorar que era algo novo. Que meu coração bateu só um pouquinho mais rápido com a ideia de dormir ao lado dele. Não havia motivo para aquilo não ser estritamente platônico.

Puxei a coberta e deitei. Desligando o abajur, me aconcheguei no lençol e senti o colchão se mover ao meu lado, dizendo a mim mesma que era Rip também se ajeitando.

Virei de lado para encarar onde ele estava e, então, deslizei as mãos sob a bochecha.

— Luna?

Fechei os olhos, cansada.

— Hum?

— Você está bem?

— Uhum, e você?

— Sim.

Bocejei.

— Obrigada por ter vindo. Me cutuque se eu estiver me mexendo muito, combinado?

Meus olhos se abriram rapidamente, no segundo em que o ouvi dar uma risadinha.

Eu estava tão cansada, mas, ainda assim, ri.

Tenho quase certeza de que ele disse mais alguma coisa, mas eu estava com zero energia e, então, não consegui nem encontrar forças para pensar demais no fato de que Rip estava na mesma cama que eu ou de que eu tinha pedido a ele que me cutucasse. Adormeci na mesma hora.

E tenho quase certeza de que os meus sonhos também começaram instantaneamente.

Talvez tivesse sido o estresse do assalto. Talvez, minha preocupação e raiva com relação a Thea... Talvez a fúria que a conversa com o meu pai tinha alimentado em mim. Ou talvez, agora, minha briga com Kyra...

Mas adormeci e tive um sonho estrelado pelo meu pai. De novo.

Parte minha sabia que não era real, sabia que não estava acontecendo de verdade, mas, apesar de tudo isso, meu pânico pareceu real. Real demais quando começou com Kyra dizendo que estava com fome enquanto todas estávamos sentadas no meu quarto, fazendo nossas tarefas de casa. Fui até a cozinha a partir do fundo da casa, pegando duas caixas de macarrão com queijo no buraco secreto que eu tinha aberto no gesso do armário. Pude ouvir meu pai e a mãe das garotas discutindo na sala de estar, e tentei me apressar — de alguma maneira tentando fazer com que a água fervesse mais rápido para que eu pudesse voltar ao quarto —, mas isso não aconteceu.

Algo quebrou na sala de estar, e pensei: "Se apresse".

Mas não fui rápida o bastante. Eu estava parada quando ouvi:

— *Mas que merda você está fazendo?*

Fiquei tensa. Chocada. Quis vomitar.

Não sei como respondi àquilo, mas fiquei ciente do que aconteceria antes mesmo de acontecer. Tentei acordar. Tentei me obrigar a acordar antes... antes de... mas não acordei, e o metal estava frio como sempre ao atingir, primeiro, a minha nuca, e...

Acordei com um arquejo no meu quarto escuro. Acordei de costas com todo o meu corpo tensionado. Acordei com arrepios por todo o braço, e minhas mãos foram, na mesma hora, esfregar meu rosto.

Era apenas um sonho.

Eu sabia que era. Eu estava bem. Eu estava segura.

Algo pesado pousou no meu estômago um segundo antes de a voz de Rip me trazer ainda mais de volta ao presente quando disse, com a voz áspera:

— Luna?

Droga.

— Estou bem — sussurrei, ouvindo a mentira em como a minha voz oscilou.

O colchão se moveu enquanto eu entendia que Rip se virava.

— Pesadelo?

Continuava escuro, e não deveríamos ter adormecido há muito tempo, mas, ainda assim, senti culpa por tê-lo acordado. Era ruim o bastante quando era apenas eu.

— Sim. — Respirei fundo pelo nariz e esfreguei o rosto outra vez, meus dedos tremendo apenas um pouco, mas mais do que o suficiente. — Estou bem. Desculpa por ter te acordado.

A respiração quente no meu braço me disse que ele estava de frente para mim.

— O que aconteceu no seu pesadelo? — perguntou de maneira inesperada.

Prendi a respiração, pensando nos detalhes. Isso serviu apenas para manter meus braços arrepiados por mais tempo.

— Você não é a única que sabe guardar segredo — a voz dele ribombou.

Congelei, encarando cegamente a escuridão. Eu nunca havia contado a ninguém o que tinha acontecido no dia antes de eu partir. Nem mesmo a Lenny. Nem ao sr. Cooper. Ninguém.

Eu não estava preparando macarrão para as garotas, como no pesadelo, mas...

— Luna — ele disse meu nome com cautela.

Funguei e estiquei o braço para trás, para coçar a nuca, tocando o lugar que nunca mais havia parecido o mesmo depois daquele dia.

— Querida, você gritou — uma voz doce murmurou logo antes de eu saber que eram seus dedos tocando meu braço, escorregando por ali até a mão segurar a minha e a cobrir por completo. — Me conte o que aconteceu. Não foi real. Você sabe que não.

Respirei fundo pelo nariz, minha nuca coçando de novo.

— Foi real, Rip. — Funguei, sentindo-o apertar meus dedos trêmulos.

— Alguém te fez alguma coisa?

Tentei esfregar os meus dedos sob os dedos ásperos dele.

— Alguém te machucou? — o homem ao meu lado repetiu.

Todo dia, por anos. Machucados não precisam ser algo físico, mas não disse isso a ele. Ele poderia guardar segredos, Rip tinha dito, e eu acreditava nele. E talvez eu não devesse contar, talvez não devesse dizer as palavras em voz alta e fazê-las serem mais reais do que já eram enquanto existiam apenas na minha cabeça, mas...

Mas eu tinha que tentar.

Não era exatamente aquilo o que eu havia tentado fazer com Lily e Kyra por anos? Tentar fazê-las falar a respeito de tudo, para que não guardassem muita coisa para si e explodissem por causa da pressão mais tarde?

Eu era tão hipócrita às vezes...

— Eu sonhei que meu pai... — Droga. Como eu poderia explicar? — Ele sempre foi um babaca. Sempre, sabe? Quando estava bêbado, nervoso, porque eu estava respirando alto demais, se a TV estivesse ligada ou se algo dava errado e acontecia de eu estar por perto...

Os dedos cobrindo a minha mão se moveram para se entrelaçarem aos meus. A palma estava quente, muito mais quente do que a minha, o que pareceu me dar forças. Ou confiança. Ou algo. Algo bom demais e necessário. E que não pertencia a mim.

Mas continuei:

— Ele me pegou roubando dinheiro dele. Minha irmãzinha Kyra estava com febre, e, quando pedi dinheiro para a mãe dela, ela me disse para dar o fora. Contei ao meu pai que estava pegando apenas o suficiente para pagar um médico, mas ele não quis saber. Ele achou que eu estava tentando roubar suas drogas, eu sei lá... mas ele ficou tão nervoso, tão mais nervoso do que antes… e ele disse todo tipo de coisa. Quando tentei sair do cômodo, ele me agarrou pelo cabelo, e ele… ele…

O ponto macio na minha nuca coçou, mas eu não soltaria a mão de Rip para tocar ali. Eu não faria isso. Não faria.

— Ele encostou uma arma na minha cabeça e me disse que, se eu algum dia fizesse aquilo de novo, ele me mataria — sussurrei, incapaz de me impedir de tremer… e tentando arrancar o punhado de raiva com relação ao que aquele homem tinha me feito passar, ao que ele tinha feito contra mim. — De vez em quando, muito raramente, eu sonho com isso. Mas minha nuca começa a coçar, e sinto que estou lá outra vez…

O silêncio entre nós perdurou por um bom tempo e, se não fosse por como seus dedos se moveram entre os meus enquanto eu contava a Rip a última parte, eu teria pensado que talvez ele tivesse caído no sono.

Mas assumi que ele simplesmente não soube o que dizer, e eu não poderia culpá-lo. Eu também não saberia o que dizer se nossos papéis estivessem invertidos.

Nem sequer tive certeza de que conseguiria contar a ele.

— Fui até a casa da minha avó no dia seguinte, sabe? Contei a ela o que havia acontecido, e ela me disse para ir embora. Não foi a primeira vez que ela tocou no assunto. Ela disse que eu nunca estaria segura lá, e a fiz prometer que cuidaria das minhas irmãs pelo tempo que fosse possível. Ela disse que faria isso. E eu falei… eu falei para ela que as buscaria… — Apertei a mão dele. — Não pude ficar lá depois daquilo, Rip. Não pude.

"Liguei para a polícia no dia seguinte enquanto as meninas estavam na escola, enquanto eu também deveria estar na escola, e disse que havia drogas na minha casa. Eu contei onde poderiam encontrá-las e que havia crianças morando lá. E eles foram… eles foram até lá e prenderam o meu pai e a mãe delas. Ele gritou comigo, dizendo que me mataria… e descobri mais tarde, pelo jornal, que acabaram prendendo o irmão dele também. — Desde quando era pequena, eu sabia o que meu pai fazia. Sabia que os policiais estavam sempre atrás dele, de acordo com ele mesmo. Tinha me dito milhares de vezes que, para o meu bem, seria melhor eu ficar de boca fechada."

O que não contei foi que avisei minhas irmãs de que eu estava indo embora. De que elas iriam moram com a vovó por um tempo. Que tudo seria muito melhor. E me desculpei com elas por não poderem vir comigo, porque eu tinha apenas dezessete anos.

Vovó nunca me convidou para morar com ela, seja lá por qual razão, mas tinha se voluntariado por elas.

Então fui embora.

— Foi isso o que eu não tinha te contado. Que o entreguei. Que ele foi parar na cadeia por três anos por minha culpa. E não me sinto mal pelo que fiz. Nem um pouquinho. Eu queria que ele tivesse ficado mais tempo preso. Foi por isso que fui buscar as minhas irmãs. Porque minha vó ligou quando descobriu que ele seria solto, e ela sabia que as meninas não estariam seguras, não com ele tão perto assim. E, então, nós demos um jeito, e eu fui buscá-las...

Funguei de novo, deixando a raiva me alimentar, deixando-a me lembrar do que eu tinha feito e do que eu nunca me arrependeria.

— Não tem problema se você achar que sou um lixo desleal por ter entregado o meu pai, tá bom?

Seus dedos estremeceram ao se entrelaçarem nos meus outra vez, e eu não estava nem um pouco preparada para como ele respondeu. Para a força em seu tom, pela certeza.

— Eu nunca pensaria uma besteira dessas a seu respeito — ele disse naquela voz incrivelmente rouca, cheia de... alguma coisa.

Alguma coisa de que eu não tinha certeza.

— Você fez a coisa certa. Você fez a única coisa que poderia ter feito. Não tem nada do que se sentir culpada. Está me ouvindo?

Eu o estava ouvindo? Ele estava falando sério? Não pude evitar que minha voz soasse fraca, evitar o quanto me sentia fraca.

— Você ainda quer ser meu amigo, então?

— Cristo — ele sibilou antes de soltar um barulho engasgado. — Porra, Luna.

Não tive chance de pensar em suas palavras antes de a mão segurando a minha se afastar, e, quando percebi, sua mão tinha escorregado entre a minha costela e a cama, e a outra tinha ido até o meu quadril. Rip me puxou em direção a ele. Contra ele.

Lucas Ripley me puxou até o meio do seu corpo, ou pelo menos foi o que pareceu quando seu bíceps se transformou no meu travesseiro, e seu quadril e coxa, em parte do meu colchão.

— Você me mata, garota — ele murmurou na voz mais áspera que já ouvi. — Eu juro por Deus, você é um maldito quebra-cabeça que pensei estar todo em uma caixa, mas que, todo dia, encontro uma ou duas peças escondidas em algum outro lugar.

Eu não fazia ideia do que ele queria dizer com aquilo. Talvez Rip estivesse ciente disso, porque eu não esperava que ele fosse rolar de lado apenas um pouquinho, apenas o suficiente para poder me observar com aquele rosto que eu não podia evitar, senão encarar em todas as chances que eu tinha. Seus ângulos eram pesados, e o quarto estava tão escuro que era difícil de enxergar qualquer outra coisa.

Mas vi o bastante. Senti o bastante.

Realmente era tarde demais para pensar que eu poderia amá-lo se eu me permitisse, pensei, antes de empurrar aquela ideia para o mais longe possível. Mas eu não era imprudente a ponto de brincar com isso. Não era o que eu faria.

Minha visão era boa o bastante para observá-lo enquanto ele se erguia.

— O que foi? — perguntei, ouvindo o nervosismo na minha voz.

Mas ele não respondeu. Rip simplesmente ficou pairando ali, apoiado em um quadril e em um cotovelo, encarando, encarando e encarando por tanto tempo, que tive de lamber os lábios. Por tempo demais, me perguntei se ele achava que havia algo de errado comigo. Até que, de repente, ele baixou a cabeça — e eu prendi a respiração —, e aquele homem fez a última coisa que eu teria esperado.

Rip roçou seus lábios secos e quentes nos meus. No canto da minha boca. No comprimento dos meus lábios. Foi simplesmente o beijo mais rápido, breve e parecido com uma pena da minha vida.

E, tão rápido quanto aconteceu, acabou. Ele voltou a se deitar de costas, me deixando...

Simplesmente assim.

Rip tinha me beijado. *Eu*.

Tinha sido... Tinha sido para me confortar? Amigos faziam isso? Amigos se beijavam para fazer a outra pessoa se sentir melhor?

Sim. Sim, eles faziam, eu disse a mim mesma ao ouvi-lo expirar. Era o que eu continuaria dizendo a mim mesma. Ele não tinha usado a língua, porque isso não teria sido amigável. *E você não teria dito não,* meu cérebro tentou suspirar, mas eu o ignorei, agora e para todo sempre, para me agarrar à única coisa que passava pela minha cabeça e fazia sentido. Minha única preocupação genuína naquele momento que não tinha nada a ver com o homem que talvez-sim-talvez-não tivesse me beijado.

— Mas você ainda quer ser meu amigo? — perguntei a ele.

Eu poderia jurar pela minha vida que ele se arrastou para mais perto de mim, mas eu não pensaria demais nisso. Com certeza, eu também não pensaria no que havia acabado de acontecer.

— Luna, se você soubesse das coisas que já fiz...

— Eu ainda ia querer ser sua amiga — eu disse, inspirando aquele aroma de sabonete Irish Spring por todo o seu corpo. Lambi os lábios outra vez e disse a mim mesma que eu estava apenas imaginando que tinham um gosto diferente. — A não ser que você, por exemplo... tenha machucado uma criança, um animal ou uma mulher.

Pude ouvi-lo respirando, e senti a tensão do seu bíceps sob o meu braço.

Eu estava deitada no braço de Rip. *Eu estava deitada no braço de Rip.* Depois dos seus lábios terem encontrado os meus.

Ele estava me reconfortando, eu disse a mim mesma. Apenas isso.

— Não, eu nunca fiz nada disso, mas outros homens... — Sua voz perdeu forças, ainda falando com rouquidão. — Você não faz a menor ideia das besteiras que já fiz, e não quero te contar. — Pude sentir seu inspirar, porque fez aquele seu peito, que eu conhecia pelo toque e que estava bem em frente ao meu rosto, expandir, expandir e expandir.

Pronto. Pronto. Ele estava me contando um pouquinho. Apenas um pouquinho.

— Tudo bem, você não precisa me contar.

— Eu não quero, mas você deveria saber... você deveria saber de quem quer ser amiga.

— Me conte depois — eu disse baixinho, inspirando outra grande lufada daquele aroma limpo e masculino. Mas eu pensei. Pensei em suas palavras. Pensei em todos os diferentes passados que eu havia inventado ao longo dos anos. — Mas posso te perguntar uma coisa? Uma coisa que não vai mudar nada, não importa o que você diga? Porque juro que não vai importar, mas pensei muito nisso e simplesmente... eu quero saber. Não temos que falar mais nisso depois. E você pode considerar como meu favor. Colocaremos isso na nossa caixinha de segredos.

Eu não quis pensar que seu "*hum*" soou preocupado, mas pareceu.

Apertei sua mão outra vez, deixando os meus dedos se demorarem sobre os dois dedos que eu sabia terem um M e um C.

— Você já fez parte de uma gangue?

O braço sob a minha cabeça enrijeceu de novo, e levou segundos para relaxar. Segundos que pareceram minutos enquanto seu corpo, por fim, abaixava as barreiras. E eu não poderia dizer que fiquei totalmente surpresa quando ele falou:

— Sim, querida. Podemos dizer que sim.

Bem. Eu não estava surpresa. Não estava — nem um pouco —, mas sua resposta cutucou uma parte minha que tinha uma dúzia de perguntas diferentes. Eu escolheria apenas uma.

— Posso te perguntar mais uma coisa?

O *sim* dele foi um resmungo.

— Por que você fez isso?

Se a pergunta o surpreendeu, eu nunca teria certeza. O que notei foi que suspirou e senti sua tensão antes da resposta:

— Eu estava irritado depois da morte da minha mãe. Irritado pra caralho. Eu fui e... e me uni a eles. Fui criado aqui; acho que nunca te contei isso. Alguns meses depois que a minha mãe morreu, coloquei as minhas tralhas em uma mala e fui embora. Me mudei muitas vezes durante um tempo. Passava uns dois dias aqui e ali, no Novo México, Colorado, Califórnia por quase um ano... e então voltei. Não tenho uma família grande, mas, naquela época, eu tinha um tio em San Antonio...

Parte de mim ficou chocada com a menção da cidade em que eu havia crescido, mas não dei nem um pio.

— Ele tinha esse tipo de vida. O irmão da minha mãe. Eu estava irritadíssimo com a vida, e... eles... me acolheram. Foi meio como ter uma nova família, se a família fosse toda ferrada e todo mundo tivesse enlouquecido — ele continuou explicando com uma voz firme. — Eu passei dezoito anos lá.

Enrolei os dedos dos pés sob a coberta, pensando no que ele tinha acabado de dizer.

— Você era feliz?

O som que saiu da boca de Rip foi um riso distorcido, triste e baixo.

— Não, querida, não pensamos nesse tipo de coisa com uma vida daquelas, mas, às vezes, nos enterramos tão fundo e não sabemos como sair até que, um dia, acordamos e não aguentamos ficar ali nem mais um minuto.

Suas palavras escorregaram por sob as minhas costelas, direto para dentro do meu peito. Eu sabia exatamente como era. Saber que não conseguiríamos continuar fazendo algo sem perder muita coisa. Movi os dedos contra os de Rip, e senti seu movimento em resposta, não segurando a minha mão, mas parado ali. E ali, ali e ali. Quente, forte e presente.

— Cansei de passar quase vinte anos nervoso. Finalmente, pensei no que minha mãe teria desejado para mim, e percebi que não era aquilo. Também não era o que eu queria para mim, mesmo quando criança. E estar de saco cheio com tudo e todos pareceu ser algum tipo de sinal... Então, fui embora. Foi quando voltei.

As juntas dos dedos de Rip roçaram os ossos finos das costas da minha mão, e encarei o teto antes de fazer uma última pergunta que eu havia me permitido considerar.

— Você se sente grato por ter voltado?

Seu riso foi um bufo, e aquelas juntas se moveram sob mim mais uma vez antes de ele dizer:

— Alguns dias, não… Mas, sim. Sim. Voltar foi a melhor coisa que já fiz.

CAPÍTULO VINTE E TRÊS

Se eu tivesse achado que talvez eu teria um descanso daquela minha Sequência de Merda, eu teria errado.

Terrivelmente.

Por sorte, por mais que eu pudesse ter esperado que as coisas fossem ser diferentes e que minha sorte tivesse mudado, não esperei nem por um segundo que esse seria o caso. Eu sabia como minha sorte funcionava, e, na minha vida, quando chovia... havia um furacão a caminho. Ou seja, a situação com a minha irmã tinha sido o aviso de que o desastre estava vindo na minha direção — eu só não o tinha visto de verdade cedo o bastante. A invasão de casa tinha me colocado no olho da tempestade, e agora eu tinha de sobreviver à metade final. Então, eu não estava esperando que seria um, ou vários, dos melhores dias da minha vida, aquela manhã em que acordei segurando a mão de Rip.

Aquela manhã depois da noite na qual ele havia basicamente admitido ter feito parte de uma gangue, ou algo perto disso, com base em suas palavras.

Mas não falaríamos disso, não até ele estar pronto. Se algum dia estivesse.

Se alguém sabia como era difícil admitir coisas profundamente pessoais, era eu. Afinal de contas, eu tinha algumas pessoas na minha vida em que confiava muito, muito, muito, e nunca havia contado a elas sobre meu pai e a arma. Nunca havia contado a elas sobre ter chamado a polícia. Elas simplesmente presumiram que eu havia chegado ao limite e fugido.

Então, eu não pensaria naquilo. Não tocaria mais nesse assunto, e não o fiz quando ele acordou depois de eu ter rolado para fora da cama, ou quando fomos juntos ao trabalho outra vez, nem quando nosso intervalo de almoço coincidiu durante trinta minutos e ele se sentou ao meu lado, lendo suas revistas em silêncio, o cotovelo quase sempre roçando o meu.

Na manhã seguinte, depois de ele ter passado outra noite na cama comigo, nenhum de nós trouxe à tona nada a respeito de nossas confissões... ou comentou sobre dividir o colchão de novo. Só que, dessa vez, usei meu travesseiro, em vez do ombro dele, como eu tinha feito na primeira noite.

Infelizmente, nos dias seguintes à invasão, Jason se esqueceu de que já havia tido a atenção chamada duas vezes, ou decidiu que não dava a mínima para o trabalho e levou ser um grande merda a um nível totalmente diferente. Ele estava mais de mau humor e mais irritável do que antes, e eu mal conseguia lidar quando ele começava a falar. Ele começou a desaparecer por longos períodos durante o dia, e quando eu perguntava a respeito daquilo, ele alegava estar com diarreia para justificar desaparecer por vinte minutos a cada hora.

Eu havia cronometrado: vinte minutos. Era a esse ponto que ele havia me levado, a cronometrar suas idas ao banheiro como evidência, se essa informação acabasse sendo necessária. Parte de mim não pôde evitar, senão realmente esperar que, em algum momento em breve, o karma voltaria e o faria pagar através de uma terrível diarreia de verdade por ser um mentiroso filho da puta.

Babaca.

Então, naquela sexta-feira, no último dia antes de ele supostamente sair de férias por uma semana, um dia pelo qual eu esperava desde o que parecia ser o dia em que nasci, não fiquei surpresa quando ele apareceu com um humor podre. Pude notar, só de olhar para o rosto dele, que estava prestes a desencadear uma série de caras de bunda, suspiros e comentários sussurrados.

Isso bastou para me fazer chegar ao limite.

Não fiquei totalmente surpresa quando não tínhamos nem chegado ao meio-dia antes de começarmos a discutir quanto a ele não ter agitado uma tinta que eu o havia pedido para preparar enquanto eu tirava a fita de um capô do qual terminei de ajeitar a cor, com faixas brancas e grossas — faixas Shelby.

— Eu estava encomendando tinta para você — ele tentou alegar quando saí da cabine e encontrei a tinta no mesmo lugar em que havia estado.

Eu soube que ele estava mentindo na mesma hora.

— Então você a encomendou para mim?

Seu olhar inexpressivo confirmou minha resposta.

— Eles me pediram para esperar, e eu desliguei.

Paciência. Paciência.

Toquei o pingente na pulseira que eu tinha no pulso e perguntei:

— Quem te pediu para esperar?

— Alguém.

— Homem ou mulher?

Sua expressão me fez achar que ele pensava ser um teste, mas não era.

— Homem.

— Qual era o nome dele?

Jason revirou os olhos e balançou a cabeça.

— Porra, como vou lembrar do nome dele?

— Se ele te pediu para esperar, quero saber quem foi. Nós fazemos diversas compras com eles, então não deveriam ter te pedido para esperar — menti. É claro que, às vezes, até mesmo Hector me pedia para esperar quando eu ligava para fazer uma encomenda, mas esse não era o ponto. Minha intuição dizia que ele estava mentindo. — Qual era o nome dele?

— Eu não sei — o idiota respondeu.

— Pense. Foi Andy? Larry? Hector? Clarence?

— Eu não sei. Clarence, eu acho? Não perguntei o sobrenome dele, onde mora nem o tipo sanguíneo, se você quiser saber.

Ninguém chamado Clarence trabalhava na loja de tintas. Nem ninguém chamado Andy ou Larry. E, por mais que eu dissesse a mim mesma para ser paciente com ele, minha paciência estava acabando bem rápido com aquele seu tom. Era o momento errado da minha vida para ele vir com essa besteira.

Por mais que eu quisesse ser uma boa pessoa, e por mais que eu tentasse fazer com que as pessoas gostassem de mim ou, então, pelo menos, me respeitassem, eu reconhecia os sinais quando se mostravam um esforço inútil.

Jason era assim.

— E você simplesmente desligou depois de te pedirem para esperar? — perguntei sem pressa, ainda tentando me agarrar a ideia de tentar ser melhor do que aquele babaca era comigo e não ser grossa em resposta.

O movimento em suas sobrancelhas só poderia ser um sim.

Esse *merdinha mentiroso.*

Respirei fundo pelo nariz e disse a mim mesma para ser paciente, para *ignorar*. Mas foi difícil. Foi tão difícil que eu estava sinceramente tentada a contar ao sr. Cooper o quão desonesto ele estava sendo.

Mas, de alguma maneira, consegui não o fazer. Em vez disso, pensei em lhe dar outro aviso sutil, mesmo sabendo que isso mais do que provavelmente seria em vão.

— Jason, eu não gosto de mentirosos, nem o sr. Cooper.

Um vislumbre de algo atravessou seu rosto: irritação.

Ele não gostava de levar chamadas de atenção, mas eu gostava ainda menos de que mentissem para mim e de que brincassem comigo.

— Por favor, nunca mais minta para mim e com certeza também não minta para ele. — Eu o observei com um rosto inexpressivo que, com sorte, esconderia quão frustrada ele havia me deixado. — Não preciso nem te dizer como Rip também se sente a respeito de mentirosos.

Isso o deixou vermelho.

— Eu não estou mentindo!

Então, não me impedi de revirar os olhos.

— Olha, não estou discutindo com você. Só estou dizendo que não deveria mentir para ninguém aqui. Não gostamos disso, principalmente eu.

— Eu não estou mentindo!

Eu quase disse a ele para baixar a voz, mas consegui me segurar.

— Você está mentindo para mim nesse instante, e estava mentindo para mim a respeito de ter feito a ligação. — Ele abriu a boca, mas continuei falando. — Nem se dê o trabalho, eu sei que você estava mentindo. Só há dois funcionários que atendem ao telefone na loja, e nenhum deles tem os nomes que eu te disse.

— Você me enganou?

Dei de ombros.

— Sim, e não gostei de fazer isso, mas você me obrigou. Eu só queria a verdade. Te pedi para fazer uma coisa, e você não fez. Isso não é aceitável, e esse é o ponto. Eu não estou tentando arranjar problemas para você nem te fazer ser demitido. Não quero que perca o emprego, então estou tentando te ajudar agora ao te dizer o que não fazer no futuro. Independentemente de você ter ligado ou não, deveria ter feito o que te pedi. Eu não sou sua chefe, mas estou tentando te ensinar, porque eles me pediram.

— Mas eu não estou mentindo, caralho! — ele gritou.

Paciência e gentileza, Luna. Paciência e gentileza.

Engoli e me lembrei de novo. *Não o deixe te afetar.*

— Tudo bem. Se você não está mentindo, sinto muito por tê-lo acusado. Então, quer que eu clique no botão de rediscagem no telefone, ou quer me ajudar a tirar o capô da cabine?

Foi a vez dele de pressionar um lábio contra o outro. A droga de um mentiroso. No que ele estava pensando? Ele sabia que estava mentindo. Eu sabia que ele estava mentindo. Ele simplesmente não admitiria. Jamais.

Assim que alguns segundos se passaram, e ele não disse mais nada, falei:

— Me ajude a trazer o capô para fora, e então você pode colocar a tinta para agitar enquanto vou ao banheiro.

Na minha vida, diversas pessoas tinham me lançado olhares que talvez teriam me matado se tivessem esse tipo de poder, mas o olhar que Jason me lançou naquele instante... foi sinceramente um dos piores. Mas serviu apenas para me deixar irritada. Eu não estava tentando competir com ele. Realmente, não estava. Se eu quisesse que ele arranjasse problemas, tinha queixas o bastante — e poderia arranjar provas — para fazer exatamente isso.

Mas não o fiz.

Eu só queria que ele fizesse um trabalho decente e me tratasse com um pouco mais de respeito.

E eu queria que ele não agisse como um idiota.

Aparentemente, isso era pedir demais.

Se eu tivesse sido criada por pessoas diferente, talvez tivesse ficado devastada com a expressão que ele me deu, mas eu havia sobrevivido a olhares ainda mais maldosos de pessoas que realmente eram importantes na minha vida, então aquele zé-ninguém não receberia nem uma carranca em resposta. Nem um piscar de olhos.

Ele não sabia com quem estava mexendo.

— Venha — eu disse, soando quase tão insensível e dura quanto Rip. Não dei a ele a opção de me dizer que não viria.

Eu tinha aprendido, ao longo dos anos, que, se quiséssemos alguma coisa, não faríamos perguntas. Se fizéssemos perguntas, às vezes a outra pessoa entenderia que tinha uma oportunidade de expressar uma opinião. Basicamente estaríamos dando a ela a oportunidade de dizer não.

O fato era que o que eu menos queria era que o idiota me respondesse mais do que já o tinha feito.

Levou apenas uns dez segundos até as narinas de Jason se alargarem, e ele baixou o queixo em concordância... com raiva.

Que adorável e doce bebezão... aposto que ninguém nunca disse isso.

Tentando manter o corpo relaxado e a boca fechada, fui na frente até a cabine. Eu já havia aberto as portas duplas quando entrei para tirar a fita, então adentrei e parei ao lado do capô. Caminhando mais devagar do que a droga de um zumbi com uma só perna e o intestino pendurado para fora da barriga, Jason fez o contorno até o outro lado e parou.

Ele não olhou para mim, mas tanto faz.

— No três, vamos erguer. — Ele ainda não disse nada. Tudo bem. — Um, dois, *três* — eu gritei, antes de fazer pressão para cima. Por sorte, ele não brigou comigo por causa disso.

Me afastei, carregando o meu lado, mantendo a atenção sobre o ombro para me certificar de que não bateria de costas em nada. Bem rápido, tínhamos apoiado o capô em cima de baldes de vinte livros cobertos por trapos velhos. Por um segundo, pensei em lembrá-lo do que eu o havia pedido para fazer, mas decidi pelo contrário. Ele era um homem adulto e não havia nada de errado com sua memória.

Então, fui ao banheiro, me demorei um pouquinho e decidi fazer uma pausa no térreo e dizer a Rip que o capô estava pronto para que o buscassem. Em vez disso, encontrei um dos empreiteiros agachado ao lado de um Hummer e avisei a ele. Quando voltei à minha sala, o som de uma tinta de carro sendo agitada preenchia o ambiente, mas Jason não estava no cômodo.

Aonde raios ele tinha ido?

Originalmente, eu havia planejado deixá-lo pintar o bloco do motor que vinha em seguida na nossa agenda, mas, depois de sua atitude, eu não tinha mais certeza se queria fazer isso.

Só que...

Gentileza e paciência. Gentileza e *paciência*.

Eu o esperaria.

E foi isso o que fiz. Esperei, folheando alguns documentos, verificando o estoque... mas, quando meu relógio me disse que meia hora havia se passado e que ele ainda não tinha voltado, minha irritação extrapolou os limites de novo. Primeiro, ele estava se atrevendo com vinte minutos, e, agora, com trinta?

Paciência, Luna, paciência.

Mas paciência não significava que eu tinha de esperar sentada.

Eu iria atrás daquele merdinha e diria a ele para vir pintar o bloco. Se ele fosse arrogante comigo outra vez, bem, então, talvez estivesse na hora de contar ao sr. Cooper o que estava acontecendo. Talvez eu até contasse a Rip, dependendo de quão mal-educado Jason fosse comigo. Àquela altura, eu já tinha superado o fato de que a única pessoa com menos de vinte e um anos em quem eu poderia confiar era Lily.

Suspirando, saí da sala e segui pelo corredor, parando no banheiro masculino para chutar a porta e gritar:

— Jason?

Mas não foi Jason quem respondeu:

— Luna! Eu estou cagando!

Mesmo o mau humor que eu sentia não bastou para me impedir de rir.

— Desculpa! Estou procurando o Jason, Owen!

— Ele passou por mim quando eu estava andando pelo corredor — ele respondeu, soando... tenso.

Cobri a boca para que ele não me ouvisse rir dele.

— Tudo bem, obrigada! — Dei o fora dali e fui em direção ao térreo. Ficando na pontinha dos pés, tentei dar uma olhada ao redor para ver se eu poderia encontrá-lo... mas ele não estava em lugar algum.

Onde será que ele estava?

Subi correndo as escadas e dei uma olhada na sala de descanso, mas também não estava lá. Considerei por um segundo ir perguntar ao sr. Cooper para conferir se ele o tinha visto, mas decidi não o fazer. Da escada, ainda não o vi. Eu nunca havia sentido cheiro de cigarro nele, mas talvez Jason estivesse do lado de fora?

Eu deveria simplesmente voltar para a minha sala e fazer todo o trabalho sozinha. Eu realmente deveria. Ou ir contar ao sr. C primeiro e, então, fazer isso.

Mas, por alguma razão idiota, atravessei o térreo, seguindo em direção à porta que levaria ao lado de fora.

— Você está bem? — Miguel perguntou, sua cabeça surgindo ao redor da parte da frente do Malibu que ele detalhava quando passei por ele.

— Você viu o Jason?

Ele inclinou o queixo em direção à porta.

— Ele estava no celular. Foi por ali. — Miguel fez uma expressão pensativa. — Mas faz um tempo. Logo depois que o sr. C foi embora.

Aquele merdinha.

— É, faz mais de meia hora desde que o vi. Vou ver se ele está lá fora.

Meu colega de trabalho balançou a cabeça, e fiz uma careta para ele antes de andar em direção à porta. Vi Rip parar onde ele estava, bem ao lado do SS no qual trabalhava, e acenei. Ele não acenou de volta, mas juro que sua boca se moveu e a covinha apareceu.

Ok, né?

Três passos mais tarde, abri a porta com o ombro e, parada ali, gritei:

— Jason?

Pude jurar que ouvi vozes.

— Jason? — gritei de novo.

Ainda assim, pude ouvir... alguma coisa.

Eu precisava ir em frente e bisbilhotar. Eu realmente precisava. Deixei a porta se fechar atrás de mim enquanto atravessava o estacionamento, tentando descobrir de onde as vozes vinham. O estacionamento estava cheio de carros de funcionários e de clientes. Eu havia provavelmente chegado à metade do terreno quando vi a cabeça de Jason do outro lado do teto de um Mitsubishi Eclipse.

— Ei — gritei, parando no lugar.

Ele se virou para me olhar, e pude ver a hesitação em seu rosto antes de ele parecer acenar consigo mesmo e começar a caminhar na minha direção.

— O que você está fazendo? — perguntei. — Eu estava te esperando.

Jason estava ocupado encarando o chão quando se aproximou, e não respondeu.

Eu disse seu nome outra vez quando ele passou por mim.

Ainda assim, ele nem sequer se importou em me olhar.

Fiquei onde estava e tentei de novo.

— Jason.

Ainda nada.

O que estava acontecendo com ele?

Me virei para observá-lo enquanto ele caminhava em direção à porta pela qual eu havia acabado de passar, e abri a boca para dizer alguma coisa — eu não tinha certeza do que —, mas foi quando ouvi as pisadas fortes.

Eu não sabia no que estava pensando. Não sabia por que havia desacelerado tanto para olhar sobre o ombro e descobrir *por que* o som parecia com o de alguém vindo correndo por trás de mim. Mas o ponto era que eu não me virei. Não rápido o bastante.

Não liguei os pontos até ser tarde demais.

Até eu ser empurrada por trás com tanta força que saí voando. Até minhas mãos se esticarem para amortecer a queda, e os meus antebraços rasparem o concreto quando pousei ao que deveria ser uns três metros de distância. Foi só *então* que descobri que porra estava acontecendo.

Eu não tinha certeza do motivo, eu não tinha certeza se algum dia saberia, mas a primeira coisa que saiu da minha boca foi um grito a plenos pulmões:

— RIP! — E gritei de novo assim que consegui formar mais palavras.

Mas, no segundo em que aquele nome tinha saído da minha boca, ouvi um resmungo:

— Vadia maldita. — Isso provocou uma parte do meu cérebro um segundo antes de uma mão se enterrar no meu cabelo, meu cabelo muito curto que mal passava do queixo quando encaracolado, e puxou minha cabeça para trás, me dando um vislumbre de um rosto que reconheci.

Um rosto no qual fiz um plano de cuspir um segundo antes de o meu primo me atingir por trás como a bela porcaria que ele era.

Estrelas lampejaram nos meus olhos por um momento, só por um instante, enquanto aquele anel ridículo que ele sempre usava cortava a minha bochecha.

— Que merda você está fazendo, Rudy? — uma voz que não reconheci gritou, entrando em pânico. — Você disse que íamos falar com ela.

— Eu... — meu primo começou a falar enquanto o som de uma porta se abrindo atravessou o estacionamento. Abri os olhos contra os pontos diminutos que preenchiam a minha visão, tudo o que havia acontecido de errado na minha vida ultimamente voltando à tona naquele milésimo de segundo... e atirei a perna para fora, atingindo meu primo perfeitamente... no ponto exato para ouvi-lo cair no chão.

Me levantei tão rápido quanto minhas mãos e meus pés permitiram, adrenalina e raiva, tão intensas como eu nunca havia sentido, abrindo um buraco no meu peito.

Aquele bastardo estava tentando me atacar.

O *caralho* do meu primo estava tentando me atacar. Por que isso era uma surpresa? Por que me deixou irritada? Foi o que me perguntei quando, por fim, me levantei, olhando para o homem no chão, piscando para o céu, atordoado, gemendo.

— LUNA! — A voz de Rip rugiu do outro lado do estacionamento, o som de diversos pares de pés atingindo o pavimento e me dizendo que ele não estava sozinho.

Assim como eu não estava.

— Porra! — o homem com a voz que não reconheci sibilou, forçando-me a olhar para ele bem quando se virou e tentou correr em direção ao portão do estacionamento. O portão que, por acaso, estava a meio caminho de se fechar.

Eu poderia jurar pela minha vida que minha visão avermelhou.

Mas quando notei, eu havia me curvado para baixo e tirado a bota de trabalho — grata por eu nunca amarrá-las apertadas demais — e a arremessado o mais forte que pude contra o homem que tentava se afastar. Observei enquanto a bota com biqueira de metal o atingia bem entre as escápulas, e ouvi o *Ah* escapar dele quando foi sua vez de sair voando em direção ao chão, braços esticados na frente. Ouvi o "*Porra*" que explodiu dele e que me disse que não tinha sido apenas minha bota a machucá-lo.

E tudo em que consegui pensar foi: *Que bom*.

Atrás de mim, ouvi os passos pararem, e o som de algo atingindo com força a pele.

Mas nada poderia ter me preparado para a visão de Miguel e Rip chutando o meu primo até não poderem mais. Meu primo, que estava no chão, encolhido de lado em posição fetal. Como o covarde que ele era e sempre tinha sido.

Adicionei outra coisa à minha lista de coisas pelas quais eu nunca me sentiria mal: ficar parada ali observando-os chutá-lo. Pelo menos, até eu acabar com a distância entre nós e, então, mirar um chute forte bem em seu cóccix com a bota ainda calçada.

— Mas que merda, Rudy! — gritei, me afastando e chutando-o na bunda outra vez, vendo pela visão periférica que Rip tinha parado e dado um passo para trás, me observando, seu rosto lindo e duro agora vermelho como um pimentão, as mãos soltas nas laterais.

— Você está bem? — ele perguntou, os olhos descendo até os meus antebraços e pulsos, analisando o que eu não havia sequer notado serem arranhões por toda parte.

Olhei para ele, inspirando tão fundo que não consegui respirar, inspirando tão fundo que não apreciei Miguel mirando outro chute contra a parte inferior do meu primo.

— Ele simplesmente... chegou correndo por trás e me empurrou — tentei explicar, perdendo as palavras entre as respirações e por causa da revolta que sentia.

Meu primo tinha planejado me atacar no estacionamento do meu trabalho.

Ele tinha colocado as mãos em mim.

— Pare! Meu Deus! Pare, caralho! — meu primo gritou. — Jesus Cristo!

Miguel ergueu os olhos até mim, o pé pairando no ar, seus traços geralmente tranquilos, agora, rearranjados em raiva e descrença genuínas.

— Você quer que eu pare?

— Não — eu disse sem pensar. — O que você está fazendo, Rudy?

O homem apenas um pouco mais velho do que eu continuava em posição fetal quando disse:

— Vá se foder!

— Meu pulso está quebrado, Rudy! — o homem contra quem eu havia jogado a bota gritou.

Todos o ignoramos.

Rip chutou Rudy na bunda dessa vez, muito mais forte do que eu.

— Porra! — meu primo gritou de novo. — Pare!

— O que você está fazendo aqui? — repeti, pega totalmente de surpresa por toda aquela situação, pelo fato de ele estar ali. Em Houston. No meu trabalho.

Como ele tinha descoberto...

Meu pai tinha descoberto meu número. Quão difícil seria descobrir onde eu trabalhava, então?

Tinha sido meu pai que o mandou ali?

— Nós te falamos para não voltar a San Antonio! — Rudy teve a audácia de gritar com sua voz grave, mas cheia de dor. — Nós te falamos o que aconteceria se você voltasse! — Foi o que ele tentou usar como desculpa, mas serviu apenas para me deixar parada no lugar. — Eu deveria ter te arrancado de casa...

Ele estava ali em retaliação por eu ter voltado? Por eu ter ido ao funeral da vovó Genie? Ele estava falando sério?

Uma sensação terrível de apreensão me atingiu naquela hora. *Eu deveria ter te arrancado de casa.* Os pontos se conectaram, e olhei para baixo em direção ao meu primo, e quis chutá-lo nas bolas com o máximo de força possível. Não quis acreditar, mas tinha sido ele. Eles. Nada disso deveria me surpreender.

— Rudy, você invadiu a minha casa?

Eu vi sua mão tremer. Eu o vi se encolher.

— *Você invadiu a minha casa?*

— Vou levar outro chute se te responder? — ele se atreveu idiotamente a perguntar.

Tinha sido ele. Aquele merdinha, aquele saco de bosta. Não havia sido nenhum assaltante aleatório.

Não seria a primeira vez que eu ouvia a respeito de ele entrar na casa de alguém para roubar algo. Ele fazia coisas desse tipo desde que éramos crianças.

Eu estava ocupada demais o encarando para ver quem o tinha chutado de novo, mas notei que aconteceu porque ele gritou.

— Que droga!

Tinha sido ele quem invadiu minha casa.

Ele havia entrado em uma propriedade privada para me atacar. Para me machucar. E não foi a primeira vez.

Se achei que as coisas tinham me deixado com raiva um minuto antes, eu estaria errada, porque agora, sim, eu estava com raiva. Ódio cresceu em mim. Tão forte, tão agudo, que não consegui respirar.

Mas, de alguma forma, de alguma maneira, também me acalmei ao saber que tinha sido ele.

Fiquei mais calma ao saber exatamente o que eu faria.

Então não foi tão difícil ficar parada ali, encarando-o no chão. Não foi difícil quando eu falei:

— Rudy, meu pai nunca me disse para não voltar mais a San Antonio. Ele me disse para nunca mais voltar para casa. Se quiser discutir detalhes, ele jamais disse San Antonio.

Porque era verdade.

Talvez meu primo não tivesse vindo para me matar, mas tinha vindo para arruinar minha vida. Para me arruinar. Para me machucar.

Eu não estava de acordo com isso. Eu nunca estaria de acordo com isso.

Um Miller nunca voltava atrás quanto ao que tinha dito, e talvez eu fosse uma Allen agora, mas, antes, eu tinha sido uma Miller. Meu primo me lembrou disso. Para o azar dele.

— Vá pra casa do caralho, sua vadia idiota — Rudy continuou descarregando, tolamente.

Porque isso não me afetava mais.

— Você se lembra do que eu te disse no funeral? — perguntei, com calma, sabendo que não teria uma resposta. Ele não me decepcionou. Então, me agachei ao seu lado, mas não perto o bastante para estar ao seu alcance caso ele fosse agir como um idiota a ponto de tentar me bater e levar outro chute, mas perto o bastante para que eu pudesse falar mais baixo, para que ele soubesse que eu não estava sendo irracional. Rip tinha me ensinado o quanto isso era mais eficaz do que gritar.

E, apenas em caso de ele ter se esquecido, respondi a minha pergunta:

— Você veio e tentou me machucar, mas... fazer o quê? Enfim, eu te disse no funeral que, se você algum dia encostasse em mim de novo, eu quebraria a sua mão.

Todo o corpo dele congelou, e ouvi um barulho vindo de Miguel, mas não me virei para observá-lo. Eu estava focada demais. Estava em uma posição que tinha me esquecido do quanto me era familiar.

— E você sabe o que isso significa, não sabe? — perguntei a ele.

— Ah, porra. — Ouvi Miguel murmurar.

Mas não desviei os olhos quando pedi ao meu chefe e ao meu amigo:

— Um de vocês poderia segurá-lo para mim?

Miguel não hesitou. Ele foi em direção ao meu primo e se ajoelhou sobre suas pernas dobradas, pressionando as mãos no braço que Rudy mantinha mais próximo do chão. Se Miguel fizesse o trabalho bem demais, eu perguntaria a ele a respeito disso mais tarde.

Assim que me aproximei da mão de Rudy, outra pousou no meu ombro, e a voz de Rip soou clara quando disse:

— Deixe comigo.

Não olhei para ele. Em vez disso, encarei o rosto do meu primo, cheio de dor, raiva e fúria — um lembrete de um tempo na minha vida que eu nunca mais iria querer revisitar depois disso.

— Eu consigo — falei para Rip.

— Mas eu quero — ele me confirmou com a voz baixa.

E foi isso o que me fez erguer os olhos até ele outra vez. Seu rosto ainda vermelho, sua respiração ainda muito irregular, e ele parecia... furioso.

Por mim?

— Vá cuidar dos seus arranhões. Nós damos um jeito aqui — Rip disse naquela voz muito, muito fria, me observando com uma expressão que eu nunca tinha visto. Uma expressão que fez os pelos nos meus braços se eriçarem ao mesmo tempo em que deixou o meu peito apertado.

Havia uma emoção por trás de seus olhos com a qual eu não soube o que fazer. Com a qual não soube como lidar.

Assenti, sabendo que estava deixando o meu primo para que sua mão fosse quebrada.

E tudo em que conseguia pensar era que ele merecia. Depois de tudo o que tinha feito e que estivera disposto a fazer, ele merecia.

Mas eu sabia que tinha mais uma coisa que precisava fazer, então olhei para baixo em direção ao homem no chão, debatendo-se naquele instante, e soltei:

— Fale para o meu pai que, se eu voltar a ver qualquer um de vocês, se ele voltar a me ligar, eu vou fazer algo pior do que chamar a polícia e contar onde guardam as drogas. Diga a ele que ainda me lembro de um monte de coisas de dez anos atrás, você entendeu?

— Porra... — Rudy começou a sibilar antes de berrar quando Rip pegou sua mão.

— Lembre-se do que eu disse — eu o avisei, dando um passo para trás. Deveria ter me incomodado o quanto eu estava bem com relação àquilo tudo. Pensaria nisso mais tarde. Talvez. — Eu te pedi para me deixar em paz, Rudy. Lembre-se disso. Eu te avisei.

— Pegue sua bota — Rip disse baixinho. — Depois entre, Luna.

Assenti para ele, olhando para o homem enorme agachado acima do meu primo, segurando sua mão em uma posição que eu conhecia muito bem. Ouvi um gemido vindo de algum lugar no estacionamento, e segui em direção a ele, encontrando minha bota a poucos metros de um homem sentado entre dois carros, segurando o antebraço e olhando para a mão, ou o pulso, com horror.

Eu não me preocuparia com ele, pensei ao pegar a bota. Sabia que Miguel e Rip conseguiriam se virar bem o bastante.

Ou bem até demais. Hum.

Erguendo a mão para tocar a bochecha que agora doía, não pude evitar e balancei a cabeça para a figura no chão enquanto calçava a bota e seguia em direção ao caminho pelo qual tinha vindo.

— Pode deixar com a gente — Miguel me assegurou, ainda cobrindo meu primo quando passei por eles. Seu olhar era atencioso, mas parecia zangado ao mesmo tempo.

— Obrigada, Miguelito — falei com cuidado, me perguntando apenas por um segundo no que ele estava pensando naquele instante. Eu me preocuparia com como esses pensamentos afetariam nossa amizade mais tarde.

Eu não me sentia mal, não me sentia nem um pouquinho mal, pensei ao me afastar.

Estava a poucos metros deles quando ouvi Rip, estranhamente, perguntar:

— Você se lembra de mim?

CAPÍTULO VINTE E QUATRO

Eu tinha acabado de tirar meu macacão de proteção quando a maçaneta na porta do cômodo sacolejou. A maçaneta e a porta sacudiram mais uma vez enquanto quem quer que estivesse do outro lado tentava abri-la de novo. Não o culpei por estar confuso pela porta estar trancada. Ela nunca estava.

Mas o fato era que fazia horas que eu não via Jason. Desde que ele tinha passado andando por mim ao entrar no prédio, me deixando lá fora, sozinha. Bem, não tecnicamente sozinha.

Levei talvez uns dez minutos, depois de lavar os braços até acima dos cotovelos, para ligar os pontos. Não fazia sentido. Não exatamente, pelo menos… mas o suficiente.

Alguém havia deixado meu primo e o outro cara entrarem no estacionamento.

E não era preciso ser um gênio para saber que havia apenas uma outra pessoa no estacionamento. Uma outra pessoa que deixaria, por livre e espontânea vontade, uma pessoa que não gostava de mim entrar. Pelo menos, era isso o que minha intuição dizia.

A única pessoa que havia desaparecido. Não tive coragem de perguntar a nenhum dos caras que haviam entrado na sala de descanso o que aconteceu, nem se tinham alguma notícia de Jason. Quando terminei de comer, e Rip e Miguel ainda não tinham voltado, fui até a porta dos fundos e dei uma olhada do lado de fora, que encontrei vazio.

Que confusão. Que confusão da porra.

No que meu pai estava *pensando*? Eu achava que nada me surpreenderia, mas ele surpreendeu. Depois de todo aquele tempo, ele ainda conseguia fazer isso.

Eu não pensaria mais naquilo. Estava feito. Eu sabia como as coisas eram com eles. Mesmo se Rip não tivesse… machucado Rudy… a mensagem tinha sido clara. Eu procuraria a polícia de novo se me obrigassem. Mas sabia, lá no fundo, que não o fariam.

— Espere aí — gritei enquanto enxugava o rosto com uma toalha de papel.

Verificando quem estava do outro lado, girei o trinco e, então, abri-a bem.

— Luna. — Owen colocou a cabeça para dentro da porta.

— Oi. — Virei de costas para ele, precisando me sentar para conseguir tirar a parte de baixo do macacão. — O que foi? — perguntei ao caminhar até a mesa e puxar uma cadeira com rodinhas para que eu pudesse me sentar.

— O sr. Cooper me pediu para te dizer que é para você dar uma passada na sala dele — meu colega de trabalho respondeu, soando muito mais sério do que o normal.

Puxei o macacão pelos pés, olhando para o rapaz e dando a ele um sorriso que fez minha bochecha doer. Eu havia aplicado gelo e passado uma pomada logo depois, então sabia que sorrir doeu menos do que teria doído se eu não tivesse feito aquelas coisas. Eu precisava da droga de uma folga. De uma boa e longa folga, e, se as coisas pudessem dar certo só por um tempinho, também seria ótimo.

Mas não esperaria sentada.

Principalmente, não quando uma das minhas irmãs ainda não atendia às minhas ligações, e a outra também vinha agindo de maneira esquisita.

— Tudo bem. Vou subir lá daqui a pouco.

Owen hesitou.

— Você está bem?

Dei de ombros.

— Minha bochecha está doendo e os cortes na minha mão, queimando, mas vou ficar bem.

Meu amigo de longa data me olhou de um jeito que disse que não acreditava em mim, mas isso não o fez se sentir nem um pouco melhor. Ele não havia estado no andar de cima, mas os caras da oficina fofocavam. Eles sabiam que alguma coisa havia acontecido, mas eu não tinha especificado o quê. Aposto que, dentro de três minutos, tinham chegado a alguma conclusão e estavam simplesmente me dando espaço agora.

Eu era grata por isso. Era realmente confuso quando um parente tentava nos machucar, principalmente quando tinha sido um pai a colocar o plano em prática.

Mas, por sorte, nada daquilo era novidade para mim. E se senti algum prazer por Rudy se machucar... bem, eu não me sentiria mal quanto a isso. Eu conseguiria me sentir bem com tudo o que havia acontecido. Era o mínimo que ele merecia.

— Luna...

Não consegui nem encontrar forças para sorrir.

— Sim?

Seus olhos castanho-escuros deslizaram de um lado do espaço ao outro, e a voz baixou tanto que mal pude ouvi-lo quando disse:

— Você quer que lidemos com isso?

— Que vocês lidem com o quê? — perguntei ao me levantar.

Ele ainda olhava ao redor da sala.

— Com o moleque.

Fiquei parada ali.

Ele me observou e deixou seu olhar permanecer focado.

— Demos uma olhada no vídeo. Foi ele quem os deixou entrar — ele me contou de maneira solene. — Você quer que ensinemos uma lição a ele?

Não sei o que dizia sobre mim por me sentir mais amada pelos meus colegas de trabalho do que alguma vez me senti em toda a vida.

Ninguém se oferecia para bater em alguém, a não ser que a pessoa fosse importante para você.

E era isso o que Owen estava fazendo ali, como um representante. Era isso o que Miguel e Rip tinham feito por mim ao saírem correndo pelo estacionamento para me ajudar. Era *isso* o que uma família fazia.

E apesar de que eu não deveria ter sorrido, sorri. Provavelmente soei muito mais tagarela do que deveria ao responder:

— Essa é uma das coisas mais legais que alguém já me ofereceu, Owen, mas não precisa.

Seus olhos se semicerraram.

— Você tem certeza? Porque ninguém brinca com um dos nossos.

Eu sempre soube que era um deles, ou que eles eram um dos meus, mas poder ouvir...

Bem, isso deu um jeito na dor mais do que qualquer outra coisa daria.

— Tenho certeza, mas obrigada. E diga aos outros caras que também agradeço. Estou emocionada, é sério.

— Se mudar de ideia, nos avise. — Owen deu outro passo para trás e, então, disse: — Não precisa ser exatamente a gente a dar um jeito nisso também, eu conheço pessoas. Miguel conhece pessoas.

Miguel soube como manter Rudy preso... mas isso era algo para perguntar a ele mais tarde.

Todos os meus colegas de trabalho, aparentemente, tinham algum passado sombrio.

Era bom saber que eu não era a única. Era tão bom que sorri para Owen mesmo quando doeu, e falei:

— Eu te aviso se mudar de ideia, mas estou bem. Ele não vai me afetar. — Não mais do que já tinha, pelo menos.

— Todos nós tentamos ligar para Jason, mas ele não está atendendo. Parece que deu o fora logo depois de Rip e Miguel.

Espere aí. *Espere aí.*

Eles tinham visto as gravações... e testemunhado o que havia acontecido? Não era literalmente isso o que ele tinha dito há um minuto? "Demos uma olhada no vídeo"?

— Panaca. É melhor ele não pensar em voltar.

Apreciei o que ele disse, mas estava focada demais em uma coisa.

— Você assistiu às gravações de segurança?

Owen sorriu... e assentiu.

— Tudinho.

Bem.

Então, ele se afastou com aquela expressão furtiva e, de alguma maneira, estranhamente satisfeita.

Bem, se eu estava preocupada que não gostariam de mim quando descobrissem que eu não era sempre a Luna Legal, teria sido reconfortada ao saber que não viam problema nisso.

Agora, eu precisava ir conversar com o sr. Cooper. Ele nunca havia me chamado em seu escritório, e eu não estava delirando a ponto de achar que agora seria algo insignificante. Ele não havia estado por perto na hora. Tinha saído para um almoço longo.

Imaginei que quisesse conversar comigo sobre Jason, mas...

Então, por que ele não havia descido?

Percebi, então, que eu poderia ter evitado grande parte daquilo se eu não tivesse guardado tudo para mim. Se eu tivesse contado ao sr. C a respeito de como as coisas tinham sido difíceis durante todo o tempo em que aquele cara estivera comigo... Bem, eu não estaria ali, com minha bochecha aberta e os antebraços ralados. Ou, se eu tivesse simplesmente sido direta com Rip e contado que não suportava aquela cobra...

A culpa era minha. A única pessoa que eu poderia culpar era a mim mesma, que droga.

Talvez, se eu tivesse realmente tentado ser mais gentil com ele, poderíamos ter construído um relacionamento melhor no ambiente de trabalho.

Mas, por outro lado, provavelmente não.

Esfregando o ponto entre os seios onde o colar de raposa que eu havia colocado pela manhã estava, me obriguei a seguir em direção à porta, que empurrei para abrir. Acenei para os rapazes no térreo e dei a eles um sorriso deprimente quando cheguei ao andar. Recebi uma mistura de algumas cabeças inclinadas, algumas mãos erguidas e um polegar levantado em resposta.

Mas foi Miguel, parado no meio do andar, que me fez congelar no lugar.

— Você é boa — ele murmurou com um sorriso lento que me pareceu muitíssimo satisfeito.

— Obrigada — respondi baixinho, ganhando um sorriso ainda mais largo em resposta.

Balancei a cabeça para ele antes de me virar e seguir escada acima.

No escritório, bati à porta.

— É a Luna — falei alto, enfiando as mãos nos bolsos do jeans.

— Entre — o sr. Cooper gritou de volta.

Com o cotovelo, movi a maçaneta para baixo e empurrei a porta, abrindo-a. Como esperado, o homem que havia feito uma oficina de funilaria incluir um negócio bem-sucedido de restauração estava sentado atrás da mesa, digitando e clicando no computador com uma expressão preocupada. Ele tentou dar um sorriso, que desapareceu tão rapidamente quanto havia surgido.

— *Luazinha* — ele suspirou, empurrando a cadeira para trás e ficando em pé... quase. Foi mais uma curvatura enquanto me olhava de cima a baixo.

— Estou bem, sr. C. Juro. Sente-se. — Dei a ele um sorriso que sei ter parecido tenso ao tomar uma das cadeiras antigas do outro lado da mesa. Tirando as mãos dos bolsos, pressionei uma palma contra a outra e, então, enfiei-as entre as coxas. Não deixei de notar os movimentos rijos do sr. Cooper quando ele se sentou outra vez na cadeira e a puxou para frente para se acomodar. Em uma camisa polo cinza e calça de sarja preta, ele estava vestido exatamente como sempre desde quando Rip tinha aparecido, ou seja, desde que ele havia parado de trabalhar no térreo.

— Eles não me contaram do seu rosto — ele sussurrou, seus maneirismos parecendo mais e mais preocupados a cada segundo.

— É só um cortezinho — eu disse, dando um pequeno sorriso tenso que fez minha bochecha doer um pouco. Provavelmente, estava na hora de passar mais pomada ali.

Ele balançou a cabeça, seus olhos fixos no que eu sabia ser o corte na bochecha.

— Sinto muito, querida.

— Você não tem nada pelo que sentir muito — falei, com sinceridade. — A culpa é toda da minha família, sr. C. Desculpa por isso ter acontecido aqui.

A expressão do meu chefe me disse que ele não acreditava em mim, e a maneira como seus ombros se curvaram e arquearam confirmou.

— Rip está a caminho. Vamos esperar por ele, tudo bem? — ele avisou, ainda com delicadeza.

— Tudo bem — concordei, lançando a ele uma expressão que, por sorte, dizia que eu não o queria se sentindo nem um pouco mal a respeito de nada daquilo.

A culpa *era* minha.

E de Jason.

E de Rudy.

E do meu pai.

Mas eu poderia e assumiria responsabilidade pelas minhas próprias ações.

— Você se importa de conversarmos sobre outra coisa até ele chegar? — perguntei.

Aqueles seus olhos verde-esmeralda me observaram.

— Como está a casa? — Foi pelo que ele optou por começar.

Eu tinha me esquecido de que não havia tido uma conversa de verdade sobre a minha casa ter sido invadida. A única pessoa para quem acabei contando foi Lily. Mas o que não contei a ela foi que eu não vinha ficando lá sozinha.

Muito menos que Rip e eu havíamos dividido o sofá e a cama nas últimas noites.

Não fiquei surpresa quando Rip também não havia aberto a boca sobre estar dormindo na minha cama ao sr. Cooper, mas tentei dar o meu melhor para nem sequer pensar naquilo, para começo de conversa. Só que, por outro lado, por que Rip contaria a ele qualquer coisa a meu respeito?

— Tudo bem — eu disse, me sentindo ainda mais mentirosa do que o normal. — Minha casa foi invadida há alguns dias. O seguro vai cobrir muitas das coisas estragadas. Na verdade, eles não roubaram nada, exceto meu notebook e meu tablet. — Eles. Meu primo e quem mais o havia ajudado. Talvez o homem em quem eu tinha jogado a bota.

Eu queria poder arremessá-la outra vez, sinceramente. Em sua cabeça.

— Ah, Luna, eu sinto muito. Não sabem quem fez isso?

E ali estava a pergunta de um milhão de dólares.

— A polícia disse que houve alguns roubos na região, mas ninguém que eu conheço diz ter ouvido algo a respeito disso. — Engoli em seco, ignorando a dor bem no meio do meu peito. — Meu primo... o cara com quem tive problemas no estacionamento... ele admitiu estar envolvido. — Quanto mais eu falasse, mais fácil ficaria. Eu esperava. — Então foi ele.

Uma mão foi até sua cabeça para coçar o topo, o que me fez lembrar de que Rip tinha feito a mesma coisa. O sr. Cooper suspirou.

— Não acredito que eles fariam isso.

Então ele não precisava saber que só poderia ter sido meu pai a enviá-lo. Não tive coragem de contar a ele.

O homem mais velho balançou a cabeça, claramente parecendo devastado.

— Desculpa, querida. Você deveria ter me contado antes.

Não quis contar que eu tinha ligado para ele na noite em que tudo havia acontecido, mas que seu celular estava desligado.

— Obrigada, sr. C. Está tudo bem. Vou dar um jeito em tudo, mas, se precisar de ajuda, eu com certeza vou te avisar.

O rosto do meu chefe de longa data murchou, e pude ver a vontade de falar algo em seu rosto. Mas segurou as palavras e disse em um tom que me deixou sentindo um pouquinho mal:

— Se tiver algo que Lydia e eu pudermos fazer, nos avise. Você sabe que te ajudaremos com qualquer coisa, luazinha. Nós te amamos.

Eu sabia disso, é claro que sabia, mas ainda assim falei:

— Eu sei, e amo vocês dois também. — Essa talvez tenha sido a décima vez em todos os anos que nos conhecíamos que eu havia dito aquelas palavras. — E eu aviso, sim, prometo. Ainda estou tentando entender tudo o que aconteceu. As últimas semanas realmente pareceram um pesadelo.

Ele assentiu, dizendo que entendia, e eu sabia que era verdade. Mas isso não tirou a resignação de seu rosto.

— Talvez você devesse dar uma olhada em sistemas de alarme.

Hum.

— Sim. — Fiz uma pausa e considerei esconder minha conversa com Rip dele, mas não havia nada a esconder. E, mesmo se houvesse, eu não queria fazer isso. — Rip me ajudou com isso, no dia depois que tudo aconteceu. Foi por isso que ele tirou folga. Para me ajudar. Desculpa se isso causou algum problema entre vocês dois.

O sr. Cooper piscou, e por sorte não havia nenhum ressentimento em seu rosto como resultado de eu ter escondido aquilo dele. Mas ter contado a Rip... Sua voz soou um pouco aguda, um pouco chocada quando basicamente chiou:

— O nosso Rip?

Obviamente, eu não era a única surpresa por aquela bondade, e isso me deixou um pouco mal e um pouco na defensiva.

— Sim. — Não havia nada a esconder, e eu não queria mais esconder aquilo dele. — Ele sabia que eu estava com medo, e passou as últimas noites comigo.

Acho que ele nem pensou antes de perguntar:

— Ele passou? — Mas a pergunta realmente saiu de sua boca.

Tudo o que fiz em resposta foi assentir.

E não soube o que fazer com a expressão que tomou conta de seu rosto.

Então decidi mudar de assunto.

— Como está a Lydia, falando nisso?

Eu me perguntei se ele ainda estaria pensando no fato de Rip ter me ajudado, mas ele conseguiu dizer, meio distraído:

— Ela está ótima. Me perguntou de você há alguns dias. Acho que está planejando te convidar para almoçar ou jantar nesse fim de semana, se você estiver livre.

— Eu sempre estou livre para vocês dois — eu disse com sinceridade.

— Você tem tido encontros?

— Mais ou menos — respondi, dando um sorrisinho.

Ripley tinha me feito companhia no bar onde eu havia levado um bolo, pensei comigo mesma.

— Eu tive dois encontros e levei um bolo no outro.

Pude notar que ele ainda estava distraído, mas conseguiu perguntar:

— Algum candidato bom?

Eu *quase* bufei.

— Não. Nem perto disso, mas só tive três encontros. Não quero perder tempo, e muitos desses caras não querem nada sério, então… — Dei de ombros. — Estou sendo bem seletiva e não quero me acomodar. Eu só quero… o homem certo. — E meu coração queria o errado, mas eu não pensaria nisso de novo em todo o próximo milênio. Não mesmo.

O sr. Cooper acenou com seriedade, mas sua voz soou ainda mais grave.

— Eu entendo, querida. — Ele suspirou. — Fui casado antes de Lydia, sabia?

Eu não sabia até ter ouvido sem querer sua conversa com Rip — uma conversa que eu não deveria ter bisbilhotado. Então menti e balancei a cabeça.

Ele pareceu engolir a saliva, pensando por um minuto antes de dizer:

— Eu tinha quarenta anos quando ela morreu. Estávamos juntos desde os meus vinte e um. — Sua voz soou baixa, séria. — Ficamos juntos por dezenove anos, que pareceram mais com seis meses. Foi uma vida, mas nunca senti isso.

Será que era bobo eu me sentir envergonhada e até um pouco protetora em relação a Lydia, sabendo agora que o sr. Cooper havia estado com alguém por tanto tempo?

Ele continuou, sua voz se mantendo solene… e mais alguma coisa que poderia ter sido agridoce. O saltar de sua garganta confirmou.

— Ela era... Ela era o amor da minha vida — ele admitiu. — Lydia também é, de certa maneira, mas Bea foi o meu mundo. Faz vinte e três anos, e não sinto menos falta dela do que no dia em que ela morreu. Lydia chegou na minha vida muito antes do que eu poderia ter sonhado, muito mais cedo do que eu teria gostado, mas... — Seu dar de ombros fez parecer que ele carregava um fardo de uns cento e trinta quilos. — Teve que acontecer. Lydia chegou quando chegou, e não posso dizer que não foi o destino que nos uniu.

Ah, caramba. Pisquei.

— Quanto tempo depois?

Ele escorregou a mão pela cabeça de novo e olhou para o teto.

— Eu a conheci seis meses depois.

O que eu faria? Julgaria? Se ele fosse qualquer outra pessoa, eu teria bufado ou pensado em algo terrível, mas o sr. Cooper sempre tinha sido honesto comigo. Ele tinha me amado quando eu mesma não me amava tanto assim. Eu o tinha visto com Lydia. Sabia que havia um amor intenso ali.

Fui a primeira pessoa no mundo a compreender que a vida não era oito ou oitenta. Eu nunca havia conseguido encontrar uma pessoa para me amar romanticamente, muito menos duas. Tudo o que eu sabia era que, com base na expressão que ele me dava, outras pessoas no passado não fizeram ser fácil para ele seguir em frente, para encontrar o amor. Depois de tudo o que esse homem tinha feito por mim, eu não seria mais a mesma.

— Posso te perguntar como ela morreu?

Sua hesitação me fez sentir horrível. O ar que ele inspirou e então soltou fez com que eu me sentisse uma babaca.

— Ela...

O som de juntas batendo contra a porta soou um segundo antes de a porta ranger ao abrir, e uma voz familiar disse:

— Pronto?

O rosto do sr. Cooper corou na mesma hora, e ele baixou a voz.

— Terminaremos essa conversa mais tarde, tudo bem?

Ele não quis terminar a conversa por causa de Ripley? Eu me perguntei se... mas assenti para afastar aquela ideia. Havia algumas coisas nessa vida das quais não queríamos falar. Nunca. E principalmente não na frente de certas pessoas.

Eu entendia isso melhor do que a maioria. Havia muitos anos dos quais eu não gostava de falar.

— Entre, Rip — o sr. Cooper o chamou um momento mais tarde.

De fato, o maior homem que eu já tinha visto na vida abriu a porta ao máximo e deu um passo para dentro, fechando-a atrás de si. Ficou parado ali com uma camiseta cinza que estava colada ao torso. Voltei a olhar para o sr. Cooper enquanto Ripley tomava o assento que eu havia deixado desocupado mais perto da porta. Ele olhou para mim uma vez e resmungou:

— Luna.

Àquilo, respondi:

— Oi, Ripley.

— Você está bem?

— Vou sobreviver. Não é a primeira vez que ele me ataca.

Talvez aquela tenha sido a coisa errada a se dizer.

— Bem... — o sr. Cooper continuou no instante em que seu sócio pareceu ter se acomodado no assento ao meu lado. — Nós te trouxemos aqui por causa do que aconteceu mais cedo.

E... eu estava certa. Era sobre Jason. Ou talvez sobre meu primo ter vindo ao meu trabalho e arranjado confusão... mas não achei que o sr. Cooper me culparia por isso. Por sorte, não havia tido nenhum cliente por perto para testemunhar aquilo, então não era como se fosse impactar o negócio.

Rip se inclinou para frente e assumiu o controle da conversa, seu olhar se fixando em mim.

— Nos conte o que está acontecendo com Jason.

O sr. Cooper se intrometeu na mesma hora.

— Do começo, Luna. Nos conte como ele age quando está com você. Você me contou uma parte, mas acho que Rip também deveria ouvir do começo.

Então era por aquele caminho que seguiríamos. Não tinha nada a ver com Rudy — ainda bem. Mas ou eles tinham visto o vídeo, ou ouvido que

Jason foi responsável por deixá-lo entrar no estacionamento, e seu truque de sumiço em seguida também não ajudou em nada. O idiota não tinha pensado direito. Ele não sabia que, mesmo se nunca mais voltasse, os empregadores verificavam as referências?

Então contei a eles:

— Nunca falei nada, mas já o conhecia antes de ele começar a trabalhar aqui.

De alguma maneira, não notei como os olhos de Rip se semicerraram ao irem do sr. Cooper para mim e, outra vez, de volta ao homem mais velho. Não gostei da expressão que tomou conta do rosto de Rip antes de ele perguntar:

— Como?

E lá fomos nós.

— Ele namorou com a minha irmã há dois anos. Foi uma confusão. Não gostei dele quando ela nos apresentou, e não gostei dele seis meses depois, quando acabou engravidando outra garota. Não me meti na confusão, mas quando ele vinha ao apartamento para tentar vê-la, se eu estava em casa, o mandava ir embora. Enfim, então, ele se candidatou aqui, e naquela época eu não fazia ideia de que se interessava pela área, mas não quis tocar em assuntos pessoais com nenhum de vocês dois. Eu poderia sobreviver pensando que ele era... vocês sabem, uma pessoa não muito boa.

"Mas, quase imediatamente depois que ele passou a trabalhar aqui, começou a ser rude e desrespeitoso. Eu não era exatamente a pessoa mais gentil e carinhosa com ele, mas ele estava sempre na defensiva. Eu não gostava dele, e ele sabia disso, mas tentei ser profissional. Só que nada ajudou.

"Ele pisou na bola algumas vezes desde que começou a me ajudar, e juro que faz de propósito. Ele não me escuta. Tem um temperamento horrível. Desobediente. É mesquinho e preguiçoso — continuei. — Nós discutimos sobre tudo, mesmo antes de ele vir trabalhar comigo. O sr. C sabe que ele já fez algumas coisas terríveis, mas foi de propósito. Eu juro. E, Rip, você o ouviu ao telefone comigo, sabe que ele é uma cobra.

"Mas, hoje, nós nos desentendemos, ele saiu da sala e não voltou por meia hora. Foi quando fui atrás dele. Vocês podem perguntar a Owen e aos outros rapazes, eles me viram ou perguntaram o que eu estava fazendo, e eu disse a eles. Miguel me contou o que viu do lado de fora, e foi por isso que saí, para começo de conversa. Eu vi o Jason, e ele me ignorou e passou direto por mim, e quando notei… — Eu tinha sido empurrada por trás.

— Você viu o que aconteceu? — o sr. Cooper perguntou a Ripley com uma carranca.

— Eu cheguei depois — meu chefe mais novo confirmou, sua expressão tensa. — Miguel e eu estávamos na porta dos fundos quando ouvimos Luna gritar, e demos de cara com ele a caminho da porta. Eu estava… distraído demais para parar e pensar no que ele tinha feito. — Não deixei de notar como ele cerrou uma das suas mãos grandes.

— Você deveria ter voltado e se certificado de que ele não fosse embora — o sr. Cooper comentou de forma muitíssimo categórica, soando mais nervoso do que eu jamais o tinha ouvido, e isso era dizer algo, porque eu já havia bisbilhotado suas discussões com Rip.

A boca do meu chefe mais novo afrouxou, e eu soube que, seja lá o que estivesse prestes a sair de sua boca, não era nada bom.

Então tentei me intrometer.

— A culpa é minha. Eu deveria ter dito alguma coisa para um de vocês e contado a verdade quando ele estava sendo um pé no saco nas últimas semanas. Eu deveria tê-lo seguido de volta até o prédio quando ele deixou claro que não estava me dando ouvidos…

Rip me interrompeu, nitidamente me ignorando quando falou, com firmeza, ao sr. Cooper:

— Eu estava ocupado me certificando de que Luna estava bem. O que *deveria* ter acontecido era que você *deveria* ter me escutado quando eu te disse que precisava parar de tentar transformá-lo no aprendiz de Luna.

Espere. Ele tinha dito ao sr. C para não o colocar comigo?

Rip continuou falando:

— Eu *te disse* que havia alguma coisa errada com aquele garoto. *Eu te disse* que ela não gostou de tê-lo trabalhando com ela.

Ele tinha feito aquilo também?

— Eu te disse que deveríamos demiti-lo depois do primeiro deslize, mas você disse: "Vamos dar outra chance a ele. Ele é jovem. Todo mundo comete erros", não foi?

— Eu não sabia que era tão ruim assim — o homem mais velho alegou em uma voz oscilante, seu rosto corando.

— Eu ter te avisado não bastou? — Rip retrucou. — Ela ter te dito não bastou?

Merda, merda, merda.

— Não, a culpa é minha, sr. Cooper. Eu deveria ter insistido...

A mão de Ripley subiu, e ele gesticulou para que eu parasse.

— Não. Eu disse a ele. — Ele apontou um dedo grosso e longo na direção do sr. Cooper. — *Eu te disse,* e a droga do primo dela poderia estar armado. Ele poderia estar com um taco, uma chave de roda. Ela poderia ter acabado com o cérebro no asfalto porque você sempre acha que sabe o que é certo!

Eu poderia não estar ali, ou estar a dez quilômetros de distância, com base na intensidade dos olhares que lançavam um ao outro.

E, de repente, comecei a achar que aquela conversa tinha acabado de adentrar um território que não tinha nada a ver comigo.

Eu estaria certa.

— Eu não fazia ideia...

— Você nunca faz ideia — Ripley disse, alto.

— Isso não é culpa de ninguém, só minha — falei para eles, tentando fazer contato visual com algum dos dois, que ainda trocavam olhares duros demais. Foi como se eu não estivesse nem no mesmo universo. — O primo é meu. A família é minha. E não sei se ele pagou Jason para que abrisse o portão e o deixasse entrar ou o que aconteceu, mas a culpa é minha — tentei dizer... mas eles não estavam ouvindo. Eles não estavam nem perto de estarem ouvindo.

— Isso não é justo, Ripley — o homem mais velho disse, totalmente focado nele.

— Você acha?

O sr. Cooper passou outra mão pela cabeça.

— Eu sei que não é. Eu te disse que não fazia ideia.

— Você não acha que essa desculpa está ficando velha, depois de tantos anos?

— Filho, me dê um desconto — o sr. Cooper quase coaxou, esfregando a mão pelo peito, seu rosto vermelho como um pimentão.

Mas o homem na cadeira decidiu que não daria desconto a ninguém, não ao seu sócio, não ao homem que tinha sido tão gentil comigo por tanto tempo.

— Não me venha com essa de "filho". Você sempre acha que sabe mais do que qualquer um, mas não sabe.

Certo. Tudo bem. Eu tinha que apaziguar aquilo.

— Ei, Rip. Não culpe o sr. C por isso. A culpa é minha. Eu deveria ter dito alguma coisa desde o começo...

Eles me ignoraram enquanto as vozes ficaram mais altas.

— Eu não sabia! — o sr. Cooper arremessou em resposta enquanto Rip se levantava. — Não é justo você continuar revivendo coisas de vinte anos atrás.

Como eles se conheciam há vinte anos?

— Ei, vocês dois, podemos concordar que não é culpa de ninguém, exceto do Jason? — eu disse alto, levantando-me para, com esperança, fazê-los se lembrarem de que não estavam ali sozinhos.

Mas continuei invisível, porque nada mudou.

Nada mudou, porque Rip empunhou o dedo na direção do sr. Cooper e proferiu:

— Vinte e dois anos atrás, não vinte. E mais quarenta poderiam se passar que eu ainda não me esqueceria do que você fez com a mamãe...

Espere.

Espere.

Mamãe?

Mamãe?

A respiração ofegante do sr. Cooper me fez voltar os olhos rapidamente em sua direção enquanto erguia o braço e batia a mão sobre o centro do peito.

— Sr. Cooper? — perguntei, dando um passo em direção a sua mesa enquanto a voz de Ripley parecia perder forças.

— Eu... Eu... — O sr. Cooper inspirou mais uma vez enquanto os dedos se curvavam sobre a camisa.

— *Chamem uma ambulância!*

CAPÍTULO VINTE E CINCO

— Vou buscar café ou chá na lanchonete. Você quer alguma coisa? — perguntei ao me levantar, ignorando como os meus joelhos estalaram por causa do longo tempo em que eu havia ficado sentada na sala de espera no hospital.

No hospital.

No hospital depois de seguir a ambulância que levava o sr. Cooper.

O sr. Cooper que, eu tinha 99% de certeza, havia sofrido um ataque cardíaco.

Duas horas na sala de espera tinham me dado tempo o bastante para cuidar de uma dor de cabeça latejante, um nó no peito que teria parecido um tumor maligno — caso isso tivesse algum sintoma — e joelhos que estalavam ao me levantar. Depois de os paramédicos terem aparecido, eu os havia seguido, querendo vomitar e rezar ao mesmo tempo, mas fazia tanto tempo que eu não rezava, que não tive certeza de que ainda saberia fazê-lo.

E, atrás de mim, no carro do sr. Cooper, Ripley tinha vindo em sua caminhonete.

Rip, que não disse mais do que algumas poucas palavras para mim desde que havia gritado para que alguém chamasse uma ambulância. Que havia ficado ali do lado enquanto os paramédicos colocavam o sr. C na maca. Que não tinha dado nenhum sinal de que se moveria, e por isso eu havia pegado o carro dele, já que o meu estava em casa.

Rip e eu tínhamos nos sentado ali, a três cadeiras de distância, em silêncio durante o tempo todo. Eu não tinha certeza quanto ao que ele pensava, ou quanto ao que havia sentido. E eu com certeza não sabia o que dizer.

Na verdade, eu não sabia o que pensar.

Mãe.

Vinte e dois anos.

Toda aquela raiva...

Não era hora de pensar naquilo, mas era difícil não deixar a mente vaguear até aquelas palavras e ao que possivelmente significariam.

Eu não era idiota.

Havia estado com o coração na boca pelas últimas duas horas. Sentia o estômago desconfortável, apertado e quente, e sinceramente estava morrendo de preocupação por um homem que eu amava e com que me importava. Não ajudou em nada eu estar ligando sem parar para o celular de Lydia e ela ainda não ter atendido. Eu havia deixado recados de voz em seu celular e no telefone fixo, pedindo para que me ligasse, mas ela ainda não tinha feito isso.

Era normal que seja lá o que eles estivessem fazendo demorasse tanto?, pensei comigo mesma. Eu não tinha certeza. Havia tentado pesquisar algumas coisas na internet, mas as informações eram tão vastas, que serviram apenas para me deixar ainda mais enjoada.

E foi por isso que precisei me levantar e andar um pouco pelo lugar, mesmo se apenas em uma ida rápida até a lanchonete. Sentir-se desamparada era uma das piores sensações do mundo.

Rip encarava a televisão logo em frente, que passava um episódio de *Law and Order,* quando respondeu com uma voz que eu nunca tinha ouvido antes:

— Não.

Ele mal se movera nas horas em que tínhamos passado sentados ali. Também estava preocupado? Ele se sentia culpado por ter começado uma discussão com o sr. Cooper — ou seu talvez-possível-eu-acho pai — logo antes? Eu não o culparia se fosse isso que estivesse sentindo.

Senti-me culpada por não fazer mais. Por não os impedir. Por não abrir a boca e reclamar sobre aquele babaquinha quando o sr. C o colocou para trabalhar comigo.

Uma pequena parte minha, que sinceramente não era tão pequena assim, sentiu-se idiota por não ligar os pontos.

Outra pequena parte se sentiu um pouco traída porque, se fosse verdade que eram parentes, nenhum deles tinha dito nada.

Em especial o sr. Cooper, que tinha sido uma figura paterna melhor para mim do que meu pai. Esse homem, que eu amava de verdade, não tinha nem sequer sugerido o fato de que o homem de quarenta e um anos que eu via cinco vezes por semana, às vezes seis, pudesse ser seu filho.

Se eu parasse para pensar... se eu realmente pensasse... os dois tinham o mesmo corpo alto e largo. Ombros amplos, peitos grandes, e os dois pareciam um tanque. Ripley não tinha os olhos do pai, mas tinha o queixo. E se eu não tivesse conhecido o sr. Cooper depois de ter ficado completamente grisalho, talvez também tivessem a mesma cor de cabelo. Eles gostavam de beber o café da mesma maneira, tinham alguns dos mesmos tiques...

Se fossem parentes, então a hostilidade de um contra o outro fazia tanto sentido que ficava irritante.

Se alguém sabia como era se sentir ressentida em relação a um parente, era eu.

E eu não tinha percebido.

Não tinha sequer visto qualquer pista depois de nove anos de contato com o homem mais velho.

Talvez não fosse verdade. Talvez eu tivesse entendido errado, mas realmente, *realmente* duvidava. Por que mais Rip usaria a palavra "mamãe" com o sr. Cooper? Se estivessem relacionados de alguma outra maneira, aposto que isso já teria sido trazido à tona àquela altura. E os anos faziam sentido. Rip não havia dito que tinha dezoito anos quando a mãe morreu? O sr. C não se casou um ano depois e estava com Lydia há vinte e dois anos?

Eles eram parentes.

Só podiam ser.

E haviam mantido aquilo em segredo.

Segredos. Segredos não são divertidos. Segredos machucam pessoas.

Não era hora de focar nisso, tentei dizer a mim mesma. Era hora de se preocupar com o sr. Cooper. Isso não tinha nada a ver comigo.

Às vezes, era muito mais fácil aceitar as coisas quando se percebia que, no final das contas, você era apenas insignificante em uma confusão que havia sido causada por algo que havia lentamente enferrujado e caído aos pedaços ao longo das décadas.

Ficando na pontinha dos pés para alongar as panturrilhas, analisei a expressão séria e contida de Ripley sentado em sua cadeira a alguns passos de onde eu havia estado acomodada, e perguntei:

— Rip? Você quer alguma coisa? Posso pegar um refrigerante para você, caso não queira café.

Ele, ainda assim, não tirou sua atenção da televisão quando disse com a voz grave e tensa:

— Não.

Eu não tinha nem certeza se ele havia almoçado. Não senti vontade de comer depois de tudo o que havia acontecido com o meu primo.

— Alguma coisa para comer? — ofereci, lutando contra aquela sensação de desamparo em relação ao homem na sala de operação.

— Não.

Vi seus dedos se espalharem onde estavam nas coxas, observei como ergueu o olhar até mim enquanto os lábios se entreabriam, sua... expressão incomodada. Eu conhecia aquela expressão. Eu já tinha visto os meus pais com aquela mesma exata expressão vezes o bastante.

Em especial quando eu tentava conversar com eles, e em vez disso eu simplesmente acabava chateando-os. Era a expressão de "que criança idiota e burra". Como se tivessem pena de mim por me importar. Por querer algo que sabiam que eu não receberia, algo que eu deveria saber que não me dariam, mas que eu era jovem demais para compreender.

Era a cara que eles faziam logo antes de eu ter um motivo para me arrepender.

— Eu não quero merda nenhuma, Luna, está bem? — ele disse com tanta calma que me apavorou.

Engoli em seco. Lembrei a mim mesma que talvez ele estivesse se sentindo culpado e nervoso porque alguém que fazia parte de sua vida estava no hospital, e que, por isso, estava se sentindo mal. Alguém que poderia ser seu pai. Talvez.

Então tentei não me incomodar. Tentei perdoá-lo por aquela cara que fez meu estômago se revirar ainda mais. Tentei dizer a mim mesma que, às vezes, as pessoas não sabiam do que precisavam ou queriam quando estavam sofrendo. Ninguém agia racionalmente quando estava chateado. Nem mesmo eu. Eu havia pedido àquele homem para quebrar a mão de alguém em retaliação algumas horas antes. Oi, hipócrita.

— Você tem certeza? — Eu não desisti, porque sabia que ele precisava comer ou pelo menos beber alguma coisa. — Acho que você não comeu nada e...

Aquela expressão muito, *muito* feia não foi a lugar algum, e sua voz calma, esquisita e suave se agarrou às cordas vocais.

— Caralho, eu já disse que não quero nada, *tudo bem*? — ele rosnou.

O pai dele teve um ataque cardíaco, e você precisa ter paciência com ele, eu disse a mim mesma, e ao meu coração enquanto o sentia doer e meu estômago, impossivelmente, ficava ainda mais revirado.

Mantive os olhos em seu rosto, e disse com paciência:

— Só estou perguntando, Rip. Não precisa brigar comigo, só estou tentando ajudar. Não vou perguntar de novo, está bem?

O cara que havia dormido na minha cama revirou os olhos. Suas mãos se abriram e fecharam sobre as coxas, e tentei me preparar. Tentei dizer a mim mesma, *sufoque-o com gentileza. Escolha ter paciência.* E isso foi por água abaixo quando o homem que eu conhecia, mas não bem o suficiente, rosnou:

— Volte para a oficina, Luna. Não estou a fim de lidar com as suas porcarias.

Lidar com as minhas porcarias?

Certo. Tudo bem. Ele estava enfrentando algo, eu tinha de me lembrar disso. *Eu tinha*. Ele não estava falando sério. Então, mantive a voz o mais amigável e paciente que consegui.

— Estou aqui pelo sr. Cooper. — Logo, tentei dar a ele um sorrisinho.

Um sorriso paciente, para que ele soubesse que eu só estava tentando ajudar. Se eu não me importasse, não daria a mínima para quantas calorias ou mililitros ele estava ingerindo. Será que ele não sabia disso? — E estou aqui por você também, Rip. Você não deveria ficar sozinho.

Foi a cabeça dele se inclinando para o lado que me deixou ainda mais nervosa. O tom de sua voz não ajudou nem um pouco.

— Eu não estou no clima, entendeu? Não preciso que você se preocupe comigo agora. Preciso que me dê um pouco de espaço sem que eu me preocupe em ferir seus sentimentos.

Eu quis estremecer, mas não o fiz.

— Você não tem que se preocupar em ferir meus sentimentos.

— Eu sempre me preocupo em ferir a droga dos seus sentimentos, Luna. Me dê um tempo — ele estourou.

Não fiquei surpresa quando não recuei com suas palavras. Nem mesmo quando sua afirmação me queimou como água escaldante.

— Desde quando? — perguntei a ele, ouvindo a tensão na minha voz e não gostando de como ele me fazia sentir.

O homem balançou a cabeça.

— Eu não estou a fim.

Ele não estava a fim?

— E eu não estou a fim de você ser maldoso comigo quando só estou tentando ser sua amiga — respondi, sentindo o rosto queimar e a indignação encher minha alma com a maneira que ele estava simplesmente tentando se livrar de mim como se fôssemos desconhecidos.

Ele tinha dormido na minha cama na noite anterior. Ele tinha me preparado almoço e jantar. Comprado café da manhã para mim.

Amigos estavam presentes um para o outro, e era isso o que eu estava fazendo. Tentando cuidar dele. Estar lá por ele.

E ele estava me afastando, mas não de um jeito bom.

Foi o que as próximas palavras que saíram de sua boca provaram.

— Você está tentando ser minha amiga? Seja minha amiga me dando um pouco de espaço antes que eu diga ou faça alguma coisa de que eu acabe me arrependendo mais tarde. Me dê um pouco de espaço para que, mais tarde, eu não tenha que me sentir mal por ter te feito se sentir mal.

Talvez eu devesse ter deixado aquilo de lado, devesse ter me afastado e dado a ele o espaço que queria, mas o dia tinha sido longo, e eu estava estressada. Incomodada. Já machucada física e emocionalmente. E não quis deixar Rip passar com um caminhão por cima de mim.

Principalmente depois de tudo que já tinha acontecido recentemente com o funeral, minhas irmãs e meu pai. Talvez, se minha irmã não tivesse me enxotado da casa dela, se as feridas feitas pelo meu pai não tivessem sido reabertas ou se meu primo não tivesse simplesmente aparecido no meu trabalho para tentar me machucar... talvez eu pudesse ter ignorado tudo, se essas coisas não tivessem acontecido há tão pouco tempo. Se já não tivessem esfregado tanto sal nas feridas.

E agora isso? Vindo dele, de todas as pessoas?

Eu não gostava de ser ameaçada, principalmente não hoje.

— O que isso quer dizer? — perguntei com cuidado, medo se acumulando no meu estômago enquanto eu tentava pensar em ele ter coisas a dizer que me machucariam de propósito.

— Esqueça.

Esquecer? Havia alguma coisa para esquecer? Meu coração começou a bater mais rápido, e aquele instinto de sobrevivência me disse para abrir mão. Me disse que não valia a pena. Mas eu não poderia. *Eu não poderia.*

— O que isso quer dizer? — repeti. — O que você diria para mim que feriria os meus sentimentos?

Aquela expressão que ele fez... Aquela expressão me avisou. Foi apenas o prefácio que recebi antes de ele mirar seus olhos azul-esverdeados em mim como se estivessem pegando fogo.

— Me conte — insisti, mesmo parte minha tendo ciência de que eu não queria saber.

— *Pare.*

Mas eu não conseguiria. *Eu não conseguiria*. Não hoje. Não depois da vida que vivi por tanto tempo, na qual parecia que metade dos meus entes queridos não confiavam em mim ou não me valorizavam o bastante. Eu não queria passar por isso com mais outra pessoa com a qual estava tão envolvida. Eu não queria que Rip estivesse naquela lista. O que havia de tão errado?

— Eu quero saber. Não quero que você seja sempre cauteloso perto de mim porque acha que sou fraca ou patética. Eu não sou. Não sou nenhuma dessas coisas. Eu quero que você me *fale*.

Sua expressão bastaria para ter me matado.

— É mesmo? É isso o que você quer? — ele perguntou, algo em seu tom soando quase cruel. — Eu sabia o que você tinha feito com sua família desde o dia em que fomos ao funeral, Luna. Não é a porra de um segredo. Eu sabia. Todo mundo sabia, caramba. Jesus Cristo.

Não o deixe vê-la estremecer.

Mas ele não parou. Ele ainda não havia terminado, que droga.

— Você quer saber como eu soube? Você quer saber como sei a verdade? Eu não li sobre a apreensão no jornal. Eu sabia, porque aquela *gangue* da qual você me perguntou se eu fazia parte não era uma *gangue*. Era um moto clube. Um clube de motociclistas. Os Ceifadores. E nós não mexíamos com a sua família, mas eu conhecia o seu tio. Conhecia o seu pai. E tinha ouvido falar tudo sobre a garotinha que havia colocado metade da família na cadeia. Eu soube sobre você antes de te conhecer.

Alguma parte racional do meu cérebro tentou dizer ao restante que o que Rip estava dizendo não era nada de mais. Que não mudava nada. Que não significava nada.

Eu não estava envergonhada por isso. Eu não me sentia mal por causa disso.

Mas...

— Cooper também sempre soube, não se engane. Ele me contou há anos que contratou um detetive particular para te investigar, e sempre soube de onde você veio e quem era sua família.

Então ele também sabia. Sabe-se lá desde quando, talvez desde o começo, ele já sabia.

E nunca tinha dito nada.

Eu entendia manter a primeira esposa em segredo. Talvez, pudesse até entendê-lo manter Rip em segredo, se eu realmente quisesse ser lógica. Mas ele sabia sobre o meu passado e nunca tinha dito nada? Em nove anos?

— Está satisfeita? Você poderia ir embora agora e me dar a droga de um tempo, ou preciso soletrar para você? *Me deixe em paz.*

Me deixe em paz, minha irmã tinha comunicado sem dizer nada a mim diversas vezes.

Me deixe em paz, meu pai tinha sibilado para mim mais outras incontáveis vezes.

Me deixe em paz.

Eu poderia ter guardado muita raiva no coração. Quando pessoas como Thea ou Kyra me deixavam chateada, havia um milhão de coisas nas quais eu poderia ter pensado para magoá-las, mas eu nunca faria isso. Porque nunca iria querer que alguém que eu amava se machucasse por minha causa. Faria de tudo para me certificar de que isso não aconteceria.

Ainda assim...

Congelei. Pisquei, e engoli em seco ao dizer, quase de maneira deselegante, tentando ignorar a familiaridade do que tinha acabado de sair da boca dele:

— Só estou tentando ser sua amiga.

— Parece que eu dou a mínima para isso agora?

Eu estava acostumada a ser um saco de pancadas para as pessoas. Estava acostumada que tirassem proveito de mim.

Mas não vindo de pessoas em que eu achava poder confiar. Que tinham me feito acreditar que eu poderia. Mesmo assim, ali estava eu.

Não podemos fazer ninguém nos amar ou se importar conosco. Eu sabia disso melhor do que todo mundo.

Os pelos nos meus braços se eriçaram, as costas formigaram, e eu simplesmente... fiquei sem reação ao continuar parada ali, olhando para baixo em direção ao homem com quem eu havia me importado por anos. Que havia começado a fazer com que eu me sentisse como se eu não fosse um incômodo, que tudo bem pedir coisas a ele. Isso havia me feito sentir segura. Compreendida.

E percebi que o que me queimava por dentro era o frio.

Me deixe em paz, Lucas Ripley tinha acabado de me dizer.

Eu não era muito orgulhosa, mas era o bastante.

Talvez Rip não tivesse conseguido ligar pontos o suficiente, mas eu tinha abandonado as pessoas que não me queriam perto, e nunca mais olhei para trás. Chega. Eu tinha superado — aquelas palavras, ser jogada de lado por todas as pessoas com quem eu me importava, acabar me sentindo dispensável — que tudo *isso* parecia como ácido na minha alma.

E agora ele também queria que eu o deixasse sozinho? Não queria ser meu amigo? Ele queria esconder as coisas de mim como a droga do resto de todo mundo?

Mordendo a parte interna da bochecha, mantive o olhar focado nele enquanto a dor da queimação gélida se espalhava por mim. Pude senti-la nos poros do meu rosto, ao longo da boca, nos olhos.

Eu deveria ter deixado aquilo de lado, eu sabia. Deveria ter evitado aquela conversa, mas não o fiz. Havia mergulhado de cabeça nisso, e essa dor era toda culpa minha, que droga. Eu não tinha mais ninguém para culpar, exceto a mim mesma.

Mas, por outro lado, ele poderia ter simplesmente me dito qualquer outra coisa que não teria nem chegado perto de doer tanto assim.

Mas o engraçado foi que ele não disse. Eu estava de saco cheio. Estava tão cansada que não pude me lembrar da última vez em que havia me sentido mais exausta. E, de repente, tão sozinha que não pude aguentar.

Foi isso o que ganhei por ter esperança. Por esquecer.

Todo mundo merece amor, mas existem pessoas que não o querem, não importa o quão desesperada e verdadeiramente tentemos dá-lo a elas.

Dei um passo para trás e, depois, outro, então, acenei para Rip quando eu disse com uma calma que ele não merecia:

— Você tem razão, sr. Ripley. Você sabia, e eu não, que poderia ferir os meus sentimentos, mas o fez mesmo assim. — Mordi a parte de dentro da bochecha e a espremi até a alma. — Desculpa por ter passado do limite. Desculpa por ter te pressionado. Nunca mais vou fazer isso.

Não derramei nenhuma lágrima quando me virei e saí andando da sala de espera. Não derramei nenhuma lágrima ao chegar na lanchonete e pegar um café para mim. E, quando o levei até a mesma sala de espera onde havia deixado a última pessoa que quebraria meu coração, senti orgulho de mim mesma.

Só porque ele não queria sequer o meu apoio, não significava que eu fugiria e me esconderia, não quando alguém com quem eu me importava e alguém que também se importava comigo estava passando por uma cirurgia. Talvez Lucas Ripley tivesse acabado de me dar um chute no peito, mas ele não me faria esquecer do motivo de eu estar ali.

Era pelo sr. Cooper. O homem que não teria me enxotado da sala. Que esteve presente por mim incontáveis vezes.

Talvez ele soubesse da minha origem. Talvez ele soubesse que me deixaria magoada ter escondido tanta coisa de mim, mas eu lidaria com isso depois. Eu lidaria com isso quando soubesse que ele estava bem. Eu não guardaria nenhum ressentimento contra ele quando não tinha nem certeza de que ele ficaria bem.

Graças ao vidro transparente usado como paredes, pude ver que o lugar ainda estava vazio, exceto por um homem de cabelo escuro para quem eu não olharia.

Mantive a cabeça erguida ao tomar o mesmo assento em que eu havia me sentado antes, em vez de me acomodar em outro ainda mais longe do *meu chefe.*

Então me recostei, colei os olhos na tela da televisão, e não olhei para Ripley outra vez até trinta minutos mais tarde, quando um médico chegou, chamando os parentes do sr. Cooper. Consegui ouvir o suficiente da conversa para saber que a cirurgia tinha sido um sucesso, mas que ele ficaria na UTI por enquanto, o que poderia levar horas ou dias. E, até então, apenas família.

E isso era algo que eu não era. Parente.

Talvez eu não tivesse o melhor dos embasamentos para saber como uma família deveria ser, mas estava cansada de mentiras. Cansada de ser deixada de lado, de novo, de novo e de novo. Até mesmo eu sabia que não era assim que uma *família* deveria ser.

Me deixe em paz.

Eu estava *exausta* disso. Exausta dessas palavras. Exausta até de mim mesma.

Peguei o celular, liguei para o número de Lydia e esperei que ela respondesse. Quando finalmente o fez, desculpando-se por estar com um cliente, contei a ela o que aconteceu. Então, ouvi seu choramingo de choque e a promessa de que chegaria o quanto antes.

Só naquele instante eu me levantei e saí; por mais que meu coração me dissesse o contrário, eu não era parte da família.

Minha família consistia em um pai que havia ameaçado me matar, um irmão que tinha nos abandonado, um primo que havia tentado me atacar, duas irmãs mentirosas e a única pessoa que me amava tanto quanto eu a amava.

E eu me amava o suficiente para saber o que eu merecia.

E aquela... merda... que havia acabado de acontecer, isso não era algo que eu merecia.

Não havia donuts nem almoços caseiros o suficiente no mundo para fazer isso valer a pena. Disso, eu tinha muitíssima certeza.

CAPÍTULO VINTE E SEIS

A notícia de que o sr. Cooper, nosso amado chefe, tinha sofrido um ataque cardíaco acabou afetando todo mundo na oficina. Não tinha sido muito grave, mas sério o bastante para que os médicos tivessem insistido que ele voltasse ao trabalho com calma. Que ele *descansasse.* Que controlasse melhor os níveis de estresse.

Lydia tinha sido gentil o bastante para me ligar logo depois que saí do hospital — no meio da ligação, me perguntando por que eu não a havia esperado — e, depois, me atualizando a respeito de como ele estava. No dia seguinte, fui visitá-lo de novo bem na hora em que vovô Gus estava saindo do hospital.

— Você me salvou, querida. — Meu chefe tinha suspirado quando me aproximei de sua cama no dia seguinte após o ataque do coração.

Eu havia estendido o braço para segurar sua mão, dando-lhe um aperto gentil ao sorrir para o rosto enrugado e ainda pálido demais, tentando não pensar no que poderia ter acontecido com ele se *não* tivesse sido um ataque leve. Eu tinha cometido o erro de ler que doenças cardíacas eram a principal causa de morte no país.

— Tudo o que fiz foi te dar uma aspirina — eu disse a ele, esforçando-me para ignorar a pontada de dor quando pensei nas coisas que ele havia escondido de mim por tanto tempo.

— Você me disse para comprar mais aspirina quando a última embalagem perdeu a validade, lembra? Você insistiu para que eu comprasse aspirina: "Só por precaução, sr. C" — ele tentou argumentar com sua voz mais fraca do que o normal, dando outro aperto na minha mão.

Eu havia pensado apenas nele quando insisti que comprasse mais aspirina. Quando ele me contou que tinha pressão alta, pesquisei algumas coisas — não que eu fosse admitir. Mas ele era importante para mim, e quis me certificar de cuidar dele de qualquer maneira que eu pudesse para que o sr. C não piorasse. Porque era isso o que fazíamos quando nos importávamos com as pessoas.

— Bem, que bom que você ouviu.

O sorriso que ele me deu em resposta, enquanto estava deitado na cama do hospital, foi fraco.

— Não sei quando vou voltar para a oficina.

A primeira coisa em que pensei foi em Ripley.

— Você vai segurar as pontas até lá, não vai? — ele perguntou.

Emoção tinha obstruído minha garganta quando baixei os olhos até ele, e foi minha vez de apertar sua mão.

— Eu seguraria todas as pontas do mundo, se você quisesse, sr. C. Não se preocupe com a oficina. Vamos todos ficar bem.

Eu, especificamente, não me deixei pensar em Ripley e no que o sr. Cooper não estar presente significaria para o resto de nós.

O dia já tinha sido difícil demais até então. Tensos e esquisitos, e até um pouco sobrecarregados, nenhuma dessas eram boas descrições de como todos havíamos estado. Todos… menos Rip, com quem eu não havia conversado, feito contato visual ou sequer estado na mesma sala. Com o tempo, todos os colegas de trabalho acabaram passando pela minha sala para me perguntar do nosso chefe preferido.

Bem, além de Jason, que não havia aparecido para trabalhar, e quem eu apostaria que nunca mais apareceria. Mas, de qualquer maneira, eu não dava mais a mínima para aquele zé-ninguém. Eu poderia descobrir o endereço dele *em um estalar de dedos.* Mas, para sua sorte, tudo aquilo pareceu desimportante em comparação ao ataque cardíaco do sr. C. E, se eu tivesse que escolher entre dar um pé na bunda dele ou na do meu primo, eu sempre escolheria meu primo. Sempre.

O homem que eu amava e que me amava de volta me deu um sorriso gentil e caloroso que colocou tudo ainda mais em perspectiva para mim. *A vida era curta demais para gastá-la amando alguém que nunca nos amaria de volta,* eu finalmente entendia isso com clareza.

— Eu sei que você faria isso, Luna — o sr. Cooper me disse. Então, suspirou, e seus olhos se apertaram um pouco. Ele falou: — Sinto muito pelo Jason. Você não faz ideia...

Ah, caramba. Tínhamos voltado àquilo.

— Não se preocupe com ele nem com meu primo. Está tudo bem — tentei assegurá-lo, até mesmo sorrindo para que ele soubesse que eu não estava falando só por falar. — Não é a primeira vez que meu primo tenta me atacar de surpresa, mas vai ser a última.

Miguel havia se certificado de me dizer que tinham deixado tudo bem claro, que seja lá o que fizeram ou disseram havia resolvido tudo. Não pedi detalhes, porque aquilo bastou para mim.

Por sorte, ele repassaria minha mensagem ao meu pai para que também soubesse que eu não estava brincando. Eu tinha informações suficientes para ainda colocá-lo em apuros, e, se não tivesse, não veria problema algum em desenterrar o que pudesse. Porque ir tão longe assim não estava fora das possibilidades, caso tentassem fazer alguma coisa de novo — e ele deveria ser esperto o bastante para saber disso.

— Não está tudo bem, mas eu sinto muito — o homem mais velho argumentou. Seus olhos deslizaram na direção de onde Lydia estava sentada antes de se voltarem a mim. A garganta saltou de leve, e ele soltou outro suspiro profundo. — Tem algumas coisas que quero te contar... algumas coisas que eu deveria ter contado antes... — A voz falhou, sua expressão quase como se estivesse tentando me dizer algo.

Ele estava confirmando, não estava?

Ele estava tentando me dizer que realmente era o pai de Rip, e que os dois tinham mantido aquilo em segredo entre eles.

Ele não havia mentido. Não tecnicamente. Só não tinha... contado a verdade para mim nem para mais ninguém.

O homem que vinha trabalhando com a gente nos últimos três anos era filho dele. Um filho de uma esposa que ele teve antes da que, agora, estava a poucos passos de nós. Um filho da mesma mulher que ele havia me dito ser, ou ter sido, o amor de sua vida.

E acontecia que esse filho era o homem com quem ele não conseguia conversar por dois minutos sem uma discussão explodir.

O mesmo homem que havia deixado claríssimo para mim, há vinte e quatro horas, que me considerava tanto quanto praticamente todo mundo que havia me magoado de verdade.

Não era nada legal pensar naquilo.

— Venho te ver de novo amanhã — prometi, dando um sorriso tranquilizador para que ele soubesse que, se eu tivesse ligado os pontos, não via problema em ele ter escondido aquilo de mim.

E eu não via. Em grande parte.

Mas não jogaria isso na cara dele. Ele tivera suas razões. Ele teve de fazer aquilo. E eu simplesmente lidaria com a pequena sensação de traição que senti por conta daquela omissão.

Eu não estava a fim de adicionar outra pessoa a minha lista.

— Vou dar uma passada na sua casa para te visitar quando você tiver alta — continuei, mal conseguindo segurar aquela ponta de mim que decidiu não se magoar. — Vou ter que te manter atualizado sobre a fofoca da oficina, certo?

O olhar do sr. Cooper buscou o meu e, depois de um momento, ele inclinou o queixo para baixo apenas o suficiente para que contasse como um aceno. Mas, se teve algo ou não a ver com ele concordar que precisava saber a respeito do que acontecia na oficina, isso era uma história diferente. Sabíamos muito bem que havia um elefante enorme na sala pairando sobre nós. *Tem algumas coisas que quero te contar... algumas coisas que eu deveria ter contado antes...*

Porque, naquele instante — e tive a sensação de que não seria apenas naquele instante ou no próximo, ou sequer no seguinte —, eu soube que não me importaria o suficiente para ouvir a história toda.

Meu coração simplesmente não dava mais a mínima.

Meu coração tinha sido quebrado, pisoteado e transformado em poeira no dia anterior, e, como das outras vezes em que a mesma coisa tinha acontecido, eu soube que poderia curá-lo. Era o meu outro superpoder. Eu conseguiria me fazer sair do buraco.

Porque era exatamente ali que Rip tinha me deixado presa.

Eu tinha dito a ele uma vez que não ficava emburrada, pelo menos não por muito tempo, e eu não começaria a ficar por causa dele. Era mais fácil esquecer e ignorar do que se agarrar às coisas que magoavam.

Antes de o sr. Cooper ou eu termos uma chance de dizer qualquer outra palavra, houve uma batida à porta, que logo se abriu um pouco e, então, por completo. Entendi na mesma hora quem estava entrando, antes mesmo de ver as botas de trabalho surradas e a camisa de compressão branca que era apenas longa o bastante para cobrir a cintura da calça jeans azul e manchada que o novo visitante do quarto do hospital vestia.

Eu soube que era Ripley.

E foi por isso que deslizei a mão para longe da do sr. Cooper e me inclinei para lhe dar um beijo na bochecha.

— É melhor eu ir embora. Me ligue se precisar de alguma coisa. Tenho certeza de que meu chefe não vai ver problema em eu dar uma saidinha da oficina se for preciso — eu disse, tentando soar tão de bem com a vida quanto possível.

A cabeça do sr. Cooper já estava voltada na direção da porta quando ele disse, no mesmo tom com que falava comigo toda vez que Rip estava por perto:

— Obrigado, luazinha. — Só que com um pouco menos de afeição. Com um pouco mais de distância.

Eu sempre pensei que ele simplesmente não o queria deixar irritado ou fazê-lo sentir que tinha um favorito, mas agora entendi que era por outras razões... Razões que eu não tinha certeza de que entendia. Para não o deixar com ciúmes? Para não esfregar nosso relacionamento e o quanto nos dávamos bem na cara dele?

Eu não sabia, e sinceramente não era da minha conta descobrir. Não mais. Nunca foi, desde o começo, aparentemente.

— Você também, Lydia — eu disse a ela antes de me curvar e dar um beijo em sua bochecha, observando enquanto seus olhos repousavam no homem que eu podia ouvir entrando no quarto.

Seus olhos se voltaram para mim, mas o sorriso pareceu frágil e cansado quando assentiu.

— Obrigada, querida. Eu te ligarei em breve.

Assenti e dei um passo para trás.

— Descanse, sr. C. Venho te visitar amanhã.

Ganhei um *Dirija com cuidado* e um *Se cuide* deles assim que me virei para sair andando, mas não pude deixar de notar a tensão em suas vozes ao dizerem aquilo.

Como esperado, àquela altura, uma figura que era um palmo mais alta que eu, e muito mais ampla, parou bem ao meu lado.

Eu quis fingir que ele não estava lá, mas não consegui.

Não era culpa dele eu ter começado a acreditar que ele sinceramente se importava comigo. Eu conseguiria lidar com seu mau humor no trabalho. Eu conseguiria lidar com seu sigilo. Mas fazer com que eu me sentisse idiota, me afastar... Com essas coisas, eu não conseguiria lidar.

Era culpa minha pensar que as coisas entre nós estavam mudando. Por ficar desesperada e grudenta. A culpa era minha.

Em vez disso, olhei bem na direção do meu outro chefe e disse, calma e friamente:

— Oi, sr. Ripley.

Ele estava me observando. Seu rosto, aquela máscara da qual eu nunca sabia o que pensar. Era a mesma máscara que tentei replicar, só por um momento, porque esse foi todo o tempo que fiquei parada antes de falar, sobre o ombro, para os três:

— Tchau.

Meu peito doeu apenas um pouquinho enquanto eu saía do hospital, e, como muitas outras coisas, amassei tudo, transformando-a em uma dor ainda menor e a joguei longe.

Eu era amada, e tinha tudo. Eu não estava feliz *naquele momento*, mas voltaria a ser.

Meu peito só continuou doendo um pouquinho todas as vezes em que via Rip na oficina.

No primeiro dia, três dias depois da nossa conversa na sala de espera, tive que encontrá-lo para perguntar a respeito de alguns detalhes vagos em uma ordem de serviço. Ele estava no térreo, tirando o estofamento do interior de um Ford Branco dos anos 1970. Fiquei apenas, talvez, um minuto na minha sala tentando me encorajar a conversar com ele da maneira que imaginei que poderia e que faria.

Como se ele não tivesse ferido meus sentimentos.

Como se ele não tivesse sido maldoso, frio e cruel.

Eu consigo, eu tinha dito a mim mesma.

Eu não fazia joguinhos, nem começaria a fazer isso.

Então, naquele minuto, me recompus e fui adiante.

— Sr. Ripley? — chamei, me sentindo um pouco convencida por manter a voz sob controle.

Ele parou na mesma hora de fazer o que fazia, agachado no lugar logo ao lado do SUV.

Não esperei para parar bem ao seu lado e estender a ordem entre nós.

— Eu estava prestes a fazer um pedido, mas queria confirmar o que você marcou e anotou aqui. Não tinha nada no computador. Você quer a cor que escreveu aqui, correto?

Correto. Cara, eu era boa.

Rip me observou em silêncio, passivamente, por um momento antes de pegar a folha e dar uma olhada.

Eu me deixei analisar seus traços, apesar de que não deveria tê-lo feito. Havia olheiras sob os olhos e uma tensão séria nos cantos enquanto lia os próprios rabiscos. Mordi a parte de dentro da minha bochecha enquanto ele me observava, todo frio e distante, e disse:

— Correto.

Não dei a ele o sorriso que eu geralmente distribuía. Simplesmente assenti e, igualmente rápido, falei:

— Obrigada. — Então, voltei por onde tinha vindo.

E, quando ele passou na minha sala algumas horas mais tarde para dar uma olhada no capô que eu havia terminado pela manhã, tudo o que fiz foi dizer *Oi* e, então, voltar a trabalhar com as fitas. Simplesmente como se ele não estivesse ali. Simplesmente como eu deveria ter feito, já que ele era meu chefe, e eu, sua funcionária.

E se raiva percorreu minhas veias, me deixando quente e tensa por alguns minutos, eu a ignorei.

Eu não estava com raiva. Eu não estava magoada. Eu estava bem.

Eu sempre ficaria bem.

E era assim que eu ficaria dali em diante.

Fui visitar Lily em um fim de semana com Lenny. No próximo, tivemos uma noite de jogos na casa do vovô Gus. Fiz algumas horas extras, mas não muitas. Fui à academia, tive um encontro razoável que não me animou muito e no qual bebi o tempo todo. Sobrevivi.

Fazia duas semanas, e a oficina também estava sobrevivendo. Eu não fazia ideia de quem estava cuidando da folha de pagamentos, mas eu era uma funcionária, então não me importaria com aquilo. Era para isso que Rip servia. A única coisa extra que assumi como responsabilidade foi encomendar coisas para a sala de descanso e as colocar na conta da empresa, mas nada mais.

Estava tudo bem. Todo mundo na oficina estava bem — pelo menos, com base no que eu tinha ouvido do restante dos caras durante o almoço e um pouco ali e aqui quando estávamos na sala de descanso ao mesmo tempo, ou quando vinham até a minha sala para mover ou buscar alguma coisa. Eles me contavam sobre como o pavio de Rip havia encurtado, e sobre como era irritante quando ele era o único para quem podiam fazer perguntas.

Eu não disse nada. Não concordei nem discordei. Simplesmente dava um tapinha em suas costas ou tentava fazê-los rir.

Não falaria mal dele.

Àquela altura, o sr. Cooper e eu ainda não havíamos tido uma chance de conversar. Eu tinha ido visitá-lo dia sim, dia não em sua casa depois de ter recebido alta, levando comida e filmes da locadora mais perto da sua casa, mas ele não me contou muito a respeito de nada.

Talvez tenha sido porque Lydia nunca estava longe.

Se eu tivesse pensado há alguns meses que teria dificuldade em cortar alguém que eu via quase todo dia da minha vida, eu teria estado errada. Eu havia me esquecido do quão fácil era.

Tive a sensação de que isso era, em grande parte, porque eu não havia conseguido tirar as palavras de Rip da cabeça. Eu as tinha memorizado. Ou quase isso. *Me deixe em paz,* ele tinha me dito na sala de espera.

Parei de sofrer por pessoas que não me tratavam tão bem quanto as tratava quando criança. Tinha prometido a mim mesma, naquela época, que nunca cairia em uma armadilha dessas de novo. E, em uma vida na qual eu mesma tinha falhado uma dezena de vezes, aquele juramento tinha sido o único que consegui manter.

Foi por isso que não vi problema em preparar meu café ou em ignorar Rip quando descia as escadas em direção à minha sala.

Ele queria café? Poderia pegar sozinho. Ele queria que eu o deixasse em paz? É claro. Eu não imploraria a ninguém pelo seu tempo, amor ou atenção. E eu com certeza não imploraria por amizade ou companhia.

Não mais.

Então, quando tive outro sonho, duas semanas desde o início da recuperação do sr. Cooper, com o meu pai — um sonho que era uma réplica exata da noite antes de eu ter deixado San Antonio de vez —, fiquei chateada e irritada de um modo que não consegui nem explicar. Não ajudou que minha nuca estivesse coçando e queimando desde o momento em que acordei. Ou que isso tinha me lembrado de ter tido um sonho muito parecido com Rip na cama comigo há não muito tempo. Na noite em que ele me trouxe para perto...

Até mesmo uma manhã cheia no trabalho e toda a trilha sonora de *Hairspray* não tinham me ajudado a me livrar da inquietação crescendo sob minha pele.

Quando o almoço chegou, e eu subi e encontrei a sala cheia, tirei minha comida requentada da geladeira — uma caçarola de tacos que estava seca e esquisita, e decidi que faria um favor a mim mesma e aos meus colegas de trabalho indo a outro lugar em que eu poderia ficar de mau humor. Mas não por causa de Ripley, que não se importou em erguer os olhos quando eu havia entrado na sala. Se isso não dizia o bastante sobre como as coisas entre nós estavam, não sei o que mais poderia fazê-lo.

Então peguei meu almoço e o comi em uma das cadeiras armadas nos fundos da oficina, onde os caras faziam intervalos para fumar. Estávamos no Norte de Houston, quente e sempre úmido, mas, na sombra, com uma brisa decente, sem insetos e longe da pior parte da poluição de rua que ficava perto da entrada da oficina, estava… tudo bem.

Sinceramente, era um pouco relaxante, mesmo eu estando bem na esquina em que meu primo havia me atacado por trás. Mas eu não tinha mais nenhuma casquinha nem cicatriz no rosto, e não focaria naquele zé-ninguém. Não quando ele tinha feito coisas similares comigo na volta da escola para casa.

Rudy era um ninguém. Meu pai era um ninguém. E ninguéns não machucavam ninguém.

Eu estava bem. Eu tinha um emprego. Eu era amada.

E o sr. Cooper teria uma recuperação total.

Lily estava feliz, saudável e ganhando muitas gorjetas.

Thea e Kyra estavam vivas, mas eu só sabia disso porque Lily havia confirmado.

Meu pai não tinha ligado de novo.

Jason nunca mais voltou ao trabalho.

Eu estava segura. Eu tinha um teto sobre a cabeça e comida para comer. Eu tinha muita coisa. Nem tudo era perfeito — e eu odiava o quanto me sentia ressentida em relação às minhas irmãs —, mas era melhor do que muitas pessoas tinham.

Foi o que continuei dizendo a mim mesma sentada ali, sozinha.

Cerca de vinte minutos depois do início do almoço, puxei as barras do meu moletom até logo acima do joelho e estiquei as pernas pálidas para pegar um pouquinho de sol.

Quando eu tinha dez minutos restando do intervalo, guardei as coisas e voltei para dentro. Não olhei ao redor para ver quem estava no térreo da oficina antes de subir as escadas, mas, quando cheguei à sala de descanso e a encontrei vazia, exceto por dois caras da fuselagem — e Rip —, fiz questão de sorrir para os dois.

Quando acidentalmente voltei os olhos apenas o bastante para encontrar os de Rip, não deixei o sorriso desaparecer do meu rosto.

Eu não daria a ele a minha dor. Eu o trataria do jeito que ele queria que eu tivesse feito meses atrás. Como se ele fosse meu chefe. Como se não tivesse aberto um espaço para si na minha vida e, então, decidido que não queria mais fazer parte dela.

Como se ele não tivesse me dito todas aquelas palavras malditas.

Mas, quando encontrei seu olhar, mantendo o meu sorriso no rosto, aqueles olhos azul-petróleo foram de um lado ao outro do meu rosto, perdurando no pequeno colar de estrela que havia saído de onde eu o tinha encaixado sob a camisa.

Durou um segundo.

Porque desviei o olhar em direção à geladeira, mantendo os olhos ali enquanto eu passava pelos três homens para que pudesse, então, guardar o resto da minha caçarola quase nojenta.

— Luna, o que você almoçou? — um dos caras perguntou enquanto eu guardava a bolsa.

Fechei a porta com a parte de trás da mão e disse:

— Caçarola. Tem gosto de bunda, mas, se você não tiver nenhuma papila gustativa, pode comer o resto.

Eles não soaram tão interessados assim, mas enchi a garrafa de água no filtro e saí da sala dizendo apenas *Até logo* para os dois com quem eu não tinha cortado relações.

Voltei à minha sala e terminei de aplicar as fitas no carro que eu deveria começar a preparar à tarde. Estava revisando minhas anotações sobre ele, verificando três vezes a cor da tinta na ordem de serviço com o número no rótulo quando a porta foi aberta. Não ergui os olhos depois que ouvi os primeiros dois passos dados para dentro. Só uma pessoa pisava tão duro assim.

— Precisa que eu faça alguma coisa? — gritei antes de ele ir longe demais.

Os passos continuaram se aproximando, assim como a voz.

— Eu queria verificar de novo uma coisa com relação ao SS — Ripley respondeu na mesma hora.

Não espremi os lábios nem fiz careta. Me levantei e imediatamente estendi a ele a prancheta com as anotações que eu segurava. Ele já estava parado ao meu lado. Mantive os olhos na lousa enquanto ele a pegava, aqueles dedos longos folheando até a página que eu estava lendo.

Então, dei um passo para trás e entrei na cabine para dar uma olhada ao redor e me certificar de que as fitas estavam corretas, mesmo eu sabendo que estavam.

Rip não disse nada naquele instante; consegui chegar até metade do carro antes de ele gritar de algum lugar fora da cabine:

— Terminei.

Não entendi o porquê de ele não ter simplesmente procurado a ordem no computador, mas eu nem perderia tempo pensando nisso.

Minha parte mesquinha quase quis ignorá-lo, mas não o fiz. Eu não daria a ele nem sequer isso. Então, em resposta, falei alto:

— Tudo bem.

Quando voltei à sala principal e não o encontrei ali, fiquei aliviada.

Fiquei mesmo.

No dia seguinte, eu estava esperando nossa máquina terminar de agitar a tinta que eu começaria a usar no modelo mais novo do Audi A4 quando a porta da minha sala foi aberta. Uma grande figura entrou, deixando a porta se fechar atrás de si.

Eu sabia quem era.

Mas seria a pessoa madura, então perguntei:

— Como posso te ajudar?

Rip esperou até ter dado mais alguns passos para dentro da sala antes de dizer:

— Eu queria dar uma olhada nas rodas que estavam na sua agenda hoje cedo.

Desde quando ele olhava a minha agenda?

Mas não perguntei. Em vez disso, me certifiquei de encontrar seus olhos brevemente — muito brevemente. Seu rosto tinha aquela máscara usual de tensão e controle, e inspirei fundo e coloquei o ar para fora de uma vez, então, gesticulei para a direita, até onde eu havia levado as rodas uma hora antes. Fora da minha visão periférica, eu o observei movê-las, aquelas longas pernas atravessando a sala que geralmente parecia enorme para mim. Então, voltei a focar na máquina, esperando que Rip se apresasse e terminasse aquele ciclo para que eu pudesse passar ao próximo projeto antes do almoço.

O homem estava quieto, e me movi de propósito para lhe dar as costas.

O ciclo terminou antes que ele finalizasse de inspecionar meu trabalho, então segui até a cabine para transferir a tinta.

Quando voltei à sala principal para vestir meu macacão de proteção, Rip ainda estava lá, dessa vez dando uma olhada em um dos catálogos de tinta que eu deixava no balcão. Se ele olhou para mim, eu sinceramente não fazia ideia. Mantive os olhos voltados para frente, na parede do outro lado da sala. Ele não disse nada enquanto eu vestia os tênis primeiro e, depois, entrava no macacão e puxava o zíper até em cima. Também não me respondeu ao seguir até a cabine e gritei sobre meu ombro:

— Bata se precisar de mim.

Fechei-me na sala. Depois de um tempo, quando dei uma olhada por uma das únicas janelas no lugar branco, encontrei Rip parado ali, bisbilhotando o interior.

Foquei outra vez nos painéis que precisavam da minha atenção.

Quando tirei meu intervalo para almoçar mais tarde, fui para fora outra vez. Assim como no dia anterior, quando segui à sala de descanso para deixar minha bolsa e os restos na geladeira, Rip estava sentado lá, comendo alguma coisa feita com frango e folheando uma revista. Fizemos contato visual, e só o rompi quando cheguei perto demais e tive que abrir a geladeira.

Então, voltei e desci as escadas.

Na manhã seguinte, bem depois das nove da manhã, assim que todos os caras da oficina já tinham chegado, me encaminhei até o térreo e pedi para que me ajudassem a mover o que chamávamos de rotisserie — havia um bloco de motor apoiado nela — do térreo para a cabine. Tínhamos ajeitado tudo no dia anterior, mas era pesada demais para que eu a movesse sozinha ou para que só uma outra pessoa o fizesse.

Tinha sido de propósito que segui direto até Owen e Ashton para me ajudarem a rolar a rotisserie até a sala de pintura? Com certeza. Mas mantive a cabeça erguida e um sorriso no rosto enquanto caminhava entre os carros estacionados naquele andar e me dirigia até os dois homens que eram sempre realmente gentis comigo.

— Oi — eu disse quando me aproximei.

Ashton, que era quem estava de pé, imediatamente ergueu o queixo e me deu um sorriso caloroso.

— Oi, Luna.

Debaixo do carro, Owen disse alto:

— Precisa de ajuda com a rotisserie?

Havia uma razão pela qual Owen era um dos meus caras preferidos na CCC.

— Sim — respondi, parando bem ao lado de Ashton para dar uma olhada no que ele encarava. Havia uma mancha de algo escuro e parecido com líquido no chão ao lado de onde Owen estava deitado, olhando para cima com uma chave inglesa na mão. — Poderiam me ajudar a rolá-la quando tiverem um tempinho, por favor?

— Cinco minutos? — Owen perguntou.

Assenti para ele de onde estava parada e olhando para baixo em sua direção.

— Obrigada. Encontro vocês dois na minha sala quando estiverem prontos — eu disse.

O cara novo assentiu.

Mantendo os olhos colados nos carros daquele andar enquanto eu voltava até a sala, pude ver Rip virando no mesmo corredor para o qual eu seguia, mas ele acabou entrando no banheiro. Outra vez na minha sala, passei pela cabine mais para me certificar de que tudo estava no lugar. Pouco tempo depois, ouvi a porta se abrir e fechar com tudo. Imaginando ser eles, voltei e quase parei de andar quando encontrei Rip parado lá, as mãos nos quadris.

— Precisa de ajuda para mover alguma coisa? — ele perguntou enquanto enxugava as mãos em um trapo, aqueles olhos intensos em mim.

Não pude evitar e deslizei o olhar em direção à porta por um milésimo de segundo antes de voltar a focar no rosto dele e, então, eu disse:

— Já pedi ajuda para os caras.

Um músculo em sua bochecha estremeceu.

Obriguei-me a parar de olhar para ele.

— Eles disseram que demorariam uns cinco minutos — complementei, dando uma olhada na porta outra vez.

O nariz de Rip se enrugou por um momento antes de ele enfiar o trapo em um dos bolsos do macacão e dizer com cautela:

— Você não me pediu.

Pisquei.

— Te pedir? — Permissão? Será?

— Ajuda — ele clarificou, a voz tensa.

Ah.

— Imaginei que você fosse pedir a eles para me ajudarem. — Mantive a voz equilibrada, calma, controlada. — É o que você sempre faz. — Então, não me segurei e olhei em direção à porta de novo. — Eu não quis desperdiçar seu tempo, sendo que posso pedir ajuda sozinha.

Seu nariz se enrugou de novo bem quando eu estava no meio da frase, e aquele enrugar não foi a lugar algum enquanto eu falava. O que notei foi como ele cruzou os braços, seu olhar ainda focado no meu como se não tivesse qualquer intenção de levá-lo a outro lugar. Ele inclinou o queixo para trás, me dando uma boa visão do pescoço longo e forte.

— O que eu te disse sobre desperdiçar meu tempo? — ele perguntou naquela mesma voz.

A pele ao longo da minha coluna formigou imediatamente, e não pude evitar sentir uma leve pontada de dor bem no coração. Indignação. Essa teria sido a palavra perfeita para descrever como me senti naquela hora.

Indignação. E traição.

E raiva.

Mas, na maior parte, indignação.

Não me deixei perder o controle quando disse:

— Eu não quero ter de presumir nada, sr. Ripley.

Certo, talvez a parte do *sr. Ripley* tenha sido um pouco mesquinha, mas eu não me puniria por isso.

Dei uma olhada em seu rosto enquanto falava, e observei como todo o comprimento de sua mandíbula enrijeceu, mas nada disso fez com que eu me sentisse melhor. Na verdade, fez apenas com que eu me sentisse um lixo. Eu não estava tentando fazê-lo se sentir mal. E não queria me sentir assim por causa dele.

Eu não queria nada dele.

Então me coloquei de volta nos trilhos.

— Você tem coisas melhores para fazer com seu tempo. Tem que cuidar de muitos assuntos agora que o sr. Cooper não está aqui. — O pai dele. Não apenas o sr. Cooper. O *pai* dele.

Ele não disse nada. Aquele homem gigantesco simplesmente ficou parado ali, me observando.

Continuei falando, minha voz equilibrada... e talvez um pouquinho monótona:

— Se houver algum problema, eu te avisarei, é claro.

Rip, ainda assim, não respondeu.

Escorregando meu olhar até a porta, desejei que ela se abrisse e que Ashton e Owen estivessem ali, prontos para ajudar.

Mas nada aconteceu. Tudo era assim na minha vida.

— Mas obrigada por ter vindo perguntar. Podemos movê-la sozinhos, eu acho — terminei, mantendo a voz naquele mesmo tom profissional que eu teria usado com qualquer outro chefe, exceto o sr. Cooper... e Rip, se hoje fosse há alguns meses.

Mas isso era o que ele queria, e isso era o que eu lhe daria.

Então, quando ele deu quatro longos passos na minha direção, parando no momento exato em que a ponta de suas botas encontrou a minha, a mão inclinando meu queixo para cima, eu prendi a respiração. Porque Rip estava *bem ali*. No meu espaço. Forçando-me a olhar para ele.

E olhar para ele foi o que fiz.

Olhei para as tatuagens espreitando logo acima da bainha da pequena cobertura que a gola alta da camisa de compressão fornecia. Notei as diminutas formas escuras logo acima da gola. Notei a muitíssimo sutil barba por fazer ao longo da parte inferior do rosto e no queixo. Notei a boca cor-de-rosa quase fina que havia se transformado em uma linha com a expressão de raiva com que ele me observava.

E notei como seus olhos pareciam estar queimando para cima de mim.

Como se ele quisesse gritar comigo, ou alguma outra coisa.

Eu não sabia o que aquela outra coisa era, mas, pelo contorno de sua mandíbula, eu também não tinha certeza se queria saber.

O queixo de Rip se inclinou um pouco mais para baixo, trazendo o rosto para ainda mais perto do meu.

— Podemos acabar logo com isso? — ele perguntou, sua voz rouca e tão baixa que mal pude ouvi-lo.

Prendi a respiração.

— Com o quê?

Aquele rosto incrivelmente bonito permaneceu distante, mas seus olhos...

— Com essa besteira de *sr. Ripley*. Com o tom. Com você não querendo falar comigo ou pedir a droga da minha ajuda. — Seu queixo se abaixou, e eu poderia jurar que senti sua respiração no meu rosto em pequenos bufos. — Com você me colocando de escanteio.

Eu quis erguer as sobrancelhas, mas não o fiz.

— Não sei do que você está falando — menti apenas parcialmente. Porque não poderia ser uma mentira completa se eu não entendia o motivo de ele estar dizendo aquelas coisas para mim, sendo que havia sido ele quem havia pedido por aquilo.

— Você sabe exatamente do que estou falando, Luna — Rip respondeu, a voz ainda um murmúrio que eu quase tive de me esforçar para ouvir.

As pontas de suas botas se aproximaram ainda mais das minhas.

Não importava. Não importava nem um pouco.

— Você é o sr. Ripley — eu disse, ainda tensa. — Estou falando com você como deveria falar com qualquer um que fosse meu chefe, com profissionalismo, porque é isso o que eu deveria ter mostrado a você desde o começo.

Um som rouco escapou de sua garganta, soando quase como um... resmungo? Um rosnado?

— Não vou te incomodar se posso lidar sozinha com as coisas.

Suas botas atingiram as minhas com tanta força, que meus pés foram alguns centímetros para trás.

— Só estou te tratando da maneira que eu sempre deveria ter feito. — Eu me impedi de continuar antes de adicionar outro "sr. Ripley" ao fim. Algo dentro de mim disse que seria uma ideia terrível, como instigar um leão faminto ou algo parecido. — Você é meu chefe, e eu não deveria ter me esquecido disso.

Eu poderia jurar que seu pescoço inchou mais e mais a cada palavra que saía da minha boca. Seu rosto também talvez tenha ficado mais vermelho.

Mas quando é que seu rosto tinha ficado vermelho?

A mão no meu queixo ergueu ainda mais o meu rosto, até eu quase sentir a força por causa da pressão, do alongamento. Então, pude com certeza sentir sua respiração suave no rosto. Na minha boca. Senti o calor do seu corpo ao longo da frente do meu. Um mês antes, isso teria sido o ponto alto do meu ano. Uma semana antes, isso teria me feito querer desmaiar.

Mas agora...

Agora, forcei todo aquele lixo para longe. Eu o enterrei com uma pá e meia tonelada de terra. Fim. Chega, chega, chega.

Ele tinha pedido por isso, e eu havia entregado tudo o que estava disposta a dar por tempo demais.

Apenas um idiota continuaria se doando depois de um certo ponto, e eu não era nenhuma tola. Nenhum saco de pancada. Nenhum entretenimento temporário de ninguém.

Eu tinha dado a ele mais do que dei a qualquer outra pessoa, e ele havia rompido aquela conexão entre nós de uma vez por todas. Ele me disse a mesma coisa que outras pessoas me disseram: *me deixe em paz.*

— Só estou fazendo o que você pediu — eu disse devagar, cada palavra arrastada, sílaba por sílaba. Mantive os olhos nos dele por um segundo e, então, dois, em seguida os desci até seu queixo enquanto eu me permitia respirar pelo nariz.

Então, dei um passo para trás. E mais outro.

— Fico grata por você ter vindo verificar se eu precisava de ajuda, mas não preciso. Ashton e Owen estão vindo — expliquei. — Tudo que eu puder fazer sozinha, farei. Mas obrigada, sr. Ripley.

E o *sr. Ripley* não se moveu sequer um centímetro.

Mas abriu aquela boca e disse:

— Nós precisamos...

E eu agradeceria a um Deus que eu não tinha certeza se existia pelo fato de a porta ter sido aberta no mesmo instante. Owen disse:

— Desculpa, Luna. Vamos mover a rotisserie... Ah. — Ele parou na mesma hora. Olhou de um de nós ao outro, seus olhos se arregalando enquanto o cara novo entrava logo atrás.

Sorri para os meus colegas de trabalho e dei um passo na direção deles.

— Estou pronta, se vocês dois estiverem.

Determinada a manter distância do meu chefe, peguei meu almoço pelo terceiro dia seguido e segui até as cadeiras e a mesa no estacionamento da CCC.

Era um dia quente, não que todos os malditos dias em Houston não fossem quentes, mas, na sombra, não era tão insuportável. Já que também não tinha nenhum inseto, era o melhor que eu conseguiria. Ar fresco. Um lugar aberto.

Eu deveria ter começado a ir ali há anos.

O que me fez lembrar que...

Peguei o celular e disquei o mesmo número para o qual eu havia ligado todos os dias por uma semana.

Tocou.

Rolando as pernas da calça para cima e as mangas da camiseta até o ombro, segurei o celular entre a orelha e o ombro, ouvindo as chamadas contínuas. Estiquei as pernas para pegar um pouco de sol, e relaxei a postura na cadeira ao tirar o almoço da bolsa. Eu mal tinha aberto a vasilha com a caçarola de três dias atrás, quando a porta que levava até o lado de fora se abriu e uma figura familiar em sua camiseta de manga comprida colada a todos os músculos do peito e de calça jeans escura se aproximou.

Não apertei os olhos, mas realmente o observei com um pouco de cautela demais.

O que ele queria agora? Foi o que me perguntei quando a ligação caiu no correio de voz de Thea.

— Thea, é a Luna de novo. Espero que esteja bem... e que me ligue de volta, tudo bem? — eu disse, tentando não soar irritada nem triste antes de finalizar a chamada.

Tirei o garfo de dentro da bolsa para cutucar a papa de arroz e carne moída, me certificando de focar naquilo e não no homem que vinha na minha direção. Consegui furar alguma coisa com o garfo que pareceu um pouco marrom demais, e até consegui colocar aquilo na boca antes de o grande homem parar na minha frente.

Rip não disse nada, nem eu. Então, se encaminhou até a cadeira no outro lado da mesa e a puxou para frente — até estar alinhada com a minha.

Eu o observei apoiar a vasilha de vidro na mesa entre nós e, então, se sentar.

Logo que eu estava prestes a perguntar se havia alguma coisa que eu poderia fazer por ele, me impedi. Eu estava no meu intervalo de almoço. Não tinha de fazer nada naquela hora.

E ele estava com o almoço dele, assim como eu.

Então...

Só não entendi o motivo de, de repente, ele também estar ali.

Guardei a curiosidade para mim mesma e me certifiquei de desviar o olhar enquanto mastigava a comida e colocava o celular na coxa.

Seja lá o que ele estivesse fazendo ali... não era da minha conta.

O clique baixo da tampa saindo da sua vasilha de comida tomou conta do ar entre nós, pontuado pelo som ocasional de Rip mastigando e bebendo golinhos de seja lá o que ele estivesse consumindo.

Eu, por outro lado, fiquei sentada e bebi minha lata de Sprite e comi minha caçarola enquanto continuava pesquisando os preços de uma televisão.

Quando meu intervalo de almoço estava quase no fim, quando havia suor na minha nuca e na minha lombar por causa do calor e quando a pele das minhas pernas estava tensa por conta do sol... me levantei.

Nenhum de nós disse nada quando saí andando.

CAPÍTULO VINTE E SETE

Meu intervalo de almoço no dia seguinte foi um repeteco do dia anterior, e eu sinceramente não soube o que pensar a respeito disso.

Ou mesmo se eu deveria perder meu tempo pensando naquilo.

Eu saí, e havia tirado toda a minha comida da bolsa, minhas roupas estavam enroladas da maneira que eu gostava e minhas pernas estavam esticadas no sol quando a porta se abriu, e dali surgiu o mesmo homem que eu tinha acabado de ver há poucas horas quando havia entrado na minha sala e bisbilhotado pela janela da cabine enquanto eu aplicava o primer. Naquele dia, ele vestia uma camisa de compressão cinza e um jeans que, de alguma maneira, estavam sujos mesmo com o macacão que ele vestia por cima.

Tudo nele estava coberto como sempre.

Do pescoço para baixo até os ossos do pulso, tudo acentuava aquela grande figura musculosa na qual eu havia dado uma olhada todas as vezes que tive uma chance sem ser pega em flagrante por anos.

Mas dessa vez não foi tão difícil desviar o olhar. Não foi nem um pouco difícil.

Eu havia tido outro sonho com o meu pai na noite anterior, igual ao outro que tinha deixado minha cabeça desconfortável e tensa, além de ter me deixado suando na cama e sem ar. Levei apenas algumas horas para me livrar das sensações. O sonho serviu apenas para me lembrar do motivo pelo qual não era difícil desviar os olhos de Rip naquele instante.

O ponto era que eu não precisava usar os olhos para saber o que ele estava fazendo.

Rip fez a mesma coisa que no dia anterior. Ele veio e se sentou ao meu lado, e nenhum de nós disse nada. Não enquanto comíamos. Não nos minutos esparsos que tive depois de forçar a comida para dentro. Não enquanto eu olhava para o celular e rolava pelas resenhas dos sofás em promoção.

Quando chegou a hora de voltar ao trabalho, não fiz nada além de observá-lo de relance enquanto recolhia as minhas coisas e voltava à sala mais de meia hora depois de ele ter aparecido.

O dia seguinte foi muitíssimo parecido com todos os outros, pelo menos desde o ataque cardíaco do sr. Cooper.

Eu cheguei ao trabalho, e Ripley já estava lá. Fingi não o ver enquanto seguia até a minha sala, e então fingi não o ver mais um pouco quando fui até o andar de cima preparar meu café e, depois, descer a escada com ele em mãos. Apenas o meu. Não o dele. Como se fosse nosso novo hábito, porque era. Eu não deveria ter que me esforçar para ser gentil com meu chefe se não era isso o que ele queria, e não era como se ele estivesse me fazendo um favor por me empregar.

Ele não poderia me demitir sem conversar com o sr. Cooper antes. Porque, mesmo as chances sendo muito, muito altas de os dois serem parentes, eu sabia que, no final das contas, eu tinha um relacionamento melhor com ele do que Rip. Fui visitar o sr. C na noite anterior, jantei com ele e Lydia e fiquei para ver um filme. Eu conhecia meu lugar na vida do homem mais velho.

Mas, assim como todos os outros dias ultimamente, em algum momento no começo da metade da manhã, um visitante deu uma passada na minha sala.

Um visitante de quase um 1,95 m que eu apostaria pesar cerca de cento e quinze quilos.

O homem que eu não queria mais que se intrometesse na minha vida.

— Posso te ajudar com alguma coisa? — perguntei, usando as mesmas exatas palavras de todas as outras vezes que ele tinha aparecido. Calma, fria, profissional.

Mas não como em todos os outros dias, meu chefe não usou nenhuma desculpa sobre querer verificar alguma coisa ou dar uma olhada em algo.

Ele simplesmente ficou parado ali com as mãos nos quadris, cerrou os dentes e disse:

— Terminou?

— Sim. Acabei de terminar o capô na cabine, e estou esperando um minutinho antes de tirá-lo de lá e começar a trabalhar nos painéis. Ashton já disse que me ajudaria a tirá-lo.

Ele me encarou.

Eu o encarei de volta.

Então, soltou um suspiro muito, muito fundo, inclinou a mandíbula para o lado e resmungou:

— Você sabe do que estou falando. Você já terminou?

Usei uma voz mais gentil quando perguntei:

— Terminei o quê?

Deus, ele estava me fuzilando com os olhos quando estendeu as mãos para os lados.

— Com isso.

— Isso o quê?

Ele pressionou um lábio contra o outro. Se eu observasse com atenção o bastante, aposto que eu poderia ver o quão branco ficaram quando ele fez aquilo, mas não observei. Eu nem sequer dei uma olhadinha.

— Com *isso*, Luna — ele respondeu, sacudindo as mãos de novo.

Pensando melhor agora, eu deveria ter escolhido uma abordagem diferente. Mas esse era o problema em refletir sobre as nossas ações: a vida não tinha um botão de rebobinar. Infelizmente.

Mas, pelo menos, eu poderia olhar para trás e me lembrar de que mantive a cabeça erguida, a voz equilibrada e que olhei meu chefe bem nos olhos quando falei:

— Estou te tratando da maneira que você quis que eu te tratasse, sr. Ripley. Com respeito. Como se você pagasse as minhas contas. Estou te deixando em paz. Não estou te irritando. Não estou impondo minha presença nem te pedindo para fazer coisas de que não gostaria. Eu não sei o que mais você quer de mim.

Aquele olhar intenso não se moveu nem um centímetro. Por nem um segundo. Por nem um milissegundo. Ele me encarou como se seus olhos fossem lasers e ele quisesse me transformar em cinzas.

E, então, tentou mais uma vez.

— Você quer parar com essa droga de *sr. Ripley*?

Eu não estremeci. Não me movi. Simplesmente olhei para ele como se suas palavras não tivessem me afetado em nada.

— É o seu nome, senhor.

Talvez o *senhor* tenha sido exagero.

— Você está brincando comigo, caralho? — Rip perguntou, sua voz começando a subir.

Tudo bem, foi um pouco demais, acho, mas isso não mudava nada. Não a meu respeito, não a respeito daquela situação.

— Não, não estou — respondi com calma. — E não entendo por que você está erguendo a voz. Eu não estou fazendo nada.

Os olhos de Rip quase, *quase* pularam para fora da cabeça ao se inclinar para frente.

— Até parece que você não está fazendo nada, cacete. Você está enrolando, fazendo exatamente o que sabe que vai me irritar.

— Eu não estou fazendo nada para te irritar. Já fiz coisas o bastante para te irritar no passado, lembra? Então estou parando com isso. Parei. Tudo o que estou fazendo é exatamente o que você pediu.

Meu chefe deu um passo para frente.

— Pare de falar comigo assim.

— Como se você fosse meu chefe? — perguntei devagarinho, sabendo que o estava provocando, mas sem saber o que mais eu poderia dizer. — Como uma funcionária que mentiu para os policiais por sua causa quando eles apareceram em uma manhã perguntando por onde você tinha andado? Quando te dei um álibi porque acreditei que você estava em casa sozinho? E, então, eu disse a eles que tinha passado aquela noite com você e te deixei me dar um beijo na bochecha?

— Porra, Luna — ele se queixou.

Pude ouvir a voz do meu pai usando aquele tom comigo. Pude ouvi-lo dizer aquelas mesmas palavras.

Mas estava cansada de ouvir aquele tom e frase ditos daquela maneira, juntos. Eu estava muito cansada. Principalmente vindos da boca de Rip.

— Eu sei que você não fez nada, Rip. É por isso que, quando os policiais apareceram, eu disse a eles que passamos a noite juntos. Eu não esperava nada em retorno. O que estou falando agora é que sei nosso papel na vida um do outro. Não vi problema em mentir por você, mas você começou com essa coisa toda de favor. E me pediu para te deixar em paz — praticamente cuspi, tentando soar controlada e distante, mas sabendo que estava falhando. — Então é isso que estou fazendo. Eu queria ser sua amiga. Eu tentei ser sua amiga. Pensei que você também quisesse ser meu amigo. Eu queria que você gostasse de mim, e talvez quisesse que você gostasse de mim mais do que como amiga, Rip. Quer saber de uma coisa? Eu queria isso mais do que qualquer outra coisa.

"Mas eu sabia que não deveria me sentir assim. Eu aceitaria ser apenas sua amiga, se isso fosse tudo o que você estivesse disposto a me dar. Eu estava tentando não pensar mais em você desse jeito. Acho que, um dia, eu teria, por fim, superado a paixão que eu tinha por você, sozinha. Provavelmente, assim que eu encontrasse outra pessoa de quem gostar. Estou acostumada a me importar com pessoas que não se importam comigo, sr. Ripley.

"Mas já tive pessoas demais que amei e que não me quiseram por perto. Não vou seguir por esse caminho de novo. Você quer ser maldoso comigo e me afastar porque ficou chateado, ou qualquer outra coisa, com o sr. Cooper? Eu entendo. Não consigo nem começar a imaginar o quão confuso seu relacionamento com ele deve ser. Entendo que você esteja com raiva de ele ter se casado com outra pessoa tão cedo depois da sua mãe. Eu entendo. Mas não fiz nada para merecer que você me deixasse de lado. Tentei estar presente por você, e mesmo você me avisando que não queria me machucar, ainda assim me machucou.

"Mas estou cansada. Eu sei escutar. Posso notar quando estou perdendo tempo, e não vou mais perder meu tempo. Não vou mais dar, dar e dar para alguém que não quer o que tenho a compartilhar. Meus pais fizeram isso comigo, minhas irmãs fizeram isso comigo, todo mundo faz isso comigo quando eu deixo, e você vai ser a última pessoa que fez eu me sentir como um maldito incômodo.

"Tudo o que estou fazendo é o que você pediu. Estou fazendo o que você me falou, e estou bem com isso. Não se sinta culpado. Você está me fazendo um favor. Está acelerando exatamente o que, em algum momento, aconteceria.

"Não estou desistindo. Não vou começar a trabalhar mal, nem decidir que não vou ficar até tarde se for preciso, então você não tem que se preocupar que isso possa afetar o meu trabalho, tudo bem? Só vou cuidar da minha vida como eu deveria ter feito desde o começo, sr. Ripley, em vez de gastar meu tempo e energia com algo que nunca aconteceria — terminei, estourando, o ar saindo rápido dos meus pulmões, e meus ombros caindo com força quando eu não tinha nem percebido quão tensos e altos estiveram em um primeiro momento.

Deus, eu estava *zangada*.

Eu estava *magoada*. Mas, em grande parte, estava zangada e exausta, e parte de mim queria chorar, mas eu não faria isso. Não por alguém com culpa equivocada. Não por alguém que queria que eu o deixasse em paz. Não por alguém que não me queria nem nunca iria querer.

Não tínhamos os mesmos objetivos, e eu havia agido com teimosia e desespero demais para perceber isso.

Eu o observei durante todo o tempo que falei. Testemunhei como seus punhos cerraram. Notei como os músculos no pescoço ficaram mais pronunciados.

Mas deixei de notar como seu olhar mudou.

E as chances eram de que, de qualquer maneira, não teria importado.

Me senti mal por ter perdido o controle com ele. Não era apenas sua culpa eu estar nessa situação, era? Ele tinha sido apenas outro martelo acertando meu prego já torto. E eu não tinha dito nada com a intenção de forçá-lo a sentir algo de que ele não era capaz.

— Olha — eu disse, ignorando quão insincera e cansada soei. — Eu deveria ter te tratado como um chefe desde o começo. Não tratei, mas é o que farei de agora em diante. Desculpa por fazer parecer que você quebrou meu coração. Às vezes, eu me esqueço de que ele se quebrou muito antes de eu te conhecer. Desculpa por ter feito parecer que eu estava te pressionando a me fazer companhia ou ser gentil comigo. Desculpa por ter forçado a me fazer todos aqueles favores.

Encontrei o seu olhar, ignorando a expressão esquisita no rosto dele. Ignorando como seus olhos estavam semicerrados.

— Eu já tenho coisas o bastante com as quais lidar sem adicionar mais problemas. Só... quero fingir que isso não aconteceu. Quero que as coisas voltem a ser como deveriam ter sido desde o começo.

Desde o momento em que tínhamos nos conhecido.

Rip piscou para mim. Até engoliu em seco, e fez tanta força que a gola da camisa desceu e expôs mais do que o usual daquele crânio em seu pescoço.

Consegui dar um passo para trás antes de ele dizer o meu nome.

Olhei para Rip.

Ele ergueu o queixo e manteve aqueles olhos azul-esverdeados em mim ao dizer praticamente a última coisa que eu poderia ter esperado dele.

— Eu não quis te machucar, garotinha.

Sim, até parece que não.

— Eu não quis — ele insistiu, como se lendo a droga da minha mente, me observando com aqueles seus olhos ensandecidos.

É claro.

É claro que ele não quis.

Eu estava farta disso. Eu só queria voltar para quando as coisas eram menos complicadas. Eu só queria ser feliz de novo.

— Bem, você machucou, sr. Ripley, e não tem problema. — Deslizei a língua pelos dentes e dei um passo para trás. — Preciso voltar ao que você me paga para fazer. Se precisar de mais alguma coisa, me avise. Estarei aqui para isso.

— Ah, querida — Lydia murmurou ao acenar para que eu entrasse na mesma casa em que eu tinha vivido com eles por anos.

Dando um abraço nela primeiro, entrei e esperei enquanto ela fechava a porta. Não precisei olhar ao redor para saber onde eu estava. Nada ali havia mudado muito desde que eu tinha ido embora. Lydia gostava de antiguidades, e a maior parte dos móveis era escuro ou de madeira de cerejeira. Pelo que ela tinha me contado, boa parte havia sido herdada de sua família, mas outros ela tinha comprado — alguns comigo, quando eu saía com ela nos meus finais de semana de folga.

Eu me lembrei do quão nervosa me senti nos primeiros meses depois que me mudei para lá. Estava sempre preocupada que derrubaria algo que era de sua família há gerações. Me esforcei para não tocar em nada. A única coisa boa que tive na casa do meu pai era a televisão, e, a não ser que eu estivesse sozinha em casa, ou ficasse bem, bem quietinha, eu quase nunca a assistia.

Na verdade, mesmo agora, eu ainda estava nervosa quanto a acabar derrubando algo na casa dos Cooper.

— Como você está? — perguntei ao tirar os sapatos com os dedos do pé.

Ela suspirou.

— Estou bem. Estressada. Preocupada. Esperançosa. — Ela me deu um sorriso exausto. — E você?

Dei de ombros, propositadamente enfiando todos os pensamentos com relação a Ripley e suas ações mais cedo naquele dia na minha lixeira mental.

— Tudo certo. Ocupada com o trabalho. — Deixei os ombros caírem, respondendo com um sorriso. — Precisa de ajuda com alguma coisa?

Ela balançou a cabeça e, então, parou.

— Na verdade, se importaria de ficar por aqui para eu dar uma passada na farmácia e pegar o remédio dele? Eu ia esperar até Allen pegar no sono, mas se eu puder não dirigir à noite... Esses olhos não são mais o que costumavam ser...

— Você sabe que não me importo. Eu estava planejando ficar por aqui mesmo. — Inclinei a cabeça em direção à porta.

Lydia me deu um sorriso que me fez imaginar que tipo de mulher a primeira esposa do sr. Cooper tinha sido para que fosse o amor de sua vida e essa mulher na minha frente… não.

Foi um pensamento injusto. Eles sempre foram felizes, amorosos e calorosos, e o sr. C sempre a tratava como rainha.

— Não vou demorar — ela prometeu, já pegando as chaves deixadas na tigela perto da porta.

— Não precisa correr — eu disse enquanto a esperava também pegar a bolsa.

Não demorou para Lydia sair. Deixei minha bolsa onde a dela havia estado, e então passei pela sala de estar e segui pelo corredor. Eu havia passado incontáveis noites no sofá ao lado da poltrona na qual encontrei o sr. Cooper sentado. A parte de cima estava inclinada para trás, seus pés erguidos no apoio de pés, e ele sinceramente me pareceu muito, muito bem.

— Sr. C — chamei baixinho quando percebi que não pude ver seu rosto para verificar se estava dormindo.

Não estava.

— Luazinha? — Sua mão subiu, acenando para que eu me aproximasse. — Venha se sentar, a não ser que queira pegar algo para beber.

Fui até o sofá e me sentei.

— Não estou com sede, mas e você? Quer alguma coisa?

— Não, tenho um pouco de água aqui. — Ele apontou em direção à garrafa na mesinha entre sua poltrona reclinável e o sofá. — Lydia está me afogando.

Não pude evitar e sorri para ele ao estender o braço e deslizar a mão na dele.

— Eu disse que você precisava se hidratar mais.

Ele apertou minha mão.

— Ainda tem gosto de terra.

— Sabe o que teria gosto de terra?

O sr. Cooper me fez uma careta engraçada.

— Comida sem sal. — Ergui as sobrancelhas ao tirar a mão da dele. — Nada de bacon.

O homem mais velho resmungou.

— Nem me fale. Eles também me disseram nada de cafeína. — Ele suspirou. — Ainda bem que você tem adicionado descafeinado na mistura nos últimos anos.

Se eu já não tivesse soltado sua mão, eu o teria feito naquela hora.

— Você sabia?

— *Sim.* — Ele riu. — Garota traiçoeira. Você me faz lembrar muito de alguém que eu conhecia.

— Alguém bom?

— A melhor de todas — ele disse baixinho antes de mirar aquele olhar, que eu havia acabado de perceber ser tão parecido com o de Ripley, em mim. — Luna... desculpa, querida. Eu tenho que te contar. Está me corroendo por dentro.

Fui eu quem engoli em seco.

— Você não tem que se desculpar por nada — respondi, porque era verdade.

O homem mais velho balançou a cabeça, seu rosto que havia envelhecido da noite para o dia por conta do ataque do coração mostrando cada detalhe dos dez anos que ele parecia ter perdido.

— Não, eu tenho. Eu realmente tenho.

Ele sabia que eu sabia ou, pelo menos, assumia que eu fazia uma ideia ou imaginava o que ele havia escondido de mim.

— Entendo que as coisas são complicadas às vezes, sr. C. Tenho certeza de que você teve seus motivos — falei tão gentilmente quanto pude. Eu havia dado o meu melhor para não pensar nele e em Rip, eu tinha mesmo.

Vi sua mão subir em direção ao rosto antes de notar como as lágrimas tinham se acumulado em seus olhos e os deixado brilhantes.

— Nenhum parece bom o bastante quando olho para trás — ele

admitiu, o punho cerrado indo repousar sobre um dos olhos. — Errei muito ao longo dos anos, luazinha, e não tenho nenhuma boa desculpa quanto ao porquê.

— Todos nós erramos muito — tentei reconfortá-lo. Era verdade.

— Parece que errei mais do que todo o resto.

— Isso não é verdade. Eu ainda estou viva.

Seu riso soou aquoso. E o rosto ainda estava parcialmente coberto enquanto ele balançava a cabeça e fungava.

— Ah, Luna, eu sinto muito por nunca ter te dito a verdade. Pensei nisso centenas de vezes. Talvez até milhares. Toda vez que você me trazia café. Toda vez que você tentava acabar com uma das minhas discussões com Ripley... eu pensava: "Eu deveria contar a ela". E fiquei envergonhado demais para fazê-lo. — Ele suspirou. — Não quero que mais uma pessoa se decepcione comigo, principalmente você. Sei que isso é egoísta, mas eu não conseguiria suportar se você ficasse decepcionada.

Eu tinha ficado decepcionada com ele por não ter sido honesto comigo.

Eu tinha ficado decepcionada ao pensar que ele não havia se importado comigo nem valorizado nosso relacionamento o bastante para me contar que tinha um filho.

Um filho com quem eu trabalhava.

E eu tinha ficado um pouquinho magoada quando ele pesquisou os meus antecedentes, mas, pensando melhor nisso... eu entendia. Eu era uma garota de dezessete anos que havia aparecido magicamente.

Mas eu não era o foco da conversa, e não era alguém que poderia opinar quanto a guardar coisas para si mesma para não decepcionar os outros. Isso dizia respeito a ele e seja lá o que estivesse se passando em sua cabeça, e seja lá o que tivesse se passado em seu coração antes de nos conhecermos.

Não quis mentir e dizer que eu não estava decepcionada por ele ter mantido algo tão grande em segredo, então falei o que pude. Contei minhas verdades que eu havia guardado.

— Nunca te contei que meu pai traficava drogas, que meu tio as fabricava, que meus primos as vendiam nem que fui embora no dia em que meu pai segurou uma arma contra mim e me disse que queria que eu nunca tivesse nascido. — Comecei a sorrir, mas parei, porque... porque eu não tinha energia para isso. — Nunca te contei que eu tinha um irmão mais velho que simplesmente foi embora. Não queria que você soubesse de onde eu tinha vindo, assim você não esperaria o pior de mim... como todo mundo enquanto eu crescia. Desculpa por ter te feito descobrir de outra maneira, sr. C. Eu deveria ter simplesmente te contado a verdade, mas fiquei com muita vergonha.

Ele inspirou fundo e balançou a cabeça, aqueles olhos brilhando até uma lágrima escorrer pela bochecha envelhecida. Não fiquei surpresa quando ele estendeu a mão e segurou a minha, sua voz um pouco trêmula ao fungar.

— Você é a melhor garota que já conheci, Luna Allen. Eu não conseguiria pensar nisso. Eu nunca pensaria. Jamais. O diabo poderia ter sido seu pai, e você ainda seria essa mesma garota.

Foi minha vez de fungar e prender a respiração.

— Espero que você possa me perdoar por não ter sido honesta durante todos esses anos, se é que vamos falar de guardar segredos. — As costas da minha mão foram até o rosto para enxugar minha bochecha. — Eu errei muito, sr. C. Todos nós fizemos coisas que não podemos explicar ou não queremos. Tem um monte de coisinhas recentes que também não te contei.

O sr. Cooper engoliu em seco e assentiu.

Mas percebi que estava na hora de, pelo menos, perguntar a respeito de uma coisa antes de eu perder a coragem.

— Rip é mesmo seu filho?

Ele assentiu, mas parecia que... Não sei exatamente o que pareceu. Pareceu que um fardo tinha saído do meu peito, só para se mover até os ombros. Talvez eu tivesse aceitado que os dois tiveram suas razões para manter aquela informação entre eles, mas eu estava com dificuldades de aceitar. Só um pouquinho.

— Como pode ver, não temos o melhor dos relacionamentos — ele disse sem delongas, tentando fazer soar como uma piada, mas falhando.

— Não que isso ajude, mas também não tenho o melhor dos relacionamentos com meu pai e madrasta. — Então, pensei a respeito daquilo. — Também não tenho o melhor dos relacionamentos com Thea ou Kyra agora, se isso te ajudar a se sentir melhor. Mas realmente não quero falar disso por enquanto, se não tiver problema.

Seu riso foi outro som aquoso que não pareceu nada feliz.

— Mas aposto que as suas irmãs não te odeiam.

Ele achava que Rip o odiava. Mas o que eu poderia fazer? Negar?

Em vez disso, tudo o que consegui colocar para fora foi:

— Sinto muito, sr. C.

— Não sinta muito por mim — ele respondeu rapidamente. — Eu mereço.

Cacete.

— A mãe dele foi sua primeira esposa?

Ele assentiu, a mão subindo para cobrir a maior parte do rosto.

— Eu errei muito com ele... Nada do que eu fizer vai ser suficiente. — Ele pausou e soltou um barulho engasgado que quebrou um pouquinho mais o meu coração. — Não posso trazer a mãe dele de volta, mas, se pudesse trocar nossas vidas, eu trocaria. Faria isso em um piscar de olhos — ele disse com uma voz extremamente chateada que despedaçou meu coração outra vez.

Eu sabia como era viver com arrependimentos, e, pelo seu tom de voz, aquilo não era apenas um arrependimento. Era muito mais.

Era uma amputação que nenhuma prótese no mundo poderia substituir.

E o pobre homem continuou falando com aquela voz falha e cheia de dor.

— Passei vinte anos sem vê-lo. A única razão pela qual eu sabia que estava vivo era porque eu pagava um detetive particular todos os anos para encontrá-lo.

Não pude evitar ficar tensa. Não que eu pudesse dizer algo, mas *vinte anos*? Isso era uma vida.

É claro, eu não poderia dizer nada, porque havia deixado minha casa há quase dez. A única diferença era que eu sabia que ninguém dava a mínima para mim. Se eu vivesse, se eu morresse, se eu tivesse um lugar quente para dormir ou comida para me alimentar... ninguém que eu havia abandonado se importava.

Então, a saudade que eu tinha visto no rosto do sr. Cooper quando ele olhava para Rip, de repente, fez muito sentido.

— Na época em que você apareceu na oficina, todo mundo que conheceu Ripley quando garoto havia se demitido ou mudado de ramo, então parei de falar sobre ele quando não havia ninguém interessado em notícias por perto. Os anos... passaram, um depois do outro, e, antes de perceber, eu não o tinha mencionado para nenhum de vocês até ele voltar — o sr. C explicou.

Engoli em seco por ele. Pela forma como sua voz hesitou ao me contar aquela história.

— Um dia, ele apareceu do nada, Luna, e disse que queria comprar uma parte da oficina... Eu não quis mentir. Não quis não falar sobre ele... mas isso se tornou uma bola de neve incontrolável até que, se eu contasse a verdade a todos vocês, ela não pareceria mais tão inocente assim.

— Entendo — eu disse, baixinho. Porque eu entendia. Entendia mesmo.

Seu suspiro foi triste.

— Não sei como sair dessa confusão.

— Eu não contei nada a ninguém — informei. — E não contaria. Jamais. A história é sua e dele, e de mais ninguém. Não há razão alguma pela qual mais alguém deveria saber.

O homem mais velho se engasgou, esfregando a mão no rosto enquanto as lágrimas escapavam pelos dedos.

— Ele não quer que ninguém saiba que sou o pai dele. Faz décadas que ele não quer isso, e não vai mudar tão cedo. Eu poderia morrer amanhã, e ele ficaria muitíssimo bem com isso — o sr. C soltou, engasgado, seu peito soluçando com emoção e talvez até com uma dúzia de outros sentimentos que eu nunca entenderia.

— Eu me importaria — falei. — Sei que não o substituo, e nunca tentaria fazer isso, mas você é praticamente a única figura paterna que já tive. E eu me importaria muito se você fosse embora. Sentiria sua falta pelo resto da minha vida.

A mão que ele tinha sobre o rosto se moveu, e o homem mais velho me espiou com um olho cheio d'água e contornado de vermelho.

Então, continuei:

— E acho que Rip também se importaria. Eu estava lá enquanto esperávamos pela ambulância, e estive lá na maior parte do tempo enquanto esperávamos para saber o que tinha acontecido com você. Ele estava preocupado, sr. C. Não sei se isso algum dia vai significar alguma coisa, mas se ele realmente te odiasse, não teria ficado sentado lá por horas para receber notícias do seu médico.

— Ele provavelmente estava se certificando de que eu havia mesmo morrido.

— Ou você tem um relacionamento com ele que ninguém jamais vai entender. — Suspirei. — Sr. C, eu posso te dizer que, se meu pai tivesse um ataque cardíaco, eu não teria esperado no hospital para saber como ele estava. Nem teria ido visitá-lo. Eles poderiam me oferecer um milhão de dólares para ir, e ainda não seria o bastante. Talvez Rip não seja seu fã número um, e ele não sabe como te perdoar por seja lá o que te culpe, mas a situação poderia ser pior entre vocês. Se as coisas fossem tão ruins assim, ele não teria voltado nem conseguiria olhar para você todos os dias.

O pomo de adão do meu chefe saltou quando ele assentiu. O peito subiu e desceu. Ele fungou, o que foi seguido por outro som engasgado que fez meu coração doer.

Eu não sabia o que havia acontecido com sua esposa. Eu não sabia o que havia acontecido com Rip. Eu não sabia o que havia acontecido com *eles.*

Mas me importava com o sr. Cooper e, apesar de ter dito a mim mesma que não me importaria com Rip da mesma maneira, parte minha ainda se importava e continuaria se importando.

Eu queria o melhor para os dois.

Eu simplesmente era a pessoa errada para dizer qualquer coisa sobre relacionamentos familiares, e essa era a verdade.

Ele fungou, e seu fungado me atingiu bem no meio do peito.

— Você sabe como fazer um velho se sentir menos como se fizesse parte da escória da humanidade, luazinha.

— Você nunca poderia ser a escória da humanidade. Te conto a verdade na maior parte do tempo, mas, nesse caso, eu não tive nem que mentir. Eu vi o rosto do Rip. — Então, baixei a voz e adicionei: — E se isso te fizer se sentir um pouco melhor, ele também não gosta muito de mim.

Isso o fez enxugar o rosto com o antebraço.

— Eu duvido muito disso, querida.

Sorri comigo mesma, mas ele deve ter visto, porque continuou falando.

— É verdade, Luna. Eu não conheço Rip... — Ele inspirou. — ... o meu filho tão bem quanto deveria, mas sei que você é a última pessoa de quem ele não gostaria.

Bem.

— Podemos concordar em discordar, não é? — perguntei e me levantei. — Vou pegar um copo de água. Quer alguma coisa da cozinha?

Sua expressão oscilou ao abaixar o outro braço e me mostrar o rosto rosado e inchado, puxado em um sorriso parcial.

— Que tal um saquinho de batata?

— Que tal alguma fruta?

O sr. Cooper grunhiu enquanto eu contornava o sofá e seguia em direção à cozinha, que ficava bem ao lado da sala de estar.

E foi bem naquele instante, quando me virei, que quase mordi a língua.

Porque parado no corredor que ia da porta da frente até a sala de estar e a cozinha, havia uma pessoa.

Simplesmente parada ali. Em silêncio. Sem se mover.

E a pessoa era Rip, que ocupava quase toda a extensão do corredor.

Rip. Ele estava parado ali, me observando com pálpebras pesadas e uma mandíbula mais tensa do que nunca.

— Lu, o quê... — o sr. Cooper começou a dizer antes de se interromper, a cabeça virada na direção da porta. — Rip.

Os olhos do homem deslizaram para os do... pai... por um momento. Sua voz grave, e a pergunta que fez foi a última que eu teria esperado.

— Você está bem?

O sr. Cooper não hesitou em assentir.

— Sim.

Sim? Só isso? Quero dizer, acho que eu não deveria esperar que ele dissesse que *não* estava bem, porque tinha acabado de me falar sobre como o próprio filho o odiava.

— Alguma novidade do médico? — Rip perguntou.

Mordi a parte de dentro da bochecha e segui até a cozinha. Ouvi a voz baixa de Rip e a voz um pouco mais alta do sr. Cooper enquanto eu tirava um copo do armário e o enchia com água da geladeira.

— Eu não quero que você morra — Rip falou, tão baixinho que mal pude ouvi-lo.

A pausa em resposta àquilo disse tudo, pensei, o que me fez estremecer.

— As coisas nunca serão iguais. Mas eu não te odeio, meu velho — continuou, roucamente. — Eu não te suporto, mas não te odeio. Entendido?

Houve um fungado e um *entendido* em resposta.

Bem. Certo. Tudo bem.

Foi bem quando tirei um saquinho de uvas da geladeira que as vozes dos dois pararam.

Quando terminei de lavar e de colocar as uvas em uma xícara, eles ainda não tinham voltado a falar, mas percebi que isso não era um problema. Dando uma olhada pelo balcão que dava na sala de estar, encontrei o sr. Cooper no mesmo lugar, e não havia nem sinal de Rip.

— Aqui estão as suas uvas. — Entreguei a xícara com as frutas ao sr. Cooper.

Seu nariz se enrugou ao aceitá-la.

— Obrigado?

Não pude me segurar e sorri para ele.

— Você tem algum remédio ou algo que precise tomar, sr. C?

— Não, senhora — ele respondeu, secamente.

Assim que abri a boca, outra voz atravessou o ar.

— Converse comigo lá fora por um minuto, garotinha.

Congelei ali e só movi os olhos até o homem que havia reaparecido no mesmo lugar onde eu o tinha visto da última vez. Mantive o rosto controlado e tranquilo.

— Eu tenho que ficar com o sr. Cooper até Lydia voltar. — Essa era a verdade, e dava para acreditar, não dava?

— Eu posso ficar sozinho por um minuto — o sr. Cooper disse no segundo em que terminei meu argumento.

Fechei a boca.

Quando voltei os olhos até Rip, ele estava com a mão estendida.

Para mim.

E havia dado alguns passos na minha direção para ficar ao meu alcance.

Para que eu pudesse segurar sua mão.

Ele estava simplesmente tentando compensar por ter agido tão mal comigo algumas semanas antes. Talvez tivesse se cansado de ter que buscar o próprio café. Talvez tivesse ouvido o que eu havia dito ao sr. Cooper. Eu já não tinha aprendido que ele era capaz de sentir culpa?

— Venha comigo — ele disse naquela voz baixa e macia, dedos ainda estendidos na minha direção.

Dor apertou meu peito, mas, ainda assim, eu me levantei. E segurei sua mão. Talvez eu não teria feito isso se não tivesse acabado de descobrir que Rip havia tido problemas com o sr. Cooper por conta de sua amada mãe, que havia morrido, e de como ele havia se casado novamente cedo demais depois da morte da esposa, mas eu nunca saberia.

Só que o que eu sabia — por experiência própria — era a sensação de se arriscar e não ter ninguém lá para te apoiar. Ou pelo menos amortecer sua queda. E foi por isso que segurei sua mão.

Porque quem saberia dizer quando havia sido a última vez em que ele havia estendido a mão para alguém?

Com gentileza, ele puxou minha mão e me levou em direção à porta da frente, fechando-a assim que saímos. Observei enquanto ele dava um passo para frente, sua mão livre indo até o topo da cabeça e escorregando para trás. Ele ainda não havia soltado minha mão.

Grilos estridulavam na grama naquele fim de tarde no jardim da entrada do sr. Cooper. Não precisei olhar ao redor para saber que estávamos rodeados por moitas e arbustos de flores. Também não precisei olhar para cima para saber que Lucas Ripley estava olhando na minha direção quando tentei tirar a minha mão da sua, e seu aperto se firmou em vez de afrouxar.

Então, não fiquei surpresa quando ele não hesitou, a voz forte e cheia de certeza quando disse:

— Não fique mais brava comigo, caralho.

Mordi a parte interna da bochecha e me forcei a erguer os olhos em direção àquele rosto que eu havia memorizado. Cabelo castanho-escuro entre os fios grisalhos, olhos fundos, bochechas magras e delineadas, e aquela mandíbula que teria sido uma obra de arte se alguém fosse inteligente o bastante para recriá-la me encaravam. Seus olhos focaram em mim logo abaixo, com propósito e inflexíveis.

Me deixe em paz, ele tinha dito.

— Eu não quis dizer toda aquela besteira que coloquei para fora, e você sabe disso — ele me falou, puxando a mão que não havia soltado.

Respirei fundo e mantive a voz equilibrada.

— Sr. Ripley...

Ele não me deixou avançar mais antes de explodir:

— Pare com isso.

— Parar com o quê?

Sua garganta saltou quando ele baixou o queixo.

— Você sabe com o quê, Luna.

Olhei para ele, mantendo o rosto neutro.

— Com essa coisa ridícula de sr. Ripley — ele finalmente rosnou.

— Mas é o seu nome.

Ele fez um som na garganta.

— Você é meu chefe — lembrei a ele.

Os dedos ao redor dos meus estremeceram.

— Eu sou mais do que seu chefe.

Isso fez com que eu tentasse tirar a mão da dele.

— Não, Rip. É isso o que você é, e eu simplesmente me esqueci.

Rip xingou baixinho, os dedos se fechando mais.

— Não, garotinha, você não se esqueceu de nada.

Me deixe em paz.

Eu me agarrei a essas palavras com as duas mãos, e apertei firme. Ele era meu chefe. Hoje, amanhã, no dia seguinte. Ele não queria o que eu tinha a oferecer, e eu não seria inocente o bastante a ponto de acreditar que as pessoas mudavam.

Rip tinha perdido a cabeça um pouquinho antes de decidir o que exatamente ele queria.

E não era eu, minha amizade nem meus problemas.

Ele se sentiu culpado, e apenas isso.

Inclinei o queixo para cima, lembrando-me de que eu tinha sobrevivido a situações piores e enfrentado coisas mais danosas do que palavras ditas no calor do momento. E disse a ele do que, lá no fundo, eu queria me certificar.

— Eu já te falei que não vou me demitir, se é com isso que está preocupado. — Engoli em seco e cerrei a mão livre, mantendo a voz calma. — Recebo ofertas a cada poucos meses de outras oficinas, mas nem perco tempo considerando as propostas. Eu amo trabalhar na CCC, mesmo que você não goste de mim…

Aquele homem enorme se afastou e piscou, a mão aumentando a pressão e a voz ficando rouca.

— Não gostar de você?

Seja forte. Você aguenta qualquer coisa, Luna.

Assenti.

— Podemos chamar do que você quiser. Não vejo problema nisso, sr. Ripley. Você não é a primeira pessoa a não gostar de mim ou não me querer por perto. Está tudo bem.

Ele soltou minha mão com tanta rapidez que não tive tempo de reagir antes de Rip diminuir a distância entre nós até não haver mais nenhuma.

Aquela grande mão que havia estado bem no meu rosto se moveu como relâmpago, a palma envolvendo a parte de trás da minha cabeça. Antes que eu pudesse terminar a frase, antes que eu pudesse sequer inspirar fundo, Lucas Ripley mergulhou o rosto até perto do meu.

— Não tem *uma* coisa sequer de que eu desgoste em você, Luna.

E foi então que minha boca se fechou, e meus olhos provavelmente se arregalaram.

— Você me deixa doido...

— Isso não é muito bom — eu disse antes de poder me impedir.

Não deixei de notar como suas sobrancelhas se ergueram.

— Deixe-me terminar, pode ser?

Fechei a boca.

— Eu sinto saudade pra caralho de você me enchendo o saco o tempo todo, me provocando além da conta e... que droga, sempre rindo, sorrindo e sendo uma pedra no meu sapato. — O que deveria ser o dedinho dele escorregou pela minha nuca enquanto continuei parada ali. — Eu disse algumas merdas terríveis para a única pessoa nesse maldito mundo que...

Rip parou, e se não fosse pelo seu pomo de adão saltando, eu não teria percebido que ele estava tendo dificuldades com as palavras. Tendo dificuldades com seja lá o que estivesse tentando me contar. Deixando-me muito confusa.

— Você. Eu não queria te machucar. — Expirou, me lançando aquele olhar intenso. — Nunca. Desculpa não ter te contado que eu sabia a respeito da sua família, mas eu não queria exatamente que você descobrisse como nem por que eu sabia. Entende?

Assim que abri a boca, sua mão se moveu ao redor dela e o polegar pousou em meus lábios, me calando.

— Juro por Deus que se você disser algo sobre trabalho ou que não vai se demitir, eu mesmo vou fechar sua boca de outro jeito, caralho — Rip me disse.

Aquilo me fez fechar a boca.

Aquilo fez meu coração fazer *tuc, tuc, tuc. O que raios estava acontecendo?*

— O quê? — Foi tudo o que consegui grasnar.

— Eu não dou a mínima para quantas outras empresas te oferecem trabalho nem para o quão feliz você se sente na oficina. Eu e o velho não te deixaríamos ir a lugar algum — ele falou, seu olhar intenso.

— Eu só disse que, para começo de conversa, não quero ir a lugar nenhum... — murmurei, dando o meu melhor para ignorar o quão rápido meu coração batia por causa da maneira como ele me olhava.

Pela maneira que estava até mesmo simplesmente falando comigo.

As bochechas de Rip estremeceram, e sua voz ficou ainda mais baixa quando murmurou:

— Que bom. — O dedinho que estava na minha nuca se moveu pela pele ali bem de leve, apenas roçando. — Não quero que me deixe em paz. Eu estava irritado, e você estava lá, e eu não deveria ter descontado em você. Eu não quero te magoar. Está me ouvindo?

Eu estava, mas não estava.

Eu estava lá e, como sempre, tinha sido um alvo fácil. Isso não era novidade.

Mas eu sabia que as palavras sempre traziam uma pitada de verdade consigo.

Eu também sabia que havia estado certa ao pensar que perdi tempo sonhando com aquele homem que nunca seria mais do que meu chefe. Ele se sentia mal, e isso era gentil, mas nada mais. Era tudo. Eu tinha dado a ele as ferramentas que ele usou para me machucar.

E eu estava muito cansada de me machucar, mas a culpa era minha. Eu só queria seguir em frente.

Uma respiração quente e adocicada passou pelo meu rosto enquanto ele se inclinava para ainda mais perto de mim. Chegando tão perto que tive de prender a respiração.

— Você me perdoa por ter feito merda?

Se eu perdoava?

Tive que pausar apenas por um momento antes de saber minha resposta.

— É claro.

— É claro?

Assenti, e isso me fez ganhar uma piscada lenta e receosa.

— Estamos bem?

Assenti outra vez.

Senti seu dedo leve no pescoço enquanto os olhos iam de um dos meus ao outro e, então, voltavam ao primeiro. Eu ainda sentia sua respiração no meu rosto. Pude sentir toda a sua palma na parte de trás da minha cabeça.

— Superamos aquela porcaria de "sr. Ripley"?

Eu não disse nada em resposta, em grande parte porque eu o tinha perdoado — Rip tinha tons de preto, cinza e branco, igual ao seu relacionamento com o sr. C —, mas isso não mudava minha realidade. Minha verdade.

Além disso, eu não queria mentir.

Não tinha certeza se havia superado aquela porcaria de "sr. Ripley", porque isso me ajudava a perseverar. Me lembrava da minha lição suada.

E algo a respeito *daquilo* nublou o rosto dele. Seus olhos se apertaram, movendo de um dos meus ao outro como se ele soubesse — *realmente soubesse* — no que eu estava pensando.

— Eu não desgosto de você. Nem um pouco. Nada mesmo. Quantas vezes tenho que dizer isso para que entre na sua cabeça?

Meu peito doeu quando ergui os olhos até aquele rosto muito, muito lindo.

Mas eu lembrei.

Eu me lembraria do que ele tinha dito por um longo, longo tempo.

— Eu te perdoo, Rip. Perdoo mesmo. Não posso imaginar o estresse que você teve de suportar, e estou grata por se sentir mal pelo que disse. Você não fazia ideia de que eu não dava a mínima para o fato de você saber do meu passado antes de eu ter te contado. Mas nunca pensei que me pediria para te deixar em paz. Que me afastaria, e foi isso o que me machucou. Porque eu cresci ouvindo que deveria deixar as pessoas em paz. Eu quero que você seja feliz, e também quero ser feliz. E nada disso ultimamente está ajudando. Tudo só tem me deixado triste. Então acho que seria melhor mantermos as coisas como sempre deveriam ter sido. Você é meu chefe, eu pinto carros para você, e é isso.

CAPÍTULO VINTE E OITO

Na manhã seguinte, deixei as minhas bolsas — cheias de comida, meu celular e todas as tralhas extras que eu trazia todo dia — no chão bem ao lado da porta.

Porque ali, às sete da manhã, em cima da minha mesa em um pequeno jarro de vidro, com um laço branco enrolado ao redor do caule, havia uma rosa cor de laranja.

Simplesmente... ali.

Esperando.

Por mim?

Havia apenas uma pessoa em toda a oficina que poderia tê-la colocado ali.

Eu não tinha qualquer dúvida.

Ele havia elevado o nível, primeiro me trazendo donuts e agora... flores. Uma flor que fez minha garganta se fechar enquanto eu dizia a mim mesma que sabia o motivo de ele ter feito aquilo.

Por causa da culpa.

A primeira flor que alguém me comprou na vida tinha sido por culpa.

Tive que expirar fundo.

Eu tinha dito a ele — não tinha? — que eu queria voltar ao que deveríamos ter sido desde o começo?

Eu tinha dito. E ali estava ele, complicando as coisas, dando ideias ao meu cérebro que tive de jogar fora antes de sequer pensar sobre elas. Ali estava ele apenas... brincando comigo. Tentando me arrastar para um lugar do qual eu não queria mais nem chegar perto.

Eu deveria ter aberto mão, ou ter fingido que não vi, mas...

Não fiz isso.

Eu estava cansada. E exausta. E simplesmente... cansada.

Assim como larguei as minhas coisas, eu a deixei ali e, logo em seguida, saí da sala. Um pé atrás do outro. Um passo atrás do outro. Levando-me para mais e mais perto. Eu mal tinha passado pelo corredor e chegado à parte principal do prédio quando notei Rip parado ao lado da caixa de ferramentas, procurando algo nas gavetas.

Não sei exatamente por que meu coração começou a acelerar, mas foi o que ele fez. A cada passo, ficava mais e mais rápido, apesar de o meu cérebro dizer que precisava se acalmar. A rosa não significava nada.

Foi um gesto gentil, mas forçado, e completamente desnecessário.

E eu não o queria perdendo tempo repetindo-o.

— Sr. Ripley — gritei, sabendo que não deveria fazer isso depois da nossa conversa, mas também não recuando da promessa que eu tinha feito a mim mesma.

Ele ergueu os olhos na mesma hora, lançando-me aquele olhar que mais parecia um laser. Ele vestia uma camisa de compressão azul-marinho, e o macacão já estava no lugar. O que me pegou de surpresa foi o fato de que ele não pareceu irritado comigo chamando-o pela palavra com S. O que ele pareceu foi calmo demais. Tranquilo demais.

E, apesar de eu ter certeza o bastante de que ele havia deixado a flor, ainda assim me puni perguntando a ele:

— Você deixou a rosa na minha sala?

Ele endireitou a postura onde havia estado um tantinho curvado sobre a caixa de ferramentas. Sua expressão permaneceu calma e misteriosa. Ele respondeu da maneira que eu sabia que o faria:

— Sim.

Sim.

Meu coração acelerou ainda mais, mas ignorei. Não era como se isso fosse novidade. Quem mais poderia ter sido?

Prendi a respiração. *Me deixe em paz.*

— Obrigada, mas não precisava ter feito isso. Eu te disse ontem...

— Eu não me esqueci — ele me interrompeu.

Cacete.

— Mas você não tem que se sentir culpado nem tentar compensar nada...

— Não estou tentando compensar nada — ele me cortou de novo.

Isso me fez parar de falar. Por que mais ele faria aquilo? Simplesmente por fazer? Ele quis, de repente, comprar uma rosa para alguém, e aconteceu de eu ser a única mulher para quem ele poderia dar?

Ele usou o quadril para fechar a gaveta com tudo.

— Você gostou?

Se eu gostei? *Por que raios meu coração não estava desacelerando nem um pouco?*

— Sim — eu disse, com sinceridade. — É linda, mas não precisava...

— Ótimo — ele me interrompeu pela terceira vez.

Ah, caramba.

— Sr. Ripley...

— Rip.

Nós não seguiríamos por esse caminho.

— Por favor, não me compre mais nada.

Seu resmungo não foi algo que algum dia eu chamaria de convincente.

— Você não tem nada pelo que se sentir mal — continuei.

Ele resmungou de novo, ainda me olhando, a mesma expressão no rosto. A que eu não sabia o que significava.

— Preciso começar as tarefas do dia, mas só queria te agradecer e dizer que não precisava — eu disse.

O olhar de Ripley pareceu se mover pelo meu rosto antes de se acomodar nas minhas orelhas. Ele observava meus brincos de coração. Eu sabia.

Dei a ele um sorriso tenso que eu sabia muito bem que ele reconheceria como falso, mas... fazer o quê? Assim que me virei para voltar à minha sala e começar o dia como eu havia dito, o homem gritou atrás de mim:

— A que horas você sai hoje?

Parei, mas não me virei para olhá-lo. *Me deixe em paz.*

— O mais tarde que posso ficar é até às seis. Tenho um compromisso. — E, com compromisso, eu quis dizer um encontro. Com um completo estranho.

Não deixei de notar que ele não explicou o motivo de ter perguntado.

Mas, sinceramente, voltei tão rápido à sala que não tive chance de me demorar imaginando o motivo.

Eu soube que aparecer no bar tinha sido uma ideia mais do que idiota quando a segunda pergunta que meu acompanhante fez foi:

— Quantos anos você tem?

Ele era um cara de aparência decente.

Meu acompanhante se reclinou na cadeira e murmurou:

— Hum. — Sua expressão foi engraçada depois de eu ter dito a ele.

Algo a respeito daquilo não me desceu bem, ou eu estava me atendo a coisas com as quais não deveria me importar.

— Por quê?

— Pensei que você fosse mais nova — o homem teve a audácia de responder.

Ergui as sobrancelhas, com certeza não gostando do caminho que aquilo estava tomando, mas… ele era inocente até que se provasse o contrário, certo? Por mais que eu viesse dizendo a mim mesma que estava bem, eu não estava. Não de verdade.

— O quê? Eu sou velha demais? — tentei brincar.

Ele deu de ombros.

Deu de ombros?

Ele estava falando sério?

O sorriso parcial que eu tinha no rosto simplesmente murchou.

— Quantos anos *você* tem?

Ele ainda me observava com um pouco de atenção demais quando disse:

— Trinta e quatro.

Trinta e quatro? *Trinta e quatro*, e eu era velha demais?

— Mas você não parece ter vinte e seis.

— Ah. — Esperei ter soado tão sarcástica quando eu me sentia. — Obrigada? — Cara, como eu estava mal-humorada. Não tinha certeza se algum dia havia me sentido tão ranzinza.

Seus olhos deslizaram ao redor do bar por um momento antes de se voltarem para mim, me examinando como... bem, eu não tinha certeza do quê, mas não gostei.

— Então... — Minhas ideias já estavam acabando àquela altura, e tudo o que eu queria era ir para casa. Tudo o que eu teria de fazer era enviar uma mensagem de texto para Lenny que dissesse VERMELHO, que ela me ligaria e me salvaria. No segundo em que essa opção surgiu no meu cérebro, me lembrei de que eu deveria estar *tentando*. Eu tinha que *tentar*. Precisava querer que outra pessoa me comprasse flores, e não porque tinham me magoado. — Você já foi casado? — perguntei a ele.

O homem riu, seu olhar se movendo ao redor do lugar outra vez.

— Por um tempinho, há dez anos. Foi o maior erro da minha vida. E você?

Balancei a cabeça, incerta a como interpretar seu comentário sobre ter sido um erro.

— Graças a Deus — ele murmurou, fazendo uma careta ao dizer aquilo, como se pudesse ter algo de errado em ser divorciada.

Abri a boca assim que a cadeira ao lado da minha foi puxada para trás. Minhas mãos pararam, e ergui os olhos, me perguntando quem estava tomando a cadeira sem perguntar, quando meus olhos focaram nas juntas que seguravam o encosto. Eu talvez fosse capaz de reconhecer seus dedos mesmo se as letras tatuadas nas juntas fossem algo que todo mundo tivesse.

Principalmente em juntas conectadas às mãos do tamanho de pratos... mãos conectadas a pulsos que estavam cobertos por uma camisa familiar, flexível e justa.

Eu tinha certeza de que minha boca deveria estar parcialmente aberta quando Rip se sentou com tudo no assento duro, as pernas se esticando amplamente em um V na mesma hora, sua atenção focada bem no homem... na nossa frente.

Na nossa frente.

Ah.

O que ele estava fazendo ali?

— Acabou? — meu chefe falou lentamente, cruzando os braços enquanto se reclinava na cadeira, de alguma maneira se fazendo parecer ainda maior ao se esparramar.

O outro homem franziu a testa.

— Você está perdido?

— Rip — comecei a dizer, ignorando o homem com quem eu deveria estar em um encontro, se é que poderíamos chamar de encontro, já que ele tinha me feito pagar pelo Sprite. — O que você está fazendo aqui?

O outro homem olhou para mim.

— Quem é esse cara, porra?

Ignorei-o de novo, mas Rip não estava prestando nenhuma atenção em mim. Ele encarava meu acompanhante com uma expressão enganosamente preguiçosa. Mas não houve nada calmo no que disse em seguida:

— Está na hora de você ir embora.

Hora de ir embora?

O outro homem fez uma careta antes de focar em mim e perguntar, com raiva:

— Você tem namorado?

Eu? Namorado?

— Eu não sou da sua conta — Rip continuou falando. — Você pode ir para casa agora.

Não sei por que estiquei a mão, mas foi o que fiz, e toquei o antebraço do meu chefe, ganhando sua atenção.

— O que você está fazendo aqui? — praticamente sibilei para ele.

Aqueles olhos azul-esverdeados deslizaram na minha direção, ainda com preguiça, e sua bochecha se moveu apenas o bastante para me informar de que aquilo talvez pudesse ser considerado um sorriso.

— Acabando com esse encontro de merda em que você está — ele afirmou, confundindo-me ainda mais.

— Com quem você pensa que está falando, caralho? — o homem perguntou com uma carranca.

Suas palavras provocaram Rip, porque seu olhar escorregou para o lado e, então, ele deu ao cara aquele olhar duro que eu conhecia muito bem.

— Você.

— Eu?

— Ela não está interessada — Rip alegou com calma.

O cara decidiu me incluir na conversa de novo ao mover o olhar na minha direção.

— Ele está falando sério?

Decidi ignorá-lo e tamborilei os dedos no antebraço do homem maior.

— O que você está fazendo aqui?

Aquela expressão insolente desapareceu, e ele simplesmente... me encarou. Todo o seu corpo simplesmente... focado. Focado pra cacete. Em mim.

— Você é a droga da garota dele? — o outro cara exigiu, seu tom agudo.

A garota dele? A garota de Rip?

Meu *não* saiu na mesma hora em que Rip disse:

— O que você acha?

O que você acha?

Estaria aquele homem, com quem eu não tinha falado em duas semanas até o dia anterior, sugerindo que eu era a *garota dele*?

— Não — eu disse a Rip, tocando em seu antebraço outra vez através do material da camisa de compressão. — Do que você está falando?

— Ela é?

A expressão de Rip não vacilou nem por um segundo, mas era para o homem que sua atenção estava voltada.

— Eu não fui claro?

— Você está falando sério, caralho? — o homem bradou, empurrando a cadeira para trás antes de me lançar um olhar irritado. — Quer saber de uma coisa? Não tenho tempo para lidar com esse tipo de merda. Você pode dar o fora, e ela pode...

Rip se levantou tão rápido, que pareceu um borrão.

— Você gosta de ter todos esses dentes na boca? Ou tudo bem por você voltar para casa sem alguns deles?

— Porra... — o outro homem começou.

— Confie em mim quando te digo que você não quer terminar essa frase — Rip rugiu bem devagar. — Já quebrei mulherengos como você por diversão, e agora você está me dando uma razão. Não vai querer seguir por esse caminho. Confie em mim.

Ele tinha quebrado...

Ah, droga.

— Foda-se você e... — o outro cara começou a dizer.

Empurrei a cadeira para trás no mesmo instante, e minha mão passou pelo lado de dentro do cotovelo de Ripley, puxando-o rapidamente.

Ele não se moveu, mas eu soube que ele sentiu quando seus olhos se moveram para me observar com uma expressão insana. Que me atingiu bem no coração.

— Quer saber, acho que está na hora de eu ir embora. — Apertei Rip. — De *nós* irmos embora.

O cara rosnou ao dar um passo para trás e, então, pausou por um momento antes de dar outro, como se um não tivesse colocado distância suficiente entre ele e Rip.

— Não sei que merda está acontecendo aqui, mas cansei. Você precisa dizer ao seu namorado que foi você quem me procurou.

Eu poderia ter argumentado com ele ou explicado que Ripley não era meu namorado, que ele não era namorado de ninguém. Muito menos meu.

Mas...

Eu realmente não me importava tanto assim, ainda mais porque ele havia me feito sentir velha porque ele era, no geral, meio que um babaca e um lembrete do motivo pelo qual eu não deveria tentar arranjar um encontro em um aplicativo usado em grande parte para ficadas.

A única pessoa que eu poderia culpar por aquela noite era eu mesma. Eu que havia marcado o encontro. Eu que havia baixado o aplicativo duas noites antes e concordado em sair com a primeira pessoa que me convidou. Porque havia dito a mim mesma que estava tentando seguir em frente.

O babaca contornou a mesa e, no último segundo, ergueu o dedo do meio para nós antes de basicamente enfiar o rabo no meio das pernas e apertar o passo para dar o fora do bar.

— O que você está fazendo? — sibilei para Rip no instante em que o cara saiu de vista.

Rip ficou parado ali e olhou para mim, sua expressão novamente ilegível.

— Ele era a droga de um escroto, Luna.

Tudo bem, ele tinha agido como um escroto, mas...

— Se ele era ou não, o que você está fazendo aqui? — perguntei, empurrando a cadeira ainda mais para trás e fingindo não ter visto os outros clientes ali perto parados, olhando para nós. Eu estava de saco cheio. Eu voltaria para casa.

— Vim para me certificar de que você estava bem.

Eu não faria uma tempestade em um copo d'água por causa daquele comentário. Eu não faria. E, porque eu não faria, consegui manter a calma e ser gentil quando perguntei:

— Por que eu não estaria?

Rip ignorou minhas palavras, mas observou enquanto eu pegava o celular e as chaves e os enfiava nos bolsos.

— Cadê o seu carro?

Dei um passo para trás.

— Não vim dirigindo.

Ele deu um passo para frente, contornando a mesa enquanto dizia:

— Ótimo. Vou te dar carona até em casa.

Não, eu ainda não pensaria muito em seu comentário ou oferta. Não fazia ideia de que tipo de joguinho ele estava fazendo — ou sequer quando havia decidido que faria jogos, principalmente ao se referir a mim como *sua garota* de repente —, mas não era problema meu. Eu não me deixaria levar por ele estar sendo gentil *agora* para que, então, mais tarde, decidisse que não queria mais saber de mim. Eu não suportaria. Não.

— Obrigada pela oferta, mas não preciso de carona. Vou pedir um táxi...

Sua mão pousou na parte inferior das minhas costas um segundo antes de Rip começar a me guiar até a porta, não notando meu olhar para cima em direção a ele como se eu não fizesse ideia de quem ele era.

Porque eu não fazia.

Não sabia quem era esse homem que me conduzia pelo bar, aparecendo e arruinando um encontro já ruim, sugerindo que eu era *sua* garota, sendo todo gentil, protetor, ciumento e...

Eu não faria isso. Eu não me colocaria nessa posição. Já sabia que era fraca por Rip, e foi por isso que tive de colocar um fim nisso no instante em que saímos.

— Você já comeu? — ele perguntou assim que me levou pela porta, o segurança me lançando um olhar curioso porque me via com muita frequência ali ultimamente.

— Não. — Tentei desacelerar os passos, mas aquela mão nas minhas costas simplesmente me manteve andando pelo estacionamento. — Rip, eu realmente não preciso de uma carona. Olha, vou chamar um táxi...

— Você está a fim de um hambúrguer? — ofereceu assim que notei sua caminhonete estacionada a talvez uns quinze passos de distância sob as luzes do estacionamento.

Ergui os olhos em sua direção, por cima do ombro, e minha intuição disse para que me afastasse.

— Estou tentando falar com você. Você poderia, por favor, ouvir?

Isso o fez parar, a mão subindo pela minha coluna para fazer uma pausa nos meus ombros, e juro que ele não apenas baixou os olhos até mim, mas todo o seu corpo pareceu se curvar sobre o meu enquanto as sobrancelhas se erguiam e ele dizia:

— Eu sempre te ouço.

Eu não estava pronta para esse comentário — não naquela hora e, mais do que provavelmente, não pelo resto da minha vida, principalmente não quando a pessoa dizendo aquelas palavras era aquele homem.

A mão no meu ombro se aventurou ainda mais para cima, envolvendo minha nuca em um aperto caloroso e forte.

— Você quer desperdiçar dinheiro pegando um táxi e está tentando se esquivar de jantar comigo, estou certo? — ele indagou baixinho.

Droga.

Droga, droga, droga.

O que eu soube sem qualquer dúvida ser um dedo subiu até o topo da minha orelha, curvando-se ao redor da concha tão de leve que quase fez cosquinha.

— Você me disse que tinha me perdoado — ele me acusou naquela mesma voz tão macia quanto um lenço de papel.

Eu poderia fazer isso. Eu poderia suportar isso.

— Eu te perdoo, Rip. Entendo que as pessoas dizem coisas das quais se arrependem mais tarde.

Sua expressão ficou nebulosa.

— Me arrependo *mesmo* do que eu disse, mas você está se esquecendo da parte em que te falei que aquela não tinha sido minha intenção. Eu disse que sinto muito por não ter te contado desde o começo que eu sabia sobre a sua família.

Ele teve a intenção, sim. Tudo tinha algum quê de verdade por trás. Tudo.

E mesmo se não tivesse… isso não mudava o fato de que eu não queria passar por algo daquele tipo de novo. Nunca mais. Não com ele.

Seu breve toque leve se moveu pela concha da minha orelha de novo, fazendo um arrepio surgir na base da minha coluna. Hálito quente se espalhou pela minha testa enquanto Rip se curvava ainda mais sobre mim.

— Seja lá no que raios pense, você é a última pessoa que eu iria querer machucar. Por que está lutando contra isso? — perguntou, movendo outra vez o dedo pela minha orelha e o escorregando pelo brinco no meu lóbulo.

Eu poderia ser forte. Eu poderia ser corajosa. Eu conseguiria fazer isso.

— Não estou... lutando. Só sendo realista. Não quero que perca seu tempo...

— Você nunca é uma perda de tempo.

De onde aquilo estava vindo?

— Rip...

O homem que era uma montanha tirou a outra mão das minhas costas e a acomodou no meu pescoço, conseguindo envolvê-lo entre as mãos antes de eu perceber o que ele estava fazendo. Lucas Ripley mergulhou o rosto para ainda mais perto do meu... tão perto que tentei me afastar para poder dar uma boa olhada nele, mas Rip não deixou que isso acontecesse. Ele posicionou a boca, o rosto, os olhos — algumas das coisas de que eu mais gostava nele — a centímetros de mim. Sua boca estava a um pulinho de distância...

O que raios eu estava fazendo pensando nisso? Jesus.

— Você não ouviu nada do que eu te disse? Não viu nada que eu fiz? Droga, você é a única pessoa que não ligou os pontos?

Inspirei pelo nariz e ouvi o ar estremecer ao sair de mim.

— Não sei como te dizer coisas bonitas ou porcarias desse tipo, Luna. Não sei como te dizer o que você quer ou precisa ouvir. Cacete, faz muito tempo desde que dei a mínima para alguém. Você entende?

Eu conseguiria fazer isso. Eu conseguiria...

— Não gosto da ideia de você sentada ao lado de algum babaca qualquer que quer tirar as suas roupas.

E isso realmente não era o que eu estava esperando ouvir.

— O quê? — eu não quis sussurrar, mas sussurrei.

Seus dedos subiram, e seu polegar escorregou pela maçã do meu rosto.

— Não gosto da ideia de você ter um encontro com alguém. — O polegar voltou pelo caminho que tinha feito, e ele disse, baixinho: — Não suporto, caralho. Bem quando pensei que eu não conseguiria ficar ainda mais irritado...

Ele...

Ele...

Ele estava... com ciúmes?

— Entendo que fiz besteira, e sinto muito. Não queria que você soubesse que fui um Ceifador. Não sabia se algum dia iria querer que você soubesse que fiz parte de um clube desses. Você disse que cresceu em San Antonio. Esse clube tinha uma reputação horrível lá, mas eu dei o fora. Desculpa não ter te contado naquela noite na sua cama quando você tocou no assunto, mas é como você disse, isso é problema meu. Mas, ainda assim, eu quero *isto* de volta.

Como uma idiota, perguntei:

— O que você quer de volta?

— Eu quero a droga da minha Luna de volta. — Ele expirou, me deixando sem ar. — Não quero que você me deixe em paz. Quero você enchendo o meu saco por coisas aleatórias de novo. Quero que seu rosto seja a primeira coisa que eu veja pela manhã, mesmo se você não me trouxer mais café. Quero te preparar algo para comer, para você não acabar pegando salmonela daquelas porcarias que tenta cozinhar — ele disse com uma voz tão estranhamente calma, que pareceu o oposto do que alguém usando uma britadeira contra minha existência teria soado.

E ele me disse com cautela, com muita cautela:

— Porra, duas semanas... e eu te quero de volta. Você me deu pedaços seus que sei que não deu para mais ninguém, e eles são meus. Não pode pegá-los de volta. Sou eu que preciso mais deles do que você, está ouvindo?

Respirei pelo nariz, ignorando aquela coisa que borbulhava viva sob e dentro de mim. Mas, parada ali, observando-o, com a desconfiança me percorrendo tão ferozmente enquanto meu cérebro gritava *mentiroso, mentiroso, mentiroso de uma figa,* algo grande e duro se formou no meu peito. Um bolo. Uma... previsão. Eu não tinha certeza do que ela diria, mas seria alguma coisa... alguma coisa com a qual eu não tinha certeza de estar pronta para lidar, afinal de contas.

As mãos no meu pescoço deslizaram para envolver meus ombros, e foi a vez dele de soltar um suspiro profundo.

— Eu sei que fiz besteira, e sei que você não vai pegar leve comigo. Eu entendo. Mas quero que coma um hambúrguer comigo enquanto isso, pode ser? Tome um sorvete. Você prometeu no dia que deu tudo errado. Lembra?

É claro que eu lembrava. Como eu poderia esquecer?

Rip deu um passo para trás, e eu ainda não disse nada.

Ele deu outro passo, e, ainda assim, nada.

Então outro e mais outro, até parar bem diante da porta e me lançar um olhar intenso quando falou:

— Vamos sair para comer a droga de um hambúrguer e um pouco de sorvete, garotinha. Não tem nada de que você precise ter medo. Pode confiar em mim.

Eu não tinha certeza em relação àquilo. Eu não tinha certeza nem em relação à parte daquilo, principalmente tratando-se da parte da minha cabeça que precisava tomar decisões racionais.

Mas eu nunca tinha sido de guardar rancores. Não era isso o que eu tinha em mente no começo.

E... eu quis acreditar nele. Quis tanto acreditar nele que aquilo queimou minha garganta e todo o resto. Eu queria confiar em mim mesma, ainda que eu não tivesse certeza de que poderia fazê-lo.

Mas essa necessidade em mim de tentar, de acreditar, ardia como a mais brilhante das chamas no meu peito. Em todo o meu corpo, na verdade.

Confiar nele?

— Eu estou do seu lado — ele disse com tanta convicção que não tinha como ignorá-lo.

Quando fomos comer um hambúrguer e duas casquinhas de sorvete alguns minutos mais tarde, não tive certeza de como me senti.

O que eu soube era que ele me dizendo para confiar nele se repetiu na minha cabeça pelo resto da noite.

CAPÍTULO VINTE E NOVE

Na manhã seguinte, não larguei minhas coisas no chão quando entrei na sala e encontrei outra flor esperando por mim na minha mesa. Dessa vez, uma rosa roxa — um tom de lavanda pálido que era quase, *quase* branco — com um laço de renda branco preso ao redor. Era linda. Sinceramente, linda pra caramba.

Mas será que estava ali por causa da culpa?

Ou seria por causa das coisas que ele tinha dito na noite anterior? Coisas nas quais eu não tinha conseguido parar de pensar desde que havíamos nos sentado frente a frente, comendo hambúrgueres e dividindo uma porção de fritas. Coisas que ele tinha dito e que alegraram uma parte minha que estava assustada. Que me deram esperança demais.

Ele queria sua Luna de volta.

Sua.

Mas como?

E por que eu queria isso mais do que qualquer outra coisa, apesar de ter dito a mim mesma antes de adormecer sozinha na cama na noite anterior que aquilo tudo era perigoso, idiota e arriscado demais... porque era mesmo. Realmente era todas essas coisas.

Não seja idiota, tentei dizer a mim mesma ao colocar a bolsa na gaveta certa, ainda olhando para a rosa. Era perfeita. Não havia nenhuma imperfeição em nenhuma pétala. As pontas eram de um tom de roxo um pouquinho mais escuro.

Estava tão linda quanto a do dia anterior, ali sozinha em seu vaso.

Minha mão tremia enquanto eu a pegava, dava uma cheirada e tentava dar o meu melhor para ignorar como meu coração tinha acelerado. Então, coloquei-a no vaso ao lado da rosa cor de laranja.

Era apenas uma flor. A segunda da minha vida. Comprada por culpa ou só porque Rip tinha perdido a cabeça e se enganado, imaginando coisas que ele não tinha obrigação nenhuma de compartilhar comigo.

Mas...

Quer saber de uma coisa? Se ele quisesse continuar me comprando flores, tudo bem. Eu ainda diria que não precisava, porque não precisava mesmo.

Com a marmita em mãos, eu sabia exatamente o que precisava fazer quando segui em direção ao térreo para ter uma conversa antes de preparar o café para que eu pudesse seguir com o dia.

Rip estava de olho em um manual ao lado de um velho Corvette que eu não tinha visto antes. Ele deu uma olhada para trás assim que o som dos meus passos começou a ficar mais alto. Ele tinha a mesma expressão do dia anterior quando o perguntei a respeito da flor laranja. Calma, paciente, séria.

— Sr. Ripley...

Ele sorriu.

Na verdade, deu um grande sorriso, totalmente sem reservas. Covinhas e tudo.

Para mim.

— Você quis dizer Rip.

Eu ignoraria o comentário. Mantive a cabeça erguida, inspirei pelo nariz e disse tão profissionalmente quanto possível:

— Eu te falei que não precisa me comprar nada se estiver se sentindo mal...

Suas sobrancelhas subiram apenas um tantinho ao lançar aquele lindo sorriso de boca fechada para mim.

— Eu te disse que não estou fazendo isso porque me sinto mal.

Então por quê, Rip? Por que está fazendo isso?

— Você disse que ninguém nunca havia te dado flores — ele continuou, ainda calmo demais, ainda sorrindo.

Fechei a droga da minha boca.

— Você gostou?

Diga não. Diga não. Seja uma babaca e diga não.

O problema era que eu não estava acostumada a agir assim. Pelo menos, não de verdade.

Então eu disse a ele a droga da verdade:

— É linda.

Seu sorriso estremeceu.

— Que bom.

E, antes que eu pudesse abrir a boca para lembrá-lo outra vez de que não precisava comprar flores ou donuts nem ir a bares onde eu tinha encontros, ele inclinou o queixo para o lado, em direção à parede com caixas de ferramenta, e falou:

— Preparei o seu café. Não sei se acertei, mas acho que sim.

Ele tinha me preparado café?

O que *raios* estava acontecendo? Parecia que eu tinha sido atingida na parte de trás da cabeça e estava delirando ou algo do tipo. Parecia que... eu não sabia o que estava sentindo. Não era real.

Não era nem mesmo como a porcaria de uma fantasia. Nem perto disso.

Tudo o que pude fazer foi ficar parada ali. Parada ali, me sentindo como se aquele homem tivesse me socado tão forte quanto pôde no plexo solar. Então, como se aquilo não tivesse bastado, ele foi e chutou as minhas pernas e me fez cair.

Antes que Rip pudesse dizer qualquer coisa, antes que eu conseguisse me lembrar de como falar ou pensar no que eu poderia ou deveria dizer, o celular dele começou a tocar. Ele estava tirando-o do bolso quando disse, o sorriso derretendo e se transformando em um menor, mais gentil:

— Também usei um pouco do descafeinado que você deixa escondido, caso esteja preocupada com as mãos.

E então ele atendeu a chamada. Como se eu não estivesse parada ali como uma idiota tentando compreender o motivo de ele ter ido tão longe a ponto de ter *me* feito café. Eu o tinha observado. Quando estava com preguiça, ele nem mesmo preparava o próprio café do jeito que gostava.

Mas havia preparado o meu.

E, no mesmo dia, ele tinha me trazido uma flor roxa que me fez lembrar da minha casa.

Na noite seguinte depois de ele ter dado um pé na bunda do meu acompanhante e me levado para comer hambúrguer, fritas e uma casquinha de sorvete — na maior parte do tempo, eu simplesmente o encarei, pensativa.

Como esperado, quando peguei minha caneca de café enquanto ele falava com o que imaginei ser uma das empresas das quais a CCC encomendava peças, tomei um gole e... estava com o gosto exatamente igual a como eu fazia.

Exatamente.

E, como a covarde que eu era, segui de volta à minha sala antes de ele desligar.

Eu precisava pensar. Bem, eu tinha que fazer mais do que pensar, mas...

Não havia contado a Lenny sobre a rosa no dia anterior por não ter visto motivo, mas quando voltei à sala com o meu café abrindo um buraco bem no meio do meu coração, tive de pegar o celular e digitar uma mensagem.

Eu: Ele me comprou uma rosa roxa e me fez café.

Houve, talvez, uma demora de trinta segundos antes de ela responder.

Lenny: Quem?

Eu: Rip.

Lenny: O.O

Lenny: Por quê?

Eu não havia tido a chance de contar a ela sobre nada que havia acontecido no dia anterior, e eu com certeza não contei a ela sobre ele saber a respeito da minha família. Tudo o que ela sabia era que ele tinha agido como um idiota no hospital, e que não estávamos nos falando.

Eu: Ele comprou uma rosa laranja ontem e a deixou no meu escritório. Então fui dizer a ele que não precisava me compensar nem nada do tipo... e ele falou que não estava tentando me compensar.

Lenny: E???

Eu: Eu achava que ele estava mentindo e só me enrolando para que eu não ficasse irritada e me demitisse, mas agora ele está me preparando café, me trazendo rosas e perguntando se gostei delas, falando que escuta tudo o que eu digo... e não sei o que estou fazendo.

Eu: Ninguém nunca me comprou flores, e ele se lembrou disso.

Eu: O que eu faço?

Lenny: E por que você está me perguntando o que deveria fazer? Eu não sei.

Lenny: Ele meio que merece se você pedir para te deixar em paz, mas estou menstruada e quero matar metade dos caras na academia.

Lenny: Mas preciso dizer que é bem fofo da parte dele.

Lenny: Os únicos homens que já me preparam café foram vovô Gus e Peter. Pense nisso.

Eu: Você é inútil.

Eu: Vou pensar.

Lenny: Desculpa.

Eu: E eu nem te disse que ele está passando na minha sala todo dia sem motivo.

Lenny: Agora você está apenas esfregando coisas na minha cara.

Lenny: Me conte tudo. Preciso viver através de você, já que é o único romance na minha vida.

Eu: Eu não acho que é romance. Acho que ele está se sentindo mal.

Lenny: Amiga, eu cresci com caras. Mesmo quando se sentem mal sobre algo, na maior parte do tempo, não vão nem pedir desculpas. Vão agir normalmente e esperar que você esqueça. Eles não vão te comprar flores, te fazer café nem dizer esse tipo de coisa. Nem mesmo quando querem tirar sua roupa. Só estou dizendo.

Eu: Você acabou de falar que não sabia o que eu deveria fazer.

Lenny: E não sei, mas conheço homens e conheço babacas, e nenhum deles vai te comprar flores sem motivo. Nem te dizer coisas, tipo, que te querem de volta.

Lenny: Quer que eu pergunte ao vovô Gus para ver o que ele acha? Faz setenta e dois anos que ele é homem. Mesmo se não souber, ele vai inventar alguma coisa.

Eu não gostava muito da ideia de ela perguntar ao vovô Gus o que eu deveria fazer, mas quem mais eu tinha para me dar conselhos? O sr. Cooper? Miguel?

Passei a palma na testa e suspirei enquanto digitava a resposta.

Eu: Tudo bem. Pergunte a ele.

Lenny: De nada.

Eu: Obrigada. Tenho que trabalhar agora.

Lenny: Uma de nós já estava trabalhando...

Lenny: Beijos.

Suspirei de novo e coloquei o celular no bolso enquanto meus olhos voltavam às duas flores, apenas... caçoando de mim.

Lenny tinha me enviado uma mensagem na noite anterior dizendo que vovô Gus disse que ela tinha razão: Rip não teria dito aquelas coisas se não estivesse falando sério. E Len estava certa de novo: ele também não me compraria flores se estivesse se sentindo culpado.

Mas...

E se esse não fosse o caso?

E se ele mudasse de ideia?

Uma semana se passou, e as flores continuaram aparecendo na minha mesa todas as manhãs. Diferentes tons de cor-de-rosa, vermelho, laranja, amarelo, lilás, roxo... Todas com o caule curto e sem espinhos, me esperando.

E se isso não bastasse, minha caneca de café também estava lá toda manhã. Esperando ao lado da cafeteira em um dia, ao lado do pequeno vaso de flores no outro e, em três outras ocasiões, em cima de qual fosse a caixa de ferramentas que estivesse bem ao lado de Rip. E quando eu buscava a bebida, ele me dava um sorriso e perguntava se eu tinha gostado da flor que ele havia deixado.

Eu não começaria nem a pensar em como todas as tardes havia um pote na geladeira com meu nome.

Muito menos como eu o comia no lugar do almoço que havia levado e que não era nem um décimo tão bom quanto o que ele havia preparado.

Se nada disso bastasse, quando cheguei ao trabalho em uma manhã qualquer, descobri que meu vaso tinha sido substituído. Em seu lugar, havia um lindo vaso em formato de globo com um laço de fita azul-gelo e branco enrolado ao redor da ponta aflautada. Bonito, tão bonito que quase tive medo de tocá-lo.

Rip não pegou leve. Era como se tivesse estabelecido um limite que ele deveria ultrapassar.

Ele começou a passar na minha sala sem motivo. Vinha toda manhã por volta das dez horas sem falta, e pela tarde, observando-me pela janela se eu estivesse na cabine, ou simplesmente passando um tempo à toa de olho nas coisas que já tinha visto uma dezena de vezes na minha sala.

Mas me observava, mesmo quando eu evitava olhar para ele.

Ele me observava, e foi paciente.

Manteve aquele sorriso caloroso, ou algo bem perto disso, no rosto toda vez que eu o olhava, como se estivesse propositadamente me dando tempo e espaço para... Eu nem sei para o quê.

Eu realmente não sabia.

Toda vez que eu o chamava de "sr. Ripley", ele me corrigia e, então, seguia com nossa conversa, mesmo se grande parte dela fosse eu respondendo com apenas uma palavra e tentando ser profissional.

Uma semana se transformou em duas, e, quando percebi, havia dois vasos na minha mesa, cheios das rosas mais lindas e perfeitas. Quando uma começou a murchar, ele a tirou dali antes mesmo de eu chegar ao trabalho. Mas uma nova sempre me esperava na mesa, como se ele quisesse que eu a visse e a apreciasse.

Lenny: Ele está tentando. Você tem que admitir.

Eu: Ele não precisa tentar. Eu não quero que ele tente.

Lenny: Mentirosa.

Lenny: Você está amando, e tudo bem.

Eu: É isso o que me assusta. Estou cansada de amar pessoas que decidem ter se cansado de mim.

Lenny: Erramos apenas quando não nos arriscamos, Lu, você sabe disso.

Ele estava tentando.

E Lenny realmente tinha razão.

Mas...

Mas.

Eu culparia ter dormido mal na noite anterior como motivo de eu finalmente ter perdido o controle na manhã seguinte.

Poderia culpar a carta que encontrei na caixa de correio como motivo de não ter conseguido dormir. A carta que eu tinha lido e relido uma dúzia de vezes. Sabendo que eu a acabaria lendo mais outra dúzia. Até dormi com ela na mesinha de cabeceira.

Querida Luna,

Eu queria te pedir desculpa, mas iria parecer que estou tentando me livrar do problema. Sinto muito mesmo. Eu sinto muito, muito, por tudo. Eu queria te ligar, mas acho que não aguentaria te ouvir sendo decente depois de eu ter agido como uma idiota recentemente.

Não queria que você descobrisse a respeito do nosso pai da forma como você descobriu. Ele me ligou logo depois de sair da cadeia, e continuou a me ligar de vez em quando por anos, e eu nunca atendi, até um dia, quando finalmente o fiz. Eu estava tendo um dia ruim, e atendi com a intenção de mandá-lo me deixar em paz... Gritei com ele, perguntei por que ele tinha sido um babaca durante toda a minha vida. Passei ao menos dez minutos berrando, e ele ouviu tudo. Ele se desculpou, Luna. Disse o quanto sentia muito, como estava infeliz e o quanto se arrependia pelas coisas que tinham acontecido. Ele disse que estava sóbrio e que estava tentando reparar os danos que havia causado.

Se te fizer se sentir melhor, desliguei na cara dele naquele primeiro dia depois de tudo. Ele ligou de novo alguns dias depois, e fui arrogante de novo. Mas ele continuou ligando, e eu continuei atendendo.

Sei que não é uma desculpa nem mesmo uma explicação, mas foi assim que aconteceu. Por favor, não fique mais brava do que já está, mas ele não é tão ruim assim. Ele mudou muito. Ele pergunta sobre todo mundo. (Sim, até de você. Mas, na maior parte do tempo, sobre mim, Kyra e Lily - tenho certeza de que você já sabia disso. É só que não quero mais mentir para você.)

Eu pedi para ele não te ligar de novo, fique sabendo. Sei que você nunca vai perdoá-lo, e entendo, mas acho que eu estava um pouco preocupada com a possibilidade de você me fazer escolher entre você e ele. Kyra e eu pensamos a mesma coisa. Se fizer você se sentir melhor, meu namorado acha que sou idiota e diz que mereço que você me exclua da sua vida agora mesmo. Mas espero que você não faça isso. Espero que, um dia, possa me perdoar.

Se ainda estiver lendo isso, saiba o quanto me sinto mal a respeito da noite em que você veio me visitar. Pedir desculpa não vai bastar, mas desculpa. Eu sinto muito por tantas coisas que não sei nem por onde começar.

O outro assunto... Olha... Eu não sabia como te contar isso, e ainda não sei, mas... não estou vendendo drogas nem nada do tipo. Não surte. Eu virei stripper, tudo bem? Não contei para ninguém. Eu quase não contei para Kyra há um ano. Eu não podia mais guardar segredo. Ganho dinheiro o bastante para pagar por quase todas as minhas despesas da faculdade, e só tenho que trabalhar poucas horas por dia. Minha colega de casa também é stripper. Só vou fazer isso até eu me formar.

Namorei um cara mais velho por um tempo, e ele é a razão pela qual consegui o apartamento onde estou morando. Nós terminamos, as coisas ficaram estranhas, e... resumindo, foi ele quem entrou no meu apartamento naquela noite. Ele estava com ciúmes do meu novo namorado, mas tenho uma ordem de restrição agora e vou me mudar quando meu contrato de aluguel acabar em janeiro.

Você sempre faz a coisa certa, e eu não queria que ficasse nervosa comigo. Quando percebi que teria de dizer algo, muito tempo havia se passado, e não sei mais como consertar isso. Mentiras sempre saem do controle, mesmo quando não é nossa intenção...

Eu te amo, Luna. Sinto muito por ter feito tanta besteira, mentido para você e simplesmente ter sido uma irmã horrível, mas quero que você saiba de tudo.

Por favor, não fique com raiva.

Com amor,

Thea

P.S.: Você precisa saber que Rudy foi até a sua casa e ao seu trabalho porque quis. Nosso pai não o mandou fazer isso. Ele disse que Rudy ouviu quando contei a ele sobre meu apartamento ter sido invadido e teve a ideia de fazer a mesma coisa com você e sair impune. Meu pai tinha me pedido para entrar em contato com você naquele dia, para me certificar de que estivesse bem. Ele teve a impressão de que Rudy tentaria aprontar. Eu deveria ter te avisado, mas agora tenho que viver com isso também, se isso fizer você se sentir melhor. Estou muito feliz que você está bem. Lily me contou tudo. Não que signifique muita coisa, mas desculpa.

Era o que eu tinha recebido.

Então eu culparia o recado meio que passivo-agressivo da minha irmã como motivo de não ter dormido direito.

Eu ainda estava com raiva. Eu. Que quase nunca ficava com raiva. Mas como ela poderia pensar que eu me importaria com ela ter virado uma stripper? Eu não me importava com o que ela fazia ou não.

Por que ela não pôde simplesmente me ligar? Por que não pôde simplesmente me contar? Eu não era assustadora. Eu entendia, acho que até certo ponto, mas, ainda assim, parecia ser um monte de besteira.

O que eu estava era com raiva.

E era isso o que eu culparia como motivo de ter perdido o controle.

Mas, por outro lado, talvez a cereja no bolo tenha sido encontrar Ripley curvado sobre o motor de um Corvette que ele restaurava e ter uma visão ótima de sua bunda.

Talvez fossem as seis rosas de caule curto, repousando em um vaso de vidro em formato de globo, a cereja no bolo. Eram lindas. Lindas demais. E quando realmente analisei o vaso e notei que não havia sequer uma sujeira, nenhuma marca de dedo no vidro, e imaginei Rip carregando algo muitíssimo delicado em suas mãos, então, limpando-o com talvez sua camisa ou trapo antes de deixar tudo ali para que eu o encontrasse...

Foi quando perdi o controle.

Simples assim.

Mal me lembro de largar a bolsa e todas as coisas no chão e sair novamente em direção ao térreo para encontrar o homem que havia deixado meu presente ali.

— Rip! — gritei, sabendo exatamente onde ele estava.

Não houve qualquer demora na resposta.

— Sim? — ele chamou do lado mais distante do andar, ainda olhando para alguma coisa dentro do Corvette.

Meu café estava esperando em uma caneca com o pôster de *The Rocky Horror Picture Show* nela.

Aquilo não existia na oficina antes. Será que ele a havia comprado... para mim?

Inspirei fundo, observando-a até eu estar bem ao lado dele antes de me forçar a erguer os olhos e dizer:

— Rip — comecei, nem mesmo percebendo que eu havia me esquecido da parte do *sr.* —, pode parar com as flores agora, tudo bem?

Ele não olhou para cima ao perguntar naquela voz suave e simpática:

— Você não gostou delas?

— Não se trata de eu ter gostado ou não...

Ainda assim, ele não olhou para mim quando me interrompeu:

— Então você gostou?

— Você sabe que sim. Elas são lindas...

— Não as quer mais na sua sala?

Pisquei.

— Não, eu gosto delas lá...

— Então...? — ele perguntou, ainda ocupado fazendo seja lá o que estivesse fazendo.

E eu não dei uma olhada em sua bunda.

Não dei.

— Então você não precisa continuar comprando flores, tudo bem? Eu já disse que superei o que aconteceu, caso seja esse o motivo para você estar fazendo isso.

Agora, aquilo o fez endireitar a postura, a cabeça apenas um pouco ao lado do capô do Corvette.

— Você pode parar. Eu entendo que está tentando me compensar, mas já fez o bastante. Isso tudo está apenas ferrando com a minha cabeça e me confundindo, e prefiro que pare agora a daqui a um mês, ou daqui a seis, ou daqui a um ano, quando decidir que não quer mais fazer isso, tudo bem?

O que eu disse o fez se virar lentamente para encontrar os meus olhos. Ele esperou até estar totalmente de frente para mim, aquele corpo gigante voltado ao meu quando disse:

— Não estou tentando compensar nada. Eu *já* te falei. — Ele repousou a chave de porca que tinha em mãos e respirou fundo, me observando com atenção. — Estou te comprando flores porque quero. Porque você disse que ninguém nunca te deu flores, e não vou deixar mais ninguém fazer isso. Não se trata de eu ser seu chefe, querida. Isso não tem nada a ver com a oficina. Tem a ver com Luna e Rip. Esse sou eu tentando fazer com que você me dê uma chance. Entende?

Ah, caramba. Ele estava falando sério. Luna e Rip.

Ele estava tentando fazer... o quê? Me conquistar? Eu não estava delirando. Eu era apenas teimosa. E estava com medo.

Erramos apenas quando não nos arriscamos, Lenny tinha me dito por mensagem. Era isso o que eu estava fazendo? Não querendo me arriscar, porque eu não queria errar? Era tão ruim assim eu querer me proteger e não acabar magoada?

Eu não tinha certeza, mas parte de mim deve ter tido, porque perguntei:

— Você não está?

Seu sorriso cresceu devagarinho.

— Não, querida. Eu com certeza não estou.

— Por quê? — indaguei devagarinho enquanto seu sorriso crescia.

— Porque não.

Meu coração batia rápido. Quando ele havia começado a bater tão rápido? Cacete.

— Você não pode decidir do nada que quer que eu... que eu... — O que eu diria? Que eu tenha uma quedinha por você? Eu não tinha qualquer experiência quanto a conversar com pessoas, especificamente com homens, sem soar pior do que uma adolescente. — Você não pode decidir do nada que quer que eu goste de você...

— Isso não sou eu querendo que você *goste de mim*. Não é isso o que quero. Isso é só uma parte bem pequena do que eu quero, Luna.

Por alguma razão idiota, dei um passo para trás e dei de encontro com o carro bem ao lado do Corvette.

— O que você quer, então?

Rip deu um passo para frente, e, então, sua mão subiu em direção ao meu rosto. A parte de trás dos dedos roçou minha bochecha... e ficou ali, apenas tocando minha pele, bem de leve.

— Eu quero o que eu deveria ter aceitado vindo de você desde o momento que começou a ser muito doce comigo. Desde a primeira vez em que se esforçou para fazer com que eu me sentisse bem... me sentisse melhor do que qualquer um fez pela primeira vez em um longo, longo tempo.

Ele umedeceu os lábios, e observei cada segundo daquilo enquanto sua mão permanecia exatamente onde estava. Na minha bochecha.

Seus dedos trilharam minha mandíbula abaixo, demorando-se na lateral do pescoço.

— Você me acalma, sabia disso? Faz comigo o que todas aquelas joias que você usa fazem com você. Só de te olhar, me sinto melhor. E não simplesmente melhor, mas *melhor*. Diferente. Como se você enxergasse além de mim e das minhas merdas e soubesse melhor do que eu o que tenho a oferecer.

Fiquei parada ali com a boca aberta, sem saber o que dizer.

— A moça da floricultura disse que laranja significa admiração.

Meu cérebro e sistema nervoso decidiram que tudo o que eu seria capaz de fazer naquele instante era piscar e, mesmo então, pareceu quase coisa demais com que eu poderia lidar.

Porque... *Como é que é?*

— Cor-de-rosa significa felicidade... gratidão... apreciação. As roxas são desejo... amor à primeira vista... Amarelo é afeição. Vermelho é amor. Eu te devo algumas brancas, mas eu ia esperar mais um pouco, porque sei que fiz besteira. — Ele deixou a mão cair. — Mas não vou a lugar algum. Não hoje. Nem amanhã. Eu te achei a garota mais linda que já tinha visto quando entrou naquele escritório minúsculo há três anos, toda arrogante. E penso nessa garota todas as noites quando vou me deitar, Luna. Sei que me afastei de algumas merdas na vida, mas o que menos quero... a última coisa que eu poderia suportar é você não falar mais comigo. Você me mimou, Luna, e sei que fui um idiota e tanto por um bom tempo. Sei que você merece alguém melhor do que eu. Já disse isso a mim mesmo milhares de vezes, mas nada mudou. Sinto sua falta pra cacete, e meu lado egoísta precisa de você por perto.

CAPÍTULO TRINTA

— O que é essa expressão preocupada no seu rosto, luazinha? — o sr. Cooper perguntou mais tarde naquele dia.

Sentada em frente a ele à mesa de jantar, levei um segundo para terminar de mastigar o peito de frango levemente temperado que Lydia havia preparado naquela noite. O mesmo pedaço de frango que eu estava mais do que provavelmente mastigando pelos últimos dois minutos enquanto pensava na primeira parte do meu dia. Em especial, na parte do dia que envolveu minhas interações com Ripley.

A parte em que ele me disse que me queria em sua vida de uma maneira que não tinha nada a ver com trabalho.

Aquela conversa que havia deixado meu coração martelando, meu cérebro confuso e toda a minha existência de cabeça para baixo.

Era nisso em que eu havia pensado o dia todo. Mesmo naquele instante, enquanto comia com os Cooper e passava tempo com eles... até meu encontro, que aconteceria dali a duas horas.

Meu encontro.

Que porra eu estava *fazendo*?

— Problemas no trabalho? Ripley disse que Jason nunca mais voltou — o sr. Cooper continuou cutucando, seu rosto preocupado de verdade mexendo com meu coração.

Por fim, engolindo o frango, balancei a cabeça, incerta quanto ao que eu deveria dizer. *Senhor, seu filho afastado há vinte anos, aquele que estava em um moto clube, disse que precisa de mim. Eu o amo, mas tenho medo de que ele mude de ideia e não se importe comigo algum dia, ou que me diga para deixá-lo em paz de novo.*

Isso não aconteceria.

— Sim, ele não voltou. Provavelmente sabia que os caras dariam uma surra nele caso aparecesse — eu disse com um sorriso que foi em grande parte genuíno, pelo menos sob a confusão que transformava o resto de mim em um nó górdio.

Aquilo fez o sr. Cooper sorrir.

— Não fico surpreso. Estou velho demais para brigar com garotos jovens o bastante para serem meus netos, mas preciso dizer que eu teria acabado com ele se eu fosse dez anos mais novo. Gus — ele se referiu ao avô de Lenny — me ligou depois que descobriu o que aconteceu e tentou me convencer a fazer algo a respeito.

O sorriso que dei a ele foi totalmente verdadeiro. Eu conseguia imaginar vovô Gus irado, querendo fazer algo a respeito. Ele não havia recebido o recado de que tinha mais de setenta anos.

— O que foi então, querida? — Lydia perguntou de seu lugar em frente a mim na mesa.

Isso me confortou. Eles me confortavam. Quando morei com eles, foi a primeira vez na eternidade em que me sentei a uma mesa de jantar para comer. Tínhamos feito isso todas as noites depois do trabalho, a não ser quando saíamos para comer, ou eles saíam e eu ficava em casa. Tinha sido uma das minhas coisas preferidas quando morei com eles — a sensação de família.

Tinha me feito querer aquilo para mim um dia.

Eles mereciam mais do que eu escondendo coisas deles, mesmo se essas coisas girassem ao redor de um homem do qual os dois não eram muito próximos. Mas acho que a vida não passava de uma grande complicação, independentemente da forma como olhássemos para ela.

A vida não era fácil nem oito ou oitenta.

E eu realmente precisava contar a verdade a eles.

Porque se Rip não estivesse mentindo...

— É... — comecei a falar antes de abaixar o garfo e a faca no prato. — É o Rip.

Os dois piscaram e se mantiveram bem, bem imóveis.

— Ele finalmente decidiu acordar para a vida? — o sr. Cooper perguntou com um sorriso cauteloso depois de um momento.

— O quê?

— Ele finalmente decidiu acordar para a vida e te dizer para guardar seus encontros para ele? — repetiu.

Meu queixo caiu, e fiquei muito, muito grata por ter repousado a faca e o garfo. Pelo canto do olho, pude ver o pequeno sorriso cauteloso de Lydia enquanto ela se curvava em direção à comida e começava a cortar o frango, o sr. Cooper e eu fazendo contato visual.

— Eu sabia que você não tinha notado, luazinha. Soube no primeiro momento em que vi a expressão de Ripley. Eu não te falei, Lydia, querida? — ele indagou à esposa.

Lydia assentiu enquanto mastigava a comida e, então, erguia a mão para cobrir a boca ao concordar.

— Você falou, e também vi com os meus próprios olhos.

— O que você disse para ela? — questionei devagarzinho, tentando processar o que ele estava sugerindo.

Ele inclinou a cabeça para o lado.

— Que você não sabia.

— Não sabia do quê?

Seu sorriso foi agridoce.

— Que ele deu uma olhada em você e soube.

— Sr. Cooper, você sabe que não sou boa com quebra-cabeças nem em interpretar pistas. O que ele soube quando olhou para mim?

— A mesma coisa que eu soube quando olhei para Lydia. — Seu sorriso foi de agridoce a gentil, e pude ver em seus olhos que pensou em outra mulher que havia conhecido um dia. — Com o meu pai foi igual. Com o pai dele também. Nós, Cooper, simplesmente sabemos. A única diferença é que Ripley herdou a teimosia do lado da mãe. Eu me rendi.

— Você acha que Ripley... gosta de mim? — perguntei.

O homem mais velho inclinou a cabeça para o outro lado e começou a cortar um pedaço de frango enquanto respondia:

— Eu não *acho*. Eu sei. Vi no rosto dele milhares de vezes, Luna. Principalmente quando estava sendo duro com você. Tentei dizer algumas vezes que ele deveria fazer algo a respeito, mas Deus sabe que, quando ele coloca algo na cabeça, não tem como convencê-lo a mudar de ideia a não ser que ele queira. E sei muito bem que é preciso uma intervenção divina. Igual à mãe. Ele tem sangue Ripley.

Ainda assim, o sr. C não voltou a erguer os olhos quando continuou:

— Eu não o conheço mais tão bem assim, mas ainda vejo o garoto que ele costumava ser em algumas partes. Ele é a pessoa mais casca grossa que já vi, mas sei que aquele corpo continua sendo feito de amor, assim como... antes.

Antes do acidente da mãe? Antes de ele ter saído de Houston e feito todas as coisas das quais não queria falar?

— Luna, querida — Lydia disse. — Nosso relacionamento com Ripley é o que é. Não posso culpá-lo por nada, mas eu queria que ele pudesse nos perdoar depois de tanto tempo. Nunca tive filhos, mas fui muito próxima da minha mãe e do meu pai. E, se meu pai tivesse se casado com uma mulher desconhecida logo depois de a minha mãe ter morrido, não posso dizer que teria me comportado melhor do que ele. Eu sabia o que estava fazendo ao entrar na vida de Allen e Ripley naquela época. Tenho que viver sabendo que, porque amei alguém, seu filho fez as malas e o abandonou por vinte anos. — Ela fez uma pausa. — Nós dois temos que viver com isso.

De repente, a reação de Rip com Lydia fez sentido. E, por mais que eu quisesse pensar que, se eu tivesse um relacionamento saudável com o meu pai, eu iria querer vê-lo feliz... bem, eu não tinha certeza do que pensaria se ou quando ele se casasse outra vez.

Tentei pensar em como Lenny teria reagido se vovô Gus tivesse se casado de novo e, é sério, não foi uma cena bonita quando a imaginei.

Uma mão enorme veio parar no meu antebraço e se acomodou ali. E, apesar de eu saber que era a mão do sr. Cooper, ainda dei uma olhada em seu rosto.

— Ele é um homem difícil, acredite em mim. Ninguém sabe melhor do que eu. Mas ele pressiona as pessoas que o amam, pressiona-as como se estivesse tentando se certificar de que não vão a lugar algum. Rip é o oposto total de você. Deus sabe que eu o amo e que o amarei até o dia em que eu morrer, mas também amo você. E vocês dois merecem ser felizes. Ele te admira muito, e não posso deixar de achar que Deus te colocou na nossa vida por uma razão.

Eu encarei aquele homem, sentindo medo no peito, e perguntei:

— Mas ele te amou e te abandonou por vinte anos, sr. C. Isso não é… o que eu quero.

Seu sorriso foi lento e, sinceramente, de quebrar o coração.

— Luna, ele ameaçou sair da sociedade centenas de vezes no primeiro ano em que voltou…

Eu pisquei.

— Ele não ficou por minha causa, querida.

Por que eu sequer estava ali?, perguntei a mim mesma ao desligar o carro.

Por quê? Eu deveria ter cancelado o encontro idiota. Estava desperdiçando meu tempo, gasolina e dinheiro, e colocando qualquer pobre coitado que me encontraria ali na mesma situação.

Porque eu não queria conhecer o cara que minha irmã Kyra havia arranjado para mim havia mais de um mês.

Eu não queria conhecer nenhum dos caras com quem eu tinha me encontrado. Quanto mais eu pensava naquilo, mais aceitava o fato.

Essa coisa toda era uma confusão com a qual eu não sabia lidar nem o que pensar a respeito.

O sr. Cooper tinha sido inflexível quando fui embora, dizendo que, apesar do que havia acontecido entre ele e o filho, Rip realmente se importava comigo. E *Rip tinha sido Lucas Ripley Cooper em algum momento. Esse garoto ainda estava lá.*

Mas por que ele havia esperado até agora, eu nunca saberia.

Ou talvez saberia.

Mas será que queria saber?

Essa era uma pergunta idiota. É claro que eu queria. Eu queria saber tudo.

Eu queria que fosse verdade.

Eu queria que fosse verdade, mas também sabia como era esperar e sonhar com coisas que acabavam não acontecendo.

Eu estava sendo covarde. Estava sendo uma grande de uma covarde, não estava? Havia repreendido Thea por não ter me contado a verdade, porque pareceu fácil para mim, mas ali estava eu, fazendo a mesma coisa que ela.

Com o celular no colo, enviei uma mensagem para Lenny.

Eu: Você acha que estou sendo covarde com essa coisa do Rip? Me fale a verdade.

Nem mesmo um minuto se passou antes de eu receber uma resposta.

Lenny: Sim.

Lenny: Eu não escolhi uma covarde como melhor amiga.

Ignorei a culpa e o nervosismo que circulavam pelo meu estômago enquanto fiquei sentada lá, lendo a mensagem de Lenny de novo e de novo.

Não havia razão alguma para o meu estômago doer.

Luna, Luna, Luna, minha consciência pareceu sussurrar, decepcionada. *Você está mentindo para si mesma.*

Eu estava. Eu estava mesmo. Eu estava sendo covarde. Uma baita de uma covarde. Um filhotinho de gato assustado.

E estava sentada no meu carro, prestes a ir em um encontro ao qual não queria comparecer.

Mas...

Eu não tinha coragem de simplesmente não aparecer. Levar um bolo não era legal, muito menos dizer a alguém inocente: "Desculpe, estou apaixonada por outra pessoa". Mas eu poderia viver com a segunda com muito mais facilidade do que com a primeira. Isso, sem dúvida. Era o mínimo que eu poderia fazer. Se eu pudesse ter cancelado sem ligar para Kyra, eu o teria feito, mas não tive coragem. As mensagens de texto que havíamos trocado para marcar o encontro já tinham sido esquisitas e dolorosas o bastante.

Entrar e sair. Eu resolveria isso o mais rápido possível. Então, poderia ir para casa e descobrir exatamente o que dizer a Rip. *Eu te amo* e *por favor, não me machuque* não soavam bom o bastante.

Foi com essa decisão em mente que saí do carro e bati a porta com tudo. Mostrei minha habilitação ao segurança apenas como formalidade, porque nós dois sabíamos que ele já a tinha visto antes. Então, entrei no bar onde eu havia ido a outros encontros que não tinham dado em nada.

Por uma razão.

Quem eu queria enganar? É claro que tinha sido por uma razão. Porque nenhum deles tinha o corpo de um lutador, com um senso de humor sarcástico e uma expressão neutra melhor do que qualquer carranca.

Lá dentro, olhei ao redor do lugar meio cheio em busca de um cara com cabelo longo e preto...

Não precisei olhar para o celular para saber que eu estava alguns minutos adiantada. Talvez ele fosse se atrasar? Se sim, quanto tempo seria aceitável esperar antes de ir embora? Três minutos? Cinco?

Notando uma mesa mais ao fundo, fui direto até ela, ainda dando algumas olhadas na multidão para me certificar de que o homem de quem Kyra havia me enviado uma foto antiga não estava sentado em algum canto escuro em que eu não conseguiria encontrá-lo. Ele tinha trinta e dois anos e trabalhava em uma plataforma de petróleo. Por isso tivemos de esperar um mês para nos encontrarmos. Olhei para o celular outra vez quando me sentei.

Reclinando-me na cadeira, continuei de olho no lugar, esperando que ele aparecesse magicamente para que eu pudesse dizer cara a cara: "Obrigada, mas não, obrigada".

A porta se abriu assim que aquela ideia havia adentrado meu cérebro.

Entrando, já olhando ao redor, estava um homem loiro demais para ser o cara com quem eu me encontraria. Ele era alto, estava em forma, mas... não era Rip.

Ele não era Rip.

Era jovem demais. Magro demais.

Mas, mais do que isso, não era o homem que escorregava as mãos pelo meu cabelo quando eu estava chateada e me ouvia.

O cara era tudo o que teria feito exatamente o meu tipo há quatro anos.

Antes de um homem de um 1,95 m, com o peito do dobro do tamanho do desse cara, antebraços que ondulavam os músculos, pescoço grosso e um tronco que deveria ter inspirado escultores a recriá-lo, entrar na minha vida.

Dane-se. Eu me esconderia no banheiro.

Tinha acabado de ter essa ideia quando um homem sentado ao bar se virou no banco e se levantou.

Percebi que eu conhecia aquele corpo. Aquele formato de cabeça. Eu conhecia aquela altura.

E, enquanto o corpo familiar se virava e começava a seguir em direção ao lugar onde eu estava sentada, fiquei parada. As luzes escondiam muitas das suas melhores partes, mas eu sabia quem ele era. Eu sempre saberia quem ele era.

E ele tinha uma expressão irritadíssima.

O que raios estaria fazendo ali? Como ele soube...

Ele não disse nada ao puxar a cadeira oposta a que eu estava sentada e deslizar para se acomodar. No escuro, não pude ver aqueles olhos incríveis azul-petróleo, mas notei onde estavam focados. Vi a inclinação de suas sobrancelhas.

Sim. Ele com certeza estava irritado.

E, sinceramente, sem dúvida, eu nunca estive menos irritada.

Nunca.

Ele estava ali. *Ali.*

— O que você está fazendo? — perguntei, sentindo a tensão no meu estômago se desenrolar devagarinho.

Ele apoiou os cotovelos na mesa entre nós e cruzou os braços quando respondeu:

— Você sabe o motivo de eu estar aqui.

Prendi a respiração e, então, menti... esperança e amor florescendo dentro de mim tão rápido que não pude evitar querer brincar com ele:

— Não, eu não sei.

Sua voz foi um rosnado bem, bem baixo:

— Sim, você sabe.

— Está se certificando de que não serei atacada de novo? — eu disse, impassível, permanecendo tão séria quanto possível. Por que isso parecia a coisa mais fácil no mundo agora? Brincar com ele? Encher o seu saco? — Ou está me perseguindo?

Ele piscou. Então, respirou fundo... e sua bochecha subiu um milímetro em um piscar de olhos.

— Não tem graça, Luna.

Não evitei o sorriso que surgiu instantaneamente no meu rosto quando falei de novo, não abrindo mão daquilo e planejando nunca o fazer.

— Eu não preciso de uma babá, se é com isso que está preocupado.

Aquela bochecha subiu mais um milímetro.

— Você está bem aqui, garotinha. Não precisa de uma babá. Principalmente, não quando o idiota com quem vai se encontrar não parece velho o bastante para você.

Processei as palavras dele... mas, então, processei-as em uma resposta e foquei apenas na parte importante.

— Quando foi que você o viu?

Ele sorriu para mim.

— Antes de você aparecer.

Não tive de olhar ao redor do bar para me certificar de que o homem não estava ali. Eu sabia que não. Como Rip sequer sabia por quem procurar estava além da minha compreensão, mas não importava. Nem um pouco.

Também tive a sensação de que eu sabia exatamente o que havia acontecido, mas precisava me certificar. Inclinei a cabeça até mais perto dele.

— Para onde ele foi?

Ele sacudiu um dos ombros grandes.

— Para algum lugar que não é aqui.

Hum.

— Eu o mandei dar o fora — ele continuou, sem quaisquer reservas. — Disse que você não se encontraria com ele hoje nem em qualquer outra noite, e que era melhor ele ir dar em cima da garota de outra pessoa, porque não ficaria com a minha.

Meu coração não deveria ter começado a acelerar com ele se referindo a mim como sua. Não deveria. Eu sabia disso. Eu com certeza não deveria ter me arrepiado toda nos braços e nas costas.

Mas foi exatamente o que aconteceu.

Deixei a emoção me percorrer antes de decidir que brincar com ele era divertido demais. Brincar com ele sempre seria divertido demais.

— Rip, você não tinha direito algum de...

— Eu tinha todos os direitos.

Ele poderia dizer aquelas palavras para mim todos os dias pelo resto da minha vida, que eu nunca me cansaria delas.

Foi o que ele provou quando se inclinou para frente e me deu o olhar mais caloroso que talvez eu receberia na vida.

— Sim, eu tinha, Luna. Você quer sair para comer alguma coisa? Eu te levo. Quer sair e beber um Sprite? Me fale. Quer assistir à droga de um filme? Eu te levo à porcaria do cinema. Se você quiser esfolar a cara do seu maldito primo outra vez, *eu vou te levar, porra.* Você quer conhecer alguém para ser seu melhor amigo e a droga do seu parceiro? Eu estou bem aqui, garota.

Ah, droga.

Ah, mas que droga.

— Quantas vezes tenho que te dizer que eu simplesmente gosto de ficar perto de você? — ele perguntou, a voz baixando enquanto o olhar vagava pelo que era meu rosto perplexo. Porque qual outra cara eu poderia ter feito quando o homem de quem eu gostava há anos e que enxotava meus encontros estava sentado bem ali, dizendo que me levaria em qualquer encontro que eu quisesse ter?

Nenhuma. Nenhuma outra cara.

— Posso fazer essa mesma coisa centenas de vezes, Luna... essa coisa de estragar os seus encontros, mas nunca vai rolar. Vou te dizer agora mesmo: não vejo problema algum em continuar enxotando-os. Eu me meti em diversas brigas ao longo da vida e estou começando a achar que foram todas para me preparar para você — ele me avisou.

Respirei fundo e simplesmente fiquei sentada ali, olhando-o e me sentindo igualmente extasiada e aterrorizada. Querendo aquilo mais do que já quis alguma coisa, mas, ainda assim...

— E se você mudar de ideia? Vou ter que encontrar outro emprego, porque não vou conseguir olhar para você. Eu mal consigo te olhar agora — admiti, com uma sensação ruim que poderia ter sido horror, mas que era mais do que provavelmente adrenalina percorrendo minhas veias de forma constante.

Aquele homem lindo me observou com a expressão mais determinada que eu já tinha visto.

— Luna, por que caralhos eu faria algo idiota assim?

Cerrei a mão.

— Você não... Você nunca teve uma namorada.

— E daí? Quer que eu minta e diga que já tive umas duas dúzias? Ou tudo bem você saber que vai ser a única?

Bem.

Caramba.

— Você é jovem demais. Você é doce demais. Você é boa demais para mim. Mas estou cansado de ficar por perto tentando absorver todas as coisas boas que você me faz sentir sem sequer saber, Luna. Você é a minha garota. Apenas você. Mais ninguém jamais foi ou vai ser.

Inspirei fundo e ergui o rosto para olhar para ele.

— Eu sou?

Ele assentiu, sua expressão algo diferente do que tudo o que eu já tinha visto.

— Sou mesmo?

— Sim — ele concordou, seu sorriso gentil e quase tímido.

Mordi o lábio inferior e não pude evitar contorcer as mãos enquanto ele focava em mim com tamanha intensidade, que me fez querer prender a respiração. *Erramos apenas quando não nos arriscamos,* Lenny tinha dito. Eu sempre havia falado para mim mesma que nada nem ninguém me assustava, porque eu já tinha visto o pior nas pessoas.

Mas eu também tinha visto o melhor, não tinha?

— Você sabe de tudo o que importa, Luna. A única coisa de que não sabe é o que aconteceu com os policiais no dia em que mentiu por mim. Eu estava com Gio, e ele acabou com o namorado da irmã porque este tinha batido nela. Não fiz merda nenhuma, mas estava presente. A família dele fez a mesma coisa. Foi por isso que os policiais apareceram. Eles precisavam de alguém para tentar culpar, mas juro que não fiz nada.

Ali estava a verdade, e era exatamente o tipo de coisa que eu teria esperado se tivesse pensado a respeito.

— Eu sei, Rip. Não sei como, mas eu sabia.

Aqueles olhos penetraram os meus ao dizer, com muito cuidado:

— Se quiser saber de mais alguma coisa, tudo o que tem de fazer é perguntar, e eu te direi. Já te avisei sobre o resto, e você continua aqui.

Ele fez aquilo parecer tão fácil. Poderia ser tão fácil assim?

— Rip? — eu o chamei com cautela, minha apreensão desaparecendo mais a cada segundo.

— Sim?

Engoli em seco e me obriguei a encarar aqueles olhos azul-esverdeados.

— Você gosta de mim, ou é mais do que isso?

Ele respirou fundo antes de responder:

— Saia daqui comigo, e eu te contarei.

O caminho de volta para a casa dele não demorou, considerando o tráfego sem fim até mesmo à noite.

Rip tinha se oferecido para dirigir e nos levar até sua casa, mas não quis deixar meu carro no estacionamento do bar, então fui atrás, de olho na estrada enquanto entrávamos em uma rua calma no norte de Houston com casas térreas bem espaçadas e garagens cheias de carros.

Quando Rip entrou com a caminhonete em uma garagem aberta com cascalhos e uma casa móvel meio nova e retangular bem no meio de tudo, entendi que era ali que ele viva. Estacionei o carro atrás de sua caminhonete, observando enquanto ele descia e vinha até mim, abrindo minha porta antes que eu realmente me esforçasse para ser mais rápida do que ele.

Rip me deu aquele sorriso de uma bochecha só com a covinha ao pegar minha mão e me ajudar a sair, fechando a porta com uma batida.

— Você fez parecer que morava em um lixão — eu o acusei.

— Não é uma linda casa roxa — ele tentou explicar ao revirar as chaves na mão.

Notei as laterais estendidas e o comprimento da casa.

— Rip, eu aposto que esse lugar custa quase tanto quanto a minha casa.

Ele deu de ombros, apertando minha mão ao abrir a fechadura.

— Continua não sendo uma casa linda e roxa.

Ele obviamente nunca concordaria, apesar de eu estar certa.

Mas, naquele momento, não consegui encontrar forças para discutir aquilo com ele. Isso porque... porque... presa no mesmo chaveiro em que a chave de sua casa estava, algo balançou. Algo que parecia com um pingente de casquinha de sorvete. Um pingente de casquinha de sorvete que eu usava em um colar. Um colar que eu tinha colocado nele depois do acidente de carro.

Ele o havia guardado? Ele o havia colocado no chaveiro?

Eu estava perdida. Tão perdida que ninguém nunca mais me

encontraria. Nunca mesmo. Precisei de todas as minhas forças para ficar de boca fechada. Para guardar o momento em minha memória para mais tarde, já que parecia que haveria um mais tarde entre nós. Eu esperava.

Ele empurrou a porta para abri-la, me levando pelos degraus de metal e mexendo em um interruptor de luz na parede mais perto dele. Luz brilhou na parte de dentro da casa enquanto ele me puxava para dentro, fechando uma porta de tela e uma outra mais pesada. Estudei o interior.

Eu não estivera errada quando disse a ele que deveria ser tão cara quanto a minha. Era *bonita*. Estampas escuras e de um marrom forte tinham sido usadas no estofamento de duas grandes e confortáveis poltronas reclináveis à direita da entrada. Ao lado, havia uma mesa para quatro pessoas. Sua cozinha, à esquerda, era mais chique do que a minha. Os eletrodomésticos eram novos e brilhantes, e havia um fogão de quatro bocas com um forno e um micro-ondas. Ele tinha uma linda ilha com um armário embaixo. Se meus olhos não me enganaram, também havia livros de receita que pareciam velhos ali embaixo. Me perguntei se teriam sido de sua mãe, e não pude evitar ter esperanças de que ele me contaria algum dia. Ele tinha até uma televisão de cinquenta e poucas polegadas na parede ao lado da porta que, com certeza, levava a algum outro lugar. Aos quartos? Ao banheiro? Eu não sabia.

E estava limpo.

Realmente limpo.

— Você é sempre tão limpo assim? — murmurei, ainda absorvendo tudo.

Seu riso soou caloroso, forte e tão natural, que não tive como me defender. Aquilo escorregou por sob minhas costelas e se acomodou no coração.

— Não sou bagunceiro, mas eu talvez tenha tomado mais cuidado nas últimas semanas, caso você aparecesse.

Inspirei fundo e ergui os olhos até ele, parado bem ao meu lado, me observando até mesmo naquele instante.

— E não para todas as garotas que você traz aqui? — eu me fiz perguntar.

Ele balançou a cabeça e virou todo o corpo na minha direção, sua mão subindo e escorregando pelo meu pescoço, espalmando-o. Aqueles olhos azul-petróleo não se desviaram dos meus nem mesmo por um segundo quando respirou.

— Eu te disse que comprei esse lugar depois que me mudei para cá.

— Eu sei. — Minha voz tinha *mesmo* que soar tão baixa? — Não é da minha conta se você...

— Não — ele disse, ainda balançando a cabeça.

Pisquei.

— Mas isso foi há três anos.

Ele ergueu uma sobrancelha.

— Mas você nem gostava de mim.

— Ah, eu gostava de você, sim, querida. Sempre gostei muito de você.

Sim, eu estava perdida.

— Mas você era maldoso comigo.

Seu sorriso foi lento.

— Eu fui duro com você, não maldoso. E esse tipo de coisa me consumia por horas e até por dias depois.

Será mesmo?

— Você poderia ter sido gentil.

— Eu pensei que era velho demais para você. Pensei que eu tinha feito besteiras demais na vida para te ter nela, Luna — ele explicou, baixinho. — Eu não queria me importar com você, e lutei contra isso pelo máximo de tempo que pude.

— Por causa das coisas ruins que você acha que fez?

O rosto dele suavizou.

— Por causa das coisas ruins que sei que fiz — ele confirmou, e isso também passou sob minhas costelas.

Eu sabia tudo a respeito da culpa que vinha junto de fazer coisas das quais não nos orgulhávamos. Um mal necessário. Desnecessário também.

Dei um passo para mais perto dele, meus seios roçando seu peito de um lado ao outro. Senti a mão deslizar ao redor das minhas costas para pousar na parte inferior dela, trazendo-me ainda mais para perto.

— Mas... e se eu tivesse começado a namorar com alguém?

Rip inclinou a cabeça até mais perto da minha, posicionando a boca a centímetros de mim.

— Eu teria me certificado de que não haveria um segundo encontro, garotinha. Sei que você teve sete encontros até essa porcaria de tentar de novo recentemente. Sei que foi jantar em três deles, ao cinema em dois, a um jogo de beisebol em um e ao Mickey's em outro. Eu escutei. Eu sei. Eu estava lá na noite em que sua casa foi invadida. Só quis me certificar de que você estivesse bem.

Isso era verdade. Tudo isso era verdade.

— Como você sabia?

Juro que pude sentir seus lábios nos meus.

— Eu te escuto, eu te falei.

— O que mais você escutou?

— Tudo. — Sua cabeça se moveu, a boca roçando meu pescoço tão de leve que foram as melhores cócegas da minha vida.

E, tão logo roçou seus lábios rosados em mim, ele se afastou.

— O que foi? — perguntei, tentando sorrir para que ele soubesse que eu estava feliz... e esperava que ele também estivesse.

Uma daquelas grandes mãos foi até o topo de sua cabeça, e ele a esfregou de trás para frente, ainda me observando com olhos que comunicavam uma dezena de emoções diferentes. Mas, na única em que pude focar, foi na de incerteza.

— O que foi? — perguntei, ainda me agarrando ao meu sorriso. Pelo menos, até eu compreender. Talvez... — Não precisamos fazer nada se você não quiser.

Ele piscou aqueles cílios longos, e não pude deixar de notar como seus olhos apenas meio que se apertaram para cima de mim.

— Garotinha, não é nada disso.

— O que é?

Mas ele ainda parecia esquisito. A mão subiu e se moveu pelo peito, de um peitoral massivo e arredondado ao outro e, então, foi até a base do pescoço, onde seus dedos se curvaram no material da camisa de compressão, e ele afastou a gola talvez uns três centímetros.

— Eu preciso te contar algo antes.

Ah, não.

— Tem alguma coisa errada com o seu...? — Mergulhei os olhos em direção à parte inferior de seu corpo.

Isso me fez ganhar uma piscada.

— Oi?

Tudo bem, talvez não fosse isso.

— Você tem três mamilos? Porque não seria um grande problema. Eu tenho estrias, se você... Por que está me olhando assim?

Porque ele estava me olhando de um jeito estranho. Estava mesmo.

— Não poderia me importar menos com suas estrias, e não tenho três mamilos.

Não fiquei surpresa pelas minhas mãos estarem firmes quando as acomodei em seus quadris, sentindo o calor do seu corpo pela camisa.

— O que foi, então?

Sua mão puxou a camisa de novo, levando meu olhar aos centímetros de pele tatuada que eu podia ver... e, *então*, finalmente fez sentido no meu cérebro.

Ahhh.

— Você tem o nome de uma garota tatuado?

Isso o fez revirar os olhos.

— Me deixe te contar, pode ser?

Arregalei os olhos, observando enquanto ele dava outro puxão no colarinho.

— Eu tenho algumas tatuagens...

— Eu sei. Já vi algumas delas.

Ele me lançou um olhar enquanto esfregava a cabeça de novo.

— Luna, eu tenho que te contar antes de te mostrar, tudo bem?

Assenti.

— Eu te contei o que fiz por quase vinte anos.

Assenti, porque ele tinha. Como poderia esquecer que ele havia participado da droga de uma gangue... clube de motociclistas... ou seja lá como fosse chamado?

— Tenho muitas tatuagens dessa época, e ainda não consegui cobrir todas — ele disse, baixinho, e algo simplesmente *puxou* meu coração. Aquilo o apertou com tudo e o enlouqueceu.

Eu amava aquele homem. Eu o amava, eu o amava, eu o amava.

— Rip, eu não me importo com as tatuagens daquela época — falei, com carinho. — A não ser que você tenha o nome de outra garota em algum lugar do seu corpo. Mas você não tem, certo?

O rosto dele se acalmou tanto na mesma hora que não pude evitar sorrir.

— Pare com as perguntas idiotas, pode ser? E, não, eu não tenho a porcaria do nome de ninguém tatuado.

— Então tudo bem. — Ergui o queixo. — Você tem tatuagens de gangue. Obrigada por me avisar.

— Não são tatuagens de *gangue*.

— Tatuagens de clube, tanto faz como queira chamá-las. — Erguei as sobrancelhas e sacudi os dedos no espacinho entre os nossos corpos. — Me mostre o que você tem aí.

Seu riso suavizou quando ele disse:

— Luna...

— Estou falando sério — falei com cautela. — Eu não ligo. — Estendi a mão para ele e, então, a abri e fechei para trazê-lo mais para perto. — Nenhum de nós é quem costumava ser, e você tem sorte de eu te achar o cara mais gostoso do planeta, e isso só te vendo vestido. — Sorri. — Me mostre.

Rip me observou com aquelas pálpebras pesadas, e a respiração que inspirou e, depois, expirou, foi profunda e rude.

Reconheci a expressão incerta que fez as rugas em seus olhos se aprofundarem, o que deixou meu coração apertado de novo.

Eu amava aquele homem. Eu tinha amado aquele homem por um longo tempo, mas nunca o amei mais do que bem naquele momento enquanto parado ali, com medo nos olhos. Porque ele estava preocupado com o que eu pensaria.

— Venha aqui — pedi de novo, sorrindo.

O pouquinho de ar que ele inspirou pelo nariz simplesmente me fez amá-lo ainda mais.

Então, eu o trouxe para perto de mim outra vez.

— Acho que nunca te contei das diversas vezes que roubei coisas do mercado ou da carteira das pessoas.

O homem grande piscou.

— Você? — ele perguntou, mas soou como se não acreditasse em mim.

E isso apenas me fez dar um sorriso ainda maior enquanto assentia.

— Sim, eu. Se fosse pequeno o bastante para esconder no bolso do moletom, eu roubava. Eu estava com fome, e não queria gastar meu dinheiro quando comecei a ficar sem — expliquei, não tendo dificuldade alguma em me lembrar do que aquela Luna havia sentido quando meu dinheiro tinha acabado. — Roubei todo tipo de coisa antes disso também. Geralmente, doces das lojas de conveniência, já que ninguém nunca me levava à loja ou nada do tipo. E, quando eu conseguia dinheiro dos meus pais, voltava e dava o dinheiro ao dono. Tenho certeza de que aquele senhor sabia exatamente o que eu estava fazendo, mas nunca chamou minha atenção nem ligou para a polícia.

Ripley deu um passo em frente enquanto os dedos caíam do colarinho da camisa.

— Eles nunca te deram doce?

Balancei a cabeça.

— Eu também costumava preparar meus bolos de aniversário. — Dei de ombros. — Depois de ter roubado as misturas de bolo do mercado. Meu pai amava leite e ovos, então sempre havia um pouco em casa. Ele sempre me dava dinheiro para isso. — Pisquei. — Ele pedia a nota fiscal e se certificava de que eu havia trazido todos os centavos de volta.

O homem deu mais um passo na minha direção.

— Treze de fevereiro, não é?

Ele estava me perguntando a data do meu aniversário, e o fato de ele saber qual era o dia...

— Sim.

Ele deu outro passo em frente.

— Pode contar comigo de agora em diante.

— Para bolos de aniversário? — perguntei, esperando não ter soado tão... esperançosa quanto eu tinha certeza de estar me sentindo.

— Sim. — Ele deu outro passo. — Vou te preparar aquele bolo *red velvet* de que você gosta.

— Tudo bem. — Sorri. — Agora me deixe ver o que você tem aí, já que sabe que não é o único que fez algumas coisas questionáveis.

Ele deu outro passo na minha direção, e mais um passo o fez parar bem na minha frente, seus dedos subindo para encostar na parte inferior do meu queixo.

— Você tem um lado meio questionável, não tem?

— Quando é preciso.

Seus dedos acompanharam a linha da minha mandíbula até a orelha, e sua voz soou baixa quando disse:

— Sim, notei quando você me fez quebrar a mão do seu primo. Não vou mentir, Luna, eu estava pronto para matá-lo, mas fiquei ocupado demais pensando em como você ter chutado a bunda dele e arremessado aquela bota como uma estrela ninja foi a melhor coisa que eu já tinha visto.

Estendendo a mão, pressionei a ponta dos dedos contra o tecido ao longo da parte de cima do jeans onde os passadores do cinto estavam.

— Você ainda gosta de mim mesmo depois daquilo?

Seu sorriso pareceu gentil.

— Você poderia roubar a Mona Lisa, e sei que faria isso por uma boa razão. Acho que não tem nada que você faria de que eu não gostaria, garotinha.

Eu ri, o que apenas fez o sorriso dele crescer, assim como o fez escorregar o dedo na direção oposta da minha mandíbula, seu polegar apenas roçando de leve a pele sob minha garganta.

— Você é a melhor coisa, a mais doce que já tive na vida, e não quero que saia gritando o contrário, entendido? Um dia, vou te contar tudo — ele disse suavemente.

Eu simplesmente ergui os olhos até ele, e se Rip tivesse tirado uma foto, tenho certeza de que minha boca teria estado entreaberta. E, se fosse possível ter grandes corações cor-de-rosa atrás da minha cabeça, estariam lá.

Não consegui nem encontrar um pouquinho de força para me sentir envergonhada ao fechar os braços ao redor de sua cintura.

— Eu quis fazer isso uma centena de vezes.

— O quê? — ele perguntou baixinho.

— Te abraçar.

Levou um instante, mas, no segundo em que as palmas pousaram no topo da minha cabeça, eu pressionei a bochecha contra a dele. Uma daquelas palmas grandes envolveu a parte de trás da minha cabeça enquanto a outra se acomodava bem entre as minhas omoplatas. Sua voz soou rouca ao sussurrar:

— Garotinha.

— Você é a coisa mais doce que já tive na vida — eu disse a ele.

Algo que soou como uma risada que havia passado por um moedor de carne escorreu de sua boca.

— Você é. Não discuta comigo.

A risada de moedor de carne saiu outra vez de sua boca, e o abracei com tanta força, que foi fácil ignorar meu antebraço pressionado logo acima contra suas nádegas.

— Não estou dizendo nada disso para te convencer a me mostrar suas tatuagens.

— Eu sei.

— Mas será que posso vê-las agora?

Seu riso soou mais tranquilo, mas o senti se mover e seus dedos me deixarem antes de Rip puxar a camisa por sobre a cabeça. Ele quase não tinha se afastado de mim.

Apertei-o mais uma vez antes de, por fim, erguer o rosto e, na mesma hora, notar a pele quase tom de oliva na cintura...

Coberta por linhas grossas e formas em tinta preta desbotada.

Prendi a respiração enquanto escorregava os olhos pela tinta nele. Abaixo do umbigo, letras soletravam EXECUTOR, grandes e em um semicírculo. Acima da palavra, em suas costelas, havia duas caveiras com asas. As linhas eram finas e detalhadas. E tudo acima daquilo eram linhas tribais massivas que se espalhavam pelos peitorais, ombros, bíceps, subindo pelo pescoço...

Não eram bonitas.

Não eram nada bonitas.

Sem dizer nada, Rip se virou na minha frente, me mostrando as costas.

E ali estava o esqueleto grande demais segurando um guarda-chuva onde havia um círculo imperfeito. As palavras CEIFADORES MC 1978 estavam tatuadas logo acima, a caligrafia torta e mais alta em um lado do que no outro. Envolvendo tudo aquilo, havia as mesmas curvas e linhas tribais enormes.

Ergui a mão para deslizar os dedos pela pele macia esticada sobre os músculos.

Eu o ouvi soltar um suspiro profundo.

Levando os dedos ainda mais para cima, passando pela inclinação de sua espinha e subindo por onde as juntas da coluna estavam, eu disse:

— Estou um pouco decepcionada por não ter um ideograma chinês para força.

O riso que explodiu dele me fez rir também.

— Sua pele também é muito macia, você a hidrata?

Ele continuou rindo.

— Não. As tatuagens não são algo que eu quero que durem. Não mais.

— Então, o que está tentando dizer é que… sua pele é naturalmente macia?

O *uhum* dele soou baixo.

Arrastei as pontas dos dedos ainda mais para cima ao longo da curva que a coluna criava, chegando até os ombros. Tinta cruzava sua coluna, e não era preciso ser um gênio para saber que tatuar aquilo deveria ter doído.

— Eu tenho uma tatuagem.

Sua cabeça se ergueu, e seus olhos se focaram nos meus.

— Você tem?

— Sim.

— Onde?

— Nas costelas. Eu queria no quadril, mas o artista me fez mudar de ideia.

— É pequena?

Balancei a cabeça, e isso apenas me fez ganhar outra piscada. Uma lenta.

— O que é?

— É uma raposa.

— Uma raposa?

Assenti. Baixando a mão para agarrar a barra da camisa, puxei-a sobre a cabeça em um único movimento. Eu vestia um sutiã decente, nada muito sensual, mas era fofo e turquesa. Ergui o braço direito e me virei apenas o suficiente para que ele pudesse ver bem minha lateral.

Mas precisei dar só uma olhada rápida para notar que ele não estava de olho nas minhas costelas. Estava de olho em todo o meu corpo. Nos meus seios sustentados no alto pelo sutiã, no declive suave do meu abdômen, na cintura alta do meu jeans nos quadris.

— Olha — eu disse a ele, mostrando a cabeça da raposa que se estendia desde bem sob o elástico do sutiã um pouco abaixo da minha costela inferior.

E observei seus olhos finalmente irem parar lá, as narinas dilatando.

— Bonita, não é? — perguntei, sabendo que era. Linhas pretas e finas contornavam a cabeça e as orelhas da raposa. Um pouco delicado, mas feroz. Lindo, feminino e forte. — Fiz quando tinha dezenove anos.

Uma mão quente pousou no meu quadril, bem perto da parte inferior da cabeça da raposa.

— Por que uma raposa?

— Porque… — Eu mal consegui falar enquanto seus dedos acariciavam minha pele. — As pessoas acham que precisam ser leões ou cordeiros, mas eu sempre quis apenas ser algo no meio. — Mordi o lábio e ergui um ombro. — Algo que ainda tem dentes afiados, só por precaução.

Ele murmurou algo ao escorregar os dedos pela minha costela acima, focando na cara da raposa.

— Só uma?

— Por enquanto. Eu quase desmaiei. Eu chorei, mas não conte para ninguém — respondi, guinchando quando seus dedos se moveram pela parte da frente do meu estômago, um dedo mergulhando um tantinho no meu umbigo. — Eu provavelmente deveria te contar uma outra coisa agora.

— Humm? — ele perguntou, todo rouco e sensual ao escorregar aquele mesmo dedo pelo meu estômago acima.

— Eu também tenho um piercing.

A cabeça de Rip mergulhou até pousar no meu ombro, seus lábios quentes e secos ao trilharem meu pescoço, dando beijinhos, um atrás do outro, e subindo. A mão que ele tinha na minha barriga deu a volta até a coluna, e eu o senti puxar meu sutiã enquanto os lábios se prendiam ao ponto onde meu pescoço encontrava meu ombro, sugando-o devagar, me obrigando a ficar na pontinha dos pés enquanto eu guinchava de novo.

— É só um — eu o avisei. — Queria fazer dois, mas doeu tanto que amarelei.

Seu grunhido flutuou pela minha pele enquanto ele movia a boca um pouquinho mais ao longo do meu ombro, escorregando a língua também, antes de sugar um ponto ali, a mão ainda mexendo no fecho do sutiã. Amei que ele teve dificuldades, e eu nunca me importaria em ajudá-lo ao esticar a mão até atrás e abri-lo, sentindo-o afrouxar e escorregar para baixo no mesmo instante.

E foi quando eu disse a ele:

— É em um dos meus mamilos.

Ele inspirou fundo e tão alto, que os pelos nos meus braços se arrepiaram. A mão que ele mantinha sobre o sutiã se afastou um segundo antes de as duas mãos pousarem nos meus quadris. Sua cabeça *voou*. Voou direto para o mamilo com a pequena barra atravessando-o. O piercing que tinha doído pra cacete por meses.

Mas, de repente, a lembrança da dor não pareceu tão horrível quanto antes.

Não quando os lábios de Rip sugaram o mamilo na boca, sua língua quente movendo o piercing de um lado ao outro antes de abri-la um pouco mais e tomar meu seio. Seu *puta merda* foi direto aos meus ossos assim que as mãos foram dos meus quadris até a parte da frente do jeans, soltando o botão ali e puxando o zíper para baixo assim que consegui apoiar as mãos nos ombros dele e me segurar.

Arqueando as costas, inspirei fundo e o deixei empurrar o jeans até o mais baixo possível, que foram apenas alguns centímetros, já que estava justo demais. E, quando fiquei na ponta dos pés outra vez, tentando fazê-lo dar atenção ao outro seio ou ser egoísta e fazê-lo tomar mais do atual com a boca, Rip se agachou e puxou meu jeans grosseiramente pelo resto do caminho. Impaciente, desajeitado e muito *gostoso*. Como esse homem conseguia ser tão gostoso?

— Rip — eu gemi enquanto suas mãos voltavam aos meus quadris e puxavam a calcinha até os pés em um movimento rápido que queimou minha pele por causa do tecido raspando nela. Assim que inspirei de novo, minha calça, calcinha, meias e meus sapatos estavam por todo o carpete.

— Eu sei, linda — o homem mais sensual do mundo murmurou ao ficar em pé de novo e me puxar para tão perto dele que ficamos pressionados um contra o outro.

Aquelas mãos enormes foram até minha bunda, e ele começou a nos encaminhar para trás. Sua boca foi de um mamilo ao outro, sugando, movendo a língua e sugando ainda mais, aqueles barulhos famintos e brutos borbulhando ao sair pela garganta de Rip enquanto ainda nos movíamos, e movíamos...

Então ele se sentou em uma das poltronas perto da porta. E, comigo totalmente nua, me puxou para seu colo, me fazendo montar em seus quadris. Sua boca foi caminho acima, distribuindo beijos pelo meu peito, subindo e subindo pelo pescoço antes de ele me beijar.

E me beijar. Beijos breves e quentes de boca fechada que me deixaram louca, que me fizeram encontrar seus lábios. Me fizeram escorregar a língua contra a dele, roçando. Beijos molhados, úmidos que me fizeram esfregar meu corpo todo despido contra o meio nu dele. Se não fosse pelo ondular gentil e o esfregar das mãos na minha barriga, ou como ele arqueou os quadris por um momento, eu não teria sabido que ele havia aberto o jeans.

Pelo menos, não até algo rude e quente, e duro e grosso pra cacete me cutucar logo abaixo do umbigo.

Incitando.

Roçando.

Beijando.

Abaixando as mãos até meu colo, enrolei-as ao redor do pau duro, muito duro, que balançou entre nós, a cabeça no formato de um cogumelo para o qual não consegui me fazer olhar quando Rip inclinou a cabeça para trás e aquela sua boca se entreabriu. Eu o apertei, amando o quão grande ele era. O quão gostoso era o toque. O quão lindo ele ficava respirando fundo. Então, agarrei com um pouco mais de força e movi as mãos para cima e novamente para baixo, em direção à base.

Foi quando ele abriu os olhos, mirando aquelas íris azul-esverdeadas bem em mim com o sugar do ar em um inspirar. Eu soube, eu soube naquele instante, o que ele queria. Soube o que eu queria. Pelo que meu corpo também não queria esperar mais nem um segundo se a umidade entre as minhas pernas fosse algum indicativo.

Olhei para aquele rosto com ossos rígidos e bochechas côncavas, e movi as mãos até a cabeça muito, muito molhada do seu pau encontrar o lugar que nós dois queríamos e... eu ergui os quadris, como se aquilo com ele fosse a coisa mais natural no mundo, e devagar, devagar, devagarinho voltei a abaixar o corpo, arfando enquanto um centímetro após outro centímetro vagaroso entrava em mim. *Puta merda.* Erguendo os quadris de novo, fui até ainda mais baixo, tomando cada longo centímetro dentro de mim, nossos beijos nunca tendo fim. De novo e de novo, tomei aquele membro grosso e longo em mim, inspirando quando possível até eu ter chegado ao fim do que deveriam ser uns vinte e dois centímetros sólidos e muito, muito duros.

— Puta merda — ele sibilou bem quando minha bunda encontrou suas bolas quentes.

Inspirei fundo, me contorcendo apenas o suficiente acima dele ao ponto de nós dois arfarmos.

Eu o cavalguei devagar, me esfregando naquela base ampla, para cima e para baixo, seu pelo espetado roçando perfeitamente contra meu clitóris enquanto as mãos se apoiavam nos meus quadris, me guiando enquanto eu o tomava de novo e de novo. Para dentro e para fora. Para dentro e para fora. Beijando-o. Ele me beijando. Arrastando a boca pelo meu pescoço. Lambendo um mamilo e, então, o outro. Sugando o direito bem fundo em sua boca quente antes de tomar o segundo e fazer a mesma exata coisa com ele. Rip lambeu, sugou e chupou fendas e cantos que eu não fazia ideia de que poderiam criar uma sensação tão boa...

— Porra — ele resmungou, arqueando os quadris, me pressionando como se eu já não estivesse totalmente sentada nele. Mas ele estava tão fundo quanto poderia. Ele teve um espasmo forte dentro de mim ao curvar os quadris de novo, fazendo nossos corpos se pressionarem ainda mais um contra o outro.

Circulei os quadris, mais rápido, com mais força, tomando tudo o que ele tinha a me dar, de novo e de novo até eu gozar, espremendo-o ao descer ao redor dele com um grito que até mesmo eu quase não consegui ouvir.

E, quando ele inspirou fundo, com as mãos e o corpo bem apertado no meu, Rip me puxou para baixo até o fim um segundo depois, me enchendo tão fundo que meus músculos ondularam sobre ele, seus resmungos soando roucos em minhas orelhas e boca enquanto ele gozava dentro de mim. Aquele corpo massivo estremeceu, seu pau pulsando devagar, mas constantemente. Tomei tudo. Até o último centímetro.

Então, me enrolei sobre ele, meus braços em seu pescoço, nossos peitos suados pressionados um contra o outro enquanto nos esforçávamos para respirar. Aqueles braços enormes se enrolando ao meu redor, me mantendo perto — foi a melhor e mais bem-vinda surpresa da minha vida. Não havia nenhum outro lugar em que eu gostaria de estar do que exatamente ali. Nenhum lugar. Nem por um milhão de dólares.

Pressionei meu nariz no seu pescoço, inspirando aquele aroma adocicado dele: desodorante limpo, fresco e pele quente.

Suas palmas se moveram pelas minhas costas, dos dois lados da coluna. Acariciando-me para cima e para baixo, para cima e para baixo.

— Você está bem?

Sorri. Como eu poderia não sorrir?

— Acho que nunca estive melhor, Rip.

Seu riso soou macio contra meu ouvido.

— Não posso dizer que não sinto a mesma coisa.

— Ah, é? — perguntei, absorvendo seu calor. Seu amor. Aquela sensação.

— Sim — foi sua resposta, enquanto as mãos viajavam outra vez pela minha coluna, quase como se ele também amasse a sensação de me ter ali.

Eu esperava que sim.

Ficamos sentados por um tempo, ele dentro de mim, amolecendo, mas os braços tão sólidos quanto sempre. E amei isso. Amei tanto isso que não tive palavras para o quanto.

— Desculpa, linda. Desculpa por não ter estado presente por você ultimamente, desculpa por ter sido um babaca do caralho, mas você precisa saber que não farei isso de novo — Rip me disse, a voz grave. — Eu não poderia nem se eu tentasse, sabia?

Não me deixei ficar tensa e, apesar de eu realmente não querer perguntar, não querer ser o tipo de pessoa que precisava ser tranquilizada... Eu fui. Eu talvez sempre fosse essa pessoa, mas esperava que não. Ainda assim, perguntei:

— Por quê?

E o incrível e lindo Rip não hesitou nem por um único segundo quando falou:

— Porque eu te amo, Luna. Porque eu te amo pra caralho, garotinha, e essas duas semanas, enquanto você agia como se estivesse cansada de mim, foram alguns dos piores dias da minha vida.

Isso me fez endireitar a postura para que eu pudesse olhar para ele. E olhar para ele foi o que fiz. Para aquele rosto sério. Para aqueles olhos intensos. E para a seriedade vindo direto dele como um feixe de luz. Eu poderia ser honesta e admitir que sussurrei:

— Você me ama?

Não *sim.* Não *a-hã.* Nada diluído ou descontinuado. Ele me deu as quatro melhores palavras que eu poderia algum dia ouvir.

— Eu te amo, garotinha. — Uma confirmação. Uma promessa. Um curativo que não deveria ser um curativo, mas era.

Porque eu sabia que Rip não diria essas palavras se não estivesse sendo sincero. Talvez ele tivesse dito algumas coisas semanas antes que não queria, mas eu entendia por que havia acontecido assim. Eu com certeza sabia que ele não se desculparia sem ter motivo. Naquele momento, eu soube que ele estava sendo sincero com as palavras que vinham bem do fundo daquele coração bruto e complicado.

— Eu também te amo — eu disse a ele, mergulhando de cabeça... Por que não? Pessoas mais espertas do que eu diriam que o mundo não era para covardes, e eu não queria ser covarde.

Os cantos daquela boca se inclinaram para cima e seu sorriso foi gentil, mas alegre e doce.

— Eu sei, linda. — Uma das mãos foi até minha coluna de novo enquanto ele se inclinava um pouco para frente, sem quebrar o contato visual comigo nem por um segundo. — Eu sei. E sei que você teve muitas pessoas na vida que não te respeitaram, e sei que as coisas com a sua irmã não estão muito boas...

— Ela me mandou uma carta — eu o interrompi. — Eu queria ter te contado.

Ele não disse nada, mas pude notar que quis que eu contasse a ele o resto pela maneira que as sobrancelhas se franziram.

— Ela disse que sentia muito. Que não sabia como me contar sobre meu pai...

Seu bufo não chegou nem perto de ser uma surpresa. Não poderia dizer que o culpava.

— Aparentemente, foi um ex-namorado que invadiu o apartamento dela, e ela estava agindo de maneira esquisita porque não queria me contar que era stripper. É assim que ela tem pagado pelo apartamento — terminei, piscando. — Acho que fiquei preocupada por um momento, achando que ela estava vendendo drogas, mas...

O rosto de Rip se tornou cuidadosamente inflexível ao perguntar:

— Como você está se sentindo a respeito disso?

Me inclinei para frente e beijei sua bochecha, o que me fez ganhar uma expressão que ficou entre um sorriso e um mover suave de lábios, mas que atingiu minha alma em cheio. Seria sempre tão fácil assim? Era assim que deveria ser? Rip simplesmente me deixando beijá-lo sempre que eu quisesse? Por mim, tudo bem. Tudo muitíssimo bem.

— Fico triste por ela não ter sentido que poderia me contar. Não vou mentir. Me magoa muito ela estar conversando com ele, dentre todas as pessoas, e que tem feito isso há anos. Eu não entendo, sabe? Quero dizer, acho que meio que entendo, mas não de verdade... tudo ao mesmo tempo. Ele nunca foi muito maldoso com elas, apenas comigo, mas, mesmo naquela época... Eu não entendo como ela poderia sequer se dar o trabalho de *tentar*. Ela e Kyra. Ele era horrível. Ele não dava a mínima para ela ou para qualquer uma delas quando viviam com ele, e não estou exagerando. Se fosse com ela que ele tivesse sido maldoso, eu nunca seria capaz de perdoá-lo. Nunca.

Aquela mão quente e grande foi direto para o meu pescoço.

— Você não entende, porque não é elas. — Seu polegar escorregou pela minha bochecha. — Estou falando das suas irmãs. Você não faria isso, Luna. Eu também não entendo por que elas fariam isso.

— Ela disse que meu pai não mandou meu primo até a minha casa, que ele fez aquilo por conta própria — contei. — Não tentei ligar para ela desde então. Não sei o que vou fazer. Eu a amo, mas estou com raiva.

— Você vai fazer a coisa certa.

— Espero que sim.

Seu sorriso foi suave.

— Você vai, linda. Você sempre faz. Não conheço ninguém com um coração que chega perto de ser tão bom quanto o seu.

— Ah, há muitas pessoas...

— Não, não há. — Rip beijou o canto da minha boca, então, o lado oposto, os pelos curtos em suas bochechas encontrando a minha. — Realmente não há. Você tem aquela raposinha no corpo, mas é uma loba, linda. Um milagre do cacete. Não sei como se tornou a pessoa que é, mas você me ensina coisas sobre perdão e amor todos os dias. E eu achando, pela maior parte da vida, até te conhecer, que eu tinha parado de aprender coisas há muito tempo.

— Eu?

Seu riso foi tranquilo.

— Sim, você. Apenas você.

Engoli a saliva e, depois, engoli em seco. Ergui as sobrancelhas para ele porque não sabia o que dizer. Não fazia ideia do que pensar. Ele deve ter notado, porque continuou falando.

— Não sei o que te dizer para fazer com relação às suas irmãs, mas sei que você vai dar um jeito. Eu com certeza não sei o que te dizer a respeito do seu pai, mas se quiser saber minha opinião, acho que poderíamos ir colocar fogo naquela casa em que você morou com ele. Mas, se quiser só seguir em frente, eu te apoio.

"O que eu sei é o que vou te dizer agora: nunca vou deixar ninguém te tratar como lixo nem que te façam sentir como se não te quisessem por perto. Nem eu nem sua família. Eu não estava brincando quando disse que te amo, e sei que há um monte de coisas que preciso te contar, mas vamos dar um jeito nisso. — Seu polegar roçou outra vez minha bochecha, e aqueles olhos azul-esverdeados que me tinham por completo estavam fixos no meu rosto quando disse: — Se você quiser."

Se eu quiser.

Ah, cara.

Mordi a parte interna da bochecha.

— E se eu não quiser? — perguntei a ele, mesmo nós dois sabendo que esse não seria o caso.

— Então eu terei mais trabalho a fazer para te convencer disso — ele respondeu baixinho.

O engraçado com relação à vida é que tem muita coisa que não escolhemos. Não escolhemos de quem somos parentes. Não escolhemos a cor do nosso cabelo, nossa altura ou que talentos naturais temos. Não escolhemos onde nascemos, quem ou como o mundo nos verá quando olhar para nós.

Mas a melhor parte da vida é que, no final das contas, nada disso importa. Escolhemos quem nos tornamos. Quem amamos. Podemos mudar a cor do nosso cabelo e, até certo ponto, até mudar a cor dos nossos olhos e nossa altura. Podemos aprender a ser ótimos em algo.

Havia muitas coisas que não podíamos escolher, mas havia muitas mais que podíamos.

E eu soube, naquele instante, o que eu escolheria. O que sempre escolheria.

As melhores decisões na minha vida tinham sido aquelas em que mergulhei de cabeça com medo, mesmo uma parte minha sabendo que eram decisões necessárias.

Naquele momento, e pelo resto da minha vida, eu sabia que nada seria tão necessário quanto aquele homem na minha frente, que sabotava meus encontros e que me preparava comida, porque ele sabia que eu não sabia cozinhar e, mais importante do que isso, ele me via por quem eu queria ser. Por quem eu tentava ser, mesmo quando eu fazia coisas que não eram das mais legais. Aquele homem, Lucas Ripley, que era um quebra-cabeça com peças coladas juntas como eu.

Ou como todos nós éramos, acho.

Então eu disse a ele a única resposta com a qual eu me permitiria viver.

Olhei naqueles olhos azul-esverdeados e falei a verdade:

— Eu quero. Eu realmente quero.

EPÍLOGO

Foi o sonho que me acordou.

Foi aquele sonho que me fez acordar arfando.

Não era real, eu disse a mim mesma ao piscar, olhando para o teto escurecido. Tinham se passado pelo menos dois ou três meses desde a última vez em que eu havia sonhado com meu pai, aquela casa e com aquele *maldito idiota* que fazia meu subconsciente acordar com tudo para fugir. Não era real. *Não era real.*

Eu estava bem, eu estava segura e eu era amada.

Eu não tinha dezessete anos, e eu estava bem.

Mas não precisei virar de lado para saber que já tinha passado da meia-noite, então eu tecnicamente tinha trinta e um anos agora. Trinta e um, caramba. E foi *esse* conhecimento que me fez sorrir no quarto, que fez meu coração começar a desacelerar, os arrepios com os quais eu havia acordado, recuarem.

É claro que eu tinha sonhado com o meu pai depois de uma das melhores noites da minha vida. Era assim que esse tipo de coisa funcionava. Aquelas memórias idiotas se espalhavam mais e mais enquanto o tempo passava, mas ainda estavam ali, naqueles pequenos cantinhos escuros que eu não visitava com tanta frequência.

Esticando o braço até o outro lado da cama, encontrei-o vazio, mas ainda quente, os cobertores jogados parcialmente sobre mim. Olhei em direção ao banheiro e encontrei a porta fechada e a luz apagada, e eu soube exatamente onde Rip estava. Soube exatamente o que ele estava fazendo.

E isso, mais do que a lembrança da noite anterior, me acalmou mais o pouquinho necessário.

Movendo as pernas pelo lado da cama, rolei para me sentar na beirada, pegando o copo meio cheio de água e engolindo o resto antes de me levantar. A casa estava *quieta*, o que sinceramente me deixou surpresa, porque, de acordo com a tela do meu celular, eram três horas da manhã. Rip e eu tínhamos ficado acordados até meia-noite antes de irmos ao quarto e tomarmos banho — juntos — e, então, nos deitado, deixando todo mundo acordado e à toa pela casa.

Todo mundo. Isso me fez sorrir ainda mais e me levantar, ainda segurando o copo vazio.

Abrindo a porta o mais devagar possível, tentei ouvir algo no corredor, mas não havia sequer um pio.

E eu já sabia muito bem que não deveria estragar algo que já estava ruim, então segui até a sala de estar o mais silenciosamente possível. Foi então que ouvi os barulhos. Os malditos roncos vindos dali. Antes de termos ido nos deitar, eu havia dito a todo mundo que não tinha voltado para casa onde os colchões infláveis estavam, caso quisessem passar a noite. Aparentemente, alguém quis.

Cheguei na sala de estar e encontrei a televisão de setenta e cinco polegadas, que Rip havia insistido em comprar havia dois anos, ligada, mas no mudo. Tive de parar e observar os dois colchões infláveis que estavam sendo usados. Em um deles, estava Lily e o cara com que ela namorava há dois anos, um rapaz muito legal chamado Abner. No outro, Kyra e seu namorado, um cara do qual eu não gostava tanto assim. Estavam totalmente vestidos, sem nenhum cobertor ou travesseiro por perto, mas totalmente apagados, e um dos caras e Kyra roncavam como motosserras.

No sofá estava a melhor surpresa do meu dia: Thea.

Sinceramente, Thea e Kyra terem sequer aparecido na minha festa de aniversário me deixou muito surpresa.

Lily não me surpreendeu nem um pouco. No ano depois de ela ter se formado na faculdade, arranjou um emprego em Houston, mas se mudou para um lugar apenas seu, apesar de passar mais noites na nossa casa do que em seu apartamento. Rip e eu havíamos deixado claro que ela poderia voltar, mas ela insistia que estava bem sozinha.

Mas Thea e Kyra? Tinha dias em que eu queria pensar que as coisas entre nós estavam iguais a como eram *antes*, mas não estavam. Eu conseguia aceitar isso agora. Sobrevivia sabendo que eu amava muito as minhas irmãs, e que elas me amavam de volta, mas que tudo o que havia acontecido quase cinco anos antes fragilizou nossa conexão.

Não ajudava em nada eu conseguir ver isso em seus rostos toda vez que conversávamos. A hesitação. A preocupação de que eu perguntaria a elas algo que não queriam responder. A preocupação de que diriam algo que eu não queria ouvir.

Apesar de haver apenas um tópico sobre o qual eu não queria ouvir, que começava com P e terminava com I.

Mas eu não pensaria nessa pessoa naquele dia, no seguinte nem em qualquer outro. O sonho que eu tive havia bastado. Além disso, era meu aniversário, e eu havia tido uma noite ótima. Nada me afetaria àquela altura. Não mesmo.

Então continuei investigando a casa, e segui até a cozinha que nunca tínhamos chegado a transformar em um conceito aberto, porque a parede dali era parte estrutural, e não quis gastar dinheiro refazendo-a, principalmente porque comprei todos os eletrodomésticos e consegui os balcões de granito pelo preço que teria custado adicionar uma viga de suporte. Tudo graças ao dinheiro que a vovó Genie tinha me deixado de herança.

A porta se fechou atrás de mim sem fazer muito barulho enquanto eu acendia as luzes e seguia até o bolo guardado na geladeira havia algumas horas.

O bolo bonito, de dois andares, com cobertura branca cheia de glitter azul que Rip tinha me feito estava na metade agora.

Tirando-o dali, cortei uma boa fatia e a servi em um prato, pegando um garfo antes de devolver o bolo à geladeira.

Eu mal havia me sentado em um dos bancos à ilha novíssima, que havíamos instalado dois anos antes, quando a porta se abriu de novo e um corpo grande e familiar apareceu.

Sorri.

— O que você está fazendo, linda? — aquele homem gigante e atraente para quem eu poderia olhar todos os minutos pelo resto da minha vida perguntou, parado ali em sua camiseta branca e justa, como uma segunda pele, que se agarrava a todos os centímetros daquele tronco sólido. A calça curta e azul-marinho com a qual ele dormia e usava naquele instante não havia estado em seu corpo antes de irmos para a cama.

— Pegando um pedaço desse bolo incrível — respondi, deslizando o prato um centímetro em sua direção e erguendo as sobrancelhas. — Venha dividi-lo comigo.

Rip deu o seu sorriso que me atingiu bem no coração antes de se aproximar e puxar o banquinho ao lado do meu com uma das mãos enquanto a outra deslizava pelo meu cabelo para envolver minha nuca. Recentemente, eu o tinha deixado crescer, e as mexas cor-de-rosa e azul pastel quase roçavam meus ombros agora. Não fiquei nem um pouco surpresa quando Rip se inclinou para frente e beijou meu pescoço antes de trazer o banco para ainda mais perto de mim, uma das coxas se posicionando atrás da minha, enquanto a outra tocava o joelho mais perto dele.

— Eu te acordei?

Deslizei o garfo pela pontinha do bolo ao responder:

— Nada disso. Tive um pesadelo, e pensei que deveria vir aqui embaixo comer uma fatia enquanto você terminava de se arrumar. — Nós dois sabíamos que eu ainda tinha dificuldades em voltar a dormir em noites como essa, mas geralmente o acordava quando isso acontecia, ou me alongava na cama até poder me acomodar contra ele e relaxar para poder adormecer de novo. Ele nunca se importava, e, sinceramente, nossas melhores conversas tinham sido nesses momentos, quando podíamos contar coisas um ao outro que não eram tão fáceis nem bonitas.

Sua resposta foi um resmungo quando levei o garfo até sua boca, e ele comeu.

— Obrigada por tudo — eu disse, escorregando o garfo para fora de sua boca, olhando para aqueles lábios rosados por um segundo a mais do que o necessário, antes de mergulhar os dentes do talher no bolo, levando mais um pedaço até a boca.

Cara, estava uma delícia.

Uma mão grande e quente pousou no meio das minhas costas e desenhou um círculo.

— Você se divertiu hoje à noite? — ele perguntou baixinho.

Assenti para ele e sorri antes de engolir.

Todos os nossos colegas de trabalho e suas namoradas ou esposas tinham vindo, alguns de seus filhos também. O sr. Cooper e Lydia. Minhas irmãs e seus namorados. Lenny e seu grupinho. E até mesmo dois dos amigos de Rip e suas mulheres.

Rip e Lydia tinham preparado toda a comida. Ele havia feito o bolo, Lily tinha comprado os aperitivos e Lenny e o sr. Cooper, as bebidas.

Tudo para celebrar o meu aniversário. Na casa que eu havia comprado e que, com o passar dos anos, Rip e eu tínhamos ajeitado ainda mais. Uma casa que, agora, estava registrada nos nossos nomes. Uma casa que tínhamos transformado ainda mais em um lar juntos. Um lugar onde nossa pequena filha acordava no meio da noite e o pai se levantava para alimentá-la, trocar sua fralda ou simplesmente se aconchegar com ela como se essa fosse a maior honra de todas.

Ele nunca me acordava para ajudá-lo, mas, na metade do tempo, o monitor me mostrava o que estava acontecendo, de qualquer maneira. Na maioria dessas noites, principalmente se ele deixava o pequeno aparelho no quarto, eu simplesmente ficava deitada na cama, ouvindo-o conversar com ela, cheio de paciência e com tanto amor, que parecia que eu estava prestes a explodir. Não foi nem um pouco difícil para mim aceitar que ele era um ótimo pai.

Quero dizer, antes de as coisas terem se transformado em inferno, o sr. C tinha sido um ótimo pai para ele. Rip me contava histórias, de vez em quando, das coisas que faziam quando a mãe ainda estava viva. Ele tinha tido um exemplo incrível.

As coisas entre ele e o sr. Cooper não estavam *ótimas*, mas também não estavam ruins. Talvez tenha ajudado que, depois do ataque cardíaco do sr. C, ele tinha começado a trabalhar metade das horas que fazia antes, apenas cuidando da agenda. Eles também tinham até contratado outro mecânico para ajudar Rip, já que agora ele cuidava de mais coisas do que o sr. Cooper.

Eles quase não discutiam mais. Não concordavam em metade do tempo, mas não brigavam. Eu duvidava de que algum dia os veria se abraçando ou conversando sobre qualquer coisa que não fosse trabalho ou algo da família, mas já era um avanço. Eu tinha até visto Rip dar um tapinha nas costas de Lydia duas vezes.

Se isso não significasse algo, eu não sabia o que significaria.

Então, naquele instante, me inclinei para frente e o beijei bem na boca.

— Todo ano é o melhor aniversário de todos.

Rip não sorriu enquanto eu me afastava dele, mas me observou, e me perguntei no que estaria pensando. Mas, quando sua mão deslizou por baixo das costas da minha regata preta, seus dedos que eu conhecia tão bem quanto a palma da minha mão fazendo outra carícia na minha pele nua, parei para pensar em todo o resto. A nuvem de todos os aniversários ruins antes pairando no canto escuro da minha mente, o sonho, minhas irmãs no cômodo ao lado, no quanto eu era sortuda, simplesmente em... *tudo*.

Pelo menos, parei de pensar em tudo pelos dez segundos em que ele esperou para dizer com a voz baixa, muito baixa:

— Vou te dar seu presente de aniversário agora.

Isso me fez erguer as sobrancelhas outra vez.

— Bem aqui onde qualquer um pode nos pegar no flagra?

Ele tinha um sorriso no rosto quando revirou os olhos e empurrou o banquinho para trás, ficando em pé nas solas descalças e contornando a ilha em direção aos armários acima da geladeira. Ele os abriu com facilidade, tirando uma coisa do tamanho de uma caixa de sapato embalada em papel branco e laço azul.

Não precisei perguntar para saber que ele mesmo havia feito o embrulho. Ele sempre fazia, e nunca fazia nada meia-boca. Nunca.

Ele os fechou e se virou para voltar na minha direção, uma expressão engraçada naquele rosto bonito.

— O quê? Você nunca olha ali. São apenas panelas e tampas.

Anos e incontáveis aulas de culinária com Rip mais tarde, e eu ainda não havia melhorado muito.

Ele não se sentou de novo ao colocar a caixa bem ao lado do que tinha sobrado do bolo que estivemos dividindo.

Sorri, desfiz o laço e rasguei o papel do presente, fazendo o mínimo de barulho possível. Não era uma caixa de sapato, mas uma caixa de presente comum com uma tampa em cima.

— Vou ficar animada pra caramba se você tiver me comprado outro respirador — eu disse, erguendo a tampa e colocando-a de lado.

Se achei esquisito ele não ter rido, não pensei muito nisso, porque as fotos na caixa arrancaram todos os pensamentos da minha cabeça.

Eu sabia que era sortuda. Eu sabia que a vida tinha acontecido de um jeito que eu nunca sequer teria ousado imaginar. Eu sabia que tinha tanto amor em mim, que eu lutaria até a morte por isso.

Eu sabia muito bem que não mudaria nada do que havia acontecido durante a minha vida, porque aquilo tudo havia me trazido até *ali*. Com aquele homem. Com aquela vida. Com essas pessoas que eu amava e que me amavam de volta.

Mas, quando olhei para baixo em direção à pilha de fotos naquela caixa, não tive certeza se deveria me sentir animada ou só um pouquinho devastada.

Porque eu nunca tinha visto o rosto que me observava ali de dentro. Nunquinha.

Mas eu sabia a quem pertencia. De alguma maneira. De alguma forma. Eu sabia.

A mulher não poderia ter mais do que dezoito anos. Ela estava sentada em uma pose, de vestido roxo e chapéu, segurando um diploma falso em uma das mãos. Seu rosto tenso, mas sorridente. Pele oliva bem clara. Cabelo na altura dos ombros. Não tinha os olhos verdes dos Miller, mas por que teria?

— Você sabe quem é? — Rip perguntou baixinho, apoiando a mão na minha coluna.

Engoli em seco e mal consegui colocar para fora:

— Minha mãe, não é?

Aquela grande mão subiu e desceu antes de ele confirmar:

— Sim, querida. É a sua mãe.

Tirei dali a primeira foto e encarei a próxima. Era outra fotografia de formatura em um cenário novo, ela sentada em uma pose diferente, ainda sorrindo tensa para a câmera, como se preferisse estar em qualquer outro lugar.

Era minha mãe. *Minha mãe.*

— Levei três anos para encontrar isso. Ela fez parte do grupo de tiro por três anos. Aparentemente, era muito boa em arte, mas não gostou muito da escola — ele falou baixo. — Vocês duas se parecem muito, eu acho.

Passei para outra foto e encontrei a mesma mulher sentada em um uniforme do clube de tiro, a mesma expressão.

Era minha mãe.

— Ela saiu de casa logo depois da graduação, e ninguém sabia para onde ela tinha ido — Rip continuou falando. — Ninguém sabia que ela morreu. Eles não sabiam de você ou do seu irmão. Pensei que, com certeza, só poderiam estar inventando, mas não estavam, Luna, querida. Pude ver que não estavam. Eles não faziam ideia de que você existia...

Tive de engolir em seco. Pressionar um lábio contra o outro. Piscar, porque meus olhos começaram a queimar de repente, e não soube o que fazer. Erguendo o olhar, minha mão foi até a dele — aquela mão que eu segurava em todas as chances que eu tinha —, e perguntei a Rip antes que pudesse pensar melhor:

— Quem são eles?

Lucas Ripley se inclinou para frente e roçou a boca na minha, então, se afastou, a mão livre indo até minha bochecha.

— A família da sua mãe, querida. Se quiser, você tem uma avó e uma tia hospedadas em um hotel agora mesmo a alguns quilômetros daqui, que realmente amariam te ver amanhã.

— Você está falando sério?

— Sim. — Seu polegar acariciou minha bochecha de novo. — Tudo bem por você? — ele perguntou baixinho, com ternura na voz áspera. — Tudo bem por você aumentar a família um pouquinho conhecendo-as?

Era de se imaginar que ele teria se acostumado aos meus abraços ao longo dos anos, mas não tinha. Ele ainda suspirava no meu pescoço como se fosse algo novo, e enrolava seus braços ao meu redor com o máximo de força possível quando eu jogava os meus ao seu redor sem aviso. Apertando-o com força. Apertando-o como se ele significasse tudo para mim e tivesse deixado minha vida dez vezes melhor apenas por existir. Apenas por ser a pessoa que ele era.

Eu sinceramente era a pessoa mais sortuda no mundo.

FIM

AGRADECIMENTOS

Um livro nunca é escrito sem muito amor e paciência de muitas pessoas.

Primeiramente, aos melhores leitores de todo o universo — não posso agradecê-los o suficiente pelo seu amor e apoio. Todo e-mail, mensagem, postagem e resenha são muito importantes para mim. Vocês nunca param de me surpreender. É sério. Vocês realmente são os melhores leitores do mundo.

Ao melhor grupo de leitura, meus *Slow Burners*, obrigada pela sua paciência e amor. Aos meus pré-leitores/amigos por me aguentarem, assim como a todas as confusões que eu chamo de rascunhos que envio a vocês. Ryn, minha amiga, não consigo te agradecer o bastante por não ser apenas uma pessoa incrível, mas por me ajudar com essa sinopse. (Me perdoe por ser tão teimosa com relação a isso.)

Um obrigada enorme para Letitia Hasser, da RBA Designs, por fazer as melhores capas e por me aguentar mudando de ideia o tempo todo. Jeff, da Indie Formatting Services, obrigada pela sua formatação excelente e por ser sempre gentil. A Virginia e Kim, da Hot Tree Editing, obrigada por me ajudarem tanto com a história de Luna e Rip. A Ellie, da My Brother's Editor. Kemi Faderin, Lauren Abramo e Jane Dystel, da Dystel, Goderich & Bourret, por seu apoio e por me ajudarem a alcançar um público que eu nem fazia ideia ser possível.

A Eva-4-Evah, esse livro não seria o mesmo sem você. Sou muito grata por tê-la na minha vida. Vou resumir o quanto você me ajudou com a Luna usando apenas uma palavra: tanga.

Um obrigada gigante para a melhor família que eu poderia desejar: mãe, pai, Ale, Raul, Eddie, Isaac, Kaitlyn, Nana, minha família Letchford e o restante da minha família Zapata/Navarro.

Por último, mas não menos importante, Chris, príncipe Dorian e meu pequeno príncipe Kaiser. Todos os livros são para vocês três.

MARIANA ZAPATA
AUTORA BESTSELLER DO NEW YORK TIMES E USA TODAY
Querido
Aaron

KULTI
MARIANA ZAPATA

UNDER
LOCKE
MARIANA ZAPATA

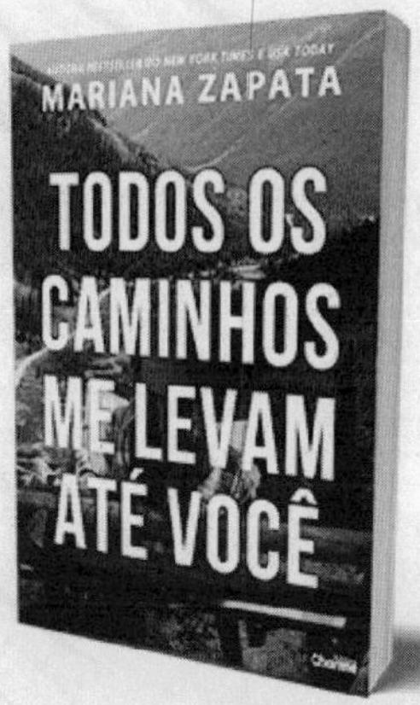
MARIANA ZAPATA
TODOS OS CAMINHOS ME LEVAM ATÉ VOCÊ
Charme

Charme
A MENTIRA DE LUNA
MARIANA ZAPATA